大 / 学 / 公 / 共 / 课 / 系 / 列 / 教 / 材

中外文学名家作品赏析

第3版

段轩如 主编

ZHONGWAI
WENXUEMINGJIA
ZUOPINSHANGXI

北京师范大学出版集团
BEIJING NORMAL UNIVERSITY PUBLISHING GROUP
北京师范大学出版社

图书在版编目（CIP）数据

中外文学名家作品赏析/段轩如主编．—3 版．—北京：北京师范大学出版社，2024.6（2026.1 重印）

（大学公共课系列教材）

ISBN 978-7-303-28606-5

Ⅰ.①中…　Ⅱ.①段…　Ⅲ.①世界文学－文学欣赏－高等学校－教材　Ⅳ.①I106

中国版本图书馆 CIP 数据核字（2022）第 258674 号

ZHONGWAI WENXUE MINGJIA ZUOPIN SHANGXI

出版发行：北京师范大学出版社 https：//www.bnupg.com
　　　　　北京市西城区新街口外大街 12-3 号
　　　　　邮政编码：100088

印　　刷：保定市中画美凯印刷有限公司
经　　销：全国新华书店
开　　本：787 mm×1 092 mm　1/16
印　　张：20
字　　数：467 千字
版　　次：2024 年 6 月第 3 版
印　　次：2026 年 1 月第 3 次印刷
定　　价：49.80 元

策划编辑：周劲含　周　粟　　　　责任编辑：李锋娟
美术编辑：李向昕　　　　　　　　装帧设计：李向昕
责任校对：陈　荟　　　　　　　　责任印制：马　洁

编　委

主　编　段轩如

副主编　谭　静

编　委　段轩如　高　玲　张　樱

谭　静　李佩瑶　李文玲

邵　珍　韩永敏　秦朝森

目　　录

上编　中国文学

下编　外国文学

上编　中国文学

一、中国古代文学概况

在中华五千年历史长河中，文学艺术源远流长。群星般璀璨的作家和文学流派，创作出辉煌灿烂的文学作品。这些作品是我国古代传统文化的重要组成部分。

先秦时期的《诗经》和楚辞，分别开创了现实主义诗歌和浪漫主义文学的先河。先秦时期大量的历史散文，多姿多彩、风格各异的诸子散文，或叙事精妙，或文辞简练，或气势磅礴，或辞采斐然，对后世的叙事议论类文学产生了深远的影响。两汉时期，在楚辞的直接影响下，形成了辞赋这种颇有特色的文体。骚体赋情深语怨、凄恻动人，汉大赋铺张扬厉、文辞华美，抒情小赋则篇章灵活、意蕴深富。辞赋成为汉代文学中具有代表性的文体。此外，以《史记》《汉书》为代表的史传散文，为后世树立了历史著作与文学作品相结合的典范，也是汉代文学的重要成就。

从汉末建安时期到曹魏正始年间，随着文人诗的兴起，中国文学迎来了抒情诗歌创作的高峰。建安诗歌慷慨激昂、文辞遒劲，唱出了动乱年代的时代之音，留给后世“建安风骨”的光辉传统。两晋诗歌虽然有注重华美辞藻和沉溺于玄言说理的偏颇倾向，但也出现了一些创作颇有特色的诗人。尤其值得一提的是东晋时期的陶渊明，他以高尚的品格和清新淡远的诗境，成为后世文人景仰的田园诗人。南朝时期，随着声律论的形成，诗歌渐趋于文辞华艳、音律严整的风格。“元嘉三大家”颜延之、鲍照、谢灵运代表着刘宋时期最高的文学成就；齐梁陈三朝则宫体诗风弥漫，贵族诗人们的诗歌已经严重脱离现实内容，题材狭窄，过于追求形式的浮靡雕饰。除诗歌外，魏晋南北朝时期的骈文、散文，还有志人志怪小说，也取得了显著的成就。

唐代是中国古典诗歌发展的顶峰。这一时期名家迭出，佳篇纷呈。诗歌的社会基础广泛，题材内容丰富，艺术风格多样，奠定了中国古典诗歌的主体特色。初唐诗歌接承南朝余风，在形式、内容方面不断开拓创新，出现了“初唐四杰”、陈子昂等杰出诗人，为盛唐诗歌高峰的到来做了铺垫；盛唐诗坛则呈现出一幅百花齐放、姹紫嫣红、争妍斗奇的画面，山水田园诗人、边塞诗人纷至沓来，更有李白、杜甫两位伟大诗人，将中国古典诗歌的艺术品质整体上推向了极致；中唐时期，韩、孟、元、白等诗人极力拓展，各有不同程度的收获，创造了一些新的诗歌艺术特质；但晚唐诗坛难以再现昔日的繁盛，除“小李杜”外，便少有能成大器之名家。在唐诗之外，韩愈、柳宗元倡导的古文运动，对散文的创作起到了很大的推动作用，取得了不小的创作实绩；唐传奇也在中国小说发展史上占有重要地位。

宋代文坛则是诗词文三种文体齐头并进，取得了巨大成就。其中，词是宋代较有代表性的文体。词体文学在此时发展到了顶峰，既有柳永、晏殊、欧阳修、秦观、周邦彦、李清照、姜夔、吴文英等一大批以柔婉含蓄风格著称的词人，也有苏轼、张元幹、辛弃疾、陈亮等以飒爽豪放特色传世的词人。宋词将诗歌的抒情化功能又向深处掘进了一层，更能表现人们内心幽婉细微的情感。宋诗在唐诗基础上努力创新，形成了自己的独特面貌，王安石、苏轼、黄庭坚、陆游等大诗人的作品，完全可以与唐诗分庭抗礼。在散文方面，宋代古文运动在中唐基础上又放异彩，取得了巨大的创作成就，形成了以明白晓畅的古文为主流的中国古代文章写作传统。

到了元代，戏曲成为文学成就最为突出的体裁。在剧坛上，先有北杂剧中如关汉卿、王实甫、白朴、马致远这样的名家，他们创作了一大批深刻反映现实、塑造鲜明人物形象、表达明确主题的代表剧作；后又有南戏中《琵琶记》和"四大南戏"等重要作品，呈现出极为繁盛的创作局面。由此，中国文学史上俗文学第一次占据了文坛的主流地位。

明清时期，在各种文学体裁继续接承发展的总体态势下，小说创作进入了蓬勃发展阶段并登上最高峰，成为这一时期最受关注的文学体裁。此时形成的四大名著等白话长篇小说，影响极为深远，至今仍然深入人心。明清的戏曲创作和诗词文创作也取得了不容忽视的成就。到清代后期，随着国势的衰微和思想界革新呼声的高涨，文学创作也逐渐向近代转型，绵延数千年的中国古代文学由此拉上了帷幕。

总体看来，中国古代文学具有重抒情、尚表意、题材面广、文体发展与时代联系紧密等特征，对现当代文学形成了潜在的巨大影响；与外国文学比较，中国古代文学也彰显出自身的民族特色。

(一)诗歌

1. 桃夭[①]

《诗经》

【《诗经》简介】

《诗经》又称《诗》或《诗三百》，是我国第一部诗歌总集，收录作品305篇。创作年代大致从西周初年至春秋中叶，历时500余年。《诗经》共分为"风""雅""颂"三部分，内容极其广泛。"风"是《诗经》中的精华，内容包括15个地方的民歌。"雅"分大雅和小雅，都用于宴会的典礼，内容主要是对从前英雄的歌颂和对当时政治的讽刺。"颂"诗是统治者祭祀的乐歌，有祭祖先的，有祭天地山川的，也有祭农神的。《诗经》中的诗歌形式整齐，音节和谐，具有珍贵的史料价值和极高的艺术造诣。一般认为，这些诗篇是经周王朝乐官的收集、编订而成的，传说孔子又对其进行过删定。

【原文】

桃之夭夭[②]，灼灼[③]其华[④]。之子[⑤]于归[⑥]，宜[⑦]其室家。
桃之夭夭，有蕡[⑧]其实[⑨]。之子于归，宜其家室[⑩]。
桃之夭夭，其叶蓁蓁[⑪]。之子于归，宜其家人。

【注释】

①选自程俊英：《诗经译注》，11页，上海，上海古籍出版社，2014。

②夭夭：茂盛的样子。

③灼灼：花鲜艳盛开的样子。

④华：同“花”。

⑤之子：这位姑娘。

⑥于归：古代称女子出嫁为“于归”，或单称“归”，是往归夫家的意思。《毛传》：“于，往也。”有人认为“于”和“曰”“聿”通，是语助词。亦通。

⑦宜：善。马瑞辰《通释》：“宜与仪通。《尔雅》：‘仪，善也。’凡诗言宜其室家，宜其家人者，皆谓善处其室家与家人耳。”朱熹《诗集传》：“宜者，和顺之意。”

⑧有蕡：即蕡蕡。蕡(fén)，肥大。有，用于形容词之前的语助词，和叠词的作用相似。

⑨实：指果实，这里是桃子。

⑩家室：即室家，倒文协韵。

⑪蓁蓁(zhēn)：叶子茂盛的样子。

【赏析】

这首诗选自《诗经·国风》，是“国风”第一部分“周南”中的作品，是《诗经》305篇的第六篇，在《诗经》中的地位很突出，大致创作于西周初年。这是一首贺新娘的诗，反映了当时人民的生活片段。诗人看见农村柔嫩的桃枝和鲜艳的桃花，联想到新娘的年轻貌美。

清代学者姚际恒在《诗经通论》中说此诗“开千古词赋咏美人之祖”。诗中塑造的形象十分生动，短短的四字句，传达出一种喜气洋洋的气氛。《桃夭》篇的写法也很讲究，看似只变换了几个字，反复咏唱，实际上作者是很用心的。一章写“花”，二章写“实”，三章写“叶”，利用桃树的三变，表达了三层不同的意思。写花，是形容新娘子美丽；写实、写叶，仿佛在人们面前展现出密密麻麻的桃子、郁郁葱葱的桃叶，一派兴旺景象。

2. 国殇①

[楚]屈原

【作者简介】

屈原(约前340—约前278)，名平，战国后期楚国人。曾在楚怀王时任左徒之职。主张改革弊政、联齐抗秦，秉性刚直，受到贵族集团的排挤与诬陷，后被怀王疏远流放。公元前278年，秦将白起攻破郢都，屈原悲愤绝望，投汨罗江自尽。屈原是楚辞的创立者和最富代表性的作家，也是我国诗歌史上第一位大诗人，其主要作品有《离骚》《九歌》《九章》《天问》《招魂》等。屈原的诗歌大多表达了他对楚国命运的焦虑与担忧，抒发了内心的极度苦闷，体现了他至死不渝的爱国情结和坚贞不屈的刚强意志；在艺术上，极富想象力，情感充沛、热烈奔放，语词华美，色彩瑰丽，风格独特，对后世影响深远。

【原文】

操吴戈兮被犀甲，车错毂[②]兮短兵接。旌蔽日兮敌若云，矢交坠兮士争先。凌余阵兮躐[③]余行，左骖[④]殪[⑤]兮右刃伤。霾两轮兮絷四马，援玉枹[⑥]兮击鸣鼓。天时怼兮威灵怒，严杀尽兮弃原壄[⑦]。

出不入兮往不反，平原忽兮路超远。带长剑兮挟秦弓[⑧]，首身离兮心不惩。诚既勇兮又以武，终刚强兮不可凌。身既死兮神以灵，子魂魄兮为鬼雄。

【注释】

①选自姜亮夫等：《先秦诗鉴赏辞典》，783～784页，上海，上海辞书出版社，1998。国殇：指为国捐躯的战士。殇，指未成年而亡或为国死难者。

②错毂(gǔ)：战车相交错。

③躐(liè)：践踏。

④左骖：左边的马。古代四马驾车，内两马称“服”，外两马称“骖”。

⑤殪：倒地而死。

⑥枹：鼓槌。

⑦弃原壄：尸首横在战场。壄，同“野”。

⑧秦弓：秦地所产的弓。

【赏析】

楚国从怀王后期即与秦国频繁交战，但均以失败告终。《九歌·国殇》取民间“九歌”祭奠之意，以哀悼死难的爱国将士，追悼和礼赞为国捐躯的楚国将士的亡灵。乐歌分为两节，先是描写在一场短兵相接的战斗中，楚国将士奋死抗敌的壮烈场面，继而颂扬他们为国捐躯的高尚志节。由第一节“旌蔽日兮敌若云”一句可知，这是一场敌众我寡的殊死战斗。当敌人来势汹汹，冲乱楚军的战阵，欲长驱直入时，楚军将士仍个个奋勇争先。但见战阵中有一辆主战车冲出，这辆原有四匹马拉的大车，虽左外侧的马已中箭倒毙，右外侧的马也被砍伤，但它的主人——楚军统帅仍毫无惧色，他将战车的两个轮子埋进土里，笼住马缰，举槌擂响了进军的战鼓。一时战气肃杀，引得苍天也跟着威怒起来。待杀气散尽，战场上只留下一具具尸体，静卧荒野。

作者描写场面、渲染气氛的本领是十分高强的。不过十句，就将一场殊死恶战，状写得栩栩如生，极富感染力。后面，则以饱含情感的笔触，讴歌死难将士。有感于自披上战甲之日起，便不再想全身而返，此刻他们紧握兵器，安详地、心无怨悔地躺在那里。作者简直不能抑止自己的情绪。他对这些将士满怀敬爱，正如他常用美人香草指代美好的人、事一样，在这首诗中，他也用美好的事物来修饰笔下的人物。这批英勇的将士，操的是吴地出产的以锋利闻名的戈、秦地出产的以强劲闻名的弓，披的是犀牛皮制的盔甲，拿的是有玉嵌饰的鼓槌，他们生是人杰，死为鬼雄，气贯长虹，英名永存。

此篇在艺术表现上与作者的其他作品有些区别，与《九歌》中其他乐歌也不尽一致。它不是一篇想象奇特、辞采瑰丽的华章，而是“通篇直赋其事”(戴震《屈原赋注》)，挟深挚炽烈的情感，以促迫的节奏、开张扬厉的抒写，传达出了与所反映的人事相一致的凛然亢直之美，一种阳刚之美，在楚辞体作品中独树一帜。〔1〕

3. 行行重行行①

《古诗十九首》

【《古诗十九首》简介】

《行行重行行》选自《古诗十九首》。《古诗十九首》是汉代文人五言诗中最成熟的作品，最早载于《文选》卷二十九，因作者佚名，时代莫辨，又风格相近，萧统泛题为“古诗”，从此成了专称。《古诗十九首》非一人一时之作，前后排列也没有严格的顺序。作者可能是当时社会的中下层文人，写成的时间大致在东汉末期。《古诗十九首》无题目，习惯上以首句为标题。

【原文】

行行重行行，与君生别离②。
相去万馀里，各在天一涯。
道路阻且长，会面安可知？
胡马依北风，越鸟巢南枝。③
相去日已远，衣带日已缓。
浮云蔽白日④，游子不顾反⑤。
思君令人老，岁月忽已晚。
弃捐⑥勿复道，努力加餐饭⑦。

【注释】

①选自袁世硕：《中国古代文学作品选》(一)，445 页，北京，人民文学出版社，2002。行行重行行：意为不停地前行，以女子的想象写其在外的丈夫。

②生别离：古代流行的成语，犹言“永别离”。生，硬的意思。

---

〔1〕 姜亮夫等：《先秦诗鉴赏辞典》，784～785 页，上海，上海辞书出版社，1998。

③“胡马”二句：意为胡地产的马依恋北风，越地生的鸟向南做窝，表明它们都不忘故土。

④白日：原是隐喻君王的，这里喻指未归的丈夫。

⑤反：同“返”，返回。

⑥弃捐：丢开。

⑦加餐饭：当时习用的一种亲切的安慰别人的成语。

【赏析】

这首诗是《古诗十九首》中的第一首。这是一首在东汉末年的动荡岁月里产生的相思乱离之歌。诗歌以女性角度，抒写其对长期离家在外的丈夫的深切思念之情，语言素朴，情真意切，读之使人悲慨万端，为女主人公真挚痛苦的爱情呼唤所感动。诗歌借助清新淳朴的民歌风格和节奏上重叠反复的形式，将同一相思别离之情用或显、或隐、或直抒胸臆、或托物比兴等不同的方式层层渲染，使千百年后的读者透过文字能真切地感受到女主人公的内心情愫，这正是这首诗艺术魅力之所在。

4. 燕歌行①

［三国］曹丕

【作者简介】

曹丕(187—226)，字子桓，沛国谯县(今安徽亳州)人。曹操次子。建安十六年(211)，为五官中郎将、副丞相。建安二十二年(217)，立为魏王世子。延康元年(220)，曹操死，继位为丞相、魏王。当年十月，受禅称帝，结束两汉四百多年的统治，建立魏朝。曹丕在位期间，行九品中正制，该制度成为魏晋南北朝时期主要的选官制度；完成北方统一；平定边患，恢复了在西域的建置。黄初七年(226)，病逝于洛阳，时年四十岁。曹丕爱好文学，于诗、赋、文皆有成就，与其父曹操、其弟曹植，并称“建安三曹”。现存诗四十余首，多写游子行役和思妇别愁，深婉细腻，真挚动人。所著《典论·论文》，是我国现存最早的一篇文学专论，开文学批评风气之先。

【原文】

秋风萧瑟天气凉，草木摇落露为霜。
群燕辞归雁南翔，念君②客游思断肠。
慊慊③思归恋故乡，何为淹留寄他方？
贱妾茕茕④守空房，忧来思君不敢忘，不觉泪下沾衣裳。
援琴鸣弦发清商⑤，短歌微吟不能长。
明月皎皎照我床，星汉西流夜未央。⑥
牵牛织女遥相望，尔独何辜限河梁。⑦

【注释】

①选自袁世硕:《中国古代文学作品选》(二),33页,北京,人民文学出版社,2002。燕歌行:属乐府"相和歌"之"平调曲"。今存曹丕《燕歌行》二首,此为第一首。

②君:此指远游在外的丈夫。

③慊慊(qiàn):怨恨的样子。

④茕茕(qióng):孤独。

⑤清商:古曲调名,音节短促。

⑥星汉:银河。西流:银河四季方向不同,秋天向西流转。央:尽。

⑦何辜:何故。河梁:河上的桥梁,此指银河。

【赏析】

这首诗属闺怨题材作品。全诗情景交融。前三句为读者展现了一幅萧瑟肃杀的秋景图,给全诗营造了悲凉哀怨的情感氛围,牵出思妇的怀人情感。接下来三句,思妇正式出场,她愁容满面,对于丈夫久滞不归的原因百般臆测。这三句对思妇的心理活动刻画得极为细腻。"贱妾茕茕守空房"三句,描写思妇在家中生活的情景,表现了她虽孤独寂寞但仍然对丈夫深情不移、忠贞不贰。"援琴鸣弦发清商"两句,通过描写思妇在夜晚"援琴鸣弦"却哽咽难唱的情景,反映了她此时的孤寂已达极点。最后四句宕开写景,却又景中含情,以清冷的月色来渲染深闺的寂寞,以牵牛星与织女星的"限河梁"来表现思妇的怨怒,都收到了很好的效果。在艺术上,此诗仿柏梁体,句句用韵,抒情缠绵悱恻,描写细腻委婉,语言清丽,音韵和婉,艺术成就很高,是我国现存最早最完整的一首七言古体诗。

5. 野田黄雀行[①]

[三国]曹植

【作者简介】

曹植(192—232),字子建,沛国谯县(今安徽亳州)人。曹操与武宣卞皇后所生第三子,曹丕同母弟,生前曾为陈王,卒后谥号"思",因此又称陈思王。自幼颖慧,深得曹操宠信。建安十六年(211),封平原侯,建安十九年(214),徙临淄侯。因恃才傲物,任性而行,后失宠。及曹丕、曹叡相继为帝,曹植备受猜忌迫害,最终抑郁而死。现存诗九十余首,兼有父兄之长,达到风骨与文采的完美结合。

【原文】

高树多悲风,海水扬其波。[②]利剑[③]不在掌,结友何须多?
不见篱间雀,见鹞[④]自投罗?罗家[⑤]见雀喜,少年见雀悲。
拔剑捎[⑥]罗网,黄雀得飞飞。飞飞摩[⑦]苍天,来下谢少年。

【注释】

①选自袁世硕:《中国古代文学作品选》(二),40～41页,北京,人民文学出版社,2002。野田黄雀行:属古乐府"相和歌"之"瑟调曲"。

②"高树"二句:树高多招风吹,海大易扬波涛。比喻处境险恶。悲风,凄厉的寒风。

③利剑:比喻权力。

④鹞(yào):一种凶猛的鸟,类似于鹰,体积稍小。

⑤罗家:设置罗网的人。

⑥捎(xiāo):斩除。

⑦摩:接近。

【赏析】

建安二十四年(219),曹操借故杀了曹植的亲信杨修;次年曹丕继位,又杀了曹植的知交好友丁氏兄弟。曹植无力救助友人,深感愤懑,内心十分痛苦,只能写诗寄意。诗歌以"高树多悲风,海水扬其波"开篇,婉曲暗示了当时环境的险恶;接下来通过黄雀投罗的比喻,表达朋友遭难自己却无力救援的无奈、苦闷和愤慨。诗的后半部分则以想象之笔塑造了一个解危救难的少年侠士的形象,寄寓着诗人的理想。在艺术上,全诗意象高古,语言警策,诗人那种想要有所作为但又无可奈何的情愫跃然纸上。

6. 咏怀(八十二首选一)[1]

[三国]阮籍

【作者简介】

阮籍(210—263),三国魏诗人,字嗣宗,陈留尉氏(今属河南)人。他是建安七子之一阮瑀的儿子,曾任步兵校尉,世称阮步兵。《晋书》"阮籍传"说:"籍本有济世志,属魏、晋之际,天下多故,名士少有全者,籍由是不与世事,遂酣饮为常。"由于当时政治黑暗,壮志难酬,所以他陶醉酒中。其实酒并不能浇愁,他的忧愁和苦闷,终于发而为《咏怀》诗。

【原文】

夜中[2]不能寐,起坐弹鸣琴。
薄帷[3]鉴明月,清风吹我襟。
孤鸿号外野,翔鸟[4]鸣北林。
徘徊将何见?忧思独伤心。

【注释】

①选自魏耕原：《先秦两汉魏晋南北朝诗歌鉴赏辞典》，798页，北京，商务印书馆，2012。

②夜中：半夜。

③帏：帐幔。

④翔鸟：飞翔的鸟。

【赏析】

阮籍的《咏怀》诗今存八十二首，反映了诗人在险恶的政治环境中，在种种醉态、狂态掩盖下的内心的无限孤独寂寞、痛苦忧愤。对于诗人的痛苦一般读者无法感同身受，《晋书》"阮籍传"说："(阮籍)时率意独驾，不由径路，车迹所穷，辄恸哭而反。尝登广武，观楚、汉战处，叹曰：'时无英雄，使竖子成名！'登武牢山，望京邑而叹。"本诗通过对夜深人静之时诗人所见所感的描写，流露出莫名的惆怅和哀伤。一、二句以"不能寐""起坐""弹鸣琴"之动作写诗人怅惘无依的情状，点出其内心的苦闷和忧思。三、四句写清澈如水的月光照在轻薄的帐幔上，清风将衣襟吹起，诗人感到阵阵凉意，营造出一种凄清寂寥的气氛。五、六句将视角转向远方，写荒野之外的断鸿和盘旋林上、无可归依的飞鸟发出阵阵哀鸣。这是将诗人的主观情感投射在客观景物上，情景交融，强化了诗人内心的苦闷感受。最后两句写诗人徘徊不已，陷入不能自拔的幽苦情境之中，经过前面几句的氛围营造，诗人的情感积累至此，达到了最深沉浓烈的地步。阮籍的《咏怀》诗在艺术上多采用比兴、寄托、象征等手法，因而形成了一种"悲愤哀怨，隐晦曲折"的诗风。刘勰曾评价其诗为"阮旨遥深"，说明其诗具有隐晦难解、意蕴深沉的特点，这在此诗中也得到了典型显现。

7. 咏史(八首选一)①

[西晋]左思

【作者简介】

左思(约250—约305)，字太冲，临淄(今山东淄博)人，西晋时著名文学家。少时曾学书法、鼓琴，皆不成，后来由于父亲的激励，乃发愤勤学。晋武帝时，因其妹左棻被选入宫，举家迁居洛阳。元康年间，左思参与当时文人集团"二十四友"之游，并为贾谧讲《汉书》。贾谧被诛后，左思退居宜春里，专意典籍。后齐王召为记室督，他辞疾不就。太安二年(303)，河间王部将张方纵暴洛阳，左思移居冀州，数年后病逝。左思擅长诗赋，因家室素寒，怀才不遇，作品多抨击门阀之作，风格刚健，语言遒丽，素有"左思风力"之称。后人辑有《左太冲集》，《三都赋》与《咏史》诗是其代表作。

【原文】

郁郁[②]涧底松，离离[③]山上苗。
以彼径寸茎，荫此百尺条。
世胄[④]蹑高位，英俊沉下僚。
地势使之然，由来非一朝。
金张[⑤]藉旧业，七叶[⑥]珥[⑦]汉貂[⑧]。
冯公岂不伟，白首不见招。[⑨]

【注释】

①《咏史》：共八首，此为第二首。

②郁郁：茂盛的样子。

③离离：下垂的样子。

④世胄：士族子弟。

⑤金张：为汉宣帝时两大权势家族。

⑥七叶：七世。

⑦珥：插。

⑧汉貂：汉代高官在帽子上插貂尾作装饰。貂，此指貂尾。

⑨“冯公”二句：汉代冯唐年近七十，仍然官职卑微。招，指为皇帝所招揽重用。

【赏析】

左思的《咏史》诗名为咏史，实为咏怀，展示了作者因门阀制度的限制，无法安身立命，由积极入世渐渐转为消极避世的思想变化过程。这首诗主要表达了诗人对门阀制度不公平性的强烈谴责态度。“郁郁涧底松”四句，通过比兴，描绘了直径仅有一寸的山上苗竟然遮盖了涧底的郁郁松，表面是写自然现象，实际却是隐喻人才选拔制度的不公平，形象鲜明，表达含蓄。“世胄蹑高位”四句，由暗转明，大胆揭露门阀制度所造成的“上品无寒门，下品无势族”的不公平现象：出身寒门的有才之士壮志难酬，庸碌无能的士族子弟却尸位素餐。然而这种选人用人的不公平现象并不是一朝形成的，“地势使之然，由来非一朝”。作者从自身遭遇出发，大胆抨击时弊，具有重要的政治意义。“金张藉旧业”四句，内容由一般到个别，借用历史上位高而无能及有才而位卑的典型人物，通过鲜明的对比，进一步对不合理的社会现实进行无情揭露和抨击。在艺术表现上，此诗善用比兴、用典、对比等手法，形象鲜明，借史咏怀，情感抒发由隐至显，环环相扣，取得了良好的艺术效果，对后世文人创作咏史诗产生了深远的影响。

8. 读山海经(十三首选一)[①]

[东晋]陶渊明

【作者简介】

陶渊明(约365—427)，又名潜，字元亮，私谥“靖节”，世称靖节先生，自号“五柳先生”，浔阳柴桑(今江西九江)人。东晋伟大的诗人、散文家、辞赋家。曾任江州祭酒、建威参军、镇军参军、彭泽县令等职，最后一次出仕为彭泽县令，八十多天便弃职而去，从此归隐田园，直至去世。陶渊明是我国第一位田园诗人，他的田园诗以自己的田园生活为内容，并真切地写出躬耕之甘苦，可谓中国文学史上第一人。(梁)钟嵘《诗品》称其为“古今隐逸诗人之宗”。

【原文】

孟夏[②]草木长，绕屋树扶疏[③]。
众鸟欣有托，吾亦爱吾庐。
既耕亦已种，时还读我书。
穷巷隔深辙[④]，颇回故人车。
欢然酌春酒，摘我园中蔬。
微雨从东来，好风与之俱。
泛览周王传[⑤]，流观山海图[⑥]。
俯仰[⑦]终宇宙，不乐复何如？

【注释】

①选自袁世硕：《中国古代文学作品选》(二)，110页，北京，人民文学出版社，2002。《读山海经》：组诗，共十三首，写作者读《山海经》和《穆天子传》时的奇思妙想，抒发对人生和社会政治的感慨。《山海经》，其中记述了很多古代神话传说。

②孟夏：初夏，指农历四月。

③扶疏：枝叶繁茂的样子。

④穷巷：陋巷。隔：隔绝。深辙：车轮轧过的印痕，此代指贵族所乘的车子。

⑤周王传：指《穆天子传》，记载有关周穆王的神话传说。

⑥山海图：《山海经图》。古人疑《山海经》本依图画而述之。晋郭璞有《山海经图赞》，图则早已失传。

⑦俯仰：俯仰之间，指时间极短。

【赏析】

此诗为《读山海经》组诗的第一首，总写读书的环境，突出在耕种之余的读书之乐。

在这里，诗人体验到的不仅有与大自然融为一体的怡然之乐，还有读书带来的与古人古事共通共融的精神满足。此诗语言平淡素朴，意境冲和淡远，寓意深远，表现了作者对田园生活的热爱之情。

9. 登池上楼①

[南朝宋]谢灵运

【作者简介】

谢灵运(385—433)，陈郡阳夏(今河南太康)人。出身世族，生于会稽始宁(今浙江绍兴)。因从小寄养在钱塘杜家，故乳名为客儿，世称谢客。又因他是东晋名将谢玄之孙，晋时袭封康乐公，故又称谢康乐。谢灵运性好山水，踪迹所至，辄付诸吟咏，他是中国文学史上第一位大量创作山水诗的诗人。其诗擅长刻画自然山水，造语精工，对改变东晋玄言诗的风气，起到了重要的推动作用。有《谢康乐集》。

【原文】

潜虬②媚幽姿，飞鸿响远音。
薄霄愧云浮，栖川怍渊沉。
进德智所拙，退耕力不任。
徇禄③反穷海，卧疴④对空林。
衾枕昧节候，褰开⑤暂窥临。
倾耳聆波澜，举目眺岖嵚⑥。
初景革绪风，新阳改故阴。
池塘生春草，园柳变鸣禽。
祁祁⑦伤豳歌，萋萋感楚吟。
索居⑧易永久，离群难处心。
持操岂独古，无闷征在今。

【注释】

①池上楼：在今浙江省温州市永嘉县西北。
②潜虬：潜沉在水中的龙，常喻指隐者。
③徇禄：追求禄位。
④疴：病。
⑤褰(qiān)开：拉开帏帘。
⑥岖嵚(qīn)：指高峻的山。
⑦祁祁：草木繁盛的样子。
⑧索居：离群独居。

【赏析】

永初三年(422)，谢灵运因被别人诋毁而出为永嘉太守。由于仕途受挫，谢灵运到永嘉后就卧病在床，次年初春始愈，于是登楼观景，托物起兴，写下了《登池上楼》这一名篇。作品以登池上楼为中心，抒发了政治失意的怅然、进退不得的矛盾、孤芳自赏的情调以及归隐田园的志趣等复杂的情绪。全诗可分为三个层次。第一层为前八句，写诗人官场失意后的不满和当时矛盾的处境，惭愧自己既不能像潜藏的虬龙那样安然退隐，也不能如高飞的鸿雁那样声震四方、建功立业。作品由虚入实，由远及近，情绪渐渐降至最低点。第二层为中间八句，也是全诗最精彩的部分，久病初愈的诗人临窗远眺，看到了万物勃发的初春美景。这里的景物描写有声有色，远近交错，充满了蓬勃生气，尤其是“池塘生春草，园柳变鸣禽”一联，历来传为名句。从全诗来看，写到这里，诗人的情绪开始渐渐转向开朗欣喜，但没有完全消解落寞伤感的心境。第三层为后六句，集中写诗人的思归之情。他借用典故抒发自己的感慨，情绪又转向感伤。在艺术表现上，此诗通过托物比兴、直抒胸臆、借景抒情等方式表达了诗人内心的苦闷以及对自然的喜爱之情。

10. 拟行路难(十八首选一)[①]

［南朝宋］鲍照

【作者简介】

鲍照(约 414—466)，字明远。祖籍东海(治所在今山东郯城)，家世贫贱。宋文帝元嘉十六年(439)，鲍照为谋求官职谒见临川王刘义庆，献诗言志，获得赏识，任为国侍郎。元嘉二十一年(444)，刘义庆病逝，他也随之失职，在家闲居了一段时间。后又出任过中书舍人、秣陵令等小官。孝武帝大明五年(461)，鲍照做了临海王刘子顼的幕僚，次年，刘子顼任荆州刺史，他随同前往江陵，任刑狱参军等职。孝武帝死后，明帝刘彧杀前废帝刘子业自立，刘子顼响应了晋安王刘子勋反对刘彧的斗争。刘子勋战败，刘子顼被赐死，鲍照亦为乱兵所害。他的作品在我国诗歌发展史上具有重要地位，他被称为“上挽曹刘之逸步，下开李杜之先鞭”的诗人。他的骈文亦佳。有《鲍参军集》。

【原文】

对案[②]不能食，拔剑击柱长叹息。
丈夫生世会几时，安能蹀躞垂羽翼[③]。
弃置罢官去，还家自休息。
朝出与亲辞，暮还在亲侧。
弄儿[④]床前戏[⑤]，看妇机中织。
自古圣贤尽贫贱，何况我辈孤且直[⑥]。

【注释】

①《拟行路难》：共十八首，此为第六首。《行路难》是乐府古题，属“杂曲歌辞”，本篇为拟乐府。

②案：一种放置食用器皿的案几。

③“安能”句：这句是说怎么能裹足不前，垂翼不飞呢。蹀躞(dié xiè)：小步行走的样子。

④弄儿：逗小孩。

⑤戏：玩耍。

⑥孤且直：孤高并且耿直。

【赏析】

《行路难》是乐府古题，主要表现世路艰难和离别悲伤等主题。鲍照的《拟行路难》主要抒发对人生艰难的感慨，表达出身寒门的士人在仕途中的坎坷和痛苦，也有描写游子和思妇之作，大多感情强烈，语言遒劲，辞藻华丽。这首诗主要写诗人仕途失意、辞官还家的悲愤之情，通过勉为宽慰之语，愈加体现其愤慨之心。全诗分三层。前四句集中写自己仕宦生涯中备受摧抑的悲愤心情。一开始用“不能食”“拔剑击柱”“长叹息”这样三个紧相连接的行为动作，充分展示了内心的愤懑不平。接着便叙说愤激的内容，表明自己在重重束缚下有志难伸、有怀难展的处境。再联想到生命有限，更叫人心里焦躁。中间六句是转折，表现自己在仕途上遇到挫折，于是回家与亲人团聚、共叙天伦之乐的情景。然而闲居家园毕竟是不得已的做法，并不符合诗人一贯企求施展才华的本意，亦不可能真正缓解其内心的痛苦。故而最后两句，由宁静的家庭生活氛围，突然迸发出积郁已久的牢骚愁怨之情，从中透射出情感的力量。在艺术上，此诗节奏张弛有度，文气畅然，显现出作者特有的笔力健劲、气势飞动的抒情特点，这也是鲍照诗歌最能引起读者共鸣的地方。

11. 西洲曲①

南朝乐府民歌

【作品简介】

《西洲曲》属于南朝乐府中的“杂曲歌辞”，最早收录于徐陵所编的《玉台新咏》，它是南朝乐府民歌中最长的抒情诗篇，历来被视为南朝乐府民歌的代表作。但《西洲曲》极为难解，研究者甚至称之为南朝文学研究的“哥德巴赫猜想”。

【原文】

忆梅[2]下西洲，折梅寄江北[3]。
单衫杏子红，双鬓鸦雏[4]色。
西洲在何处？两桨桥头渡[5]。
日暮伯劳[6]飞，风吹乌臼树[7]。
树下即门前，门中露翠钿[8]。
开门郎不至，出门采红莲。
采莲南塘秋，莲花过人头。
低头弄莲子，莲子青如水[9]。
置莲怀袖中，莲心彻底红。
忆郎郎不至，仰首望飞鸿[10]。
鸿飞满西洲，望郎上青楼[11]。
楼高望不见，尽日栏干头。
栏干十二曲，垂手明如玉。
卷帘天自高，海水摇空绿。
海水梦悠悠[12]，君愁我亦愁。
南风知我意，吹梦至西洲。

【注释】

①选自袁世硕：《中国古代文学作品选》(二)，199页，北京，人民文学出版社，2002。西洲：地名。

②梅：梅花。指女子与情人在西洲约会时所见之景物。

③江北：长江以北，当指男子所在。

④鸦雏：小乌鸦。

⑤“两桨”句：划着双桨经过桥头渡口就是西洲。

⑥伯劳：一种性喜独处的鸟。

⑦乌臼树：一种落叶乔木。

⑧翠钿：饰有翠玉的首饰。

⑨莲子：谐音“怜子”。青如水：谐音“清如水”，兼喻情人品格。

⑩望飞鸿：指盼望男方书信。古代有鸿雁传书的传说。

⑪青楼：古时富贵人家用青漆涂饰的闺楼，六朝以前的诗中多指女子居处，与后来用以指妓院不同。

⑫悠悠：渺茫的样子。

【赏析】

《西洲曲》共三十二句，表现了一个江南女子对情郎的思念，结构上为四季相思体。首句由“梅”唤起女子对情郎的思念以及对过去与情郎西洲游乐的温馨回忆。时空流转，但思念不曾停歇。接下来是几个画面的展开：西洲游乐，女子那杏子一样红的单薄衣衫和小乌鸦一样黑亮的如云鬓发交相辉映，使读者感受到女子记忆中与情郎共度时光的美好；开门延郎，门里露出的翠绿钗钿让我们体味到女子内心的娇羞和期待、未能达成所愿的失望以及极力想要掩饰这种失望的故作不在意；南塘采莲，集中描绘亭亭玉立的莲花，结合“低头弄莲子”“置莲怀袖中”等温柔可人、含情脉脉的动作描写，表现女子对情郎感情的纯洁和浓烈；登楼望郎，女子凭栏眺望，企盼飞鸿能传递相思，但未能如愿，只能寄希望于南风和幽梦，助二人团聚。在艺术上，这首诗有以下几点值得注意。第一，用景物描写表现时空变迁，将思念叙写得摇曳生姿。一年之中早春时节可以“折梅”，春夏之交穿“单衫”，仲夏之时“伯劳飞”，初秋“采红莲”，仲秋“弄莲子”，深秋“望飞鸿”。一天之中白天折梅，“日暮”时“伯劳飞”。空间上从“西洲”到“江北”，从“门前”到“南塘”，再到“青楼”。虽时空屡移，但条理井然。女子相思怀念的深情表现在诗的字里行间。第二，叠字和顶真的运用。“开门延郎”场景中，四个“门”字叠用，强化了女子盼望心上人到来的焦急心情。“出门采莲”场景中，连用七个“莲”字，着意渲染女子缠绵的情思。而顶真的运用使得全诗环环紧扣，引人入胜。第三，双关的运用。例如，“莲”与“怜”谐音双关，而“怜”又是“爱”的意思，极言女子对情人的爱恋。双关语的运用使诗歌显得含蓄委婉。第四，语言清丽，音韵婉转流畅。

12. 在狱咏蝉

[唐]骆宾王

【作者简介】

骆宾王(约638—?)，字观光，婺州义务(今浙江义乌)人。七岁时作《咏鹅》诗，号为神童。官历奉礼郎、武功主簿、长安主簿、临海丞等。后随徐敬业起兵讨武则天，兵败不知所终。骆宾王为“初唐四杰”之一，擅长七言歌行，诗风宏丽，气象雄杰，为初唐诗向盛唐诗的发展过渡做出了杰出的贡献。

【原文】

西陆① 蝉声唱，南冠② 客思深。
不堪玄鬓③ 影，来对白头吟④。
露重飞难进⑤，风多响⑥ 易沉⑦。
无人信高洁⑧，谁为表予心？

【注释】

①西陆：指秋天。《隋书·天文志》："日循黄道东行……行西陆谓之秋。"

②南冠：代指囚徒。

③玄鬓：指蝉的黑色翅膀。古代女子将鬓发梳理成蝉翼之状，故称玄鬓。

④白头吟：乐府曲名。

⑤露重：秋露浓重。飞难进：是说蝉难以高飞。

⑥响：指蝉声。

⑦沉：沉没，掩盖。

⑧高洁：清高洁白。古人认为蝉栖高饮露，是高洁之物。作者因以自喻。

【赏析】

骆宾王在仪凤三年(678)冬天被诬蒙冤下狱，次年秋天在牢狱中写下此诗。这首诗是一首咏物诗，采用起兴的手法，将凄切的蝉鸣与自身的不幸联系在一起，表现了自己高洁的品性和不为时人了解的孤独寂寞之感。整首诗感情充沛，取譬明切，用典自然，语多双关，于咏物中寄情寓兴，由物到人，由人及物，达到了物我一体的境界，是咏物诗中的名作。

13. 夏日南亭怀辛大①

［唐］孟浩然

【作者简介】

孟浩然(689—740)，名浩，以字行，襄州襄阳(今湖北襄阳)人。早年曾隐居鹿门山，漫游吴越等地。开元二十五年(737)，入张九龄幕，不久即辞归。孟浩然一生布衣，过的主要是隐居和漫游生活，在当时以隐逸而享有盛名，但他并未彻底忘怀仕途。他与王维同为盛唐山水田园诗派的著名诗人，并称"王孟"。其诗歌多描绘山水田园风物，寄托闲适平和心情，风格平淡清幽。他尤其擅长五言诗。

【原文】

山光②忽西落，池月渐东上。
散发乘夕凉，开轩③卧闲敞④。
荷风送香气，竹露滴清响。
欲取鸣琴弹，恨无知音赏。
感此怀故人，中宵⑤劳梦想⑥。

【注释】

①选自邓安生、孙佩君译注：《孟浩然诗选译》，53～54页，成都，巴蜀书社，

1990。南亭：指孟浩然隐居处之小亭。辛大：当时的一位隐士。

②山光：指傍山的日影。

③轩：长廊处的窗子。

④卧闲敞：躺在幽静宽敞的地方。闲敞，清净宽敞。

⑤中宵：指半夜。

⑥梦想：想念。

【赏析】

皮日休评价孟浩然的诗歌，“遇景入咏，不拘奇抉异”。孟浩然的诗虽只就闲情逸致作轻描淡写，但往往能引人渐入佳境。《夏日南亭怀辛大》就是具有代表性的名篇。这首诗描写了闲适安逸、悠然自得的情趣，表达了对友人的怀念之情。文字如行云流水，层递自然，由境及意而达于浑然一体，极富韵味。

诗人对夜晚的山中景物感触细腻入微，诗味盎然，情境浑然一体。“忽”“渐”二字透露出诗人的主观感受。诗人在亭子里散发乘凉，沉浸在悠然自适的夏夜妙境中。清风吹来荷花散发的香气，耳中听到竹子上面露水滴下的轻轻响动。因为是在夜里，这里对嗅觉和听觉的描写就显得非常生动逼真，让人如身临其境，体会到夏夜的静谧之美。

14. 菩萨蛮[①](平林漠漠烟如织)

[唐]李白

【作者简介】

李白(701—762)，唐代诗人，字太白，号青莲居士，祖籍陇西(在今甘肃)，隋末其先人流寓碎叶(在今吉尔吉斯斯坦)。李白幼时随父迁居绵州昌隆(今四川江油)青莲乡，天宝初被召入京，供奉翰林，不久因得罪权贵落职，安史之乱时，曾应邀入永王李璘幕府，后因李璘兵败而受累，流放夜郎，中途遇赦。李白是我国文学史上最伟大的诗人之一，其诗富有积极浪漫主义色彩，诗风雄奇豪迈，感情奔放，后人辑有《李太白集》。

【原文】

平林漠漠烟如织[②]，寒山一带伤心[③]碧。暝色[④]入高楼，有人楼上愁。

玉阶[⑤]空伫立[⑥]，宿鸟归飞急。何处是归[⑦]程？长亭更短亭[⑧]。

【注释】

①选自《全唐诗》(下)，2164页，上海，上海古籍出版社，1986。

②平林：平原上的林木。《诗经·小雅·车舝》：“依彼平林，有集维鷮。”毛传：

“平林，林木之在平地者也。”漠漠：迷蒙貌。烟如织：暮烟浓密。

③伤心：极甚之辞。愁苦、欢快均可言伤心。此处极言暮山之青。

④暝色：夜色。

⑤玉阶：玉砌的台阶。这里泛指华美洁净的台阶。

⑥伫(zhù)立：长时间地站着等候。谢朓《秋夜》诗：“夜夜空伫立。”

⑦归：一作“回”。

⑧长亭更短亭：长亭、短亭是古代设在路边供行人休歇的亭舍。庾信《哀江南赋》云：“十里五里，长亭短亭。”说明当时每隔十里设一长亭，每隔五里设一短亭。亭，《释名》卷五：亭，停也，人所停集也。“更”一作“连”。

【赏析】

此词写作背景已经不详。据宋僧文莹《湘山野录》卷上说：“此词不知何人写在鼎州沧水驿楼，复不知何人所撰。魏道辅泰见而爱之。后至长沙，得古集于子宣(曾布)内翰家，乃知李白所作。”这首词从整体上看是一首怀人之作，但其主题又是复杂的，着重描写一种人在羁旅中思念恋人、对前途感到怅惘迷茫的复杂情感。这首词上下两片采用了不同的手法，上片偏于客观景物的渲染，下片着重主观心理的描绘，情景交融。词的开头两句写远景：在高楼上极目远眺，只见平林漠漠，夕岚交织，秋意弥漫，一片苍茫萧瑟的景象，传达出一种空寞惆怅的情绪，起到笼罩全篇的作用。“伤心碧”三字极妙，将自然之景加以人格化，情景交融，形成完美的意境。“暝色”两句转为近景描写，一个“入”字带有极强的动态感，由远而近，将笔触转移到伫立在楼头的思妇身上，刻画她那惆怅空寞的复杂心理。“玉阶”两句写抬头望见日暮投林之鸟，衬托出女子对远游在外、滞留他乡的行人的牵挂、哀怨。结尾“何处是归程？长亭更短亭”只是加强了这种接续不断、无穷无尽的怅惘感，并没有给出一个明确的答案。整首词就在这种惆怅寂寥的情感中画上了句号。此词篇幅不长，但凝结了密集的意象，借助于移情等艺术手法，展现了人物复杂丰富的心理活动，同时反映出作者在现实中找不到归宿感、惆怅迷茫的深层心理。

15. 望岳[①]

[唐]杜甫

【作者简介】

杜甫(712—770)，字子美，巩县(今河南巩义)人。青年时期应试不第，后因剑南节度使严武表荐为节度参谋、检校工部员外郎，故世称杜工部。杜甫历经李唐王朝由盛转衰的时期，他的诗广泛而深刻地反映了安史之乱前后的现实生活和社会矛盾，被誉为“诗史”。他是我国古典诗歌的集大成者，诸体兼擅，锤炼谨严，沉郁顿挫。有《杜工部集》。

【原文】

岱宗[②]夫[③]如何？齐鲁青未了[④]。
造化钟神秀[⑤]，阴阳割昏晓[⑥]。
荡胸生层云[⑦]，决眦[⑧]入归鸟。
会当凌绝顶[⑨]，一览众山小[⑩]。

【注释】

①选自吴桐：《唐诗三百首》，164页，北京，北京时代华文书局，2020。望岳：杜甫以“望岳”为题作诗共三首，这首的“岳”是东岳泰山。

②岱宗：泰山亦名岱山、岱岳等，五岳之首，在今山东省。古代以泰山为五岳之首，诸山所宗，故又称“岱宗”。历代帝王举行封禅大典，大都在此山，这里指对泰山的尊称。

③夫：句首发语词，无实在意义。

④齐鲁：齐鲁原是春秋战国时代的两个国名，在今山东境内，后用齐鲁代指山东地区。青未了：指郁郁苍苍的山色无边无际，浩茫浑涵，难以尽言。青，指苍翠的美好山色。未了，不尽，不断。

⑤造化：大自然。钟：聚集。神秀：天地之灵气，神奇秀美。

⑥此句是说泰山很高。阴阳：阴指山的北面，阳指山的南面。这里指泰山的南北。割：分。夸张的说法。昏晓：黄昏和早晨。极言泰山之高，山南山北因之判若早晨和黄昏，明暗迥然不同。

⑦荡胸：心胸摇荡。层：重叠。

⑧决眦(zì)：眼角(几乎)要裂开。这是由于极力张大眼睛远望归鸟入山所致。眦，眼角。决，裂开。

⑨会当：终当，定要。凌绝顶：登上最高峰。凌，登上。

⑩小：形容词的意动用法，意思为“以……为小，认为……小”。

【赏析】

本诗作于开元二十四年(736)诗人北游齐赵之时，是杜甫青年时代的作品，充满了诗人青年时代的浪漫与激情。全诗没有一个“望”字，却紧紧围绕诗题“望岳”的“望”字着笔，由远望到近望，再到凝望，最后是俯望。诗人描写了泰山雄伟磅礴的气象，抒发了自己勇于攀登、傲视一切的雄心壮志，洋溢着蓬勃向上的朝气。最后两句通过登顶愿望的抒发，表达了诗人不怕困难、敢于攀登的雄心壮志，表现出青年杜甫坚韧不拔的性格和远大的政治抱负，带有深远的哲理韵味，因而历来为人们所传诵。

16. 山石[①]

[唐]韩愈

【作者简介】

韩愈(768—824)，字退之，河南河阳(今河南孟州)人，自谓郡望昌黎，故世称韩昌黎。晚年任吏部侍郎，故又称韩吏部。谥号“文”，又称韩文公。唐代杰出的文学家、思想家、哲学家。他以儒家道统的传人自居，一生弘扬儒学，排斥佛老，元和十四年(819)，因谏迎佛骨一事被贬至潮州。在文学上，韩愈是唐代古文运动的领导者，反对六朝以来的骈俪文风，为散文的健康发展开辟了道路。在诗歌的具体作法上，他以文为诗，是新诗派——韩孟诗派的核心人物。其作品收在《昌黎先生集》里。

【原文】

山石荦确[②]行径微[③]，黄昏到寺蝙蝠飞。
升堂坐阶新雨足，芭蕉叶大支子[④]肥。
僧言古壁佛画好，以火来照所见稀。
铺床拂席置羹饭，疏粝[⑤]亦足饱我饥。
夜深静卧百虫绝，清月出岭光入扉。
天明独去无道路，出入高下穷烟霏[⑥]。
山红涧碧纷烂漫，时见松枥[⑦]皆十围。
当流赤足蹋涧石，水声激激[⑧]风吹衣。
人生如此自可乐，岂必局束为人鞿[⑨]。
嗟哉吾党[⑩]二三子，安得至老不更归。

【注释】

①选自袁世硕：《中国古代文学作品选》(二)，384页，北京，人民文学出版社，2002。

②荦(luò)确：石多不平的样子。

③行径微：山路狭窄。

④支子：即栀子。一种常绿灌木，夏初开白花，香味浓郁。

⑤疏粝(lì)：糙米饭。

⑥烟霏：山间晨雾。

⑦枥(lì)：古同“栎”，树名。

⑧激激：水流的声音。

⑨局束：拘束。鞿：马的缰绳，此处指受人牵制、摆布。

⑩吾党：志同道合的朋友。

【赏析】

此诗的题目是“山石”，但并不是一首以山石为表现对象的咏物诗，而是一首记游之作。整首诗以时间为线索，叙述了诗人游山寺之所见、所闻、所思、所感。前四句叙写诗人黄昏时分到达山中古寺所见：这里有崎岖不平的山石、上下翻飞的蝙蝠、雨后叶子阔大的芭蕉和果实肥硕的栀子，一派初夏景象，让人顿觉神清气爽、生气盎然。“僧言”四句介绍诗人在寺中所遇：僧人热情待客，邀请诗人欣赏“古壁佛画”，精心为诗人准备住处和餐食，体现了山中的人情之美。“夜深”两句，写山寺之夜的清静幽美，表达诗人留宿的惬意舒心。“天明”六句，写第二天早上诗人离去时的见闻：晨雾缭绕，曲径萦回，山红涧碧，松栎十围，水声激激。这里有赏不尽的美景，诗人自然而然地沉醉在这自然美景之中，于是，发出了“人生如此自可乐，岂必局束为人鞿”的感慨，希望跟自己同道的“二三子”能一起来过这种清心适意、不受人挟制的生活。这首诗典型地体现出韩愈诗歌“以文为诗”的艺术特色，它借鉴了游记性散文的写法，按时间顺序来描写游历经过，显得别具一格、生机勃勃。

17. 赋得古原草送别①

［唐］白居易

【作者简介】

白居易(772—846)，唐代诗人，字乐天，晚号香山居士，有“诗魔”和“诗王”之称。原籍太原(今属山西)，祖上迁居下邽(今属陕西)，出生于河南新郑。白居易少时避乱江南，贞元十六年(800)中进士，授翰林学士、左拾遗、东宫赞善大夫等，后贬江州司马，历任忠州、杭州、苏州刺史，以刑部尚书致仕。白居易是我国文学史上的伟大诗人之一，其诗着重表现现实主义的内容，形象鲜明，韵律和谐，平易通俗。他与诗人元稹交厚，世称“元白”，与刘禹锡并称“刘白”。

白居易的诗歌题材广泛，形式多样，语言平易通俗。他的诗歌主张和诗歌创作，以对通俗性、写实性的突出强调和全力表现，在中国诗史上占有重要的地位。有《白氏长庆集》，代表诗作有《长恨歌》《卖炭翁》《琵琶行》等。

【原文】

离离②原上草，一岁一枯荣。
野火烧不尽，春风吹又生。
远芳③侵古道，晴翠④接荒城。
又送王孙⑤去，萋萋⑥满别情。

【注释】

①选自萧涤非等：《唐诗鉴赏辞典》，880 页，上海，上海辞书出版社，2003。

②离离：繁茂的样子。

③远芳：绵延无际的芳草。

④晴翠：阳光照耀下的绿草。

⑤王孙：本指贵族后代，此指远方的友人。

⑥萋萋：形容草木长得茂盛的样子。

【赏析】

这首诗作于 787 年，作者时年十六。此诗是应考的习作，按科场考试规矩，凡指定、限定的诗题，题目前必须加“赋得”二字，作法与咏物相类。此诗通过对古原上野草的描绘，抒发送别友人时的依依惜别之情。草在古诗词中往往有着特定的含义。《楚辞·招隐士》中就有“王孙游兮不归，春草生兮萋萋”之句，以草来指代别情、离情；而白居易的这首诗在沿承之中又突破了这种惯用的含义。诗篇的前四句，先是描写古原之上茂盛的野草具有非常旺盛的生命力，在严酷的自然法则和时间面前，生生不息，一枯一荣，展示着它们顽强的生命意志；“野火烧不尽，春风吹又生”，则是“枯荣”二字的发展，由概念一变而为形象的画面，即使燎原野火暂时将草化为灰烬，但只要春风吹来，野草的生命便会复苏，展示自己重生的力量和顽强不屈的意志。野火象征着残暴、严酷的力量，一时固然可以占据上风；但在历史的长河中，正义的生命是永远不可遏制的。五、六两句则继续写“古原草”，而将重点落到“古原”上，以引出“送别”题意，故一转。上一联用流水对，妙在自然；而此联为的对，妙在精工，颇觉变化有致。“远芳”“晴翠”都写草，但比“原上草”意象更具体、生动。芳曰“远”，古原上清香弥漫可嗅；翠曰“晴”，则绿草沐浴着阳光，秀色如见。“侵”“接”二字继“又生”，更写出一种蔓延扩展之势，再一次突出那生存竞争之强者——野草的形象。“古道”“荒城”则扣题面“古原”极切。虽然道古城荒，青草的滋生却使古原恢复了青春。比较“乱蛬鸣古堑，残日照荒台”(僧古怀《原上秋草》)的秋原，就显得生气勃勃。诗的尾联，则回到了诗题中的“送别”之意，收起全篇，带来一个意境悠远的结尾。作者并非为写古原而写古原，同时又安排一个送别的典型环境：大地春回，芳草芊芊的古原景象如此迷人，而送别在这样的背景上发生，该是多么令人惆怅，同时又是多么富有诗意啊。“王孙”二字借自楚辞成句，泛指行者。“王孙游兮不归，春草生兮萋萋”说的是看见萋萋芳草而怀思行游未归的人。这里却变其意而用之，写的是看见萋萋芳草而增送别的愁情，似乎每一片草叶都饱含别情，那真是：“离恨恰如春草，更行更远还生”(李煜《清平乐》)。这是多么意味深长的结尾啊！诗到此点明“送别”，结清题意，关合全篇，“古原”“草”“送别”打成一片，意境极浑成。[1] 全诗自然流畅而又格律工整，能够融入个人深刻的生活感受，命意新奇，富含哲理，催人奋进，故能传诵千古而不衰。

---

〔1〕 萧涤非等：《唐诗鉴赏辞典》，880～881 页，上海，上海辞书出版社，2003。

18. 渔翁[①]

[唐]柳宗元

【作者简介】

柳宗元(773—819)，字子厚，祖籍河东(今山西永济)，世称柳河东。德宗贞元九年(793)进士，后擢升礼部员外郎，积极参加王叔文革新集团。永贞革新失败后，被贬永州(今属湖南)司马。宪宗元和十年(815)回京师，后又出为柳州(今属广西)刺史，世称柳柳州。柳宗元是唐代著名的文学家、哲学家。他和韩愈同是古文运动的倡导者，并称"韩柳"。文章多借物说理，批判时政，用语精辟，富于哲理。山水游记，刻画细微，寄托深远。其诗内容广泛，风格多样，自成一格。有《柳河东集》。

【原文】

渔翁夜傍西岩[②]宿，晓汲[③]清湘燃楚竹。
烟销[④]日出不见人，欸乃[⑤]一声山水绿。
回看天际下中流，岩上无心云相逐。

【注释】

①选自蘅塘退士、朱彊村、卢前：《唐诗三百首·宋词三百首·元曲三百首》，48页，杭州，浙江古籍出版社，1988。

②西岩：西山。在今湖南省永州市西。

③汲：取水。

④销：通"消"。

⑤欸乃：划船摇橹的声音。

【赏析】

此诗是柳宗元被贬永州期间所作。此时的柳宗元，因永贞革新失败，承受着政治上的沉重打击，他寄情于异乡山水，写下了许多描绘永州风光的诗篇，《渔翁》即为其一。此诗以清新淡然的笔墨勾画出一幅令人迷醉的清晨山水图景，在描绘山水的同时，也包寓着作者政治失意的孤愤，透露出作者深沉热烈的内心情感世界。

这首诗题目虽是"渔翁"，但主要写景，写渔翁在旖旎的景色中过着悠然的水上生活。综观全诗，意境平淡至极，表现了作者超然物外、避世绝俗、寄情山水的心态，富于禅意。读了这首诗，人们觉得盛景在目，奇趣荡胸。

19. 金铜仙人辞汉歌①

[唐]李贺

【作者简介】

李贺(790—816)，字长吉，河南福昌(今河南宜阳西)人。因家居福昌昌谷，故或称其为李昌谷，其诗集或称为《昌谷集》。李贺本欲应进士举，排挤者谓其父名“晋肃”，“晋”与“进”同音，“肃”与“士”音近，故李贺不得参加进士考试。李贺后在京城做了三年奉礼郎小官，郁郁不得志，回到故乡，在贫病交加中逝世，年仅27岁。李贺有“诗鬼”之称，与李白、李商隐并称“唐代三李”，其诗多抒发怀才不遇的愤忧，也有针砭时弊、反映民生疾苦之作。艺术上刻意追求创新，想象丰富，立意新奇，辞藻瑰丽，形成了凄艳诡激的独特风格。有《昌谷集》。

【原文】

魏明帝青龙九年②八月，诏宫官牵③车西取汉孝武捧露盘仙人，欲立置前殿。宫官既拆盘，仙人临载乃潸然泪下。唐诸王孙李长吉遂作《金铜仙人辞汉歌》。

茂陵④刘郎秋风客⑤，夜闻马嘶晓无迹。
画栏桂树悬秋香，三十六宫⑥土花⑦碧。
魏官牵车指千里，东关酸风⑧射眸子。
空将汉月出宫门，忆君清泪如铅水⑨。
衰兰送客咸阳⑩道，天若有情天亦老！
携盘独出月荒凉，渭城⑪已远波声小。

【注释】

①选自袁世硕：《中国古代文学作品选》(二)，484～485页，北京，人民文学出版社，2002。

②青龙九年：一作“青龙元年”，皆误。青龙五年三月即改元景初。《三国志·魏书·明帝纪》景初元年裴松之注引《魏略》，云魏明帝搬迁金铜仙人在景初元年。

③牵(xiá)：同“辖”，车轴头，此指驾驶。一作“牵”。

④茂陵：汉武帝刘彻的陵墓，在今陕西兴平。

⑤秋风客：指刘彻。汉武帝著有《秋风辞》。

⑥三十六宫：指汉代长安的宫殿。

⑦土花：指苔藓。

⑧酸风：令人酸楚的凄风。

⑨铅水：指铜人所流的泪水。

⑩咸阳：秦都城。唐人多借指长安。

⑪渭城：本指秦都咸阳，此借指长安。

【赏析】

这首诗是李贺因病辞去奉礼郎职务，由京师长安赴洛阳途中所作的一首诗。诗人借金铜仙人辞汉的史事来抒写兴亡之感、家国之痛和个人身世之悲。金铜仙人是汉武帝建筑于长安城中神明台上的，它既是大汉文治武功强盛的象征，又承载着汉武帝企盼长生的愿望。两汉覆亡后，金铜仙人被魏明帝派人拆移至洛阳，因为太重，被弃置于霸城。李贺故意忽略金铜仙人遭弃置的情节，而对“金狄或泣”(习凿齿《汉晋春秋》)的神奇传说加以发挥，着意突出金铜仙人辞汉时的“清泪”，表现兴亡之感，凸显家国之悲。除此之外，在对史事的熔裁过程中，诗人还融入个人的身世之感。李贺自幼聪敏灵秀，心思细密，多愁善感，有报效国家、建功立业的愿望，但在现实中却屡屡碰壁、难遂心愿，加之此次诗人因病辞官，由长安奔赴洛阳，与金铜仙人辞汉的路线大体一致，于是诗歌中又积淀着诗人对前途、命运的无奈与伤感。在艺术上，全诗设想奇特，词句诡谲，意境奇绝、恍惚迷离，充满浪漫主义色彩，是李贺的代表作品之一。

20. 锦瑟①

[唐]李商隐

【作者简介】

李商隐(约813—约858)，唐代诗人，字义山，号玉谿生，怀州河内(今河南沁阳)人。李商隐25岁进士及第，后因牛李党争而受排挤，终身潦倒，闲居郑州。他的诗自成一体。因他自号玉谿生，他的诗体被人称为玉谿体。李商隐的诗，辞藻华丽，用典精微，构思奇特，叙事含蓄，独具风格。有《李义山诗集》。

【原文】

锦瑟无端②五十弦，一弦一柱③思华年④。
庄生晓梦迷蝴蝶，望帝⑤春心托杜鹃。
沧海月明珠有泪，蓝田⑥日暖玉生烟。
此情可待⑦成追忆，只是当时已惘然⑧。

【注释】

①选自[唐]李商隐：《李商隐诗选》，1页，扬州，广陵书社，2019。锦瑟：绘有锦纹的一种弦乐器。

②无端：没来由。

③柱：系弦的短木柱。

④华年：少年。

⑤望帝：古代蜀国君主，望帝死后其魂化为鸟，名曰杜鹃。

⑥蓝田：山名。在今陕西蓝田，山出美玉。

⑦可待：岂待。

⑧惘然：失意的样子。

【赏析】

这首诗大约作于大中十二年(858)，李商隐此时罢盐铁推官，还郑州闲居。关于这首诗的题目，曾有不同的说法。现在一般认为，这是借“锦瑟”以隐题的“无题”之作。这首诗历来注释不一，莫衷一是。或以为是悼亡之作，或以为是爱国之篇，或以为是自比文才之论，或以为是思念侍儿锦瑟之作，但以为是悼亡死者的为最多。有人认为，开首以瑟弦五十折半为二十五，隐指亡妇华年二十五岁。这话未免有点牵强。但是，首联确是哀悼早逝。颔联以庄子亡妻鼓盆而歌和期效望帝化成子规而啼血，间接地描写了人生的悲欢离合。颈联以鲛人泣珠和良玉生烟的典故，隐约地描摹了世间风情迷离恍惚。最后抒写生前情爱漫不经心，死后追忆已经惘然的难以排遣的情绪。全诗旨意难解，逻辑模糊，但意象密丽，意境朦胧，有一种难言之美充溢其中，拨动读者心弦与之产生共鸣。

21. 八声甘州(对潇潇暮雨洒江天)[①]

[北宋]柳永

【作者简介】

柳永(约 987—约 1053)，宋代词人，原名三变，字耆卿，因排行第七，世称柳七，崇安(今属福建)人。景祐年间进士，因曾任屯田员外郎，故又称柳屯田。他自称“奉旨填词柳三变”，以毕生精力作词，并以“白衣卿相”自诩。其词多描绘城市风光和歌妓生活，尤长于抒写羁旅行役之情。他创作慢词独多。其词铺叙刻画，情景交融，语言通俗，音律谐婉，在当时流传极其广泛，人称“凡有井水饮处，皆能歌柳词”。他是婉约派最具代表性的人物之一，对宋词的发展有重大影响。有《乐章集》。

【原文】

对潇潇[②]暮雨洒江天，一番洗清秋。渐霜风[③]凄紧，关河冷落，残照当楼。是处红衰翠减[④]，苒苒[⑤]物华[⑥]休。惟有长江水，无语东流。　不忍登高临远，望故乡渺邈[⑦]，归思[⑧]难收。叹年来踪迹，何事苦淹留！想佳人、妆楼颙望[⑨]，误几回、天际识归舟。争知我、倚阑干处，正恁凝愁！

【注释】

①选自吴桐:《宋词三百首》,30页,北京,北京时代华文书局,2020。

②潇潇:风雨急骤的样子。

③霜风:秋风。

④红衰翠减:指花草树叶已凋零之貌。

⑤苒苒:同“冉冉”,渐渐。

⑥物华:美好的景物。

⑦渺邈:遥远之貌。

⑧归思:思归的心绪。

⑨颙望:抬头呆呆地远望。

【赏析】

柳永冲破了晚唐五代词多写男女情爱与闺阁园庭的狭小范围,把词笔投向关塞山河、通都大邑、历史兴亡,使其词呈现出高远深邃、雄阔浑厚的境界,为宋词的声色大开建立了最初的规范。词人自我形象和自我感情的介入,使词真正成为表情达意的利器。他大量创制慢词长调,将赋体的铺叙手法运用其中,抒发浪迹天涯的漂泊心绪,增强了词的抒情性和叙事性,这些都为后世文学的发展提供了借鉴。

这是一首写羁旅乡思的词,约作于柳永游宦江浙之时。此词上片写景,下片抒情,脉络非常清晰。作者在暮雨潇潇、霜风凄紧的秋日登高远眺,满目山河冷落,万物萧条,大江东流,不由得勾起作者的愁思。开头几句以暮雨、霜风、江水营构了一幅风急雨骤的秋江雨景图,为整首词铺垫了一种凄冷、衰飒的氛围。“霜风凄紧”以下几句,是写雨后苍茫寥廓、凄清冷落的景象,境界悲壮而充满忧郁沧桑之气。下片集中抒发作者面对衰飒秋景时内心的复杂感触。为何“不忍登高临远”呢?原因是遥望故乡而引发了难以抑制的思乡之念;思念故乡,也正由于自己多年来饱尝了萍踪浪迹式的羁旅生活的辛酸,深感游宦无望,对自己的前途极为迷茫,甚至对出游在外的合理性也产生了疑问;再加上“佳人颙望”的相思之苦,更让自己觉得满腔凄楚,百念皆灰。此词层次清楚,将铺叙和抒情两种表现方法紧密结合,层层铺垫,婉曲抒情,营造了情景交融的完美意境。苏轼称赞此词佳句“唐人佳处,不过如此”,确非谬言。

22. 踏莎行(候馆梅残)①

[北宋]欧阳修

【作者简介】

欧阳修(1007—1072),宋代著名文学家、政治家,字永叔,号醉翁、六一居士,庐陵(今江西吉安)人。天圣八年(1030)进士,官至枢密副使、参知政事。早年热心政治改革,是北宋中叶重要的政治人物,后因直言遭贬,卒谥文忠。欧阳修在中国文学史上有重要的地位，他大力倡导诗文革新运动，改革了唐末到宋初的形式主义文风和诗风，取得了显著成绩，为北宋古文运动的领袖。与韩愈、柳宗元、苏轼、苏洵、苏辙、王安石、曾巩合称“唐宋八大家”，并与韩愈、柳宗元、苏轼合称“千古文章四大家”。有《欧阳文忠集》。

在词作方面，作为开创风气的一代文宗，欧阳修对词作也有所革新。这主要体现在两个方面：一是扩大了词的抒情功能，沿着李煜词所开辟的方向，进一步用词抒发自我的人生感受；二是改变了词的审美趣味，朝着通俗化的方向开拓，与柳永词相互呼应。

【原文】

候馆[②]梅残，溪桥柳细。草薰风暖摇征辔。[③]离愁渐远渐无穷，迢迢[④]不断如春水。

寸寸柔肠[⑤]，盈盈[⑥]粉泪[⑦]。楼高莫近危阑[⑧]倚。平芜[⑨]尽处是春山，行人更在春山外。

【注释】

①选自唐圭璋等：《唐宋词鉴赏辞典(唐·五代·北宋)》，467页，上海，上海辞书出版社，1988。

②候馆：迎宾候客之馆舍。《周礼·地官·遗人》：“五十里有市，市有候馆。”

③草薰：小草散发的清香。薰，香气侵袭。征辔(pèi)：行人坐骑的缰绳。辔，缰绳。此句化用南朝梁江淹《别赋》“闺中风暖，陌上草薰”而成。

④迢迢：形容遥远的样子。

⑤寸寸柔肠：柔肠寸断，形容愁苦到极点。

⑥盈盈：泪水充溢眼眶之状。

⑦粉泪：泪水流到脸上，与粉妆和在一起。

⑧危阑：高楼上的栏杆。

⑨平芜：平坦地向前延伸的草地。芜，草地。

【赏析】

这首词是欧阳修词的代表作之一。在婉约派词人抒写离情的小令中，这是一首情深意远、柔婉优美的代表性作品。上片抒写作者在旅途中的感受，下片推想闺中之人对自己的怅望，意蕴悠远，委婉动人。词的开头几句，通过几种富有特征的意象，点画出词意展开的场景。候馆、溪桥，点明征途；梅残、柳细，点明当时是初春。旅人坐在马上，信马由缰，略微有些惘然若失之意。在和煦的春风中，新生发的嫩草引起了游子的离愁。这种离愁如迢迢春水一般，一直涌荡在心头，让游子不能自已，油然想到了远在异地的思念之人。下片写游子推想楼阁之上的思妇一定也和自己一样深陷离别之苦中。她必然会伤心流泪，独上小楼，向远方张望游子。但是，进入她的视野的不过是漫无边际的田野、春山。虽然春意烂漫，但她情感所系之人却不知身在何方。尽管如此，她还是要独倚危栏，深情张望。远行的旅人如此为闺人所想，就显得两人的感情愈加深厚，离别也就显得愈加痛苦了。这种由己推人、层层递进的抒情手法，显得非常婉曲别致。

单从艺术特色上分析，此词主要运用了以下四种艺术手法。第一，以乐写愁，托物兴怀。这种手法运用得很巧妙。词的上片展现了一位孤独行人骑马离开候馆的镜头。在这画面里，残梅、细柳和薰草等春天里的典型景物点缀着候馆、溪桥和征途，表现了南方初春融和的气氛。这首词以春景写行旅，以乐景写离愁，从而收到烦恼倍增的效果。第二，实中寓虚，富于联想，也是这首词的一个艺术特点。梅、柳、草，实景虚用，虚实结合，不仅表现了春天的美好景色，而且寄寓了行人的离情别绪。作者从多个角度表现离愁，的确耐人寻味，有无穷的韵外之致。第三，化虚为实，巧于设喻，同样是这首词重要的艺术手段。“离愁渐远渐无穷，迢迢不断如春水”，便是这种写法。“虚”的离愁，化为“实”的春水；无可感的情绪，化为可感的形象，因而大大加强了艺术效果。第四，逐层深化，委曲尽情，更是这首词显著的艺术特色。整个下片，采用了不同类型的“更进一层”的艺术手法，那深沉的离愁，便被婉转细腻地表现出来了，感人动情。

整首词只有五十八个字，但由于巧妙地运用了以乐写愁、实中寓虚、化虚为实、更进一层等艺术手法，便把离愁表现得淋漓尽致，产生了巨大的艺术魅力，所以成了人们乐于传诵的名篇。

23. 明妃曲(其一)①

[北宋]王安石

【作者简介】

王安石(1021—1086)，字介甫，号半山，临川(今江西抚州)人，北宋著名的思想家、政治家、改革家、文学家。庆历二年(1042)进士，历任扬州签判、鄞县知县、舒州通判等职，政绩显著。熙宁二年(1069)，任参知政事，次年拜相，主持变法。因守旧派反对，熙宁七年(1074)罢相。一年后，王安石再次被起用，旋又罢相，退居江宁，封荆国公，世称王荆公。元祐元年(1086)，保守派得势，新法皆废，王安石病逝。绍圣元年(1094)，获谥“文”，故世称王文公。其散文成就尤著，为“唐宋八大家”之一；诗长于说理与修辞，善用典故，风格遒劲有力；词多咏史怀古之作，境界深远。传世文集有《王临川集》《临川集拾遗》等。

【原文】

明妃②初出汉宫时，泪湿春风鬓脚垂。
低徊顾影无颜色，尚得君王不自持。
归来却怪丹青手③，入眼平生未曾有。
意态④由来画不成，当时枉杀毛延寿。

一去心知更不归，可怜着尽汉宫衣。
寄声欲问塞南事，只有年年鸿雁飞。
家人万里传消息，好在毡城[5]莫相忆。
君不见咫尺长门闭阿娇[6]，人生失意无南北。

【注释】

①《明妃曲》共二首，此为第一首。

②明妃：即王昭君，汉元帝宫女，容貌美丽，品行正直。晋人避司马昭讳，改昭为明，后人沿用。

③丹青手：指画家、画工。这里指画师毛延寿。

④意态：指人物的风神。

⑤毡城：这里指匈奴都城。

⑥阿娇：汉武帝皇后陈阿娇，曾因失宠，幽居于长门宫内。

【赏析】

这首诗作于嘉祐四年(1059)。有关明妃王昭君的故事，于史有据，民间流传也很广泛。自晋代石崇作《王昭君》乐府后，吟咏其事者，代不乏人。但主旨大致集中在这样几个方面：或悲其远嫁，抒写其在边地的寂寞；或表达王昭君的汉宫之思和爱国情怀；或谴责毛延寿等，致使美人和藩。王安石此诗却别出心裁，对史事提出新的见解。第一，认为毛延寿是被“枉杀”的。其实，诗人并非为毛延寿翻案，而是为了讽刺汉元帝按图召幸的好色和愚笨，因为人物的“意态”是“画不成”的。王安石强调昭君之美主要不在外貌，而在其内在的精神气质。第二，关于“失意”的别解。昭君远嫁塞外是失意，深锁长门宫中的汉陈皇后也是失意。而美人失宠与志士的怀才不遇，又有某种类似。所以，诗歌表面是写美人失宠，其内里是要慨叹志士仁人的怀才不遇。士不遇，这是古代文学作品一个传统的主题，北宋由于党争激烈，不少知识分子反复遭贬斥，感士不遇，就成了知识分子的普遍情绪。此诗之所以能震烁文坛，就因为它能言人之所欲言，有很强的现实意义。通过这首诗，读者不仅可以感受到王安石特立独行、识见高超的政治家风采，也可以体味到其古体诗善发议论、以文为诗的艺术特色。

24. 和子由渑池怀旧①

[北宋]苏轼

【作者简介】

苏轼(1037—1101)，字子瞻，又字和仲，号东坡居士，世称苏东坡、苏仙，眉山(今属四川)人，宋代著名文学家、书法家、画家。苏轼在诗、词、散文、书、画等方面都取得很高成就，是宋代文学最高成就的代表。他的诗题材丰富，风格清新，并善用夸张和比喻，与黄庭坚并称“苏黄”；他的词风格豪放，与辛弃疾并称“苏辛”；其散文著述宏富，豪放自如，与欧阳修并称“欧苏”，为“唐宋八大家”之一；苏轼擅长书法，与黄庭坚、米芾和蔡襄合称“宋四家”；苏轼工于画，尤擅墨竹、怪石、枯木等。有《东坡全集》《东坡乐府》。

【原文】

人生到处知何似，应似飞鸿踏雪泥②。
泥上偶然留指爪，鸿飞那复计东西。
老僧已死成新塔，坏壁无由见旧题。
往日崎岖还记否？路上人困蹇驴③嘶。

【注释】

①选自袁世硕：《中国古代文学作品选》(三)，52～53页，北京，人民文学出版社，2012。子由：苏轼弟弟苏辙的字。渑(miǎn)池：地名，今属河南。苏辙先有《怀渑池寄子瞻兄》，苏轼作此诗和之。

②飞鸿踏雪泥：即雪泥鸿爪，以飞鸿在雪泥上留下的指爪印，比喻人生往事遗留的痕迹。

③蹇驴：当指病驴或跛驴。

【赏析】

嘉祐六年(1061)冬，苏辙送苏轼至郑州，分手后回京，作诗寄苏轼，这是苏轼的和作。苏辙十九岁时，曾被任命为渑池县主簿，未到任即中进士。他与苏轼赴京应试路经渑池，同住县中僧舍，同于壁上题诗。如今苏轼赴陕西凤翔做官，又要经过渑池，因而苏辙作《怀渑池寄子瞻兄》。苏辙原诗的基调是怀旧。本诗的前四句一气贯串，自由舒卷，超逸绝伦，对于人生的经历，做了一个深刻的比喻，以雪泥鸿爪比喻人生，道出了世事无常、命运难以捉摸的感慨。他用巧妙的比喻，把人生看作漫长的征途，所到之处，诸如曾在渑池住宿、题壁之类，就像万里飞鸿偶然在雪泥上留下爪痕，接着就又飞走了。人生的遭遇既为偶然，那么人们当以顺适自然的态度对待人生。若果能如此，怀旧便可少些感伤，处世亦可少些烦恼。后四句照应“怀旧”诗题，以叙事之笔，深化雪泥鸿爪的感触。五、六句言僧死壁坏，故人不可见，旧题无处觅，见出人事无常，是“雪泥鸿爪”感慨的具体化。尾联是针对苏辙原诗“遥想独游佳味少，无言骓马但鸣嘶”而发的往事追溯。他问苏辙：你是否还记得那一年我们一起路过崤山在驴子背上颠簸的情景呢？当时路长人困，驴子也不停地鸣叫。苏轼回忆当年旅途艰辛，有珍惜现在勉励未来之意，人生因为无常，更显可贵。艰难的往昔，化为温情的回忆，而如今兄弟俩都中了进士，前途光明，更要珍重如今的每一时每一事了。

25. 踏莎行(雾失楼台)①

[北宋]秦观

【作者简介】

秦观(1049—1100)，宋代词人，字少游，一字太虚，号淮海居士，扬州高邮(今属江苏)人。元丰八年(1085)进士，官至太学博士、国史院编修，因政治上属苏轼一派，后贬西南，死于放还途中。秦观是北宋名家，“苏门四学士”之一，以诗文闻名于当时，同时也是婉约词派的杰出代表，有《淮海集》。

【原文】

雾失楼台，月迷津渡②，桃源望断无寻处。可堪③孤馆闭春寒，杜鹃声里斜阳暮。

驿寄梅花④，鱼传尺素。砌⑤成此恨无重数。郴江幸自⑥绕郴山，为谁流下潇湘去?

【注释】

①选自[宋]秦观：《秦观诗词选》，35页，扬州，广陵书社，2019。

②津渡：渡口。

③可堪：哪堪。

④驿寄梅花：化用陆凯寄赠范晔的诗：“折梅逢驿使，寄与陇头人。江南无所有，聊赠一枝春。”作者以远离故乡的范晔自比。

⑤砌：堆。

⑥幸自：本自，本来是。

【赏析】

多情敏感细腻的秦观善于捕捉最微妙的情绪变化，以“情与愁”这两大最基本的文学创作主题，既博采众家又能自出机杼，创作出风格清新婉媚、含蓄蕴藉的词作，长调、小令俱佳，历来深受人们喜爱。这首词一题为“郴州旅舍”，是作者于绍圣四年(1097)春三月在郴州贬所所作。在此之前，秦观曾被贬杭州、处州；绍圣三年(1096)，又贬到郴州。不幸的流贬生活，给秦观带来了极大的痛苦。这种化解不开的愁绪通过感情折射融入自然山水时，便使自然山水染上浓郁的主体色彩。秦观饱含痛苦的词作即这种情况的最好说明。秦观由接连贬官直至被除名，永不叙用。可想而知，在政治、文学二位一体的文人社会理想范式下，这对强志盛气的秦观来说打击是毁灭性的，由此不难理解他的作品为什么如此哀丽凄绝。全篇不谈伤心，平平淡淡的文字，却能让人读出浓重的愁思。

词的上片主要写谪居中凄冷的环境。开始几句就渲染出了一幅凄楚迷茫、令人销魂的图景。“孤馆”“春寒”“杜鹃”“斜阳”极力渲染了被贬之后的凄清孤寂，作者内心之伤、之痛、之苦呈现在读者面前。下片写友人的致信与安慰。前三句写了思乡怀旧之情。"驿寄梅花""鱼传尺素",这些字眼仿佛"砌成此恨无重数"。最后两句"郴江幸自绕郴山,为谁流下潇湘去"历来传为名句,巧妙地使用了比喻,使得无情的郴江和郴山刹那间变成了有情之物,细致入微地传达了秦观的苦怨心理。整首词以写景为主,情见词外,运思巧妙,是最能代表秦观词风的佳作之一。

26. 一剪梅(红藕香残玉簟秋)①

[南宋]李清照

【作者简介】

李清照(1084—约1151),宋代女词人,自号易安居士,齐州章丘(今属山东)人。李清照出身于书香门第,早期生活优裕,其父李格非藏书甚富,她小时候就在良好的家庭环境中打下文学基础。出嫁后她与丈夫赵明诚共同致力于书画金石的搜集整理。金兵入据中原时,她流寓南方,境遇孤苦。所作词,前期多写其悠闲生活,后期多悲叹身世,情调感伤;形式上善用白描手法,自辟途径,语言清丽。论词强调协律,崇尚典雅,提出词"别是一家"之说,反对以作诗文之法作词。能诗,留存不多,部分篇章感时咏史,情辞慷慨,与其词风不同。有《易安居士文集》《易安词》,已散佚。后人有《漱玉词》辑本。今有《李清照集校注》。

【原文】

红藕②香残玉簟③秋。轻解罗裳,独上兰舟。云中谁寄锦书④来?雁字回时,月满西楼。

花自飘零水自流。一种相思,两处闲愁。此情无计可消除,才下眉头,却上心头。

【注释】

①选自陈祖美:《李清照词新释辑评》,50页,北京,中国书店,2003。

②红藕:荷花。

③玉簟:光洁的竹席。

④锦书:书信。

【赏析】

这首词另题作"秋别"或"闺思",应作于李清照南归之前和丈夫赵明诚暂时分别之时。元代伊世珍的《琅嬛记》记载着有关此词的一则典故:"易安结缡未久,明诚即负笈远游,易安殊不忍别,觅锦帕书《一剪梅》词以送之。"不完全可信。

此词全篇写离别之情,景物随着情感的变化而转换,意境优美,其中抒写女性特有细微心理的词句尤其为人所激赏。起句“红藕香残玉簟秋”，起到了领起全篇的作用，涵括了室外的秋景和室内的居处场所，为全词的情感基调和意境氛围起到了铺垫作用。花开花落，既是自然现象，也是悲欢离合的人事象征；枕席生凉，既是肌肤的触觉，也是凄凉独处的内心感受。这样的描写看似随手写来，但在不经意间包含青春易逝、红颜易老之感。接下来的几句，按照顺序写了词人一天内所做的事情和生发的感情。“轻解罗裳，独上兰舟”，写的是白天在水面泛舟游赏。虽然李清照自幼个性豪爽、喜爱游玩，但此时在别情的笼罩下，她无心赏荷，而是遥望碧空，从一行征雁身上联想到了远方的丈夫，翘首企盼对方能够捎来书信，但一直等到月满西楼之时，也未见书信。词人面对一轮明月，不禁陷入新的忧思。下片“花自飘零水自流”一句，起到了承上启下的作用，以落花、流水象征人的青春易逝，两个“自”字，又将词人当时的凄凉无奈之恨表现得淋漓尽致。“一种相思，两处闲愁”，因自己的闲愁实在太多，不由得联想到了远方的丈夫，他此时是否也和我一样沉浸在相思之中呢？答案当然无从得知。“此情无计可消除，才下眉头，却上心头。”此三句最为世人所称道。“眉头”与“心头”相互呼应，“才下”与“却上”成接递关系，将词人心情的微妙变化展现得自然无痕，语句结构也十分工整。

这首词的结拍三句，是历来为人所称道的名句。王士禛在《花草蒙拾》中指出，这三句从范仲淹《御街行》“都来此事，眉间心上，无计相回避”脱胎而来。这说明，诗词创作虽忌模拟，但可以点化前人语句，使之呈现新貌，融入自己的作品之中。成功的点化总是青出于蓝而胜于蓝，不仅变化原句，而且高过原句。李清照的这一点化，就是一个成功的例子。王士禛也认为，相对于范句，李句“特工”。两相对比，范句比较平实板直，不能收醒人眼目的艺术效果；李句则别出巧思，以“才下眉头，却上心头”这样两句来代替“眉间心上，无计相回避”的平铺直叙，给人以耳目一新之感。当然，句离不开篇，这两个四字句只是整首词的一个有机组成部分，并非一枝独秀。它有赖于全篇的烘托，特别因与前面另两个同样工巧的四字句“一种相思，两处闲愁”前后衬映，而相得益彰。同时，篇也离不开句，全篇正因这些醒人眼目的句子而振起。此词的艺术魅力，也主要在于此。〔1〕

27. 剑门道中遇微雨①

[南宋]陆游

【作者简介】

陆游(1125—1210)，字务观，号放翁，越州山阴(今浙江绍兴)人。早年试礼部，名在前列，因得罪秦桧被黜免，后赐进士出身，仕途坎坷，光宗时官至礼部郎中，后归老故乡。陆游是南宋杰出的爱国诗人，诗作传世近万首，内容丰富，

---

〔1〕 唐圭璋等:《唐宋词鉴赏辞典(唐·五代·北宋)》，1192页，上海，上海辞书出版社，1988。

气象雄浑，风格豪迈；其词成就亦高，兼具婉约、豪放两种风格。有《剑南诗稿》《渭南文集》。

【原文】

衣上征尘杂酒痕，远游无处不消魂[②]。
此身合是诗人未？细雨骑驴入剑门。[③]

【注释】

①选自金性尧选注：《宋诗三百首》，236页，上海，上海远东出版社，2012。

②消魂：黯然神伤。

③这两句典出南宋尤袤《全唐诗话》："(唐昭宗时)相国郑綮，善诗。或曰：'相国近为新诗否?'对曰：'诗思在灞桥风雪中驴子上，此何以得之?"剑门：剑门关，川北的交通要塞。

【赏析】

此诗当作于南宋孝宗乾道八年(1172)冬。当时，陆游由南郑(今陕西汉中)前线调回成都(今属四川)。他此行是由前线到后方，由战地到大都市，是去危就安、去劳就逸。他在从南郑前往成都途经四川剑阁剑门关时写下这首诗。这是一首被广泛传诵的名作，诗情画意，十分动人。诗歌表面写衣服上沾满了旅途中的灰尘和杂乱的酒的痕迹，出门在外去很远的地方宦游，所到之地没有一处是不让人感伤的。我这一辈子就应该做一个诗人吗？为什么骑上瘦驴在细雨中到剑门关去？自古诗人多饮酒，李白斗酒诗百篇，杜甫酒量不在李白之下，陆游满襟的酒痕正说明他与"诗仙""诗圣"有同一嗜好。骑驴也是诗人的雅兴，李贺骑驴带小童出外寻诗，就是众所周知的佳话。作者"细雨骑驴"入得剑门关来，这样，他以"诗人"自命，就是名副其实了。但作者因"无处不消魂"而黯然神伤，是和他一贯的追求和当时的处境有关的。他生于金兵入侵的南宋初年，自幼志在恢复中原，写诗只是他抒写怀抱的一种方式。然而报国无门，年近半百他才得以奔赴陕西前线，过上一段"铁马秋风"的军旅生活，现在又要去后方充任闲职，重做纸上谈兵的诗人了。这使作者很不甘心。所以，"此身合是诗人未"，并非这位爱国志士的欣然自得，而是他无可奈何的自嘲、自叹。如果不是故作诙谐，他也不会把骑驴饮酒看作诗人的标志。作者怀才不遇，报国无门，衷情难诉，壮志难酬，因此在抑郁中自嘲，在沉痛中调侃自己。

28. 关山月[①]

[南宋]陆游

【原文】

和戎诏下十五年，将军不战空临边。
朱门[②]沉沉[③]按歌舞，厩马肥死弓断弦。
戍楼刁斗[④]催落月，三十从军今白发。
笛里谁知壮士心，沙头空照征人骨。
中原干戈古亦闻，岂有逆胡传子孙！
遗民[⑤]忍死望恢复，几处今宵垂泪痕。

【注释】

①选自袁世硕：《中国古代文学作品选》(三)，122页，北京，人民文学出版社，2002。

②朱门：指代后方朝中显贵。

③沉沉：深邃的样子。

④刁斗：古时军中一种用具，白天可做饭，夜晚可打更。

⑤遗民：指金统治下的汉族百姓。

【赏析】

《关山月》是乐府旧题，陆游的这首诗是用乐府旧题写时事。宋孝宗隆兴元年(1163)，宋军在符离大败，后来向金国下了求和诏书，以屈辱的代价，换取了暂时的安宁。到宋孝宗淳熙四年(1177)，距离朝廷下求和诏书已经快十五年了，此时的陆游，因长期力主抗金而遭到投降派的打击，并被罢官免职。他满怀报国热忱，却无用武之地，眼看着统治阶级醉生梦死，置国家、民族利益于不顾，一味地妥协投降，内心十分愤慨，于是写下了这首诗。全诗共十二句，每四句一转韵，相应地在内容上也分为三个层次，描写同一月光照耀之下不同人物的不同境遇和态度。前四句描写“朱门”中的文臣武将，他们征歌逐舞，苟且偷安，不思复国；中间四句描写戍边将士，他们百无聊赖，报国无门；最后四句描写敌占区的百姓，他们忍辱含垢，默然垂泪，盼望“恢复”。三幅画面形成鲜明的对比，表达了诗人对南宋统治集团妥协投降政策的强烈谴责，对爱国将士和遗民的深切同情。这首诗集中体现了陆游爱国诗歌的进步内容和精神实质，且构思巧妙，语言精练，具有极强的艺术感染力。

29. 水龙吟(登建康赏心亭)[①]

[南宋]辛弃疾

【作者简介】

辛弃疾(1140—1207),南宋著名词人,字幼安,号稼轩,历城(今山东济南)人。21岁参加耿京抗金起义军,后南归,官至湖南安抚使、江西安抚使等,41岁时落职,闲居信州(今江西上饶)近20年,晚年被起用,任浙东安抚使、镇江知府等。辛弃疾一生作词六百余首,是南宋作词最多的词人,其作品表现了强烈的爱国主义情感,风格以豪放为主,明快、婉丽兼而有之,自由纵放,别具一格,与苏轼并称“苏辛”。有《稼轩长短句》等。

【原文】

楚天千里清秋,水随天去秋无际。遥岑远目,献愁供恨,玉簪螺髻。[②]落日楼头,断鸿[③]声里,江南游子,把吴钩[④]看了,栏干拍遍,无人会,登临意。

休说鲈鱼堪脍[⑤],尽西风,季鹰[⑥]归未?求田问舍,怕应羞见,刘郎才气。[⑦]可惜流年,忧愁风雨。树犹如此。[⑧]倩何人、唤取红巾翠袖,揾英雄泪。[⑨]

【注释】

①选自胡云翼:《宋词选》,182页,南京,江苏人民出版社,2019。

②遥岑(cén):远山。玉簪螺髻:玉做的簪子,像海螺形状的发髻,这里比喻高矮和形状各不相同的山岭。

③断鸿:失群的孤雁。

④吴钩,古代吴地制造的一种宝刀。这里作者应该是以吴钩自喻,他空有一身才华,但是得不到重用。

⑤鲈鱼堪脍:用西晋张翰典。据《晋书》讲,张翰在任齐王冏大司马东曹掾时,因惧怕成为上层权力斗争的牺牲品,同时又生性自适,便借着秋风起,声言自己思念家乡的菰菜、莼羹、鲈鱼脍而辞归故里。

⑥季鹰:张翰,字季鹰。

⑦求田问舍:置地买房。刘郎:刘备。才气:胸怀,气魄。

⑧流年:流逝的时光。风雨:比喻飘摇的国势。树犹如此:用西晋桓温典。

⑨倩(qìng):请托。红巾翠袖:女子装饰,代指女子。揾(wèn):擦拭。

【赏析】

宋孝宗淳熙元年(1174),辛弃疾将任江东安抚司参议官。这时作者南归已八九年了,却投闲置散,任一介小官。一次,他登上建康的赏心亭,极目远望祖国的山川风物，百感交集，更加痛惜自己满怀壮志而老大无成，于是写下这首《水龙吟》。明珠暗投、怀才不遇是人生中最大的痛苦之一，更何况，这样的事情发生在具有绝大天才和巨大爱国热忱的辛弃疾身上呢。辛弃疾南归前，驰骋抗金沙场，金戈铁马，气吞万里如虎，是何等英雄；而南归后，被朝廷中的投降派排挤打击，又何等愤懑和无奈。这首词就是此种无奈心境的寄托与抒发。上片大段写景："楚天千里清秋，水随天去秋无际。遥岑远目，献愁供恨，玉簪螺髻"，由水写到山，由无情之景写到有情之景，很有层次。楚天千里，辽远空阔，秋色无边无际。大江流向天边，也不知何处是尽头。气象阔大，笔力遒劲。下面"落日楼头，断鸿声里，江南游子，把吴钩看了，栏干拍遍，无人会，登临意"。这里的"断鸿"(失群的孤雁)和"游子"，都是作者自况，表现自己飘零的身世和孤寂的心境。辛弃疾渡江南归，原是以南宋为自己的故国，满怀报国恢复失地的热情。可是，南宋统治集团不把辛弃疾看作自己人，对他一直采取排挤的态度，致使辛弃疾觉得他在江南真的成了游子。特别是"把吴钩看了，栏干拍遍，无人会，登临意"几句，直抒胸臆，淋漓尽致地抒发了他报国有心、请缨无路的悲愤之情。"吴钩"，本是杀敌利器，如今却闲置身旁，无处用武。"栏干拍遍"，道出作者胸中抑郁苦闷之气，唯借拍打栏杆发泄之，耐人寻味。更为可悲可叹的是，此种"登临意"竟"无人会"。举世皆醉我独醒，不仅苦闷，而且孤独。光阴无情，年复一年，时间就在风雨忧愁、国势飘摇中流逝，而自己的济民救国之志尚难遂愿，好不痛惜。他太希望有人来帮助他解除心头的郁结，然而又有谁能来给予他慰藉呢？下片的最后一句与上片的最后一句紧相呼应。在感情上，它更深一层地抒发出辛弃疾功业未就、有志难酬的苦闷与悲恨。

30. 菩萨蛮(书江西造口壁)[①]

[南宋]辛弃疾

【原文】

郁孤台下清江水[②]，中间多少行人泪！西北望长安[③]，可怜[④]无数山。
青山遮不住，毕竟东流去，江晚正愁予，山深闻鹧鸪[⑤]。

【注释】

①选自胡云翼：《宋词选》，184页，南京，江苏人民出版社，2019。

②郁孤台：在今江西赣州西北部贺兰山顶，又称望阙台，因"隆阜郁然，孤起平地数丈"得名。清江：赣江与袁江合流处旧称清江。

③长安：今陕西西安，为汉唐故都。此处代指宋都汴京。

④可怜：可惜，可叹。

⑤鹧鸪：鸟名。传说其叫声如云"行不得也哥哥"，啼声凄苦。

【赏析】

此词作于淳熙三年(1176)，当时辛弃疾担任江西提点刑狱，驻节赣州。造口，在今江西万安，皂口溪流入赣江之处。一次作者行经造口，俯瞰不舍昼夜流逝而去的江水，思绪也似这江水般波澜起伏，绵延不绝，于是在石壁之上写下了这首词。从这首词里可以看出，作者怀念中原故土的感情和广大人民是一致的。它反映了四十年来，由于金兵南下，国家南北对峙，广大人民妻离子散、流离失所的痛苦生活，也反映了作者始终坚持抗金的立场，以及他为不能实现收复中原的愿望而感到无限痛苦的心情。这种强烈的爱国思想，是辛弃疾作品中人民性的具体表现。

上片四句在写法上，由近及远，又由远及近。郁孤台下奔流着清江的水，水中有多少行人的眼泪。作者把眼前清江的流水和四十年前人民在兵荒马乱中流下的眼泪联系在一起，这就更能够表现出当时人民受到的极大痛苦。下片紧接着上片，继续抒发对中原故土的怀念。但青山怎能把江水挡住？江水毕竟还会向东流去。“青山遮不住，毕竟东流去”两句是比喻句。滚滚的江水冲破了重峦叠嶂，奔腾向前。它象征着抗金事业必然会克服一切阻力，取得最后的胜利。这里表明作者对恢复中原充满了坚定的信心。夕阳西下，作者正满怀愁绪，又听到深山里传来鹧鸪的鸣叫声。鹧鸪的悲鸣声，恰好透露出作者想收复失地，但又身不由己的矛盾心情。全词既渲染了作者当时的悲愤凄凉之情，又间接表达了其恢复中原的坚定信念。

31. 暗香(旧时月色)①

[南宋]姜夔

【作者简介】

姜夔(约1155—1209)，字尧章，号白石道人，饶州鄱阳(今属江西)人。终生布衣，未入仕途。早年随父寓居湖北，后又往来于苏、皖一带，结交名公巨卿、诗人词客，依人周济为生。姜夔多才多艺，诗词、散文、书法、音乐，无不精善，是继苏轼之后又一难得的艺术全才。其词成就尤高，多咏物与记游之作，格律谨严，素以空灵含蓄著称。有《白石道人诗集》《白石道人歌曲》。

【原文】

辛亥②之冬，予载雪诣石湖③。止既月，授简索句，且征新声，作此两曲。石湖把玩不已，使工妓隶习④之，音节谐婉，乃名之曰《暗香》、《疏影》。

旧时月色，算几番照我，梅边吹笛。唤起玉人，不管清寒与攀摘。何逊而今渐老，都忘却、春风词笔。⑤但怪得、竹外疏花，香冷入瑶席⑥。

江国⑦，正寂寂。叹寄与路遥，夜雪初积。翠尊易泣，红萼无言耿相忆。长记曾携手处，千树压、西湖寒碧。又片片、吹尽也，几时见得？

【注释】

①选自袁世硕：《中国古代文学作品选》(三)，147～148页，北京，人民文学出版社，2002。

②辛亥：宋光宗绍熙二年(1191)。

③载雪：冒雪。石湖：范成大晚年居住在苏州西南的石湖，自号石湖居士。

④隶(yì)习：学习。隶，通“肄”，学习。

⑤“何逊”三句：何逊，南朝梁代诗人，在扬州任职时有咏早梅诗。这里作者以何逊自比，表示年岁渐老，往日的游赏兴致减退，面对梅花，再也写不出那么美妙的诗句了。

⑥瑶席：光洁美好的座席。

⑦江国：江畔之乡。

【赏析】

《暗香》是首咏物词，与《疏影》皆为姜夔有名的自度曲，词牌摘自林逋著名诗句“暗香浮动月黄昏”。词前小序交代了词作的写作缘起。此词以梅花为线索，回忆与现实交融在一起，在对梅花动人情态的描摹中，织进了词人的身世之感，委婉传达了词人对逝去的爱情和青春的留恋、惋惜和无奈。全词不断在过去和现在、回忆和现实之间腾挪跳跃，结构空灵，语言精美，用典纯熟，意境清空骚雅，是典型的姜夔词。

32. 虞美人(少年听雨歌楼上)

[南宋]蒋捷

【作者简介】

蒋捷(约1245—1305)，南宋词人，字胜欲，号竹山，常州宜兴(今属江苏)人。咸淳十年(1274)进士，宋亡不仕，隐居竹山，人称“竹山先生”，其气节为时人所重。词风接近辛派，音节谐畅，语言通俗，与周密、王沂孙、张炎并称“宋末四大家”。有《竹山词》。

【原文】

少年听雨歌楼上。红烛昏罗帐。壮年听雨客舟中。江阔云低，断雁叫西风。而今听雨僧庐下。鬓已星星[①]也。悲欢离合总无情。一任阶前、点滴到天明。

【注释】

①星星：形容头发已经斑白。

【赏析】

在中国古典诗词中，绵绵不断的细雨总是与愁思难解难分。这首词从“听雨”这一独特的视角出发，利用时空的跳跃，将少年、壮年、老年三个人生阶段的不同人生体验贯穿起来，通过描绘三幅别样的听雨图，抒发了丰富的人生感慨。

少年听雨图：“少年听雨歌楼上。红烛昏罗帐。”少年是人一生中最为意气风发的时期，“歌楼”“红烛”“罗帐”等意象，展现了少年时期轻歌曼舞、纸醉金迷的逐笑生涯。一个“昏”字道出了“少年不识愁滋味”的青春年华。然而放浪的青春毕竟是短暂的，人生终究是五味杂陈的。

壮年听雨图：“壮年听雨客舟中。江阔云低，断雁叫西风。”壮年之时，正值兵荒马乱之际，“客舟”“云低”“断雁”“西风”连续几个萧瑟的意象，映射出词人在风雨飘摇中颠沛流离的坎坷遭际和悲凉的心境。

老年听雨图：“而今听雨僧庐下。鬓已星星也。悲欢离合总无情。一任阶前、点滴到天明。”回望自己的过往人生，寄居在僧庐下的词人，发出了“悲欢离合总无情”的感慨。“一任阶前、点滴到天明”似有“欲说还休，欲说还休，却道天凉好个秋”的无奈之感。

三幅听雨图映照了词人三段人生体验，同时也为我们折射出一段由兴到衰、由衰到亡的历史轨迹。整首词时空交错，结构巧妙，情景交融，审美意蕴与历史厚重感并存。

33. 摸鱼儿(恨人间、情是何物)①

[金]元好问

【作者简介】

元好问(1190—1257)，字裕之，号遗山，世称遗山先生，太原秀容(今山西忻州)人，金元之际著名文学家、历史学家。金宣宗兴定五年(1221)进士，曾任南阳等县的县令，后入朝任左司都事等职。金灭亡后，被囚数年。晚年重回故乡，隐居不仕，于家中潜心著述，收集金一代文献，编成《中州集》十卷，附《中州乐府》一卷，于金代文化遗产的保存功绩卓著。擅长古文、诗词、散曲，以诗词成就最高，诗歌题材广泛，记乱诗尤为上乘；词风格多样，为金一朝之冠，可与两宋名家媲美。有《遗山集》。

【原文】

乙丑岁②赴试并州③。道逢捕雁者云：“今旦获一雁，杀之矣。其脱网者悲鸣不能去，竟自投于地而死。”予因买得之，葬之汾水之上，垒石为识④，号曰“雁丘”。同行者多为赋诗，予亦有《雁丘词》。旧所作无宫商⑤，今改定之。

恨人间、情是何物？直教生死相许！天南地北双飞客，老翅几回寒暑。欢乐趣，离别苦，是中更有痴儿女。君应有语：渺万里层云，千山暮景，只影为谁去？

横汾路，寂寞当年箫鼓。荒烟依旧平楚。[6]招魂楚些何嗟及，山鬼自啼风雨。[7]天也妒，未信与、莺儿燕子[8]俱黄土。千秋万古，为留待骚人，狂歌痛饮，来访雁丘处。

【注释】

①选自狄宝心选注：《元好问诗词选》，143页，北京，中华书局，2005。

②乙丑岁：金章宗泰和五年(1205)，以天干地支纪年为乙丑年，当时元好问年仅十六岁。

③赴试并州：《金史·选举志》载：金代选举之制，由乡至府，由府至省及殿试，凡四试。明昌元年罢免乡试。府试试期在秋八月。府试处所承安四年增太原，共为十处。

④识(zhì)：标志。

⑤无宫商：不协音律。

⑥"横汾"三句：这葬雁的汾水，在当年汉武帝横渡时是何等热闹，如今却寂寞凄凉。汉武帝《秋风辞》："泛楼船兮济汾河，横中流兮扬素波，箫鼓鸣兮发棹歌。"平楚：远望树梢齐平，故称平楚。楚指丛木。

⑦"招魂"二句：我为死雁招魂又有何用，雁魂也在风雨中啼哭。招魂楚些(suò)：《楚辞·招魂》句尾皆有"些"字。何嗟及：悲叹无济于事。山鬼：《楚辞·九歌·山鬼》篇指山神，此指雁魂。

⑧莺儿燕子：比喻世俗爱情中的男女。

【赏析】

这是一首咏物词。词前小序交代了创作缘由：词人在赴试途中听捕雁人讲了大雁殉情而死的故事，年轻的心受到震撼，于是挥笔写下这首词作。"恨人间"三句，起笔突兀，破空而来，大雁殉情的故事震撼了词人的心灵，他因而有此一问：真情究竟是何物，情到深处，竟至于要生死相许。"天南地北双飞客"五句，通过想象，描摹了双雁双宿双飞的温馨动人场景，为殉情作铺垫。"君应有语"四句，是词人对大雁殉情前的心理活动进行的细致入微的揣摩，揭示了殉情的深层次原因。换头五句，既是借助对自然景物的描绘，渲染殉情的悲剧气氛；同时又是借帝王盛典之消逝反衬真情之永恒。"天也妒"三句，通过与终为黄土的"莺儿燕子"作比，突出大雁殉情的崇高，为下文埋下伏笔。最后四句，正面称扬大雁，词人展开想象，千秋万古后，也会有像他一样的文人墨客，为真情所感，来寻访雁丘。总之，这首词紧紧围绕"情"字，驰骋想象的翅膀，灵活运用多种修辞手法，谱写了一曲缠绵悱恻的爱情悲歌，塑造了忠于爱情、生死相随的感人形象，寄寓了词人的爱情理想，讴歌了真情的伟大和永恒。

34. 蝶恋花(辛苦最怜天上月)[①]

[清]纳兰性德

【作者简介】

纳兰性德(1655—1685),清代词人,叶赫那拉氏,字容若,号楞伽山人,满洲正黄旗人,原名成德,因避讳太子保成而改名性德,为康熙宠臣明珠长子。康熙十五年(1676)进士,初授三等侍卫,后晋为一等,长年追随康熙左右。康熙二十四年(1685)亡于寒疾,年仅三十一岁。纳兰性德生性淡泊名利,最擅写词,词风与李煜相似,在清初词坛独树一帜。著有《通志堂集》《饮水词》等。

【原文】

辛苦最怜天上月,一昔[②]如环,昔昔长如玦[③]。但似月轮终皎洁,不辞冰雪为卿热[④]。

无那[⑤]尘缘容易绝,燕子依然,软踏帘钩说。唱罢秋坟愁未歇,春丛认取双栖蝶[⑥]。

【注释】

①选自袁世硕:《中国古代文学作品选》(四),94页,北京,人民文学出版社,2002。

②昔:通"夕"。

③玦(jué):古玉器,环形,有缺口。

④"不辞"句:《世说新语·惑溺》:"荀奉倩与妇至笃,冬月妇病热,乃出中庭自取冷,还以身熨之。"此用其意。

⑤无那(nuó):无奈。

⑥"春丛"句:愿如传说中梁山伯、祝英台死后化为蝴蝶,永世相伴。春丛:春日花丛。

【赏析】

此词作于康熙十六年(1677),是一首悼念亡妻的优秀词作。作者在《沁园春》一词的小序中曾写道:"丁巳重阳前三日,梦亡妇澹妆素服,执手哽咽,语多不复能记,但临别有云:'衔恨愿为天上月,年年犹得向郎圆。'"此词即从"天上月"写起。上片因月起兴,以月喻人,回忆二人短暂而幸福的婚姻生活。"辛苦最怜天上月"三句,以月的暂圆而久缺来比喻婚后二人聚少离多,而且仅仅三年就天人永隔。"但似月轮终皎洁"两句,化用荀粲的典故,说明如果爱情能够像明月那样皎洁而又圆满,那自己付出任何代价都是值得的,这是痴情人的痴情语。下片主情,写爱妻亡故后的悲痛。"无那尘缘容易绝"三句,以"软踏帘钩说"的燕子来反衬未亡人的孤寂。结尾两句化用李贺"秋坟鬼唱鲍家诗，恨血千年土中碧”、李商隐“春从定是双栖夜，饮罢莫持红烛行”的诗句以及古代传说中“双栖蝶”的故事，抒发了对亡妻无穷无尽的哀悼，把爱情的理想寄托在死后化蝶的期盼中。这首词鲜明地体现了纳兰词清丽而又凄婉的艺术特色，是纳兰词的代表作之一。

35. 己亥杂诗①

［清］龚自珍

【作者简介】

龚自珍(1792—1841)，清代思想家、文学家，字璱人，更名易简，字伯定，又更名巩祚，号定盦，浙江仁和(今杭州)人。道光九年(1829)进士，官至礼部主事，后辞官南归，卒于丹阳云阳书院。一生积极要求改良吏治、进行社会改革，与林则徐、魏源等建“宣南诗社”，在清代诗坛标新立异，独树一帜，开中国近代文学创作根植社会现实之风气。南社诗人柳亚子称他的诗是“三百年来第一流”。有《定盦文集》。

【原文】

浩荡②离愁白日斜，吟鞭东指即天涯③。
落红④不是无情物，化作春泥更护花⑤。

【注释】

①选自邓安生、叶君远选注：《中国古典诗歌基础文库　元明清诗卷》，426页，杭州，浙江文艺出版社，1996。己亥：道光十九年(1839)。

②浩荡：无限。

③吟鞭：诗人的马鞭。吟，咏。即天涯：到天涯。指离京都遥远。

④落红：落花。花朵以红色者为尊贵，因此落花又称为落红。

⑤花：比喻国家。

【赏析】

这是《己亥杂诗》组诗的第五首，是作者离别京师之时所写的一首诗。日落西斜时，浩浩荡荡的离愁别绪向着远处延伸，作者离开京城，马鞭向东一挥，感觉就是人在天涯一般。作者不为统治者所重用，并且遭到了顽固派的排挤和诋毁，只好怀着抑郁和激愤难言的心情离开了京城。作者辞官归乡，有如从枝头掉下来的落花。但落花不是无情之物，化成春天的泥土，还能起培育下一代的作用。此时的作者仍然胸怀报国之志，表示即使辞官，也要为国效力。整首诗语言简练，意蕴丰富，有很强的思想教育意义。

36. 赴戍登程口占示家人[①](二首选一)

[清]林则徐

【作者简介】

林则徐(1785—1850)，晚清著名思想家、政治家，字元抚，又字少穆，福建侯官(今福建福州)人。嘉庆十六年(1811)进士。为官廉洁奉公，重视水利事业，救灾赈民。他领导虎门销烟，指挥抗英斗争，维护了国家主权和民族尊严，是中国近代史上的民族英雄，史学界称他为“开眼看世界的第一人”。他主持编译《四洲志》等外文书籍、资料，开创了中国近代学习和研究西方的风气，是中国近代维新思想的先驱。他的诗歌忧时悯民，充满爱国激情，具有豪爽俊逸的风格。

【原文】

力微任重久神疲，再竭衰庸[②]定不支。
苟利国家生死以，岂因祸福避趋之。
谪居[③]正是君恩厚，养拙[④]刚[⑤]于戍卒宜[⑥]。
戏与山妻谈故事，试吟断送老头皮。[⑦]

【注释】

①选自袁世硕：《中国古代文学作品选》(四)，214页，北京，人民文学出版社，2002。

②衰庸：衰老而无能。作者自谦之词。

③谪居：因罪被遣戍远方。

④养拙：藏拙，守本分。

⑤刚：正好。

⑥戍卒宜：做一名戍卒很恰当。

⑦“戏与”二句：自注：“宋真宗闻隐者杨朴能诗，召对，问：‘此来有人作诗送卿否?’对曰：‘臣妻有一首云：更休落魄耽杯酒，且莫猖狂爱咏诗。今日捉将官里去，这回断送老头皮。’上大笑，放还山。东坡赴诏狱，妻子送出门，皆哭，坡顾谓曰：‘子独不能如杨处士妻作一首诗送我乎?’妻子失笑，坡乃出。”这两句诗用此典故，表达林则徐的旷达胸襟。山妻：对自己妻子的谦称。故事：旧事，典故。

【赏析】

这首诗作于道光二十二年(1842)，原题共两首，这是第二首。这一年，林则徐因为禁烟抗英，遭投降派诬陷，被道光帝革职，发配新疆伊犁。作者在古城西安与妻子离别赴伊犁时，留下这首诗作。诗歌表达了作者以国家为重，不计较个人利益和得失的高度爱国主义精神及将个人生死置之度外的豁达胸襟。其中，“苟利国家生死以，岂因祸福避趋之”，是全诗的诗眼，是诗人刚正不阿、忠诚无私的爱国之心的精准表达，也是千古传诵的名句，激励着一代又一代的志士仁人在国家需要时做出正确的选择。全诗感情充沛，作者的一腔报国热血在字里行间得以充分展现。

（二）散文

1. 齐伐楚盟于召陵[①]

《左传》

【作品简介】

《左传》亦称《春秋左氏传》或《左氏春秋》，是我国古代著名的编年体史书，与《公羊传》《穀梁传》合称“春秋三传”。《左传》起于鲁隐公元年（前 722），终于鲁悼公四年（前 464）。《左传》以《春秋》为本，并采用《周志》《晋乘》《郑书》《楚杌》等列国资料，通过记述春秋时期的具体史实来说明《春秋》的纲目。《左传》传文比《春秋》经文多出 17 年，实际记事多出 26 年（最后一件事为略提三家灭晋）。《左传》以《春秋》记事为纲叙事，其中有说明《春秋》书法的，有用事实补充《春秋》经文的，也有订正《春秋》记事错误的。《左传》相传为春秋末期鲁国史官左丘明所撰。

《左传》的瞩目成就，在于它是我国第一部规模宏大且内容翔实的史学巨编，在古代史学发展史上占有不可替代的重要地位。它采用编年记事的方式，虽然以《春秋》为纲，然而记事范围之广，叙述内容之具体、详赡，则大大超出了《春秋》。《左传》的出现，标志着我国古代史书的编纂步入新的发展阶段。《左传》为后世所提供的春秋及其以前阶段之大量的思想史、经济史、社会史以及其他学术史的重要资料，是此前或相同时期的其他史书所难以企及的。它对于公元前 8 世纪至公元前 5 世纪这个历史阶段大事的可靠记载，有助于后人全面了解中国古代文明进程，弥足珍贵。

与上述史学成就相比，《左传》的文学价值主要表现在以下几个方面。

第一，《左传》显示了由单纯记史向注重剪裁史料、精于谋篇、善于敷演故事的重要跨越，增加了叙事的形象性、生动性（尤其对一些战争的叙写最有特色），体现了早期史书中文学成分的显著积累。

第二，《左传》在铺叙事件过程中，第一次展现了一批有着各自经历和不同性格的历史人物，虽非完全着意而为，却也时有渲染、夸饰之笔，客观上积累了形象塑造的宝贵经验，为此后传记文学、历史小说的涌现提供了难得的启示、重要的借鉴。

第三，《左传》语言简洁而准确，生动而富于表现力，注意细致描摹，长于运用比喻，达到了很高成就，常被后代视为某种规范；其特具的文学色彩与文学价值，也是此前记事文字所罕见的。

第四，从总体看，《左传》思想深邃，文风朴厚，叙事、状物精彩而富于多样性，留下了许多佳作，其中不少成为后世人们称文的典范。

第五，《左传》丰富的内容，多姿多彩的历史故事，还作为一部分重要的创作素材为后代的小说、戏曲所利用，这在我国古代文学发展史上也是不多见的。

【原文】

四年春，齐侯以诸侯之师侵蔡②，蔡溃，遂伐楚③。楚子使与师言曰："君处北海④，寡人处南海，唯是风马牛不相及也⑤。不虞⑥君之涉吾地也，何故？"管仲⑦对曰："昔召康公命我先君大公曰⑧：'五侯九伯⑨，女实征之⑩，以夹辅周室。'赐我先君履⑪，东至于海，西至于河⑫，南至于穆陵⑬，北至于无棣⑭。尔贡包茅不入⑮，王祭不共，无以缩酒⑯，寡人是征⑰。昭王南征而不复⑱，寡人是问。"对曰："贡之不入，寡君之罪也，敢不共给。昭王之不复，君其问诸水滨⑲。"师进，次于陉⑳。

夏，楚子使屈完如师㉑。师退，次于召陵㉒。齐侯陈诸侯之师㉓，与屈完乘㉔而观之。齐侯曰："岂不穀是为？先君之好是继。㉕与不穀同好㉖如何？"对曰："君惠徼福于敝邑之社稷㉗，辱收寡君㉘，寡君之愿也。"齐侯曰："以此众战，谁能御之？以此攻城，何城不克？"对曰："君若以德绥㉙诸侯，谁敢不服？君若以力，楚国方城㉚以为城，汉水以为池，虽众，无所用之㉛。"屈完及诸侯盟。

【注释】

①选自[战国]左丘明著，[晋]杜预注：《左传》，153～154页，上海，上海古籍出版社，2016。

②齐侯：齐桓公。诸侯：当时参与此次战役的有鲁、宋、陈、卫、郑、许、曹等国。蔡：国名。当时齐桓公向南进军，有扩张势力的意图。

③遂伐楚：遂以诸侯的军队向楚国进兵。

④北海：泛指北方边远的地方。下句中"南海"泛指南方边远的地方。

⑤唯：表示确定。是：这个。风马牛不相及：此指两国相去极远，虽马牛放逸，也无从相及。

⑥不虞：不料。

⑦管仲：齐大夫。

⑧召康公：周成王时太保召公奭。先君：后代君臣对本国已故君主的称呼。大公：读作太公，即姜尚，齐之始祖。

⑨五侯：公、侯、伯、子、男五等诸侯。九伯：九州之长。此处统指天下的诸侯。

⑩女实征之：你有对他们进行征伐之权。女，同"汝"。实，同"寔"。

⑪履：践。指得以征伐的范围。

⑫河：黄河。

⑬穆陵：古地名，在楚境内。今湖北省麻城市西北一百里有穆陵山，疑即此地。

⑭无棣：地名，在今山东省无棣县北三十里。

⑮尔：指楚王。包：当作"苞"，丛生曰苞。茅：青茅，楚国的特产植物。苞茅，是楚国向周王进贡的礼物。不入：没有进贡。

⑯“王祭不共”两句：苞茅是楚国的贡物，用于滤去酒糟以供祭祀。楚国不贡苞茅，无法滤去酒糟，因此周王的祭祀供应不上了。共，同“供”。缩，滤去酒糟。

⑰征：追究。

⑱昭王：即周昭王。复：返回。昭王晚年荒于国政，人民对他很厌恶。当他巡狩南方渡过汉水时，当地人民给他一只坏船，行至中流，船身解体，昭王和他的从臣都被淹死。

⑲这句话是说：您请到水滨去问吧。意思是楚国对于昭王没能回国，不能负责。诸，同“之于”。

⑳陉：山名，在今河南漯河。

㉑屈完：楚大夫。如师：前往齐桓公的大军。

㉒次：驻扎。召陵：地名，在今河南漯河。

㉓陈：陈列。此句指齐桓公把诸侯的军队摆开，向楚国示威。

㉔乘：共载。

㉕“岂不穀是为”两句：穀是粮食，可以养人，因此有善的含义；不穀，犹言不善，古代诸侯自称的谦词。这两句是说：难道是为了我吗？只是为了继承先君的友好关系罢了。

㉖与不穀同好：你们也和我友好。

㉗徼：求。这句话是说，您的惠临为楚国的社稷求福。

㉘辱：表敬副词。收：安抚。寡君：对自己国君的谦称。

㉙绥：安抚。

㉚方城：春秋时楚国所筑长城，北起今河南方城北，南至泌阳东北。

㉛“虽众”两句：齐国和诸侯的军队虽多，但是也没有用处。

【赏析】

这篇文章记载了齐桓公为称霸天下，于鲁僖公四年(前656)，以楚不进苞茅、昭王南征不归为罪名，联合鲁、宋、陈、卫、郑、许、曹等国的军队征讨楚国的事件。在十分危急的情况下，楚王派遣使臣同齐侯交涉，结果无效；后来楚王又派屈完出面交涉。屈完用委婉而强硬的态度，制止了齐桓公的进攻，最后迫使齐桓公和解立盟而退。

此文在记述齐楚两国的这场外交斗争时，并不是用叙述语言来记述它的过程的，而是把“出场”人物放在双方的矛盾冲突中，并通过他们各自的个性化语言和“交锋”方式，把这场外交斗争一步步引向深入，直到双方达成妥协，订立盟约。这样，既使我们明白了这场外交斗争的性质及其过程，又让我们看到了各具情貌的历史人物。楚国的两位使者，特别是屈完，沉稳冷静、不卑不亢的外交风度，坚毅果敢、不为威武所屈的外交风范，机智灵敏、随机应对的外交智慧，给我们留下了深刻印象。而作为政治家的管仲，他那熟悉历史、谙于事故、无理也能说出理来的外交才情，以及齐桓公那虽然骄横霸道、软硬兼施，却也不失身份的霸主形象，也都让我们过目难忘。总之，阅读欣赏此文，不像是读史，倒像是看一场高潮迭起、精彩纷呈的外交斗争话剧。

2. 学而篇(节选)①

《论语》

【作品简介】

《论语》是儒家学派的经典著作之一，成书于战国时期，是记录孔子言行的书，由孔子的弟子及再传弟子编纂而成。全书共有20篇，492章，集中体现了孔子的政治主张、伦理思想、道德观念及教育原则等，是研究孔子的生活、思想的重要资料。《论语》与《大学》《中庸》《孟子》合称“四书”。

【原文】

子曰：“巧言令色②，鲜矣仁！”

曾子③曰：“吾日三省④吾身——为人谋而不忠乎？与朋友交而不信⑤乎？传⑥不习⑦乎？”

子曰：“道⑧千乘之国⑨，敬事⑩而信，节用而爱人⑪，使民以时。”

子曰：“弟子⑫，入则孝，出则悌，谨⑬而信，泛爱众，而亲仁⑭。行有余力，则以学文。”

【注释】

①选自杨伯峻译注：《论语译注》(典藏版)，4～6页，北京，中华书局，2015。

②巧言令色：朱熹注云：“好其言，善其色，致饰于外，务以说人。”巧言，花言巧语。令色，伪善的面貌。

③曾子：孔子的学生，以孝出名。姓曾名参，字子舆，生于公元前505年，鲁国人，是被鲁国灭亡了的鄫国贵族的后代。

④三省(xǐng)：一般有三种解释：一是三次检查；二是从三个方面检查；三是多次检查。其实，古代在有动作性的动词前加上数字，表示动作频率高，不必认定为三次。省，自我检查。

⑤信：诚也。

⑥传(chuán)：动词用作名词，老师的传授。

⑦习：与“学而时习之”的“习”字一样，指温习等。这里可译为“复习”。

⑧道：动词，治理的意思。

⑨千乘(shèng)之国：春秋时代，打仗用车子，所以国家的强弱用车辆的数目来计算。春秋初期，大国都没有千辆兵车。乘，古代用四匹马拉着的兵车。

⑩敬事：“敬”一般用来表示一种工作态度，因而常和“事”连用。

⑪爱人：古代“人”有广狭两义。广义的“人”指一切人群，狭义的“人”只指士大夫以上各阶层的人。这里和“民”对言，用的是狭义。

⑫弟子：一般有两种意义，一指年纪幼小的人，二指学生。这里用的是第一种意思。

⑬谨：寡言。

⑭仁：有仁德的人。

【赏析】

本文是《论语》第一篇《学而》中的第三至第六章。第一句指出了仁的反面表现。对于儒者，历来就有很多种分类，不同的儒，表现是不一样的，那些巧言令色的人，只有仁嘴，而少有仁心。第二句中的“自省”，是提高自身修养的基本方法，也是调节自身情绪的有效方法，因此，聪明而又有所作为的人，必定少不了自省。第三句主要是对国家的执政者而言的，是治理国家的基本原则。孔子讲了三个方面的问题，即要求统治者严肃认真地办理国家各方面事务，恪守信用；节约用度，爱护官吏；役使百姓应注意不误农时等，这些是治国安邦的基本。第四句孔子又一次提到孝悌问题，从中可以看出孔子育人以“德”为重，致力于孝悌、谨信、爱众、亲仁，培养良好的道德观念和道德行为，然后才是学习书本，增长文化知识或其他。《学而》篇中的各个章节从“仁”“德”“自我提升”“治国理政”等不同方面来进行讲授，从中也可看出孔子的思想博大精深，涵盖甚广，让人深受启发，亘古常新。

3. 民为贵[①]

《孟子》

【作者简介】

孟子(约前372—前289)，姬姓，名轲，邹(今山东邹城)人，孔子之孙孔伋的再传弟子。战国时期著名思想家、教育家、政治家，儒家学派代表人物之一，与孔子并称“孔孟”，被尊称为“亚圣”。孟轲发展了孔子的“礼治”和“德政”思想，提倡“王道”，主张“仁政”，并以此到齐、梁、鲁、邹、宋、滕等国游说诸侯。孟轲所说的“王道”，是“以德行仁”。《孟子》一书是孟子的言论汇编，由孟子及其弟子共同编写完成。

【原文】

孟子曰：“民为贵，社稷[②]次之，君为轻。是故得乎丘民而为天子[③]，得乎天子为诸侯，得乎诸侯为大夫[④]。诸侯危社稷，则变置[⑤]。牺牲[⑥]既成，粢盛既絜[⑦]，祭祀以时[⑧]，然而旱干水溢，则变置社稷。[⑨]”

【注释】

①选自杨伯峻译注:《孟子译注》,328 页,北京,中华书局,1960。

②社:土神。稷:谷神。天子诸侯所祭,祈祷丰年。古代常以社稷为国家的代称。

③丘:众,聚。这句是说,能得众民之心的为天子。

④“得乎天子”两句:得天子信任的被封为诸侯,得诸侯信任的被封为大夫。

⑤变置:更立。

⑥牺牲:祭祀所用的牛、羊、豕。

⑦粢(zī)盛:粢,指稷,盛在器中叫“粢盛”。絜:同“洁”。

⑧祭祀以时:祭祀不失时。

⑨“然而”两句:意思是,如果对社稷之神的祭祀已很诚敬,然而仍有水旱之灾,则是其神不尽职,就得更置社稷。古以巨龙为社神,以柱为稷神,殷汤时大旱,乃废柱,另立稷神,即变置社稷的例子。

【赏析】

《孟子》是孟子民本思想最典型、最突出的体现,也是孟子行仁政而王天下的具体策略的体现。

“民为贵”是这段话的核心。在这段文字中,孟子首先用“民为贵,社稷次之,君为轻”统领全篇,将人民放在第一位,国家其次,君在最后。孟子认为君主应以爱护人民为先,为政者要保障人民权利。孟子认为若君主无道,人民有权推翻政权。孟子用“贵”“次之”“轻”等简洁有力的词语和一组气势充沛的排比句,进行了鲜明的比较,并一针见血地指明了“民”“社稷”与“君”之间的轻重缓急和相互依存的关系。文章逻辑思维严密,论证推理紧凑有力。

孟子继承并弘扬了孔子“仁”的政治主张,并开创性地提出了“民贵君轻”的民本思想,这是历史的一大进步。孟子虽然有同情人民、谴责暴君的一面,但他的政治思想还是维护封建制度的,所以他又宣扬:“劳心者治人,劳力者治于人。治于人者食人,治人者食于人,天下之通义也。”(《孟子·滕文公章句上》)这种观点长期以来成为替剥削制度做辩护的理论根据。孟子主张用改良的手段进行社会变革,反对用战争的手段统一天下,并痛斥民贼,认为各国诸侯只要行仁政,就能“王天下”。由此可见,“民本”不过是诸侯“王天下”的手段和策略罢了,孟子的民本思想虽有相当大的进步作用,但仍不免有其局限性。

4. 亲士[①]

《墨子》

【作者简介】

墨子(约前 468—前 376),名翟,春秋战国之际宋国人。墨子是我国古代著名的思想家、政治家，墨家学派的创始人，有《墨子》一书传世。墨子曾经学习孔子之术，但他后来逐渐对儒家的烦琐礼乐感到厌烦，最终舍掉儒学，另立新说，聚徒讲学，成为儒家的主要反对派。他的“非命”“兼爱”之论，和儒家“天命”“爱有差等”相对立，认为“官无常贵，民无终贱”，要求“饥者得食，寒者得衣，劳者得息”。《墨子》是古代劳力者之哲学，是墨家学派的代表作，现存53篇，是关于墨子言行的记录，故是研究墨子和墨家学说的基本材料。其基本思想是主张兼爱、非攻、任贤，提倡节俭等，代表了下层劳动者的利益。墨子学说为当时的“显学”。

【原文】

入国而不存②其士，则亡国矣。见贤而不急，则缓其君矣。非贤无急，非士无与虑国。缓贤忘士，而能以其国存者，未曾有也。昔者文公③出走而正天下，桓公④去国而霸诸侯，越王勾践⑤遇吴王之丑，而尚摄⑥中国之贤君。三子之能达名成功于天下也，皆于其国抑而⑦大丑也。太上无败，其次败而有以成，此之谓用民。

【注释】

①选自李小龙译注：《墨子》，1页，北京，中华书局，2011。

②存：恤问，即关心的意思。

③文公：指晋文公重耳，他曾被迫流亡于外十九年，后来回国即位。他在位期间重用贤才，终于使晋国强大起来。他也成为春秋五霸之一。

④桓公：指齐桓公。他的哥哥齐襄公昏庸无道，他被迫出走莒国，襄公死后他被迎回即位。此后他重用管仲，成为春秋五霸之一。

⑤勾践：越国国君，曾被吴王夫差打败，于是卧薪尝胆，励精图治，终于在范蠡、文种等贤臣的帮助下消灭吴国，报仇雪恨，成为春秋五霸之一。

⑥摄：通“慑”。

⑦而：那，那个。

【赏析】

《亲士》是《墨子》第一篇。墨子十分强调人才的重要性，《亲士》所探讨的就是如何亲近、重用贤士的问题。墨子认为一个国君治理国家，如果不关心国中的贤才，那么这个国家就会陷入危亡的境地。

“亲士”就是说要重视人才，与墨子“尚贤”主张一致，即认为一个国家兴旺与否关键在于能否任用贤才。《墨子》开篇就为“亲士”，可见其对贤士的重视。选文通过晋文公、齐桓公、越王勾践等的事例，告诉历代君王贤才的重要性，要成就帝王大业，君王必须尊重、善待并重用贤士。

5. 洛神赋并序

[三国]曹植

【原文】

黄初三年，余朝京师，还济洛川。[1]古人有言：斯水之神，名曰宓妃。感宋玉[2]对楚王说神女之事，遂作斯赋。其辞曰：

余从京域，言归东藩[3]。背伊阙，越轘辕，经通谷，陵景山。[4]日既西倾，车殆马烦[5]。尔乃税驾乎蘅皋[6]，秣驷乎芝田[7]，容与乎阳林[8]，流眄乎洛川。于是精移神骇[9]，忽焉思散，俯则未察，仰以殊观[10]，睹一丽人，于岩之畔。

乃援[11]御者而告之曰："尔有觌[12]于彼者乎？彼何人斯[13]，若此之艳也！"御者对曰："臣闻河洛之神，名曰宓妃。然则君王[14]所见，无乃是乎？其状若何，臣愿闻之。"

余告之曰：其形也，翩若惊鸿，婉若游龙[15]，荣曜[16]秋菊，华茂春松。仿佛兮若轻云之蔽月，飘飖兮若流风之回雪。[17]远而望之，皎[18]若太阳升朝霞；迫而察之，灼若芙蕖出渌波[19]。秾纤得衷[20]，修短[21]合度。肩若削成[22]，腰如约素[23]。延颈秀项[24]，皓质呈露[25]，芳泽无加，铅华弗御[26]。云髻峨峨，修眉联娟。[27]丹唇外朗，皓齿内鲜。明眸善睐[28]，靥辅承权[29]。瑰姿艳逸，仪静体闲。[30]柔情绰态[31]，媚于语言。奇服旷世[32]，骨像应图[33]。披罗衣之璀粲[34]兮，珥瑶碧之华琚[35]，戴金翠之首饰，缀明珠以耀躯。践远游之文履[36]，曳雾绡[37]之轻裾。微[38]幽兰之芳蔼兮，步踟蹰于山隅。于是忽焉纵体[39]，以遨以嬉。左倚采旄[40]，右荫桂旗[41]。攘皓腕于神浒兮[42]，采湍濑之玄芝[43]。

余情悦其淑美兮，心振荡而不怡。[44]无良媒以接欢兮，托微波而通辞。愿诚素之先达兮[45]，解玉佩以要[46]之。嗟佳人之信修[47]兮，羌习礼而明诗[48]。抗琼珶以和予兮[49]，指潜渊而为期[50]。执拳拳之款实兮[51]，惧斯灵[52]之我欺。感交甫之弃言兮[53]，怅犹豫而狐疑。收和颜而静志兮，申礼防以自持[54]。

于是洛灵感焉，徙倚[55]彷徨。神光离合，乍阴乍阳[56]。竦轻躯以鹤立[57]，若将飞而未翔。践椒途之郁烈[58]，步蘅薄而流芳[59]。超[60]长吟以永慕兮，声哀厉而弥长。

尔乃众灵杂遝[61]，命俦啸侣[62]。或戏清流，或翔神渚，或采明珠，或拾翠羽。从南湘之二妃，携汉滨之游女。[63]叹匏瓜之无匹兮，咏牵牛之独处。[64]扬轻袿之猗靡兮[65]，翳修袖以延伫[66]。体迅飞凫[67]，飘忽若神，陵波微步[68]，罗袜生尘。动无常则，若危若安，进止难期，若往若还。转眄流精[69]，光润玉颜，含辞未吐，气若幽兰。华容婀娜[70]，令我忘餐。

于是屏翳[71]收风，川后[72]静波，冯夷[73]鸣鼓，女娲[74]清歌。腾文鱼以警乘[75]，鸣玉鸾以偕逝[76]。六龙俨其齐首[77]，载云车之容裔[78]。鲸鲵[79]踊而夹毂，水禽翔而为卫。

于是越北沚[80]，过南冈，纡素领，回清阳[81]。动朱唇以徐言，陈交接之大纲[82]。恨人神之道殊兮，怨盛年之莫当[83]。抗罗袂以掩涕兮，泪流襟之浪浪。[84]悼良会[85]之永绝兮，哀一逝而异乡[86]。无微情以效爱兮，献江南之明珰[87]。虽潜处于太阴，长寄心于君王。[88]忽不悟其所舍，怅神宵而蔽光。[89]

于是背下陵高[90]，足往神留。遗情想像[91]，顾望怀愁。冀灵体[92]之复形，御轻舟而上溯[93]。浮长川[94]而忘反，思绵绵而增慕。夜耿耿[95]而不寐，沾繁霜而至曙。命仆夫而就驾，吾将归乎东路。揽騑辔以抗策[96]，怅盘桓[97]而不能去。

【注释】

①黄初：魏文帝曹丕的年号。京师：指魏都洛阳。济：渡。洛川：洛水。

②宋玉：楚国人，曾作《神女赋》，写楚襄王梦中与巫山神女相会的事。

③言：语助词。藩：指分封的诸侯国，因是王室的捍卫者，所以称藩。这时曹植封为鄄城王，鄄城在今山东西南与河南交界处，在京都的东方，所以叫东藩。

④伊阙：山名，在今河南洛阳南。轘辕：山名，在今河南偃师。通谷：谷名，在今河南洛阳城南。陵：跨越。景山：在今河南偃师。

⑤殆：怠惰。烦：疲劳。

⑥尔乃：于是就。税驾：指休息停宿。蘅：杜蘅，香草名。皋：水边的高地。

⑦秣：喂养。驷：驾车的马。芝田：种芝草的田。

⑧容与：闲暇自得的样子。阳林：地名。

⑨移：摇动。骇：惊乱。

⑩殊观：奇异的景象。

⑪援：拉住。

⑫觌(dí)：看见。

⑬斯：语气词。

⑭君王：这里指曹植，时为鄄城王。

⑮翩：鸟疾飞的样子，这里是飘忽的意思。婉：曲折的样子。

⑯荣：花。曜：闪光。

⑰仿佛：看不真切的样子。回：旋转。

⑱皎：明亮，洁白。

⑲灼：鲜明的样子。芙蕖：荷花。渌：清澈。

⑳秾：指丰盈肥胖。纤：瘦长。得衷：适中。

㉑修短：长短，高矮。

㉒削成：形容双肩瘦削下垂的样子。

㉓素：白绸帛。这里形容腰肢的细圆。

㉔延：长。颈：脖子的前部。项：脖子的后部。

㉕皓：白色。质：指肌肉。呈露：显现。

㉖泽：润肤的油脂。铅华：脂粉。无加、弗御：都是“不用”的意思。

㉗云髻：形容发髻浓密卷曲如云。峨峨：高耸的样子。修：长。联娟：弯曲而纤细的样子。

㉘眸：眼珠。睐：旁视。

㉙靥(yè)辅：有酒窝的面颊。靥，酒窝。辅，面颊。颧：颧骨。

㉚瑰姿：优美的姿态。仪：举止。娴：文雅。

㉛绰态：从容舒缓的姿态。

㉜旷世：世所未有。旷，空、绝。

㉝应图：合于图画，意思是好像图画上所画的一般。

㉞璀璨：明净的样子。一说指衣动的声音。

㉟珥：耳朵上的装饰品。这里指佩戴。瑶碧：玉名。琚：佩玉。

㊱践：着。远游：鞋名。文履：有花纹的鞋。

㊲曳：引。雾：形容轻细如云雾。绡(xiāo)：生丝。

㊳微：蔽，笼罩。这里形容微微散发的香气。

㊴纵体：轻举。

㊵旄(máo)：本是旗杆头上用牛尾做的装饰物，这里代指旌旗。

㊶桂旗：以桂木为杆之旗。

㊷攘：捋袖伸臂。浒：水边的地方。

㊸湍濑：水流沙石上叫湍濑。玄芝：黑色的芝草，传说中的一种神草。

㊹淑：善。怡：安适。

㊺愫：心情。达：表达。

㊻要：约会。

㊼信：诚然。修：美好。

㊽羌：发语词。习礼：指立德。明诗：指善言辞。

㊾抗：举。琼珶：美玉名。和：应和，这里指回答。

㊿潜渊：深渊。期：信。

51执：抱，持。拳拳：恳挚的样子。款实：诚实。

52斯灵：这个神灵，即洛神。

53交甫：指汉代郑交甫。李善注引《韩诗内传》说，郑交甫在汉水边，遇见两个仙女，仙女送他玉佩，他受而怀之，但是转眼玉佩已失，回望二女也不见了。弃言：失信。

54申：伸，展。礼防：礼法。礼能防乱，故称“礼防”。此指礼教上规定的“男女之别”。自持：自守。

55徙倚：流连徘徊。

56乍阴乍阳：忽明忽暗。

57竦：提起。鹤立：像仙鹤一样举踵竦立的一种姿态。

58践：踏。椒途：长着香椒的路途。郁烈：形容香气的浓烈。

59薄：草木丛生的地方。流芳：散播香气。

60超：怅然失意的样子。

61众灵：众神。杂沓：纷纭、众多的样子。

62命俦啸侣：招呼同伴。

63南湘二妃：指娥皇、女英。古代传说，舜帝南巡而死，二妃也死于湘水间，后来成为湘水的女神。汉滨游女：据《韩诗外传》说，这个游女即郑交甫所见的汉水女神。

㊴匏瓜：星名，独在河鼓星之东，所以说无匹。牵牛：指牵牛星，与织女星隔河相对。

㊵袿：妇女的上衣。猗靡：随风飘动的样子。

㊶翳：掩。修袖：长袖。延伫：久立，引颈而望。

㊷迅：疾速。凫：一种水鸟，似鸭而小，能飞。这里形容动作敏捷。

㊸微步：轻步。

㊹转眄流精：顾盼有神。

㊺华容：花容。婀娜：娇柔的样子。

㊻屏翳：传说中的风神。

㊼川后：传说中的河伯。

㊽冯(píng)夷：传说中的水神。

㊾女娲：这里指传说中黄帝的臣子，发明笙簧。

㊿腾：跳起。文鱼：神话中带翅能飞的一种鱼。警乘：警卫乘舆。

⑯玉鸾：以玉装饰的车铃。偕逝：一同离去。

⑰俨：庄严的样子。齐首：指齐头并进。

⑱云车：神仙乘坐的车子。容裔：即容与，迟缓不进的样子。

⑲鲸鲵：大鱼名，雄的叫鲸，雌的叫鲵。

⑳沚：水中小洲。

㉑清阳：眉目之间，这里指眼睛。

㉒交接：交好。大纲：大意。

㉓盛年：指壮年。当：指匹配。

㉔抗：举。袂(mèi)：衣袖。浪浪：泪流不止的样子。

㉕良会：指这次良好的会见。

㉖异乡：这里是天各一方的意思。

㉗珰：耳上的饰物。这里是洛神以饰物相赠。

㉘太阴：指众神所居的地方。君王：指曹植。

㉙悟：察觉。其：指洛神。舍：止息，停留。蔽光：光被遮蔽。这里是说洛神忽然不见，神影消逝，光彩隐去，令我怅恨。

㉚背：离。陵：登。

㉛遗情：情思留恋。想像：指思念洛神的形象。

㉜灵体：指洛神。

㉝御：乘。溯：逆流而上。

㉞长川：即洛水。

㉟耿耿：心不安宁的样子。

㊱騑(fēi)：本指四马驾一车的两旁二马，这里泛指马。辔：马缰。抗策：扬起马鞭。

㊲盘桓：徘徊不前。

【赏析】

在《洛神赋》中，曹植模仿战国时期楚国宋玉的《神女赋》中对巫山神女的描写，叙述自己在洛水边与洛神邂逅的情景。全篇按照邂逅洛神—爱慕洛神—表达爱意—互赠信物—思念洛神的线索，讲述了一个浪漫凄婉的人神相恋的传奇故事。

作品集中体现了赋体文学的主要特色。第一，想象奇特，构思巧妙。文中从洛神的出现、容貌体态到与诗人的情感交流等情节都是诗人通过奇幻的想象创作出来的，尤其是“其形也，翩若惊鸿……迫而察之，灼若芙蕖出渌波”一段，对洛神容貌、情态的刻画，可谓细致生动至极，给读者以充分的美感享受。第二，辞采华茂，令人神爽。全文语言凝练生动，对仗工整，音律和谐，字里行间流露出诗人卓尔不群的语言造诣。第三，传神写照，巧妙得宜。文中对洛神容颜体态的描写，令人不禁感觉沉鱼落雁如在目前、闭月羞花如出水面；而对于洛神与诗人分手情景的描绘又让读者为这浪漫而凄婉的爱情倍感神伤。

对《洛神赋》的思想、艺术成就，前人都曾予以极高评价，尤其是常把它与屈原的《九歌》和宋玉的《神女赋》相提并论。细细品味，曹植此赋既有《湘君》《湘夫人》那种浓厚的抒情成分，又具宋玉之赋对女性美的精妙刻画。此外，它的情节完整、手法多变和形式隽永等，又为以前的作品所不及。因此它在文学史上有着广泛和深远的影响。

6. 陈情表[①]

［西晋］李密

【作者简介】

李密(224—287)，字令伯，犍为武阳(今四川彭山东北)人，文学家。他少时丧父，由祖母刘氏抚养成人，因服侍祖母而以孝闻名，《晋书·孝友传》将他的事迹名列首位，称赞其“以孝谨闻”。

【原文】

臣密言：臣以险衅[②]，夙遭闵凶[③]。生孩六月，慈父见背[④]；行年四岁，舅夺母志[⑤]。祖母刘愍[⑥]臣孤弱，躬亲抚养。臣少多疾病，九岁不行，零丁孤苦，至于成立。[⑦]既无叔伯，终鲜[⑧]兄弟。门衰祚薄[⑨]，晚有儿息[⑩]。外无期功强近[⑪]之亲，内无应门五尺之童[⑫]。茕茕孑立[⑬]，形影相吊[⑭]。而刘夙婴疾病[⑮]，常在床蓐[⑯]。臣侍汤药，未尝废离。

逮奉圣朝[⑰]，沐浴清化[⑱]。前太守臣逵[⑲]，察臣孝廉[⑳]；后刺史臣荣[㉑]，举臣秀才。臣以供养无主，辞不赴命。诏书特下，拜臣郎中[㉒]；寻[㉓]蒙国恩，除臣洗马[㉔]。猥[㉕]以微贱，当侍东宫[㉖]，非臣陨首[㉗]所能上报。臣具以表闻，辞不就职。诏书切峻[㉘]，责臣逋[㉙]慢；郡县逼迫，催臣上道；州司[㉚]临门，急于星火。臣欲奉诏奔驰，则刘病日笃[㉛]；欲苟顺私情，则告诉不许[㉜]。臣之进退，实为狼狈。

伏惟[33]圣朝以孝治天下。凡在故老，犹蒙矜育[34]，况臣孤苦，特为尤甚。且臣少仕伪朝[35]，历职郎署[36]，本图宦达，不矜名节[37]。今臣亡国贱俘，至微至陋，过蒙拔擢[38]，宠命优渥[39]，岂敢盘桓[40]，有所希冀？但以刘日薄西山[41]，气息奄奄，人命危浅[42]，朝不虑夕。臣无祖母，无以至今日；祖母无臣，无以终余年。母孙二人，更相为命，是以区区不能废远[43]。

臣密今年四十有四，祖母刘今年九十有六。是臣尽节于陛下之日长，报刘之日短也。乌鸟[44]私情，愿乞终养！臣之辛苦，非独蜀之人士及二州牧伯[45]所见明知，皇天后土，实所共鉴。愿陛下矜愍[46]愚诚，听臣微志，庶[47]刘侥幸，卒[48]保余年。臣生当陨首，死当结草[49]。臣不胜犬马怖惧之情，谨拜表以闻。

【注释】

①选自张文治：《国学治要》，1578～1579 页，北京，北京理工大学出版社，2014。

②险衅：险恶的征兆，指命运坎坷。

③夙：早，这里指幼年时。闵凶：忧患凶险，指不幸的事情。

④见背：弃我而去，指死亡。

⑤舅夺母志：舅父强迫母亲改嫁。

⑥愍：怜悯，哀怜。

⑦不行：不能走路。零丁：孤独无依。成立：成人。

⑧终：这里相当于“又”。鲜：少。

⑨门衰祚薄：门庭衰落，福分浅薄。门，指家道。祚，福。

⑩儿息：子女。

⑪期：服丧一年。功：服丧九个月称“大功”，五个月称“小功”。强近：比较亲近。

⑫应门：照应门户。五尺：当时的五尺相当于现在的三市尺（约合一米）多。童：小仆人。

⑬茕茕：孤单无依靠的样子。孑：孤单，孤独。

⑭形影相吊：只有自己的身体和影子做伴，形容孤单。吊，慰问。

⑮夙婴疾病：一向病魔缠身。夙，素来，一向。婴，缠绕。

⑯蓐：草垫子。

⑰逮：及，到了。圣朝：指晋朝。

⑱沐浴：这里指受到影响。清化：清明的政治教化。

⑲太守臣逵：郡的长官，名逵。

⑳察：考察荐举。孝廉：汉武帝时所设察举科目之一。

㉑刺史臣荣：州的长官，名荣。

㉒拜：授给官职。郎中：官名，尚书曹司的长官。

㉓寻：不久。

㉔除：授职。洗（xiǎn）马：太子的属官。

㉕猥：鄙，谦辞。

㉖东宫：太子居东宫，故以“东宫”代指太子。

㉗陨首：丢掉脑袋，这里指杀身。陨，坠落。
㉘切峻：急切严厉。
㉙逋(bū)：拖延，迟延。
㉚州司：州官。
㉛日笃：一天天病重。
㉜告诉：向长官申诉苦衷。不许：不获允许。
㉝伏惟：俯伏思考，下对上的敬辞。
㉞矜育：怜悯，抚养。
㉟伪朝：指被晋灭掉的蜀汉政权。
㊱历职郎署：指在蜀汉做过郎中和尚书郎。
㊲不矜名节：不以名节自我夸耀。矜，夸耀。
㊳过蒙拔擢：受到破格提拔。拔擢，提拔。
㊴渥：厚。
㊵盘桓：徘徊不进的样子。
㊶日薄西山：太阳迫近西山，比喻人年老将死。
㊷危浅：这里指生命垂危，活不长了。
㊸区区：渺小的意思，这里是自称的谦辞。废远：放弃奉养而远离。
㊹乌鸟：乌鸦。相传乌鸦能反哺其母，故常用“乌鸟私情”来比喻人的孝心。
㊺二州牧伯：指上文提及的刺史荣和太守逵。
㊻矜愍：怜悯。
㊼庶：庶几，或许。
㊽卒：终。
㊾结草：春秋时晋大夫魏颗未遵父魏武子遗嘱以其宠妾殉葬，后与秦将杜回交战，见一老人结草绊倒杜回，因而将其擒获，魏颗夜梦老人自称是魏武子妾的父亲，特来报恩。

【赏析】

《陈情表》是李密写给晋武帝的一份公文，也是我国古代散文中的一篇“奇文”。字字生情，句句含情，《陈情表》之情，耐人寻“情”。倾苦情。文章开篇陈述的是作者不幸的命运。作者陈述了自己的身世、遭遇，说明自己与祖母相依为命，如今祖母卧病在床，自己暂时不能应召为官的狼狈处境和苦衷。婉转凄恻，感人肺腑。说难情。进退两难。一方面是察孝廉，举秀才，拜郎中，除洗马；另一方面是祖母供养无主，疾病日重。表忠情。先有“非臣陨首所能上报”的感触，后有先尽孝后尽忠的承诺，终有“生当陨首，死当结草”的誓言。忠君之情，溢于言表；感君之恩，动人心魄。晋武帝读后也被感动，不再勉强他出仕，且赐给奴婢二人及赡养费用。本文历来被认为是中国文学史上抒情文的代表作。写作技巧娴熟，语言凝练，脍炙人口。

7. 送李愿归盘谷序[①]

[唐]韩愈

【原文】

太行之阳有盘谷[②]。盘谷之间，泉甘而土肥，草木丛茂，居民鲜少。或曰："谓其环两山之间，故曰盘。"或曰："是谷也，宅幽而势阻，隐者之所盘旋[③]。"友人李愿居之。

愿之言曰："人之称大丈夫者，我知之矣。利泽施于人，名声昭于时。坐于庙朝[④]，进退[⑤]百官，而佐天子出令。其在外，则树旗旄[⑥]，罗弓矢，武夫前呵，从者塞途，供给之人，各执其物，夹道而疾驰。喜有赏，怒有刑。才畯[⑦]满前，道古今而誉盛德，入耳而不烦。曲眉丰颊，清声而便体[⑧]，秀外而惠中[⑨]，飘轻裾[⑩]，翳[⑪]长袖，粉白黛[⑫]绿者，列屋而闲居，妒宠而负恃[⑬]，争妍而取怜[⑭]。大丈夫之遇知于天子，用力于当世者之所为也。吾非恶[⑮]此而逃之，是有命焉，不可幸而致也。

"穷居而野处，升高而望远，坐茂树以终日，濯清泉以自洁。采于山，美可茹；钓于水，鲜可食。起居无时，惟适之安。与其有誉于前，孰若无毁于其后；与其有乐于身，孰若无忧于其心。车服[⑯]不维，刀锯[⑰]不加，理[⑱]乱不知，黜陟[⑲]不闻。大丈夫不遇于时者之所为也，我则行之。

"伺候于公卿之门，奔走于形势[⑳]之途，足将进而趑趄[㉑]，口将言而嗫嚅[㉒]，处污秽而不羞，触刑辟[㉓]而诛戮。侥幸于万一，老死而后止者，其于为人贤不肖何如也？"

昌黎[㉔]韩愈闻其言而壮之，与之酒而为之歌曰：

"盘之中，维子之宫；盘之土，维子之稼[㉕]；盘之泉，可濯可沿；盘之阻，谁争子所？窈[㉖]而深，廓其有容[㉗]；缭[㉘]而曲，如往而复。嗟盘之乐兮，乐且无央。虎豹远迹兮，蛟龙遁藏；鬼神守护兮，呵禁不祥；饮且食兮寿而康，无不足兮奚所望。膏吾车兮秣吾马，从子于盘兮，终吾生以徜徉[㉙]。"

【注释】

①选自张文治：《国学治要》，1365～1366页，北京，北京理工大学出版社，2014。

②阳：山的南面叫阳。盘谷：在今河南济源北。

③盘旋：同"盘桓"，流连，逗留。

④庙朝：宗庙和朝廷。古代有时在宗庙发号施令。"庙朝"连称，指中央政权机构。

⑤进退：这里指任免升降。

⑥旗旄：旗帜。

⑦才畯：才能出众的人。畯，同"俊"。

⑧便(pián)体：美好的体态。

⑨惠中：聪慧的资质。惠，同“慧”。
⑩裾(jū)：衣服的前后襟。
⑪翳(yì)：遮蔽，掩映。
⑫黛：青黑色颜料。古代女子用以画眉。
⑬负恃：依仗。这里指自恃貌美。
⑭怜：爱。
⑮恶：厌恶。
⑯车服：代指官职。古代以官职的品级高下，确定所用的车子和服饰。
⑰刀锯：指刑具。
⑱理：治。唐代避高宗李治的名讳，以“理”代“治”。
⑲黜陟(chù zhì)：指官吏的进退或升降。
⑳形势：地位和威势。
㉑趑趄(zī jū)：踌躇不前。
㉒嗫嚅(niè rú)：欲言又止的样子。
㉓刑辟：刑法。
㉔昌黎：韩氏的郡望。唐代重世族，所以作者标明郡望。
㉕稼：播种五谷，这里指种谷处。
㉖窈：幽远。
㉗廓其有容：广阔而有所容。其，犹“而”。
㉘缭：屈曲。
㉙徜徉：自由自在地来来往往。

【赏析】

韩愈借李愿之口，描绘了志得意满者、穷居野处者、投机钻营者三种人。通过对比，韩愈认为隐居者可贵可羡，而对卑躬屈膝、攀附权贵之徒予以辛辣的嘲讽，一吐胸中的不平之气。欧阳修激赏此文，说平生愿效此作一篇，每执笔辄罢，因自笑曰：“不若且放，教退之独步。”李愿是韩愈的好朋友，生平不详。唐德宗贞元十七年(801)冬，韩愈在长安等候调官，因仕途不顺，心情抑郁，故借李愿归隐盘谷事，吐露心中抑郁不平之情。本文赞美隐士，嘲讽官场，却又不尽是赞美与嘲讽。文中第2段就有艳羡之意，故借李愿言“吾非恶此而逃之，是有命焉，不可幸而致也”来表达，假如李愿真有嘲讽的意思，也被前文对官场的铺叙掩盖了。也许作者瞧不起的倒是第三种人，因此在文中作者的心情是矛盾的，他并非想做隐士，而是想做一番大事业，做不成大事业则羡慕隐士生活的悠闲自在。相传苏轼最爱此文，对此文评价很高。

8. 三戒[1]

[唐]柳宗元

【原文】

序

吾恒恶世之人，不知推己之本[2]，而乘物以逞[3]，或依势以干[4]非其类，出技以怒[5]强，窃时以肆暴[6]，然卒迨[7]于祸。有客谈麋[8]、驴、鼠三物，似其事，作《三戒》。

临江之麋

临江之人，畋[9]得麋麑[10]，畜之。入门，群犬垂涎，扬尾皆来。其人怒，怛之[11]。自是日抱就[12]犬，习示之，使勿动，稍使与之戏。积久，犬皆如人意。麋麑稍大，忘己之麋也，以为犬良[13]我友，抵触偃仆[14]，益狎。犬畏主人，与之俯仰[15]甚善，然时啖[16]其舌。

三年，麋出门，见外犬在道甚众，走欲与为戏。外犬见而喜且怒，共杀食之，狼藉[17]道上。麋至死不悟。

黔之驴

黔[18]无驴，有好事者船载以入。至则无可用，放之山下。虎见之，龙然大物也，以为神。蔽林间窥之，稍出近之，慭慭然[19]莫相知。

他日，驴一鸣，虎大骇，远遁，以为且噬己也，甚恐。然往来视之，觉无异能者。益习其声，又近出前后，终不敢搏。稍近，益狎，荡倚[20]冲冒，驴不胜怒，蹄之。虎因喜，计之曰："技止此耳！"因跳踉大㘎[21]，断其喉，尽其肉，乃去。

噫！形之龙也类有德[22]，声之宏也类有能。向不出其技，虎虽猛，疑畏，卒不敢取。今若是焉，悲夫！

永某氏之鼠

永[23]有某氏者，畏日[24]，拘忌异甚。以为己生岁直子[25]，鼠，子神也。因爱鼠，不畜猫犬，禁僮[26]勿击鼠。仓廪庖厨[27]，悉以恣[28]鼠不问。由是鼠相告，皆来某氏，饱食而无祸。某氏室无完器，椸[29]无完衣，饮食大率鼠之馀也。昼累累与人兼行[30]，夜则窃啮[31]斗暴，其声万状，不可以寝，终不厌。

数岁，某氏徙居他州；后人来居，鼠为态如故。其人曰："是阴类[32]恶物也，盗暴尤甚。且何以至是乎哉？"假五六猫，阖[33]门撤瓦灌穴，购僮罗捕之。杀鼠如丘，弃之隐处，臭数月乃已。

呜呼！彼以其饱食无祸为可恒也哉！

【注释】

①选自袁世硕:《中国古代文学作品选》(二),433～434页,北京,人民文学出版社,2002。

②推己之本:审察自己的实际能力。推,推求。

③乘物以逞:依靠别的东西来逞强。

④干:触犯。

⑤怒:激怒。

⑥窃时:趁机。肆暴:放肆地做坏事。

⑦迨:及,遭到。

⑧麋:形体较大的一种鹿类动物。

⑨畋:打猎。

⑩麑:鹿仔。

⑪怛(dá)之:恐吓之。

⑫就:接近。

⑬良:真,确。

⑭抵触:用头角相抵相触。偃:仰面卧倒。仆:俯面卧倒。

⑮俯仰:低头和抬头。

⑯啖:吃,这里是舔的意思。

⑰狼藉:散乱。

⑱黔:即唐代黔中道,治所在今重庆彭水东北,辖境相当今湖南沅江、澧水流域张家界、桃源以西,湖北清江流域,重庆黔江流域和贵州大部分。现以“黔”为贵州的别称。

⑲慭慭(yín)然:小心谨慎的样子。

⑳荡:碰撞。倚:挨近。

㉑跳踉:腾跃的样子。㘎(hǎn):吼叫。

㉒类:似乎,好像。德:道行。

㉓永:永州,在今湖南零陵。

㉔畏日:怕犯日忌。旧时迷信,认为年月日辰都有凶吉,凶日要禁忌做某种事情,犯了就不祥。

㉕生岁直子:出生的年份正当农历子年。生在子年的人,生肖属鼠。直,通“值”。

㉖僮:童仆,这里泛指仆人。

㉗仓廪:粮仓。庖厨:厨房。

㉘恣:放纵。

㉙椸(yí):衣架。

㉚累累:一个接一个。兼行:并走。

㉛窃啮:偷咬东西。

㉜阴类:在阴暗地方活动的东西。

㉝阖:关闭。

【赏析】

这一组三篇寓言是柳宗元的代表作，为他贬谪永州时所作。“三戒”，取《论语·季氏》中孔子言“君子有三戒”之意。柳宗元被贬永州之后，极其消沉，但是在进行了激烈的思想斗争后，他深入民间体察百姓疾苦，人生阅历得以丰富。文前的小序交代了文章的主旨。作者借麋、驴、鼠三种动物，讽刺社会上那些倚仗人势、色厉内荏、作威作福的人，在当时很有现实的针对性和普遍意义。三篇寓言篇幅短小，主题各自独立而又有内在联系，形象生动而又寓意深刻，构思精巧，语言简练而又刻画细致、传神，揭示了深刻的教训，具有强烈的艺术感染力。

9. 苍霞精舍后轩记

林纾

【作者简介】

林纾(1852—1924)，字琴南，号畏庐，福建闽县(今福州)人。近代文学家、翻译家。清末民初，林纾以小说翻译蜚声文坛，他以古汉语译西方文学名著，被公认为中国近代文坛的开山祖师及译界泰斗。有《畏庐文集》等。

【原文】

建溪[①]之水，直趋南港，始分二支，其一下洪山[②]，而中洲[③]适当水冲。洲上下联二桥[④]，水穿桥抱洲而过，始汇于马江[⑤]。苍霞洲在江南桥右偏，江水之所经也。

洲上居民百家，咸面江而门。余家洲之北，湫溢[⑥]苦水，乃谋适爽垲[⑦]，即今所谓苍霞精舍者。屋五楹，前轩种竹数十竿，微飔[⑧]略振，秋气满于窗户，母宜人[⑨]生时之所常过也；后轩则余与宜人联楹而居，其下为治庖之所。宜人病，常思珍味，得则余自治之。亡妻纳薪于灶，满则苦烈，抽之又莫适于火候。亡妻笑，母宜人谓曰：“尔夫妇呶呶[⑩]何为也？我食能几，何事求精，尔烹饪岂亦有古法耶?”一家相传以为笑。

宜人既逝，余始通二轩为一。每从夜归，妻疲不能起。余即灯下教女雪诵杜诗，尽七八首始寝。亡妻病革[⑪]，屋适易主，乃命舆至轩下，藉鞯[⑫]舆中，扶掖以去。至新居，十日卒。

孙幼谷太守、力香雨[⑬]孝廉即余旧居为苍霞精舍，聚生徒课西学，延余讲《毛诗》《史记》，授诸生古文，间五日一至。栏楯[⑭]楼轩，一一如旧，斜阳满窗，帘幔四垂，乌雀下集，庭墀阒[⑮]无人声。余微步廊庑，犹谓太宜人昼寝于轩中也。轩后严密之处，双扉阖焉。残针一，已锈矣，和线犹注扉上，则亡妻之所遗也。

呜呼！前后二年，此轩景物已再变矣。余非木石之人，宁能不悲？归而作后轩记。

【注释】

①建溪：闽江的北源。这里实指闽江。

②洪山：在福州城西。

③中洲：在福州城南的南台江中。

④二桥：中洲北面的万寿桥和南面的江南桥。

⑤马江：闽江的下游。因江中有一暗礁状类石马而得名。

⑥湫溢：当作“湫隘”，低洼狭窄。

⑦爽垲(kǎi)：高阔干爽。

⑧微飔(sī)：微风。

⑨母宜人：林纾之母陈氏。宜人，原是封建社会对官吏母、妻的封赠，后来也通指读书人的母、妻。

⑩呶(náo)呶：喧闹的声音。

⑪病革：病重。

⑫藉：垫子。

⑬孙幼谷：名葆晋，字幼谷，号石叟，光绪丁酉(1897)举人，官至补用知府。力香雨：力钧，字香雨，一字轩举，光绪己丑(1889)举人，后为医。

⑭栏楯(shǔn)：栏杆。

⑮阒(qù)：寂静。

【赏析】

苍霞精舍是林纾的故居。林纾与母亲、妻子在那里生活了十几年。后来，母亲去世，旧房易主，妻子在迁居十天后也病逝，这里又成为林纾缅怀亲人的地方。光绪二十三年(1897)，孙葆晋、力钧就其旧居的前轩改建精舍，授徒讲学，遂名苍霞精舍。林纾受聘在此讲授古文，抚今追昔，见景生情，写下这篇文章。

本文以“记”为体，以简蕴胜，多寓感慨，情深意挚。作者通过描写自己所居“轩”的前后变化，叙家庭琐事，伤怀思旧。人们读来觉得娓娓动人，余韵悠扬，挹之不尽。全文仅五六百字，笔墨雅洁严净，无一赘语，章法谨严缜密，不落斧凿痕迹，寓匠心于疏淡之中，堪与归有光的《项脊轩志》相媲美。

(三)小说

1. 干将莫邪①

[东晋]干宝

【作者简介】

干宝(？—336)，字令升，祖籍新蔡(今属河南)，后迁居海宁盐官之灵泉乡(今属浙江)，我国古代著名的史学家和文学家。晋元帝时担任佐著作郎的史官职务，奉命领修国史。后经王导提拔为司徒右长史，升任散骑常侍。除精通史学外，干宝还好易学，这为他后来撰写《搜神记》奠定了基础。《搜神记》是一部志怪小说，在中国小说史上有着极其深远的影响。此书为我国魏晋志怪小说中成就最高的作品，保存了许多古代民间传说，如《干将莫邪》《董永卖身》《李寄斩蛇》等。此外，干宝学识渊博，著述宏丰，横跨经、史、子、集四部，堪称魏晋间之通人。至今有关专家已收集到的干宝书目达26种，近200卷。

【原文】

楚干将、莫邪②为楚王作剑，三年乃成。王怒，欲杀之。剑有雌雄。其妻重身③当产，夫语妻曰："吾为王作剑，三年乃成。王怒，往必杀我。汝若生子是男，告之曰：'出户望南山，松生石上，剑在其背'。"于是即将④雌剑，往见楚王。王大怒，使相⑤之："剑有二，一雄一雌。雌来，雄不来。"王怒，即杀之。莫邪子名赤，比⑥后壮，乃问其母："吾父所在？"母曰："汝父为楚王作剑，三年乃成。王怒，杀之。去时嘱我：'语汝子：出户望南山，松生石上，剑在其背。'"于是子出户南望，不见有山，但睹堂前松柱下，石低之上⑦，即以斧破其背，得剑。日夜思欲报⑧楚王。王梦见一儿，眉间广尺⑨，言："欲报仇。"王即购之于千金。儿闻之，亡去⑩。入山行歌⑪。客⑫有逢者，谓："子年少，何哭之甚悲耶？"曰："吾干将、莫邪子也。楚王杀吾父，吾欲报之！"客曰："闻王购子头千金，将子头与剑来，为子报之。"儿曰："幸甚！"即自刎，两手捧头及剑奉之，立僵⑬。客曰："不负⑭子也。"于是尸乃仆⑮。

客持头往见楚王，王大喜。客曰："此乃勇士头也。当于汤镬⑯煮之。"王如其言。煮头三日三夕，不烂。头踔⑰出汤中，踬目⑱大怒。客曰："此儿头不烂，愿王自往临视之，是必烂也。"王即临之。客以剑拟⑲王，王头随堕汤中。客亦自拟己头，头复堕汤中。三首俱烂，不可识别。乃分其汤肉葬之，故通名"三王墓"。今在汝南北宜春县⑳界。

【注释】

①选自刘琦、梁国辅译注：《搜神记搜神后记译注》，287～288页，长春，吉林文史出版社，1997。

②干将：春秋时铸剑名将。莫邪：干将之妻。夫妻二人善作雄雌二剑，锋利无比，后来就以干将、莫邪为雄雌二剑之名。

③重(chóng)身：指怀孕。

④将：携带。

⑤相(xiàng)：察看。

⑥比：等到。

⑦低：当作"砥"，指柱础。"之上"疑为衍文。

⑧报：报复。

⑨眉间广尺：两眉间宽有一尺。

⑩亡去：逃走。

⑪行歌：边走边唱。
⑫客：指山中侠客。
⑬立僵：直立不倒。僵，僵硬。
⑭不负：不辜负。
⑮仆：倒。
⑯汤镬(huò)：沸水锅。镬，古代似鼎而无足的锅。
⑰踔(chuō)：跳。
⑱踬(zhì)目：疑当作"瞋目"，睁圆眼睛。
⑲拟：比画，对准。
⑳汝南：郡名。北宜春县：治所在今河南汝南西南。

【赏析】

《干将莫邪》出自晋代干宝的志怪小说集《搜神记》卷十一。这个故事在《列士传》《吴越春秋》《越绝书》《博物志》《列异传》等书中均有记载，文字各异。诸书记载中，以《搜神记》所记最详，文辞亦最佳。文中所表现的悲壮之美得到了鲁迅的喜爱，他将其改编为《故事新编·铸剑》。本篇题目有的版本作《三王墓》。这篇小说故事虽短，但结构完整，情节曲折，人物性格鲜明，思想内涵丰富，尤其是故事的后半部分写得壮烈无比。故事中所表现出的人民对于残暴统治者的强烈的复仇精神，是中国文学中所少见的。文中写干将莫邪之子以双手持头、剑交与"客"，写他的头在镬中跃出，犹"踬目大怒"，不但想象奇特，而且激发出震撼人心的力量。这篇小说能以如此短的篇幅写出一个完整的复仇故事，刻画出几个生动的人物形象，表现出丰富的思想内容，的确值得我们借鉴。

2. 过江诸人[①]

[南朝宋]刘义庆

【作者简介】

刘义庆(403—444)，字季伯，原籍彭城(今江苏徐州)，世居京口(今江苏镇江)，南朝宋文学家。宋武帝刘裕之侄，袭封临川王。自幼才华出众，爱好文学，并广招四方文学之士，聚于门下。著述除《世说新语》外，还有志怪小说《幽明录》等。《世说新语》是魏晋南北朝"志人小说"的代表作，主要记录魏晋名士的逸闻趣事和玄虚清谈，是一部魏晋风流的故事集，依内容分为德行、言语等三十六门。它对后世小说的发展有重要影响，同时也具有一定的史料价值。梁代刘孝标为《世说新语》作注，引书四百多种，与《世说新语》并行。

【原文】

过江[②]诸人，每至美日[③]，辄相邀新亭[④]，藉卉[⑤]饮宴。周侯中坐[⑥]而叹曰："风景不殊[⑦]，正自有山河之异[⑧]！”皆相视流泪。唯王丞相愀然[⑨]变色曰：“当共戮力王室[⑩]，克复神州[⑪]，何至作楚囚[⑫]相对？”

【注释】

①选自袁世硕：《中国古代文学作品选》(二)，222页，北京，人民文学出版社，2002。

②过江：西晋末，匈奴族刘曜等攻破洛阳、长安，俘晋怀、愍二帝。中原人士纷纷过江避难。琅邪王司马睿在南方建立政权，都建康(今江苏南京)，为晋元帝，史称东晋。

③美日：佳日，指风和日丽的日子。

④新亭：又名劳劳亭，为三国时吴所建，故址在今南京南。

⑤藉(jiè)卉：坐于草地上。藉，垫，坐卧在某物上。卉，草的总称。

⑥周侯：指周𫖮(yǐ)，字伯仁，晋元帝时为宁远将军、荆州刺史，官至尚书左仆射。中坐：即席间。

⑦不殊：没有不同。

⑧山河之异：指当时北方广大地区被少数民族贵族统治者占领。意谓如今风光没有什么不同，只是山河发生了变异。

⑨王丞相：指王导，字茂弘，琅邪临沂(今山东临沂)人，出身士族。西晋末，为琅邪王司马睿献策移镇建康。司马睿称帝后，王导任丞相。愀(qiǎo)然：面色改变的样子。

⑩戮力王室：为东晋王朝尽力。戮力，合力。

⑪克复：指经过战斗而收复失地。神州：战国时驺衍称中国为赤县神州，后世以神州代指中国。这里指西晋失陷的江北地区。

⑫楚囚：《左传·成公九年》记载，楚人钟仪被晋俘虏，晋人称他为楚囚。后借指处境困窘的人。这句是说：怎么会到了像囚犯似的彼此相对悲泣的地步呢？

【赏析】

《过江诸人》选自《世说新语》“言语”门。文章记述了“过江诸人”在新亭宴饮时的对话，通过对比，反映了东晋士大夫在面对国家危亡时的不同思想情绪：既有像周𫖮这样消极颓废、悲观感伤的，也有像王导那样积极进取、志在恢复的，而作者之态度于行文之字里行间可以真切感知。这段文字在艺术上语言精练，善于剪裁，寥寥数笔就使人物形象跃然纸上。

3. 李娃传[1]

[唐]白行简

【作者简介】

白行简(约776—826),字知退,白居易之弟,唐代文学家。华州下邽(今陕西渭南东北)人。《旧唐书》本传说他:“文笔有兄风,辞赋尤称精密,文士皆师法之。”他的文章文辞简易,有其兄风格。白行简以传奇著称,代表作是《李娃传》。他撰有《三梦记》,三事皆篇幅短小,文辞简质,而情节颇为离奇,《聊斋志异》中《凤阳士人》一篇,即受其影响。

【原文】

汧国夫人李娃,长安之倡女也。节行瑰奇,有足称者,故监察御史白行简为传述。

天宝中,有常州刺史荥阳公者,略其名氏,不书。时望甚崇,家徒甚殷。知命之年,有一子,始弱冠矣;隽朗有词藻,迥然不群,深为时辈推伏。其父爱而器之,曰:“此吾家千里驹也。”应乡赋秀才举[2],将行,乃盛其服玩车马之饰,计其京师薪储之费,谓之曰:“吾观尔之才,当一战而霸。今备二载之用,且丰尔之给,将为其志也。”生亦自负,视上第如指掌。

自毗陵[3]发,月余抵长安,居于布政里。尝游东市还,自平康[4]东门入,将访友于西南。至鸣珂曲,见一宅,门庭不甚广,而室宇严邃。阖一扉,有娃方凭一双鬟青衣[5]立,妖姿要妙[6],绝代未有。生忽见之,不觉停骖[7]久之,徘徊不能去。乃诈坠鞭于地,候其从者,敕[8]取之。累眄[9]于娃,娃回眸凝睇,情甚相慕。竟不敢措辞而去。生自尔意若有失,乃密征其友游长安之熟者,以讯之。友曰:“此狭邪女李氏宅也。”曰:“娃可求乎!”对曰:“李氏颇赡。前与通之者多贵戚豪族,所得甚广。非累百万,不能动其志也。”生曰:“苟患其不谐,虽百万,何惜。”

他日,乃洁其衣服,盛宾从而往。扣其门,俄有侍儿启扃。生曰:“此谁之第耶?”侍儿不答,驰走大呼曰:“前时遗策郎也!”娃大悦曰:“尔姑止之。吾当整妆易服而出。”生闻之私喜。乃引至萧墙间,见一姥垂白上偻,即娃母也。生跪拜前致词曰:“闻兹地有隙院[10],愿税[11]以居,信乎[12]?”姥曰:“惧其浅陋湫隘,不足以辱长者所处,安敢言直[13]耶。”延生于迟宾之馆,馆宇甚丽。与生偶坐,因曰:“某有女娇小,技艺薄劣,欣见宾客,愿将见之。”乃命娃出。明眸皓腕,举步艳冶。生遽惊起,莫敢仰视。与之拜毕,叙寒燠,触类妍媚,目所未睹。复坐,烹茶斟酒,器用甚洁。久之,日暮,鼓声四动。姥访其居远近。生绐[14]之曰:“在延平门[15]外数里。”冀其远而见留也。姥曰:“鼓已发矣。当速归,无犯禁。”生曰:“幸接欢笑,不知日之云夕,道里辽阔,城内又无亲戚。将若之何?”娃曰:“不见责僻陋,方将居之,宿何害焉。”生数目姥。姥曰:“唯唯。”生乃召其家僮,持双缣,请以备一宵之馔。娃笑而止之曰:“宾主之仪,且不然也。今夕之费，愿以贫窭[16]之家，随其粗粝以进之。其余以俟他辰。”固辞，终不许。俄徙坐西堂，帷幕帘榻，焕然夺目；妆奁衾枕，亦皆侈丽。乃张烛进馔，品味甚盛。撤馔，姥起。生娃谈话方切，诙谐调笑，无所不至。生曰：“前偶过卿门，遇卿适在屏间。厥后心常勤念，虽寝与食未尝或舍。”娃答曰：“我心亦如之。”生曰：“今之来，非直求居而已。愿偿平生之志。但未知命也若何？”言未终，姥至，询其故，具以告。姥笑曰：“男女之际，大欲存焉。情苟相得，虽父母之命，不能制也。女子固陋，曷足以荐君子之枕席？”生遂下阶，拜而谢之曰：“愿以己为厮养[17]。”姥遂目之为郎，饮酣而散。及旦，尽徙其囊橐[18]，因家于李之第。自是生屏迹戢身，不复与亲知相闻。日会倡优侪类，狎戏游宴。囊中尽空，乃鬻骏乘及其家童。岁余，资材仆马荡然，迩来姥意渐怠，娃情弥笃。

他日，娃谓生曰：“与郎相知一年，尚无孕嗣。常闻竹林神者，报应如响，将致荐酹[19]求之，可乎？”生不知其计，大喜。乃质衣于肆，以备牢醴[20]，与娃同谒祠宇而祷祝焉，信宿[21]而返。策驴而后，至里北门，娃谓生曰：“此东转小曲中，某之姨宅也。将憩而觐之，可乎？”生如其言，前行不逾百步，果见一车门。窥其际，甚弘敞。其青衣自车后止之曰：“至矣。”生下，适有一人出访曰：“谁？”曰：“李娃也。”乃入告。俄有一妪至，年可四十余，与生相迎，曰：“吾甥来否？”娃下车，妪迎访之曰：“何久疏绝？”相视而笑。娃引生拜之。既见，遂偕入西戟门偏院，中有山亭，竹树葱蒨，池榭幽绝。生谓娃曰：“此姨之私第耶？”笑而不答，以他语对。俄献茶果，甚珍奇。食顷，有一人控大宛汗流驰至，曰：“姥遇暴疾颇甚，殆不识人。宜速归。”娃谓姨曰：“方寸乱矣。某骑而前去，当令返乘，便与郎偕来。”生拟随之。其姨与侍儿偶语，以手挥之，令生止于户外，曰：“姥且殁矣。当与某议丧事以济其急。奈何遽相随而去？”乃止，共计其凶仪斋祭之用。日晚，乘不至。姨言曰：“无复命，何也？郎骤往觇之，某当继至。”生遂往，至旧宅，门扃[22]钥甚密。以泥缄之。生大骇，诘其邻人。邻人曰：“李本税此而居，约已周矣。第主自收。姥徙居，而且再宿矣。”生曰：“徙何处？”曰：“不详其所。”生将驰赴宣阳，以诘其姨，日已晚矣，计程不能达。乃弛其装服，质馔而食，赁榻而寝。生恚怒方甚，自昏达旦，目不交睫。质明，乃策蹇而去。既至，连扣其扉，食顷无人应，生大呼数四，有宦者徐出。生遽访之：“姨氏在乎？”曰：“无之。”生曰：“昨暮在此，何故匿之？”访其谁氏之第。曰：“此崔尚书宅。昨者有一人税此院，云迟中表之远至者。未暮去矣。”生惶惑发狂，罔知所措，因返访布政旧邸。邸主哀而进膳。生怨懑，绝食三日，遘疾甚笃，旬余愈甚。邸主惧其不起，徙之于凶肆之中。绵缀移时，合肆之人并伤叹而互饲之。后稍愈，杖而能起。由是凶肆日假之，令执繐帷[23]，获其直以自给。累月，渐复壮，每听其哀歌，自叹不及逝者，辄呜咽流涕，不能自止。归则效之。生，聪敏者也。无何，曲尽其妙，虽长安无有伦比。

初，二肆之佣[24]凶器者，互争胜负。其东肆车舆皆奇丽，殆不敌，唯哀挽劣焉。其东肆长知生妙绝，乃醵钱[25]二万索顾[26]焉。其党耆旧，共较其所能者，阴教生新声，而相赞和。累旬，人莫知之。其二肆长相谓曰：“我欲各阅[27]所佣之器于天门街[28]，以较优劣。不胜者罚直五万，以备酒馔之用，可乎？”二肆许诺。乃邀立符契，署以保证，然后阅之。士女大和会，聚至数万。于是里胥告于贼曹，贼曹闻于京尹[29]。四方之士尽赴趋焉，巷无居人。自旦阅之，及亭午，历举辇舆威仪之具，西肆皆不胜，师有惭色，乃置层榻于南隅，有长髯者，拥铎而进，翊卫数人。于是奋髯扬眉，扼腕顿颡而登，乃歌《白马》之词；恃其夙胜，顾眄左右，旁若无人，齐声赞扬之；自以为独步一时，不可得而屈也。有顷，东肆长于北隅上设连榻，有乌巾少年，左右五六人，秉翣[30]而至，即生也。整衣服，俯仰甚徐，申喉发调，容若不胜。乃歌《薤露》之章，举声清越，响振林木，曲度未终，闻者歔欷掩泣。西肆长为众所诮，益惭耻。密置所输之直于前，乃潜遁焉。四座愕眙，莫之测也。

先是，天子方下诏，俾外方之牧[31]，岁一至阙下，谓之"入计"。时也适遇生之父在京师，与同列者易服章窃往观焉。有老竖[32]，即生乳母婿也，见生之举措辞气，将认之而未敢，乃泫然流涕。生父惊而诘之。因告曰："歌者之貌，酷似郎之亡子。"父曰："吾子以多财为盗所害。奚至是耶？"言讫，亦泣。及归，竖间驰往，访于同党曰："向歌者谁？若斯之妙欤？"皆曰："某氏之子。"征其名，且易之矣。竖凛然大惊，徐往，迫而察之。生见竖色动，回翔将匿于众中。竖遂持其袂曰："岂非某乎？"相持而泣，遂载以归。至其室，父责曰："志行若此，污辱吾门！何施面目复相见也？"乃徒行出，至曲江西杏园[33]东，去其衣服，以马鞭鞭之数百。生不胜其苦而毙。父弃之而去。其师命相狎昵者阴随之，归告同党，共加伤叹。令二人赍苇席瘗焉[34]。至，则心下微温。举之，良久，气稍通。因共荷而归，以苇筒灌勺饮，经宿乃活。月余，手足不能自举。其楚挞之处皆溃烂，秽甚，同辈患之，一夕，弃于道周。行路咸伤之，往往投其余食，得以充肠。十旬，方杖策而起。被布裘，裘有百结，褴褛如悬鹑。持一破瓯，巡于闾里，以乞食为事。自秋徂冬，夜入于粪壤窟室，昼则周游廛肆。

一旦大雪，生为冻馁所驱，冒雪而出，乞食之声甚苦。闻见者莫不凄恻。时雪方甚，人家外户多不发。至安邑[35]东门，循里垣北转第七八，有一门独启左扇，即娃之第也。生不知之，遂连声疾呼："饥冻之甚。"音响凄切，所不忍听。娃自阁中闻之，谓侍儿曰："此必生也。我辨其音矣。"连步而出。见生枯瘠疥疠，殆非人状。娃意感焉，乃谓曰："岂非某郎也？"生愤懑绝倒，口不能言，颔颐而已。娃前抱其颈，以绣襦拥而归于西厢。失声长恸曰："令子一朝及此，我之罪也！"绝而复苏。姥大骇，奔至，曰："何也？"娃曰："某郎。"姥遽曰："当逐之。奈何令至此？"娃敛容却睇曰："不然。此良家子也。当昔驱高车，持金装，至某之室，不逾期而荡尽。且互设诡计，舍而逐之，殆非人。令其失志，不得齿于人伦。父子之道，天性也。使其情绝，杀而弃之。又困踬若此，天下之人尽知为某也。生亲戚满朝，一旦当权者熟察其本末，祸将及矣。况欺天负人，鬼神不祐，无自贻其殃也。某为姥子，迨今有二十岁矣。计其赀，不啻值千金。今姥年六十余，愿计二十年衣食之用以赎身，当与此子别卜所诣。所诣非遥，晨昏得以温凊。某愿足矣。"姥度其志不可夺，因许之。给姥之，余有百金。北隅四五家税一隙院。乃与生沐浴，易其衣服；为汤粥，通其肠；次以酥乳润其脏。旬余，方荐水陆之馔。头巾履袜，皆取珍异者衣之。未数月，肌肤稍腴。卒岁，平愈如初。

异时，娃谓生曰："体已康矣，志已壮矣。渊思寂虑，默想曩昔之艺业，可温习乎？"生思之曰："十得二三耳。"娃命车出游，生骑而从。至旗亭南偏门鬻坟典[36]之肆，令生拣而市之，计费百金，尽载以归。因令生斥弃百虑以志学，俾夜作昼，孜孜矻矻。娃常偶坐，宵分乃寐。伺其疲倦，即谕之缀诗赋。二岁而业大就，海内文籍，莫不该览。生谓娃曰："可策名试艺[37]矣。"娃曰："未也，且令精熟，以俟百战。"更一年，曰："可行矣。"于是遂一上登甲科[38]，声振礼闱[39]。虽前辈见其文，罔不敛衽敬羡，愿友之而不可得。娃曰："未也。今秀士[40]，苟获擢一科第，则自谓可以取中朝之显职，擅天下之美名。子行秽迹鄙，不侔于他士。当砻淬[41]利器，以求再捷。方可以连衡多士，争霸群英。"生由是益自勤苦，声价弥甚。

其年，遇大比[42]，诏征四方之隽。生应"直言极谏科"[43]，策名第一，授成都府[44]参军。三事以降，皆其友也。将之官，娃谓生曰："今之复子本躯，某不相负也。愿以残年，归养老姥。君当结媛鼎族，以奉蒸尝[45]。中外婚媾，无自黩也。勉思自爱。某从此去矣。"生泣曰："子若弃我，当自颈以就死。"娃固辞不从，生勤请弥恳。娃曰："送子涉江，至于剑门，当令我回。"生许诺。月余，至剑门。未及发而除书至，生父由常州诏入，拜成都尹。兼剑南采访使。浃辰[46]，父到。生因投刺，谒于邮亭。父不敢认，见其祖父官讳，方大惊，命登阶，抚背恸哭移时，曰："吾与尔父子如初。"因诘其由，具陈其本末。大奇之，诘娃安在。曰："送某至此，当令复还。"父曰："不可。"翌日，命驾与生先之成都，留娃于剑门，筑别馆以处之。明日，命媒氏通二姓之好，备六礼[47]以迎之，遂如秦晋之偶。娃既备礼，岁时伏腊[48]，妇道甚修[49]，治家严整，极为亲所眷。向后数岁，生父母偕殁，持孝甚至。有灵芝产于倚庐[50]，一穗三秀。本道上闻。又有白燕数十，巢其层甍。天子异之，宠锡加等。终制，累迁清显之任。十年间，至数郡。娃封汧国夫人。有四子，皆为大官，其卑者犹为太原尹。弟兄姻媾皆甲门，内外隆盛，莫之与京。

嗟乎，倡荡之姬，节行如是，虽古先烈女，不能逾也。焉得不为之叹息哉！

予伯祖尝牧晋州，转户部，为水陆运使，三任皆与生为代，故谙详其事。贞元中，予与陇西公佐话妇人操烈之品格，因遂述汧国之事。公佐拊掌竦听，命予为传。乃握管濡翰，疏而存之。时乙亥岁秋八月，太原白行简云。

【注释】

①选自[唐]裴铏等著，魏鉴勋、袁闾琨、李平译：《聂隐娘——唐传奇精选》(文白对照插图本)，199～205页，北京，作家出版社，2015，略有改动。

②赋：古代贡士称赋。乡赋：乡贡。唐代科举制度，每年由地方州县保举若干人至长安参加考试，这种保举称乡贡或乡赋。秀才：唐初考试科目的一种，唐高宗时废除。唐李肇《国史补》卷下："进士为时所尚久矣……其都会谓之举场，通称谓之秀才。"故文中"应乡赋秀才举"，其意为由州县保举去应进士科的考试。

③毗陵：古郡名。隋大业及唐天宝、至德时，又曾改常州为毗陵郡。

④平康：唐代长安的坊里名，唐孙棨《北里志》云："平康里，入北门，东回三曲，即诸妓所居之聚也。妓中有铮铮者，多在南曲、中曲。其循墙一曲，卑屑妓所居。"荥阳生"将访友于西南"，而途经李娃门，则李娃住在南曲，为名妓所居之地。

⑤青衣：婢女。

⑥妖姿要妙：姿容妖冶而美好。

⑦骖：古代四马拉车，左右拉的两匹马叫两骖，中间拉的两匹马叫两服。这里指荥阳生所骑的马。

⑧敕：命令。

⑨眄：斜眼看。

⑩隙院：空闲的宅院。

⑪税：租。

⑫信乎：真的有吗。

⑬直：同“值”，指酬金。

⑭绐：欺哄。

⑮延平门：唐代长安城三座西门中靠南的一座，与李娃所居之鸣珂曲相去甚远。

⑯贫窭：贫穷。

⑰厮养：即奴仆。厮是劈柴的人，养是做饭的人。

⑱囊橐：都是装物的袋子，小的叫橐，大的叫囊。又一说，无底的口袋叫囊，有底的口袋叫橐。

⑲酹：把酒浇在地上祭神。

⑳牢：祭祀用的牛、羊、猪。醴：一种甜酒。

㉑信宿：住了两个晚上。

㉒扃：从外锁门的门闩。

㉓帷：指灵帐。

㉔佣：出租。

㉕醵钱：凑钱。

㉖顾：同“雇”。

㉗阅：陈列，展出。

㉘天门街：承天门街，乃唐代长安宫城南门外的南北大街。

㉙京尹：京兆尹的简称，是唐代长安地区的行政长官。京兆：府名，辖都城长安及附近县，府治在今陕西西安长安区。

㉚翣：古代出殡时持于棺木左右的大扇，形如掌，用孔雀、野鸡等的羽毛做成。

㉛牧：地方上的长官，指各州刺史。

㉜老竖：老仆人。

㉝曲江：即曲江池。在今陕西西安东南，唐时为长安第一胜景。杏园：在曲江西南。其地有慈恩寺，唐代新进士登科，多在这里宴集。

㉞赍：带着。瘗焉：埋在那里。

㉟安邑：安邑坊，在长安东城，东市的南面。

㊱坟典：三坟五典。传说伏羲、神农、黄帝的书称三坟；少昊、颛顼、高辛、唐尧、虞舜的书称五典。这里以三坟五典作为古书的代称。

㊲策名试艺：报名应试艺业。策名，在名册上登记姓名，即报名的意思。这里指向地方政府报名，以取得地方政府选送去参加科举考试的资格。策，通“册”。

㊳甲科：唐代科举考试，进士科取士按成绩分甲、乙两等，明经科取士按成绩分甲、乙、丙、丁四等，其等第较高者，所授予的官品级也较高。

㊴礼闱：唐代进士、明经的考试都由礼部侍郎主持，故此言声振礼闱。

㊵秀士：即秀才。唐代对应进士科考试的人，无论及第与否，都称之为秀才。

㊶砻：用石头磨东西。淬：铸刀剑时将烧红的刀剑放在水里蘸一下。

㊷大比：这里用作制科考试的代称。唐代的制科是由皇帝特命举行的隆重考试，已中进士者及在职官员都可应试。比，考校。

㊸直言极谏科：是制科考试的项目之一，策试以向朝廷提出直率的批评建议为内容。

㊹成都府：安史之乱时，唐玄宗避难成都，故在唐肃宗至德二年(757)改蜀郡为成都府，称南京，直属朝廷。后虽去南京之称，但仍称成都府。

㊺以奉蒸尝：主持对祖宗的祭祀。蒸，同“烝”。《诗经·小雅·天保》：“禴祠烝尝，于公先王。”春祭曰祠，夏祭曰禴，秋祭曰尝，冬祭曰烝。按封建礼制，祭祀祖宗是家庭主妇的重要职务。

㊻浃辰：指从子至亥的一周十二天的日子。浃，一周。辰，指地支子丑寅卯等十二辰，每辰为一日。

㊼六礼：古代婚礼的六个程序。据《仪礼·士昏礼》载，则为纳采(提亲)、问名(问女方的名字与出生年月日时)、纳吉(将通过占卜认为这门亲事是否吉利的情况告诉女方，决定婚约)、纳征(送订婚的礼物币帛)、请期(问结婚的日期)、亲迎(举行结婚仪式、迎新娘过门)。

㊽伏腊：古时夏祭叫伏，冬祭叫腊。这里以伏腊代指一年四季中的祭祀。

㊾妇道甚修：是说李娃在一年四季中祭祀祖先、孝敬公婆、侍奉丈夫的为妇之道都做得很好。

㊿倚庐：守丧住的草庐。

【赏析】

唐代传奇中以爱情婚姻为题材的作品数量最多，艺术成就也最高。在这类作品中，《李娃传》可算得上精品。它是作者根据市民间流传的“一枝花”的故事，进行艺术加工创作出来的。通篇故事如春云舒卷，层出不穷；而结构布局，又极严整细密，丝丝入扣，铺垫烘托到位。主要人物李娃的形象刻画生动、细腻，尤其是细节描述，颇为传神。例如，在郑生李娃相遇一节中，郑生故意遗下马鞭这个小小的细节，起到了很大的连缀作用。一方面，郑生以此来延长他看李娃的时间，表现出郑生的聪颖和他对李娃一见钟情下的无尽爱慕；另一方面，又为后文的情节做了铺垫。郑生去拜访李娃时，侍儿不及回答郑生的问题，便“驰走大呼曰：‘前时遗策郎也！’”这又表现出李娃对郑生也有深刻的印象，为两人之间的爱情提供了可能。这样高超的艺术手法相信绝不会是妙手偶得，正是唐人有意识创作小说的例证，也是小说这门艺术逐渐成熟的体现。

4. 虬髯客传①

[唐]杜光庭

【作者简介】

杜光庭(850—933),字圣宾(又作宾至),号东瀛子,处州缙云(今属浙江)人。少习儒学,博通经、子。曾先后在唐及前蜀做过官。他写了许多神仙故事,多是自己编造的,所以后来人们用“杜撰”一词来指代编造。撰有《道德真经广圣义》《广成集》《道门科范大全集》《墉城集仙录》等二十余种。

【原文】

隋炀帝之幸江都也,命司空杨素②守西京。素骄贵,又以时乱,天下之权重望崇者,莫我若也,奢贵自奉,礼异人臣。每公卿入言,宾客上谒,未尝不踞床而见,令美人捧出。侍婢罗列,颇僭于上。末年愈甚,无复知所负荷,有扶危持颠③之心。

一日,卫公李靖④以布衣上谒,献奇策。素亦踞见。公前揖曰:“天下方乱,英雄竞起。公为帝室重臣,须以收罗豪杰为心,不宜踞见宾客。”素敛容而起,谢公。与语,大悦,收其策而退。当公之骋辩也,一妓有殊色,执红拂,立于前,独目公。公既去,而执拂者临轩指吏曰:“问去者处士第几?住何处?”公具以对。妓诵而去。公归逆旅。

其夜五更初,忽闻叩门而声低者,公起问焉。乃紫衣戴帽人,杖揭一囊。公问谁。曰:“妾,杨家之红拂妓也。”公遽延入。脱衣去帽,乃十八九佳丽人也。素面画衣而拜。公惊答拜。曰:“妾侍杨司空久,阅天下之人多矣,无如公者。丝萝⑤非独生,愿托乔木,故来奔耳。”公曰:“杨司空权重京师,如何?”曰:“彼尸居余气,不足畏也。诸妓知其无成,去者众矣。彼亦不甚逐也。计之详矣。幸无疑焉。”问其姓。曰:“张。”问其伯仲之次。曰:“最长。”观其肌肤、仪状、言词、气性,真天人也。公不自意获之,愈喜愈惧,瞬息万虑不安。而窥户者足无停屦。数日,亦闻追访之声,意亦非峻。乃雄服乘马,排闼而去,将归太原。

行次灵石旅舍,既设床,炉中烹肉且熟。张氏以发长委地,立梳床前。公方刷马。忽有一人,中形,赤髯而虬,乘蹇驴而来。投革囊于炉前,取枕欹卧,看张梳头。公怒甚,未决,犹刷马。张熟视其面,一手握发,一手映身摇示公,令勿怒。急急梳头毕,敛衽前问其姓。卧客答曰:“姓张。”对曰:“妾亦姓张。合是妹。”遽拜之。问第几。曰:“第三。”因问妹第几。曰:“最长。”遂喜曰:“今多幸逢一妹。”张氏遥呼:“李郎且来见三兄!”公骤拜之。遂环坐。曰:“煮者何肉?”曰:“羊肉。计已熟矣。”客曰:“饥。”公出市胡饼。客抽腰间匕首,切肉共食。食竟,余肉乱切送驴前食之,甚速。客曰:“观李郎之行,贫士也。何以致斯异人?”曰:“靖虽贫,亦有心者焉。他人见问,故不言。兄之问,则不隐耳。”具言其由。曰:“然则将何之?”曰:“将避地太原。”曰:“然吾故非君所致也。”曰:“有酒乎?”曰:“主人西,则酒肆也。”

公取酒一斗。既巡，客曰："吾有少下酒物，李郎能同之乎?"曰："不敢。"于是开革囊，取一人头并心肝。却头囊中，以匕首切心肝，共食之。曰："此人天下负心者，衔之十年，今始获之。吾憾释矣。"又曰："观李郎仪形器宇，真丈夫也。亦闻太原有异人乎?"曰："尝识一人，愚谓之真人也。其余，将帅而已。"曰："何姓?"曰："靖之同姓。"曰："年几?"曰："仅二十。"曰："今何为?"曰："州将之子[⑥]。"曰："似矣。亦须见之。李郎能致吾一见乎?"曰："靖之友刘文静[⑦]者，与之狎。因文静见之可也。然兄何为?"曰："望气者言太原有奇气，使访之。李郎明发，何日到太原?"靖计之日。曰："达之明日日方曙，候我于汾阳桥。"言讫，乘驴而去，其行若飞，回顾已失。公与张氏且惊且喜，久之，曰："烈士不欺人。固无畏。"促鞭而行。

及期，入太原。果复相见。大喜，偕诣刘氏。诈谓文静曰："以善相者思见郎君，请迎之。"文静素奇其人，一旦闻有客善相，遽致使迎之。使回而至，不衫不履，裼裘[⑧]而来，神气扬扬，貌与常异。虬髯默居末坐，见之心死。饮数杯，招靖曰："真天子也!"公以告刘，刘益喜，自负。既出，而虬髯曰："吾得十八九矣。亦须道兄见。李郎宜与一妹复入京，某日午时，访我于马行东酒楼下。下有此驴及瘦驴，即我与道兄俱在其上矣。到即登焉。"又别而去。

公与张氏复应之。及期访焉，宛见二乘。揽衣登楼。虬髯与一道士方对饮，见公惊喜，召坐。围饮十数巡，曰："楼下柜中有钱十万。择一深隐处驻一妹。某日复会我于汾阳桥。"如期至，则道士与虬髯已到矣。俱谒文静。时方弈棋，揖而话心焉。文静飞书迎文皇看棋。道士对弈，虬髯与公傍待焉。俄而文皇到来，精采惊人，长揖而坐。神气清朗，满坐风生，顾盼炜如也。道士一见惨然，下棋子曰："此局全输矣！于此失却局哉！救无路矣！复奚言!"罢弈而请去。既出，谓虬髯曰："此世界非公世界。他方可也。勉之，勿以为念。"因共入京。虬髯曰："计李郎之程，某日方到。到之明日，可与一妹同诣某坊曲小宅相访。李郎相从一妹，悬然如磬[⑨]。欲令新妇祗谒，兼议从容，无前却也。"言毕，吁嗟而去。

公策马而归。即到京，遂与张氏同往。乃一小版门子，叩之，有应者，拜曰："三郎令候李郎、一娘子久矣。"延入重门。门愈壮。婢四十人，罗列廷前。奴二十人，引公入东厅。厅之陈设，穷极珍异，箱中妆奁冠镜首饰之盛，非人间之物。巾栉妆饰毕，请更衣，衣又珍异。既毕，传云："三郎来!"乃虬髯纱帽裼裘而来，亦有龙虎之状，欢然相见。催其妻出拜，盖亦天人耳。遂延中堂，陈设盘筵之盛，虽王公家不侔也。四人对馔讫，陈女乐二十人，列奏于前，似从天降，非人间之曲。食毕，行酒。

家人自东堂舁出二十床，各以锦绣帕覆之。既陈，尽去其帕，乃文簿钥匙耳。虬髯曰："此尽宝货泉贝之数。吾之所有，悉以充赠。何者？欲于此世界求事，当龙战三二十载，建少功业。今既有主，住亦何为？太原李氏，真英主也。三五年内，即当太平。李郎以奇特之才，辅清平之主，竭心尽善，必极人臣。一妹以天人之姿，蕴不世之艺，从夫之贵，以盛轩裳。非一妹不能识李郎，非李郎不能荣一妹。起陆之贵，际会如期，虎啸风生，龙吟云萃，固非偶然也。持余之赠，以佐真主，赞功业也。勉之哉！此后十年，当东南数千里外有异事，是吾得事之秋也。一妹与李郎可沥酒东南相贺。"因命家童列拜，曰："李郎一妹，是汝主也!"言讫，与其妻从一奴，乘马而去。数步，遂不复见。公据其宅，乃为豪家，得以助文皇缔构之资，遂匡天下。

贞观十年，公以左仆射平章事⑩。适南蛮入奏曰："有海船千艘，甲兵十万，入扶余国⑪，杀其主自立。国已定矣。"公心知虬髯得事也。归告张氏，具衣拜贺，沥酒东南祝拜之。乃知真人之兴也，非英雄所冀，况非英雄乎！人臣之谬思乱者，乃螳臂之拒走轮耳。我皇家垂福万叶，岂虚然哉！或曰："卫公之兵法，半乃虬髯所传耳。"

【注释】

①选自鲁迅校录、曹光甫校点、杜东嫣译：《唐宋传奇集全译》，616～624页，上海，上海古籍出版社，2019。

②杨素：弘农华阴(今陕西华阴)人，字处道。他曾先后帮助隋文帝(杨坚)、隋炀帝(杨广)夺得皇位，执掌朝政多年。曾任司徒，封越国公、楚国公。

③扶危持颠：语出《论语·季氏》："危而不持，颠而不扶，则将焉用彼相矣?"这里指挽救危亡倾覆的局势。

④李靖：字药师，京兆三原(今陕西三原)人，唐代开国功臣之一，封卫国公。

⑤丝萝：菟丝和女萝。菟丝、女萝均为蔓生寄生性植物。

⑥州将之子：指唐太宗李世民。当时其父李渊任隋朝太原留守，故称"州将之子"。

⑦刘文静：字肇仁，京兆武功(今陕西武功)人。隋末任晋阳令，以助唐高祖起兵反隋有功，高祖称帝后曾任民部尚书、陕东道行台左仆射，封鲁国公。

⑧裼裘：古人穿皮袍，袍外还要加一件正服，且习惯将皮袍两袖卷起，以露出里面的皮毛，称为"裼裘"。这是当时一种流行的装扮。

⑨悬然如磬：古语有"室如悬磬"，意思是家中四壁空空，只有屋梁像悬磬一样，形容家徒四壁，一贫如洗。

⑩左仆射平章事：唐代宰相的称谓。唐代设左右仆射，左右仆射有时是宰相，有时又不是，只有加上平章事的头衔，才确定为宰相之职。

⑪扶余国：古国名，在今辽宁、吉林、内蒙古一带。

【赏析】

本文叙写"风尘三侠"李靖、红拂女和虬髯客结交与分离的传奇故事。写的虽是隋末故事，却曲折地反映了晚唐天下混战、群雄竞逐的社会现实，是豪侠小说中艺术成就最高的一篇。小说以细致笔触刻画出李靖胆大心细、胸有城府以及红拂才貌超群、慧眼识英雄的形象。虬髯客被描绘为令人惊心骇目的怪杰，他善于审时度势，爱憎分明，任侠仗义。这一形象思想内涵较丰富、复杂，具有神秘意味，其行为所造成的悬疑，引人入胜。小说反映了乱世中的人民反对割据，要求国家统一、天下太平的愿望，也包含君权神授的宿命论思想与封建正统观念。艺术技巧精湛、独到。结构布局浑然一体，情节层层推进，环环相扣，最后雾障消除，主题托出，收到振奇可喜的效果。人物言行细节也写得很出色。红拂女慧眼识英雄已成为文坛佳话与流传成语。根据这篇小说改编的有明代张凤翼和张太和先后写的《红拂记》传奇、冯梦龙的《女丈夫》传奇、凌濛初的《红拂三传》杂剧等。

5. 舌战群儒[1]

[明]罗贯中

【作者简介】

罗贯中(约1330—约1400)，名本，字贯中，号湖海散人，元末明初著名小说家、戏曲家。被誉为中国章回体小说的鼻祖，中国14世纪为数不多的伟大作家之一。一生著作颇丰，主要作品有剧本《赵太祖龙虎风云会》《忠正孝子连环谏》《三平章死哭蜚虎子》，小说《隋唐志传》《残唐五代史演义》《三遂平妖传》《三国志通俗演义》(简称《三国演义》)等。

【原文】

次日至馆驿中见孔明，又嘱曰："今见我主，切不可言曹操兵多。"孔明笑曰："亮自见机而变，决不有误。"肃乃引孔明至幕下。早见张昭、顾雍等一班文武二十余人，峨冠博带，整衣端坐。孔明逐一相见，各问姓名。施礼已毕，坐于客位。

张昭等见孔明丰神飘洒，器宇轩昂，料道此人必来游说。张昭先以言挑之曰："昭乃江东微末之士，久闻先生高卧隆中，自比管、乐。此语果有之乎?"孔明曰："此亮平生小可之比也。"昭曰："近闻刘豫州三顾先生于草庐之中，幸得先生，以为'如鱼得水'，思欲席卷荆襄。今一旦以属曹操，未审是何主见?"孔明自思张昭乃孙权手下第一个谋士，若不先难倒他，如何说得孙权，遂答曰："吾观取汉上之地，易如反掌。我主刘豫州躬行仁义，不忍夺同宗之基业，故力辞之。刘琮孺子，听信佞言，暗自投降，致使曹操得以猖獗。今我主屯兵江夏，别有良图，非等闲可知也。"昭曰："若此，是先生言行相违也。先生自比管、乐——管仲相桓公，霸诸侯，一匡天下；乐毅扶持微弱之燕，下齐七十余城：此二人者，真济世之才也。先生在草庐之中，但笑傲风月，抱膝危坐。今既从事刘豫州，当为生灵兴利除害，剿灭乱贼。且刘豫州未得先生之前，尚且纵横寰宇，割据城池；今得先生，人皆仰望。虽三尺童蒙，亦谓彪虎生翼，将见汉室复兴，曹氏即灭矣。朝廷旧臣，山林隐士，无不拭目而待，以为拂高天之云翳[2]，仰日月之光辉，拯民于水火之中，措天下于衽席[3]之上，在此时也。何先生自归豫州，曹兵一出，弃甲抛戈，望风而窜。上不能报刘表以安庶民，下不能辅孤子而据疆土，乃弃新野，走樊城，败当阳，奔夏口，无容身之地。是豫州既得先生之后，反不如其初也。管仲、乐毅，果如是乎？愚直之言，幸勿见怪!"

孔明听罢，哑然而笑曰："鹏飞万里，其志岂群鸟能识哉？譬如人染沉疴，当先用糜粥以饮之，和药以服之；待其腑脏调和，形体渐安，然后用肉食以补之，猛药以治之，则病根尽去，人得全生也。若不待气脉和缓，便投以猛药厚味，欲求安保，诚为难矣。吾主刘豫州，向日军败于汝南，寄迹刘表，兵不满千，将止关、张、赵云而已，此正如病势尪羸[④]已极之时也。新野山僻小县，人民稀少，粮食鲜薄，豫州不过暂借以容身，岂真将坐守于此耶？夫以甲兵不完，城郭不固，军不经练，粮不继日，然而博望烧屯，白河用水，使夏侯惇、曹仁辈心惊胆裂：窃谓管仲、乐毅之用兵，未必过此。至于刘琮降操，豫州实出不知，且又不忍乘乱夺同宗之基业，此真大仁大义也。当阳之败，豫州见有数十万赴义之民，扶老携幼相随，不忍弃之，日行十里，不思进取江陵，甘与同败，此亦大仁大义也。寡不敌众，胜负乃其常事。昔高皇数败于项羽，而垓下一战成功，此非韩信之良谋乎？夫信久事高皇，未尝累胜。盖国家大计，社稷安危，是有主谋。非比夸辩之徒，虚誉欺人，坐议立谈，无人可及，临机应变，百无一能，诚为天下笑耳。”这一篇言语，说得张昭并无一言回答。

座上忽一人抗声问曰：“今曹公兵屯百万，将列千员，龙骧[⑤]虎视，平吞江夏，公以为何如？”孔明视之，乃虞翻也。孔明曰：“曹操收袁绍蚁聚之兵，劫刘表乌合之众，虽数百万不足惧也。”虞翻冷笑曰：“军败于当阳，计穷于夏口，区区求救于人，而犹言‘不惧’，此真大言欺人也！”孔明曰：“刘豫州以数千仁义之师，安能敌百万残暴之众？退守夏口，所以待时也。今江东兵精粮足，且有长江之险，犹欲使其主屈膝降贼，不顾天下耻笑。——由此论之，刘豫州真不惧操贼者矣！”虞翻不能对。

座间又一人问曰：“孔明欲效仪、秦之舌，游说东吴耶？”孔明视之，乃步骘也。孔明曰：“步子山以苏秦、张仪为辩士，不知苏秦、张仪亦豪杰也：苏秦佩六国相印，张仪两次相秦，皆有匡扶人国之谋，非比畏强凌弱，惧刀避剑之人也。君等闻曹操虚发诈伪之词，便畏惧请降，敢笑苏秦、张仪乎？”步骘默然无语。

忽一人问曰：“孔明以曹操何如人也？”孔明视其人，乃薛综也。孔明答曰：“曹操乃汉贼也，又何必问？”综曰：“公言差矣。汉传世至今，天数将终。今曹公已有天下三分之二，人皆归心。刘豫州不识天时，强欲与争，正如以卵击石，安得不败乎？”孔明厉声曰：“薛敬文安得出此无父无君之言乎！夫人生天地间，以忠孝为立身之本。公既为汉臣，则见有不臣之人，当誓共戮之：臣之道也。今曹操祖宗叨食汉禄，不思报效，反怀篡逆之心，天下之所共愤；公乃以天数归之，真无父无君之人也！不足与语！请勿复言！”薛综满面羞惭，不能对答。

座上又一人应声问曰：“曹操虽挟天子以令诸侯，犹是相国曹参之后。刘豫州虽云中山靖王苗裔，却无可稽考，眼见只是织席贩屦之夫耳，何足与曹操抗衡哉！”孔明视之，乃陆绩也。孔明笑曰：“公非袁术座间怀桔之陆郎乎？请安坐，听吾一言：曹操既为曹相国之后，则世为汉臣矣；今乃专权肆横，欺凌君父，是不惟无君，亦且蔑祖，不惟汉室之乱臣，亦曹氏之贼子也。刘豫州堂堂帝胄，当今皇帝，按谱赐爵，何云‘无可稽考’？且高祖起身亭长，而终有天下；织席贩屦，又何足为辱乎？公小儿之见，不足与高士共语！”陆绩语塞。

座上一人忽曰：“孔明所言，皆强词夺理，均非正论，不必再言。且请问孔明治何经典？”孔明视之，乃严畯也。孔明曰：“寻章摘句，世之腐儒也，何能兴邦立事？且古耕莘伊尹，钓渭子牙，张良、陈平之流，邓禹、耿弇之辈，皆有匡扶宇宙之才，未审其生平治何经典。——岂亦效书生，区区于笔砚之间，数黑论黄，舞文弄墨而已乎？”

严畯低头丧气而不能对。

忽又一人大声曰："公好为大言，未必真有实学，恐适为儒者所笑耳。"孔明视其人，乃汝阳程德枢也。孔明答曰："儒有君子小人之别。君子之儒，忠君爱国，守正恶邪，务使泽及当时，名留后世。——若夫小人之儒，惟务雕虫，专攻翰墨；青春作赋，皓首穷经；笔下虽有千言，胸中实无一策。且如扬雄以文章名世，而屈身事莽，不免投阁而死，此所谓小人之儒也；虽日赋万言，亦何取哉！"程德枢不能对。众人见孔明对答如流，尽皆失色。

【注释】

①选自[明]罗贯中：《三国演义》，348～352页，北京，人民文学出版社，2018。

②翳(yì)：遮盖。

③衽席：睡觉时用的席子。

④羸：瘦弱。

⑤骧(xiāng)：马抬着头快跑。

【赏析】

中国文学史上第一部长篇历史演义小说《三国演义》向我们展示了一幅三国时期魏、蜀、吴三大统治集团之间的关系和战争的历史画卷。《三国演义》的内容十分庞杂，时间和空间的跨度极大，涉及的人物和方面也很多，读来有一种粗线条式勾勒的感觉。但《三国演义》中的精彩片段也不胜枚举，许多地方让人回味无穷，"诸葛亮舌战群儒，鲁子敬力排众议"就是其中一场精彩绝伦的舌战。本文选自第四十三回，作者通过这场舌战，成功地塑造了一位智慧之星——诸葛亮的形象。诸葛亮为联合孙权共抗曹操，奉命出使东吴劝说孙权。他面对孙权座下众谋士，"丰神飘洒，器宇轩昂"，以一人之口，将"峨冠博带，整衣端坐"、傲然自大、锋芒毕露的一群吴国儒官，说得尽皆失色，哑口无言，犹如口中被人强行突然塞入棉絮，只有脸红耳赤的份儿。在这场舌战中，主辩人物——诸葛亮运用娴熟的论辩技巧，或斥论点，或批论据，或驳论证，雄辩滔滔、举重若轻；时而傲然正气，时而谦逊有礼，时而怒斥，时而戏谑，随机应变，从容裕如：一个大智大勇的大儒形象跃然纸上。

6. 黛玉葬花①

[清]曹雪芹

【作者简介】

曹雪芹(约1715—约1763)，清代小说家。名霑，字梦阮，号雪芹、芹圃、芹溪。祖籍辽宁铁岭，生于江宁(今江苏南京)，曹雪芹出身清代内务府正白旗包衣世家，他是江宁织造曹寅之孙，曹頫之子(一说曹颙之子)，约十四岁迁居北京。他早年经历了一段封建大官僚地主家庭的繁华生活，后家道衰落，趋于艰困。晚期居北京西郊，贫病而卒，年未及五十。曹雪芹素性放达，爱好广泛，对金石、诗书、绘画、园林、中医、织补、工艺、饮食等均有所研究。他以坚韧不拔的毅力，历经多年艰辛，终于创作出极具思想性、艺术性的作品《红楼梦》，它是我国古典小说中伟大的现实主义作品。据称其先后曾增删五次，但未成全书而卒；今流行本一百二十回，后四十回一般认为是高鹗所续。

【原文】

如今且说林黛玉因夜间失寐，次日起来迟了，闻得众姊妹都在园中作饯花会，恐人笑他痴懒，连忙梳洗了出来。刚到了院中，只见宝玉进门来了，笑道："好妹妹，你昨儿可告我了不曾？教我悬了一夜心。"林黛玉便回头叫紫鹃道："把屋子收拾了，撂下一扇纱屉；看那大燕子回来，把帘子放下来，拿狮子[②]倚住；烧了香就把炉罩上。"一面说一面又往外走。宝玉见他这样，还认作是昨日中晌的事，那知晚间的这段公案，还打恭作揖的。林黛玉正眼也不看，各自出了院门，一直找别的姊妹去了。宝玉心中纳闷，自己猜疑：看起这个光景来，不像是为昨日的事；但只昨日我回来的晚了，又没有见他，再没有冲撞了他的去处了。一面想，一面由不得随后追了来。

只见宝钗探春正在那边看鹤舞，见黛玉去了，三个一同站着说话儿。又见宝玉来了，探春便笑道："宝哥哥，身上好？我整整的三天没见你了。"宝玉笑道："妹妹身上好？我前儿还在大嫂子跟前问你呢。"探春道："宝哥哥，你往这里来，我和你说话。"宝玉听说，便跟了他，离了钗、玉两个，到了一棵石榴树下。

探春因说道："这几天老爷可曾叫你？"宝玉笑道："没有叫。"探春说："昨儿我恍惚听见说老爷叫你出去的。"宝玉笑道："那想是别人听错了，并没叫的。"探春又笑道："这几个月，我又攒下有十来吊钱了。你还拿了去，明儿出门逛去的时候，或是好字画，好轻巧顽意儿，替我带些来。"宝玉道："我这么城里城外、大廊小庙的逛，也没见个新奇精致东西，左不过是那些金、玉、铜、磁，没处撂的古董，再就是绸缎吃食衣服了。"探春道："谁要这些。怎么像你上回买的那柳枝儿编的小篮子，整竹子根抠的香盒儿，胶泥垛的风炉儿，这就好了。我喜欢的什么似的，谁知他们都爱上了，都当宝贝似的抢了去了。"宝玉笑道："原来要这个。这不值什么，拿五百钱出去给小子们，管拉一车来。"探春道："小厮们知道什么。你拣那朴而不俗、直而不拙者，这些东西，你多多的替我带了来。我还像上回的鞋作一双你穿，比那一双还加工夫，如何呢？"

宝玉笑道："你提起鞋来，我想起个故事：那一回我穿着，可巧遇见了老爷，老爷就不受用，问是谁作的。我那里敢提'三妹妹'三个字，我就回说是前儿我生日，是舅母给的。老爷听了是舅母给的，才不好说什么，半日还说：'何苦来！虚耗人力，作践绫罗，作这样的东西。'我回来告诉了袭人，袭人说这还罢了，赵姨娘气的抱怨的了不得：'正经兄弟，鞋搭拉袜搭拉的没人看的见，且作这些东西！'"探春听说，登时沉下脸来，道："这话糊涂到什么田地！怎么我是该作鞋的人么？环儿难道没有分例的？一般的衣裳是衣裳，鞋袜是鞋袜，丫头老婆一屋子，怎么抱怨这些话！给谁听呢！我不过是闲着没事儿，作一双半双，爱给那个哥哥兄弟，随我的心。谁敢管我不成！这也是白气。”宝玉听了，点头笑道：“你不知道，他心里自然又有个想头了。”探春听说，益发动了气，将头一扭，说道：“连你也糊涂了！他那想头自然是有的，不过是那阴微鄙贱的见识。他只管这么想，我只管认得老爷、太太两个人，别人我一概不管。就是姊妹弟兄跟前，谁和我好，我就和谁好，什么偏的庶的，我也不知道。论理我不该说他，但忒昏愦的不像了！还有笑话呢：就是上回我给你那钱，替我带那顽的东西。过了两天，他见了我，也是说没钱使，怎么难，我也不理论。谁知后来丫头们出去了，他就抱怨起来，说我攒的钱为什么给你使，倒不给环儿使呢。我听见这话，又好笑又好气，我就出来往太太跟前去了。”正说着，只见宝钗那边笑道：“说完了，来罢。显见的是哥哥妹妹了，丢下别人，且说梯己去。我们听一句儿就使不得了！”说着，探春宝玉二人方笑着来了。

宝玉因不见了林黛玉，便知他躲了别处去了，想了一想，索性迟两日，等他的气消一消再去也罢了。因低头看见许多凤仙石榴等各色落花，锦重重的落了一地，因叹道：“这是他心里生了气，也不收拾这花儿来了。待我送了去，明儿再问着他。”说着，只见宝钗约着他们往外头去。宝玉道：“我就来。”说毕，等他二人去远了，便把那花兜了起来，登山渡水，过树穿花，一直奔了那日同林黛玉葬桃花的去处来。

将已到了花冢，犹未转过山坡，只听山坡那边有呜咽之声，一行数落着，哭的好不伤感。宝玉心下想道：“这不知是那房里的丫头，受了委曲，跑到这个地方来哭。”一面想，一面煞住脚步，听他哭道是：

花谢花飞花满天，红消香断有谁怜？游丝软系飘春榭，落絮轻沾扑绣帘。
闺中女儿惜春暮，愁绪满怀无释处，手把花锄出绣闺，忍踏落花来复去。
柳丝榆荚自芳菲，不管桃飘与李飞。桃李明年能再发，明年闺中知有谁？
三月香巢已垒成，梁间燕子太无情！明年花发虽可啄，却不道人去梁空巢也倾。
一年三百六十日，风刀霜剑严相逼，明媚鲜妍能几时，一朝飘泊难寻觅。
花开易见落难寻，阶前闷杀葬花人，独倚花锄泪暗洒，洒上空枝见血痕。
杜鹃无语正黄昏，荷锄归去掩重门。青灯照壁人初睡，冷雨敲窗被未温。
怪奴底事倍伤神，半为怜春半恼春：怜春忽至恼忽去，至又无言去不闻。
昨宵庭外悲歌发，知是花魂与鸟魂？花魂鸟魂总难留，鸟自无言花自羞。
愿奴胁下生双翼，随花飞到天尽头。天尽头，何处有香丘？
未若锦囊收艳骨，一抔净土[③]掩风流。质本洁来还洁去，强于污淖陷渠沟。
尔今死去侬收葬，未卜侬身何日丧？侬今葬花人笑痴，他年葬侬知是谁？
试看春残花渐落，便是红颜老死时。一朝春尽红颜老，花落人亡两不知！

宝玉听了不觉痴倒。

话说林黛玉只因昨夜晴雯不开门一事，错疑在宝玉身上。至次日又可巧遇见饯花之期，正是一腔无明[④]正未发泄，又勾起伤春愁思，因把些残花落瓣去掩埋，由不得感花伤己，哭了几声，便随口念了几句。不想宝玉在山坡上听见，先不过点头感叹；次后听到“侬今葬花人笑痴，他年葬侬知是谁”，“一朝春尽红颜老，花落人亡两不知”等句，不觉恸倒山坡之上，怀里兜的落花撒了一地。试想林黛玉的花颜月貌，将来亦到无可寻觅之时，宁不心碎肠断！既黛玉终归无可寻觅之时，推之于他人，如宝钗、香菱、袭人等，亦可到无可寻觅之时矣。宝钗等终归无可寻觅之时，则自己又安在哉？且自身尚不知何在何往，则斯处、斯园、斯花、斯柳，又不知当属谁姓矣！——因此一而二，二而三，反复推求了去，真不知此时此际欲为何等蠢物，杳无所知，逃大造，出尘网，始可解释这段悲伤。正是：花影不离身左右，鸟声只在耳东西。

那林黛玉正自伤感，忽听山坡上也有悲声，心下想道：“人人都笑我有些痴病，难道还有一个痴子不成？”想着，抬头一看，见是宝玉。林黛玉看见，便道：“啐！我道是谁，原来是这个狠心短命的……”刚说到“短命”二字，又把口掩住，长叹了一声，自己抽身便走了。

这里宝玉悲恸了一回，忽然抬头不见了黛玉，便知黛玉看见他躲开了，自己也觉无味，抖抖土起来，下山寻归旧路，往怡红院来。可巧看见林黛玉在前头走，连忙赶上去，说道：“你且站住，我知你不理我，我只说一句话，从今后撂开手。”林黛玉回头看见是宝玉，待要不理他，听他说“只说一句话，从此撂开手”，这话里有文章，少不得站住说道：“有一句话，请说来。”宝玉笑道：“两句话，说了你听不听？”黛玉听说，回头就走。宝玉在身后面叹道：“既有今日，何必当初！”林黛玉听见这话，由不得站住，回头道：“当初怎么样？今日怎么样？”宝玉叹道：“当初姑娘来了，那不是我陪着玩笑？凭我心爱的，姑娘要，就拿去；我爱吃的，听见姑娘也爱吃，连忙干干净净收着等姑娘吃。一桌子吃饭，一床上睡觉。丫头们想不到的，我怕姑娘生气，我替丫头们想到了。我心里想着：姊妹们从小儿长大，亲也罢，热也罢，和气到了儿，才见得比人好。如今谁承望姑娘人大心大，不把我放在眼里，倒把外四路的什么宝姐姐凤姐姐的放在心坎儿上，倒把我三日不理四日不见的。我又没个亲兄弟亲姊妹。——虽然有两个，你难道不知道是和我隔母的？我也和你似的独出，只怕同我的心一样。谁知我是白操了这个心，弄的有冤无处诉！”说着不觉滴下眼泪来。

黛玉耳内听了这话，眼内见了这形景，心内不觉灰了大半，也不觉滴下泪来，低头不语。宝玉见他这般形景，遂又说道：“我也知道我如今不好了，但只凭着怎么不好，万不敢在妹妹跟前有错处。便有一二分错处，你倒是或教导我，戒我下次，或骂我两句，打我两下，我都不灰心。谁知你总不理我，叫我摸不着头脑，少魂失魄，不知怎么样才好。就便死了，也是个屈死鬼，任凭高僧高道忏悔也不能超生，还得你申明了缘故，我才得托生呢！”

黛玉听了这个话，不觉将昨晚的事都忘在九霄云外了，便说道：“你既这么说，昨儿为什么我去了，你不叫丫头开门？”宝玉诧异道：“这话从那里说起？我要是这么样，立刻就死了！”林黛玉啐道：“大清早起死呀活的，也不忌讳。你说有呢就有，没有就没有，起什么誓呢。”宝玉道：“实在没有见你去。就是宝姐姐坐了一坐，就出来了。”林黛玉想了一想，笑道：“是了。想必是你的丫头们懒待动，丧声歪气的也是有的。”宝玉道：“想必是这个原故。等我回去问了是谁，教训教训他们就好了。”黛玉道：“你的那些姑娘们也该教训教训，只是我论理不该说。今儿得罪了我的事小，倘或明儿宝姑娘来，什么贝姑娘来，也得罪了，事情岂不大了。"说着抿着嘴笑。宝玉听了，又是咬牙，又是笑。

【注释】

①选自[清]曹雪芹、无名氏：《红楼梦》，368～375页，北京，人民文学出版社，2020。

②狮子：石雕带座小狮子，用来顶门压帘等。

③一抔净土：一捧土。抔，捧。因《史记》"张释之传"以"取长陵一抔土"比喻盗开坟墓，后人以"一抔土"代指坟墓，这里的"一抔净土"指花冢。

④无明：愤怒。

【赏析】

本文节选自《红楼梦》第二十七、二十八回，其中《葬花吟》是林黛玉感叹身世遭遇的全部哀音的代表，也是曹雪芹借以塑造林黛玉这一艺术形象，表现其性格特性的重要作品。全诗抒情淋漓尽致，语言如泣如诉，声声悲音，字字血泪，满篇无一字不是发自肺腑，无一字不是血泪凝成。黛玉最怜惜花，她觉得花落以后埋在土里最干净。这说明她对美有独特的见解。她后来写了葬花词，以花比喻自己，《葬花吟》是小说中最美丽的诗歌之一。"黛玉葬花"是对黛玉性情的描写，为读者刻画出一个美丽如花、高洁自爱的纯洁形象。她把自己比喻成花，把贾府乃至整个封建社会比喻为污淖，她不甘沉灭，但又无力摆脱封建恶势力。"侬今葬花人笑痴，他年葬侬知是谁？试看春残花渐落，便是红颜老死时。一朝春尽红颜老，花落人亡两不知。"林黛玉在贾府中，虽有宝玉的照顾，贾母的疼爱，但按照当时的礼教观念，毕竟是外孙，寄人篱下的滋味还是有的。父母双亡，无人做主，孤苦一人，又兼其性格悲观，故总觉风刀霜剑严相逼，自怜之心常在，见落花而感身世，不觉满目凄凉。怜花就是怜自己，她看到鲜花的凋零就仿佛看到了自己的将来。这也正应了后文黛玉去世时，大家都忙于宝玉的婚事而无暇顾及黛玉，黛玉在凄惨寂寞的情境中离开了人世。而"花落人亡"也是后面黛玉去世、宝玉流亡在外的预兆。宝黛之间的爱情就这样以悲剧收场。选文的篇幅虽然不长，但在《红楼梦》中对宝黛二人情感的发展变化，却起着极为重要的作用，也为后人提供了探索宝黛悲剧的重要线索。

7. 马二先生游西湖

[清]吴敬梓

【作者简介】

吴敬梓(1701—1754)，清代小说家，字敏轩，一字文木，号粒民，安徽全椒人。成长于"一门三鼎甲，四代六尚书"的官宦门第。青年时生活豪纵，后家道衰落，移居江宁(今江苏南京)。他鄙视封建科举制度，无意进取功名，一生创作了大量的诗歌、散文和史学研究著作，著有《文木山房诗文集》十二卷，今存四卷。不过，确立他在中国文学史上杰出地位的，是其长篇讽刺小说《儒林外史》。

【原文】

次日，马二先生来辞别，要往杭州。公孙道："长兄先生，才得相聚，为甚么便要去?"马二先生道："我原在杭州选书，因这文海楼请我来选这一部书，今已选完，在此就没事了。"公孙道："选书已完，何不搬来我小斋住着，早晚请教?"马二先生道："你此时还不是养客[①]的时候。况且杭州各书店里等着我选考卷，还有些未了的事，没奈何只得要去。倒是先生得闲来西湖上走走，那西湖山光水色，颇可以添文思。"公孙不能相强，要留他办酒席饯行。马二先生道："还要到别的朋友家告别。"说罢去了，公孙送了出来。到次日，公孙封了二两银子，备了些熏肉、小菜，亲自到文海楼来送行，要了两部新选的墨卷回去。

马二先生上船，一直来到断河头，问文瀚楼的书坊——乃是文海楼一家，到那里去住。住了几日，没有甚么文章选，腰里带了几个钱，要到西湖上走走。

这西湖乃是天下第一个真山真水的景致。且不说那灵隐的幽深，天竺的清雅，只这出了钱塘门，过圣因寺，上了苏堤，中间是金沙港，转过去就望见雷峰塔，到了净慈寺，有十多里路，真乃五步一楼，十步一阁。一处是金粉楼台，一处是竹篱茅舍，一处是桃柳争妍，一处是桑麻遍野。那些卖酒的青帘高扬，卖茶的红炭满炉，士女游人，络绎不绝，真不数"三十六家花酒店，七十二座管弦楼"。

马二先生独自一个带了几个钱，步出钱塘门，在茶亭里吃了几碗茶，到西湖沿上牌楼跟前坐下。见那一船一船乡下妇女来烧香的，都梳着挑鬓头[②]，也有穿蓝的，也有穿青绿衣裳的，年纪小的都穿些红绸单裙子。也有模样生的好些的，都是一个大团白脸，两个大高颧骨；也有许多疤、麻、疥、癞的。一顿饭时，就来了有五六船。那些女人后面都跟着自己的汉子，掮着一把伞，手里拿着一个衣包，上了岸散往各庙里去了。马二先生看了一遍，不在意里，起来又走了里把多路。望着湖沿上接连着几个酒店，挂着透肥的羊肉，柜台上盘子里盛着滚热的蹄子、海参、糟鸭、鲜鱼，锅里煮着馄饨，蒸笼上蒸着极大的馒头。马二先生没有钱买了吃，喉咙里咽唾沫，只得走进一个面店，十六个钱吃了一碗面。肚里不饱，又走到间壁一个茶室吃了一碗茶，买了两个钱处片[③]嚼嚼，倒觉得有些滋味。吃完了出来，看见西湖沿上柳阴下系着两只船，那船上女客在那里换衣裳，一个脱去元色外套，换了一件水田披风[④]；一个脱去天青外套，换了一件玉色[⑤]绣的八团衣服；一个中年的脱去宝蓝缎衫，换了一件天青缎二色金[⑥]的绣衫。那些跟从的女客，十几个人也都换了衣裳。这三位女客，一位跟前一个丫鬟，手持黑纱团香扇替他遮着日头，缓步上岸，那头上珍珠的白光直射多远，裙上环佩叮叮当当的响。马二先生低着头走了过去，不曾仰视。

往前走过了六桥，转个湾，便像些村乡地方，又有人家的棺材厝基[⑦]，中间走了一二里多路，走也走不清，甚是可厌。马二先生欲待回家，遇着一走路的，问道："前面可还有好顽的所在?"那人道："转过去便是净慈、雷峰，怎么不好顽?"马二先生又往前走。走到半里路，见一座楼台盖在水中间，隔着一道板桥，马二先生从桥上走过去，门口也是个茶室，吃了一碗茶。里面的门锁着，马二先生要进去看，管门的问他要了一个钱，开了门放进去。里面是三间大楼，楼上供的是仁宗皇帝的御书，马二先生吓了一跳，慌忙整一整头巾，理一理宝蓝直裰，在靴桶[8]内拿出一把扇子来当了笏板[9]，恭恭敬敬，朝着楼上扬尘舞蹈，拜了五拜。拜毕起来，定一定神，照旧在茶桌子上坐下。傍边有个花园，卖茶的人说是布政司房里的人在此请客，不好进去。那厨房却在外面，那热腾腾的燕窝、海参，一碗碗在跟前捧过去，马二先生又羡慕了一番。

出来过了雷峰，远远望见高高下下许多房子，盖着琉璃瓦，曲曲折折，无数的朱红栏杆。马二先生走到跟前，看见一个极高的山门，一个直匾，金字，上写着“敕赐净慈禅寺”。山门傍边一个小门，马二先生走了进去，一个大宽展的院落，地下都是水磨的砖，才进二道山门，两边廊上都是几十层极高的阶级。那些富贵人家的女客，成群逐队，里里外外，来往不绝，都穿的是锦绣衣服，风吹起来，身上的香一阵阵的扑人鼻子。马二先生身子又长，戴一顶高方巾，一幅乌黑的脸，腆着个肚子，穿着一双厚底破靴，横着身子乱跑，只管在人窝子里撞。女人也不看他，他也不看女人。前前后后跑了一交，又出来坐在那茶亭内——上面一个横匾，金书“南屏”两字——吃了一碗茶。柜上摆着许多碟子：橘饼、芝麻糖、粽子、烧饼、处片、黑枣、煮栗子。马二先生每样买了几个钱的，不论好歹，吃了一饱。马二先生也倦了，直着脚跑进清波门，到了下处关门睡了。因为走多了路，在下处睡了一天。

第三日起来，要到城隍山走走。城隍山就是吴山，就在城中，马二先生走不多远，已到了山脚下。望着几十层阶级走了上去，横过来又是几十层阶级，马二先生一气走上，不觉气喘。看见一个大庙门前卖茶，吃了一碗。进去见是吴相国伍公之庙，马二先生作了个揖，逐细的把匾联看了一遍，又走上去，就像没有路的一般。左边一个门，门上钉着一个匾，匾上“片石居”三个字，里面也像是个花园，有些楼阁。马二先生步了进去，看见窗棂关着。马二先生在门外望里张了一张，见几个人围着一张桌子，摆着一座香炉，众人围着，像是请仙的意思。马二先生想道：“这是他们请仙判断功名大事，我也进去问一问。”站了一会，望见那人磕头起来，傍边人道：“请了一个才女来了。”马二先生听了暗笑。又一会，一个问道：“可是李清照?”又一个问道：“可是苏若兰?”又一个拍手道：“原来是朱淑贞!”马二先生道：“这些甚么人？料想不是管功名的了，我不如去罢。”

又转过两个湾，上了几层阶级，只见平坦的一条大街，左边靠着山，一路有几个庙宇；右边一路，一间一间的房子，都有两进。屋后一进窗子大开着，空空阔阔，一眼隐隐望得见钱塘江。那房子也有卖酒的，也有卖耍货的，也有卖饺儿的，也有卖面的，也有卖茶的，也有测字算命的。庙门口都摆的是茶桌子，这一条街，单是卖茶就有三十多处，十分热闹。

马二先生正走着，见茶铺子里一个油头粉面的女人招呼他吃茶，马二先生别转头来就走，到间壁一个茶室泡了一碗茶，看见有卖的蓑衣饼，叫打了十二个钱的饼吃了，略觉有些意思。走上去，一个大庙，甚是巍峨，便是城隍庙。他便一直走进去，瞻仰了一番。过了城隍庙，又是一个湾，又是一条小街，街上酒楼、面店都有，还有几个簇新的书店。店里贴着报单，上写：“处州马纯上先生精选《三科程墨持运》于此发卖。”

马二先生见了欢喜，走进书店坐坐，取过一本来看，问个价钱。又问："这书可还行？"书店人道："墨卷只行得一时，那里比得古书。"

马二先生起身出来，因略歇了一歇脚，就又往上走。过这一条街，上面无房子了，是极高的个山冈，一步步上去走到山冈上，左边望着钱塘江，明明白白。那日江上无风，水平如镜，过江的船，船上有轿子，都看得明白。再走上些，右边又看得见西湖，雷峰一带、湖心亭都望见。那西湖里打鱼船，一个一个如小鸭子浮在水面。马二先生心旷神怡，只管走了上去，又看见一个大庙门前摆着茶桌子卖茶。马二先生两脚酸了，且坐吃茶。吃着，两边一望，一边是江，一边是湖，又有那山色一转围着，又遥见隔江的山，高高低低，忽隐忽现。马二先生叹道："真乃'载华岳而不重，振河海而不泄，万物载焉'！"吃了两碗茶。肚里正饿，思量要回去路上吃饭，恰好一个乡里人捧着许多烫面薄饼来卖，又一篮子煮熟的牛肉，马二先生大喜，买了几十文饼和牛肉，就在茶桌子上尽兴一吃。吃得饱了，自思趁着饱再上去。

走上一箭多路，只见左边一条小径，莽蓁蔓草，两边拥塞。马二先生照着这条路走去，见那玲珑怪石，千奇万状。钻进一个石隙，见石壁上多少名人题咏，马二先生也不看他。过了一个小石桥，照着那极窄的石磴走上去，又是一座大庙，又有一座石桥，甚不好走。马二先生攀藤附葛，走过桥去。见是个小小的祠宇，上有匾额，写着"丁仙[10]之祠"。马二先生走进去，见中间塑一个仙人，左边一个仙鹤，右边竖着一座二十个字的碑。马二先生见有签筒，思量："我困在此处，何不求个签，问问吉凶？"正要上前展拜，只听得背后一人道："若要发财，何不问我？"马二先生回头一看，见祠门口立着一个人，身长八尺，头戴方巾，身穿茧绸直裰，左手自理着腰里丝绦，右手拄着龙头拐杖，一部大白须直垂过脐，飘飘有神仙之表。慌忙上前施礼道："学生不知先生到此，有失迎接。但与先生素昧平生，何以便知学生姓马？"那人道："'天下何人不识君？'先生既遇着老夫，不必求签了，且同到敝寓谈谈。"马二先生道："尊寓在那里？"那人指道："就在此处不远。"当下携了马二先生的手，走出丁仙祠，却是一条平坦大路，一块石头也没有，未及一刻功夫，已到了伍相国庙门口。马二先生心里疑惑："原来有这近路！我方才走错了。"又疑惑："恐是神仙缩地腾云之法也不可知。"来到庙门口，那人道："这便是敝寓，请进去坐。"

那知这伍相国殿后有极大的地方，又有花园，园里有五间大楼，四面窗子望江望湖。那人就住在这楼上，邀马二先生上楼，施礼坐下。那人四个长随，齐齐整整，都穿着绸缎衣服，每人脚下一双新靴，上来小心献茶。那人吩咐备饭，一齐应诺下去了。马二先生举眼一看，楼中间挂着一张匹纸，上写冰盘大的二十八个大字——一首绝句诗道：

南渡年来此地游，而今不比旧风流。湖光山色浑无赖，挥手清吟过十洲。

后面一行写"天台洪憨仙题"。马二先生看过《纲鉴》，知道南渡是宋高宗的事，屈指一算，已是三百多年，而今还在，一定是个神仙无疑。因问道："这佳作是老先生的？"那仙人道："憨仙便是贱号。偶尔遣兴之作，颇不足观。先生若爱看诗句，前时在此，有同抚台、藩台及诸位当事在湖上唱和的一卷诗，取来请教。"便拿出一个手卷来。马二先生放开一看，都是各当事的亲笔，一递一首，都是七言律诗，咏的西湖上的景，图书新鲜，着实赞了一回，收递过去。捧上饭来，一大盘稀烂的羊肉，一盘糟鸭，一大碗火腿虾圆杂脍，又是一碗清汤，虽是便饭，却也这般热闹。马二先生腹中尚饱，因不好辜负了仙人的意思，又尽力的吃了一餐，撤下家伙去。

洪憨仙道："先生久享大名，书坊敦请不歇，今日因甚闲暇到这祠里来求签？"马二先生道："不瞒老先生说，晚学今年在嘉兴选了一部文章，送了几十金，却为一个朋友的事垫用去了。如今来到此处，虽住在书坊里，却没有甚么文章选。寓处盘费已尽，心里纳闷，出来闲走走，要在这仙祠里求个签，问问可有发财机会。谁想遇着老先生，已经说破晚生心事，这签也不必求了。"洪憨仙道："发财也不难，但大财须缓一步，目今权且发个小财，好么？"马二先生道："只要发财，那论大小！只不知老先生是甚么道理⑪？"洪憨仙沉吟了一会，说道："也罢，我如今将些须物件送与先生，你拿到下处去试一试。如果有效验，再来问我取讨；如不相干，别作商议。"因走进房内，床头边摸出一个包子来打开，里面有几块黑煤，递与马二先生道："你将这东西拿到下处，烧起一炉火来，取个罐子把他顿⑫在上面，看成些甚么东西，再来和我说。"

马二先生接着，别了憨仙，回到下处。晚间果然烧起一炉火来，把罐子顿上，那火支支的响了一阵，取罐倾了出来，竟是一锭细丝纹银。马二先生喜出望外，一连倾了六七罐，倒出六七锭大纹银。马二先生疑惑不知可用得，当夜睡了。次日清早，上街到钱店里去看，钱店都说是十足纹银，随即换了几千钱，拿回下处来。马二先生把钱收了，赶到洪憨仙下处来谢。憨仙已迎出门来道："昨晚之事如何？"马二先生道："果是仙家妙用！"如此这般，告诉憨仙倾出多少纹银。憨仙道："早哩！我这里还有些，先生再拿去试试。"又取出一个包子来，比前有三四倍，送与马二先生。又留着吃过饭，别了回来。马二先生一连在下处住了六七日，每日烧炉倾银子，把那些黑煤都倾完了，上戥子一秤，足有八九十两重。马二先生欢喜无限，一包一包收在那里。

【注释】

①养客：旧时士大夫为了标榜好贤，常在家里养些三教九流的人做门客，并且成为一种风气。这里的养客，是指养门客。

②挑鬓头：以骨针支两鬓使两边隆起的发式。这种发式被认为是当时较为土气的发式。

③处片：浙江处州（今丽水一带）出产的笋干、笋片。

④水田披风：用各色锦块拼合着缝成的女外衣，是明、清流行过很长一段时间的妇女时装。

⑤玉色：最浅最嫩的蓝色。

⑥二色金：用深浅二色金线绣的绣品名称。

⑦厝基：将棺木放在空地上，暂用砖头或土四面封起来，等待日后下葬，叫作"厝"，这种堆子叫作"厝基"。

⑧靴桶：即靴筒。从前读书人多穿官靴，筒长如现在的长筒胶靴。

⑨笏板：古代臣子上朝时拿着的手版。有象牙的，也有竹、玉的，长约二尺六寸，宽约三寸，上窄下宽。

⑩丁仙：丁野鹤，元代钱塘人，曾在吴山紫阳庵为道士，传说他后来骑鹤仙去。后人为之建祠。

⑪道理：这里当办法讲。

⑫顿：炖。

【赏析】

本文选自吴敬梓的小说《儒林外史》第十四、十五回，接续处有删节。《马二先生游西湖》通过对马二先生身在西湖美景中却无动于衷的描写，揭示了他在窒息的科举制度下精神世界的狭隘庸陋。明清时期，统治者为了挽救腐朽的封建制度，变本加厉地实行文化专制，八股取士是典型代表。至此，科举取士的初衷已被完全抹杀，科举制度沦为统治者摧残愚弄人才的工具。文中的马二先生就是当时科举制度牺牲品的典型代表。吴敬梓用白描手法如实地呈现马二先生游览西湖的过程，未加议论，却把八股迷灵魂的庸陋、精神世界的枯朽，淋漓尽致地映射了出来，笔锋辛辣，具有浓厚的批判和讽刺意味。小说通过塑造马二先生的喜剧形象，揭示了悲剧性的社会本质，不动声色地将批判矛头指向了造成人性异化的封建专制制度，充分展现了吴敬梓精湛的讽刺艺术和独特的文学风格。

(四)戏剧

1. 拷红(《西厢记》节选)①

[元]王实甫

【作者简介】

王实甫，元代著名戏曲作家，名德信，大都(今北京)人，生卒年与生平事迹俱不详，他生活的时代，大约与关汉卿同时或稍晚。主要创作活动大概是在元成宗元贞、大德年间，这正是元杂剧的鼎盛时期。

他著有杂剧十四种，现存《西厢记》《丽春堂》《破窑记》三种。此外，《芙蓉亭》《贩茶船》二种各有曲文一折传世。散曲存小令一首、套数二套和二残套。王实甫与关汉卿齐名，其作品既全面继承了唐宋诗词精美的语言艺术，又吸收了元代民间生动活泼的口头语言，创造了文采璀璨的元曲词汇，成为中国戏曲史上“文采派”的杰出代表。

王实甫的代表作为《西厢记》，西厢故事的最早来源是唐代元稹所著传奇小说《莺莺传》，不过王实甫的《西厢记》是以金代董解元的《西厢记诸宫调》为基础改编而成的。讲述青年书生张君瑞与已故相国的千金崔莺莺私相悦慕，在红娘的帮助下，历经坎坷与磨难，终于冲破封建礼教的禁锢而结合的故事，宣扬“愿普天下有情人都成眷属”的思想。该剧文辞华丽，故事曲折，情节跌宕，文笔细腻，人物传神，堪称绝世经典，有“花间美人”的雅称。剧本自问世以来就倾倒四座，博得青年男女的喜爱，被誉为“西厢记天下夺魁”。在体制和形式上，它突破了元杂剧一本四折、一人主唱的传统，长达五本二十一折且多角色司唱，这一形制上的大胆革新，使得情节更为曲折，使得人物塑造和各种艺术手法的运用具有更大的灵活性，对后来的戏剧创作产生了深远影响。

【原文】

(夫人引俫上云)这几日窃见莺莺语言恍惚，神思加倍，腰肢体态，比向日不同；莫不做下来了么？(俫云)前日晚夕，奶奶睡了，我见姐姐和红娘烧香，半晌不回来，我家去睡了。(夫人云)这桩事都在红娘身上，唤红娘来！(俫唤红科)(红云)哥哥唤我怎么？(俫云)奶奶知道你和姐姐去花园里去，如今要打你哩。(红云)呀！小姐，你带累我也！小哥哥，你先去，我便来也。(红唤旦科)(红云)姐姐，事发了也，老夫人唤我哩，却怎了？(旦云)好姐姐，遮盖咱！(红云)娘呵，你做的隐秀[2]者，我道你做下来也。(旦念)月圆便有阴云蔽，花发须教急雨催。(红唱)

【越调】【斗鹌鹑】则着你夜去明来，倒有个天长地久，不争你握雨携云，常使我提心在口。你则合带月披星，谁着你停眠整宿？老夫人心数多，情性㑇[3]；使不着我巧语花言，将没做有。

【紫花儿序】老夫人猜那穷酸做了新婿，小姐做了娇妻，这小贱人做了牵头。俺小姐这些时春山低翠，秋水凝眸。别样的都休，试把你裙带儿拴，纽门儿扣，比着你旧时肥瘦，出落得精神，别样的风流。

(旦云)红娘，你到那里小心回话者！(红云)我到老夫人处，必问：“这小贱人，

【金蕉叶】我着你但去处行监坐守，谁着你迤逗[4]的胡行乱走？”若问着此一节呵如何诉休？你便索与他个“知情”的犯由。

姐姐，你受责理当，我图甚么来？

【调笑令】你绣帏里效绸缪[5]，倒凤颠鸾百事有。我在窗儿外几曾轻咳嗽，立苍苔将绣鞋儿冰透。今日个嫩皮肤倒将粗棍抽，姐姐呵，俺这通殷勤的着甚来由？

姐姐在这里等着，我过去。说过呵，休欢喜；说不过，休烦恼。(红见夫人科)(夫人云)小贱人，为甚么不跪下！你知罪么？(红跪云)红娘不知罪。(夫人云)你故自口强哩。若实说呵，饶你；若不实说呵，我直打死你这个贱人！谁着你和小姐花园里去来？(红云)不曾去，谁见来？(夫人云)欢郎见你去来，尚故自推哩。(打科)(红云)夫人休闪了手，且息怒停嗔，听红娘说。

【鬼三台】夜坐时停了针绣，共姐姐闲穷究，说张生哥哥病久。咱两个背着夫人，向书房问候。

(夫人云)问候呵，他说甚么？(红云)他说来，

道“老夫人事已休，将恩变为仇，着小生半途喜变做忧”。他道：“红娘你且先行，教小姐权时落后。”

(夫人云)他是个女孩儿家，着他落后怎么！(红唱)

【秃厮儿】我则道神针法灸，谁承望燕侣莺俦？他两个经今月余则是一处宿，何须你一一问缘由？

【圣药王】他每不识忧，不识愁，一双心意两下投。夫人得好休，便好休，这其间

何必苦追求？常言道“女大不中留”。

(夫人云)这端事都是你个贱人。(红云)非是张生小姐红娘之罪，乃夫人之过也。(夫人云)这贱人倒指下我来，怎么是我之过？(红云)信者人之根本，“人而无信，不知其可也。大车无輗，小车无軏，其何以行之哉？”[⑥]当日军围普救，夫人所许退军者，以女妻之。张生非慕小姐颜色，岂肯区区建退军之策？兵退身安，夫人悔却前言，岂得不为失信乎？既然不肯成其事，只合酬之以金帛，令张生舍此而去。却不当留请张生于书院，使怨女旷夫，各相早晚窥视，所以夫人有此一端。目下老夫人若不息其事，一来辱没相国家谱；二来张生日后名重天下，施恩于人，忍令反受其辱哉？使至官司，夫人亦得治家不严之罪。官司若推其详，亦知老夫人背义而忘恩，岂得为贤哉？红娘不敢自专，乞望夫人台鉴：莫若恕其小过，成就大事，捆之以去其污，岂不为长便乎？(红唱)

【麻郎儿】秀才是文章魁首，姐姐是仕女班头；一个通彻三教九流，一个晓尽描鸾刺绣。

【么篇】世有、便休、罢手，大恩人怎做敌头？起白马将军故友，斩飞虎叛贼草寇。

【络丝娘】不争和张解元参辰卯酉[⑦]，便是与崔相国出乖弄丑。到底干连着自己骨肉，夫人索穷究。

(夫人云)这小贱人也道得是。我不合养了这个不肖之女。待经官呵，玷辱家门。罢罢！俺家无犯法之男，再婚之女，与了这厮罢。红娘唤那贱人来！(红见旦云)且喜姐姐，那棍子则是滴溜溜在我身上，吃我直说过了。我也怕不得许多，夫人如今唤你来，待成合亲事。(旦云)羞人答答的，怎么见夫人？(红云)娘跟前有甚么羞？

【小桃红】当日个月明才上柳梢头，却早人约黄昏后。羞得我脑背后将牙儿衬着衫儿袖。猛凝眸，看时节则见鞋底尖儿瘦。一个恣情的不休，一个哑声儿厮耨。呸！那其间可怎生不害半星儿羞？

(旦见夫人科)(夫人云)莺莺，我怎生抬举你来，今日做这等的勾当；则是我的孽障，待怨谁的是！我待经官来，辱没了你父亲，这等事不是俺相国人家的勾当。罢罢罢！谁似俺养女的不长进！红娘，书房里唤将那禽兽来！(红唤末科)(末云)小娘子唤小生做甚么？(红云)你的事发了也。如今夫人唤你来，将小姐配与你哩。小姐先招了也，你过去。(末云)小生惶恐，如何见老夫人？当初谁在老夫人行说来？(红云)休佯小心，过去便了。

【小桃红】既然泄漏怎干休？是我相投首[⑧]。俺家里陪酒陪茶倒捆就。你休愁，何须约定通媒媾？我弃了部署不收，你原来“苗而不秀”。呸！你是个银样镴枪头。

(末见夫人科)(夫人云)好秀才呵，岂不闻“非先王之德行不敢行”。我待送你去官司里去来，恐辱没了俺家谱。我如今将莺莺与你为妻，则是俺三辈儿不招白衣女婿，你明日便上朝取应去。我与你养着媳妇，得官呵，来见我；驳落呵，休来见我。(红云)张生早则喜也。

【东原乐】相思事，一笔勾，早则展放从前眉儿皱，美爱幽欢恰动头。既能够，张生，你觑兀的般可喜娘庞儿也要人消受。

(夫人云)明日收拾行装，安排果酒，请长老一同送张生到十里长亭去。(旦念)寄

语西河堤畔柳，安排青眼送行人。（同夫人下）（红唱）

【收尾】来时节画堂箫鼓鸣春昼，列着一对儿鸾交凤友。那其间才受你说媒红，方吃你谢亲酒。（并下）

【注释】

①选自王季思校注：《西厢记》，149～154页，石家庄，河北教育出版社，2007。

②隐秀：隐秘。

③㑇(zhòu)：凶狠，厉害。

④迤(yǐ)逗：挑逗，引诱。

⑤效绸缪：这里指男女欢合。

⑥“人而无信”句：出自《论语·为政》。

⑦参辰卯酉：参、辰，二星宿名，此出彼没，不同时出现。卯，十二时辰之一，上午五时至七时，参星酉时出于西方，辰星卯时出于东方。参与辰、卯与酉相对立，故用以比喻互不相关或势不两立。

⑧投首：投官自首。

【赏析】

《拷红》一折在《西厢记》中属于第四本第二折，为全剧一大关键，红娘主唱。该折讲述老夫人发现莺莺近几日神思体态、言语举止都与往日不同，加之欢郎禀告，说看到姐姐和红娘深夜烧香，半晌不归，便怀疑女儿已与张生有了越轨行为，于是气急败坏，召红娘前来审问。红娘开始狡辩，后渐渐供出实情。老夫人勃然大怒，但很快被红娘四两拨千斤，巧妙化解，只得将张生、莺莺一齐唤至，当面许婚。

该折是塑造红娘形象的重头戏，红娘热心、聪慧、泼辣的性格在该折中表现得淋漓尽致。老夫人让红娘服侍莺莺，本来是让她“行监坐守”，但由于红娘的内心是支持莺莺这种追求个人爱情的行为的，再加上对老夫人背信弃义的反感，她挺身而出，成为崔张爱情的知音和促成者。【调笑令】一曲说道：“你绣帏里效绸缪，倒凤颠鸾百事有。我在窗儿外几曾轻咳嗽，立苍苔将绣鞋儿冰透”，可见，当张生与莺莺在屋里幽会的时候，正是红娘独立窗外替他们站岗放哨，既要担惊受怕，还得忍受冷气寒霜，为了不打扰他们，她甚至连轻咳嗽也不敢。单此一个细节，红娘之热心、正直便可见一斑。老夫人疑心莺莺与张生已经“做下来了”，于是，气势汹汹，要拿红娘开刀。红娘义正词严，切责夫人：言而无信，背恩弃义；处事不当，治家不严；告到官府，“辱没相国家谱”。在这里，红娘站在老夫人的角度，从维护封建纲常和封建家族利益出发，满口圣经贤训，逻辑缜密，理直气壮，一针见血地指出老夫人问题之所在，一下就戳中了老夫人的要害，使其逐渐消了怒气，不得不承认“小贱人也道得是”，于是无奈许婚。这种聪慧与胆识哪里是一个普通的婢女所能拥有的，就连出自闺门的莺莺也黯然失色，难怪汤显祖评价红娘“有二十分才，二十分识，二十分胆”。红娘的泼辣不仅表现在她面对暴跳如雷的老夫人时的不卑不亢、有理有节，还表现在她面对顾虑重重、表里不一的莺莺和有时傻里傻气、不知所措的张生时的快人快语、冷嘲热讽。例如，老夫人许婚莺莺与张生，让莺莺前去，莺莺心里忐忑不安，云“羞人答答的，怎么见夫人”。红娘的【小桃红】曲即对她进行了泼辣的嘲讽：“当日个月明才上柳梢头，却早人约黄昏后。羞得我脑背后将牙儿衬着衫儿袖。猛凝眸，看时节则见鞋底尖儿瘦。一个恣情的不休，一个哑声儿厮耨。呸！那其间可怎生不害半星儿羞?”老夫人将莺莺训斥了一番之后，又命红娘去叫张生。张生一听东窗事发，立刻惶恐畏惧，想做缩头乌龟，并且迁怒于告发之人。红娘则对他给予了不留情面的责骂：“我弃了部署不收，你原来‘苗而不秀’。呸！你是个银样镴枪头。”这些情节，将一个伶牙俐齿、性格泼辣的小丫头形象刻画得非常饱满。总之，《拷红》一折使得热心、聪慧、泼辣的红娘形象大放异彩。

在情节结构上，该折是推动故事发展，表现以老夫人为代表的封建礼教维护者与以莺莺、张生、红娘为代表的叛逆者之间的矛盾冲突的关键戏码。当读到老夫人怒气冲冲，要拿红娘是问的时候，读者不得不为红娘捏一把冷汗，不承想红娘满口仁义道德，巧妙地化解了危机。我们在为红娘的才气、胆色拍案叫绝的同时，也感受到了封建势力的外强中干、色厉内荏，预感到叛逆者冲破礼教束缚，获得圆满爱情是大势所趋。但叛逆者的爱情想要真正获得成功也并非易事，在《拷红》尾声，老夫人又提出新的条件：“俺三辈儿不招白衣女婿，你明日便上朝取应去。我与你养着媳妇，得官呵，来见我；驳落呵，休来见我”，实际上是为又一次“赖婚”做准备。于是，老夫人与年青一代、封建势力与叛逆者之间的斗争就还得继续，故事到此也就还未终结。

2. 糟糠自厌(《琵琶记》节选)

[元]高明

【作者简介】

高明，字则诚，自号菜根道人，瑞安(今属浙江)人。生卒年不详。出身于书香门第，是理学家黄溍的弟子。至正五年(1345)中进士后，先后任处州录事、福建行省都事等职，官声颇佳。晚年隐居于宁波城东的栎社镇，以词曲自娱。《琵琶记》就是在这一时期写成的。他的剧作除《琵琶记》外，还有《闵子骞单衣记》，已佚。另有少量诗文传世。

【原文】

(旦上唱)【山坡羊】乱荒荒不丰稔[①]的年岁，远迢迢不回来的夫婿。急煎煎不耐烦的二亲，软怯怯不济事的孤身己。衣尽典，寸丝不挂体。几番要卖了奴身己，争奈没主公婆，教谁看取？(合[②])思之，虚飘飘命怎期？难捱，实丕丕[③]灾共危。

【前腔】滴溜溜难穷尽的珠泪，乱纷纷难宽解的愁绪。骨崖崖[④]难扶持的病体，战钦钦[⑤]难捱过的时和岁。这糠呵，我待不吃你，教奴怎忍饥？我待吃呵，怎吃得？(介)苦！

思量起来不如奴先死，图得不知他亲死时。(合前[⑥])

(白)奴家早上安排些饭与公婆，非不欲买些鲑菜，争奈无钱可买。不想婆婆抵死埋冤，只道奴家背地吃了甚么。不知奴家吃的却是细米皮糠，吃时不敢教他知道，只得回避。便埋冤杀[⑦]了，也不敢分说。苦！真实这糠怎的吃得。(吃介)(唱)

【孝顺歌】呕得我肝肠痛，珠泪垂，喉咙尚兀自牢嗄[⑧]住。糠，遭砻[⑨]被舂杵，筛你簸扬你，吃尽控持[⑩]。悄似奴家身狼狈，千辛万苦皆经历。苦人吃着苦味，两苦相逢，可知道[⑪]欲吞不去。(吃吐介)(唱)

【前腔】糠和米，本是两倚依，谁人簸扬你作两处飞？一贱与一贵，好似奴家共夫婿，终无见期。丈夫，你便是米么，米在他方没寻处。奴便是糠么，怎的把糠救得人饥馁？好似儿夫出去，怎的教奴，供给得公婆甘旨[⑫]？(不吃放碗介)(唱)

【前腔】思量我生无益，死又值甚的！不如忍饥为怨鬼。公婆年纪老，靠着奴家相依倚，只得苟活片时。片时苟活虽容易，到底日久也难相聚。谩[⑬]把糠来相比，这糠尚兀自有人吃，奴家骨头，知他埋在何处？

(外净上探，白)媳妇，你在这里说甚么？(旦遮糠介)(净搜出，打旦介)(白)公公，你看么？真个背后自逼逻东西吃，这贱人好打！(外白)你把他吃了，看是什么物事？(净慌吃介)(吐介)(外白)媳妇，你逼逻的是甚么东西？(旦唱)

【前腔】这是谷中膜，米上皮，将来逼逻堪疗饥。(外净白)这是糠，你却怎的吃得？(旦唱)尝闻古贤书，狗彘食人食[⑭]，公公，婆婆，须强如草根树皮。(外、净白)这的不嗄杀了你？(旦唱)嚼雪餐毡，苏卿犹健[⑮]；餐松食柏，到做得神仙侣[⑯]，纵然吃些何虑？(白)公公，婆婆，别人吃不得，奴家须是吃得。(外净白)胡说！偏你如何吃得？(旦唱)爹妈休疑，奴须是你孩儿的糟糠妻室[⑰]！

(外、净哭介，白)原来错埋冤了人，兀的不痛杀了我。(倒介)(旦叫介，唱)

【雁过沙】他沉沉向迷途，空教我耳边呼。公公，婆婆，我不能尽心相奉事，番教你为我归黄土。公公，婆婆，人道你死缘何故？公公，婆婆，你怎生割舍抛弃了奴？

(白)公公，婆婆。(外醒介，唱)

【前腔】媳妇，你耽饥事公姑。媳妇，你耽饥怎生度？错埋冤你也不肯辞，我如今始信有糟糠妇。媳妇，我料应不久归阴府。媳妇，你休便为我死的把生的受苦。(旦叫婆婆介，唱)

【前腔】婆婆，你还死，教奴家怎支吾[⑱]？你若死，教我怎生度？我千辛万苦回护[⑲]，丈夫，如今到此难回护。我只愁母死难留父，况衣衫尽解，囊箧[⑳]又无。(外叫净介)(唱)

【前腔】婆婆，我当初不寻思，教孩儿往皇都。把媳妇闪得苦又孤，把婆婆送入黄泉路，只怨是我相耽误。我骨头未知埋在何处所。

(旦白)婆婆都不省人事了，且扶入里面去。正是：青龙共白虎同行，吉凶事全然未保。(并下)(末上白)福无双至犹难信，祸不单行却是真。自家为甚说这两句？为邻家蔡伯喈妻房，名唤作赵氏五娘子，嫁得伯喈秀才，方才两月，丈夫便出去赴选。自去之后，连年饥荒，家里只有公婆两口，年纪八十之上。甘旨之奉，亏杀这赵五娘子，把些衣服首饰之类尽皆典卖，籴些粮米做饭与公婆吃，他却背地里把些细米皮糠逼逻充饥。唧唧，这般荒年饥岁，少什么[21]有三五个孩儿的人家，供膳[22]不得爹娘。这个小娘子，真个今人中少有，古人中难得。那公婆不知道，颠倒[23]把他埋冤。今来听得他公婆知道，却又痛心，都害了病。俺如今去他家里探取消息则个。(看介)这个来的却是蔡小娘子，怎生恁地走得慌？(旦慌走上介，白)天有不测风云，人有旦夕祸福。(见末介)公公，我的婆婆死了。(末介)我却要来。(旦白)公公，我衣衫首饰尽行典卖，今日婆婆又死，教我如何区处[24]？公公可怜见，相济则个。(末白)不妨，婆婆衣衾棺椁[25]之费皆出于我，你但尽心承值公公便了。(旦哭介)(唱)

【玉包肚】千般生受，教奴家如何措手？终不然[26]把他骸骨，没棺椁送在荒丘？(合)相看到此，不由人不珠泪流，正是不是冤家不聚头[27]。(末唱)

【前腔】不须多忧，送婆婆是我身上有。你但小心承值公公，莫教又成不救。(合前)

(旦白)如此，谢得公公！只为无钱送老娘。(末白)娘子放心，须知此事有商量。(合)正是：归家不敢高声哭，只恐人闻也断肠。(并下)

【注释】

①丰稔：粮食丰收。

②合：指以下四句要合唱，相当于后来弋阳腔、梆子腔中的帮腔。

③实丕丕：实实在在地。

④骨崖崖：瘦骨嶙峋的样子。

⑤战钦钦：战兢兢。

⑥合前：即合唱前段合唱部分的唱词。

⑦杀：死，表示程度很高。

⑧牢嗄(shà)：紧紧地卡住。

⑨砻：磨，碾。

⑩控持：折磨，苦头。

⑪可知道：难怪。

⑫甘旨：丰美的食物。

⑬谩：随便。

⑭狗彘食人食：《孟子·梁惠王上》，“狗彘食人食而不知检”，意思是用人吃的食物来喂猪狗，君主却不知道制止纠正。这里截取前五个字，意思相反，是说猪狗吃的食物，人也可以吃。

⑮“嚼雪”二句：苏卿，指苏武，因其字子卿，故称。汉武帝时苏武奉命出使匈奴被扣，匈奴逼其投降，苏武不从，被放逐到北海(今贝加尔湖)牧羊。苏武渴则嚼雪，饥则餐毡，得以不死。

⑯“餐松”二句：传说神仙不食人间烟火，以松柏果实为食。

⑰糟糠妻室：贫贱时的妻子。《后汉书》“宋弘传”载：光武帝想把姐姐湖阳公主嫁给宋弘，宋弘拒绝，说：“臣闻贫贱之交不可忘，糟糠之妻不下堂。”

⑱支吾：支持，应付。

⑲回护：庇护，这里是替远离双亲的丈夫尽孝之意。

⑳囊箧：口袋和小箱子，用以存放衣物钱财，这里代指家庭财产。
㉑少什么：即不少。
㉒供膳：赡养，奉养。
㉓颠倒：反倒。
㉔区处：处理，安排。
㉕棺椁：棺材。椁，棺外的套棺。
㉖终不然：难道。
㉗不是冤家不聚头：俗语，这里是倒霉的事都凑到了一起的意思。

【赏析】

一般认为《琵琶记》是明初传奇中最高成就者。《糟糠自厌》“实为一篇之警策”，也是刻画赵五娘形象的重头戏。蔡伯喈上京赴试，杳无音信，赵五娘在家含辛茹苦地侍奉年迈的公婆，又恰逢连年灾荒，她宁愿自己吃糠，也要省下口粮供养公婆。她的孝心却引起了公婆的误解和责难，但她始终毫无怨言，默默忍受着一切不幸和苦难。公婆得知真相后，悲苦交加，双双昏倒。赵五娘身上凝聚着封建社会底层的劳动妇女淳朴善良的高尚品质和舍己为人的美好情操，她的经历也体现了千百万劳动妇女共同的悲剧命运。由于作者是在典型环境中塑造赵五娘的典型性格的，因而这一形象超出了一般意义上的孝妇贤妻，引发了读者的强烈共鸣。

《糟糠自厌》最突出的艺术成就是善于通过语言和行动来真实、细腻地摹写人物的思想感情与心理活动，文情凄婉，真挚动人。尤其是赵五娘独唱的四支“孝顺歌”，被称为神来之笔，曲词写赵五娘这个被遗弃的糟糠之妻吃糠，不禁触景伤情，悲从中来：她由吃糠之苦，联想到糠历经砻、舂、筛、簸种种磨难之苦，由此又想到自身的命运之苦；进而由糠联想到米，又由糠和米的两处分飞、一贱一贵想到夫妻久别、终无见期；由自己命运似糠，又想到自己尚不如糠，糠亦可吃，自己却不知要埋在何处。曲词借物抒怀，设喻巧妙，又层层递进，丝丝入扣，真实地道出了一个贫病交困，却又不忘晚辈之责的普通女人酸楚无奈的内心世界，将赵五娘的悲怆情怀与悲惨命运表现得淋漓尽致，使观众无不为之震颤而至潸然泪下。此出的曲文本色自然，朴素晓畅，生活气息浓郁，是高度发达的中国抒情文学与戏剧艺术的完美结合，具有震撼人心的艺术力量。

3. 惊梦(《牡丹亭》节选)[①]

［明］汤显祖

【作者简介】

汤显祖(1550—1616)，明代戏曲家、文学家，字义仍，号海若，又号若士，晚年自号茧翁，自署清远道人，临川(今江西抚州)人。历经嘉靖、隆庆和万历三个腐败而又黑暗的朝代。出身书香门第，早年即有文名，不仅于古文诗词颇精，而且能通天文地理、医药卜筮诸书。21岁即考中举人，但由于刚直不阿，直至34岁才以极低的名次考中进士，在南京先后任太常寺博士、詹事府主簿和礼部祠祭司主事等小官。后因上疏批评时政，触怒皇帝而被贬徐闻典史，后调任浙江遂昌任知县。在遂昌任上五年，政绩斐然，却因压制豪强、触怒权贵而招致上司非议和地方势力的反对，于万历二十六年(1598)，愤然辞官，隐居家乡临川玉茗堂，致力于戏剧和文学创作活动，终其一生。

在思想观念上，汤显祖深受业师罗汝芳、王学左派的后期代表李贽和佛学家达观和尚的影响，再加上个人的特殊经历，逐渐形成了"至情"论：世界是有情世界，人生是有情人生；有情人生的最高境界是"至情"；最有效的"至情"感悟方式是借戏剧之道来表达。因此，汤显祖对戏剧创作极为重视，先后完成了被称为"临川四梦"的《紫钗记》《牡丹亭》《南柯记》《邯郸记》。在其影响下，我国戏曲史上产生了一个十分重要的流派——临川派。

汤显祖戏剧文学的代表作是被称为"临川四梦"之首的《牡丹亭》。该剧讲述杜丽娘因情而死、为情而复生的浪漫故事。它是"至情"的演绎，是以情抗理在戏曲界的胜利，标志着明代传奇发展的最高峰。

【原文】

【绕池游】(旦上)梦回莺啭，乱煞年光遍[2]。人立小庭深院。(贴)炷尽沉烟[3]，抛残绣线，恁今春关情似去年？

(乌夜啼)(旦)晓来望断梅关[4]，宿妆[5]残。(贴)你侧著宜春髻子[6]恰凭阑。(旦)剪不断，理还乱，闷无端。(贴)已分付催花莺燕借春看。(旦)春香，可曾叫人扫除花径？(贴)分付了。(旦)取镜台衣服来。(贴取镜台衣服上)"云髻罢梳还对镜，罗衣欲换更添香。"镜台衣服在此。

【步步娇】(旦)袅晴丝[7]吹来闲庭院，摇漾春如线。停半晌、整花钿。没揣菱花[8]，偷人半面，迤逗的彩云偏[9]。(行介)步香闺怎便把全身现！(贴)今日穿插的好。

【醉扶归】(旦)你道翠生生出落的裙衫儿茜，艳晶晶花簪八宝填，可知我常一生儿爱好是天然。恰三春好处[10]无人见。不隄防沉鱼落雁鸟惊喧，则怕的羞花闭月花愁颤。(贴)早茶时了，请行。(行介)你看："画廊金粉半零星，池馆苍苔一片青。踏草怕泥新绣袜，惜花疼煞小金铃[11]。"(旦)不到园林，怎知春色如许！

【皂罗袍】原来姹紫嫣红开遍，似这般都付与断井颓垣。良辰美景奈何天，赏心乐事谁家院！恁般景致，我老爷和奶奶再不提起。(合)朝飞暮卷，云霞翠轩；雨丝风片，烟波画船——锦屏人忒看的这韶光贱！(贴)是花都放了，那牡丹还早。

【好姐姐】(旦)遍青山啼红了杜鹃，荼蘼外烟丝醉软。春香呵，牡丹虽好，他春归怎占的先！(贴)成对儿莺燕呵。(合)闲凝眄，声声燕语明如翦，呖呖莺歌溜的圆。(旦)去罢。(贴)这园子委是观之不足也。(旦)提他怎的！(行介)

【隔尾】观之不足由他缱[12]，便赏遍了十二亭台是枉然，到不如兴尽回家闲过遣。

(作到介)(贴)“开我西阁门，展我东阁床。瓶插映山紫，炉添沉水香。”小姐，你歇息片时，俺瞧老夫人去也。(下)(旦叹介)“默地游春转，小试宜春面[13]。”春呵，得和你两留连，春去如何遣？咳，恁般天气，好困人也。春香那里？(作左右瞧介)(又低首沉吟介)天呵，春色恼人，信有之乎！常观诗词乐府，古之女子，因春感情，遇秋成恨，诚不谬矣。吾今年已二八，未逢折桂之夫；忽慕春情，怎得蟾宫之客？昔日韩夫人得遇于郎[14]，张生偶逢崔氏[15]，曾有《题红记》、《崔徽传》二书。此佳人才子，前以密约偷期，后皆得成秦晋。(长叹介)吾生于宦族，长在名门。年已及笄，不得早成佳配，诚为虚度青春。光阴如过隙耳。(泪介)可惜妾身颜色如花，岂料命如一叶乎！

【山坡羊】没乱里春情难遣，蓦地里怀人幽怨。则为俺生小婵娟，拣名门一例、一例里神仙眷。甚良缘，把青春抛的远！俺的睡情谁见？则索因循腼腆。想幽梦谁边，和春光暗流转？迁延，这衷怀那处言！淹煎，泼残生[16]，除问天！身子困乏了，且自隐几[17]而眠。(睡介)(梦生介)(生持柳枝上)“莺逢日暖歌声滑，人遇风情笑口开。一径落花随水入，今朝阮肇到天台[18]。”小生顺路儿跟着杜小姐回来，怎生不见？(回看介)呀，小姐，小姐！(旦作惊起介)(相见介)(生)小生那一处不寻访小姐来，却在这里！(旦作斜视不语介)(生)恰好花园内，折取垂柳半枝。姐姐，你既淹通书史，可作诗以赏此柳枝乎？(旦作惊喜，欲言又止介)(背云)这生素昧平生，何因到此？(生笑介)小姐，咱爱杀你哩！

【山桃红】则为你如花美眷，似水流年，是答儿[19]闲寻遍。在幽闺自怜。小姐，和你那答儿讲话去。(旦作含笑不行)(生作牵衣)(旦低问)那边去？(生)转过这芍药栏前，紧靠着湖山石边。(旦低问)秀才，去怎的？(生低答)和你把领扣松，衣带宽，袖梢儿揾着牙儿苫也，则待你忍耐温存一晌眠。(旦作羞)(生前抱)(旦推介)(合)是那处曾相见，相看俨然，早难道这好处相逢无一言？(生强抱旦下)(末扮花神束发冠，红衣插花上)“催花御史惜花天，检点春工又一年。蘸[20]客伤心红雨下，勾人悬梦彩云边。”吾乃掌管南安府后花园花神是也。因杜知府小姐丽娘，与柳梦梅秀才，后日有姻缘之分。杜小姐游春感伤，致使柳秀才入梦。咱花神专掌惜玉怜香，竟来保护他，要他云雨十分欢幸也。

【鲍老催】(末)单则是混阳烝变，看他似虫儿般蠢动把风情搧。一般儿娇凝翠绽魂儿颤。[21]这是景上缘[22]，想内成，因中见。呀，淫邪展污了花台殿。咱待拈片落花儿惊醒他。(向鬼门丢花介)他梦酣春透了怎留连？拈花闪碎的红如片。秀才才到的半梦儿；梦毕之时，好送杜小姐仍归香阁。吾神去也。(下)

【山桃红】(生、旦携手上)(生)这一霎天留人便，草藉花眠。小姐可好？(旦低头介)(生)则把云鬟点，红松翠偏。小姐休忘了呵，见了你紧相偎，慢厮连，恨不得肉儿般团成片也，逗的个日下胭脂雨上鲜。(旦)秀才，你可去呵？(合)是那处曾相见，相看俨然，早难道这好处相逢无一言？(生)姐姐，你身子乏了，将息，将息。(送旦依前作睡介)(轻拍旦介)姐姐，俺去了。(作回顾介)姐姐，你可十分将息，我再来瞧你那。“行来春色三分雨，睡去巫山一片云。”(下)(旦作惊醒，低叫介)秀才，秀才，你去了也？(又作痴睡介)(老旦上)“夫婿坐黄堂，娇娃立绣窗。怪他裙衩上，花鸟绣双双。”孩儿，孩儿，你为甚瞌睡在此？(旦作醒，叫秀才介)咳也。(老旦)孩儿怎的来？(旦作惊起介)奶奶到此!(老旦)我儿，何不做些针指，或观玩书史，舒展情怀?因何昼寝于此?(旦)孩儿适花园中闲玩，忽值春暄恼人，故此回房。无可消遣，不觉困倦少息。有失迎接，望母亲恕儿之罪。(老旦)孩儿，这后花园中冷静，少去闲行。(旦)领母亲严命。(老旦)孩儿，学堂看书去。(旦)先生不在，且自消停[23]。(老旦叹介)女孩儿长成，自有许多情态，且自由他。正是:“宛转随儿女，辛勤做老娘。”(下)(旦长叹介)(看老旦下介)哎也，天那，今日杜丽娘有些侥幸也。偶到后花园中，百花开遍，睹景伤情。没兴而回，昼眠香阁。忽见一生，年可弱冠，丰姿俊妍。于园中折得柳丝一枝，笑对奴家说:“姐姐既淹通书史，何不将柳枝题赏一篇?”那时待要应他一声，心中自忖，素昧平生，不知名姓，何得轻与交言。正如此想间，只见那生向前说了几句伤心话儿，将奴搂抱去牡丹亭畔，芍药阑边，共成云雨之欢。两情和合，真个是千般爱惜，万种温存。欢毕之时，又送我睡眠，几声“将息”。正待自送那生出门，忽值母亲来到，唤醒将来。我一身冷汗，乃是南柯一梦[24]。忙身参礼母亲，又被母亲絮了许多闲话。奴家口虽无言答应，心内思想梦中之事，何曾放怀。行坐不宁，自觉如有所失。娘呵，你教我学堂看书去，知他看那一种书消闷也。(作掩泪介)

【绵搭絮】雨香云片[25]，才到梦儿边。无奈高堂，唤醒纱窗睡不便。泼新鲜冷汗粘煎。闪的俺心悠步亸[26]，意软鬟偏。不争多[27]费尽神情，坐起谁忺[28]?则待去眠。(贴上)“晚妆销粉印，春润费香篝[29]。”小姐，薰了被窝睡罢。

【尾声】(旦)困春心游赏倦，也不索香薰绣被眠。天呵，有心情那梦儿还去不远。

春望逍遥出画堂，张说　间梅遮柳不胜芳。罗隐

可知刘阮逢人处?许浑　回首东风一断肠。韦庄

【注释】

①选自[明]汤显祖著，徐朔方、杨笑梅校注:《牡丹亭(插图版)》，53～57页，北京，人民文学出版社，2005。

②乱煞年光遍:缭乱的春光到处都是。

③沉烟:沉水香，熏用的香料。

④梅关:在大庾岭，宋代在这里设有梅关。在本剧故事发生地点南安府(今江西大余)的南面。

⑤宿妆:隔夜的残妆。

⑥宜春髻子:相传立春那天，妇女剪彩绸作燕子状，戴在髻上，上贴“宜春”二字。

⑦晴丝:游丝、飞丝，也即后文所说的烟丝，虫类所吐的丝缕，常在空中飘游。在春天晴朗的日子最易看见。

⑧没揣:不意，蓦然。菱花:镜子。古时用铜镜，背面所铸花纹一般为菱花，因此称菱花镜，或用菱花作镜子的代称。

⑨迤逗的彩云偏:迤逗，引惹，挑逗;彩云，美丽的发卷的代称。全句是说，想不到镜子(拟人化)偷偷地照见了她，害得她羞答答地把发卷也弄歪了。这几句写出一个少女的微妙心理，她是连看见镜子里的自己也有些不好意思的。迤逗，元曲中或作拖逗。

⑩三春好处：比喻自己的青春美貌。

⑪惜花疼煞小金铃：《开元天宝遗事》："天宝初，宁王……于后园中纫红丝为绳，密缀金铃，系于花梢之上。每有乌鹊翔集，则令园吏掣铃索以惊之。盖惜花之故也。"疼，为惜花常常掣铃，连小金铃都被拉得疼煞了。这是夸大的拟人化描写。

⑫缱(qiǎn)：留恋，牵绾。

⑬宜春面：指新妆。

⑭韩夫人得遇于郎：唐人传奇故事：唐僖宗时，宫女韩氏以红叶题诗，从御沟中流出，为于佑拾得；佑亦题一叶，投沟上流，韩氏亦得而藏之。后来两人结为夫妇。汤显祖的同时代人王骥德曾以这个故事写成戏曲《题红记》。

⑮张生偶逢崔氏：即张生和崔莺莺的爱情故事，见元稹《会真记》。后来《西厢记》演的就是这个故事。下文说的《崔徽传》是另外一个故事，见《丽情集》：妓女崔徽和裴敬中相爱，分别之后不再相见。崔徽请画工画了一幅像，托人带给裴敬中，说："崔徽一旦不及卷中人，徽且为郎死矣！"这里《崔徽传》疑是《莺莺传》或《西厢记》的笔误。

⑯泼残生：苦命儿。泼，表示厌恶，原来是骂人的话。

⑰隐几：靠着几案。

⑱阮肇(zhào)到天台：见到爱人。借用刘晨和阮肇在天台山桃源洞遇到仙女的典故。

⑲是答儿：到处。是，凡。下文，那答儿：那边。

⑳蘸(zhàn)：指红雨(落花)沾在人的身上。

㉑单则……魂儿颤：形容幽会。

㉒景上缘：景，影。与下文的"想""因"都是佛家的说法。景上缘，想内成，比喻姻缘短暂，是不真实的梦幻。因中见(现)，佛家认为一切事物都是由姻缘造合而成。

㉓消停：休息。

㉔南柯一梦：唐人传奇故事：淳于棼梦见自己被大槐安国国王招为驸马，做南柯太守。他历尽了富贵荣华、人世浮沉。醒来，才发现槐安国不过是大槐树下的一个蚂蚁穴，南柯郡则是南面树枝下的另一个蚂蚁穴。见《太平广记》卷四五七引李公佐《淳于棼》。南柯，后来被用作梦的代称。

㉕雨香云片：云雨，指梦中的幽会。

㉖闪的俺：弄得我，害得我。步亸(duǒ)：脚步迈不动。亸，偏斜。

㉗不争多：差不多，几乎。

㉘忺(xiān)：惬意。

㉙香篝：即熏笼，熏香用。

【赏析】

《牡丹亭》共55出，《惊梦》是第10出。该剧讲述的爱情故事非常奇幻：杜丽娘因情生梦，一梦而亡，后死而复生，有情人终成眷属。这是它奇幻情节逐层演进的主脉，《惊梦》就是这一奇幻情节主脉的第一环。在这里，作者以生花妙笔写出了杜丽娘的青春觉醒，写出了她在反抗与追求之路上迈出的具有决定性意义的第一步。从结构上看，可分为“游园”和“惊梦”两个部分。

“游园”由【绕池游】【步步娇】等六支曲子组成。前三支曲子主要写杜丽娘游园前的心理活动，后三支曲子主要写杜丽娘游园时的所见所感。具体如下：

第一曲【绕池游】(旦上)梦回莺啭，乱煞年光遍。人立小庭深院。(贴)炷尽沉烟，抛残绣线，恁今春关情似去年？

这支曲子写杜丽娘对深闺内院寂寞生活的厌倦以及朦胧跃动的春情。一觉醒来，黄莺关关，春光明媚，撩动人心，而杜丽娘却被禁锢在狭窄、冷寂的“小庭深院”中，百无聊赖地看着昨夜的沉水香一点一点燃尽，针线活也没心思去做，暂且搁置一旁。她发现自己对春光的关切似乎甚于往年，于是让春香命人打扫花径，取来镜台衣服准备游园。

第二曲【步步娇】(旦)袅晴丝吹来闲庭院，摇漾春如线。停半晌、整花钿。没揣菱花，偷人半面，迤逗的彩云偏。(行介)步香闺怎便把全身现！

这支曲子写杜丽娘对镜装扮。袅袅晴丝，摇曳如线，深锁幽闺的杜丽娘正是在这若有若无的晴丝中捕捉到了春天的气息。“晴丝”与“情思”谐音双关，既指自然界的游丝，又暗喻女主人公心中缠绵飘忽的情丝。接下来写对镜梳妆，作者运用了拟人化的手法，一个“偷”字，颇堪回味，下笔极妙，镜子偷到的哪里只是杜丽娘的美貌，分明还有她内心荡漾的春情。“步香闺怎便把全身现”一句，既写杜丽娘的羞涩、腼腆，也反映出封建礼教对闺阁女子的严重束缚。

第三曲【醉扶归】(旦)你道翠生生出落的裙衫儿茜，艳晶晶花簪八宝填，可知我常一生儿爱好是天然。恰三春好处无人见。不隄防沉鱼落雁鸟惊喧，则怕的羞花闭月花愁颤。

这支曲子写杜丽娘妆成之际顾影自怜的孤寂情怀。春香看到小姐的美貌，不由得交口称赞：“今日穿插的好。”这一下引起了杜丽娘的共鸣，并且强调：“我常一生儿爱好是天然”，爱美是我的天性，但自己的美丽“三春好处无人见”。这支曲子表现了杜丽娘对自己美貌的自信、珍惜以及无人赏识的落寞。

以上三支曲子，主要是通过人物的动作、神态、唱词以及景语的点染来刻画杜丽娘游园前的心理活动，把一个被明媚春光撩动了春情、珍惜自己的青春美貌却又抱怨深锁幽闺无人欣赏的贵族千金小姐的神态展现在读者面前。接着，在春香的陪同下，杜丽娘来到后花园，戏也正式进入游园部分。

第四曲【皂罗袍】原来姹紫嫣红开遍，似这般都付与断井颓垣。良辰美景奈何天，赏心乐事谁家院！恁般景致，我老爷和奶奶再不提起。(合)朝飞暮卷，云霞翠轩；雨丝风片，烟波画船——锦屏人忒看的这韶光贱！

这是杜丽娘进入后花园唱的第一支曲子，是她心绪突变的转折点，也是历来最为大众所熟知的一段。杜丽娘看到花园里的姹紫嫣红、云霞翠轩、烟波画船，初到园林欣赏春光的她心旌摇动，如痴如醉，不禁发出了“不到园林，怎知春色如许”的感慨。这时，她又看到园中的断井颓垣，不由得伤感起来，如此美景，却交付于如此破败的环境，这不正像自己的大好青春被生生埋没了吗？古人云：“天下良辰、美景、赏心、乐事，四者难并”，看来不假，此处虽有“良辰美景”，但到哪里去寻找“赏心乐事”呢？

第五曲【好姐姐】(旦)遍青山啼红了杜鹃，荼蘼外烟丝醉软。春香呵，牡丹虽好，他春归怎占的先！(贴)成对儿莺燕呵。(合)闲凝眄，声声燕语明如翦，呖呖莺歌溜的圆。(旦)去罢。(贴)这园子委是观之不足也。(旦)提他怎的！(行介)

这支曲子写杜丽娘因花鸟而触情。春香说道“是花都放了，那牡丹还早”，于是，引起杜丽娘的感慨：牡丹虽美，但它开放太迟，在春花中可占不得先。由此想到她自己也如同牡丹一般，虽然美好，但幽闭深闺，最终也只是虚度韶华、蹉跎青春罢了。这时，主仆二人看到成对儿的莺莺燕燕，听到它们清脆圆润的和鸣。杜丽娘想到自己“年已及笄”，但仍形单影只，顿生人不如鸟之感，心情落寞。所以，在春香游兴正浓，发出“这园子委是观之不足也”的感慨之时，杜丽娘已经毫无游赏之致了。

第六曲【隔尾】观之不足由他缱，便赏遍了十二亭台是枉然，到不如兴尽回家闲过遣。

这支曲子可用消愁枉然来概括，同时也为下文做了铺垫。杜丽娘游园本为消愁，但园中所见，却令她更觉愁闷，于是只得带着春香回房了。

以上三支曲子写游园。游园，激发了杜丽娘的青春苦闷。她第一次看见了真正的春天，也第一次发现自己的生命和春天一样美丽，大自然唤醒了她的青春活力。她的难以排遣的春情，她的满腹的幽怨，她内心深处对自己青春与爱情的渴望，在现实中无法实现，于是就只能向“幽梦”中去寻求。于是乎，就有了“惊梦”。

“惊梦”也由六支曲子构成，分别是：【山坡羊】【山桃红】【鲍老催】【山桃红】【绵搭絮】和【尾声】。这六支曲子按照梦前、梦中、梦醒的顺序展开。

第一曲【山坡羊】没乱里春情难遣，蓦地里怀人幽怨。则为俺生小婵娟，拣名门一例、一例里神仙眷。甚良缘，把青春抛的远！俺的睡情谁见？则索因循腼腆。想幽梦谁边，和春光暗流转？迁延，这衷怀那处言？淹煎，泼残生，除问天！

这支曲子写杜丽娘自伤自怜，恍然入梦。杜丽娘那被充满生机的满园春色唤醒的青春愁思这时正萦绕在心头，她烦乱无端，想到自己生在官宦之家，父母总想着为她在名门贵胄中择偶，可名门贵胄未必有好姻缘，到头来，只白白把大好青春断送。自己的满腹心事又有谁能了解呢？可能只有上天吧。自己的心愿恐怕只有在梦中才能实现了。想着想着，杜丽娘觉得身子困乏，于是“隐几而眠”，梦中一书生折柳而来……

第二曲【山桃红】则为你如花美眷，似水流年，是答儿闲寻遍。在幽闺自怜。小姐，和你那答儿讲话去。(旦作含笑不行)(生作牵衣介)(旦低问)那边去？(生)转过这芍药栏前，紧靠着湖山石边。(旦低问)秀才，去怎的？(生低答)和你把领扣松，衣带宽，袖梢儿揾着牙儿苫也，则待你忍耐温存一晌眠。(旦作羞)(生前抱)(旦推介)(合)是那处曾相见，相看俨然，早难道这好处相逢无一言？

第三曲【鲍老催】(末)单则是混阳烝变，看他似虫儿般蠢动把风情搧。一般儿娇凝翠绽魂儿颤。这是景上缘，想内成，因中见。呀，淫邪展污了花台殿。咱待拈片落花儿惊醒他。(向鬼门丢花介)他梦酣春透了怎留连？拈花闪碎的红如片。秀才才到的半梦儿；梦毕之时，好送杜小姐仍归香阁。吾神去也。

这两支曲子是“惊梦”的高潮，写杜丽娘的梦中之欢。在深闺自怜的杜丽娘，在梦中邂逅了与自己有命定姻缘的翩翩公子——柳梦梅，二人在花神的保护之下，在五彩缤纷的鲜花的缭绕之中共赴云雨之欢。汤显祖把丽娘的春梦描绘得浪漫而又温馨，孤独寂寞的丽娘得到了及时的慰藉。

第四曲【山桃红】(生、旦携手上)(生)这一霎天留人便，草藉花眠。小姐可好?(旦低头介)(生)则把云鬟点，红松翠偏。小姐休忘了呵，见了你紧相偎，慢厮连，恨不得肉儿般团成片也，逗的个日下胭脂雨上鲜。(旦)秀才，你可去呵?(合)是那处曾相见，相看俨然，早难道这好处相逢无一言?

第五曲【绵搭絮】雨香云片，才到梦儿边。无奈高堂，唤醒纱窗睡不便。泼新鲜冷汗粘煎。闪的俺心悠步亸，意软鬟偏。不争多费尽神情，坐起谁忺?则待去眠。

第六曲【尾声】(旦)困春心游赏倦，也不索香薰绣被眠。天呵，有心情那梦儿还去不远。

这三支曲子写梦醒之后的情景，“惊梦”到此已至尾声。柳梦梅对杜丽娘说：“姐姐，你可十分将息，我再来瞧你那。”这时候，杜丽娘被母亲唤醒，发现那一晌留情、须臾欢畅原来都是美梦一场，便觉郁郁寡欢。

“惊梦”六支曲子描绘杜丽娘的梦中之欢及梦醒后的失落，为“寻梦”埋下了伏笔。这里需要注意的是杜丽娘对柳梦梅的感情实际上是由“欲”而“爱”，两人之间的缘分实际上始于梦中之合。汤显祖在戏剧作品中第一次以肯定的态度指出：“欲”是“情”的基础，“欲”是健康的，是合理的，并且以杰出的艺术才能表现了它的美好动人。这种描绘对于封建礼教的冲击，无疑要比单纯地歌颂爱情要来得猛烈。

4. 惊变(《长生殿》节选)①

[清]洪昇

【作者简介】

洪昇(1645—1704)，钱塘(今浙江省杭州市)人，清代戏曲作家、诗人。字昉思，号稗畦，又号稗村、南屏樵者。康熙七年(1668)入国子监肄业，终身未入仕。康熙十二年(1673)作《沉香亭》传奇，后改写为《舞霓裳》。康熙二十七年(1688)，又重取更订之，易名《长生殿》。康熙二十八年(1689)，因在清圣祖孝懿温诚仁皇后佟佳氏大丧期间于寓所演出，被言者所劾，革去国子监学生籍，株连五十人左右，时人诗云：“可怜一曲长生殿，断送功名到白头。”翌年在浙江乌镇失足落水而亡。他是和孔尚任齐名的剧作家，世称“南洪北孔”。洪昇的著作有《诗骚韵注》(残缺)，诗集《稗畦集》《稗畦续集》《啸月楼集》，杂剧《四婵娟》，传奇《长生殿》等。《长生殿》是其代表作，传唱甚盛。今人章培恒著有《洪昇年谱》。

【原文】

(丑上)“玉楼天半起笙歌，风送宫嫔笑语和。月殿影开闻夜漏，水晶帘卷近秋河。”

咱家高力士，奉万岁爷之命，着咱在御花园中，安排小宴，要与贵妃娘娘同来游赏，只得在此伺候！（生、旦乘辇，老旦、贴随后，二内侍引，行上）

【北中吕粉蝶儿[②]】天淡云闲，列长空数行新雁。御园中秋色斓斑，柳添黄，苹减绿，红莲脱瓣。一抹雕阑，喷清香桂花初绽。

（到介）（丑）请万岁爷娘娘下辇。（生、旦下辇介）（丑同内侍暗下）（生）妃子，朕与你散步一回者。（旦）陛下请。（生携旦手介）（旦）

【南泣颜回】携手向花间，暂把幽怀同散。凉生亭下，风荷映水翩翻。爱桐阴静悄，碧沉沉并绕回廊看。恋香巢秋燕依人，睡银塘鸳鸯蘸眼[③]。

（生）高力士，将酒过来，朕与娘娘小饮数杯。（丑）宴已排在亭上，请万岁爷娘娘上宴。（旦作把盏，生止住介）妃子，坐了。

【北石榴花】不劳你玉纤纤高捧礼仪烦，子待借小饮对眉山[④]。俺与你浅斟低唱互更番，三杯两盏，遣兴消闲。妃子，今日虽是小宴，倒也清雅。回避了御厨中，回避了御厨中，烹龙炰凤[⑤]堆盘案，咿咿哑哑，乐声催趱[⑥]。只几味脆生生，只几味脆生生，蔬和果清肴馔，雅称[⑦]你仙肌玉骨美人餐。

妃子，朕与你清游小饮，那些梨园旧曲，都不耐烦听他。记得那年在沉香亭上赏牡丹，召翰林李白草《清平调》三章，令李龟年度成新谱，其词甚佳。[⑧]不知妃子还记得么？（旦）妾还记得。（生）妃子可为朕歌之，朕当亲倚玉笛以和。（旦）领旨。（老旦进玉笛，生吹介，旦按板介）

【南泣颜回】花繁，秾艳想容颜，云想衣裳光璨；新妆谁似，可怜飞燕娇懒。名花国色，笑微微常得君王看。向春风解释春愁，沉香亭同倚阑干。

（生）妙哉！李白锦心，妃子绣口，真双绝矣！宫娥，取巨觞来，朕与妃子对饮。（老旦、贴送酒介）（生）

【北斗鹌鹑】畅好是喜孜孜驻拍停歌，喜孜孜驻拍停歌，笑吟吟传杯送盏。妃子干一杯！（作照干介）不须他絮烦烦射覆藏钩[⑨]，闹纷纷弹丝弄板。（又作照杯介）妃子再干一杯！（旦）妾不能饮了。（生）宫娥每跪劝。（老旦、贴）领旨。（跪旦介）娘娘请上这一杯。（旦勉饮介）（老旦、贴作连劝介）（生）我这里无语持觞仔细看，早子见[⑩]花一朵上腮间。（旦作醉介）妾真醉矣！（生）一会价软哈哈柳亸花欹[⑪]，软哈哈柳亸花欹，困腾腾莺娇燕懒。

妃子醉了。宫娥每，扶娘娘上辇进宫去者。（老旦、贴）领旨。（作扶旦起介）（旦作醉态呼介）万岁！（老旦、贴扶旦行。旦作醉态介）

【南扑灯蛾】态恹恹[⑫]轻云软四肢，影蒙蒙空花乱双眼；娇怯怯柳腰扶难起，困沉沉强抬娇腕，软设设金莲倒褪，乱松松香肩亸云鬟；美甘甘思寻凤枕，步迟迟倩宫蛾搀入绣帏间。

（老旦、贴扶旦下）（丑同内侍暗上）（内击鼓介）（生惊介）何处鼓声骤发？（副净急上）“渔阳鼙鼓动地来，惊破霓裳羽衣曲。”（问丑介）万岁爷在那里？（丑）在御花园内。（副净）军情紧急，不免径入。（进见介）陛下，不好了！安禄山起兵造反，杀过潼关，不日就到长安了！（生大惊介）守关将士何在？（副净）哥舒翰兵败已降贼了。（生）

【北上小楼】呀，你道失机的哥舒翰，称兵的安禄山，赤紧的离了渔阳，陷了东京，破了潼关。唬得人胆战心摇，唬得人胆战心摇，肠慌腹热，魂飞魄散，早惊破月明花粲。

卿有何策，可退贼兵?(副净)当日臣曾再三启奏禄山必反，陛下不听，今日果应臣言。事起仓卒，怎生抵敌?不若权时幸蜀，以待天下勤王。(生)依卿所奏。快传旨：诸王百官，即时随驾幸蜀便了。(副净)领旨。(急下)(生)高力士，快些整备军马，传旨令右龙武将军陈元礼统领御林军士三千，扈驾前行。(丑)领旨。(下)(内侍)请万岁爷回宫。(生转行叹介)唉！正尔欢娱，不想忽有此变，怎生是了也!

【南扑灯蛾】稳稳的宫廷宴安，扰扰的边廷造反，冬冬的鼙鼓喧，腾腾的烽火黫。的溜扑碌臣民儿逃散，黑漫漫乾坤覆翻，碜磕磕社稷摧残，碜磕磕社稷摧残，当不得萧萧飒飒西风送晚，黯黯的一轮落日冷长安。

(向内问介)宫娥每，杨娘娘可曾安寝?(老旦、贴内应介)已睡熟了。(生)不要惊他，且待明早五鼓同行。(泣介)天那！寡人不幸，遭此播迁，累他玉貌花容，驱驰道路，好不痛心也!

【南尾声】在深宫兀自娇慵惯，怎样支吾蜀道难?(哭介)我那妃子呵！愁杀你玉软花柔要将途路趱。

宫殿参差落照间(卢纶)，渔阳烽火照函关(吴融)。

遏云声绝悲风起(胡曾)，何处黄云是陇山(武元衡)。

【注释】

①选自刘义钦、史言喜、梁文娟：《中国历代文学作品选读》，503～504页，郑州，河南科学技术出版社，2013，略有改动。

②北中吕：指北曲的中吕宫。“粉蝶儿”一曲，属北中吕宫。这出戏用南北曲合套，北曲由李隆基唱，南曲由杨玉环唱。

③蘸眼：招眼，引人注目。

④子待：只待。眉山：用青色画过的眉毛，其色状似远山，故称为眉山、眉峰。

⑤烹龙炰(páo)凤：指烹制的珍贵食品。炰，同“炮制”的“炮”。

⑥催趱(zǎn)：各种乐器竞奏。

⑦雅称：非常适合，相称。雅，极、甚。

⑧“召翰林”句：天宝初，李白在长安供奉翰林。唐玄宗与杨贵妃在兴庆宫沉香亭前赏牡丹，命李白进新词，李白宿醉未醒，援笔写成《清平调》三章。李龟年：唐玄宗时著名乐人，精音律，受到唐玄宗的宠遇。度：作曲。

⑨射覆藏钩：古代两种游戏。射覆，颜师古注：“于覆器之下而置诸物，令暗射之，故云射覆。”即让人猜出器物覆盖的东西。后世称猜谜语为射覆。藏钩，《艺经·藏钩》：“腊日饮祭之后，叟妪儿童为藏钩之戏，分为二曹，以较胜负。”即寻找对象藏匿之处。

⑩早子见：早见。“子”为语助词，无义。

⑪软咍(hāi)咍：软绵绵。柳亸花欹(qī)：形容杨贵妃醉后不能支持，身体软得如柳条低垂，花枝倾斜。亸，垂下。欹，倾斜。

⑫恹恹：软弱无力的样子。

【赏析】

《长生殿》是中国古代戏曲史上与《桃花扇》并称的杰作，是一部爱情悲剧。唐明皇在开元以后，纵情声色，委政权奸，国政日非。杨贵妃恃宠善妒，杨国忠招权纳贿，激起拥有重兵之番将安禄山称兵造反。哥舒翰潼关不守，兵败降贼。唐明皇束手无策，仓皇幸蜀，逃至马嵬驿，随行将士杀死杨国忠，陈元礼纵兵逼哄，杨贵妃佛堂自缢，摇摇将坠的大唐江山到此才获得一线转机。作者写了唐明皇和杨贵妃真挚的爱情故事，同时也折射出他们的爱情给社会带来的巨大灾难。此后便摭拾白居易的《长恨歌》、唐人小说《玉妃归蓬莱》、元人杂剧等故事，写出唐明皇对杨贵妃的怀念，以及二人原系天仙，谪居人世，终于回到天宫，永为夫妇的结局。《惊变》是《长生殿》的第二十四出，是全剧"乐极哀来"即李、杨爱情悲剧的转折点，在舞台演出时，又称"小宴"。从本出的题目"惊变"可看出国家的动荡变化，第二十二出《密誓》与本出形成强烈的对比和转换，由欢乐忘情到安史叛变这样急促的情节转变给读者以很大的震撼。

文章开头的景物描写以秋色为背景将氛围调适得清新舒适，"天淡云闲，列长空数行新雁。御园中秋色斓斑，柳添黄，苹减绿，红莲脱瓣。一抹雕阑，喷清香桂花初绽。"洪昇将景色描写得十分细腻，以秋色与前文承接，渲染了唐明皇与杨贵妃陷入爱河的气氛。两人"携手向花间"，体会秋色之美。

而后作者详细描写了唐明皇与杨贵妃饮酒作乐的和谐画面。"朕与你清游小饮……记得那年在沉香亭上赏牡丹……其词甚佳。"唐明皇与妃子一边小饮一边回忆甜蜜的赏花往事，好不快活。在饮酒作乐期间，作者主要描写杨贵妃的动作以及神态，"花一朵上腮间""金莲倒褪""思寻凤枕"。一系列的描写将杨贵妃刻画得美若天仙，这也是唐明皇被其美色迷惑的原因。

"喜孜孜""笑吟吟""闹纷纷""软咍咍""困腾腾""态恹恹""影蒙蒙""娇怯怯""困沉沉""软设设"，这样的三字形容词排列整齐，将二人互相对饮的画面描绘得极其富有神韵，强调了唐明皇与杨贵妃待在一起时欢乐无法比拟。

作者用大篇幅的文字描写了帝妃嬉戏的画面，以欢乐的情节作为本出的开头，为后面动乱发生后混乱悲壮的场景做了铺垫，以如此大的变动应和了本出的题目"惊变"，同时点出了唐明皇因陷入与爱妃的玩乐而耽误朝政，安禄山趁机叛变，画面瞬时变为暗色，一片狼藉。

"渔阳鼙鼓动地来，惊破霓裳羽衣曲"作为战乱的开场句将读者引入兵荒马乱的画面。"安禄山起兵造反，杀过潼关，不日就到长安了。"交代战乱的背景，安禄山叛变，而"守关将士"兵败，未能降服敌军。这时唐明皇乱了分寸，"唬得人胆战心摇，肠慌腹热，魂飞魄散，早惊破月明花粲"。这几句把唐明皇内心毫无准备的恐惧和紧张表现得淋漓尽致，同时反映了唐明皇"因情致祸"的严重性。

而后唐明皇决定到蜀中躲避，并准备军马，扈驾前行。这时百姓遭了殃，四处逃散。作者描写了唐明皇对杨贵妃的心疼，如此"娇慵惯"，"怎样支吾蜀道难"，"我那妃子呵！愁杀你玉软花柔要将途路趱。"唐明皇对杨贵妃遭遇如此动乱感到心痛，这种感情被表达得十分明显。

整出剧以先扬后抑的手法让读者感受到一大落差，前文以唐明皇与杨贵妃的嬉戏玩乐为中心，描写了二人饮酒，“浅斟低唱互更番，三杯两盏，遣兴消闲”的悠闲画面，后文中安禄山叛乱将情节推向高潮。

生叹息“唉！正尔欢娱，不想忽有此变，怎生是了也！”这样的叹息具有细微的讽刺意味，讽刺了唐明皇因与妃子作乐未意识到安禄山造反的动向，误了朝政。作者将战乱时的场面描写得十分形象。“稳稳的”与“扰扰的”相对比，反映了宫内与宫外在战乱时的两种氛围。“腾腾的烽火黫”“黑漫漫乾坤覆翻”，形象地描写了战火纷飞时民不聊生的境况。“一轮落日冷长安”将长安城的荒凉之感描绘得十分真实。

最后由四句描写战乱的诗句结尾，将悲凉的氛围推到极致。作者运用适当的形容和描绘将战前、战后的境况，将“惊变”描写得淋漓尽致。

5. 骂筵(《桃花扇》节选)①

[清]孔尚任

【作者简介】

孔尚任(1648—1718)，字聘之，又字季重，号东塘，别号岸堂，自称云亭山人。山东曲阜人，孔子六十四代孙。他的一生大概可以分为三个阶段。

三十六岁前，孔尚任在家过着养亲、读书的生活。他接触了一些南明遗民，了解到许多南明王朝兴亡的第一手史料和李香君的逸事，对写一部反映南明兴亡的历史剧萌发了浓厚兴趣，开始了《桃花扇》的构思和试笔，但“仅画其轮廓，实未饰其藻采也”(《桃花扇本末》)。

康熙二十三年(1684)，康熙皇帝南巡北归，特至曲阜祭孔，三十六岁的孔尚任在御前讲经，颇得康熙皇帝的赏识，破格授为国子博士，赴京就任。三十八岁时，他奉命赴江南治水，历时四载。这个时期，他的足迹几乎踏遍南明故地，又与一大批有民族气节的明代遗民结为至交，接受他们的爱国思想，加深了对南明兴亡历史的认识。他积极收集素材，丰富《桃花扇》的构思。康熙二十九年(1690)，他奉调回京，历任国子监博士、户部主事、户部广东司外郎。康熙三十八年(1699)，他苦心创作的传奇剧《桃花扇》脱稿。该剧以复社名士侯方域与秦淮名妓李香君的爱情故事为主线，广泛而深刻地反映了南明王朝灭亡的历史，“借离合之情，写兴亡之感”，以巨大的艺术感染力，吸引了众多的读者和观众。王公显贵争相传抄，清宫内廷与著名昆曲班社竞相演出。康熙皇帝派人向他索取了《桃花扇》稿本，次年三月，孔尚任被免职，“命薄忍遭文字憎，缄口金人受诽谤”(《容美土司田舜年遣使投诗赞余〈桃花扇〉传奇，依韵却寄》)，从这些诗句来看，孔尚任遭罢官很可能是创作《桃花扇》所致。

罢官后，孔尚任在京赋闲两年多，后来回乡隐居。康熙五十七年(1718)，这位享有盛誉的一代戏曲家，在曲阜石门家中与世长辞，年七十岁。孔尚任著作中《宫词》《鲁谚》《律吕管见》《介安堂集》《岸堂文集》《绰约词》《节序同风录》《祖庭新记》皆未见，部分存世的有《岸堂诗集》。存世诗文作品有《石门山集》《湖海集》《长留集》《享金簿》《人瑞录》等，近人汇为《孔尚任诗文集》。戏剧作品皆存，《桃花扇》有康熙刻本、兰雪堂本、西园本、暖红室本、梁启超注本。

【原文】

乙酉正月

【缕缕金】(副净扮阮大铖吉服上)风流代，又遭逢，六朝金粉样，我偏通。管领烟花，衔名供奉。簇新新帽乌衬袍红，皂皮靴绿缝，皂皮靴绿缝。

(笑介)我阮大铖，亏了贵阳相公破格提挈，又取在内庭供奉。今日到任回来，好不荣耀。且喜今上性喜文墨，把王铎补了内阁大学士，钱谦益补了礼部尚书。区区不才，同在文学侍从之班。天颜日近，知无不言。前日进了四种传奇，圣心大悦，立刻传旨，命礼部采选宫人，要将《燕子笺》被之声歌，为中兴一代之乐。我想这本传奇，精深奥妙，倘被俗手教坏，岂不损我文名？因而乘机启奏："生口不如熟口，清客强似教手。"圣上从谏如流，就命广搜旧院，大罗秦淮，拿了清客妓女数十馀人，交与礼部拣选。前日验他色艺，都只平常；还有几个有名的，都是杨龙友旧交，求情免选，下官只得勾去。昨见贵阳相公说道："教演新戏是圣上心事，难道不选好的，倒选坏的不成?"只得又去传他，尚未到来。今乃乙酉新年人日佳节，下官约同龙友，移樽赏心亭，邀俺贵阳师相饮酒看雪。早已吩咐把新选的妓女，带到席前验看。正是：花柳笙歌隋事业，谈谐裙屐晋风流。(下)

【黄莺儿】(老旦扮卞玉京道妆背包急上)家住蕊珠宫，恨无端业海风，把人轻向烟花送。喉尖唱肿，裙腰舞松，一生魂在巫山洞。俺卞玉京，今日为何这般打扮？只因朝廷搜拿歌妓，逼俺断了尘心。昨夜别过姊妹，换上道妆，飘然出院，但不知那里好去投师。望城东云山满眼，仙界路无穷。

(飘飘下)(副净、外、净扮丁继之、沈公宪、张燕筑三清客上)

【皂罗袍】(副净)正把秦淮箫弄，看名花好月，乱上帘栊。风纸签名唤乐工，南朝天子春心动。我丁继之年过六旬，歌板久抛；前日托过杨老爷，免我前往，怎的今日又传起来了？(外、净)俺两个也都是免过的，不知又传，有何话说。(副净拱介)两位老弟，大家商量，我们一班清客，感动皇爷，召去教歌，也不是容易的。(外、净)正是。(副净)二位青年上进，该去走走，我老汉多病年衰，也不望甚么际遇了。今日我要躲过，求二位遮盖一二。(外)这有何妨，太公钓鱼，愿者上钩。(净)是，是！难道你犯了王法，定要拿去审问不成？(副净)既然如此，我老汉就回去了。(回行介)急忙回首，青青远峰；逍遥寻路，森森乱松。(顿足介)若不离了尘埃，怎能免得牵绊！(袖出道巾、黄绦换介)(转头呼介)二位看俺打扮罢，道人醒了扬州梦。

(摇摆下)(外)咦！他竟出家去了，好狠心也。(净)我们且坐廊下晒暖，待他姊妹到来，同去礼部过堂。(坐地介)(小旦扮寇白门，丑扮郑妥娘，杂扮差役跟上)(小旦)桃片随风不结子，(丑)柳绵浮水又成萍。(望介)你看老沈、老张不约俺一声儿，先到廊下向暖，我们走去，打他个耳刮子。(相见，诨介)(外问杂介)又传我们到那里去？(杂)传你们到礼部过堂，送入内庭教戏。(外)前日免过俺们了。(杂)内阁大老爷不依，定要借重你们几个老清客哩。(净)是那几个？(杂)待我瞧瞧票子。(取票看介)丁继之、沈公宪、张燕筑。(问介)那姓丁的如何不见?(外)他出家去了。(杂)既出了家，没处寻他，待我回官罢。(向净、外介)你们到了的，竟往礼部过堂去。(净)等他姊妹们到齐着。(杂)今日老爷们秦淮赏雪，吩咐带着女客，席上验看哩。(外、净)既是这等，我们先去了。正是：传歌留乐府，擫笛傍宫墙。(下)(杂看票问小旦介)你是寇白门么?(小旦)是。(杂问丑介)你是卞玉京么?(丑)不是，我是老妥。(杂)是郑妥娘了。(问介)那卞玉京呢?(丑)他出家去了。(杂)咦！怎么出家的都配成对儿?(问介)后边还有一个脚小走不上来的，想是李贞丽了?(小旦)不是，李贞丽从良去了！(杂)我方才拉他下楼，他说是李贞丽，怎的又不是?(丑)想是他女儿顶名替来的。(杂)母子总是一般，只少不了数儿就好了。(望介)他早赶上来也。

【忒忒令】(旦)下红楼残腊雪浓，过紫陌早春泥冻。不惯行走，脚儿十分痛。传凤诏，选蛾眉，把丝鞭，骑骄马，催花使乱拥。

奴家香君，被捉下楼，叫去学歌，是俺烟花本等，只有这点志气，就死不磨。(杂喊介)快些走动！(旦到介)(小旦)你也下楼了，屈尊，屈尊。(丑)我们造化，就得服侍皇帝了。(旦)情愿奉让罢。(同行介)(杂)前面是赏心亭了，内阁马老爷，光禄阮老爷，兵部杨老爷，少刻即到。你们各人整理伺候。(杂同小旦、丑下)(旦私语介)难得他们凑来一处，正好吐俺胸中之气。

【前腔】赵文华陪着严嵩，抹粉脸席前趋奉。丑腔恶态，演出真《鸣凤》。俺做个女祢衡，挝《渔阳》，声声骂，看他懂不懂。

(净扮马士英，副净扮阮大铖，末扮杨文骢，外、小生扮从人喝道上)(旦避下)(副净)琼瑶楼阁朱微抹。(末)金碧峰峦粉细勾。(净)好一派雪景也。(副净)这座赏心亭，原是看雪之所。(净)怎么原是看雪之所?(副净)宋真宗曾出周昉雪图，赐与丁谓，说道:“卿到金陵，可选一绝景处张之。”因建此亭。(净看壁介)这壁上单条，想是周昉雪图了。(末)非也。这是画友蓝瑛新来见赠的。(净)妙，妙！你看雪压钟山，正对图画，赏心胜地，无过此亭矣。(末吩咐介)就把炉、榼、游具，摆设起来。(外、小生设席坐介)(副净向净介)荒亭草具，恃爱高攀，着实得罪了。(净)说那里话！可笑一班小人，奉承权贵，费千金盛设，十分丑态，一无所取，徒传笑柄。(副净)晚生今日扫雪烹茶，清谈攀教，显得老师相高怀雅量，晚生辈也免了几笔粉抹。(净)呵呀！那戏场粉笔，最是利害，一抹上脸，再洗不掉；虽有孝子慈孙，都不肯认做祖父的。(末)虽然利害，却也公道，原以儆戒无忌惮之小人，非为我辈而设。(净)据学生看来，都吃了奉承的亏。(末)为何?(净)你看前辈分宜相公严嵩，何尝不是一个文人?现今《鸣凤记》里抹了花脸，着实丑看。岂非赵文华辈奉承坏了?(副净打恭介)是，是！老师相是不喜奉承的，晚生惟有心悦诚服而已。(末)请酒！(同举杯介)(副净问外介)选的妓女，可曾叫到了么?(外禀介)叫到了。(杂领众妓叩头介)(净细看介)(吩咐介)今日雅集，用不着他们，叫他礼部过堂去罢。(副净)特令到此伺候酒席的。(净)留下那个年小的罢。(众下)(净问介)他唤什么名字?(杂禀介)李贞丽。(净笑介)丽而未必贞也。(笑向副净介)我们扮过陶学士了，再扮一折党太尉何如?(副净)妙，妙！(唤介)贞丽过来斟酒唱曲。(旦摇头介)(净)为何摇头?(旦)不会。(净)呵呀！样样不会，怎称名妓！(旦)原非名妓。(掩泪介)(净)你有甚心事，容你说来。

【江儿水】(旦)妾的心中事，乱似蓬，几番要向君王控。拆散夫妻惊魂迸，割开母子鲜血涌，比那流贼还猛。做哑装聋，骂着不知惶恐。

(净)原来有这些心事。(副净)这个女子却也苦了。(末)今日老爷们在此行乐，不必只是诉冤了。(旦)杨老爷知道的，奴家冤苦，也值当不的一诉。

【五供养】堂堂列公，半边南朝，望你峥嵘。出身希贵宠，创业选声容，《后庭花》又添几种。把俺胡撮弄，对寒风雪海冰山，苦陪觞咏。

(净怒介)哇！这妮子胡言乱道，该打嘴了。(副净)闻得李贞丽，原是张天如、夏彝仲辈品题之妓，自然是放肆的。该打，该打！(末)看他年纪甚小，未必是那个李贞丽。(旦恨介)便是他待怎的！

【玉交枝】东林伯仲，俺青楼皆知敬重。干儿义子从新用，绝不了魏家种。(副净)好大胆，骂的是那个？快快采去丢在雪中！(外采旦，推倒介)(旦)冰肌雪肠原自同，铁心石腹何愁冻！(副净)这奴才，当着内阁大老爷，这般放肆，叫我们都开罪了。可恨，可恨！(下席踢旦介)(末起拉介)(净)罢，罢！这样奴才，何难处死，只怕妨了俺宰相之度。(末)是，是！丞相之尊，娼女之贱，天地悬绝，何足介意！(副净)也罢！启过老师相，送入内庭，拣着极苦的脚色，叫他去当。(净)这也该的。(末)着人拉去罢！(杂拉旦介)(旦)奴家已拚一死。吐不尽鹃血满胸，吐不尽鹃血满胸。

(拉旦下)(净)好好一个雅集，被这奴才搅乱坏了。可笑，可笑！(副净、末连三揖介)得罪，得罪！望乞海涵，另日竭诚罢。(净)兴尽宜回春雪棹，(副净)客羞应斩美人头。(净、副净从人喝道下)(末吊场介)可笑香君才下楼来，偏撞两个冤对，这场是非免不了的。若无下官遮盖，香君性命也有些不妥哩。罢，罢！选入内庭，倒也省了几日悬挂。只是媚香楼无人看守，如何是好？(想介)有了，画友蓝瑛托俺寻寓，就接他暂住楼上，待香君出来，再作商量。

赏心亭上雪初融，煮鹤烧琴宴巨公。
恼杀秦淮歌舞伴，不同西子入吴宫。

【注释】

①选自[清]孔尚任著，楼含松、黄征、许建平校注：《桃花扇》，128～133页，杭州，浙江古籍出版社，1998。

【赏析】

在明清时期的众多传奇中，孔尚任创作的《桃花扇》无疑值得我们另眼相看。该剧的内容、思想及人物塑造都取得了卓越的成就，结构搭架尤为值得一提。梁启超在《曲海扬波》(卷一)中对该剧大为赞赏："……但以结构之精严，文藻之壮丽，寄托之遥深论之，窃谓孔云亭之《桃花扇》冠绝千古矣！其事迹本为上千岁历史上最大关系之事迹。唯此时代，才能产此文章。虽然，同时代之文家亦多矣，而此蟠天际地之杰构，独让云亭，云亭亦可谓时代之骄儿哉！"其价值在于，明朝灭亡以后，孔尚任第一个以戏剧的形式，展现了明末复杂的社会矛盾和民族矛盾，评价了南明的历史，艺术地总结了这一段历史教训。作品暴露了南明小朝廷的昏庸和腐败，揭露了上层统治集团及其军事首领间的尖锐矛盾，刻画了马士英、阮大铖一伙迫害清议派和无辜百姓的凶残面目，鞭笞了他们在国家危急时刻的投降主义本质。在表现正面人物时，孔尚任描写了史可法抗击清兵的决心，表现了他在“江山易主”以后沉江殉国的英雄气概。作者赞扬了李香君关心国家命运、反抗邪恶势力的可贵气节，肯定了民间艺人柳敬亭、苏昆生为挽救国家危局不惜奔波以及他们和其他歌妓、艺人、书商等下层人民反对权奸、关心国事、不做顺民的正义感和气节。在正反人物形象的强烈对比中，人们看出了明朝“三百年之基业，隳于何人，败于何事，消于何年，歇于何地”(《桃花扇小引》)。

“骂筵”是《桃花扇》的第二十四出。《桃花扇》“借离合之情，写兴亡之感”，以主人公侯方域和李香君悲欢离合的爱情故事为线索，展示了南明弘光王朝的兴亡历史场景，揭示了明代宗社覆亡的原因，达到了总结一代历史教训、惩创人心的目的，表达了作者深沉的黍离之悲和亡国之痛。在清军节节南下，大敌当前，民族危机严重关头，刚刚建立的南明王朝，昏君福王尸位当国，权奸马士英、阮大铖恃势擅权，他们并未励精图治，临深履薄，团结内部，共同对敌，反而倒行逆施，大张淫威，呼朋引类，排斥异己，自相攻伐，内讧迭起，闹得乌烟瘴气，朝政愈加腐败，不堪收拾。君昏臣佞，沆瀣一气，醉生梦死，追求淫乐，置国难于不顾，征色逐酒，选优演戏，观雪赏梅，传歌开宴。“骂筵”一出，就是以这种现状为背景的。

“骂筵”由四个场次组成。第一场由南明新贵佞臣阮大铖出场，通过他踌躇满志的自白，简括地道出“广搜旧院，大罗秦淮”的“选优”之举，具体交代了事件发生的时间、地点和即将登场的人物，布置下戏剧冲突开展的矛盾根据和条件，真实地再现了昏佞误国的腐败政治现实。

第二场紧承上场，把新选妓女带到席前验看。在马士英、阮大铖的逼迫下，众妓女、乐工登场。先写妓女卞玉京、乐工丁继之不甘为他们点缀升平，决心遁世出家，飘然而去，只有寥寥几人被迫赴召；次写主角李香君被强捉下楼，代替养母李贞丽登场应选，她暗下决心，效祢衡击鼓骂曹之举，就席前拼死痛斥权奸马士英、阮大铖。正邪阵势已经摆开，矛盾已充分展露。

第三场先写马士英、阮大铖、杨龙友燕集赏心亭，饮酒赏雪，通过席间的宾白对话，刻画阮大铖趋奉权贵、面谀马士英的丑态。同时，借马士英之口提及《鸣凤记》中权奸严嵩被涂上粉墨，搬上舞台，遗臭世间的故事，当场连类作比，明喻他们正在演出赵文华奉承严嵩的丑剧，为下面骂筵高潮的到来，蓄足气氛，做好铺垫。接着，便是主角李香君再度登场，在筵前酣畅淋漓、正气凛然地痛斥了昏君佞臣祸国殃民的罪行，并表示了自己宁死不屈的意志和决心。

第四场是本出的尾声，高潮方现，戛然而止，给观众留下有余不尽的悲壮韵味。

本出是以“骂筵”这个中心场面，集中揭示女主角思想性格最有光彩的方面的，这充分体现在她那两段气势凌厉的唱词中。

【五供养】堂堂列公，半边南朝，望你峥嵘。出身希贵宠，创业选声容，《后庭花》又添几种。把俺胡撮弄，对寒风雪海冰山，苦陪觞咏。

【玉交枝】"东林伯仲，俺青楼皆知敬重。干儿义子从新用，绝不了魏家种。""冰肌雪肠原自同，铁心石腹何愁冻。""吐不尽鹃血满胸，吐不尽鹃血满胸。"

这是本出也是全剧的精华所在，充分表现出李香君疾恶如仇的品质。当时，许多文人学士如钱谦益、王铎之流都纷纷逐膻慕臭，阿附马士英、阮大铖，一个出身微贱的歌妓，竟能抱真守素，不慕荣利，坚持节守，不惧刀斧，横眉冷对，足使狐鼠丧胆，顽廉懦立。

环境景物和色彩的渲染描绘，对塑造形象起到多方面的象征比照作用。残腊冰雪，早春泥冻，一方面借自然界严冬的寒威，隐喻主人公所处社会环境的阴冷严酷；另一方面又以冰雪的清白来象征主人公玉洁冰清的情操和品格——"冰肌雪肠原自同，铁心石腹何愁冻"。因景出情，假物见人，人物交融，浑然一体。这是把传统诗歌的艺术表现手法熔铸于戏剧创作的一种创造性运用。

唱词和宾白词意明亮，雅俗共赏，十分切合人物的性格和身份特征。唱词如阮大铖一出场唱的【缕缕金】把他志满意得的神气、无耻文人的声口如实写出，李香君【忒忒令】【五供养】【玉交枝】几段唱词，正合她歌妓的身份和柔中见刚的性格。马士英、阮大铖和杨龙友三人在赏心亭中的一段对白，更是传神妙笔。马士英的不学无术，当场出丑，自命清高，自夸不喜奉承，却又即席出乖，被奉承得飘飘然；阮大铖的见机而作，因势面谀，均活灵活现地显示出他们猥琐不堪的心灵。杨龙友虽不免阿逢，但对《鸣凤记》的评说却不失公道，品格固不太高，但比阮大铖的一味肉麻趋奉，则要高雅不少，这是由他依违于清浊两面的性格决定的。总之，每个形象都使读者"如闻其声，如见其人"，达到了戏曲语言充分个性化的高度。

如果说《桃花扇》是我国古典戏剧史上一部"史剧之绝唱"的话，"骂筵"则是这部史剧中一曲正气的颂歌。

二、中国现当代文学概况

1917年的文学革命，开创了中国现代文学的时代。在思想上，文学革命重新估定一切价值，反对封建道德的三纲五常，大力倡导科学与民主精神，提出人权、平等、自由的思想，批判旧戏曲及"鸳鸯蝴蝶派"等旧文学阵地。在语言和形式上，反对文言文，倡导白话文，广泛吸收外国的文学手法，文学更接近现实生活和人民大众。从内容到形式，现代文学都表现出与古典文学不一样的"现代"特色。

"五四"前后实践"白话诗"创作的诗人主要有胡适、沈尹默、刘大白、刘半农、陈独秀、周作人、郭沫若等。郭沫若以雄浑、壮阔的浪漫主义诗风，将新诗推向一个崭新的境界。此后，白话新诗进入了全面的艺术探索期。以闻一多、徐志摩为代表的新月派，倡导"理性节制情感"的美学原则与诗的格律化。以李金发、穆木天、王独清、戴望舒、卞之琳、何其芳、穆旦等为代表的“象征派”“现代派”“中国新派”诗人，追求诗的现代性，强调诗的现代意象、现代情绪、现代辞藻和现代诗型。以艾青、鲁藜、绿原、阿垅、曾卓、牛汉等为代表的“七月派”将诗歌和人的社会职责联系起来。艾青将最深情的目光投向命运多舛的中华民族，并形成了自己独特的诗歌意象：土地与太阳。李季的《王贵与李香香》是20世纪40年代后期解放区歌谣体新诗创作的代表作品。20世纪50年代至70年代诗歌承继解放区诗歌的传统，政治抒情诗成为时代主流，代表诗人是贺敬之和郭小川。“文化大革命”结束后，“朦胧诗”开启了新时期诗歌的时代，“朦胧诗”主要表达了对人性和人的价值尊严的呼唤，在艺术追求上，表现出含蓄、蕴藉的“朦胧”风格，代表诗人有食指、芒克、北岛、舒婷、顾城等。20世纪80年代中期，大学生诗派风靡诗坛，形成了声势浩大的“第三代诗歌”运动，追求诗歌的口语化。诗人海子以独特的抒情姿态与浪漫主义情怀，实现了生命的自我绽放与燃烧，成为这个时期诗坛的一个“异数”。20世纪90年代代表诗人有西川、欧阳江河、王家新、伊沙等。21世纪以来网络成为诗歌新的重要载体，“70后”诗人群、“打工诗人”、“中间代诗人”、“第三条道路”等成为诗坛关注的新亮点。

中国现代散文写作由“代圣贤立言”变成“表现自己”，同时，由“文章”上升为“文学”，又极大地提升了散文的审美品位。现代散文是继先秦诸子百家争鸣之后中国散文史上又一次思想、文体的大解放、大突破。散文创作数量之众、风格之丰、名家之多都是文学史上所罕见的。代表作家有鲁迅、周作人、冰心、朱自清、郁达夫、林语堂等。受文学政治化思潮的影响，代表新中国成立后十七年散文创作实绩的是杨朔的诗化散文、秦牧的知识小品散文和刘白羽的政治抒情散文。“文化大革命”后，散文创作恢复了讲真话、抒真情的传统，在创作方法上也有所创新，出现了“理性反思散文”“乡土风情散文”“文化散文”“新散文”等不同类型。代表作品有巴金的《怀念萧珊》，孙犁的《亡人逸事》，贾平凹的《月迹》《秦腔》，汪曾祺的《故乡的食物》，张中行的《梁漱溟》，金克木的《反思和沉思》《三笑记》，季羡林的《赋得永久的悔》《幽径悲剧》，余秋雨的《道士塔》《苏东坡突围》，史铁生的《我与地坛》，韩小蕙的《有话对你说》，张锐锋的《世界的形象》《和弦》《马车的影子》，庞培的《乡村教堂》等。21世纪以来，散文创作一直呈现出活跃的态势。一些小说家、学者、记者、非职业散文作者也加入散文的创作之中，代表作家有斯妤、韩小蕙、冯秋子、王英琦、周晓枫、李国文、贾平凹、张承志、史铁生、余秋雨、南帆、周国平、朱学勤、詹克明、吴冠中、梁衡、韩少功等。

鲁迅的《狂人日记》是现代白话小说的开山之作，他的《呐喊》与《彷徨》两部小说集是现代小说的经典之作。现代小说创作成就斐然，有以冰心、庐隐、王统照等作家为代表的“问题小说”，以叶绍钧为代表的“人生派写实小说”，以郁达夫为代表的“自叙传抒情小说”，以茅盾为代表的左翼小说，以沈从文、废名等为代表的“京派小说”，以穆时英、施蛰存为代表的“新感觉派小说”，以巴金、老舍、钱锺书为代表的民主派作家小说，以张爱玲为代表的“市民通俗小说”。孙犁的《荷花淀》、赵树理的《小二黑结婚》、丁玲的《太阳照在桑干河上》、周立波的《暴风骤雨》等代表了解放区小说的成就。新中国成立后十七年小说以革命现实主义为主潮，主要有革命斗争历史和农村现实生活两类题材。代表作品有《红旗谱》(梁斌)、《红岩》(罗广斌、杨益言)、《红日》(吴强)、《保卫延安》(杜鹏程)、《青春之歌》(杨沫)、《三里湾》(赵树理)、《山乡巨变》(周立波)、《创业史》(柳青)等。这些作品因片面强调文学的政治性与阶级性，没有很好地体现作家的艺术个性。“文化大革命”后，小说创作出现了潮流化的趋势，主要有“伤痕小说”“反思小说”“改革小说”“寻根小说”“先锋小说”“新写实小说”“新现实主义小说”“历史小说”“新历史小说”“女性小说”“新生代小说”等，这些小说从内容到艺术上展示了当代文学丰富的内涵。20 世纪 90 年代后，文学界呈现出自由的、多元化的创作格局。长篇小说繁荣，网络小说呈泛滥之势在网上蔓延。一方面小说的思想含量和艺术技巧大大提高，另一方面商业化因素对文学的侵蚀无处不在。

20 世纪 30 年代，中国话剧的发展进入成熟期，代表作家是曹禺。曹禺较严格地遵守了话剧的结构规则，并在普通生活中展开了对人的精神的探索，将一般的社会批判主题提高到存在论的高度。《雷雨》《日出》《北京人》《原野》是其代表作。新中国成立后，老舍致力于话剧创作，他的《龙须沟》《茶馆》等对北京风俗的真切描绘充满了生活气息。尤其是《茶馆》，以开放式的结构涵盖了从晚清到抗战以后几十年的历史变迁，成为当代话剧史上的经典。曹禺的《胆剑篇》《明朗的天》《王昭君》，郭沫若的《武则天》《蔡文姬》，田汉的《关汉卿》等也取得了较高的成就。粉碎“四人帮”以后，中国戏剧进入了新的探索期。代表作品有宗福先、贺国甫的《血，总是热的》，李龙云的《小井胡同》，陶骏、王哲东的《魔方》，何冀平的《天下第一楼》，廖一梅的《恋爱的犀牛》，黄纪苏等的《切·格瓦拉》等。

(一)诗歌

1. 弃妇[①]

李金发

【作者简介】

李金发(1900—1976)，原名李淑良，笔名金发，广东梅县人，20 世纪 20 年代象征派的代表诗人。诗集有《微雨》《为幸福而歌》《食客与凶年》等，是中国早期象征诗派的代表作。他为中国新诗艺术的发展进行了有益的探索和尝试。

李金发的诗歌深受波德莱尔的影响。在法国留学期间，弱国子民在异族所受到的歧视、恋爱的无望、祖国的忧患，都使他的心笼罩在一片灰蒙蒙的烟雾之中。于是，擅长表现死亡、丑的诗人波德莱尔的诗歌引起了他的极大兴趣。1921 年，在饱尝白眼之辱的环境里，李金发课余就在书籍里寻找安慰，波德莱尔的《恶之花》，“他亦手不释卷”了，遂成了一个“唯丑的少年”，讴歌唯丑的人生。李金发的诗歌与波德莱尔的诗歌，在表现死亡主题时所使用的意象有许多相异处，但是，李氏诗与波氏诗的相似处是主要的。

【原文】

长发披遍我两眼之前，
遂隔断了一切羞恶之疾视，
与鲜血之急流，枯骨之沉睡。
黑夜与蚊虫联步徐来，
越此短墙之角，
狂呼在我清白之耳后，
如荒野狂风怒号：
战栗了无数游牧。

靠一根草儿，与上帝之灵往返在空谷里。
我的哀戚惟游蜂之脑能深印着；
或与山泉长泻在悬崖，
然后随红叶而俱去。

弃妇之隐忧堆积在动作上，
夕阳之火不能把时间之烦闷
化成灰烬，从烟突里飞去，
长染在游鸦之羽，
将同栖止于海啸之石上，
静听舟子之歌。

衰老的裙裾发出哀吟，
徜徉在丘墓之侧，
永无热泪，
点滴在草地
为世界之装饰。

【注释】

①选自：《新诗三百首鉴赏辞典》(重编本)，89～90页，上海，上海辞书出版社，2014。

【赏析】

《弃妇》是李金发的代表作。五四运动退潮后，接受过新思潮洗礼的文学青年，从乐观昂扬转入苦闷彷徨。“作诗如作文”的诗歌理论受到象征派诗人的质疑，他们深受魏尔伦等法国象征派诗歌的影响，提出了“纯诗”的概念，从强调诗歌的抒情表意功能转向对内心世界、生命潜意识的关注。最能体现20世纪20年代早期象征主义诗歌的思想内容与艺术特色，同时又试图“沟通”东西方诗艺的，就是被称为“诗怪”的李金发。

在这首《弃妇》里，诗人将许多联系并不密切的事物罗织在一起，并将自我的主观情感强行输入这些事物之中。借助这些情感象征物，诗人把自己在异国他乡生活的怅惘与爱情的失意以及由此带来的心灵的哀戚与悲凉状写出来。《弃妇》这首诗以独特的意象描写出一位“弃妇”的悲哀与痛楚。诗的前两节诉说了弃妇的不幸遭遇。她被逐出家园后，对人世间的生活充满了厌倦之感，只能栖居于断壁残垣的荒野，与黑夜、蚊虫、枯骨相伴，披散于两眼之间的长发隔断了世间的丑陋与龌龊。但是，每当黑夜来临，弃妇的内心仍然惶恐不安，害怕灾难的降临，即使蚊虫那细微的鸣叫，在弃妇听来，也如同荒野的狂风怒号般令人战栗。在这种孤苦无依的生存处境中，弃妇祈盼着上帝给予她些许心灵的慰藉，不然，她只能坠崖而死，将生命抛入山泉与红叶之中。从第三节开始，诗的叙事视角发生了转换，从旁观者的角度冷静地叙写了弃妇的“隐忧”。无边的忧愁令她感到度日如年，以至于即将到来的黑夜也无法将之化作灰烬。弃妇的内心产生了幻觉：与其如此，还不如让灵魂追随游鸦之羽飞向天边，或者奔向海边，静静地聆听渔夫的歌声。然而，幻想终归是幻想，弃妇依然要面对惨淡的人生。诗的最后一节描写弃妇灵魂的哀吟。她已经彻底绝望了，“徜徉在丘墓之侧”，泪水已经干涸，只能用心灵的滴血来装饰这肮脏、冷漠的世界。

《弃妇》表面上描写了一位弃妇孤苦无依的生命状态，实际上，“弃妇”是作者孤独惶恐的生命体验的载体。在诗人看来，人生不过是徘徊于死亡边缘的“弃妇”。通过“弃妇”这一形象，作者寄予了生命中永远无法为他人所理解且无法排解的孤独、苦闷的情绪。弃妇般的命运正是充满悖谬的人生的写照。

奇谲诡异的想象是《弃妇》这首诗的突出特点。李金发擅长“多远取喻”（朱自清语），即他能在貌似不同的事物中发现它们的相同之处与内在联系。比如“弃妇”之于“黑夜”“蚊虫”。对于寄居荒野的弃妇来说，任何风吹草动都会让她惊恐万分，就连蚊虫细微的叫声都如狂风怒号。这种奇特的联想有力地渲染了弃妇心中弥漫的无边的孤独。跳跃式思维的运用使诗呈现出别样的美学风貌。《弃妇》一诗中意象与意象之间的联系全部省略，读者全凭想象打通意象之间的内在关联。“夕阳”“火”“灰烬”“游鸦”“海啸”“舟子之歌”等意象看似散落无依，但是，它们由弃妇生命的忧愁这根线串联起来。由“夕阳”联想到“火”，由“火”联想到“灰烬”，由“灰烬”联想到“烟突”，由“烟突”的形态联想到“游鸦”，等等。这些意象逐层推进，引发了人们关于生命的无限联想。

这首诗的象征分整体象征和局部象征。前者如“弃妇”象征人的生存、命运；后者指诗中每个主要意象的内涵。有许多人责怪李金发的诗晦涩，纯属“文字游戏”，其实这种隔膜主要还不是审美习惯上的，而是精神深度上的。如果没有达到李金发对生命体验的深度，怎么可能理解和接受他的诗歌？这首诗备受指责，今天的读者朋友，你怎么看？这是故弄玄虚的文字游戏吗？它的晦涩难道不是由“命运”本身的不可把握、充满神秘决定的吗？优秀的诗是生存的证据，是生命体验和生命情调的瞬间展开，《弃妇》无疑就达到了这种境界。

2. 我不知道风是在哪一个方向吹①

徐志摩

【作者简介】

徐志摩(1896—1931),现代诗人、散文家。原名章垿,字槱森,留美时改字志摩,曾用笔名南湖、云中鹤等。浙江海宁人。1918年,徐志摩离开北京大学,赴美学习银行学。十个月后即告毕业,当年转入纽约的哥伦比亚大学的研究院,进经济系。徐志摩也因此获得了广泛的哲学思想和政治学的知识。他于1921年赴英国留学,研究政治经济学,在剑桥两年,深受西方教育的熏陶及欧美浪漫主义和唯美派诗人的影响,奠定其浪漫主义的基础。1921年开始创作新诗。1922年回国后在报刊上发表大量诗文。1923年,参与发起成立新月社。1924年与胡适、陈西滢等创办《现代评论》周刊,任北京大学教授。印度大诗人泰戈尔访华时任翻译。1925年以前,徐志摩除了作诗以外,还联络新月社成员从事戏剧活动。1926年在北京主编《晨报》副刊《诗镌》,与闻一多、朱湘等人开展新诗格律化运动,促使新月诗派形成。1931年年初,与陈梦家、方玮德创办《诗刊》季刊,同年11月19日,因飞机失事罹难。著有诗集《志摩的诗》《翡冷翠的一夜》《猛虎集》《云游》,散文集《落叶》《巴黎的鳞爪》《自剖》《秋》等。

【原文】

我不知道风
是在哪一个方向吹——
我是在梦中,
在梦的轻波里依洄。

我不知道风
是在哪一个方向吹——
我是在梦中,
她的温存,我的迷醉。

我不知道风
是在哪一个方向吹——
我是在梦中,
甜美是梦里的光辉。

我不知道风
是在哪一个方向吹——

我是在梦中，
她的负心，我的伤悲。

我不知道风
是在哪一个方向吹——
我是在梦中，
在梦的悲哀里心碎！

我不知道风
是在哪一个方向吹——
我是在梦中，
黯淡是梦里的光辉。

【注释】

①选自《徐志摩精选集》，74～75 页，济南，齐鲁书社，2016。

【赏析】

这首诗写于 1928 年，最初刊载于同年 3 月 10 日《新月》月刊第一卷第 1 号。国民大革命失败后，中国大地满目疮痍，很多知识分子陷入彷徨与迷惘之中，徐志摩也不例外。《我不知道风是在哪一个方向吹》就突出表现了诗人其时彷徨、苦闷和迷惘的情绪。

诗歌表层抒写的是爱情的幻灭，熟悉徐志摩婚恋经历的人，或许可以从中捕捉到一些罗曼史的影子。但它始终是模糊的，被不知从哪里来的风吹散了，只留给诗人悲哀和心碎。

就深层意蕴而言，面对变幻莫测的时代风云，诗人找不到方向，因而在作品中抒发了一种不知如何自处的怅惘之情。“她”既可看作诗人梦中的情人，也可理解为理想的化身。新思潮唤醒了沉睡的灵魂，但是很多人又面临着梦醒之后无路可走的尴尬处境。就新月派诗人而言，他们重视生命的本体，“要从恶浊的底里解放圣洁的泉源，要从时代的破烂里规复人生的尊严——这是我们的志愿。成见不是我们的，我们先不问风是在哪一个方向吹。……生命从它的核心里供给我们信仰，供给我们忍耐与勇敢。……生命是一切理想的根源，它那无限而有规律的创造性给我们在心灵的活动上一个强大的灵感。……我们最高的努力的目标是与生命本体同绵延的，是超越死线的，是与天外的群星相感召的。……”(徐志摩《“新月”的态度》)。如何在变幻莫测的时代风云中，保持生命的本体，保持天性的纯真与对理想的追求？这一切加剧了诗人彷徨、苦闷的心理。在这首诗中，诗人反复咏唱“我不知道风是在哪一个方向吹”，可见此诗正是他心灵的袒露与呼唤，是他人生困境的写照。

在艺术上，全诗共分六节，每节的前三句相同，反复咏叹，余音袅袅，形成一种轻柔舒缓的节奏。诗中用这种刻意经营的旋律组合，形成一种“梦”的氛围。每节的第四句有变化，从“在梦的轻波里依洄”到“她的温存，我的迷醉”，到“甜美是梦里的光辉”，再到“她的负心，我的伤悲”，再到“在梦的悲哀里心碎”，最后是“黯淡是梦里的光辉”，层层深入，象征着诗人在追求爱情和理想的过程中，从一开始的迷醉、甜美到幻灭之后的伤悲、心碎。迷醉与甜美总是短暂的、已经消逝的，伤悲与心碎则是长久的，而且是诗人正在体验的，因此诗歌弥漫着令人伤感的氛围，就连回忆中的迷醉与甜美也被这种情绪浸透了。节与节之间还存在一定的照应关系，比如第一节的“在梦的轻波里依洄”与第五节的“在梦的悲哀里心碎”，第二节的“她的温存，我的迷醉”与第四节的“她的负心，我的伤悲”，第三节的“甜美是梦里的光辉”与第六节的“黯淡是梦里的光辉”。这种交叉呼应与每节前三句的重复，形成了诗作在梦中依洄吟唱的独特风格。此外，“洄”“醉”“辉”“悲”“碎”等韵脚的运用，与诗歌内在的情感基调高度契合，同时也进一步强化了诗歌依洄吟唱的风格。

3. 发现[①]

闻一多

【作者简介】

闻一多(1899—1946)，原名闻家骅，湖北浠水人。现代著名诗人、学者和民主战士。1926年任《晨报》副刊《诗镌》编辑。闻一多早年参加新月社，主张新诗格律化，诗集有《红烛》《死水》等，学术著作有《楚辞校补》等。1946年7月15日，昆明各界为遭国民党特务杀害的爱国进步人士李公朴先生举行追悼大会。在会上，闻一多痛斥蒋介石发动内战，会后遭国民党特务杀害。

【原文】

我来了，我喊一声，迸着血泪，
“这不是我的中华，不对，不对！”
我来了，因为我听见你叫我；
鞭着时间的罡风，擎一把火，
我来了，不知道是一场空喜。
我会见的是噩梦，哪里是你？
那是恐怖，是噩梦挂着悬崖，
那不是你，那不是我的心爱！
我追问青天，逼迫八面的风，
我问，(拳头擂着大地的赤胸)
总问不出消息；我哭着叫你，
呕出一颗心来，——在我心里！

【注释】

①选自袁勇麟、冯汝常：《文学欣赏与创作》，205～206页，成都，四川大学出版社，2011。

【赏析】

《发现》一诗是闻一多爱国诗篇中的代表作之一。1925年5月诗人怀着振兴民族的雄心，从美国回到了阔别三年的祖国。然而，回国以后，国内的现状却令他极度失望。军阀混战，民不聊生，政治腐败，这些丑恶的现象触动了诗人敏感的神经，于是诗人怀着无比悲愤的心情写下了《发现》这首诗。

《发现》一诗集中反映了诗人炽热的爱国情感，表达了诗人对祖国期望的殷切和失望的痛苦，反映了诗人对祖国极为深沉的炽热情感。但是由于诗人当时还未能认清祖国的前途，未能和人民革命相结合，因此他在诅咒"绝望的死水"之后，还是只得"让给丑恶来开垦"，流露出一种感伤和失望的情绪。他曾于1927年春赴武汉参加革命，但不久便退下来，直到抗日战争胜利之后，诗人在革命潮流的推动下，才决心投身民主运动，用自己的鲜血和生命，写下了一首永恒的光辉诗篇。《发现》形象地记录了闻一多一颗充满血与泪的赤子之心在极度幻灭时的心理变化过程。这是一次大爱与大恨、大希望与大绝望强行扭结在一起的心灵体验。诗人哭着喊"这不是我的中华，不对，不对！"他一再申明自己"不知道是一场空喜"，他在情感上还难以承受这巨大的幻灭感产生的摧毁力。闻一多当时面临着一个可怕的心理深渊，"那是恐怖，是噩梦挂着悬崖"，它意味着闻一多在异国他乡时赖以支撑自己的精神支柱的轰然倒塌。情感的抒发并没有影响诗人对严谨的艺术形式的追求。这首诗体现了诗人对"建筑美"(强调节的匀称与句的整齐)的追求。诗人以理性节制情感，将浓郁的感情克制在形式的规范中。全诗共12行，每行字数基本一致，大都是11字，形式整齐，节奏和谐。

4. 寻梦者①

戴望舒

【作者简介】

戴望舒(1905—1950)，浙江杭州人，笔名有梦鸥生、信芳、艾昂甫等，中国现代著名诗人。1928年8月，《小说月报》发表其成名作《雨巷》一诗，他由此获"雨巷诗人"之称。诗集有《望舒草》等，1932年赴法国留学，深受法国诗派影响。

【原文】

梦会开出花来的，
梦会开出娇妍的花来的：

去求无价的珍宝吧。

在青色的大海里，
在青色的大海的底里，
深藏着金色的贝一枚。

你去攀九年的冰山吧，
你去航九年的旱海吧，
然后你逢到那金色的贝。

它有天上的云雨声，
它有海上的风涛声。
它会使你的心沉醉。

把它在海水里养九年，
把它在天水里养九年，
然后，它在一个暗夜里开绽了。

当你鬓发斑斑了的时候，
当你眼睛朦胧了的时候，
金色的贝吐出桃色的珠。

把桃色的珠放在你怀里，
把桃色的珠放在你枕边，
于是一个梦静静地升上来了。

你的梦开出花来了，
你的梦开出娇妍的花来了，
在你已衰老了的时候。

【注释】

①选自：《戴望舒作品精选集》，298～299页，太原，山西人民出版社，2020。

【赏析】

《寻梦者》是一首感情真挚、艺术圆熟的诗歌。20世纪30年代，中国的现代派诗人大多是从乡村来到都市，寻求理想之梦的，但他们并未被都市接纳，于是成为辗转于都市与乡村、传统与现代的边缘人，理想与现实的矛盾使他们回归内心世界。《寻梦者》即表达了诗人对理想精神家园的执着追求。诗人首先以梦为主体，构筑了一个静美而绚烂的梦的世界；然后把梦具象为寻贝、养贝的动态过程，以情绪的流转带动诗思的变化，给人一种既深沉绮丽又典雅迷离的美感。另外，由于美丽的梦与感伤的情绪相连接，读者看到了诗人对理想、光明和未来的期待与追寻。同时，诗人也表露出即便历经艰难、付出宝贵的青春代价也无怨无悔的执着精神。

诗作虽不押韵，但其"形式上的重叠复沓"与"情绪上的抑扬顿挫"仍然传递着一种音乐的旋律。同时，意象的具体与色彩的鲜明也同样具有绘画的美感，使诗歌自由通脱、潇洒有致。

值得一提的是，因为诗人运用了象征手法，诗中的梦便可做多重解读：既可以看作对理想、信念、未来、光明、自由的憧憬，又可以理解为对爱情、友情、幸福的追寻，甚至可视为对世间真、善、美的追求。这样就扩大了诗的意义、内涵，启发读者根据自己的人生阅历去感悟和发现。

5. 预言[①]

何其芳

【作者简介】

何其芳(1912—1977)，原名何永芳，四川万县(今属重庆)人。1931 年入北京大学哲学系，并开始在《现代》《文学季刊》等刊物上发表作品。其诗收入与卞之琳、李广田的合集《汉园集》。散文集《画梦录》获 1936 年《大公报》的文艺奖。诗集有《预言》《夜歌》等，散文集有《还乡日记》《星火集》等。

【原文】

这一个心跳的日子终于来临！
呵，你夜的叹息似的渐近的足音，
我听得清不是林叶和夜风私语，
麋鹿驰过苔径的细碎的蹄声！
告诉我，用你银铃的歌声告诉我
你是不是预言中的年青的神？

你一定来自那温郁的南方！
告诉我那里的月色，那里的日光！
告诉我春风是怎样吹开百花，
燕子是怎样痴恋着绿杨！

我将合眼睡在你如梦的歌声里，
那温暖我似乎记得，又似乎遗忘。

请停下你疲劳的奔波，
进来，这里有虎皮的褥你坐！
让我烧起每一个秋天拾来的落叶，
听我低低地唱起我自己的歌！
那歌声将火光一样沉郁又高扬，
火光一样将我的一生诉说。

不要前行！前面是无边的森林：
古老的树现着野兽身上的斑纹，
半生半死的藤蟒一样交缠着，
密叶里漏不下一颗星星。
你将怯怯地不敢放下第二步，
当你听见了第一步空寥的回声。

一定要走吗？请等我和你同行！
我的脚步知道每一条熟悉的路径，
我可以不停地唱着忘倦的歌，
再给你，再给你手的温存！
当夜的浓黑遮断了我们，
你可以不转眼地望着我的眼睛！

我激动的歌声你竟不听，
你的脚竟不为我的颤抖暂停！
像静穆的微风飘过这黄昏里，
消失了，消失了你骄傲的足音！
呵，你终于如预言中所说的无语而来，
无语而去了吗，年青的神？

【注释】

①选自王泽龙、李遇春：《中国现代文学经典作品选讲》(下)，89～90页，上海，华中师范大学出版社，2009。

【赏析】

《预言》是何其芳早期的代表作，写于1931年，收入诗歌合集《汉园集》。《预言》包含着一个凄婉动人的神话传说，诗中女神的意象象征着诗人的理想和缥缈的追求，是诗人年轻时做的“许多好梦”中的一个。在奇诡朦胧的想象中，诗歌显示了诗人对爱情由渴望到惆怅的心灵历程。诗作通过对“年青的神”的降临与离去的描写，表达了诗人甜蜜而又忧伤的心绪。

“年青的神”在诗中是爱情的象征，它既是神秘的、美丽的、温柔的，又充满着青春的感伤，整首诗充满了梦幻般的色彩。诗由三部分组成，即“年青的神”的降临、“我”对“年青的神”的倾诉以及“年青的神”的悄然离去。《预言》具有一种触动人心的艺术力量，何其芳在诗中摒弃了没有余韵的表白，而使抒情诗有了更多的蕴藉，形式上他只求节奏大体匀称，而没有新月派过于死板的倾向，他表现人的内心情绪，但并不晦涩，读者总会准确地体会其情绪的波动。

《预言》的语言精致、优美，韵律和谐，使全诗洋溢着动人的音乐美。全诗共分六节，每节分为六行，虽然不是严格意义上的押韵，但是整体上第一、二、四、六行韵脚较为一致，使诗歌读来具有音乐的美感。此外，作为注重融合东西方诗学的诗人，何其芳的《预言》明显具有象征主义诗歌的特点，如诗中“年青的神”、秋天的落叶、古树、微风等意象具有丰富的象征意味。

6. 距离的组织[①]

卞之琳

【作者简介】

卞之琳(1910—2000)，祖籍江苏南京。1929年入北京大学英文系，抗日战争期间，先后执教于四川大学、西南联大。诗集有《三秋草》《雕虫纪历》《鱼目集》等。

【原文】

想独上高楼读一遍《罗马衰亡史》，
忽有罗马灭亡星出现在报上。[②]
报纸落。地图开，因想起远人的嘱咐。
寄来的风景[③]也暮色苍茫了。
(醒来天欲暮，无聊，一访友人吧。)[④]
灰色的天。灰色的海。灰色的路。[⑤]
哪儿了？我又不会向灯下验一把土。[⑥]
忽听得一千重门外有自己的名字。
好累呵！我的盆舟没有人戏弄吗？[⑦]
友人带来了雪意和五点钟。[⑧]

【注释】

①选自王泽龙、李遇春:《中国现代文学经典作品选讲》(下),96页,上海,华中师范大学出版社,2009。

②1934年12月26日《大公报·国际新闻》伦敦25日路透电:“两星期前索佛克业余天文学者发现北方大力星座中出现一新星,兹据哈华德观象台纪称,近两日内该星异常光明,估计约距地球1500光年,故其爆发而致突然灿烂,当远在罗马帝国倾覆之时,直至今日,其光始传到地球云。”这里涉及时空的相对关系。

③“寄来的风景”当然是指“寄来的风景片”。这里涉及实体与表象的关系。

④这行是来访友人(即末行的“友人”)将来前的内心独白,语调戏拟我国旧戏的台白。

⑤本行和下一行是本篇说话人(用第一人称的)进入的梦境。

⑥1934年12月28日《大公报》的《史地周刊》上《王同春开发河套讯》:“夜中驱驰旷野,偶然不辨在什么地方,只消抓一把土向灯一瞧就知道到了哪里了。”

⑦《聊斋志异·白莲教》:“白莲教某者山西人地,忘其姓名,某一日,将他往,堂上置一盆,又一盆覆之,嘱门人坐守,戒勿启视。去后,门人启之。视盆贮清水,水上编草为舟,帆樯具焉。异而拨以指,随手倾侧,急扶如故,仍覆之。俄而师来,怒责‘何违吾命!’门人力白其无。师曰:‘适海中舟覆,何得欺我!’”这里从幻想的形象中涉及微观世界与宏观世界的关系。

⑧这里涉及存在与觉识的关系。但整诗并非讲哲理,也不是表达什么玄秘思想,而是沿袭我国诗词的传统,表现一种心情或意境,采取近似我国一折旧戏的结构方式。

【赏析】

20世纪30年代,中国的现代主义诗歌创作一度致力于诗情智性化的审美探索,其特点在于力避感情的发泄,追求智慧的凝聚,从而达到情智的合一。这些诗被称为“新智慧诗”。卞之琳就是这一审美趋向的积极探索者和实践者。他的诗一反过去主情诗的情绪外露,而内敛为诗的哲理性的启发,因而具有极强的哲理品格,是诗人的哲学意识、哲理化思维所引发的对于现象世界的诗性感悟。《距离的组织》可称得上此类诗作的代表。《距离的组织》是诗人1935年创作的一首诗,这首诗通过梦境与现实、实体与表象之间的“距离”的转换,借助或明或暗、亦实亦虚的意象,写出了诗人心绪的自由流动。

《距离的组织》在诗歌体式的构成上十分独特。诗的主体部分虽只有十行百余字,但诗人的七个自注就有一千多字。自注已不只是对诗人所要表达的意图和诗作内容的诠释,而是诗的有机组成部分,二者不能割裂。

在中国现代诗人中,卞之琳最具时空感和宇宙意识。他从多个方面对现象世界和心灵形式进行探索,从而奠定了其诗作的智性色彩。《距离的组织》在对自然万物的智性诗思中,表现最为突出的是对时空观念的表述。诗人可以感知过去(读史与看风景片），也可以感觉现在（朋友的来访与五点钟），可以进入梦境，也可以回归现实。过去、现在，梦境、现实杂糅在一起，被诗人的诗思有效地组织起来，并时时提醒我们，一切都是有距离的组织。

7.《十四行集》之二十六①

冯至

【作者简介】

冯至（1905—1993），原名冯承植，河北涿州人，诗人、教育家、德语文学专家、翻译家。著有诗集《昨日之歌》《十四行集》等，曾被鲁迅誉为“中国最为杰出的抒情诗人”。

【原文】

我们天天走着一条熟路
回到我们居住的地方；
但是在这林里面还隐藏
许多小路，又深邃、又生疏。

走一条生的，便有些心慌，
怕越走越远，走入迷途，
但不知不觉从树疏处
忽然望见我们住的地方，

像座新的岛屿呈在天边。
我们的身边有多少事物
向我们要求新的发现：

不要觉得一切都已熟悉，
到死时抚摸自己的发肤
生了疑问：这是谁的身体？

【注释】

①选自冯至：《十四行集》，31页，天津，天津人民出版社，2022。

【赏析】

《十四行集》是诗人来到西南联大后创作的诗集，共27首，集中展现了诗人关于生命哲学的思考。有论者将之称为“生命沉思者的歌”（王泽龙语）。这首诗是《十四行集》中的第26首，诗作探讨了我们自以为熟悉的外部世界与自我世界之间的关系。

诗人采用意大利和法国十四行体“四四三三”的分段形式，利用十四行诗“起、承、转、合”的结构功能，有层次地表现出他对外部世界与自我世界的思考。诗的开篇先提出“熟路”这一意象。“熟路”是我们每天必经的地方，人们似乎对它已经司空见惯。但是，“熟路”中依然隐藏着许多不为人知的小路，“但是在这林里面还隐藏/许多小路，又深邃、又生疏”。“深邃”“生疏”打破了人们关于“熟路”的认知。

与第一节对“熟路”的描述相对，第二节运用了对比手法，将对外部世界与自我世界关系的思考进一步延展开来，从“熟路”中蕴含的“生路”这一意象入手，将主体的感受贯穿于客体中，使抽象的哲思进一步具象化。“走一条生的，便有些心慌，/怕越走越远，走入迷途”，“心慌”与“怕走迷途”传达出人们对于陌生事物的共同体验。但是，“生路”并不像人们想象的那样难以穿越，同样充满了别样的乐趣。如古诗中的“柳暗花明又一村”，又如这诗中的“但不知不觉从树疏处/忽然望见我们住的地方”。这表明我们所熟知的外部世界同样蕴含着令人意外的惊喜，从而为第三节诗的意念的提升做铺垫。

第三节承前推进，指出对身边事物的新发现就像天边出现的新岛屿。诗人关于外部世界与自我世界关系的思考得到进一步提升：对身边的事物保持一种新鲜感，才能不断有新的发现。

最后一节由物及人，引向“自我”。不要想当然地认为一切都已经熟悉，连自己的发肤属于谁都是可以提出疑问的。

这首诗对于理解冯至的《十四行集》是具有向导作用的。诗人正是带着重新发现的惊喜去观照常人眼中司空见惯的事物。这种“新的发现”是大千世界对于诗人的生命启示，是诗人的哲理感悟。这里的新的发现，与其说是诗人眼睛的洞察，不如说是一颗沉思的心灵的觉识。因此，冯至的发现既可以说是诗的发现，也可以说是哲学的发现，只不过诗人的哲学的发现并非凭助抽象的概念与逻辑，而是诉诸平凡的意象。在日常印象中，诗人构建了具有超越意蕴的哲理空间，正像里尔克俯临万物，冥思存在一样，这种寓启示于凡俗的诗歌艺术或许是冯至真正受益于他所激赏的文学导师里尔克的地方。

8. 赞美①

穆旦

【作者简介】

穆旦(1918—1977)，原名查良铮，浙江海宁人，现代著名诗人、翻译家。1934年查良铮将“查”姓上下拆分，“木”与“穆”谐音，得“穆旦”(最初写作“慕旦”)之名。1935年考入清华大学，1940年在西南联大毕业后留校任教。1949年穆旦赴美国留学，入芝加哥大学英国文学系学习。诗集有《探险者》《穆旦诗集(1939—1945)》《旗》等，他是“九叶诗派”的代表诗人。译作有《波尔塔瓦》《青铜骑士》《普希金抒情诗集》《欧根·奥涅金》《加甫利颂》《济慈诗选》等。

穆旦早在20世纪40年代就成为当时最受欢迎的青年诗人，他的诗在上海诗人中产生了强烈的反响。20世纪40年代初期，闻一多在编选《现代诗钞》时，选入了穆旦诗作十一首，数量之多仅次于徐志摩。1948年年初，方宇晨的英译《中国现代诗选》在伦敦出版，其中选译了穆旦诗九首。1952年，穆旦的两首英文诗被美国诗人赫伯特·克里克莫尔编选入《世界名诗库》，同时入选的中国诗人还有何其芳。穆旦诗作的艺术风格、诗学传统、思想倾向和文学史意义，在20世纪40年代就被一些诗人和评论家较为深入地讨论着，并被介绍到英语文学界。

死前，穆旦在《冥想》一诗中道出了自己的内心独白："而如今突然面对坟墓，我冷眼向过去稍稍四顾，只见它曲折灌溉的悲喜，都消失在一片亘古的荒漠。这才知道我全部的努力不过完成了普通生活。"穆旦去世多年以后，才逐渐被人们重新认识。人们出版他的诗集和纪念他的文集，举行"穆旦学术讨论会"，给予他很高的评价。1994年，由戴定南和张同道等主编的《20世纪中国文学大师文库》亮出新颖、大胆、不同于传统的观点，把穆旦一下推上百年诗歌第一人的宝座。这种种的不寻常，被称为"穆旦现象"。

【原文】

走不尽的山峦的起伏，河流和草原，
数不尽的密密的村庄，鸡鸣和狗吠，
接连在原是荒凉的亚洲的土地上，
在野草的茫茫中呼啸着干燥的风，
在低压的暗云下唱着单调的东流的水，
在忧郁的森林里有无数埋藏的年代。
它们静静地和我拥抱：
说不尽的故事是说不尽的灾难，沉默的
是爱情，是在天空飞翔的鹰群，
是干枯的眼睛期待着泉涌的热泪，
当不移的灰色的行列在遥远的天际爬行；
我有太多的话语，太悠久的感情，
我要以荒凉的沙漠，坎坷的小路，骡子车，
我要以槽子船，漫山的野花，阴雨的天气，
我要以一切拥抱你，你，
我到处看见的人民呵，
在耻辱里生活的人民，佝偻的人民，
我要以带血的手和你们一一拥抱。
因为一个民族已经起来。

一个农夫，他粗糙的身躯移动在田野中，
他是一个女人的孩子，许多孩子的父亲，
多少朝代在他的身边升起又降落了

而把希望和失望压在他身上，
而他永远无言地跟在犁后旋转，
翻起同样的泥土溶解过他祖先的，
是同样的受难的形象凝固在路旁。
在大路上多少次愉快的歌声流过去了，
多少次跟来的是临到他的忧患；
在大路上人们演说，叫嚣，欢快，
然而他没有，他只放下了古代的锄头，
再一次相信名词，溶进了大众的爱，
坚定地，他看着自己溶进死亡里，
而这样的路是无限的悠长的
而他是不能够流泪的，
他没有流泪，因为一个民族已经起来。

在群山的包围里，在蔚蓝的天空下，
在春天和秋天经过他家园的时候，
在幽深的谷里隐着最含蓄的悲哀：
一个老妇期待着孩子，许多孩子期待着
饥饿，而又在饥饿里忍耐，
在路旁仍是那聚集着黑暗的茅屋，
一样的是不可知的恐惧，一样的是
大自然中那侵蚀着生活的泥土，
而他走去了从不回头诅咒。
为了他我要拥抱每一个人，
为了他我失去了拥抱的安慰，
因为他，我们是不能给以幸福的，
痛哭吧，让我们在他的身上痛哭吧，
因为一个民族已经起来。

一样的是这悠久的年代的风，
一样的是从这倾圮的屋檐下散开的
无尽的呻吟和寒冷，
它歌唱在一片枯槁的树顶上，
它吹过了荒芜的沼泽，芦苇和虫鸣，
一样的是这飞过的乌鸦的声音。
当我走过，站在路上踟蹰，
我踟蹰着为了多年耻辱的历史
仍在这广大的山河中等待，

等待着，我们无言的痛苦是太多了，
然而一个民族已经起来，
然而一个民族已经起来。

一九四一年十二月

【注释】

①选自《穆旦诗选》，51～53 页，北京，人民文学出版社，1986。

【赏析】

作为诗人和学者，穆旦对中国古典诗歌、“五四”以来的新诗、西方传统诗歌、西方现代诗歌兼收并蓄，探索出一条独特的现代诗歌道路，在 20 世纪 40 年代后期构筑起一个具有音乐感、色彩感、雕塑感的沉郁苍凉和深重厚实的中国现代诗学系统。他是颇具现代派色彩的九叶诗派代表诗人之一。穆旦的诗深沉凝重而又自我搏斗，有一种交混回响的音乐震撼力。他的诗让读者置身于诗所表现出来的立体画和环绕声中，并被笼罩在诗场中，受到诗的作用而自然而然地提高审美意识和艺术素质。但是，他的诗并不是脱离现实的。恰恰相反，他的诗歌律动在驮负苦难的现实的土地上，咏唱在弥漫硝烟的叆叇的云层下，回荡在异国他乡血腥厮杀的战场上。他的诗流泻出来的个人情愫与人民的厚实感情和故土的苦难是息息相通、融为一体的。

这首诗写于抗战最艰苦的敌我“相持阶段”，当时的中华民族既背负着沉重、贫穷和苦难，又已在抗日烽火中走向觉醒；人民虽然衣衫褴褛，血污浸身，但已在血与火中为抵抗侵略而战。作为年轻的诗人，穆旦在深刻感受到时代苦难的同时，也看到了人民的奋起，并由此看到了民族的希望，他抓住了这个时代的特色，并为之歌唱。这显示了诗人对现实的关注，对祖国和人民的热爱。〔1〕

全诗由四节构成，开篇第一节就列出了荒凉的土地、干燥的风、低压的暗云、单调的水、忧郁的森林等一系列苦难的意象，以悲痛沉重的心情，向我们展示了中国满目疮痍的环境。面对如此深重的灾难，人们“干枯的眼睛期待着泉涌的热泪”，这“眼睛”仿佛透着一道不甘屈辱、有着坚强的意志的光。诗人要用“带血的手”，去拥抱“在耻辱里生活的人民，佝偻的人民”，因为他们的身躯佝偻却不倒，因为“一个民族已经起来”，他们的民族意识已经被唤醒。“一个民族已经起来”成了全诗的抒情主线。

在诗歌第二节，诗人集中描写了一个农民形象，这个农民是中国千千万万个农民的缩影。他既是孩子也是父亲，是家庭的支柱。他像祖祖辈辈一样辛勤耕耘，身上压着“希望”与“失望”。“翻起同样的泥土溶解过他祖先的，是同样的受难的形象凝固在路旁”，这一句诗刻画出了中国底层人民面对灾难时沉默坚忍的形象。看到国家陷于危难之中，他没有“演说”，也不“叫嚣”，而是采取了最简单直接的方式，“放下了古代的锄头”，相信了“国家”这个名词，义无反顾地加入抗战队伍，“溶进死亡里”。这些生活在

---

〔1〕 欧蕾、黎煜：《大学语文》，147 页，北京，人民邮电出版社，2013。

社会底层的农夫放下“小家”为“大家”投入战斗的义举令诗人肃然起敬。诗人相信，有这样一群农夫，国家定会崛起，黎明终将到来。

在第三节，诗人将眼光转到了农夫的家庭。家里的老母亲和孩子们都“期待”着他，生活是那么艰难困苦。贫穷、恐惧与饥饿使他、使这个家庭痛苦。然而，这“最含蓄的悲哀”抵挡不住农夫走在抗战最前线的脚步。“农夫”这个群体概念，体现了中华民族坚强不屈、奋勇抗争的民族精神。他们走去了，“从不回头诅咒”，不怕流血牺牲，抱着视死如归的心态去反抗蹂躏他们国土的恶人。诗人被他们伟大不凡的民族精神深深感染，不由得想要“拥抱”这样可敬可亲的人民。

最后一节是诗人感情的再度抒发，是对一个已经站起来的民族的更深、更广的赞美。在最后一节，诗人用“倾圮”“枯槁”“荒芜”等具有破败、凄清含义的形容词描绘了一派死气沉沉的黑暗景象。三个“一样的”构成排比，告诉我们，中华民族遭受欺凌、人民生活在水深火热之中的屈辱历史是如此漫长。但是，中华民族是强大的。我们的民族已经觉醒。诗人在最后反复地咏叹“一个民族已经起来”，实际上是回归主题——赞美，赞美中国人民的斗争精神，赞美中华民族的顽强生命力。重章叠唱，是战争必胜的战鼓鸣响，更是一个古老民族所发出的振聋发聩之音，表达了诗人对民族崛起的强烈渴望与坚定信念。

9. 相信未来①

食指

【作者简介】

食指(1948—)，本名郭路生，祖籍山东鱼台，长于北京。代表作有诗歌《相信未来》，诗集《食指、黑大春现代抒情诗合集》《诗探索金库·食指卷》等。

【原文】

当蜘蛛网无情地查封了我的炉台
当灰烬的余烟叹息着贫困的悲哀
我依然固执地铺平失望的灰烬
用美丽的雪花写下：相信未来

当我的紫葡萄化为深秋的露水
当我的鲜花依偎在别人的情怀
我依然固执地用凝霜的枯藤
在凄凉的大地上写下：相信未来

我要用手指那涌向天边的排浪
我要用手掌那托起太阳的大海

摇曳着曙光那枝温暖漂亮的笔杆
用孩子的笔体写下：相信未来

我之所以坚定地相信未来
是我相信未来人们的眼睛
她有拨开历史风尘的睫毛
她有看透岁月篇章的瞳孔

不管人们对于我们腐烂的皮肉
那些迷途的惆怅、失败的苦痛
是寄予感动的热泪、深切的同情
还是给以轻蔑的微笑、辛辣的嘲讽

我坚信人们对于我们的脊骨
那无数次的探索、迷途、失败和成功
一定会给予客观、公正的评定
是的，我焦急地等待着他们的评定

朋友，坚定地相信未来吧
相信不屈不挠的努力
相信战胜死亡的年轻
相信未来，热爱生命

【注释】

①选自林莽、刘福春：《诗探索金库·食指卷》，11～12页，北京，作家出版社，1998。

【赏析】

《相信未来》写于1968年，是诗人的代表作之一，这首诗曾以手抄本的形式广为流传，深受人们喜爱。《相信未来》是愚昧时代的预言之诗，它以充满激情的语言、优美的意境，写出了一代人特别是青年人思想的困惑、矛盾以及对于未来的深沉思考。

诗歌第一节表达了直面艰难生活的坚定信念。“当蜘蛛网无情地查封了我的炉台/当灰烬的余烟叹息着贫困的悲哀”中的“蜘蛛网”“灰烬”等黯淡的意象描绘出困乏、艰难的时代状况。尽管如此，诗人依然执拗地“用美丽的雪花写下：相信未来”，“雪花”的纯洁、美丽与灰暗的时代背景形成鲜明对比，表达出诗人乐观坚定的生活态度。诗歌第二节联想到失意、痛苦的人生。“紫葡萄化为深秋的露水”“鲜花依偎在别人的情怀”“凝霜的枯藤”，写出了生命由鲜亮趋于黯淡、由饱满趋于凋零的过程，但是，诗人依然在满目凄凉的大地上写下“相信未来”，这是不屈不挠的人格力量！诗歌第三节斗志昂扬，温暖有力。“我要用手指那涌向天边的排浪/我要用手掌那托起太阳的大海”，情感磅礴，令人振奋。“摇曳着曙光那枝温暖漂亮的笔杆”，将“曙光”比作“笔杆”，这一奇特的比喻可谓神来之笔，构思巧妙。“用孩子的笔体写下：相信未来”，以一颗真挚坦诚的赤子之心期待未来。三个诗节，一咏三叹，让“相信未来”的心声越发嘹亮坚定！

接下来诗人将自己对未来的信念与对人类的清醒认识结合起来。“她有拨开历史风尘的睫毛／她有看透岁月篇章的瞳孔”，展现了人类睿智的洞察力，坚信未来一定会云开月明。而“那些迷途的惆怅、失败的苦痛”，这些身心所历的苦难和创伤终将成为历史，不管经历了何种艰辛，诗人依然坚信人们能够给予我们的“脊骨”以客观、公正的评定，这里的“脊骨”喻指不屈不挠的探索精神。这三节表达了人类对未来的共同信念，也正是凭借这一洞见，诗人才坚定地“相信未来”，并且“焦急地等待着他们的评定”。

诗歌最后一节气势磅礴，无所畏惧。诗人斗志昂扬地鼓舞年轻人要敢于向现实宣战：“相信不屈不挠的努力／相信战胜死亡的年轻／相信未来，热爱生命”。

在艺术上，《相信未来》体现了食指“水晶般透明，秋水般明澈”的诗风。诗人以独特的现代性的体验书写出那个时代青年的精神状况，尽管诗中不乏对时代的悲剧性体验，但诗歌整体基调是昂扬向上的，给予人们更多的是力量而不是忧伤。在形式上，全诗基本上是四行一节，韵律和谐，朗朗上口，铿锵有力。总之，《相信未来》是一首思想内涵深刻、审美意蕴丰富的经典诗作。

10. 会唱歌的鸢尾花(节选)[①]

舒婷

【作者简介】

舒婷(1952—)，原名龚佩瑜。祖籍福建厦门，生于漳州。朦胧诗派的代表诗人之一。有诗集《双桅船》《舒婷、顾城抒情诗选》《会唱歌的鸢尾花》，散文集《心烟》等。她的作品的基本主题是对理想、爱情、友谊、人的尊严与自由的渴望。

【原文】

我的忧伤因为你的照耀
升起一圈淡淡的光轮

——题记

一

在你的胸前
我已变成会唱歌的鸢尾花
你呼吸的轻风吹动我

在一片叮当响的月光下
用你宽宽的手掌
暂时
覆盖我吧

二

现在我可以做梦了吗
雪地。大森林
古老的风铃和斜塔
我可以要一株真正的圣诞树吗
上面挂满
溜冰鞋、神笛和童话
焰火、喷泉般炫耀欢乐
我可以大笑着在街上奔跑吗

三

我那小篮子呢
我的丰产田里长草的秋收啊
我那旧水壶呢
我的脚手架下干渴的午休啊
我的从未打过的蝴蝶结
我的英语练习：I love you，love you
我在街灯下折叠而又拉长的身影啊
我那无数次
流出来又咽进去的泪水啊

还有
还有

不要问我
为什么在梦中微微转侧
往事，象躲在墙角的蛐蛐
小声而固执地呜咽着

【注释】

①选自舒婷：《会唱歌的鸢尾花》，86～88页，成都，四川文艺出版社，1986。

【赏析】

《会唱歌的鸢尾花》表达了叙述者对浪漫的情感生活的向往与困惑，并展现了这一困惑被解决的过程。

表现自我，以自我内心世界为直接的表现对象，是舒婷诗歌的显著特点。在本诗的题记中，作者写道："我的忧伤因为你的照耀/升起一圈淡淡的光轮。"全诗共十六小节，几乎每一小节都在突出表现"我"的情感。她总是以自我为抒情主人公形象，抒发对生活的真情实感。她用诗歌塑造的自我一方面是个柔弱的女性，柔情似水，浪漫而感伤；另一方面却又是为祖国、为理想而斗争的勇士，铁骨铮铮，勇敢而坚强。由此我们可以看出，舒婷的诗以自我为表现中心，却没有陷入纯粹的个人感情天地而失掉其社会性，而是包含了广泛的社会历史内容。这首诗是舒婷大量的爱情诗中的一首，不仅真切地表现了人类的这一伟大情感，而且在爱情中有所寄托。爱情在作者心中是既美好又珍贵的，但是当她面对祖国母亲的时候，当她怀有理想和抱负的时候，当她追求独立的人格和充实的自我的时候，爱情在她心中得到了升华。

本诗以鸢尾花为主要意象，可见作者独到而深刻的用意，尤其是把鸢尾花这个无生命的意象拟人化，使其更加生动、鲜活，不仅营造出优美的意境，还自然流露出感人的深情。

(二)散文

1. 雪①

鲁迅

【作者简介】

鲁迅(1881—1936)，著名文学家、思想家，五四新文化运动的重要参与者，中国现代文学的奠基人。浙江绍兴人，原名周树人，字豫才，"鲁迅"是他1918年发表《狂人日记》时所用的笔名，也是他影响最为广泛的笔名。1918—1926年，陆续创作出版小说集《呐喊》《彷徨》，论文集《坟》，散文诗集《野草》，散文集《朝花夕拾》，杂文集《热风》《华盖集》《华盖集续编》等。1927—1936年，创作了小说集《故事新编》，杂文集《而已集》《三闲集》《二心集》《南腔北调集》《伪自由书》《准风月谈》《花边文学》《且介亭杂文》《且介亭杂文二编》《且介亭杂文末编》《集外集》和《集外集拾遗》以及书信集《两地书》。此外，他还写有《中国小说史略》《汉文学史纲要》等学术著作。

鲁迅是20世纪的文化巨人，他在小说、散文、杂文、木刻、现代诗、旧体诗、名著翻译、古籍校勘和现代学术等多个领域都有巨大贡献。作为中国现代文学的伟大奠基者，鲁迅创作的为数不多的小说建立了中国小说的新形式；他所创作的散文更是"显示了文学革命的实绩"；他所开创的杂文文体富有现代性、自由性、批判性和战斗性，是后世作家最常使用的"批判武器"。作为翻译家，他翻译了大量的外国文学作品、科学自然作品，为开启民智、引入先进的科学文化思想做出了巨大的贡献。而作为美术爱好者，鲁迅大量引进了西方木刻、版画作品，并多方面支持青年人学习木刻、版画艺术，极大地推进了现代木刻、版画在中国的传播与发展，为中国的美术事业发展做出卓越的贡献。鲁迅堪称“现代中国的民族魂”。

【原文】

暖国的雨，向来没有变过冰冷的坚硬的灿烂的雪花。博识的人们觉得他单调，他自己也以为不幸否耶？江南的雪，可是滋润美艳之至了；那是还在隐约着的青春的消息，是极壮健的处子的皮肤。雪野中有血红的宝珠山茶，白中隐青的单瓣梅花，深黄的磬口的蜡梅花；雪下面还有冷绿的杂草。胡蝶确乎没有；蜜蜂是否来采山茶花和梅花的蜜，我可记不真切了。但我的眼前仿佛看见冬花开在雪野中，有许多蜜蜂们忙碌地飞着，也听得他们嗡嗡地闹着。

孩子们呵着冻得通红，象紫芽姜一般的小手，七八个一齐来塑雪罗汉。因为不成功，谁的父亲也来帮忙了。罗汉就塑得比孩子们高得多，虽然不过是上小下大的一堆，终于分不清是壶卢还是罗汉，然而很洁白，很明艳，以自身的滋润相粘结，整个地闪闪地生光。孩子们用龙眼核给他做眼珠，又从谁的母亲的脂粉奁中偷得胭脂来涂在嘴唇上。这回确是一个大阿罗汉了。他也就目光灼灼地嘴唇通红地坐在雪地里。

第二天还有几个孩子来访问他；对了他拍手，点头，嘻笑。但他终于独自坐着了。晴天又来消释他的皮肤，寒夜又使他结一层冰，化作不透明的水晶模样，连续的晴天又使他成为不知道算什么，而嘴上的胭脂也褪尽了。

但是，朔方的雪花在纷飞之后，却永远如粉，如沙，他们决不粘连，撒在屋上，地上，枯草上，就是这样。屋上的雪是早已就有消化了的，因为屋里居人的火的温热。别的，在晴天之下，旋风忽来，便蓬勃地奋飞，在日光中灿灿地生光，如包藏火焰的大雾，旋转而且升腾，弥漫太空，使太空旋转而且升腾地闪烁。

在无边的旷野上，在凛冽的天宇下，闪闪地旋转升腾着的是雨的精魂……

是的，那是孤独的雪，是死掉的雨，是雨的精魂。

一九二五年一月十八日

【注释】

①选自鲁迅：《野草》，19～20页，北京，人民文学出版社，1973。

【赏析】

鲁迅的《雪》写于1925年1月。当时，鲁迅战斗在北洋军阀盘踞的北京。在南方的大好革命形势的推动下，北方反帝反封建的烈火越烧越旺。尽管这时作者亲身经历了五四新文化统一战线的分化，有时不免产生“两间余一卒，荷戟独彷徨”的孤独之感，但是他的主导精神是积极向上的。正是在这种心境下，鲁迅写了这篇战斗的、优美的借景抒情的散文。1924—1925年，鲁迅在创作散文诗集《野草》的同时，开始翻译日本厨川白村的文艺论文集《苦闷的象征》，在引言中，鲁迅写道：“非有天马行空的大精神，即无大艺术的产生。”在《雪》中，鲁迅为我们呈现了大精神产生的过程。

作者描绘出一幅“美艳之至”的江南雪景图。江南的雪景是迷人的，萌动着青春活力，作者选择的“宝珠山茶”“单瓣梅花”“蜡梅花”生机勃勃、春意盎然。作者由景写到人，情景交融，赋予南方雪野无限生机和活力。

作者为什么会对朔方的雪情有独钟？这一情感逻辑在文章中细密地展开。文章开头首先提到暖国的雨，在博识的人们眼中，它是单调的。而有着丰富多彩之美的，是江南的雪。作者在这里以满怀感情的笔触写出了记忆中的江南的雪，它有着色彩斑斓的环境，各色各样的花在雪野中生长，“许多蜜蜂们忙碌地飞着”，让人不禁联想，“冬天已经来了，春天还会远吗?”在作者的眼中，江南的雪还和孩子们的欢乐联系在一起，雪天虽然将孩子们的手冻得通红，但也给他们带来了快乐。作者对塑雪罗汉的生动描写渗透了脉脉的温情，“洁白”“明艳”“闪闪地生光”这些形象的词语既融进了作者对于南方冬天的美好回忆，也通过孩子们的眼睛描绘了令人欣喜的场景。江南的雪，透露出盎然的生机，孕育着生命。

然而，接下来，作者的笔调有了微妙的变化。雪罗汉是江南的雪天中最值得珍藏的记忆，也是美的象征，可到了第二天，“晴天又来消释他的皮肤，寒夜又使他结一层冰”，时间让美消退，“嘴上的胭脂也褪尽了”，美似乎染上一些不和谐的色彩。

这时，“朔方的雪花”出场了，它是以孤独不妥协的姿态向世界宣告它的存在的。它“在日光中灿灿地生光，如包藏火焰的大雾”，在孤独寂寞之中，北方的雪谱写了一曲最为动人的乐章：“在凛冽的天宇下”，北方的雪俨然是一个斗士，它“蓬勃地奋飞”，弥漫于太空中，“使太空旋转而且升腾地闪烁”，像一个奔放的挑战者。

从对南方和北方的雪的描写来看，鲁迅更为欣赏“朔方的雪”。江南的雪固然美丽，但在鲁迅眼中，这种美未经磨炼，并不能保持长久。鲁迅更为看重的是一种独立与张扬的个性精神，这种精神也正是鲁迅一以贯之的前行动力，就像他在一篇文章中说的，“站在沙漠上，看看飞沙走石，乐则大笑，悲则大叫，愤则大骂，即使被沙砾打得遍身粗糙，头破血流，而时时抚摩自己的凝血，觉得若有花纹”。在文章中，北方的雪“决不粘连”，“奋飞”“旋转”“升腾”，正是这种精神最为形象的体现。

在奋飞之际，北方的雪似乎也有点儿振臂一呼却应者寥寥的寂寞，但正是这种寂寞，更凸显出坚守自身的可贵，这也是鲁迅不同于一般作家的地方：甘于不被理解，义无反顾，决意向死而生，“从无所希望中得救”。

《雪》是鲁迅散文诗集《野草》中最为明朗的一篇。作者运用贴切的比喻，增强了文章的形象性。比如文章中用“极壮健的处子的皮肤”来比喻江南的雪，使人们感受到江南雪的青春活力；用“紫芽姜”来比喻孩子们冻得通红的小手，使人们感受到孩童的天真烂漫以及生活的乐趣。此外，作者还运用对比的手法写了江南的雪与北方的雪。江南的雪是美的，但它是温润的美，相比而言，最值得称赞的还是在孤单的境遇下独自抗争的北方的雪。对于这一情感取向，读者在阅读时需要仔细辨析。鲁迅的语言风格非常独特，如在描写完江南的雪之后，用了一个峻急的“但是”，转入对“朔方的雪”的描述。看似并不需要转折，可加上这个“但是”之后，情感的倾向性更加明显了。这一点需读者细细体会。

2. 儿女(节选)①

朱自清

【作者简介】

朱自清(1898—1948)，原名朱自华，号秋实，字佩弦。现代著名作家、学者、民主战士。原籍浙江绍兴，生于江苏东海(今连云港市)。

朱自清走上文学道路，最初以诗出名，发表过长诗《毁灭》和一些短诗，收入《雪朝》和《踪迹》。从20世纪20年代中期起，他致力于散文创作，著有散文集《背影》《你我》《伦敦杂记》和杂文集《标准与尺度》等。他的散文，有写景文、旅行记、抒情文和杂文随笔诸类。先以缜密流丽的《桨声灯影里的秦淮河》《荷塘月色》等写景美文，显示了白话文学的实绩；继以《背影》《儿女》《给亡妇》等至情之作，树立了文质并茂、自然亲切的"谈话风"散文的一种典范；最后以谈言微中、理趣盎然的杂感文，实现了诗人、学者、战士的统一。他对建设平易、抒情、本色的现代语体散文做出了贡献。

朱自清一生勤奋，共有诗歌、散文、评论、学术研究著作26种，约二百万言。遗著编入《朱自清集》《朱自清诗文选集》等。

【原文】

正面意义的"幸福"，其实也未尝没有。正如谁所说，小的总是可爱，孩子们的小模样，小心眼儿，确有些教人舍不得的。阿毛现在五个月了，你用手指去拨弄她的下巴，或向她做趣脸，她便会张开没牙的嘴格格地笑，笑得像一朵正开的花。她不愿在屋里待着；待久了，便大声儿嚷。妻常说，"姑娘又要出去溜达了。"她说她像鸟儿般，每天总得到外面溜一些时候。闰儿上个月刚过了三岁，笨得很，话还没有学好呢。他只能说三四个字的短语或句子，文法错误，发音模糊，又得费气力说出；我们老是要笑他的。他说"好"字，总变成"小"字；问他"好不好?"他便说"小"，或"不小"。我们常常逗着他说这个字玩儿；他似乎有些觉得，近来偶然也能说出正确的"好"字了——特别在我们故意说成"小"字的时候。他有一只搪瓷碗，是一毛来钱买的；买来时，老妈子教给他，"这是一毛钱。"他便记住"一毛"两个字，管那只碗叫"一毛"，有时竟省称为"毛"。这在新来的老妈子，是必需翻译了才懂的。他不好意思，或见着生客时，便咧着嘴痴笑；我们常用了土话，叫他做"呆瓜"。他是个小胖子，短短的腿，走起路来，蹒跚可笑；若快走或跑，便更"好看"了。他有时学我，将两手叠在背后，一摇一摆的；那是他自己和我们都要乐的。他的大姊便是阿菜，已是七岁多了，在小学校里念着书。在饭桌上，一定得啰啰唆唆地报告些同学或他们父母的事情；气喘喘地说着，不管你爱听不爱听。说完了总问我："爸爸认识么?""爸爸知道么?"妻常禁止她吃饭时说话，所以她总是问我。她的问题真多：看电影便问电影里的是不是人？是不是真人？怎么不说话？看照相也是一样。不知谁告诉她，兵是要打人的。她回来便问，兵是人么?

为什么打人？近来大约听了先生的话，回来又问张作霖的兵是帮谁的？蒋介石的兵是不是帮我们的？诸如此类的问题，每天短不了，常常闹得我不知怎样答才行。她和闰儿在一处玩儿，一大一小，不很合式，老是吵着哭着。但合式的时候也有：譬如这个往床底下躲，那个便钻进去追着；这个钻出来，那个也跟着——从这个床到那个床，只听见笑着，嚷着，喘着，真如妻所说，像小狗似的。现在在京的，便只有这三个孩子；阿九和转儿是去年北来时，让母亲暂时带回扬州去了。

阿九是欢喜书的孩子。他爱看《水浒》，《西游记》，《三侠五义》，《小朋友》等；没有事便捧着书坐着或躺着看。只不欢喜《红楼梦》，说是没有味儿。是的，《红楼梦》的味儿，一个十岁的孩子，哪里能领略呢？去年我们事实上只能带两个孩子来；因为他大些，而转儿是一直跟着祖母的，便在上海将他俩丢下。我清清楚楚记得那分别的一个早上。我领着阿九从二洋泾桥的旅馆出来，送他到母亲和转儿住着的亲戚家去。妻嘱咐说，"买点吃的给他们吧。"我们走过四马路，到一家茶食铺里。阿九说要熏鱼，我给买了；又买了饼干，是给转儿的。便乘电车到海宁路。下车时，看着他的害怕与累赘，很觉恻然。到亲戚家，因为就要回旅馆收拾上船，只说了一两句话便出来；转儿望望我，没说什么，阿九是和祖母说什么去了。我回头看了他们一眼，硬着头皮走了。后来妻告诉我，阿九背地里向她说："我知道爸爸欢喜小妹，不带我上北京去。"其实这是冤枉的。他又曾和我们说，"暑假时一定来接我啊！"我们当时答应着；但现在已是第二个暑假了，他们还在迢迢的扬州待着。他们是恨着我们呢？还是惦着我们呢？妻是一年来老放不下这两个，常常独自暗中流泪；但我有什么法子呢！想到"只为家贫成聚散"一句无名的诗，不禁有些凄然。转儿与我较生疏些。但去年离开白马湖时，她也曾用了生硬的扬州话(那时她还没有到过扬州呢)，和那特别尖的小嗓子向着我："我要到北京去。"她晓得什么北京，只跟着大孩子们说罢了；但当时听着，现在想着的我，却真是抱歉呢。这兄妹俩离开我，原是常事，离开母亲，虽也有过一回，这回可是太长了；小小的心儿，知道是怎样忍耐那寂寞来着！

我的朋友大概都是爱孩子的。少谷有一回写信责备我，说儿女的吵闹，也是很有趣的，何至可厌到如我所说；他说他真不解。子恺为他家华瞻写的文章，真是"蔼然仁者之言"。圣陶也常常为孩子操心：小学毕业了，到什么中学好呢？——这样的话，他和我说过两三回了。我对他们只有惭愧！可是近来我也渐渐觉着自己的责任。我想，第一该将孩子们团聚起来，其次便该给他们些力量。我亲眼见过一个爱儿女的人，因为不曾好好地教育他们，便将他们荒废了。他并不是溺爱，只是没有耐心去料理他们，他们便不能成材了。我想我若照现在这样下去，孩子们也便危险了。我得计划着，让他们渐渐知道怎样去做人才行。但是要不要他们像我自己呢？这一层，我在白马湖教初中学生时，也曾从师生的立场上问过丏尊，他毫不踌躇地说，"自然啰。"近来与平伯谈起教子，他却答得妙，"总不希望比自己坏啰。"是的，只要不"比自己坏"就行，"像"不"像"倒是不在乎的。职业，人生观等，还是由他们自己去定的好；自己顶可贵，只要指导，帮助他们去发展自己，便是极贤明的办法。

予同说，"我们得让子女在大学毕了业，才算尽了责任"。SK说，"不然，要看我们的经济，他们的材质与志愿；若是中学毕了业，不能或不愿升学，便去做别的事，譬如做工人吧，那也并非不行的。”自然，人的好坏与成败，也不尽靠学校教育；说是非大学毕业不可，也许只是我们的偏见。在这件事上，我现在毫不能有一定的主意；特别是这个变动不居的时代，知道将来怎样？好在孩子们还小，将来的事且等将来吧。目前所能做的，只是培养他们基本的力量——胸襟与眼光；孩子们还是孩子们，自然说不上高的远的，慢慢从近处小处下手便了。这自然也只能先按照我自己的样子：“神而明之，存乎其人，”光辉也罢，倒楣也罢，平凡也罢，让他们各尽各的力去。我只希望如我所想的，从此好好地做一回父亲，便自称心满意。——想到那“狂人”“救救孩子”的呼声，我怎敢不悚然自勉呢？

1928 年 6 月 24 日晚写毕，北京清华园。

【注释】

①选自《朱自清散文》，130～133 页，北京，人民文学出版社，2014。

【赏析】

朱自清善于通过娓娓地叙事，将自己所经历的事情“情意化”，质朴地抒发自己的真情实感，以此获得另一番抒情的“声色”。《儿女》讲述的是朱自清从青年到中年这一段时间对待儿女的态度的变化。《儿女》一文看似闲叙家常，却又极为真切、生动。作者从琐事入手，反而写出了典型性。读者也会感同身受，时常忍俊不禁，进而产生强烈的共鸣。再加上作者的精心剪裁，便呈现出一幕幕戏剧性极强的场面，充满童真童趣。

朱自清给我们再现了五个天真、活泼，甚至顽皮的小孩子的形象。文章主体写儿女大体上按照儿女讨人烦、惹人爱、使人怜三个层次安排。《儿女》通过刻画五个孩子的形象和性格，告诉人们：我们应该怎样做父亲。

《儿女》虽写朱自清的家事，却反映了万千家庭的影子。正如丰子恺在其散文《儿女》中所说：“我对于儿女的关心与悬念中，有一部分是对于孩子们——普天下的孩子们——的关心与悬念。”

3. 笑①

冰心

【作者简介】

冰心（1900—1999），著名女作家、儿童文学作家、诗人。原名谢婉莹，福建福州人，幼年时代就广泛接触中国古典小说和译作，1918 年入协和女子大学预科。积极参加五四运动。1919 年冰心发表第一篇小说《两个家庭》，此后，相继发表了《斯人独憔悴》《去国》等探索人生问题的“问题小说”；同时，受到泰戈尔《飞鸟集》的影响，写作无标题的自由体小诗。这些晶莹清丽、轻柔隽逸的小诗，后结集为《繁星》和《春水》出版，被人称为“春水体”。1921年加入文学研究会。1923年毕业于燕京大学。后赴美国威尔斯利女子大学学习英国文学。在旅途和留美期间，写有散文集《寄小读者》。这些散文显示出婉约典雅、轻灵隽丽、凝练流畅的特点，具有高度的艺术表现力，比小说和诗歌的成就更高。这种独特的风格被时人称为“冰心体”，产生了广泛的影响。

【原文】

雨声渐渐的住了，窗帘后隐隐地透进清光来。推开窗户一看，呀！凉云散了，树叶上的残滴，映着月儿，好似萤光千点，闪闪烁烁地动着。——真没想到苦雨孤灯之后，会有这么一幅清美的图画！

凭窗站了一会儿，微微地觉得凉意侵入。转过身来，忽然眼花缭乱，屋子里的别的东西，都隐在光云里；一片幽辉，只浸着墙上画中的安琪儿。——这白衣的安琪儿，抱着花儿，扬着翅儿，向着我微微地笑。

“这笑容仿佛在哪儿看见过似的，什么时候，我曾……”我不知不觉地便坐在窗口下想，——默默地想。

严闭的心幕，慢慢地拉开了，涌出五年前的一个印象。——一条很长的古道。驴脚下的泥，兀自滑滑的。田沟里的水，潺潺地流着。近村的绿树，都笼在湿烟里。弓儿似的新月，挂在树梢。一边走着。似乎道旁有一个孩子，抱着一堆灿白的东西。驴儿过去了，无意中回头一看。——他抱着花儿，赤着脚儿，向着我微微地笑。

“这笑容又仿佛是哪儿看见过似的！”我仍是想——默默地想。

又现出一重心幕来，也慢慢地拉开了，涌出十年前的一个印象。——茅檐下的雨水，一滴一滴的落到衣上来。土阶边的水泡儿，泛来泛去地乱转。门前的麦垄和葡萄架子，都濯得新黄嫩绿的非常鲜丽。——一会儿好容易雨晴了，连忙走下坡儿去。迎头看见月儿从海面上来了，猛然记得有件东西忘下了，站住了，回过头来。这茅屋里的老妇人——她倚着门儿，抱着花儿，向着我微微地笑。

这同样微妙的神情，好似游丝一般，飘飘漾漾地合了拢来，绾在一起。

这时心下光明澄静，如登仙界，如归故乡。眼前浮现的三个笑容，一时融化在爱的调和里看不分明了。

【注释】

①选自李传玺、徐醒生：《中外名家微型散文百篇》，17页，银川，宁夏人民出版社，1993。

【赏析】

《笑》是冰心的散文成名作，是一篇抒情散文。它的美点在于美的意境、美的语言。在《笑》中，安琪儿的微笑，捧着花儿的孩子的笑，倚门的老人的笑……都是那么清新与自然，那么美好与善良。这些笑伴随着她穿过黑夜的笼罩，穿过风雨交加的路途，穿过千山万水，走进阳光，心中始终保持着那股清新。她用心在微笑，因此她能像抹去蛛丝一般轻易地将困难克服。通过三幅画面、三个微笑，作者表达了对美与爱的追求。三幅画面清新、醇美，令人神往。

冰心散文的基调是“爱的哲学”，即赞美自然、母爱和童真。在《笑》中，作者写了想象中的两个场景。在写它们时，作者又突出刻画了“孩子”和“老妇人”的“微微地笑”。此类写法就像电影中由全景到特写的逐渐推移，全景是烘托，在逐渐推移至特写定格的过程中，使人对特写产生鲜明而又强烈的印象，并主动把握其背后蕴藏的情感与主旨。作者将这两个“笑”等同于眼前那画中“安琪儿”的“笑”，都“融化在爱的调和里”，显然是为了说明这类“爱”。

4. 故都的秋①

郁达夫

【作者简介】

郁达夫(1896—1945)，现代作家。原名郁文，浙江富阳人。1928年起，郁达夫陆续自编《达夫全集》出版，其后还有《达夫自选集》《屐痕处处》《达夫日记》《达夫游记》《闲书》《郁达夫诗词抄》《郁达夫文集》等。郁达夫的创作风格独特，成就卓著，尤以小说和散文著称，影响最为广泛。其中以短篇小说《沉沦》《采石矶》《春风沉醉的晚上》《薄奠》《迟桂花》，中篇小说《迷羊》《她是一个弱女子》和《出奔》等最为著名。小说多以失意落魄的青年知识分子为描写对象，往往大胆地进行自我暴露，富于浪漫主义的感伤气息，笔调洒脱自然，语言清新优美，具有强烈的主观抒情色彩。他的散文直抒胸臆，毫无隐饰地表现了一个富有才情的知识分子在动乱社会里的苦闷心情，与他的小说一样，具有真率、热情、明丽、酣畅的风格。

【原文】

秋天，无论在什么地方的秋天，总是好的，可是啊，北国的秋，却特别地来得清，来得静，来得悲凉。我的不远千里，要从杭州赶上青岛，更要从青岛赶上北平来的理由，也不过想饱尝一尝这“秋”，这故都的秋味。

江南，秋当然也是有的，但草木凋得慢，空气来得润，天的颜色显得淡，并且又时常多雨而少风。一个人夹在苏州上海杭州，或厦门香港广州的市民中间，浑浑沌沌地过去，只能感到一点点清凉，秋的味，秋的色，秋的意境与姿态，总看不饱，尝不透，赏玩不到十足。秋并不是名花，也并不是美酒，那一种半开，半醉的状态，在领略秋的过程上，是不合式的。

不逢北国之秋，已将近十余年了。在南方每年到了秋天，总要想起陶然亭的芦花，钓鱼台的柳影，西山的虫唱，玉泉的夜月，潭柘寺的钟声。在北平即使不出门去吧，就是在皇城人海之中，租人家一椽破屋来住着，早晨起来，泡一碗浓茶，向院子一坐，你也能看得到很高很高的碧绿的天色，听得到青天下驯鸽的飞声。从槐树叶底，朝东细数着一丝一丝漏下来的日光，或在破壁腰中，静对着像喇叭似的牵牛花(朝荣)的蓝朵，自然而然地也能够感觉到十分的秋意。说到了牵牛花，我以为以蓝色或白色者为佳，紫黑色次之，淡红色最下。最好，还要在牵牛花底，教长着几根疏疏落落的尖细且长的秋草，使作陪衬。

北国的槐树，也是一种能使人联想起秋来的点缀。像花而又不是花的那一种落蕊，早晨起来，会铺得满地。脚踏上去，声音也没有，气味也没有，只能感出一点点极微细极柔软的触觉。扫街的在树影下一阵扫后，灰土上留下来的一条条扫帚的丝纹，看起来既觉得细腻，又觉得清闲，潜意识下并且还觉得有点儿落寞，古人所说的梧桐一叶而天下知秋的遥想，大约也就在这些深沉的地方。

秋蝉的衰弱的残声，更是北国的特产。因为北平处处全长着树，屋子又低，所以无论在什么地方，都听得见它们的啼唱。在南方是非要上郊外或山上去才听得到的。这秋蝉的嘶叫，在北平可和蟋蟀耗子一样，简直像是家家户户都养在家里的家虫。

还有秋雨哩，北方的秋雨，也似乎比南方的下得奇，下得有味，下得更像样。

在灰沉沉的天底下，忽而来一阵凉风，便息列索落地下起雨来了。一层雨过，云渐渐地卷向了西去，天又青了，太阳又露出脸来了；着着很厚的青布单衣或夹袄的都市闲人，咬着烟管，在雨后的斜桥影里，上桥头树底去一立，遇见熟人，便会用了缓慢悠闲的声调，微叹着互答着的说：

> “唉，天可真凉了——”(这了字念得很高，拖得很长)
> “可不是么？一层秋雨一层凉啦！”

北方人念阵字，总老像是层字，平平仄仄起来，这念错的歧韵，倒来得正好。

北方的果树，到秋来，也是一种奇景。第一是枣子树，屋角，墙头，茅房边上，灶房门口，它都会一株株的长大起来。像橄榄又像鸽蛋似的这枣子颗儿，在小椭圆形的细叶中间，显出淡绿微黄的颜色的时候，正是秋的全盛时期。等枣树叶落，枣子红完，西北风就要起来了，北方便是尘沙灰土的世界，只有这枣子，柿子，葡萄，成熟到八九分的七八月之交，是北国的清秋的佳日，是一年之中最好也没有的 Golden Days。

有些批评家说，中国的文人学士，尤其是诗人，都带着很浓厚的颓废色彩，所以中国的诗文里，颂赞秋的文字特别的多。但外国的诗人，又何尝不然？我虽则外国诗文念得不多，也不想开出账来，做一篇秋的诗歌散文钞，但你若去一翻英德法意等诗人的集子，或各国的诗文的 Anthology 来，总能够看到许多关于秋的歌颂与悲啼。各著名的大诗人的长篇田园诗或四季诗里，也总以关于秋的部分，写得最出色而最有味。足见有感觉的动物，有情趣的人类，对于秋，总是一样的能特别引起深沉、幽远、严厉、萧索的感触来的。不单是诗人，就是被关闭在牢狱里的囚犯，到了秋来，我想也一定会感到一种不能自已的深情。秋之于人，何尝有国别，更何尝有人种阶级的区别呢？不过在中国，文字里有一个“秋士”的成语，读本里又有着很普遍的欧阳子的《秋声》与苏东坡的《赤壁赋》等，就觉得中国的文人，与秋的关系特别深了。可是这秋的深味，尤其是中国的秋的深味，非要在北方，才感受得到的。

南国之秋，当然是也有它的特异的地方的，比如廿四桥的明月，钱塘江的秋潮，普陀山的凉雾，荔枝湾的残荷等等，可是色彩不浓，回味不永。比起北国的秋来，正像是黄酒之与白干，稀饭之与馍馍，鲈鱼之与大蟹，黄犬之与骆驼。

秋天，这北国的秋天，若留得住的话，我愿意把寿命的三分之二折去，换得一个三分之一的零头。

一九三四年八月，在北平

【注释】

①选自郁达夫：《故都的秋》，3～6页，天津，天津人民出版社，2011。

【赏析】

从1921年到1933年，郁达夫以极大的热情参加“左联”活动并进行文学创作。由于国民党白色恐怖等原因，郁达夫于1933年4月由上海迁居杭州，闲居独处，在游历山水中排遣现实带给他的苦闷。1934年，郁达夫不远千里从杭州经青岛去北平，再次饱尝故都的秋“味”，写下了散文《故都的秋》。

秋之于人，有种特别的缘情。郁达夫的《故都的秋》，写得清新灵秀，质朴真挚，读来别有韵味，堪称咏秋佳作。

文章起笔即以“北国的秋，却特别地来得清，来得静，来得悲凉”奠定了全篇的感情基调。作者不远千里，从杭州经青岛再到北平，竟只为一饱故都的秋味，其对故都秋味的眷恋和喜爱，溢于言表。

郁达夫对故都之秋的特殊情怀，主要是通过对比江南之秋，自然而然地流露出来的。江南之秋，“草木凋得慢，空气来得润，天的颜色显得淡，并且又时常多雨而少风”，使人“赏玩不到十足”。相形之下，北国之秋“却特别地来得清，来得静，来得悲凉”。作者用细腻的笔触描绘了北国的秋晨、秋槐、秋蝉、秋雨和秋果，它们虽是点缀北国之秋的几种平凡秋景，却把故都的秋声、秋色、秋味、秋韵展现得自然贴切，引人入胜，既给人以“梧桐一叶而天下知秋”之感，也令人领略到北国之秋的深沉、幽远和浓郁。

到文章最后，作者情犹未尽，将感情升华到令人意想不及的顶峰：“秋天，这北国的秋天，若留得住的话，我愿意把寿命的三分之二折去，换得一个三分之一的零头。”如此假设，使得郁达夫对于故都之秋的喜爱之情也越发浓烈！

围绕故都之秋，作者文不离题，一唱三叹，或聚或散，或叙或议，由首至尾无不融情于景，情景交汇，情感的波澜层层递进，层层迭起。

在艺术上，《故都的秋》将写景、叙事、抒情、议论融为一体，虽无浓墨重彩，但字里行间洋溢着作者对故都秋味的赞美、眷念和幽远、落寞的情怀。故都的秋早已被作者涂抹上一层清、静、悲凉的色彩，这也是独属于郁达夫的色彩。残酷的现实和独特的生命体验都被作者投射在故都浓烈的秋意之中，形成了互文性的表达。

《故都的秋》将悲秋与赞秋结合起来，秋中有情，情中含秋，蕴含着郁达夫深沉的故都之恋和故国之爱。

5. 爱①

张爱玲

【作者简介】

张爱玲(1920—1995)，原名张煐。祖籍河北丰润，生于上海。童年在北京、天津度过，后迁回上海，1930年改名张爱玲。中学毕业后到香港读书。1942年香港沦陷，未毕业即回上海，给英文《泰晤士报》写剧评、影评，也替德国人办的英文杂志《二十世纪》写“中国的生活与服装”一类的文章。1943年她的小说处女作《沉香屑》发表在《紫罗兰》杂志上。随后接连发表《倾城之恋》《金锁记》等代表作。此后三四年是她创作的丰收期，作品多发表于《天地》《万象》等杂志。

1949年上海解放后以笔名梁京在上海《亦报》上发表小说。1950年参加上海第一届文代会。1952年移居香港，在美国新闻处工作，曾发表小说《赤地之恋》和《秧歌》。1955年旅居美国，在美与作家赖雅结婚，后在加州大学中文研究中心从事翻译和小说考证工作。1995年9月8日，她被发现逝于美国洛杉矶的公寓。

她的创作大多取材于上海、香港的上层社会，社会内容不够宽广，却开拓了现代文学的题材领域。这些作品，既以中国古典小说为根底，又突出运用了西方现代派心理描写技巧，并将两者融为一体，形成颇具特色的个人风格。

她的主要作品有小说集《传奇》，散文集《流言》，长篇小说《十八春》《秧歌》《赤地之恋》《怨女》和红学论集《红楼梦魇》等。

【原文】

这是真的。

有个村庄的小康之家的女孩子，生得美，有许多人来做媒，但都没有说成。那年她不过十五六岁吧，是春天的晚上，她立在后门口，手扶着桃树。她记得她穿的是一件月白的衫子。对门住的年青人，同她见过面，可是从来没有打过招呼的，他走了过来，离得不远，站定了，轻轻地说了一声：“噢，你也在这里吗?”她没有说什么，他也没有再说什么，站了一会，各自走开了。

就这样就完了。

后来这女人被亲眷拐了，卖到他乡外县去作妾，又几次三番地被转卖，经过无数的惊险的风波，老了的时候她还记得从前那一回事，常常说起，在那春天的晚上，在后门口的桃树下，那年青人。

于千万人之中遇见你所要遇见的人，于千万年之中，时间的无涯的荒野里，没有早一步，也没有晚一步，刚巧赶上了，那也没有别的话可说，惟有轻轻地问一声："噢，你也在这里吗？"

【注释】

①选自张爱玲：《流言》，83页，广州，花城出版社，1997。

【赏析】

"爱"是人类永恒的话题。张爱玲以三百四十余字的袖珍篇幅，不动声色地讲述着人生的苦难和爱的无奈，可谓四两拨千斤。

《爱》创作于张爱玲与胡兰成的热恋时期，寄托了她当时对爱的理解和遐思。文章开头便说："这是真的。"据胡兰成《今生今世》所言，故事的主人公是胡兰成发妻玉凤的庶母，她的经历与文中的女孩十分相似。想来张爱玲应该是从胡兰成口中听说的这个故事。春天的晚上，桃树的底下，站着一位十五六岁的姑娘。正当此际，对门的年青人走了过来，对她轻轻说了一声："噢，你也在这里吗？"然后，"她没有说什么，他也没有再说什么，站了一会，各自走开了"。故事仿佛刚要开始，但"就这样就完了"。

紧接着，寥寥数语，作者又将这个戛然而止的故事推向了另一个高潮。曾经的妙龄少女历经苦难，在年迈的时候竟还"常常说起，在那春天的晚上，在后门口的桃树下，那年青人"。那还未开始就已结束的了无痕迹的"爱"，是何等虚无，又是何等强大！也许那年青人的一声问候并没有什么深意，而她却赋予了它无限遐想和希望。那美好的瞬间竟成为无情岁月里可以时时怀想的一段温暖时光，化作生命中的永恒。张爱玲仅有简洁的几笔，看似淡淡的，却有令人触目惊心、悲从中来的感染力。这就是张爱玲的爱——凄美又无奈。

故事结束了，张爱玲为她所体认的"爱"做出了自己的诠释："于千万人之中遇见你所要遇见的人，于千万年之中，时间的无涯的荒野里，没有早一步，也没有晚一步，刚巧赶上了"。爱作为人生的重要章节，不能不遇见又难以遇见，不能不追寻又难以追寻，它是千万人、千万年中的"刚巧"。张爱玲尽管在前面故事的叙述中保持着冷静，但最终还是不由自主地流露出她的悲音。

张爱玲曾在《自己的文章》中说："我是喜欢悲壮，更喜欢苍凉。壮烈只有力，没有美，似乎缺少人性。悲壮则如大红大绿的配色，是一种强烈的对照。但它的刺激性还是大于启发性。苍凉之所以有更深长的回味，就因为它像葱绿配桃红，是一种参差的对照。""悲壮是一种完成，而苍凉则是一种启示。"可以说苍凉是张爱玲作品的底子——无论是她的散文还是小说，无论她以素朴还是华艳的笔触呈现。此篇中作者对于逝水流年的敏感，对于美和爱稍纵即逝的无奈，对于女人无以把握自身命运的悲哀，也无不透着一种悲凉之感。而令人惊叹的是，这一切都浓缩在短短三百多字的篇幅里，正是“妙在短——才抬头，已经完了，更使人低回不已”。

6. 一只特立独行的猪①

王小波

【作者简介】

王小波(1952—1997)，当代学者、作家。1952年生于北京，先后当过知青、民办教师、工人等，1978年考入中国人民大学，1980年与李银河结婚，1984年赴美求学，两年后获得硕士学位。在美留学期间，他游历了美国各地，并利用1986年暑假游历了西欧诸国。1988年回国后，先后在北京大学、中国人民大学任教。1992年辞去教职，专事写作。1997年4月11日因心脏病突发病逝于北京。王小波为人颇有特立独行的意味，是个自由人文主义者，并终身保持着对自由和理性的信念。

其文学创作独特，富于想象力、幻想力，却也不乏理性精神，有易于辨识的叙事风格和语言风格。代表作品有《黄金时代》《白银时代》《青铜时代》《我的精神家园》《沉默的大多数》《黑铁时代》《地久天长》等。

【原文】

插队的时候，我喂过猪，也放过牛。假如没有人来管，这两种动物也完全知道该怎样生活。它们会自由自在地闲逛，饥则食渴则饮，春天来临时还要谈谈爱情；这样一来，它们的生活层次很低，完全乏善可陈。人来了以后，给它们的生活做出了安排：每一头牛和每一口猪的生活都有了主题。就它们中的大多数而言，这种生活主题是很悲惨的：前者的主题是干活，后者的主题是长肉。我不认为这有什么可抱怨的，因为我当时的生活也不见得丰富了多少，除了八个样板戏，也没有什么消遣。有极少数的猪和牛，它们的生活另有安排，以猪为例，种猪和母猪除了吃，还有别的事可干。就我所见，它们对这些安排也不大喜欢。种猪的任务是交配，换言之，我们的政策准许它当个花花公子。但是疲惫的种猪往往摆出一种肉猪(肉猪是阉过的)才有的正人君子架势，死活不肯跳到母猪背上去。母猪的任务是生崽儿，但有些母猪却要把猪崽儿吃掉。总的来说，人的安排使猪痛苦不堪。但它们还是接受了：猪总是猪啊。

对生活做种种设置是人特有的品性。不光是设置动物，也设置自己。我们知道，在古希腊有个斯巴达，那里的生活被设置得了无生趣，其目的就是要使男人成为亡命战士，使女人成为生育机器，前者像些斗鸡，后者像些母猪。这两类动物是很特别的，但我以为，它们肯定不喜欢自己的生活。但不喜欢又能怎么样？人也好，动物也罢，都很难改变自己的命运。

以下谈到的一只猪有些与众不同。我喂猪时，它已经有四五岁了，从名分上说，它是肉猪，但长得又黑又瘦，两眼炯炯有光。这家伙像山羊一样敏捷，一米高的猪栏一跳就过；它还能跳上猪圈的房顶，这一点又像是猫——所以它总是到处游逛，根本就不在圈里呆着。所有喂过猪的知青都把它当宠儿来对待，它也是我的宠儿——因为它只对知青好，容许他们走到三米之内，要是别的人，它早就跑了。它是公的，原本该劁[②]掉。不过你去试试看，哪怕你把劁猪刀藏在身后，它也能嗅出来，朝你瞪大眼睛，噢噢地吼起来。我总是用细米糠熬的粥喂它，等它吃够了以后，才把糠兑到野草里喂别的猪。其他猪看了嫉妒，一起嚷起来。这时候整个猪场一片鬼哭狼嚎，但我和它都不在乎。吃饱了以后，它就跳上房顶去晒太阳；或者模仿各种声音。它会学汽车响、拖拉机响，学得都很像；有时整天不见踪影，我估计它到附近的村寨里找母猪去了。我们这里也有母猪，都关在圈里，被过度的生育搞得走了形，又脏又臭，它对它们不感兴趣；村寨里的母猪好看一些。它有很多精彩的事迹，但我喂猪的时间短，知道得有限，索性就不写了。总而言之，所有喂过猪的知青都喜欢它，喜欢它特立独行的派头儿，还说它活得潇洒。但老乡们就不这么浪漫，他们说，这猪不正经。领导则痛恨它，这一点以后还要谈到。我对它则不止是喜欢——我尊敬它，常常不顾自己虚长十几岁这一现实，把它叫作“猪兄”。如前所述，这位猪兄会模仿各种声音。我想它也学过人说话，但没有学会——假如学会了，我们就可以做倾心之谈。但这不能怪它。人和猪的音色差得太远了。

后来，猪兄学会了汽笛叫，这个本领给它招来了麻烦。我们那里有座糖厂，中午要鸣一次汽笛，让工人换班。我们队下地干活时，听见这次汽笛响就收工回来。我的猪兄每天上午十点钟总要跳到房上学汽笛，地里的人听见它叫就回来——这可比糖厂鸣笛早了一个半小时。坦白地说，这不能全怪猪兄，它毕竟不是锅炉，叫起来和汽笛还有些区别，但老乡们却硬说听不出来。领导上因此开了一个会，把它定成了破坏春耕的坏分子，要对它采取专政手段——会议的精神我已经知道了，但我不为它担忧——因为假如专政是指绳索和杀猪刀的话，那是一点门都没有的。以前的领导也不是没试过，一百人也逮不住它。狗也没用：猪兄跑起来像颗鱼雷，能把狗撞出一丈开外。谁知这回是动了真格的：指导员带了二十几个人，手拿五四式手枪；副指导员带了十几人，手持看青的火枪，分两路在猪场外的空地上兜捕它。这就使我陷入了内心的矛盾：按我和它的交情，我该舞起两把杀猪刀冲出去，和它并肩战斗，但我又觉得这样做太过惊世骇俗——它毕竟是只猪啊；还有一个理由，我不敢对抗领导，我怀疑这才是问题之所在。总之，我在一边看着。猪兄的镇定使我佩服之极：它很冷静地躲在手枪和火枪的连线之内，任凭人喊狗咬，不离那条线。这样，拿手枪的人开火就会把拿火枪的打死，反之亦然；两头同时开火，两头都会被打死。至于它，因为目标小，多半没事。就这样连兜了几个圈子，它找到了一个空子，一头撞出去了；跑得潇洒之极。以后我在甘蔗地里还见过它一次，它长出了獠牙，还认识我，但已不容我走近了。这种冷淡使我痛心，但我也赞成它对心怀叵测的人保持距离。

我已经四十岁了，除了这只猪，还没见过谁敢于如此无视对生活的设置。相反，我倒见过很多想要设置别人生活的人，还有对被设置的生活安之若素的人。因为这个缘故，我一直怀念这只特立独行的猪。

【注释】

①选自王小波:《一只特立独行的猪》,1～4页,北京,北京十月文艺出版社,2021。

②劁(qiāo):阉割。

【赏析】

读者眼中的王小波往往是睿智诙谐而又特立独行的,这篇杂文《一只特立独行的猪》便是最好的脚注之一。

文章中的黑猪确实与众不同,它“两眼炯炯有光”,“像山羊一样敏捷”,“总是到处游逛”,常“到附近的村寨里找母猪”,还会“模仿各种声音”。由于成功模仿了汽笛声,导致人们提前收工,因此它被“定成了破坏春耕的坏分子,要对它采取专政手段”。在几十个人持枪荷弹的围堵下,猪却逃脱了,潇洒地生活在人的设置之外。正因为它的特立独行,因而所有喂过猪的知青都喜欢它,而“我”尤甚,“总是用细米糠熬的粥喂它”,甚至尊敬它,称呼它为“猪兄”。

从文中我们不难看出作者对这只猪的欣赏,欣赏它特立独行的派头,欣赏它的潇洒,特别是欣赏它在重围下的镇定,欣赏它对自身命运的掌控。作者深情地赞美这只猪的特立独行、反抗以及对设置的漠视。文章借猪喻人,表面上是写猪,实则将批判的矛头对准了现实社会,批判那些像猪一样对设置的生活安之若素的人。在文中,专政力量为这只小猪设置了生活模式,还要对这只不安分的猪采取专政手段,他们俨然是权力和规则的化身。在现实中,这种权力以及在它制约下的规则对人们进行着约束和禁锢。需要注意的是文章开头说到“插队的时候”,也就表明文章是以“文化大革命”时期为大背景的。因而,作家并不是单纯粗暴地反对权力和规则,他反对的只是没有限制的权力和非理性的规则,号召人们要勇敢反抗这种权力和规则,学会思考,追求自由而又有趣味的人生。

王小波的杂文随笔往往以幽默诙谐的文笔表达严肃深刻的人生主题,此篇亦然。初读只觉十分好笑,细品之下顿生悲愤之感。本文表面说的是猪事,实则讲的全是人事。以非理性的言说方式,引出严肃的论题,这也是作者的议论深刻而不显枯燥的原因之一。

本文的写作风格是风趣幽默而又严肃,犀利深刻而具有温情。

(三)小说

1. 伤逝
——涓生的手记(节选)①

鲁迅

【原文】

如果我能够,我要写下我的悔恨和悲哀,为子君,为自己。

会馆里的被遗忘在偏僻里的破屋是这样地寂静和空虚。时光过得真快，我爱子君，仗着她逃出这寂静和空虚，已经满一年了。事情又这么不凑巧，我重来时，偏偏空着的又只有这一间屋。依然是这样的破窗，这样的窗外的半枯的槐树和老紫藤，这样的窗前的方桌，这样的败壁，这样的靠壁的板床。深夜中独自躺在床上，就如我未曾和子君同居以前一般，过去一年中的时光全被消灭，全未有过，我并没有曾经从这破屋子搬出，在吉兆胡同创立了满怀希望的小小的家庭。

不但如此。在一年之前，这寂静和空虚是并不这样的，常常含着期待；期待子君的到来。在久待的焦躁中，一听到皮鞋的高底尖触着砖路的清响，是怎样地使我骤然生动起来呵！于是就看见带着笑涡的苍白的圆脸，苍白的瘦的臂膊，布的有条纹的衫子，玄色的裙。她又带了窗外的半枯的槐树的新叶来，使我看见，还有挂在铁似的老干上的一房一房的紫白的藤花。

然而现在呢，只有寂静和空虚依旧，子君却决不再来了，而且永远，永远地！……

…………

新的生路还很多，我必须跨进去，因为我还活着。但我还不知道怎样跨出那第一步。有时，仿佛看见那生路就象一条灰白的长蛇，自己蜿蜒地向我奔来，我等着，等着，看看临近，但忽然便消失在黑暗里了。

初春的夜，还是那么长。长久的枯坐中记起上午在街头所见的葬式，前面是纸人纸马，后面是唱歌一般的哭声。我现在已经知道他们的聪明了，这是多么轻松简截的事。

然而子君的葬式却又在我的眼前，是独自负着虚空的重担，在灰白的长路上前行，而又即刻消失在周围的严威和冷眼里了。

我愿意真有所谓鬼魂，真有所谓地狱，那么，即使在孽风怒吼之中，我也将寻觅子君，当面说出我的悔恨和悲哀，祈求她的饶恕；否则，地狱的毒焰将围绕我，猛烈地烧尽我的悔恨和悲哀。

我将在孽风和毒焰中拥抱子君，乞她宽容，或者使她快意……。

但是，这却更虚空于新的生路；现在所有的只是初春的夜，竟还是那么长。我活着，我总得向着新的生路跨出去，那第一步，——却不过是写下我的悔恨和悲哀，为子君，为自己。

我仍然只有唱歌一般的哭声，给子君送葬，葬在遗忘中。

我要遗忘；我为自己，并且要不再想到这用了遗忘给子君送葬。

我要向着新的生路跨进第一步去，我要将真实深深地藏在心的创伤中，默默地前行，用遗忘和说谎做我的前导……。

一九二五年十月二十一日毕。

【注释】

①《伤逝》写于 1925 年，1926 年 8 月收入小说集《彷徨》，是鲁迅仅有的一篇描写五四时期青年男女恋爱的小说。本文选自《彷徨》，114～115、136～137 页，北京，人民文学出版社，1973。

【赏析】

《伤逝》是鲁迅作品中唯一以青年男女恋爱婚姻为题材的小说。小说以主人公涓生内心独白的方式，讲述了他和子君冲破封建势力的重重阻碍，追求婚姻自主建立家庭，但不久爱情被现实打败，最终一“伤”一“逝”的结局。作品涉及爱情、婚姻、人性、妇女解放等许多问题，给五四时期探索人生道路的年轻人以很深刻的思想启迪。

小说中的涓生是一个接受了五四新思想的知识青年。他敢于追求爱情，为人真诚而又不乏勇敢，为了爱情他跟朋友绝交，直面路人的讥笑和轻蔑；但他也有自私的一面，当爱情、生活陷入困境后，他把一切责任归咎于子君，明知抛弃子君是把她推向死路，但他还是决然地对子君说出“我已经不爱你了”的话。然而，子君的离开和死亡，并没有让涓生找到一条“新出路”，他最终只能背负着愧疚和谴责继续生活。

子君是一个接受了个性解放等新思想的新女性。她追求恋爱自由，勇敢地说出“我是我自己的，他们谁也没有干涉我的权利”，不惜与封建的大家庭决裂；但当她与涓生建立家庭后又走向了平庸，终日忙于生活琐事，没有了更高的精神追求，在婚姻失败后生命也走向了终结。

在这篇小说中，鲁迅以启蒙主义和人道主义为思想武器对封建婚姻和封建制度进行了猛烈的抨击，对个性主义的脆弱无力性也给予了一定的批评，提出了在当时超出一般论者认识的较为正确的爱情观和婚姻观：个性解放是追求爱情自由的思想基础，社会解放是爱情成长的社会基础，“爱情必须时时更新、生长、创造”。在五四时期，当众多作家表现争取男女爱情自由和个性解放的目标时，鲁迅还进一步思考：取得自由以后会如何。小说通过涓生与子君情感历程的讲述，揭示出了“人必生活着，爱才有所附丽”的真理。这也是《伤逝》的重要价值所在。

小说在写作手法上也是比较独特的。它主要采取了“涓生手记”的形式，以涓生的视角来叙述他与子君的这场令人惋惜的恋情，启人深思。同时，在叙述过程中不断穿插涓生的议论和抒情，不仅真切地记叙了涓生、子君两人的情感历程，脉络清晰，结构紧凑，而且大大增强了作品的思想和感情力度，凸显了涓生深深的自责与忏悔，字里行间充溢着浓郁的感情。小说整体具有强烈的艺术感染力和深刻的现实意义。

2. 梅雨之夕①

施蛰存

【作者简介】

施蛰存(1905—2003)，原名施德普，原籍浙江杭州。施蛰存以写心理分析小说著称，他着意描写人物主观意识的流动和心理感情的变化，追求新奇的感觉，将主观感觉融入对客体的描写中，并用快速的节奏表现病态的都市生活，成为中国“新感觉派”的主要作家之一。其主要创作活动集中在1926—1936年，主要作品有小说集《上元灯》《将军底头》《梅雨之夕》《善女人行品》《小珍集》。早在20世纪30年代，他就是中国最有影响的心理分析小说家，并且通过他主编的20世纪30年代最大的文学刊物之一《现代》，培植出中国现代文学最成熟最完善的现代派，使现代主义进入中国现代文坛并形成气候，造成中国文坛现实主义、浪漫主义、现代主义三足鼎立的现象。施蛰存在中国文坛的地位和对中国文坛的贡献是不能低估的。他曾评价自己的小说“把心理分析、意识流、蒙太奇等各种新兴的创作方法，纳入了现实主义的创作轨道”。

【原文】

梅雨又淙淙地降下了。

对于雨，我倒并不觉得嫌厌，所嫌厌的是在雨中疾驰的摩托车的轮，它会得溅起泥水猛力地洒上我的衣裤，甚至会连嘴里也拜受了美味。我常常在办公室里，当公事空闲的时候，凝望着窗外淡白的空中的雨丝，对同事们谈起我对于这些自私的车轮的怨苦。下雨天是不必省钱的，你可以坐车，舒服些。他们会这样善意地劝告我。但我并不曾屈就了他们的好心，我不是为了省钱，我喜欢在滴沥的雨声中撑着伞回去。我的寓所离公司是很近的，所以我散工出来，便是电车也不必坐，此外还有一个我所以不喜欢在雨天坐车的理由，那是因为我还不曾有一件雨衣，而普通在雨天的电车里，几乎全是裹着雨衣的先生们、夫人们或小姐们，在这样一间狭窄的车厢里，滚来滚去的人身上全是水，我一定会虽然带着一柄上等的伞，也不免满身淋漓地回到家里。况且尤其是在傍晚时分，街灯初上，沿着人行路用一些暂时安逸的心境去看看都市的雨景，虽然拖泥带水，也不失为一种自己的娱乐。在濛雾中来来往往的车辆人物，全都消失了清晰的轮廓，广阔的路上倒映着许多黄色的灯光，间或有几条警灯的红色和绿色在闪烁着行人的眼睛。雨大的时候，很近的人语声，即使声音很高，也好像在半空中了。

人家时常举出这一端来说我太刻苦了，但他们不知道我会得从这里找出很大的乐趣来，即使偶尔有摩托车的轮溅满泥泞在我身上，我也并不会因此而改了我的习惯。说是习惯，有什么不妥呢，这样的已经有三四年了。有时也偶尔想着总得买一件雨衣来，于是可以在雨天坐车，或者即使步行，也可以免得被泥水溅着了上衣，但到如今这仍然留在心里做一种生活上的希望。

在近来的连日的大雨里，我依然早上撑着伞上公司去，下午撑着伞回家，每天都如此。

昨日下午，公事堆积得很多。到了四点钟，看看外面雨还是很大，便独自留下在公事房里，想索性再办了几桩，一来省得明天要更多地积起来，二来也借此避雨，等它小一些再走。这样地竟逗留到六点钟，雨早已止了。

走出外面，虽然已是满街灯火，但天色却转清朗了。曳着伞，避着檐滴，缓步过去，从江西路走到四川路桥，竟走了差不多有半点钟光景。邮政局的大钟已是6点25分了。未走上桥，天色早已重又冥晦下来，但我并没有介意，因为晓得是傍晚的时分了，刚走到桥头，急雨骤然从乌云中漏下来，潇潇的起着繁响。看下面北四川路上和苏州河两岸行人的纷纷乱窜乱避，只觉得连自己心里也有些着急。他们在着急些什么呢？他们也一定知道这降下来的是雨，对于他们没有生命上的危险，但何以要这样急迫地躲避呢？说是为了恐怕衣裳给淋湿了，但我分明看见手中持着伞的和身上披了雨衣的人也有些脚步踉跄了。我觉得至少这是一种无意识的纷乱。但要是我不曾感觉到雨中闲行的滋味，我也是会得和这些人一样地急突地奔下桥去的。

何必这样的奔逃呢，前路也是在下着雨，张开我的伞来的时候，我这样漫想着。不觉已走过了天潼路口。大街上浩浩荡荡地降着雨，真是一个伟观，除了间或有几辆摩托车，连续地冲破了雨仍旧钻进了雨中地疾驰过去之外，电车和人力车全不看见。我奇怪它们都躲到什么地方去了。至于人，行走着的几乎是没有，但在店铺的檐下或蔽荫下是可以一团一团地看得见，有伞的和无伞的，有雨衣的和无雨衣的，全都聚集着，用嫌厌的眼望着这奈何不得的雨。我不懂他们这些雨具是为了怎样的天气而买的。

至于我，已经走近文监师路了。我并没什么不舒服，我有一柄好的伞，脸上绝不会给雨水淋湿，脚上虽然觉得有些潮炽炽，但这至多是回家后换一双袜子的事。我且行且看着雨中的北四川路，觉得蒙胧的颇有些诗意。但这里所说的“觉得”，其实也并不是什么具体的思绪，除了“我该得在这里转弯了”之外，心中一些也不意识着什么。

从人行路上走出去，探头看看街上有没有往来的车辆，刚想穿过街去转入文监师路，但一辆先前并没有看见的电车已停在眼前。我止步了，依然退进到人行路上，在一支电杆边等候着这辆车的开出。在车停的时候，其实我是可以安心地对穿过去的，但我并不曾这样做。我在上海住得很久，我懂得走路的规则。我为什么不在这个可以穿过去的时候走到对街去呢，我没知道。

我数着从头等车里下来的乘客。为什么不数三等车里下来的呢？这里并没有故意的挑选，头等座在车的前部，下来的乘客刚在我面前，所以我可以很看得清楚。第一个，穿着红皮雨衣的俄罗斯人，第二个是中年的日本妇人，她急急地下了车，撑开了手里提着的东洋粗柄雨伞，缩着头鼠窜似地绕过车前，转进文监师路去了。我认识她，她是一家果子店的女店主。第三，第四，是像宁波人似的我国商人，他们都穿着绿色的橡皮华式雨衣。第五个下来的乘客，也即是末一个了，是一位姑娘。她手里没有伞，身上也没有穿雨衣。好像是在雨停止了之后上电车的，而不幸在到目的地的时候却下着这样的大雨。我猜想她一定是从很远的地方上车的，至少应当在卡德路以上的几站罢。

她走下车来，缩着瘦削的，但并不露骨的双肩，窘迫地走上人行路的时候，我开始注意着她的美丽了。美丽有许多方面，容颜的姣好固然是一重要素，但风仪的温雅，肢体的停匀，甚至谈吐的不俗，至少是不惹厌，这些也有着份儿，而这个雨中的少女，我事后觉得她是全适合这几端的。

她向路的两边看了一看，又走到转角上看着文监师路。我晓得她是急于要招呼一辆人力车。但我看，跟着她的眼光，大路上清寂地没一辆车子徘徊着，而雨还尽量地落下来。她旋即回了转来，躲避在一家木器店的屋檐下，露着烦恼的眼色，并且蹙着细淡的修眉。

我也便退进在屋檐下，虽则电车已开出，路上空空地，我照理可以穿过去了，但我何以不即穿过去，走上了归家的路呢？为了对于这少女有什么依恋么？并不，绝没有这种依恋的意识。但这也绝不是为了我家里有着等候我回去在灯下一同吃晚饭的妻，当时是连我已有妻的思想都不曾有，面前有着一个美的对象，而又是在一重困难之中，孤寂地只身呆立着望这永远地，永远地垂下来的梅雨，只为了这些缘故，我不自觉地移动了脚步站在她旁边了。

虽然在屋檐下，虽然没有粗重的檐溜滴下来，但每一阵风会得把凉凉的雨丝吹向我们，我有着伞，我可以如中古时期骁勇的武士似地把伞当作盾牌，挡着扑面袭来的雨的箭，但这个少女却身上间歇地被淋得很湿了。薄薄的绸衣，黑色也没有效用了，两只手臂已被画出了它们的圆润。她屡次旋转身去，侧立着，避免这轻薄的雨之侵袭她的前胸。肩臂上受些雨水，让衣裳贴着了肉倒不打紧吗？我曾偶尔这样想。

天晴的时候，马路上多的是兜搭生意的人力车，但现在需要它们的时候，却反而没有了，我想着人力车夫的不善于做生意，或许是因为需要的人太多了，供不应求，所以即使在这样繁盛的街上，也不见一辆车子的踪迹。或许车夫也都在避雨呢，这样大的雨，车夫不该避一避吗？对于人力车之有无，本来用不到关心的我，也忽然寻思起来，我并且还甚至觉得那些人力车夫是可恨的，为什么你们不拖着车子走过来接应这生意呢，这里有一位美丽的姑娘，正窘立在雨中等候着你们的任何一个。

如是想着，人力车终于没有踪迹。天色真的晚了。远处对街的店铺门前有几个短衣的男子已经等得不耐而冒着雨，他们是拼着淋湿一身衣裤的，跨着大步跑去了。我看这位少女的长眉已颦蹙得更紧，眸子莹然，像是心中很着急了。她的忧闷的眼光正与我的互相交换，在她眼里，我懂得我是正受着诧异，为什么你老是站在这里不走呢。你有着伞，并且穿着皮鞋，等什么人么？雨天在街路上等谁呢？眼睛这样锐利地看着我，不是没怀着好意么？从她将钉住着在我身上打量我的眼光移向着阴黑的天空的这个动作上，我肯定地猜测她是在这样想着。

我有着伞呢，而且大得足够容两个人的蔽荫的，我不懂何以这个意识不早就觉醒了我。但现在它觉醒了我将使我做什么呢？我可以用我的伞给她障住这样的淫雨，我可以陪伴她走一段路去找人力车，如果路不多，我可以送她到她的家。如果路很多，又有什么不成呢？我应当跨过这一箭路，去表白我的好意吗？好意，她不会有什么别方面的疑虑吗？或许她会得像刚才我所猜想着的那样误解了我，她便会得拒绝了我。难道她宁愿在这样不止的雨和风中，在冷静的夕暮的街头，独自个立到很迟吗？不啊！雨是不久就会停的，已经这样连续不断地降下了……多久了，我也完全忘记了时间在这雨水中间流过。我取出时计来，7 点 34 分。一小时多了，不至于老是这样地降下来吧，看，排水沟已经来不及宣泄，多量的水已经积聚在它上面，打着旋涡，挣扎不到流下去的路，不久怕会溢上了人行路么？不会的，绝不会有这样持久的雨，再停一会，她一定可以走了。即使雨不就停止，人力车是大约总能够来一辆的。她一定会不管多大的代价坐了去的。然则我是应当走了么？应当走了！为什么不？……

这样地又十分钟过去了，我还没有走。雨没有住，车儿也没有影踪。她也依然焦灼地立着。我有一个残忍的好奇心，如她这样的在一重困难中，我要看她终于如何处理她自己。看着她这样的窘急，怜悯和旁观的心理在我身中各占了一半。

她又在惊异地看着我。

忽然，我觉得，何以刚才会不觉得呢，我奇怪，她好像在等待我拿我的伞贡献给她，并且送她回去，不，不一定是回去，只是到她所要到的地方去。你有伞，但你不走，你愿意分一半伞荫蔽我，但还在等待什么更适当的时候呢？她的眼光在对我这样说。

我脸红了，但并没有低下头去。

用羞赧来对付一个少女的注目，在结婚以后，我是不常有的。这是自己也随即觉得可怪了。我将用何种理由来辩解我的脸红呢？没有！但随即有一种男子的勇气升上来，我要求报复，这样说或许是较言重了，但至少是要求着克服她的心在我身里急突地催促着。

终归是我移近了这少女，将我的伞分一半荫蔽她。

——小姐，车子恐怕一时不会得有，假如不妨碍，让我来送一送罢。我有着伞。

我想说送她回府，但随即想到她未必是在回家的路上，所以结果是这样两用地说了。当说着这些话的时候，我竭力做得神色泰然，而她一定已看出了这勉强的安静的态度后面藏匿着的我的血脉之急流。

她凝视着我半微笑着。这样好久。她是在估量我这种举止的动机，上海是个坏地方，人与人都用了一种不信任的思想交际着！她也许是正在自己委决不下，雨真的在短时期内不会止么？人力车真的不会来一辆么？要不要借着他的伞姑且走起来呢？也许转一个弯就可以有人力车，也许就让他送到了。那不妨事么？……不妨事。遇见了认识人不会猜疑么？……但天太晚了，雨并不觉得小一些。

于是她对我点了点头，极轻微地。

——谢谢你，朱唇一启，她迸出柔软的苏州音。

转进靠西边的文监师路，在响着雨声的伞下，在一个少女的旁边，我开始诧异我的奇遇。事情会得展开到这个现状吗？她是谁，在我身旁同走，并且让我用伞荫蔽着她，除了和我的妻之外，近几年来我并不曾有过这样的经历。我回转头去，向后面斜看，店铺里有许多人歇下了工作对我，或是我们，看着。隔着雨的帡幪，我看得见他们的可疑的脸色。我心里吃惊了，这里有着我认识的人吗？或是可有着认识她的人吗？……再回看她，她正低下着头，拣着踏脚地走。我的鼻子刚接近了她的鬓发，一阵香。无论认识我们之中任何一个的人，看见了这样的我们的同行，会怎样想？……我将伞沉下了些，让它遮蔽到我们的眉额。人家除非故意低下身子来，不能看见我们的脸面。这样的举动，她似乎很中意。

我起先是走在她右边，右手执着伞柄，为了要让她多得些荫蔽，手臂便凌空了。我开始觉得手臂酸痛，但并不以为是一种苦楚。我侧眼看她，我恨那个伞柄，它遮隔了我的视线。从侧面看，她并没有从正面看那样的美丽。但我却从此得到了一个新的发现：她很像一个人。谁？我搜寻着，我搜寻着，好像很记得，岂但……几乎每日都在意中的，一个我认识的女子，像现在身旁并行着的这个一样的身材，差不多的面容，但何以现在百思不得了呢？……啊，是了，我奇怪为什么我竟会得想不起来，这是不可能的！我的初恋的那个少女，同学、邻居，她不是很像她吗？这样的从侧面看，我与她离别了好几年了，在我们相聚的最后一日，她还只有十四岁，……一年……二年……七年了呢。我结婚了，我没有再看见她，想来长成得更美丽了……但我并不是没有看见她长大起来，当我脑中浮起她的印象来的时候，她并不还保留着十四岁的少女的姿态。我不时在梦里，睡梦或白日梦，看见她在长大起来，我曾自己构成她是个美丽的二十岁年纪的少女。她有好的声音和姿态，当偶然悲哀的时候，她在我的幻觉里会得是一个妇人，或甚至是一个年轻的母亲。

但她何以这样的像她呢？这个容态，还保留十四岁时候的余影，难道就是她自己么？她为什么不会到上海来呢？是她？天下有这样容貌完全相同的人么？不知她认出了我没有……我应该问问她了。

——小姐是苏州人么？

——是的。

确然是她，罕有的机会啊？她几时到上海来的呢？她的家搬到上海来了吗？还是，哎，我怕，她嫁到上海来了呢？她一定已经忘记我了，否则她不会允许我送她走。……也许我的容貌有了改变，她不能再认识我，年数确是很久了。……但她知道我已经结婚吗？要是没有知道，而现在她认识了我，怎么办呢？我应当告诉她吗？如果这样是需要的，我将怎么措辞呢？……

我偶然向道旁一望，有一个女子倚在一家店里的柜上，用着忧郁的眼光，看着我，或者也许是看着她。我忽然好像发现这是我的妻，她为什么在这里？我奇怪。

我们走在什么地方了。我留心看。小菜场。她恐怕快要到了。我应当不失了这个机会。我要晓得她更多一些，但要不要使我们继续已断的友谊呢，是的，至少也得是友谊？还是仍旧这样地让我在她的意识里只不过是一个不相识的帮助女子的善意的人呢？我开始踌躇了。我应当怎样做才是最适当的。

我似乎还应该知道她正要到哪里去。她未必是归家去吧。家——要是父母的家倒也不妨事的，我可以进去，如像幼小的时候一样。但如果是她自己的家呢？我为什么不问她结婚了不曾呢……或许，连自己的家也不是，而是她的爱人的家呢。我看见一个文雅的青年绅士。我开始后悔了，为什么今天这样高兴，剩下妻在家里焦灼地等候着我，而来管人家的闲事呢。北四川路上。终于会有人力车往来的，即使我不这样地用我的伞伴送她，她也一定早已能雇到车子了。要不是自己觉得不便说出口，我是已经会得剩了她在雨中反身走了。

还是再考验一次罢。

——小姐贵姓？

——刘。

刘吗？一定是假的。她已经认出了我，她一定都知道了关于我的事，她哄我了。她不愿意再认识我了，便是友谊也不想继续了。女人！……她为什么改了姓呢？也许这是她丈夫的姓？刘……刘什么？

这些思想的独白，并不占有了我多少时候。它们是很迅速地翻舞过我心里，就在与这个好像有魅力的少女同行过一条马路的几分钟之内。我的眼不常离开她，雨到这时已在小下来也没有觉得。眼前好像来来往往的人在多起来了，人力车也恍惚看见了几辆。她为什么不雇车呢？或许快要到达她的目的地了。她会不会因为心里已认识了我，不敢断认，所以故意延滞着和我同走么？

一阵微风，将她的衣缘吹起，飘荡在身后。她扭过脸去避对面吹来的风，闭着眼睛，有些娇媚。这是很有诗兴的姿态，我记起日本画伯铃木春信的一帧题名叫《夜雨宫诣美人图》的画。提着灯笼，遮着被斜风细雨所撕破的伞，在夜的神社之前走着，衣裳和灯笼都给风吹卷着，侧转脸儿来避着风雨的威势，这是颇有些洒脱的感觉的。现在我留心到这方面了，她也有些这样的风度。至于我自己，在旁人眼光里，或许成为她的丈夫或情人了，我很有些得意着这种自譬的假设。是的，当我觉得她确是幼小时候初恋着的女伴的时候，我是如像真有这回事似地享受着这样的假设。而从她鬓边颊上被潮润的风吹过来的粉香。我也闻嗅得出是和我妻所有的香味一样的。……我旋即想到古人有"担簦亲送绮罗人"那么一句诗，是很适合于今日的我的奇遇的。铃木画伯的名画又一度浮现上来了。但铃木的所画的美人并不和她有一些相像，倒是我妻的嘴唇却与画里的少女的嘴唇有些仿佛的。我再试一试对于她的凝视，奇怪啊，现在我觉得她并不是我适才所误会着的初恋的女伴了。她是另外一个不相干的少女。眉额，鼻子，颧骨，即使说是有年岁的改换，也绝对地找不出一些踪迹来。而我尤其嫌厌着她的嘴唇，侧看过去，似乎太厚一些了。

我忽然觉得很舒适，呼吸也更通畅了。我若有意若无意地替她撑着伞，徐徐觉得手臂太酸痛之外，没什么感觉。在身旁由我伴送着的这个不相识的少女的形态，好似已经从我的心的樊笼中被释放了出去，我才觉得天已完全夜了，而伞上已听不到些微的雨声。

——谢谢你，不必送了，雨已经停了。

她在我耳朵边这样地嘤响。

我蓦然惊觉，收拢了手中的伞。一缕街灯的光射上了她的脸，显着橙子的颜色。她快要到了吗？可是她不愿意我伴她到目的地，所以趁此雨已停住的时候要辞别我吗？我能不能设法看一看她究竟到什么地方去呢？……

——不要紧，假使没有妨碍，让我送到了罢。

——不敢当呀，我一个人可以走了，不必送罢。时光已是很晏了，真对不起得很呢。

看来是不愿我送的了。但假如还是下着大雨便怎么了呢？……我怨怼着不情的天气，何以不再继续下半小时雨呢，是的，只要再半小时就够了。一瞬间，我从她的对于我的凝视——那是为了要等候我的答话——中看出一种特殊的端庄，我觉得凛然，像雨中的风吹上我的肩膀。我想回答，但她已不再等候我。

——谢谢你，请回转罢，再会。

她微微地侧面向我说着，跨前一步走了，没有再回转头来。我站在中路，看她的后形，旋即消失在黄昏里。我呆立着，直到一个人力车夫来向我兜揽生意。

在车上的我，好像飞行在一个醒觉之后就要忘记了的梦里。我似乎有一桩事情没有做完成，我心里有着一种牵挂。但这并不曾很清晰地意识着。我几次想把手中的伞张起来，可是随即会自己失笑这是无意识的。并没有雨降下来，完全地晴了，而天空中也稀疏地有了几颗星。

下了车，我叩门。

——谁？

这是我在伞底下伴送着走的少女的声音！奇怪，她何以又会在我家里？……门开了。堂中灯火通明，背着灯光立在开着一半的大门边的，倒并不是那个少女。蒙眬里，我认出她是那个倚在柜台上用嫉妒的眼光看着我和那个同行的少女的女子。我惝恍地走进门。在灯下，我很奇怪，为什么从我妻的脸色上再也找不出那个女子的幻影来。

妻问我何故归家这样的迟，我说遇到了朋友，在沙利文吃了些小点，因为等雨停止，所以坐得久了。为了要证实我这谎话，夜饭吃得很少。

【注释】

①本文曾收入1929年10月出版的《上元灯》初版本，今选自吴立昌：《施蛰存心理小说》，99～114页，上海，上海文艺出版社，2018，略有改动。

【赏析】

《梅雨之夕》是一篇典型的心理分析小说。这种心理分析立足于弗洛伊德的精神分析理论。某些物种的幼雏对第一次看到或听到的移动物体自动地产生印刻。例如，刚破壳而出的小鹅，会本能地跟随第一眼看到的移动物体，如果第一眼看到的移动物体不是自己的母亲，而是一只小狗，它也会自动地跟随。印刻效应不仅存在于某些动物之中，也存在于人类之中。所以人们往往会对各种“第一次”印象深刻，如初恋。初恋对人们的影响非常深刻，尽管有些人意识不到这种影响，但是潜意识里这种影响依然存在，无意识对人们行为的影响甚至比意识还要深远。在小说《梅雨之夕》中，青年职员尽管已经结婚，但还对自己的初恋女友念念不忘。他在街头与一位避雨的陌生姑娘相遇，感觉这位姑娘貌似自己的初恋女友，然后重温初恋的幸福。回到家中听见妻子的声音也仿佛是那少女的声音。在这期间青年职员一边对初恋女友想入非非，另一边又感觉愧对自己的妻子，他在本能的欲望与现实道德之间挣扎。

小说的情节很简单：青年职员“我”在一个雨天打着伞步行回家，在街头与一个躲雨的陌生姑娘邂逅，主动伴送了一程之后旋即分手。怦然心动—跃跃欲试—想入非非—恋恋不舍、怅然若失，作者周密而真实地描述了“我”邂逅少女后的心理流程。故事中情节淡化，人物形象也较为模糊，但作者用他独特的表现方式，采用心理分析和意识流的等创作方法，把这个平常的故事写得引人入胜、朦胧虚幻、动人心弦，把读者带入别有情韵的意境。

《梅雨之夕》风格含蓄，所写的是一位都市男性美丽的白日梦。夏天傍晚，邂逅少女，似曾相识、恋恋不已，亦真亦幻，风格含蓄，具有朦胧美。此外，《梅雨之夕》文笔优美，尤其是对雨中那位少女的描写：“一阵微风，将她的衣缘吹起，飘荡在身后。她扭过脸去避对面吹来的风，闭着眼睛，有些娇媚。这是很有诗兴的姿态，我记起日本画伯铃木春信的一帧题名叫《夜雨宫诣美人图》的画。提着灯笼，遮着被斜风细雨所撕破的伞，在夜的神社之前走着，衣裳和灯笼都给风吹卷着，侧转脸儿来避着风雨的威势，这是颇有些洒脱的感觉的。”除了给人美的感受外，还让人感受到含蓄和朦胧。

《梅雨之夕》写男性的艳遇，展示人性的隐秘，但作家不仅剔除了俗艳的字眼，而且还点缀了富有诗意的意境，融入一种儒雅的情怀，全篇的文笔舒展雅致，这使作品具有了诗一般的清丽素雅与含蓄蕴藉，字里行间透露出一种典雅的“中和之美”。正是这种舒展而周密的心理描写和素雅清丽的格调使《梅雨之夕》成为吸引众多读者的名作。〔1〕

3. 围城①(节选)

钱锺书

【作者简介】

钱锺书(1910—1998)，著名学者、作家，字默存，号槐聚，江苏无锡人。因他周岁“抓周”时抓得一本书，故取名“锺书”。他出身于诗书世家，自幼受到传统经史方面的教育，中学时擅长中文、英文，数学等理科成绩极差。他于1929年被清华大学外文系破格录取。在这一时期，他刻苦学习，广泛接触世界各国的文化学术成果。1933年大学毕业。1935年和作家、翻译家杨绛结婚。同年考取公费留学生资格，在牛津大学英文系攻读两年，后又到法国巴黎大学进修法国文学一年，于1938年回国。他曾先后在多所大学任教。钱锺书深入研读过中国的史学、哲学、文学经典，同时不曾间断过对西方新旧文学、哲学、心理学等的阅览和研究，著有多部学术著作，如《管锥编》《谈艺录》《宋诗选注》等，他的散文和小说也很出色，如散文集《写在人生边上》，短篇小说集《人·兽·鬼》，长篇小说《围城》。

【原文】

第一章

红海早过了，船在印度洋面上开驶着，但是太阳依然不饶人地迟落早起，侵占去大部分的夜。夜仿佛纸浸了油，变成半透明体；它给太阳拥抱住了，分不出身来，也许是给太阳陶醉了，所以夕照晚霞隐褪后的夜色也带着酡红。到红消醉醒，船舱里的睡人也一身腻汗地醒来，洗了澡赶到甲板上吹海风，又是一天开始。这是七月下旬，合中国旧历的三伏，一年最热的时候。在中国热得更比常年利害，事后大家都说是兵戈之象，因为这就是民国二十六年〔一九三七年〕。

这条法国邮船白拉日隆子爵号(Vicomte de Bragelonne)正向中国开来。早晨八点多钟，冲洗过的三等舱甲板湿意未干，但已坐立满了人，法国人、德国流亡出来的犹太人、印度人、安南人，不用说还有中国人。海风里早含着燥热，胖人身体给炎风吹干了，蒙上一层汗结的盐霜，仿佛刚在巴勒斯坦的死海里洗过澡。毕竟是清晨，人的

---

〔1〕 周水涛：《婉转的心曲　淡雅的心画——〈梅雨之夕〉赏析》，载《名作欣赏》，2000(6)。

兴致还没给太阳晒萎，烘懒，说话做事都很起劲。那几个新派到安南或中国租界当警察的法国人，正围了那年轻善撒娇的犹太女人在调情。俾斯麦曾说过，法国公使大使的特点，就是一句外国话不会讲；这几位警察并不懂德文，居然传情达意，引得犹太女人格格地笑，比他们的外交官强多了。这女人的漂亮丈夫，在旁顾而乐之，因为他几天来，香烟、啤酒、柠檬水沾光了不少。红海已过，不怕热极引火，所以等一会甲板上零星果皮、纸片、瓶塞之外，香烟头定又遍处皆是。法国人的思想是有名的清楚，他们的文章也明白干净，但是他们的做事，无不混乱、肮脏、喧哗，但看这船上的乱糟糟。这船，倚仗人的机巧，载满人的扰攘，寄满人的希望，热闹地行着，每分钟把沾污了人气的一小方水面，还给那无情、无尽、无际的大海。

照例每年夏天有一批中国留学生学成回国。这船上也有十来个人。大多数是职业尚无着落的青年，赶在暑假初回中国，可以从容找事。那些不愁没事的学生，要到秋凉才慢慢地肯动身回国。船上这几位，有在法国留学的，有在英国、德国、比国等读书，到巴黎去增长夜生活经验，因此也坐法国船的。他们天涯相遇，一见如故，谈起外患内乱的祖国，都恨不得立刻就回去为它服务。船走得这样慢，大家一片乡心，正愁无处寄托，不知哪里忽来了两副麻将牌。麻将当然是国技，又听说在美国风行；打牌不但有故乡风味，并且适合世界潮流。妙得很，人数可凑成两桌而有余，所以除掉吃饭睡觉以外，他们成天赌钱消遣。早餐刚过，下面餐室里已忙着打第一圈牌，甲板上只看得见两个中国女人，一个算不得人的小孩子——至少船公司没当他是人，没要他父母为他补买船票。那个戴太阳眼镜、身上摊本小说的女人，衣服极斯文讲究。皮肤在东方人里，要算得白，可惜这白色不顶新鲜，带些干滞。她去掉了黑眼镜，眉清目秀，只是嘴唇嫌薄，擦了口红还不够丰厚。假使她从帆布躺椅上站起来，会见得身段瘦削，也许轮廓的线条太硬，像方头钢笔划成的。年龄看上去有二十五六，不过新派女人的年龄好比旧式女人合婚帖上的年庚，需要考订学家所谓外证据来断定真确性，本身是看不出的。那男孩子的母亲已有三十开外，穿件半旧的黑纱旗袍，满面劳碌困倦，加上天生的倒挂眉毛，愈觉愁苦可怜。孩子不足两岁，塌鼻子，眼睛两条斜缝，眉毛高高在上，跟眼睛远隔得彼此要害相思病，活像报上讽刺画里中国人的脸。他刚会走路，一刻不停地要乱跑；他母亲怕热，拉得手累心烦，又惦记着丈夫在下面的输赢，不住骂这孩子讨厌。这孩子跑不到哪里去，便改变宗旨，扑向看书的女人身上。那女人平日就有一种孤芳自赏、落落难合的神情——大宴会上没人敷衍的来宾或喜酒席上过时未嫁的少女所常有的神情——此刻更流露出嫌恶，黑眼镜也遮盖不了。孩子的母亲有些觉得，抱歉地拉皮带道："你这淘气的孩子，去跟苏小姐捣乱！快回来。——苏小姐，你真用功！学问那么好，还成天看书。孙先生常跟我说，女学生像苏小姐才算替中国争面子，人又美，又是博士，这样的人到哪里去找呢？像我们白来了外国一次，没读过半句书，一辈子做管家婆子，在国内念的书，生小孩儿全忘了——吓！死讨厌！我叫你别去，你不干好事，准弄脏了苏小姐的衣服。"

苏小姐一向瞧不起这位寒碜的孙太太，而且最不喜欢小孩子，可是听了这些话，心上高兴，倒和气地笑道："让他来，我最喜欢小孩子。"她脱下太阳眼镜，合上对着出神的书，小心翼翼地握住小孩子的手腕，免得在自己衣服上乱擦，问他道："爸爸呢？"

小孩子不回答，睁大了眼，向苏小姐“波！波！”吹唾沫，学餐室里养的金鱼吹气泡。苏小姐慌得松了手，掏出手帕来自卫。母亲忙使劲拉他，嚷着要打他嘴巴，一面叹气道：“他爸爸在下面赌钱，还用说么！我不懂为什么男人全爱赌，你看咱们同船的几位，没一个不赌得昏天黑地。赢几个钱回来，还说得过。像我们孙先生输了不少钱，还要赌，恨死我了！”

苏小姐听了最后几句小家子气的话，不由心里又对孙太太鄙夷，冷冷说道：“方先生倒不赌。”

孙太太鼻孔朝天，出冷气道：“方先生！他下船的时候也打过牌。现在他忙着追求鲍小姐，当然分不出工夫来。人家终身大事，比赌钱要紧得多呢。我就看不出鲍小姐又黑又粗，有什么美，会引得方先生好好二等客人不做，换到三等舱来受罪。我看他们俩要好得很，也许船到香港，就会订婚。这真是‘有缘千里来相会’了。”

苏小姐听了，心里直刺得痛，回答孙太太同时安慰自己道：“那绝不可能！鲍小姐有未婚夫，她自己跟我讲过。她留学的钱还是她未婚夫出的。”

孙太太道：“有未婚夫还那样浪漫么？我们是老古董了，总算这次学个新鲜。苏小姐，我告诉你句笑话，方先生跟你在中国是老同学，他是不是一向说话随便的？昨天孙先生跟他讲赌钱手运不好，他还笑呢。他说孙先生在法国这许多年，全不知道法国人的迷信：太太不忠实，偷人，丈夫做了乌龟，买彩票准中头奖，赌钱准赢。所以，他说，男人赌钱输了，该引以自慰。孙先生告诉了我，我怪他当时没质问姓方的，这话什么意思。现在看来，鲍小姐那位未婚夫一定会中航空奖券头奖；假如她做了方太太，方先生赌钱的手气非好不可。”忠厚老实人的恶毒，像饭里的砂砾或者出骨鱼片里未净的刺，会给人一种不期待的伤痛。

苏小姐道：“鲍小姐行为太不像女学生，打扮也够丢人——”

那小孩子忽然向她们背后伸了双手，大笑大跳。两人回头看，正是鲍小姐走向这儿来，手里拿一块糖，远远地逗着那孩子。她只穿绯霞色抹胸，海蓝色贴肉短裤，漏空白皮鞋里露出涂红的指甲。在热带热天，也许这是最合理的妆束，船上有一两个外国女人就这样打扮。可是苏小姐觉得鲍小姐赤身露体，伤害及中国国体。那些男学生看得心头起火，口角流水，背着鲍小姐说笑个不了。有人叫她“熟食铺子”(charcuterie)，因为只有熟食店会把那许多颜色暖热的肉公开陈列；又有人叫她“真理”，因为据说“真理是赤裸裸的”。鲍小姐并未一丝不挂，所以他们修正为“局部的真理”。

鲍小姐走来了，招呼她们俩说：“你们起得真早呀，我大热天还喜欢懒在床上。今天苏小姐起身我都不知道，睡得像木头。”鲍小姐本想说“睡得像猪”，一转念想说“像死人”，终觉得死人比猪好不了多少，所以向英文里借来那个比喻。她忙解释一句道：“这船走着真像个摇篮，人给它摆得迷迷糊糊只想睡。”

“那么，你就是摇篮里睡着的小宝贝了。瞧，多可爱！”苏小姐说。

鲍小姐打她一下道：“你！苏东坡的妹妹，才女！”——“苏小妹”是同船男学生为苏小姐起的外号。“东坡”两个字给鲍小姐南洋口音念得好像法国话里的“坟墓”(tombeau)。

苏小姐跟鲍小姐同舱，睡的是下铺，比鲍小姐方便得多，不必每天爬上爬下。可是这几天她嫌恶着鲍小姐，觉得她什么都妨害了自己：打鼾太响，闹得自己睡不熟，翻身太重，上铺像要塌下来。给鲍小组打了一下，她便说：“孙太太，你评评理。叫她‘小宝贝’，还要挨打！睡得着就是福气。我知道你爱睡，所以从来不声不响，免得吵醒你。你跟我讲怕发胖，可是你在船上这样爱睡，我想你又该添好几磅了。”

小孩吵着要糖，到手便咬，他母亲叫他谢鲍小姐，他不瞅睬，孙太太只好自己跟鲍小姐敷衍。苏小姐早看见这糖惠而不费，就是船上早餐喝咖啡时用的方糖。她鄙薄鲍小姐这种作风，不愿意跟她多讲，又打开书来，眼梢却瞟见鲍小姐把两张帆布椅子拉到距离较远的空处并放着，心里骂她无耻，同时自恨为什么去看她。那时候，方鸿渐也到甲板上来，在她们前面走过，停步应酬几句，问“小弟弟好”。孙太太爱理不理地应了一声。苏小姐笑道：“快去罢，不怕人等得心焦么?”方鸿渐红了脸傻笑，便撇下苏小姐走去。苏小姐明知留不住他，可是他真去了，倒怅然有失。书上一字没看进去，耳听得鲍小姐娇声说笑，她忍不住一看。方鸿渐正抽着烟，鲍小姐向他伸手，他掏出香烟匣来给她一支，鲍小姐衔在嘴里，他手指在打火匣上作势要为她点烟，她忽然嘴迎上去，把衔的烟头凑在他抽的烟头上一吸，那支烟点着了，鲍小姐得意地吐口烟出来。苏小姐气得身上发冷，想这两个人真不要脸，大庭广众竟借烟卷来接吻。再看不过了，站起来，说要下面去。其实她知道下面没有地方可去，餐室里有人打牌，卧舱里太闷。孙太太也想下去问问男人今天输了多少钱，但怕男人输急了，一问反在自己身上出气，回房舱又有半天吵嘴；因此不敢冒昧起身，只问小孩子要不要下去撒尿。

苏小姐骂方鸿渐无耻，实在是冤枉的。他那时候窘得似乎甲板上人都在注意他，心里怪鲍小姐太做得出，恨不能说她几句。他虽然现在二十七岁，早订过婚，却没有恋爱训练。父亲是前清举人，在本乡江南一个小县里做大绅士。他们那县里人侨居在大都市的，干三种行业的十居其九：打铁，磨豆腐，抬轿子。土产中艺术品以泥娃娃为最出名；年轻人进大学，以学土木工程为最多。铁的硬，豆腐的淡而无味，轿子的容量狭小，还加上泥土气，这算他们的民风。就是发财做官的人，也欠大方。这县有个姓周的在上海开铁铺子发财，又跟同业的同乡组织一家小银行，名叫“点金银行”，自己荣任经理。他记起衣锦还乡那句成语，有一年乘清明节回县去祭祠扫墓，结识本地人士。方鸿渐的父亲是一乡之望，周经理少不得上门拜访，因此成了朋友，从朋友攀为亲家。鸿渐还在高中读书，随家里作主订了婚。未婚妻并没见面，只瞻仰过一张半身照相，也漠不关心。两年后到北平进大学，第一次经历男女同学的风味。看人家一对对谈情说爱，好不眼红。想起未婚妻高中读了一年书，便不进学校，在家实习家务，等嫁过来做能干媳妇，不由自主地对她厌恨。这样怨命，怨父亲，发了几天呆，忽然醒悟，壮着胆写信到家里要求解约。他国文曾得老子指授，在中学会考考过第二，所以这信文绉绉，没把之乎者也用错。信上说什么：“迩来触绪善感，欢寡愁殷，怀抱剧有秋气。每揽镜自照，神寒形削，清癯非寿者相。窃恐我躬不阅，周女士或将贻误终身。尚望大人垂体下情，善为解铃，毋小不忍而成终天之恨。”他自以为这信措词凄婉，打得动铁石心肠。谁知道父亲快信来痛骂一顿：“吾不惜重资，命汝千里负笈，汝埋头攻读之不暇，而有余闲照镜耶？汝非妇人女子，何须置镜？惟梨园子弟，身为丈夫而对镜顾影，为世所贱。吾不图汝甫离膝下，已濡染恶习，可叹可恨！且父母在，不言老，汝不善体高堂念远之情，以死相吓，丧心不孝，于斯而极！当是汝校男女同学，汝睹色起意，见异思迁；汝托词悲秋，吾知汝实为怀春，难逃老夫洞鉴也。若执迷不悔，吾将停止寄款，命汝休学回家，明年与汝弟同时结婚。细思吾言，慎之切切！”方鸿渐吓矮了半截，想不到老头子竟这样精明。忙写回信讨饶和解释，说：镜子是同室学生的，他并没有买；这几天吃美国鱼肝油丸、德国维他命片，身体精神好转，脸也丰满起来，只可惜药价太贵，舍不得钱；至于结婚一节，务请到毕业后举行，一来妨碍学业，二来他还不能养家，添他父亲负担，于心不安。他父亲收到这封信，证明自己的威严远及于几千里外，得意非凡，兴头上汇给儿子一笔钱，让他买补药。方鸿渐从此死心不敢妄想，开始读叔本华，常聪明地对同学们说：“世间哪有恋爱？压根儿是生殖冲动。”转眼已到大学第四年，只等明年毕业结婚。一天，父亲来封快信，上面说：“顷得汝岳丈电报，骇悉淑英病伤寒，为西医所误，遂于本月十三日下午四时长逝，殊堪痛惜。过门在即，好事多磨，皆汝无福所致也。”信后又添几句道：“塞翁失马，安知非福，使三年前结婚，则此番吾家破费不赀矣。然吾家积德之门，苟婚事早完，淑媳或可脱灾延寿。姻缘前定，勿必过悲。但汝岳父处应去一信唁之。”鸿渐看了有犯人蒙赦的快活，但对那短命的女孩子，也稍微怜悯。自己既享自由之乐，愿意旁人减去悲哀，于是向未过门丈人处真去了一封慰唁的长信。周经理收到信，觉得这孩子知礼，便分付银行里文书科王主任作复。文书科主任看见原信，向东家大大恭维这位未过门姑爷文理书法都好，并且对死者情词深挚，想见天性极厚，定是个远到之器。周经理听得开心，叫主任回信说：女儿虽没过门，翁婿名分不改，生平只有一个女儿，本想好好热闹一下，现在把陪嫁办喜事的那笔款子加上方家聘金为女儿做生意所得利息，一共两万块钱，折合外汇一千三百镑，给方鸿渐明年毕业了做留学费。方鸿渐做梦都没想到这样的好运气，对他死去的未婚妻十分感激。他是个无用之人，学不了土木工程，在大学里从社会学系转哲学系，最后转入中国文学系毕业。学国文的人出洋“深造”，听来有些滑稽。事实上，惟有学中国文学的人非到外国留学不可。因为一切其他科目像数学、物理、哲学、心理、经济、法律等等都是从外国灌输进来的，早已洋气扑鼻；只有国文是国货土产，还需要外国招牌，方可维持地位，正好像中国官吏、商人在本国剥削来的钱要换外汇，才能保持国币的原来价值。

方鸿渐到了欧洲，既不钞敦煌卷子，又不访《永乐大典》，也不找太平天国文献，更不学蒙古文、西藏文或梵文。四年中倒换了三个大学，伦敦、巴黎、柏林；随便听几门功课，兴趣颇广，心得全无，生活尤其懒散。第四年春天，他看银行里只剩四百多镑，就计划夏天回国。方老先生也写信问他是否已得博士学位，何日东归。他回信大发议论，痛骂博士头衔的毫无实际。方老先生大不谓然，可是儿子大了，不敢再把父亲的尊严去威胁他；便信上说，自己深知道头衔无用，决不勉强儿子，但周经理出钱不少，终得对他有个交代。过几天，方鸿渐又收到丈人的信，说什么：“贤婿才高学富，名满五洲，本不须以博士为夸耀。然令尊大人乃前清孝廉公，贤婿似宜举洋进士，庶几克绍箕裘，后来居上，愚亦与有荣焉。”方鸿渐受到两面夹攻，才知道留学文凭的重要。这一张文凭，仿佛有亚当、夏娃下身那片树叶的功用，可以遮羞包丑；小小一方纸能把一个人的空疏、寡陋、愚笨都掩盖起来。自己没有文凭，好像精神上赤条条的，没有包裹。可是现在要弄个学位，无论自己去读或雇枪手代做论文，时间经济都不够。就近汉堡大学的博士学位，算最容易混得了，但也需要六个月。干脆骗家里人说是博士罢，只怕哄父亲和丈人不过；父亲是科举中人，要看“报条”，丈人是商人，要看契据。他想不出办法，准备回家老着脸说没得到学位，一天，他到柏林图书馆中国书编目室去看一位德国朋友，瞧见地板上一大堆民国初年上海出的期刊，《东方杂志》、《小说月报》、《大中华》、《妇女杂志》全有。信手翻着一张中英文对照的广告，是美国纽约什么“克莱登法商专门学校函授部”登的，说本校鉴于中国学生有志留学而无机会，特设函授班，将来毕业，给予相当于学士、硕士或博士之证书，章程函索即寄，通讯处纽约第几街几号几之几。方鸿渐心里一动，想事隔二十多年，这学校不知是否存在，反正去封信问问，不费多少钱。那登广告的人，原是个骗子，因为中国人不来上当，改行不干，人也早死了。他住的那间公寓房间现在租给一个爱尔兰人，具有爱尔兰人的不负责、爱尔兰人的急智，还有爱尔兰人的穷。相传爱尔人的不动产(Irish fortune)是奶和屁股；这位是个萧伯纳式既高且瘦的男人，那两项财产的分量又得打个折扣。他当时在信箱里拿到鸿渐来信，以为邮差寄错了，但地址明明是自己的，好奇拆开一看，莫名其妙，想了半天，快活得跳起来。忙向邻室小报记者借个打字机，打了一封回信，说先生既在欧洲大学读书，程度想必高深，无庸再经函授手续，只要寄一万字论文一篇附缴美金五百元，审查及格，立即寄上哲学博士文凭，来信可寄本人，不必写学校名字。署名 Patrick Mahoney，后面自赠了四五个博士头衔。方鸿渐看信纸是普通用的，上面并没刻学校名字，信的内容分明更是骗局，搁下不理。爱尔兰人等急了，又来封信，说如果价钱嫌贵，可以从长商议，本人素爱中国，办教育的人尤其不愿牟利。方鸿渐盘算一下，想爱尔兰人无疑在捣鬼，自己买张假文凭回去哄人，岂非也成了骗子？可是——记着，方鸿渐进过哲学系的——撒谎欺骗有时并非不道德。柏拉图《理想国》里就说兵士对敌人，医生对病人，官吏对民众都应该哄骗。圣如孔子，还假装生病，哄走了儒悲，孟子甚至对齐宣王也撒谎装病。父亲和丈人希望自己是个博士，做儿子女婿的人好意思教他们失望么？买张文凭去哄他们，好比前清时代花钱捐个官，或英国殖民地商人向帝国府库报效几万镑换个爵士头衔，光耀门楣，也是孝子贤婿应有的承欢养志。反正自己将来找事时，履历上决不开这个学位。索性把价钱杀得极低，假如爱尔兰人不肯，这事就算吹了，自己也免做骗子。便复信说：至多出一百美金，先寄三十，文凭到手，再寄余款；此间尚有中国同学三十余人，皆愿照此办法向贵校接洽。爱尔兰人起初不想答应，后来看方鸿渐语气坚决，又就近打听出来美国博士头衔确在中国时髦，渐渐相信欧洲真有三十多条中国糊涂虫，要向他买文凭。他并且探出来做这种买卖的同行很多，例如东方大学、东美合众国大学、联合大学(Intercollegiate University)、真理大学等等，便宜的可以十块美金出买硕士文凭，神玄大学(College of Divine Metaphysics)廉价一起奉送三种博士文凭；这都是堂堂立案注册的学校，自己万万比不上。于是他抱薄利畅销的宗旨，跟鸿渐生意成交。他收到三十美金，印了四五十张空白文凭，填好一张，寄给鸿渐，附信催他缴款和通知其他学生来接洽。鸿渐回信道，经详细调查，美国并无这个学校，文凭等于废纸，姑念初犯，不予追究，希望悔过自新，汇上十美金聊充改行的本钱。爱尔兰人气得咒骂个不停，喝醉了酒，红着眼要找中国人打架。这事也许是中国自有外交或订商约以来唯一的胜利。

鸿渐先到照相馆里穿上德国大学博士的制服，照了张四寸相。父亲和丈人处各寄一张，信上千叮万嘱说，生平最恨"博士"之称，此番未能免俗，不足为外人道。回法国玩了几星期，买二等舱票回国。马赛上船以后，发见二等舱只有他一个中国人，寂寞无聊得很，三等的中国学生觉得他也是学生而摆阔坐二等，对他有点儿敌视。他打听出三等一个安南人舱里有张空铺，便跟船上管事人商量，自愿放弃本来的舱位搬下来睡，饭还在二等吃。这些同船的中国人里，只有苏小姐是中国旧相识，在里昂研究法国文学，做了一篇《中国十八家白话诗人》的论文，新授博士。在大学同学的时候，她眼睛里未必有方鸿渐这小子。那时候苏小姐把自己的爱情看得太名贵了，不肯随便施与。现在呢，宛如做了好衣服，舍不得穿，锁在箱里，过一两年忽然发见这衣服的样子和花色都不时髦了，有些自怅自悔。从前她一心要留学，嫌那几个追求自己的人没有前程，大不了是大学毕业生。而今她身为女博士，反觉得崇高的孤独，没有人敢攀上来。她对方鸿渐的家世略有所知，见他人不讨厌，似乎钱也充足，颇有意利用这航行期间，给他一个亲近的机会。没提防她同舱的鲍小姐抢了个先去。鲍小姐生长澳门，据说身体里有葡萄牙人的血。"葡萄牙人的血"这句话等于日本人自说有本位文化，或私行改编外国剧本的作者声明他的改本"有著作权，不许翻译"。因为葡萄牙人血里根本就混有中国成分。而照鲍小姐的身材估量，她那位葡萄牙母亲也许还间接从西班牙传来阿拉伯人的血胤。鲍小姐纤腰一束，正合《天方夜谭》里阿拉伯诗人所歌颂的美人条件："身围瘦，后部重，站立的时候沉得腰肢酸痛。"长睫毛下一双欲眠似醉、含笑、带梦的大眼睛，圆满的上嘴唇好像鼓着在跟爱人使性子。她那位未婚夫李医生不知珍重，出钱让她一个人到伦敦学产科。葡萄牙人有句谚语说："运气好的人生孩子，第一胎准是女的。"因为女孩子长大了，可以打杂，看护弟弟妹妹，在未嫁之前，她父母省得下一个女用人的工钱。鲍小姐从小被父母差唤惯了，心眼伶俐，明白机会要自己找，快乐要自己寻。所以她宁可跟一个比自己年龄长十二岁的人订婚，有机会出洋。英国人看惯白皮肤，瞧见她暗而不黑的颜色、肥腻辛辣的引力，以为这是道地的东方美人。她自信很能引诱人，所以极快、极容易地给人引诱了。好在她是学医的，并不当什么一回事，也没出什么乱子。她在英国过了两年，这次回去结婚，跟丈夫一同挂牌。上船以后，中国学生打听出她领香港政府发给的"大不列颠子民"护照，算不得中国国籍，不大去亲近她。她不会讲法文，又不屑跟三等舱的广东侍者打乡谈，甚觉无聊。她看方鸿渐是坐二等的，人还过得去，不失为旅行中消遣的伴侣。苏小姐理想的自己是："艳如桃李，冷若冰霜"，让方鸿渐卑逊地仰慕而后屈伏地求爱。谁知道气候虽然每天华氏一百度左右，这种又甜又冷的冰淇淋作风全行不通。鲍小姐只轻松一句话就把方鸿渐钩住了。鸿渐搬到三等的明天，上甲板散步，无意中碰见鲍小姐一个人背靠着船栏杆在吹风，便招呼攀谈起来。讲不到几句话，鲍小姐笑说："方先生，你教我想起我的 fiancé，你相貌和他像极了！"方鸿渐听了，又害羞，又得意。一个可爱的女人说你像她的未婚夫，等于表示假使她没订婚，你有资格得她的爱。刻薄鬼也许要这样解释，她已经另有未婚夫了，你可以享受她未婚夫的权利而不必履行跟她结婚的义务。无论如何，从此他们俩的交情像热带植物那样飞快地生长。其他中国男学生都跟方鸿渐开玩笑，逼他请大家喝了一次冰咖啡和啤酒。

【注释】

①选自钱锺书：《围城》，1～14 页，北京，人民文学出版社，2022。

【赏析】

《围城》是我国现代作家钱锺书所写的一部长篇小说，这篇小说由上海晨光出版公司在 1947 年出版，被誉为“新儒林外史”，是中国现代文学史上一部风格独特的讽刺小说。故事内容主要是围绕主人公方鸿渐展开的，从故事的结构来看，整个作品主要由三个部分组成，分别是“方鸿渐留学回国和恋爱经历”“方鸿渐恋爱失败从上海去湖南三闾大学任教半年的经历”“方鸿渐不满学校中的勾心斗角而重返上海结婚成家并在报社工作的经历”。这三个时间段构成了方鸿渐的一生。作者在《围城》的序中说道：“在这本书里，我想写现代中国某一部分社会，某一类人物。写这类人，我没忘记他们是人类，只是人类，具有无毛两足动物的基本根性。”

钱锺书学养深厚，知识渊博，他所创作的文学作品，随意而发，信笔点染，不但是知识的富藏，更是语言艺术的宝库。《围城》变化多姿的语言艺术，信笔拈来的幽默技巧，令人目不暇接，叹为观止。特别是不同语言表达方式的运用和丰富的表现手法，让作品摇曳多姿，成为现代文学创作的艺术典范。阅读这篇小说，我们可以充分领略到作者高超的讽刺技巧。不同语言表达方式的融合，既有暗示又有明示，表现手法则包括夸张、讽刺、比喻、幽默等，正是由于这些表现手法的存在，才形成了作品严谨的语言体系，也才使得语言表达更加丰富，作品更具生命力，尤其是作品中讽刺、幽默的语言表达，让作者严肃的思想得到了读者的认可与接受。

4. 春之声[①]

王蒙

【作者简介】

王蒙(1934—)，当代作家，河北南皮人，1934 年生于北京。20 世纪 50 年代初开始发表文学作品。1956 年 9 月发表旨在鞭挞官僚主义的短篇小说《组织部来了个年轻人》，崭露头角，也因此受到不公正的非难。之后，搁笔二十余年，在新疆伊犁地区度过青春年华。新时期得到平反后，出版了多种短、中篇小说集和长篇小说。其中主要有《深的湖》《木箱深处的紫绸花服》《王蒙中篇小说集》《加拿大的月亮》；长篇小说《活动变人形》《恋爱的季节》《失态的季节》和《踌躇的季节》。理论著作有《漫话小说创作》《王蒙谈创作》《创作是一种燃烧》等。

【原文】

咣的一声，黑夜就到来了。一个昏黄的、方方的大月亮出现在对面墙上。岳之峰的心紧缩了一下，又舒张开了。车身在轻轻地颤抖，人们在轻轻地摇摆。多么甜蜜的童年的摇篮啊！夏天的时候，把衣服放在大柳树下，脱光了屁股的小伙伴们一跃跳进故乡的清凉的小河里，一个猛子扎出十几米，谁知道谁在哪里露出头来呢？谁知道被他慌乱中吞下的一口水里，包含着多少条蛤蟆蝌蚪呢？闭上眼睛，熟睡在闪耀着阳光和树影的涟漪之上，不也是这样轻轻地、轻轻地摇晃着的吗？失却了的和没有失却的童年和故乡，责备我吗？欢迎我吗？母亲的坟墓和正在走向坟墓的父亲！

方方的月亮在移动，消失，又重新诞生。唯一的小方窗里透进了光束，是落日的余晖还是站台的灯？为什么连另外三个方窗也遮严了呢？黑咕隆咚，好像紧接着下午便是深夜。门咣地一关，就和外界隔开了。那愈来愈响的声音是下起了冰雹吗？是铁锤砸在铁砧上？在黄土高原的乡下，到处还靠人打铁，我们祖国的胳膊有多么发达的肌肉！啊，当然，那只是车轮撞击铁轨的噪音，来自这一节铁轨与那一节铁轨之间的缝隙。目前不是正在流行一支轻柔的歌曲吗，叫作什么来着——《泉水叮咚响》。如果火车也叮咚叮咚地响起来呢？广州人可真会生活，不像这西北高原上，人的脸上和房屋的窗玻璃上到处都蒙着一层厚厚的黄土。广州人的凉棚下面，垂挂着许许多多三角形的瓷板，它们伴随着清风，发出叮叮咚咚的清音，愉悦着心灵。美国的抽象派音乐却叫人发狂。真不知道基辛格听我们的杨子荣咏叹调时有什么样的感受。京剧锣鼓里有噪音，所有的噪音都是令人不快的吗？反正火车开动以后的铁轮声给人以鼓舞和希望。下一站，或者下一站的下一站，或者许多许多的下一站以后的下一站，你所寻找的生活就在那里，母亲或者孩子，友人或者妻子，温热的澡盆或者丰盛的饮食正在那里等待着你。都是回家过年的，过春节，我们的古老的民族的最美好的节日，谢天谢地，现在全国人民都可以快快乐乐地过年了。再不会用“革命化”的名义取消春节了。

这真有趣。在出国考察三个月回来之后，在北京的高级宾馆里住了一阵——总结啦，汇报啦，接见啦，报告啦……之后，岳之峰接到了八十多岁的刚刚摘掉地主帽子的父亲的信。他决定回一趟阔别二十多年的家乡。这是不是个错误呢？他怎么也没想到要坐两个小时零四十七分钟的闷罐子车呀。三个小时以前，他还坐在从北京开往X城的三叉戟客机的宽敞、舒适的座位上。两个月以前，他还坐在驶向汉堡的易北河客轮上。现在呢，他和那些风尘仆仆的，在黑暗中看不清面容的旅客们挤在一起，就像沙丁鱼挤在罐头盒子里。甚至于他辨别不出火车到底是在向哪个方向行走，眼前只有那月亮似的光斑在飞速移动，火车的行驶究竟是和光斑方向相同抑或相反呢？他这个工程物理学家竟为这个连小学生都答得上来的、根本算不上是几何光学的问题伤了半天脑筋。

他已经有二十多年没有回过家乡了。谁让他错投了胎？地主，地主！1956年他回过一次家，一次就够用了——回家待了四天，却检讨了二十二年！而伟人的一句话，也够人们学习贯彻一百年。使他惶惑的是，难道人生一世就是为了做检讨？难道他生在中华，就是为了做一辈子检讨的吗？好在这一切都过去了。斯图加特的奔驰汽车工厂的装配线在不停地转动，车间洁净敞亮，没有多少噪音。西门子公司规模巨大，具有一百三十年的历史，而我们才刚刚起步。赶上，赶上！不管有多么艰难。哞，哞，哞，快点开，快点开，快开，快开，快，快，快，车轮的声音从低沉的三拍一小节变成两拍一小节，最后变成高亢的呼号了。闷罐子车也罢，正在快开。何况天上还有三叉戟？

尘土和纸烟的雾气中出现了旱烟叶发出的辣味，像是在给气管和肺针灸。梅花针大概扎在肺叶上了。汗味就柔和得多了。方言的浓度在旱烟与汗味之间，既刺激，又亲切。还有南瓜的香味哩！谁在吃南瓜？X城火车站前的广场上，没有见卖熟南瓜的呀。别的小吃和土特产倒是都有。花生、核桃、葵花子、柿饼、酸枣、绿豆糕、山药、蕨麻……全有卖的。就像变戏法，举起一块红布，向左指上两指，这些东西就全没了，连火柴、电池、肥皂都跟着短缺。现在呢，一下子又都变了出来，也许伸手再抓两抓，还能抓出更多的财富。柿饼和枣朴质无华，却叫人甜到心里。岳之峰咬了一口上火车前买的柿饼，细细地咀嚼着儿时的甜香。辣味总是一下子就能尝到，甜味却埋得很深很深。要有耐心，要有善意，要有经验，要知觉灵敏。透过辛辣的烟草和热烘烘的汗味儿，岳之峰闻到了乡亲们携带的绿豆香。绿豆苗是可爱的，灰兔子也是可爱的，但是灰色的野兔常常要毁坏绿豆。为了追赶野兔，他和小柱子一口气跑了三里，跑得连树木带田垄都摇来摆去。在中秋的月夜，他亲眼见过一只银灰色的狐狸，走路悄无声息，像仙人，像梦。

车声小了，车声息了。人声大了，人声沸了。咣——哧，铁门打开了，女列车员——一个高个子、大骨架的姑娘正在爽利地用家乡方言指挥下车和上车的乘客。“没有地方了，没有地方了，到别的车厢去吧！”已经在车上获得了自己的位置的人发出了这种无效的，也是自私的呼吁。上车的乘客正在拥上来，熙熙攘攘。到哪里都是熙熙攘攘。与我们的王府井相比，汉堡的街道上简直可以说是看不见人，而且市区的人口还在减少。岳之峰从飞机场来到X城火车站的时候吓了一跳——黑压压的人头，压迫得白雪不白，冬青也不绿了。难道是出了什么事情？1946年学生运动，人们集合在车站广场，准备拦车去南京请愿，也没有这么多人！岳之峰上大学的时候在北平，有一次他去逛故宫博物院，刚刚下午四点就看不见人影了，阴森森的大殿使他的后脊背冒凉气。他小跑着离开了故宫，上了拥挤的有轨电车才放心了一点。如果跑慢了，说不定珍妃会从井里钻出来把他拉下去哩！

但是现在，故宫南门和北门前买入场券的人排着长队。而且不是星期天。X城火车站前的人群令人晕眩，好像全中国有一半人要在春节前夕坐火车。到处都是团聚、相会、团圆饺子、团圆元宵，到处都是对于旧谊、对于别情、对于天伦之乐、对于故乡和童年的追寻。卖刚出屉的肉馅包子的，盖包子的白色棉褥子上尽是油污。卖烧饼、锅盔、油条、大饼的。卖整盒整盒的点心的。卖面包和饼干的。X车站和X城饮食服务公司倾全力到车站前露天售货。为了买两个烧饼也要挤出一身汗。岳之峰出了多少汗啊！他混饱了(环境和物质条件的急骤改变已使他分辨不出饥和饱了)肚子，又买到了去家乡的短途客车的票。找钱的时候使他一怔，写的是一块二，怎么只收了六毛呢？莫非是自己没有报清站名？他想再问一问，但是排在他后面的人已经占据了售票窗口前的有利阵地，他挤不回去了。

他怏怏地看着手中的火车票。火车票上黑体铅字印的是 1.20 元，但是又用双虚线勾上了两个占满票面的大字：陆角。这使他百思不得其解，简直像是一种生物学上的密码。“这是怎么回事？为什么我买一块二的票她却给了我六角钱的？”他自言自语。他问别人。没有人回答他。等待上车的人大多是一些忙碌得可以原谅的利己主义者。

各种信息在他的头脑里撞击。黑压压的人群。遮盖热气腾腾的肉包子的油污的棉被。候车室里张贴着的大字通告：关于春节期间增添新车次的情况和临时增添的新车次的时刻表。男女厕所门前排着等待小便的人的长队、陆角的双勾虚线、大包袱和小包袱、大篮筐和小篮筐、大提兜和小提兜……他得出了这最后一段行程会是艰难的结论，他有了思想准备。终于他从旅客们的闲谈中听到了“闷罐子车”这个词儿，他恍然了。人脑毕竟比电脑聪明得多。

上到列车上的时候，他有点垂头丧气。在 20 世纪 80 年代的第一个春节即将来临之时，正在梦寐以求地渴望实现四个现代化的人们，却还要坐瓦特和史蒂文森时代的闷罐子车！事实如此。事实就像宇宙，就像地球、华山和黄河、水和土、氢和氧、钛和铀，既不像想象那样温柔，也不像想象那么冷酷。不是吗？闷罐子车里坐满了人，而且还在一个两个、十个二十个地往人与人的缝隙，分子与分子、原子与原子的空隙之中嵌进。奇迹般的不可思议，已经坐满了人的车厢里又增加了那么多人。没有人叫苦。

有人叫苦了：“这个箱子不能压！”一个包着头巾抱着孩子的妇女试探着能不能坐到一只箱子上。“您到这边来，您到这边来。”岳之峰连忙站起身，把自己的靠边的位置让了出来。坐在靠边的地方，身子就能倚在车壁上，这就是最优越的“雅座”了。那女人有点不好意思，但终于抱着小孩子挪动了过来，她要费好大的力气才能不踩着别人。“谢谢您！”妇女用流利的北京话说。她抬起头，岳之峰好像看到一幅炭笔的素描，题目应该叫《微笑》。

丁零丁零的铃声响了，铁门又咣的一声关上了，是更深沉的黑夜，车外的暮色也正在浓重起来。大骨架的女列车员点起了一支白蜡，把蜡烛放到了一个方形的玻璃罩子里。为什么不点油灯呢？大概是怕煤油摇洒出来。偌大车厢，就靠这一支蜡烛照亮。些微的亮光，照得乘客变成了一个又一个的影子。车身又摇晃了，对面车壁上的方形的光斑又在迅速移动了。离家乡又近一些了。摘了帽子，又见到了儿子，父亲该可以瞑目了吧？不论是他的罪恶或者忏悔，不论是他的眼泪还是感激，也不论是他的狰狞丑恶还是老实善良，这一切都快要随着他的消失而云消雾散了。老一辈人正在一个又一个地走向河的那边。咚咚咚，噔噔噔，嘭嘭嘭，是在过桥了吗？连接着过去和未来、中国和外国、城市和乡村、此岸和彼岸的桥啊！

靠得很近的蜡灯把黑白分明的光辉和阴影印制在女列车员的脸上，女列车员像是一尊全身的神像。“旅客同志们，春节期间，客运拥挤，我们的票车去支援长途……提高警惕……”她说得挺带劲，每吐出一个字就像拧紧了一个螺母。她有一种信心十足、指挥若定的气概，以小小的年纪，靠一支蜡烛的光亮，领导着一车的乌合之众。但是她的声音也淹没在轰轰轰，嗡嗡嗡，隆隆隆，不是七嘴八舌，而是七十嘴八十舌的喧嚣里了。

自由市场、百货公司、香港电子石英表、豫剧片《卷席筒》、羊肉泡馍、醪糟蛋花、三接头皮鞋、三片瓦帽子、包产到组、收购大葱、中医治癌、差额选举、结婚筵席……在这些温暖的闲言碎语之中，岳之峰轮流把体重从左腿转移到右腿，再从右腿转移到左腿。幸好人有两条腿，要不然，无依无靠地站立在人和物的密集之中，可真不好受。立锥之地，岳之峰现在对这句成语才有了形象的理解。莫非古代也有这种拥挤的、没有座位和灯光的旅行车辆吗？但他给一个女同志让了“座位”。不，没有座，只有位。想不到她讲一口北京话，这使岳之峰兴致似乎高了一些。“谢谢”“对不起”，在国外到处是这种礼貌的用语。忽然有一个装着坚硬的铁器的麻袋正在挤压他右腿的小腿肚子，而另一个席地而坐的人的脊背干脆靠到了他的酸麻难忍的左腿上。

简直是神奇。不仅在慕尼黑的剧院里观看演出的时候，而且在北京，在研究所、部里和宾馆里，在二十三平方米的住房和 103 和 332 路公共汽车上，他也想不到人们还要坐闷罐子车。这不是运货和运牲畜的车吗？倒霉！可又有什么倒霉的呢？咒骂是最容易不过的。咒骂闷罐子车比起制造新的美丽舒适的客运列车来，既省力又出风头。无所事事而又怨气冲天的人的口水，正在淹没着忍辱负重、埋头苦干的人的劳动。人们时而用高调，时而又用低调冲击着、替代着那些一件又一件，一天又一天，一年又一年的坚忍不拔的工作。

“给这种车坐，可真缺德！”

“你凑合着吧，过去，还没有铁路哩！”

“运兵都是用闷罐子车，要不，就暴露了。”

“要赶上拉肚子的就麻烦了，这种车上没有厕所。”

“并没有一个人拉到裤子里嘛！”

“有什么办法呢？每逢春节，有一亿多人要坐火车……”

黑暗中听到了这样一些交谈。岳之峰的心平静下来了。是的，这里曾经没有铁路，没有公路，连自行车走的路也没有。阔人骑毛驴，穷人靠两只脚。农民挑着一千五百个鸡蛋，从早晨天不亮出发，越过无数的丘陵和河谷，黄昏时候才能赶到 X 城。我亲爱的美丽而又贫瘠的土地！你也该富饶起来了吧？过往的记忆，已经像烟一样，雾一样淡薄了，但总不会被彻底忘却吧？历史，历史；现实，现实；理想，理想；哞——哞——咣嘁咣嘁……喀啷喀啷……沿着莱茵河的高速公路。山坡上的葡萄、暗绿色的河流。飞速旋转。

这不就是法兰克福的孩子们吗？男孩子和女孩子，黄眼睛和蓝眼睛，追逐着的，奔跑着的，跳跃着的，欢呼着的。喂食小鸟的，捧举鲜花的，吹响铜号的，扬起旗帜的。那欢乐的生命的声音。那友爱的动人的呐喊。那红的、粉的和白的玫瑰。那紫罗兰和蓝蓝的毋忘我。

不，那不是法兰克福，那是西北高原的故乡。一株巨大的白丁香把花开在了屋顶的灰色的瓦棱上，如雪，如玉，如飞溅的浪花。摘下一条碧绿的柳叶，卷成一个小筒，仰望着蓝天白云，吹一声尖厉的哨子，惊得两个小小的黄鹂飞起，挎上小篮，跟着大姐姐，去采撷灰灰菜，去掷石块，去追逐野兔，去捡鹌鹑的斑斓的彩蛋。连每一条小狗、每一只小猫、每一头牛犊和驴驹都在嬉戏，连每一根小草都在跳舞。

不，那不是西北高原，那是1949年前的北平。华北局城工部(它的部长是刘仁同志)所属的学委组织了平津学生大联欢。营火晚会。“太阳下山明朝依旧爬上来……我的青春小鸟一去不回来，”“山上的荒地是什么人来开？地上的鲜花是什么人来栽?”一支又一支的歌曲激荡着年轻人的心。最后，大家发出了使国民党特务胆寒的强音：“团结就是力量……让一切不民主的制度死亡!”信念和幸福永远不能分离。

不，那不是逝去了的、遥远的北平。那是解放了的、飘扬着五星红旗的首都。那是他青年时代的初恋，是第一次吹动他心扉的和煦的风。春节刚过，忽然，他觉察到了，风已经不那么冰冷，不那么严厉了。二月的风就带来了和暖的希望，带来了早春的消息。他跑到北海，冰还没有化哩，还没有什么游人哩。他摘下帽子，他解开上衣领下的第一个扣子。还是冬天吗？当然，还是冬天。然而是已经连接着春天的冬天，是冬与春的桥。有风为证，风已经不冷！风会愈来愈和煦，如醉，如酥……他欢迎着承受着别人仍然觉得凛冽、但是他已经为之雀跃的“春”风，小声叫着他悄悄地爱着的女孩子的名字。

那，那……那究竟是什么呢？是金鱼和田螺吗？是荸荠和草莓吗？是孵蛋的芦花鸡吗？是山泉、榆钱、返了青的麦苗和成双的燕子吗？他定了定神。那是春天，是生命，是青年时代。在我们的生活里，在我们每个人的心房里，在猎户星座和仙后星座里，在每一颗原子核，每一个质子、中子、介子里，不都包含着春天的力量、春天的声音吗？

他定了定神，揉了揉眼睛。分明是法兰克福的儿童在歌唱，当然，是德语。在欢快的童声合唱旁边，有一个顽强的、低哑的女声伴随着。

他再定了定神，再揉了揉眼睛，分明是在从X城到N地的闷罐子车上。在昏暗和喧嚣当中，他听到了德语的童声合唱和低哑的、不熟练的、相当吃力的女声伴唱。

什么？一台录音机。在这个地方听起了录音。一支歌以后又是一支歌，然后是一支成人的歌。三支歌放完了，是啪啦啪啦的揿动键钮的声音，然后三支歌重新开始。顽强的、低哑的、不熟练的女声也重新开始。这声音盖过了一切喧嚣。

火车悠长的鸣笛。对面车壁上的移动着的方形光斑减慢了速度，加大了亮度。在昏暗中变成了一个个的影子的乘客们逐渐显出了立体化的形状和轮廓。车身一个大晃，又一个大晃，大概是通过了岔道，又到站了。咣——哧，铁门打开了，站台的聚光灯的强光照进了车厢。岳之峰看清楚了，录音机就放在那个抱小孩子的妇女的膝头。开始下人和上人，录音机接受了女主人的指令，啪的一声，不唱了。

“这是……什么牌子的?”岳之峰问。

“三洋牌，这里人们开玩笑地叫它‘小山羊’。”妇女抬起头来，大大方方地回答。岳之峰仿佛看到了她的经历过风霜，却仍然是年轻而又清秀的脸。

“从北京买的吗?”岳之峰又问，不知为什么这么有兴趣。本来，他并不是一个饶舌的人。

“不，就从这里。”

这里？不知是指X城还是火车正在驶向的某一个更小的城镇。他盯着“三洋”商标。

“你在学外国歌吗?”岳之峰又问。

妇女不好意思地笑了，“不，我在学外国语。”她的笑容既谦逊，又高贵。

“德语吗?”

“噢，是的。我还没学好。”

“这都是些什么歌儿呀?”一个坐在岳之峰脚下的青年问。岳之峰的连续提问吸引了更多的人。

“《小鸟，你回来了》《五月的轮转舞》和《第一株烟草花》，”女同志说，“欣梅尔——天空，福格尔——鸟儿，布鲁米——花朵……”她低声自语。

他们的话没有再继续下去。车厢里充满了的照旧是“别挤!”“这个箱子不能坐!”“别踩着孩子!”“这边没有地方了!”之类的喊叫。

“大家注意啦!”一个穿着民警制服的人上了车，手里拿着半导体扬声喇叭，一边喘着气一边宣布道：“刚才，前一节车厢里上去了两个坏蛋，浑水摸鱼，流氓扒窃。有少数坏痞，专门到闷罐子车上偷东西。那两个坏蛋我们已经抓住了。希望各位旅客提高警惕，密切配合，向刑事犯罪分子做坚决的斗争。大家听清楚了没有?”

“听清楚了!”车上的乘客像小学生一样齐声回答。

乘务警察满意地、匆匆地跳了下去，手提扩音喇叭，大概又到别的车厢做宣传去了。

岳之峰不由得也摸了摸自己携带的两个旅行包，摸了摸上衣的四个口袋和裤子的三个口袋。一切都健在无恙。

车开了。经过了短暂的混乱之后，人们又已经各得其所，各就其位。各人说着各人的闲话，各人打着各人的瞌睡，各人嗑着各人的瓜子，各人抽着各人的烟。“小山羊”又响起来了，仍然是《小鸟，你回来了》《五月的轮转舞》和《第一株烟草花》。她仍然在学着德语，仍然低声地歌唱着欣梅尔——天空，福格尔——鸟儿，布鲁米——花朵。

她是谁？她年轻吗？抱着的是她的孩子吗？她在哪里工作？她是搞科学技术的吗？是夜大的新学员吗？是“老三届”的毕业生吗？她为什么学德语学得这样起劲？她在追赶那失去了的时间吗？她做到一分钟也不耽搁了吗？她有机会见到德国朋友或者到德国去或者已经到德国去过了吗？她是北京人还是本地人呢？她常常坐火车吗？有许多个问题想问啊。

“您听音乐吧。”她说，好像是在对他说。是的，三支歌曲以后，她没有揿键钮。在《第一株烟草花》后面，是约翰·斯特劳斯的《春之声圆舞曲》。闷罐子车正随着这春天的旋律而轻轻地摇摆着，熏熏地陶醉着，袅袅地前行着。

车到了岳之峰的家乡。小站，停车一分钟。响过了到站的铃，又立刻响起了发车的铃。岳之峰提着两个旅行包下了车，小站没有站台，闷罐子车又没有阶梯。每节车厢门口放着一个普通木梯，临时支上。岳之峰从这个简陋的木梯上终于下得地来，他长出了一口气。他向那位女同志道了再见，那位女同志也回答了他的再见。他有点依依不舍。他刚下车，还没等着验票出站，列车就开动了。他看到了闷罐子车的破烂寒碜的外表：有的地方已经掉了漆，灯光下显得白一块、花一块的。但是，下车以后他才注意到，火车头是蛮好的，是崭新的、清洁的、轻便的内燃机车。内燃机车绿而显蓝，瓦特时代毕竟没有内燃机车。内燃机车拖着一长列闷罐子车向前奔驶。天上升起了月亮。车站四周是薄薄的一层白雪。天与雪都泛着连成一片的青光。可以看到远处墓地上的黑黑的、永远长不大的松树。有一点风。他走在了坑坑洼洼的故乡土地上。他转过头，想再多看一眼那一节装有小鸟、五月、烟草花和约翰·斯特劳斯的神妙的春之声的临时代用的闷罐子车。他好像还从来没有听过这么动人的歌。他觉得如今每个角落的生活都在出现转机，都是有趣的、有希望的和永远不应该忘怀的。春天的旋律、生活的密码，这是非常珍贵的。

【注释】

①选自陆迎真：《语文(拓展模块)》，105～114页，北京，高等教育出版社，2019，略有改动。

【赏析】

《春之声》的题目取自小说中火车上录音机里传出的德语歌曲和约翰·斯特劳斯的《春之声圆舞曲》，这一标题蕴含着20世纪80年代初期人们对新时代的憧憬与希望。《春之声》是一篇富有象征意味的小说，它热忱地表现和歌颂了党的十一届三中全会后中国大地出现的新的希望和转机，揭示出一个富有重大历史意义的主题。作者曾以直面现实的勇气揭露出我们生活进程中出现的曲折和矛盾，但他并非一味地描绘社会生活的阴暗侧面。相反，他总是注意从纷繁复杂的社会现象中准确把握时代本质，给读者以思想上的启迪和精神上的鼓舞，在困难中露出希望，在冷峻中透出暖色，使人们对未来充满信心和希望。通观全篇，文章的主旋律是春天的声音。这一主旋律是在人们意识的层次上开掘出来并得到抒发和加深的，是外景在人物心灵上的升华。

《春之声》摒弃了传统小说的叙述模式，运用了以人物为中心的放射状结构。出国考察归来的工程物理学家岳之峰在春节回乡途中，身处闷罐车厢，“意识”流动。小说不重塑造人物性格，不重故事情节叙述，不按正常时空顺序。他借鉴了西方的“意识流”手法，但又不是西方纯粹的“意识流”。小说采用的放射状结构有一个端点，就是坐在闷罐车厢这一特殊环境中主人公的心灵世界。小说主要写时空切换中外界世界作用于主人公内心所引起的联想和心理状态，采撷特定时段的人文景观，语言结构独特，意象鲜明，反映了主人公为祖国命运忧喜悲欢，渴望祖国人民走进温暖春天的美好愿望。小说开始，“咣”车厢门关上，主人公进入闷罐子车这个特定环境，开始了他的感受、联想和回忆。“咣”车厢门打开，到站了，上下乘客，引进新的人物，引发新的事件，主人公的心理活动又因此展开。车厢门开了又关，关了又开，直到主人公到站，小说结束。“咣”语义的延伸和相互关联，系连了一个完整事件的始终，也构拟了清晰可感的时间序列。

王蒙自己也总结：“我打破常规，通过主人公的联想，突破时间和空间的限制，把笔触伸向过去和现在，外国和中国，城市和乡村。满天开花，放射性线条，一方面是尽情联想，闪电般地变化，互相切入，无边无际；一方面，却又是万变不离其宗，放出去的又都能收回来，所有的射线都有一个共同的端点，那就是坐在八〇年春节前夕里的闷罐子车里的我们的主人公的心灵。”(《关于〈春之声〉的通信》)

5. 许三观卖血记[①]（节选）

余华

【作者简介】

余华(1960—)，生于浙江杭州，后随父母迁居海盐县。中学毕业后，当过牙医，后弃医从文，曾先后在海盐县文化馆和嘉兴文联工作。他是先锋派小说的代表人物，其作品被翻译成英文、法文、德文、俄文、韩文和日文等在国外出版。其中《活着》和《许三观卖血记》同时入选中国百位批评家和文学编辑评选的20世纪90年代最有影响力的十部作品。他曾获意大利格林扎纳·卡佛文学奖(1998)、澳大利亚悬念句子文学奖(2002)。著有短篇小说集《十八岁出门远行》《世事如烟》，长篇小说《活着》《在细雨中呼喊》《许三观卖血记》《兄弟》等。

【原文】

第十九章

许玉兰嫁给许三观已经有十年，这十年里许玉兰天天算计着过日子，她在床底下放着两口小缸，那是盛米的缸。在厨房里还有一口大一点的米缸，许玉兰每天做饭时，先是揭开厨房里米缸的木盖，按照全家每个人的饭量，往锅里倒米，然后再抓出一把米放到床下的小米缸中。她对许三观说：

“每个人多吃一口饭，谁也不会觉得多；少吃一口饭，谁也不会觉得少。”

她每天都让许三观少吃两口饭，有了一乐、二乐、三乐以后，也让他们每天少吃两口饭，至于她自己，每天少吃的就不止是两口饭了。节省下来的米，被她放进床下的小米缸，原先只有一口小缸，放满了米以后，她又去弄来了一口小缸，没有半年又放满了，她还想再去弄一口小缸来，许三观没有同意，他说：

“我们家又不开米店，存那么多米干什么？到了夏天吃不完的话，米里面就会长虫子。”

许玉兰觉得许三观说得有道理，就满足于床下只有两口小缸，不再另想办法。

米放久了就要长出虫子来，虫子在米里面吃喝拉睡的，把一粒一粒的米都吃碎了，好像面粉似的，虫子拉出来的屎也像面粉似的，混在里面很难看清楚，只是稍稍有些发黄。所以床下两口小缸里的米放满以后，许玉兰就把它们倒进厨房的米缸里。

然后，她坐在床上，估算着那两小缸的米有多少斤，值多少钱，她把算出来的钱叠好了放到箱子底下。这些钱她不花出去，她对许三观说：

“这些钱是我从你们嘴里一点一点掏出来的，你们一点都没觉察到吧?”

她又说：“这些钱平日里不能动，到了紧要关头才能拿出来。”

许三观对她的做法不以为然，他说：

“你这是脱裤子放屁，多此一举。”

许玉兰说：“话可不能这么说，人活一辈子，谁会没病没灾？谁没有个三长两短？遇到那些倒霉的事，有准备总比没有准备好。聪明人做事都给自己留着一条退路……”

“再说，我也给家里节省出了钱……”

许玉兰经常说：“灾荒年景会来的，人活一生总会遇到那么几次，想躲是躲不了的。”

当三乐八岁，二乐十岁，一乐十一岁的时候，整个城里都被水淹到了，最深的地方有一米多，最浅的地方也淹到了膝盖。在这一年六月里，许三观的家有七天成了池塘，水在他们家中流来流去，到了晚上睡觉的时候，还能听到波浪的声音。

水灾过去后，荒年就跟着来了。刚开始的时候，许三观和许玉兰还没有觉得荒年就在面前了，他们只是听说乡下的稻子大多数都烂在田里了，许三观就想到爷爷和四叔的村庄，他心想好在爷爷和四叔都已经死了，要不他们的日子怎么过呢？他另外三个叔叔还活着，可是另外三个叔叔以前对他不好，所以他也就不去想他们了。

到城里来要饭的人越来越多，许三观和许玉兰这才真正觉得荒年已经来了。每天早晨打开屋门，就会看到巷子里睡着要饭的人，而且每天看到的面孔都不一样，那些面孔也是越来越瘦。

城里米店的大门有时候开着，有时候就关上了，每次关上后重新打开时，米价就往上涨了几倍。没过多久，以前能买十斤米的钱，只能买两斤红薯了。丝厂停工了，因为没有蚕茧；许玉兰也用不着去炸油条了，因为没有面粉，没有食油。学校也不上课了，城里很多店都关了门，以前有二十来家饭店，现在只有胜利饭店还在营业。

许三观对许玉兰说：“这荒年来得真不是时候，要是早几年来，我们还会好些；就是晚几年来，我们也能过得去。偏偏这时候来了，偏偏在我们家底空了的时候来了。

“你想想，先是家里的锅和碗，米和油盐酱醋什么的被收去了，家里的灶也被他们砸了，原以为那几个大食堂能让我们吃上一辈子，没想到只吃了一年，一年以后又要吃自己了，重新起个灶要花钱，重新买锅碗瓢盆要花钱，重新买米和油盐酱醋也要花钱。这些年你一分、两分节省下来的钱就一下子花出去了。

“钱花出去了倒也不怕，只要能安安稳稳过上几年，家底自然又能积起来一些。可是这两年安稳了吗？先是一乐的事，一乐不是我儿子，我是当头挨了一记闷棍，这些就不说了，这个一乐还给我们去闯了祸，让我赔给了方铁匠三十五元钱。这两年我过得一点都不顺心，紧接着这荒年又来了。“好在床底下还有两缸米……”

许玉兰说：“床底下的米现在不能动，厨房的米缸里还有米。从今天起，我们不能再吃午饭了，我估算过了，这灾荒还得有半年，要到明年开春以后，地里的庄稼都长出来以后，这灾荒才会过去。家里的米只够我们吃一个月，如果每天都喝稀粥的话，也只够吃四个月多几天。剩下还有一个多月的灾荒怎么过？总不能一个多月不吃不喝，要把这一个多月拆开了，插到那四个月里面去。趁着冬天还没有来，我们到城外去采一些野菜回来，厨房的米缸过不了几天就要空了，刚好把它腾出来放野菜，再往里面撒上盐，野菜撒上了盐就不会烂，起码四五个月不会烂掉。家里还有一些钱，我藏在褥子底下，这钱你不知道，是我这些年买菜时节省下来的，有十九元六角七分，拿出十三元去买玉米棒子，能买一百斤回来，把玉米剥下来，自己给磨成粉，估计也有三十来斤，玉米粉混在稀粥里一起煮了吃，稀粥就会很稠，喝到肚子里也能觉得饱……”

许三观对儿子们说：“我们喝了一个月的玉米稀粥了，你们脸上红润的颜色喝没了，你们身上的肉也越喝越少了，你们一天比一天无精打采，你们现在什么话都不会说了，只会说饿、饿、饿，好在你们的小命都还在。现在城里所有的人都在过苦日子。你们到邻居家去看看，再到你们的同学家里去看看，每天有玉米稀粥喝的已经是好人家了。这苦日子还得往下熬。米缸里的野菜你们都说吃腻了，吃腻了也得吃，你们想吃一顿干饭，吃一顿不放玉米粉的饭，我和你们妈商量了，以后会做给你们吃的，现在还不行，现在还得吃米缸里的野菜，喝玉米稀粥。你们说玉米稀粥也越来越稀了，这倒是真的，因为这苦日子还没有完，苦日子往后还很长，我和你们妈也没有别的办法，只好先把你们的小命保住，别的就顾不上了，俗话说得好，留得青山在不怕没柴烧，只要把命保住了，熬过了这苦日子，往后就是很长很长的好日子了。现在你们还得喝玉米稀粥，稀粥越来越稀，你们说尿一泡尿，肚子里就没有稀粥了。这话是谁说的？是一乐说的，我就知道这话是他说的，你这小崽子。你们整天都在说饿、饿、饿，你们这么小的人，一天喝下去的稀粥也不比我少，可你们整天说饿、饿、饿，为什么？就是因为你们每天还出去玩，你们一喝完粥就溜出去，我叫都叫不住，三乐这小崽子今天还在外面喊叫，这时候还有谁会喊叫？这时候谁说话都是轻声细气的，谁的肚子里都在咕咚咕咚响着，本来就没吃饱，一喊叫，再一跑，喝下去的粥他妈的还会有吗？早他妈的消化干净了。从今天起，二乐、三乐，还有你，一乐，喝完粥以后都给我上床去躺着，不要动，一动就会饿，你们都给我静静地躺着，我和你们妈也上床躺着……我不能再说话了，我饿得一点力气都没有了，我刚才喝下去的稀粥一点都没有了。”

许三观一家人从这天起，每天只喝两次玉米稀粥了，早晨一次，晚上一次，别的时间全家都躺在床上，不说话也不动。一说话一动，肚子里就会咕咚咕咚响起来，就会饿。不说话也不动，静静地躺在床上，就会睡着了。于是许三观一家人从白天睡到晚上，又从晚上睡到白天，一睡睡到了这一年的十二月七日。

这一天晚上，许玉兰煮玉米稀粥时比往常多煮了一碗，而且玉米粥也比往常稠了很多，她把许三观和三个儿子从床上叫起来，笑嘻嘻地告诉他们：

“今天有好吃的。”

许三观和一乐、二乐、三乐坐在桌前，伸长了脖子看着许玉兰端出来什么，结果许玉兰端出来的还是他们天天喝的玉米粥。先是一乐失望地说：“还是玉米粥。”二乐和三乐也跟着同样失望地说：

“还是玉米粥。”

许三观对他们说：“你们仔细看看，这玉米粥比昨天的、比前天的、比以前的可是稠了很多。”

许玉兰说："你们喝一口就知道了。"

三个儿子每人喝了一口以后，都眨着眼睛一时间不知道是什么味道，许三观也喝了一口，许玉兰问他们：

"知道我在粥里放了什么吗？"

三个儿子都摇了摇头，然后端起碗呼呼地喝起来，许三观对他们说：

"你们真是越来越笨了，连甜味道都不知道了。"

这时一乐知道粥里放了什么了，他突然叫起来：

"是糖，粥里放了糖。"

二乐和三乐听到一乐的喊叫以后，使劲地点起了头，他们的嘴却没有离开碗，边喝边发出咯咯的笑声。许三观也哈哈笑着，把粥喝得和他们一样响亮。

许玉兰对许三观说："今天我把留着过春节的糖拿出来了，今天的玉米粥煮得又稠又黏，还多煮了一碗给你喝，你知道是为什么？今天是你的生日。"

许三观听到这里，刚好把碗里的粥喝完了，他一拍脑袋叫起来：

"今天就是我妈生我的第一天。"

然后他对许玉兰说："所以你在粥里放了糖，这粥也比往常稠了很多，你还为我多煮了一碗，看在我自己生日的分上，我今天就多喝一碗了。"

当许三观把碗递过去的时候，他发现自己晚了。一乐、二乐、三乐的三只空碗已经抢在了他的前面，朝许玉兰的胸前塞过去，他就挥挥手说：

"给他们喝吧。"

许玉兰说："不能给他们喝，这一碗是专门为你煮的。"

许三观说："谁喝了都一样，都会变成屎，就让他们去多屙一些屎出来。给他们喝。"

然后许三观看着三个孩子重新端起碗来，把放了糖的玉米粥喝得哗啦哗啦响，他就对他们说：

"喝完以后，你们每人给我叩一个头，算是给我的寿礼。"

说完心里有些难受了，他说：

"这苦日子什么时候才能完？小崽子苦得都忘记什么是甜，吃了甜的都想不起来这就是糖。"

三个孩子喝完了玉米粥，都伸长了舌头舔起了碗，舌头像是巴掌似的把碗拍得噼啪响。

【注释】

①选自余华：《许三观卖血记》，111～118 页，北京，作家出版社，2018。

【赏析】

《许三观卖血记》讲述了丝厂一个普通的送茧工人许三观在生活困难的年代多次卖血求生的故事。除了第一次因偶然卖血、第三次是为林芬芳买补品外，其余都是在生活陷入困难的情况下不得已去卖血的。为了摆脱生存的困境，许三观不得一次又一次地去卖血，以维持家人的生存，如此“卖血”充分体现了普通老百姓生活的无奈与辛酸以及他们面对苦难独自承担的勇气。在叙述卖血的过程中，我们可以大致了解中国特殊时期的历史。许三观卖血的历程既浓缩了20世纪中国苦难历史下每个生命个体的痛苦和挣扎，展现了他们通过自己的方式反抗苦难的坚韧意志与生命的尊严，同时也折射了中国社会的状况以及它的兴衰变化。

“卖血”本是很残酷的事情，对于绝大多数人来说，除非走投无路，否则是不会去卖血的。但余华叙述得平缓、自然，他用悲悯的幽默冲淡故事的残酷。他可以轻松地处理痛苦的处境而对笔下那些没有文化的穷人不加丝毫的嘲弄。余华的这种幽默给人物带来生命，赋予他们立体感和尊严。

小说的主人公许三观，是一个普通老百姓，没什么文化，也没有远大的理想。他在外面可能有些自卑，回到家里面对妻儿却信心十足，骂骂咧咧耍尽威风。他讨厌别人明里暗里地称他“乌龟”，可事实如此他又无可奈何。当何小勇意外遭遇车祸生命垂危时，许三观最初的表现是得意洋洋，幸灾乐祸，以此来宣泄心中郁积多年的怨恨，但后来又叫一乐为何小勇喊魂。他带着不是自己亲生儿子的一乐去吃面条，“文化大革命”时期给妻子送饭，偷偷在饭下面藏着红烧肉，最后为了给一乐治病竟然一路卖血去上海……许三观是一个集人性的善和恶于一身的形象，他的言行中透着矛盾，更透出人性温暖的光辉。余华将小人物的善良、热心、狡猾、盲目乐观、自我满足等种种性格全部呈现在许三观身上，赋予许三观浓厚的喜剧色彩。就在这样舒缓的叙述中，作者将卖血的残酷消解掉了，而将人们面对苦难时的乐观与勇气充分凸显了出来，使许三观这一人物形象异常鲜活生动。

余华的作品总能透露出一种充满活力而又诙谐幽默，同时兼有激情澎湃与别出心裁的写作风格。《许三观卖血记》因其故事情节的典型性和主题思想的深刻性而区别于普通的悲剧或喜剧，它是一部精妙绝伦的悲喜剧。余华运用成熟的笔锋、精妙的构思和敏锐的观察力践行着他的历史使命，让每一位读者在悲喜交加当中回味无穷。

(四)戏剧

1. 雷雨(选场)[①]

曹禺

【作者简介】

曹禺(1910—1996)，著名剧作家，原名万家宝，祖籍湖北潜江，生于天津一个封建官僚家庭。他从小爱好文学和戏剧，1933年完成了处女作四幕剧《雷雨》。该剧以高度的艺术成就和现实主义的艺术力量震动了当时的戏剧界，标志着中国话剧艺术开始走向成熟。1933年大学毕业后，曹禺入清华研究院，专事戏剧研究。1935年写成剧本《日出》，深刻剖析了20世纪30年代中国的都市生活，批判了那个“损不足以奉有余”

的罪恶社会。《日出》曾获《大公报》文艺奖，与《雷雨》前后辉映于剧坛，奠定了曹禺在中国话剧史上的地位。1936年曹禺任教于国立戏剧专科学校，写了他唯一的涉及农村阶级斗争的剧作《原野》。抗日战争全面爆发后，曹禺随校迁至四川，任中华全国文艺界抗敌协会理事和电影厂编剧等职，创作有醇厚清新、深沉动人的优秀剧作《北京人》，并将巴金的小说《家》改编成剧本，还译有《罗密欧与朱丽叶》等。1946年，曹禺赴美国讲学，翌年年初回国。

中华人民共和国成立后，曹禺广泛参加国内外的社会和文化交流活动，历任北京人民艺术剧院院长，中央戏剧学院副院长、名誉院长，中国戏剧家协会主席等职。他创作了话剧《明朗的天》(获全国第一届话剧观摩演出剧本一等奖)、历史剧《胆剑篇》(执笔)、《王昭君》，出版有《迎春集》《曹禺选集》《曹禺论创作》《曹禺戏剧集》等。一些剧作被译成日、俄、英等国文字出版。

【原文】

［四凤拉萍至中门，中门开，鲁妈与大海进。

［两钟点内鲁妈的样子另变了一个人。声音因为在雨里叫喊哭号已经喑哑，眼皮失望地向下垂，前额的皱纹很深地刻在上面，过度的刺激使着她变成了呆滞，整个激成刻板的痛苦的模型。她的衣服像是已烘干了一部分，头发还有些湿，鬓角凌乱地贴着湿的头发。她的手在颤，很小心地走进来。

四 (惊惧)妈！(畏缩)

［略顿，鲁妈哀怜地望着四凤。

鲁 (伸出手向四凤，哀痛地)凤儿，来！

［四凤跑至母亲面前，跪下。

四 妈！(抱着母亲的膝)

鲁 (抚摸四凤的头顶，痛惜地)孩子，我的可怜的孩子。

四 (泣不成声地)妈，饶了我吧，饶了我吧，我忘了您的话了。

鲁 (扶起四凤)你为什么早不告诉我？

四 (低头)我疼您，妈，我怕，我不愿意有一点叫您不喜欢我，看不起我，我不敢告诉您。

鲁 (沉痛地)这还是你的妈太糊涂了，我早该想到的。(酸苦地，忽而)天，这谁又料得到，天底下会有这种事，偏偏又叫我的孩子们遇着呢？哦，你们妈的命太苦，我们的命也太苦了。

大 (冷淡地)妈，我们走吧，四凤先跟我们回去。——我已经跟他(指萍)商量好了，他先走，以后他再接四凤。

鲁 (迷惑地)谁说的？谁说的？

大 (冷冷地望着鲁妈)妈，我知道您的意思，自然只有这么办。所以，周家的事我以后也不提了，让他们去吧。

鲁 (迷惑，坐下)什么？让他们去？

萍 (嗫嚅)鲁奶奶，请您相信我，我一定好好地待她，我们现在决定就走。

鲁 (拉着四凤的手，颤抖地)凤，你，你要跟他走?

四 (低头，不得已紧握着鲁妈的手)妈，我只好先离开您了。

鲁 (忍不住)你们不能够在一块儿!

大 (奇怪地)妈，您怎么?

鲁 (站起)不，不成!

四 (着急)妈!

鲁 (不顾她，拉着她的手)我们走吧。(向大海)你出去叫一辆洋车，四凤大概走不动了。我们走，赶快走。

四 (死命地退缩)妈，您不能这样做。

鲁 不，不成!(呆滞地，单调地)走，走。

四 (哀求)妈，您愿您的女儿急得要死在您的眼前么?

萍 (走向鲁妈前)鲁奶奶，我知道我对不起你。不过我能尽我的力量补我的错，现在事情已经做到这一步，你——

大 妈，(不懂地)您这一次，我可不明白了!

鲁 (不得已，严厉地)你先去雇车去!(向四凤)凤儿，你听着，我情愿你没有，我不能叫你跟他在一块儿。走吧!

[大海刚至门口，四凤喊一声。

四 (喊)啊，妈，妈!(晕倒在母亲怀里)

鲁 (抱着四凤)我的孩子，你——

萍 (急)她晕过去了。

[鲁妈急按着她的前额，低声唤“四凤”，忍不住地泣下。

[萍向饭厅跑。

大 不用去——不要紧，一点凉水就好。她小时就这样。

[萍拿凉水淋在她面上，四凤渐醒，面呈死白色。

鲁 (拿凉水灌四凤)凤儿，好孩子。你回来，你回来。我的苦命的孩子。

四 (口渐张，眼睁开，喘出一口气)啊，妈!

鲁 (安慰地)孩子，你不要怪妈心狠，妈的苦说不出。

四 (叹出一口气)妈!

鲁 什么?凤儿?

四 我，我不能不告诉你，萍!

萍 凤，你好点了没有?

四 萍，我总是瞒着你；也不肯告诉您(向妈乞怜地望着)妈，您——

鲁 什么，孩子，快说。

四 (抽咽)我，我——(放胆)我跟他现在已经有……(大哭)

鲁 (迫切地)怎么，你说你有——(受到打击，不动。)

萍 (拉起四凤的手)四凤!怎么，真的，你——

四 (哭)嗯。

萍 (悲喜交集)什么时候?什么时候?

四　(低头)大概已经三个月。

萍　(快慰地)哦，四凤，你为什么不告诉我，我，我的——

鲁　(低声)天哪。

萍　(走向鲁)鲁奶奶，你无论如何不要再固执哪，都是我错了，我求你！(跪下)我求你放了她吧。我敢保我以后对得起她，对得起你。

四　(立起，走到母亲面前跪下)妈，您可怜可怜我们，答应我们，让我们走吧。

鲁　(不做声，坐着，发痴)我是在做梦。我的儿女，我自己生的儿女，三十年工夫——哦，天哪，(掩面哭，挥手)你们走吧，我不认得你们。(转过头去)

萍　谢谢你！(立起)我们走吧。凤！

[四凤起

鲁　(回头，不自主地)不，不能够！

[四凤又跪下。

四　(哀求)妈，您，您是怎么？我的心定了。不管他是富，是穷，不管他是谁，我是他的了。我心里第一个许了他，我看见的只有他，妈，我现在到了这一步，他到哪儿我也到哪儿；他是什么，我也跟他是什么。妈，您难道不明白，我——

鲁　(指手令她不要向下说，苦痛地)孩子。

大　妈，妹妹既然是闹到这样，让她去了也好。

萍　(阴沉地)鲁奶奶，您心里要是一定不放她，我们只好不顺从您的话，自己走了。凤！

四　(摇头)萍！(还望着鲁妈)妈！

鲁　(沉重的悲伤，低声)啊，天知道谁犯了罪，谁造的这种孽！他们都是可怜的孩子，不知道自己做的是什么。天哪，如果要罚，也罚在我一个人身上；我一个人有罪，我先走错了一步。(伤心地)如今我明白了，我明白了，事情已经做了的，不必再怨这不公平的天；人犯了一次罪过，第二次也就自然地跟着来。(摸着四凤的头)他们是我的干净孩子，他们应当好好地活着，享着福。冤孽是在我心里头，苦也应当我一个人尝。他们快活，谁晓得就是罪过？他们年青，他们自己并没有存心做了什么错。(立起，望着天)今天晚上，是我让他们一块儿走，这罪过我知道，可是罪过我现在替他们犯了；所有的罪孽都是我一个人惹的，我的儿女们都是好孩子，心地干净的。那么，天，真有了什么，也就让我一个人担待吧。(回过头)凤儿——

四　(不安地)妈，您心里难过，我不明白您说的什么。

鲁　(回转头；和蔼地)没有什么。(微笑)你起来，凤儿，你们一块儿走吧。

四　(立起，感动地，抱着她的母亲)妈！

萍　去，(看表)不早了，还只有二十五分钟，叫他们把汽车开出，来，走吧。

鲁　(沉静地)不，你们这次走，是在黑地里走，不要黑动旁人。(向大海)大海，你去叫车去，我要回去，你送他们到车站。

大　嗯。

[大海由中门下。

鲁　(向四凤哀婉地)过来，我的孩子，让我好好地亲一亲。(四凤过来抱母；鲁妈向萍)你也来，让我也看你一下。(萍至前，低头，鲁望他，擦眼泪)好，你们走吧！我要你们两个在未走以前答应我一件事。

萍 您说吧。

鲁 你们不答应，我还是不要四凤走的。

四 妈，您说吧，我答应。

鲁 (看他们两人)你们这次走，最好越走越远，不要回头。今天离开，你们无论生死，永远也不许见我。

四 (难过)妈，那不——

萍 (眼色，低声)她现在很难过，才说这样的话，过后，她就会好了的。

四 嗯，也好，妈，那我们走吧。

[四凤跪下，向母叩头，四凤落泪，鲁妈竭力忍着。

鲁 (挥手)走吧！

萍 我们从饭厅里出去吧，饭厅里还放着我几件东西。

[三人——萍，四凤，鲁妈——走到饭厅门口，饭厅门开。蘩走出，三人俱惊视。

四 (失声)太太！

蘩 (沉稳地)咦，你们到哪儿去？外面还打着雷呢！

萍 (向蘩)怎么你一个人在外面偷听！

蘩 嗯，不只我，还有人呢。(向饭厅上)出来呀，你！

[冲由饭厅上，畏缩地。

四 (惊愕地)二少爷！

冲 (不安地)四凤！

萍 (不高兴，向弟)弟弟，你怎么这样不懂事？

冲 (莫名其妙地)妈叫我来的，我不知道你们这是干什么。

蘩 (冷冷地)现在你就明白了。

萍 (烦急，向蘩)你这是干什么？

蘩 (嘲弄地)我叫你弟弟来跟你们送行。

萍 (气急)你真卑——

冲 哥哥！

萍 弟弟，我对不起！(突向蘩)不过世界上没有像你这样的母亲！

冲 (迷惑地)妈，这是怎么回事？

蘩 你看哪！(向四凤)四凤，你预备上哪儿去？

四 (嗫嚅)我……我……

萍 不要说一句瞎话。告诉他们，挺起胸来告诉他们，说我们预备一块儿走。

冲 (明白)什么，四凤，你预备跟他一块儿走？

四 嗯，二少爷，我，我是——

冲 (半质问地)你为什么早不告诉我？

四 我不是不告诉你；我跟你说过，叫你不要找我，因为我——我已经不是个好女人。

萍 (向四凤)不，你为什么说自己不好？你告诉他们！(指蘩)告诉他们，说你就要嫁我！

冲 (略惊)四凤，你——

蘩 (向冲)现在你明白了。

[冲低头

萍 (突向蘩，刻毒地)你真没有一点心肝！你以为你的儿子会替——会破坏么？弟弟，你说，你现在有什么意思，你说，你预备对我怎么样？说！哥哥都会原谅你。

[冲望蘩，又望四凤，自己低头。

蘩 冲儿，说呀！(半晌，急促)冲儿，你为什么不说话呀？你为什么不抓着四凤问？你为什么不抓着你哥哥？说话呀。(又顿)

[众人俱看冲，冲不语。

蘩 冲儿你说呀，你怎么，你难道是个死人？哑巴？是个糊涂孩子？你难道见着自己心上喜欢的人叫人抢去，一点儿都不动气么？

冲 (抬头，羊羔似的)不，不，妈！(又望四凤，低头)只要四凤愿意，我没有一句话可说。

萍 (走到冲面前，拉着他的手)哦，我的好弟弟，我的明白弟弟！

冲 (疑惑地，思考地)不，不，我忽然发现……我觉得……我好像并不是真爱四凤；(渺渺茫茫地)以前——我，我，我——大概是胡闹！

萍 (感激地)不过，弟弟——

冲 (望着萍热烈的神色，退缩地)不，你把她带走吧，只要你好好地待她！

蘩 (整个消灭，失望)哦，你呀！(忽然，气愤)你不是我的儿子；你不像我，你——你简直是条死猪！

冲 (受侮地)妈！

萍 (惊)你是怎么回事？

蘩 (昏乱地)你真没有点男子气，我要是你，我就打了她，烧了她，杀了她。你真是糊涂虫，没有一点生气的。你还是你父亲养的，你父亲的小绵羊。我看错了你——你不是我的，你不是我的儿子。

萍 (不平地)你是冲弟弟的母亲么？你这样说话。

蘩 (痛苦地)萍，你说，你说出来；我不怕，你告诉他，我现在已经不是他的母亲。

冲 (难过地)妈，您怎么？

蘩 (丢弃了拘束)我叫他来的时候，我早已忘了我自己，(向冲，半疯狂地)你不要以为我是你的母亲，(高声)你的母亲早死了，早叫你父亲压死了，闷死了。现在我不是你的母亲。她是见着周萍又活了的女人，(不顾一切地)她也是要一个男人真爱她，要真真活着的女人！

冲 (心痛地)哦，妈。

萍 (眼色向冲)她病了。(向蘩)你跟我上楼去吧！你大概是该歇一歇。

蘩 胡说！我没有病，我没有病，我神经上没有一点病。你们不要以为我说胡话。(揩眼泪，哀痛地)我忍了多少年了，我在这个死地方，监狱似的周公馆，陪着一个阎王十八年了，我的心并没有死；你的父亲只叫我生了冲儿，然而我的心，我这个人还是我的。（指萍）就只有他才要了我整个的人，可是他现在不要我，又不要我了。

冲　（痛极）妈，我最爱的妈，您这是怎么回事？

萍　你先不要管她，她在发疯！

蘩　（激烈地）不要学你的父亲。没有疯——我这是没有疯！我要你说，我要你告诉他们——这是我最后的一口气！

萍　（狼狈地）你叫我说什么？我看你上楼睡去吧。

蘩　（冷笑）你不要装！你告诉他们，我并不是你的后母。

［大家俱惊，略顿。

冲　（无可奈何地）妈！

蘩　（不顾地）告诉他们，告诉四凤，告诉她！

四　（忍不住）妈呀！（投入鲁妈怀）

萍　（望着弟弟，转向蘩）你这是何苦！过去的事你何必说呢？叫弟弟一生不快活。

蘩　（失了母性，喊着）我没有孩子，我没有丈夫，我没有家，我什么都没有，我只要你说：你——我是你的。

【注释】

①选自刘方政：《20世纪中国戏剧精选》，64～72页，济南，山东文艺出版社，2008。

【赏析】

《雷雨》是曹禺创作的第一部话剧，也是中国现代话剧成熟的标志。《雷雨》一发表，就震动了文坛，而当时的曹禺只有23岁。他的四大经典名作《雷雨》《日出》《原野》《北京人》在千百个舞台上以多种面貌出现，被不同的人饱含深情地演绎解读，一举将中国话剧推上了历史上最轰动热烈的巅峰时期。

《雷雨》以1925年前后的中国社会为背景，讲述了一个带有浓厚封建色彩的资产阶级家庭的悲剧。剧作运用了“三一律”的戏剧创作原则，以两个家庭、八个人物、在短短一天之内发生的故事为主线，牵扯了三十年的恩恩怨怨。

曹禺在谈到写作意图时说过，《雷雨》是在“没有太阳的日子里的产物”。“那个时候，我是想反抗的。因陷于旧社会的昏暗、腐恶，我不甘模棱地活下去，所以我才拿起笔。《雷雨》是我的第一声呻吟，或许是一声呐喊。”（《曹禺选集·后记》）曹禺利用狭小的舞台，既展现了激烈的矛盾纠葛、怒斥了封建家庭的腐朽，也影射了更为深层的社会和时代问题。《雷雨》展示的是一幕人生大悲剧，是不平等的社会里，现实和命运对人的残酷的捉弄。通过个性鲜明的台词、激烈的戏剧冲突和恰到好处的环境设置，曹禺完成了对八个人物的成功塑造。其实悲剧早已潜伏在每一句台词、每一个伏笔中，只是到最后才爆发出来，化作一场雷雨，无比强烈地震撼了每个人的灵魂。

《雷雨》反映了中国20世纪二三十年代正在酝酿着一场大变动的社会现实，表达了对受压迫者的深切同情，是“中国话剧现实主义的基石”，也是中国现代话剧成熟的里程碑。

2. 茶馆(选场)[①]

老舍

【作者简介】

老舍(1899—1966),满族正红旗人,原名舒庆春,字舍予,现代著名作家。著有长篇小说《小坡的生日》《猫城记》《离婚》《牛天赐传》《骆驼祥子》《火葬》《四世同堂》《正红旗下》《无名高地有了名》,中篇小说《我这一辈子》,短篇小说集《赶集》《贫血集》《月牙集》,散文集《福星集》,剧本《龙须沟》《茶馆》,通俗文艺作品集《三四一》等。其中,《骆驼祥子》是我国现代文学史上最优秀的长篇小说之一,曾先后被译成十几种文字。老舍的文学创作历时 40 年,作品多以城市人民生活为题材,爱憎分明,有强烈的正义感。人物性格鲜明,细节刻画真实。老舍善于运用北京话准确地表现人物、描写事件,作品具有浓郁的地方色彩和强烈的生活气息。老舍以讽刺幽默和诙谐轻松的风格,赢得了人民的喜爱,1951 年北京市人民政府授予他"人民艺术家"的光荣称号。

【原文】

第一幕

[唐铁嘴踏拉着鞋,身穿一件极长极脏的大布衫,耳上夹着几张小纸片,进来。

王利发　唐先生,你外边蹓蹓吧!

唐铁嘴　(惨笑)王掌柜,捧捧唐铁嘴吧!送给我碗茶喝,我就先给您相相面吧!手相奉送,不取分文!(不容分说,拉过王利发的手来)今年是光绪二十四年,戊戌。您贵庚是……

王利发　(夺回手去)算了吧,我送给你一碗茶喝,你就甭卖那套生意口啦!用不着相面,咱们既在江湖内,都是苦命人!(由柜台内走出,让唐铁嘴坐下)坐下!我告诉你,你要是不戒了大烟,就永远交不了好运!这是我的相法,比你的更灵验!

[松二爷和常四爷都提着鸟笼进来,王利发向他们打招呼。他们先把鸟笼子挂好,找地方坐下。松二爷文诌诌的,提着小黄鸟笼;常四爷雄赳赳的,提着大而高的画眉笼。茶房李三赶紧过来,沏上盖碗茶。他们自带茶叶。茶沏好,松二爷、常四爷向邻近的茶座让了让。

松二爷
常四爷　您喝这个!(然后,往后院看了看)

松二爷　好象又有事儿?

常四爷　反正打不起来!要真打的话,早到城外头去啦;到茶馆来干吗?

[二德子,一位打手,恰好进来,听见了常四爷的话。

二德子　(凑过去)你这是对谁甩闲话呢?

常四爷　(不肯示弱)你问我哪？花钱喝茶，难道还教谁管着吗？

松二爷　(打量了二德子一番)我说这位爷，您是营里当差的吧？来，坐下喝一碗，我们也都是外场人。

二德子　你管我当差不当差呢！

常四爷　要抖威风，跟洋人干去，洋人厉害！英法联军烧了圆明园，尊家吃着官饷，可没见您去冲锋打仗！

二德子　甭说打洋人不打，我先管教管教你！(要动手)

[别的茶客依旧进行他们自己的事。王利发急忙跑过来。

王利发　哥儿们，都是街面上的朋友，有话好说。德爷，您后边坐！

[二德子不听王利发的话，一下子把一个盖碗搂下桌去，摔碎。翻手要抓常四爷的脖领。

常四爷　(闪过)你要怎么着？

二德子　怎么着？我碰不了洋人，还碰不了你吗？

马五爷　(并未立起)二德子，你威风啊！

二德子　(四下扫视，看到马五爷)喝，马五爷，您在这儿哪？我可眼拙，没看见您！(过去请安)

马五爷　有什么事好好地说，干吗动不动地就讲打？

二德子　嗻！您说的对！我到后头坐坐去。李三，这儿的茶钱我候啦！(往后面走去)

常四爷　(凑过来，要对马五爷发牢骚)这位爷，您圣明，您给评评理！

马五爷　(立起来)我还有事，再见！(走出去)

常四爷　(对王利发)邪！这倒是个怪人！

王利发　您不知道这是马五爷呀？怪不得您也得罪了他！

常四爷　我也得罪了他？我今天出门没挑好日子！

王利发　(低声地)刚才您说洋人怎样，他就是吃洋饭的。信洋教，说洋话，有事情可以一直地找宛平县的县太爷去，要不怎么连官面上都不惹他呢！

常四爷　(往原处走)哼，我就不佩服吃洋饭的！

王利发　(向宋恩子、吴祥子那边稍一歪头，低声地)说话请留点神！(大声地)李三，再给这儿沏一碗来！(拾起地上的碎磁片)

松二爷　盖碗多少钱？我赔！外场人不作老娘们事！

王利发　不忙，待会儿再算吧！(走开)

[纤手刘麻子领着康六进来。刘麻子先向松二爷、常四爷打招呼。

刘麻子　您二位真早班儿！(掏出鼻烟壶，倒烟)您试试这个！刚装来的，地道英国造，又细又纯！

常四爷　唉！连鼻烟也得从外洋来！这得往外流多少银子啊！

刘麻子　咱们大清国有的是金山银山，永远花不完！您坐着，我办点小事！(领康六找了个座儿)

[李三拿过一碗茶来。

刘麻子　说说吧，十两银子行不行？你说干脆的！我忙，没工夫专伺候你！

康六　刘爷！十五岁的大姑娘，就值十两银子吗？

刘麻子　卖到窑子去，也许多拿一两八钱的，可是你又不肯！

康六　那是我的亲女儿！我能够……

刘麻子　有女儿，你可养活不起，这怪谁呢？

康六　那不是因为乡下种地的都没法子混了吗？一家大小要是一天能吃上一顿粥，我要还想卖女儿，我就不是人！

刘麻子　那是你们乡下的事，我管不着。我受你之托，教你不吃亏，又教你女儿有个吃饱饭的地方，这还不好吗？

康六　到底给谁呢？

刘麻子　我一说，你必定从心眼里乐意！一位在宫里当差的！

康六　宫里当差的谁要个乡下丫头呢？

刘麻子　那不是你女儿的命好吗？

康六　谁呢？

刘麻子　庞总管！你也听说过庞总管吧？侍候着太后，红的不得了，连家里打醋的瓶子都是玛瑙作的！

康六　刘大爷，把女儿给太监作老婆，我怎么对得起人呢？

刘麻子　卖女儿，无论怎么卖，也对不起女儿！你胡涂！你看，姑娘一过门，吃的是珍馐美味，穿的是绫罗绸缎，这不是造化吗？怎样，摇头不算点头算，来个干脆的！

康六　自古以来，哪有……他就给十两银子？

刘麻子　找遍了你们全村儿，找得出十两银子找不出？在乡下，五斤白面就换个孩子，你不是不知道！

康六　我，唉！我得跟姑娘商量一下！

刘麻子　告诉你，过了这个村可没有这个店，耽误了事别怨我！快去快来！

康六　唉！我一会儿就回来！

刘麻子　我在这儿等着你！

康六　(慢慢地走出去)

刘麻子　(凑到松二爷、常四爷这边来)乡下人真难办事，永远没有个痛痛快快！

松二爷　这号生意又不小吧？

刘麻子　也甜不到哪儿去，弄好了，赚个元宝！

常四爷　乡下是怎么了？会弄得这么卖儿卖女的！

刘麻子　谁知道！要不怎么说，就是一条狗也得托生在北京城里嘛！

常四爷　刘爷，您可真有个狠劲儿，给拉拢这路事！

刘麻子　我要不分心，他们还许找不到买主呢！(忙岔话)松二爷，(掏出个小时表来)您看这个！

松二爷　(接表)好体面的小表！

刘麻子　您听听，嘎登嘎登地响！

松二爷　(听)这得多少钱？

刘麻子　您爱吗？就让给您！一句话，五两银子！您玩够了，不爱再要了，我还照数退钱！东西真地道，传家的玩艺！

常四爷　我这儿正咂摸这个味儿：咱们一个人身上有多少洋玩艺儿啊！老刘，就看你身上吧：洋鼻烟，洋表，洋缎大衫，洋布裤褂……

刘麻子　洋东西可是真漂亮呢！我要是穿一身土布，象个乡下脑壳，谁还理我呀！

常四爷　我老觉乎着咱们的大缎子，川绸，更体面！

刘麻子　松二爷，留下这个表吧，这年月，戴着这么好的洋表，会教人另眼看待！是不是这么说，您哪？

松二爷　（真爱表，但又嫌贵）我……

刘麻子　您先戴两天，改日再给钱！

[黄胖子进来。

黄胖子　（严重的沙眼，看不清楚，进门就请安）哥儿们，都瞧我啦！我请安了！都是自己弟兄，别伤了和气呀！

王利发　这不是他们，他们在后院哪！

黄胖子　我看不大清楚啊！掌柜的，预备烂肉面。有我黄胖子，谁也打不起来！（往里走）

二德子　（出来迎接）两边已经见了面，您快来吧！

[二德子同黄胖子入内。

[茶房们一趟又一趟地往后面送茶水。老人进来，拿着些牙签、胡梳、耳挖勺之类的小东西，低着头慢慢地挨着茶座儿走；没人买他的东西。他要往后院去，被李三截住。

李三　老大爷，您外边蹓蹓吧！后院里，人家正说和事呢，没人买您的东西！（顺手儿把剩茶递给老人一碗）

松二爷　（低声地）李三！（指后院）他们到底为了什么事，要这么拿刀动杖的？

李三　（低声地）听说是为一只鸽子。张宅的鸽子飞到了李宅去，李宅不肯交还……唉，咱们还是少说话好，（问老人）老大爷您高寿啦？

老人　（喝了茶）多谢！八十二了，没人管！这年月呀，人还不如一只鸽子呢！唉！（慢慢走出去）

[秦仲义，穿得很讲究，满面春风，走进来。

王利发　哎哟！秦二爷，您怎么这样闲在，会想起下茶馆来了？也没带个底下人？

秦仲义　来看看，看看你这年轻小伙子会作生意不会！

王利发　唉，一边作一边学吧，指着这个吃饭嘛。谁叫我爸爸死的早，我不干不行啊！好在照顾主儿都是我父亲的老朋友，我有不周到的地方，都肯包涵，闭闭眼就过去了。在街面上混饭吃，人缘儿顶要紧。我按着我父亲遗留下的老办法，多说好话，多请安，讨人人的喜欢，就不会出大岔子！您坐下，我给您沏碗小叶茶去！

秦仲义　我不喝！也不坐着！

王利发　坐一坐！有您在我这儿坐坐，我脸上有光！

秦仲义　也好吧！（坐）可是，用不着奉承我！

王利发　李三，沏一碗高的来！二爷，府上都好？您的事情都顺心吧？

秦仲义　不怎么太好!

王利发　您怕什么呢？那么多的买卖，您的小手指头都比我的腰还粗!

唐铁嘴　(凑过来)这位爷好相貌，真是天庭饱满，地阁方圆，虽无宰相之权，而有陶朱之富!

秦仲义　躲开我！去!

王利发　先生，你喝够了茶，该外边活动活动去!（把唐铁嘴轻轻推开）

唐铁嘴　唉!（垂头走出去）

秦仲义　小王，这儿的房租是不是得往上提那么一提呢？当年你爸爸给我的那点租钱，还不够我喝茶用的呢!

王利发　二爷，您说的对，太对了！可是，这点小事用不着您分心，您派管事的来一趟，我跟他商量，该长多少租钱，我一定照办！是！嗻!

秦仲义　你这小子，比你爸爸还滑！哼，等着吧，早晚我把房子收回去!

王利发　您甭吓唬着我玩，我知道您多么照应我，心疼我，决不会叫我挑着大茶壶，到街上卖热茶去!

秦仲义　你等着瞧吧!

[乡妇拉着个十来岁的小妞进来。小妞的头上插着一根草标。李三本想不许她们往前走，可是心中一难过，没管。她们俩慢慢地往里走。茶客们忽然都停止说笑，看着她们。

小妞　(走到屋子中间，立住)妈，我饿！我饿!

[乡妇呆视着小妞，忽然腿一软，坐在地上，掩面低泣。

秦仲义　(对王利发)轰出去!

王利发　是！出去吧，这里坐不住!

乡妇　哪位行行好？要这个孩子，二两银子!

常四爷　李三，要两个烂肉面，带她们到门外吃去!

李三　是啦!（过去对乡妇)起来，门口等着去，我给你们端面来!

乡妇　(立起，抹泪往外走，好象忘了孩子；走了两步，又转回身来，搂住小妞吻她)宝贝！宝贝!

王利发　快着点吧!

[乡妇、小妞走出去。李三随后端出两碗面去。

王利发　(过来)常四爷，您是积德行好，赏给她们面吃！可是，我告诉您：这路事儿太多了，太多了！谁也管不了!（对秦仲义)二爷，您看我说的对不对?

常四爷　(对松二爷)二爷，我看哪，大清国要完!

秦仲义　(老气横秋地)完不完，并不在乎有人给穷人们一碗面吃没有。小王，说真的，我真想收回这里的房子!

王利发　您别那么办哪，二爷!

秦仲义　我不但收回房子，而且把乡下的地，城里的买卖也都卖了!

王利发　那为什么呢?

秦仲义　把本钱拢在一块儿，开工厂!

王利发　开工厂?

秦仲义　嗯，顶大顶大的工厂！那才救得了穷人，那才能抵制外货，那才能救国！(对王利发说而眼看着常四爷)唉，我跟你说这些干什么，你不懂！

王利发　您就专为别人，把财产都出手，不顾自己了吗？

秦仲义　你不懂！只有那么办，国家才能富强！好啦，我该走啦。我亲眼看见了，你的生意不错，你甭再要无赖，不长房钱！

王利发　您等等，我给您叫车去！

秦仲义　用不着，我愿意蹓跶蹓跶！

［秦仲义往外走，王利发送。

［小牛儿搀着庞太监走进来。小牛儿提着水烟袋。

庞太监　哟！秦二爷！

秦仲义　庞老爷！这两天您心里安顿了吧？

庞太监　那还用说吗？天下太平了：圣旨下来，谭嗣同问斩！告诉您，谁敢改祖宗的章程，谁就掉脑袋！

秦仲义　我早就知道！

［茶客们忽然全静寂起来，几乎是闭住呼吸地听着。

庞太监　您聪明，二爷，要不然您怎么发财呢！

秦仲义　我那点财产，不值一提！

庞太监　太客气了吧？您看，全北京城谁不知道秦二爷！您比作官的还厉害呢！听说呀，好些财主都讲维新！

秦仲义　不能这么说，我那点威风在您的面前可就施展不出来了！哈哈哈！

庞太监　说得好，咱们就八仙过海，各显其能吧！哈哈哈！

秦仲义　改天过去给您请安，再见！(下)

庞太监　(自言自语)哼，凭这么个小财主也敢跟我逗嘴皮子，年头真是改了！(问王利发)刘麻子在这儿哪？

王利发　总管，您里边歇着吧！

【注释】

①选自：《老舍剧作全集》(第二卷)，524～533页，北京，中国戏剧出版社，1982，略有改动。

【赏析】

老舍以长篇小说和剧作著称于世。他的作品大都取材于市民生活，为中国现代文学开拓了重要的题材领域。他所描写的自然风光、世态人情、习俗时尚，运用的群众口语，都呈现出浓郁的京味儿。《茶馆》是一部现实主义杰作。它通过裕泰大茶馆这一个“三教九流会面之处”，反映了戊戌变法、民国初年军阀混战、抗日战争结束后，这三个历史时期前后50年的社会变迁，以及人民的苦难生活。全剧共三幕。本篇选自第一幕。第一幕写的是清朝末年戊戌变法失败后的事。在北京裕泰茶馆热闹兴隆的景象之下，各种社会危机已经初露端倪。洋人在华势力一天天增大，他们与官府、流氓相勾结，弄得农民纷纷破产，卖儿卖女；而那些吃洋教的和地痞流氓却大耍威风，连太监也在买妻纳妾。谭嗣同问斩，满街搜寻变法人员，特务们恣意横行，随便抓人问罪……完全是一幅国弱民贫、政治黑暗、政府腐败的晚清社会大写真。

《茶馆》的戏剧结构是独特的，为“图卷式”结构。作品没有一个完整的情节线索，没有贯穿始终的矛盾冲突，以众多人物的活动带动情节的发展。

老舍戏剧语言的突出特点是精练、幽默而又个性化。老舍认为，剧中人物的对话应该是“话到人到”，“开口就响”，“闻其声知其人，三言五语就勾出一个人物形象的轮廓来”。例如，王利发的语言谦恭周到、圆滑得体、机敏善辩，与各种人物应酬从容自如，非常符合一个茶馆掌柜的身份。常四爷的语言则豪爽耿直，带有侠气，并且毫不忌讳他对现实的不满，表现了他正直倔强、敢作敢为、富于正义感的思想性格。老舍戏剧语言的另外一个突出特点就是具有浓郁的北京地方色彩。

下编　外国文学

一、上古文学概况

从人类社会形成到5世纪罗马奴隶制帝国崩溃属于上古时期。这一时期的文学也恰值氏族社会末期和奴隶社会时期，属于人类发展的幼稚期，神的时代和英雄时代前后交替。这一时期的文学成就主要体现在神话、史诗和戏剧上，文学艺术表达更具有直观性、形象性和抒情性。

东方的两河流域有着世界上现存最早的一部史诗《吉尔伽美什》；中东地区有《约瑟记》《摩西记》《约书亚记》和《士师记》四部史诗；印度有《摩诃婆罗多》和《罗摩衍那》；而西方的希腊，则有着以自然淳朴口语写成、体现了人类童年发展得最为完美的荷马史诗，荷马史诗与之前的希腊神话共同构成了古希腊文学的主体，以后的希腊诗歌、悲剧、喜剧都从它们那里获得养分。包括神的故事和英雄传说的古希腊神话，首先以口头形式在各个部落流传了几百年，它艺术地反映了古希腊人对人生、社会的认识，是一份不可多得的文学遗产，直接丰富着后来的西方文学创作。

希腊悲剧繁荣时期，出现了被称为三大悲剧诗人的埃斯库罗斯、索福克勒斯和欧里庇得斯。起源于祭祀庆典的古希腊悲剧大都取材于神话，表达着强烈的命运观念，重在表现主人公的英雄行为，具有磅礴壮阔的气势。

起源于祭祀酒神的狂欢歌舞和民间滑稽戏的希腊喜剧，稍后于希腊悲剧出现，大都表达对政治和社会问题的讽刺，从情节到人物形象乃至于台词，都比较夸张滑稽，通过嘲笑而起到教育作用，同样出现了三大喜剧诗人克拉提诺斯、欧波利斯和阿里斯托芬。

继承古希腊文学遗产而发展起来的古罗马文学同样在戏剧和史诗方面颇有建树。戏剧的代表作家有普劳图斯，他的《孪生兄弟》和《一坛金子》启迪了后来的莎士比亚和莫里哀。维吉尔以荷马史诗为摹本的叙述了罗马帝国的产生和历史的《伊尼德》是世界文学史上第一部文人史诗，它对当时的罗马文学和其后文艺复兴时期以及古典主义时期的文学均产生了重大影响。贺拉斯、奥维德的抒情诗和讽刺诗也别有风味。此外，古罗马的散文也异军突起，代表作家是西塞罗和恺撒，他们确立了拉丁文散文的典范。

罗马文学衰落的时候，早期基督教文学产生了，其代表作是《新约》。《新约》与此前形成的《旧约》组成的《圣经》，作为希伯来文学的代表，与希腊文学并称为欧洲文学的两大源头。

1. 荷马史诗

[古希腊]荷马

【作者简介】

荷马(约前9世纪—前8世纪),古希腊盲诗人。关于荷马,历来有很大的争论。在较长时间里,很多学者如苏格拉底、柏拉图、亚里士多德等都认为荷马实有其人,但到了17世纪末18世纪初,有些学者开始倾向于认为并无荷马其人。他们认为,此前人们一直笃信不疑的荷马并不存在,他只不过是希腊各族说唱艺人的总代表,而不是一个人,两部史诗前后相隔数百年,不可能是一人一时之作。一些学者断言,史诗的每一部分都曾作为独立的诗歌由歌手们演唱,后经多次整理加工,它才成为我们今天看到的样子。与之相对,有学者认为荷马确有其人,他生活的年代当不晚于公元前9世纪。他们认为荷马运用古代民间诗歌的材料,并重新做了加工、整理,使之形成一个完整的艺术结构。

而且关于荷马这个名字,西方学者也有过不少考证:有人说这个名字是“人质”的意思,就是说荷马大概本是俘虏出身;也有人说这个名字含有“组合在一起”的意思,就是说荷马这个名字是附会出来的,因为史诗原来是由许多散篇传说组合而成的。古代传说又说荷马是个盲乐师,这倒是颇为可能的。古代的职业乐师往往是盲人,荷马也许就是这样一位专业艺人。

【故事梗概】

荷马史诗分为《伊利亚特》和《奥德赛》两部。

《伊利亚特》:

“伊利亚特”是“特洛伊”的音译。这首长诗共15 693行,描写了特洛伊战争十年的历程,当然作者将笔墨着重放在战争的第十年上,讲述希腊英雄阿喀琉斯的故事。希腊联军攻打特洛伊城十年而无法攻下,此时,军队中又发生了瘟疫。这是因为联军统帅阿伽门农俘获了特洛伊城太阳神祭司的女儿拒不归还,太阳神便以瘟疫惩罚希腊人。联军主将阿喀琉斯促使阿伽门农归还了女俘,但阿伽门农又索取了阿喀琉斯的一个女俘作为赔偿,这使得阿喀琉斯一怒之下退出战斗,并准备带领自己的军队返回希腊。阿喀琉斯的母亲海洋女神忒提斯要求主神宙斯惩罚阿伽门农,爱神阿佛罗狄忒和战神阿瑞斯也站在特洛伊人一边。

不过,在第一次交战中,占有了海伦的特洛伊小王子帕里斯却败给了海伦的前夫、阿伽门农的兄弟墨涅拉奥斯。墨涅拉奥斯越战越勇,甚至将阿佛罗狄忒和阿瑞斯也杀得流出了天神的血液。这时,特洛伊的主将赫克托耳告别妻小,出阵参战。他在主神宙斯的指引下,大胜希腊联军。阿伽门农开始悔悟,派人向阿喀琉斯讲和,请他重新出战,但未得应允。在此情形下,阿喀琉斯的好友帕特罗克洛斯穿上阿喀琉斯的盔甲,驾着阿喀琉斯的战车出阵迎敌，特洛伊人惊恐万状。但帕特罗克洛斯在攻到特洛伊城下时被赫克托耳杀死，盔甲也被夺走。

好友的牺牲令阿喀琉斯放弃了个人恩怨，他毅然宣布重新参战，他的母亲忒提斯连夜请火神为他锻造了一副新的盔甲和盾牌，他不仅把特洛伊人杀得大败，还在智慧女神雅典娜的帮助下杀死了赫克托耳，并把他的尸体绑在战车后面绕特洛伊城三周以泄愤。赫克托耳的父亲、特洛伊老国王普里阿摩斯为讨回爱子的尸体，亲赴阿喀琉斯的营帐跪求，阿喀琉斯为他的泪水所感动，归还了尸体，还宣布停战十二天，以使特洛伊为赫克托耳举行葬礼。

《奥德赛》：

这首长诗共 12 110 行，描写的是希腊军队主要将领、依塔卡王奥德修斯在特洛伊战争结束后历经十年漂泊返回家园的故事。因为希腊军队在特洛伊城内大肆屠杀和掠夺，触怒了天神，所以，在希腊人回国途中，天神掀起大风暴，多数希腊战舰沉没了，剩下的少数人由奥德修斯带领着在海上漂泊。他们先是漂到洛伊法戈伊人的国土，在吃了甜美的洛托斯花后，不思归返，奥德修斯好不容易令手下人启程，又遇到放牧的巨人库克洛普斯，后者吞食了奥德修斯的好多伙伴，奥德修斯以酒灌醉他，刺瞎他的独眼，逃回船上。他们来到另一个岛上，遭遇狂风，后来又到了将人变成猪的女巫的妖岛，游历冥土，等等。在经过太阳神岛时，伙伴们不听奥德修斯的劝告，宰杀岛上的神牛，太阳神一怒之下击沉了奥德修斯的船只，只有奥德修斯一人幸免于难，其后他又漂泊到了奥吉吉埃岛，遇到了美丽的神女卡吕普索，卡吕普索用爱情殷切挽留奥德修斯，许愿与他一起长生不老，奥德修斯只好在此停留了七年时间，后来在神明们的干预下，奥德修斯得以脱身，还得到卡吕普索好多忠告，奥德修斯用四天时间造了一条小船上路，海神波塞冬摧毁了他的小船，奥德修斯落难到费埃克斯人的国土，向国王阿尔基诺奥斯讲述了自己十年来的漂泊经历。阿尔基诺奥斯赠送给奥德修斯很多财物，并帮助他返乡。

在雅典娜的点拨下，奥德修斯藏匿好财物，扮成乞丐去找牧猪奴，打听家里的情况。雅典娜则来到拉克得蒙，令在那里寻找父亲音讯的奥德修斯的儿子特勒马科斯迅速返乡，和父亲相见。此时，在奥德修斯家里，众多恶少在纠缠他的妻子佩涅洛佩，向她求婚，他们以为奥德修斯已死，希图与佩涅洛佩结婚，以获得整个国家的统治权，求婚人每天在奥德修斯家里宴饮寻欢，耗费他的家财，对佩涅洛佩纠缠不休。

奥德修斯父子见面后，开始考虑如何报复求婚人。奥德修斯回家的第二天，正是太阳神阿波罗的纪念日。佩涅洛佩为了摆脱求婚人的纠缠，想出一个办法：谁能轻易地把奥德修斯的弓拉开，一箭射出，穿过全部十二把斧头，她便嫁给他。求婚人跃跃欲试，却没有一个能有这样高超的本领。此时，扮成乞丐的奥德修斯走上前来拿起弓，遭到求婚人的奚落，奥德修斯弯弓搭箭，一箭射穿了十二把斧头的圆孔，赢得了胜利。随后，奥德修斯父子二人和两个忠实的仆人牧猪奴、牧牛奴一道杀死了所有的求婚人。求婚人的家属联合起来要向奥德修斯报仇，奥德修斯父子展示出他们的神勇，天神宙斯和女神雅典娜都支持奥德修斯，在他们的干预下，仇恨的双方和好，奥德修斯永为国君。

【赏析】

与世界上其他民族一样，古希腊上古时代的历史也是以传说的方式保留在古代先民的记忆之中的，稍后又以史诗的形式在人们中间口耳相传。这种传说和史诗虽然不是真正的史学著作，但是保留了许多古代社会的历史事实，具有重要的史料价值，因此可以说它们已经具备了史学的某些功能和性质。它们直接孕育了古代希腊史学。《荷马史诗》自问世以来，一直备受称颂。作为神话与历史相结合的作品，《荷马史诗》实际描述的是古希腊从原始公社制向奴隶制社会过渡时期的生活。它反映出其时希腊人民的生活和斗争，非常具有历史意义。以《伊利亚特》来说，希腊军队是一支部落联军，各个部落将领拥有独立的权力，所以在统帅阿伽门农霸占了阿喀琉斯的女俘后，阿喀琉斯会愤而和阿伽门农闹僵，违抗主帅命令，要撤出战争，这就直接导致了希腊军队战场上的失利。这说明了当时权力秩序的不严格。但这支联军又是有着集体观念的，最高权力属于议事会，所以在阿伽门农的主持下，召开议事会来统一思想认识，这就颇具民主思想。各行其是与"共商国是"并存，很能反映出当时的政治生活秩序。

《荷马史诗》的结构十分精巧。十年特洛伊战争可叙述的事情很多，《伊利亚特》只选取最关键的51天里发生的事件，重点写到其中4天的战争场面和21天的葬礼，主要围绕着阿喀琉斯的两次愤怒来布局谋篇，讲述阿喀琉斯愤怒的起因、后果以及愤怒的消解。阿喀琉斯的两次愤怒，导致战争的结局大为不同，前一次愤怒，是因为个人恩怨，他拒绝参战，导致希腊联军大败；后一次愤怒，是在挚友阵亡、个人荣誉感受到挑战之时，他放弃个人恩怨，服从大局，与阿伽门农和好，在沙场上怒杀敌人，终使希腊联军大胜。《奥德赛》前半部讲述海上遭遇，后半部讲述复仇，史诗以神明决定让奥德修斯归返为起点，采取"花开两朵，各表一枝"的方式分两条线索展开，选取的时间也只是奥德修斯临到家的前四十多天。一条线索是奥德修斯的妻子佩涅洛佩被众多求婚人所困扰，儿子特勒马科斯厌烦这些恶少的纠缠，出外探询父亲的下落；另一条线索则是奥德修斯的艰难返乡路，而这主要是以奥德修斯十年漂泊后向费埃克斯国王讲述经历的回溯方式展开的，在叙述奥德修斯海上冒险经历时，一切交代详略分明。父与子得以见面，两条线索最终汇合在一起，他们再想方设法将已经产生的家庭财产危机解决掉。

史诗的主题思想是歌颂民族社会的英雄。英雄史诗用神奇的笔调描写英雄的形象，突出英雄在历史发展过程中的主导地位，其目的并不是贬低大众，而恰恰是为了抬高作为那些英雄的子孙的希腊人，是为了抬高那些创作和传播英雄业绩的人。因为一个有着英雄祖先的民族是值得自豪的。英雄史诗之所以能够长期而广泛地流传，并不仅仅在于它能娱人耳目，更重要的是它能启发人们的心智，鼓舞人们的斗志，引导人们缅怀祖先的英雄业绩，继承和发扬祖先的荣光，像英勇的祖先那样去进行生存斗争。正是由于这个缘故，当时希腊的各个城邦竞相把《荷马史诗》中的英雄人物尊为自己的祖先，甚至连荷马本人也成了各个城邦争夺和崇拜的对象。在史诗中，我们还可看到以人为本思想的反映。史诗赞美人的智慧，嘲笑神的邪恶，赞美、歌颂人间，蔑视上天，这种以人为本的思想又常常同歌颂民族贵族英雄相结合。恩格斯曾经指出，全部《伊利亚特》是以阿喀琉斯和阿伽门农争夺一个女奴的纠纷为中心的。掠夺光荣，敢于掠夺者才是英雄，这种思想倾向显然适合当时奴隶主贵族的胃口。

在史诗的创作艺术方面，首先要提到的，是史诗中已经出现的现实主义和浪漫主义这两种最基本的创作方法。史诗中描写的战争和人物，既有古代神话传说的因素，又是希腊社会生活的写照。史诗中塑造的英雄群像，如阿喀琉斯、赫克托耳、阿伽门农、奥德修斯等，无一不是现实的，同时又是浪漫的；既具有传奇性，又充满写实性；既有民族英雄的共性，又有鲜明的个性特征。史诗在刻画人物性格时，把人物置于重大的矛盾冲突中，通过他们的语言行动来描写，如阿喀琉斯和阿伽门农的矛盾冲突，阿喀琉斯和赫克托耳的矛盾斗争等。其次是史诗的高度艺术概括力和生动具体的细节描写的结合。特洛伊十年大战，头绪纷繁，人事众多，作者却能去粗取精，以小见大，以卓越的艺术概括才能，截取战争结束前后的几个片段来写，紧凑集中，人物性格鲜明。同时这种有高度艺术概括力的史实，又是通过对实际现实中的人和事的具体细致的描写来体现的，有惊险、悲壮、催人感奋的场面描写，也有生离死别、催人泪下的爱情描写。广泛深刻的历史内容通过细致入微的人物活动表现出来，使史诗具有极强的艺术感染力。最后，史诗创造的完美的文学形式(如"英雄格"的诗行)，明显的口头文学特征(如"荷马式的比喻")，以个人遭遇为主要内容的传记式体裁(如《奥德塞》)等，也都是史诗在艺术上取得辉煌成就的重要因素，并使之成为后代文学艺术创作的源泉和典范。

荷马史诗就是以如此丰富深刻的思想内容和独特精湛的艺术特色成为古希腊文化的丰碑的，它犹如百科全书，古希腊人民从中吸取了关于天文、地理、历史、社会、哲学、艺术和神话的知识，后代欧洲及其他地区的许多作家、艺术家从中汲取了无限丰富的养料。就是现在，它仍然是我们研究古代社会的珍贵文献，仍然能够给我们以高品质的艺术享受。

2. 被缚的普罗米修斯

[古希腊]埃斯库罗斯

【作者简介】

埃斯库罗斯(约前525—前456)，出生于希腊阿提卡的埃琉西斯，与索福克勒斯和欧里庇得斯一起被称为古希腊最伟大的悲剧作家，被誉为"悲剧之父"。马克思曾把他和莎士比亚誉为"人类两个最伟大的戏剧天才"。他的悲剧形式完备，感情丰富，风格崇高，语言优美。他善于塑造形象，他笔下所塑造的人物意志坚强，性格刚毅。他热爱祖国，拥护雅典民主制度，反对暴政，在新旧思想斗争中略带保守。他曾先后参加反击波斯入侵的马拉松战役和萨拉米斯海战。公元前470年曾赴西西里，公元前458年以后不久重赴西西里，在该岛南部的革拉城，被一只从空中掉下来的乌龟砸死。

埃斯库罗斯的悲剧大部分取材于神话，善于反映社会问题，长期的战争生活也为诗人提供了大量的文学素材，埃斯库罗斯写了约90部剧作(包括山羊剧)，其中79部的名称流传下来了，但其中最著名的20部都遗失了。他的悲剧有7部完整地流传到今天，它们分别是《俄瑞斯忒斯》三联剧(《阿伽门农》《奠酒人》《复仇女神》)、《乞援人》、《波斯人》、《七将攻忒拜》和《被缚的普罗米修斯》。其中，《俄瑞斯忒斯》是古希腊悲剧中唯一一部完整传世的三联剧，热情歌颂了雅典的民主制度，其中第一部《阿伽门农》因为擅长制造悲剧气氛而被视为古希腊悲剧中的一绝。《波斯人》则是现存的埃斯库罗斯剧作中唯一以现实为题材的悲剧，取材于萨拉米斯海战。剧作洋溢着作者的爱国热情，展示了雅典的自由民主精神。《被缚的普罗米修斯》是埃斯库罗斯剧作中最著名也是影响最大的作品。他的作品创作善于采用三联剧(亦即三部曲)的形式，既衔接严谨又独立成篇。

埃斯库罗斯对古希腊悲剧的一个重大贡献是在戏剧形式上的重大突破：使剧中演员由一个增加到两个，从而开始了真正的戏剧对话，并有效地发展了情节，相应地削弱了歌队的作用。据说演员戴定型面具、穿高底靴和色彩艳丽的服装也是由他而始，这些都有利于创造出好的舞台效果，完备了古希腊的悲剧形式。

【故事梗概】[①]

《被缚的普罗米修斯》是埃斯库罗斯《普罗米修斯》三联剧中的第一部，后两部《被释放的普罗米修斯》和《带火的普罗米修斯》已经失传，剧情是普罗米修斯获释及展现对他的崇拜，剧中主要塑造了普罗米修斯这一位爱护人类、不屈服于暴力的光辉形象。

宙斯在神话中是自然威力的代表。这位新得势的众神之王仇视人类，为了惩罚普罗米修斯盗火予人和向人类传授各种技艺，他派火神赫淮斯托斯将普罗米修斯绑在高加索山的悬崖上，以迫使普罗米修斯屈服。普罗米修斯掌握着宙斯将被推翻的秘密，不肯泄露，对此宙斯非常恐惧。剧中宙斯虽然没有出场，但一个色厉内荏的专制暴君的形象却被刻画了出来。

普罗米修斯在剧中是一个庄严、高大的英雄形象。这位人类文明的缔造者，人类的保护神，为了人类的进步与幸福，不惜做出最大的牺牲，蒙受了残酷的刑罚。诗人把这场斗争提高到关系人类命运的高度，歌颂普罗米修斯为了正义的事业甘愿承受无边痛苦的崇高精神。

在剧中，河神俄刻阿诺斯劝说普罗米修斯向宙斯屈服、认罪，普罗米修斯辛辣地嘲讽了河神的懦弱；信使赫耳墨斯威胁普罗米修斯，要他说出秘密，普罗米修斯不畏威逼，挖苦了信使的奴性。诗人在剧中也谴责了威力神的凶残。在普罗米修斯与不义之神的层层对比中，诗人刻画出一个为人类进步而反抗宙斯的伟大的神的形象。

【注释】

①选自朱维之、赵澧、崔宝衡：《外国文学史(欧美卷)》(第三版)，25页，天津，南开大学出版社，2004。

【赏析】

《被缚的普罗米修斯》取材于希腊神话，主题崇高宏大，风格雄伟壮阔。在希腊神话中，普罗米修斯原本是一个小神，可是在诗人笔下，普罗米修斯已经被塑造成一个最为高贵的圣者和殉道者。马克思称赞普罗米修斯是“哲学的日历中最高尚的圣者和殉道者”。普罗米修斯为了拯救人类而不怕违背天条，盗取天火，因而遭受专制暴君宙斯的种种虐待和迫害。普罗米修斯与宙斯的尖锐斗争是整个戏剧冲突的基础，正是在神界这场压迫者与反抗者之间的激烈斗争中，普罗米修斯的英雄气概得到了正面的、大力的书写。《被缚的普罗米修斯》中“被缚”是最感人的情节。普罗米修斯是很伟大的英雄形象，他从宙斯那里盗取火种，把火送给了人类，教会人类劳动，赋予人类智慧，使得人类脱离了动物。正因为如此，他得罪了天神，遭到了极其残酷的报复，被缚在遥远荒凉的高加索山上。但是，他反抗暴力和伸张正义的意志却是那样坚定。当宙斯派遣神使前来威逼利诱的时候，他毫不迟疑地答复，绝不愿意以奴隶的生活去更换他的苦难，这让人领略到普罗米修斯的大无畏的英雄气魄。

《被缚的普罗米修斯》反映了很深刻的现实问题。“除了在天上为王而外，做什么事都有困难；除了宙斯而外，任何人都不自由。”[1]诗人借威力神的话道出了黑暗的现实世界。剧中人物都有很强的象征性，宙斯的蛮横专制是一切寡头政治的代表，剧中对他的批判反对正体现了诗人对民主制度的渴望和对希腊城邦僭主的专制统治的反对。

《被缚的普罗米修斯》也流露出埃斯库罗斯内心所存有的宿命观，“定数”在剧作中屡屡被提到。在俄刻阿诺斯的女儿们劝解普罗米修斯不要太爱护人类而不管自身受苦时，普罗米修斯说，“技艺总是胜不过定数”[2]。

3. 俄狄浦斯王

[古希腊]索福克勒斯

【作者简介】

索福克勒斯(约前496—前406)，出生于雅典西北郊科罗诺斯一个工商业家庭，父亲是个兵器作坊主。他早年受过良好教育，在音乐、诗歌、体育和舞蹈方面颇有造诣。公元前480年，希腊人于萨拉米斯海战中大败波斯人，索福克勒斯因为英俊和富有音乐天赋而被选为庆祝胜利的朗诵队领队少年。索福克勒斯生活在雅典奴隶主民主制的盛世，在政治上是个温和的民主派，与民主派领袖伯利克里过从甚密。公元前443年，他出任以雅典为盟主的“德利亚联盟”的财政总管，公元前431年伯罗奔尼撒战争爆发，翌年雅典流行瘟疫，他曾担任祭司一职。他曾参与修订雅典宪法，两度担任将军一职。

公元前468年，索福克勒斯首度参加悲剧竞赛活动，即战胜了埃斯库罗斯，并一直保持这一荣誉20余年，直至27年后才被欧里庇得斯击败。索福克勒斯的一生大抵

---

〔1〕[古希腊]埃斯库罗斯：《被缚的普罗米修斯》，见《古希腊戏剧选》，罗念生译，12～13页，北京，人民文学出版社，1998。

〔2〕同上书，27页。

是平静而成功的。阿里斯托芬曾称赞他“生前完满，身后无憾”。相传他一生写过120多部悲剧，得过24次奖赏，现存完整的剧本有7部：《埃阿斯》(约前442)、《安提戈涅》(约前442)、《俄狄浦斯王》(约前430)、《厄勒克特拉》(前418—前414)、《特拉喀斯少女》(前413)、《菲罗克忒特斯》(前409)、《俄狄浦斯在科罗诺斯》(前401年上演，获头奖)。一般认为《安提戈涅》和《俄狄浦斯王》是最能反映索福克勒斯创作才能的剧作。《安提戈涅》反映的是国法与神律、人情之间的冲突，安提戈涅的两位兄长波吕涅克斯和埃特奥克勒斯为争夺王位发生激战，结果同归于尽。舅父克瑞昂继承王位后，宣布曾流亡国外并借助外国力量来争夺王位的波吕涅克斯为叛徒，因而不准任何人埋葬其尸骨。按照古希腊神律，一个人死后如不下葬，他的阴魂便不能进入冥土，而露尸不葬，也会触犯神灵，殃及城邦。安提戈涅遂义无反顾地尽了亲人应尽的义务。被触怒的克瑞昂下令处死安提戈涅，安提戈涅在囚室中自缢，其未婚夫海蒙——克瑞昂的儿子殉情自杀，克瑞昂的妻子也愤而自尽，只剩下克瑞昂一人在那里叹息。在索福克勒斯的笔下，僭主克瑞昂以个人意志为城邦的意志，将城邦的法律置于神律之上，刚愎自用，残暴凶狠，最后落得孤家寡人的下场。

索福克勒斯去世时，正值雅典和斯巴达之间战火重起，因而遗体无法安葬故里，斯巴达将军闻讯后，特别下令停战，令雅典人放心地将诗人安葬。索福克勒斯最初以埃斯库罗斯为样板，但很快就形成了自己的独特风格。索福克勒斯的剧本反映的多是雅典民主制繁荣时期的思想意识。他拥护民主制度，主张公民平等、以法律治邦。他赞扬人的自由意志，赞扬人同厄运斗争时的坚韧精神。他的剧作善于刻画人物，人物个性鲜明，语言简明有力。他最先引进第三个演员，增加了对话的作用，便于更充分地刻画人物，表现剧中人物的冲突。在他的悲剧中，歌队仍然是剧情发展的有机组成部分，但他降低了歌队的重要性，而相应增强了戏剧对话和动作的重要性。他还把许多可怕的剧景引入剧场，比如伊奥卡斯特当众自杀、俄狄浦斯刺瞎双眼后再度登台等。

【故事梗概】

一向繁荣的特拜国突然遭遇厄运，土地荒芜，庄稼歉收，牲畜瘟死，妇人流产，全国到处是求生的歌声和苦痛的呻吟。无尽的痛苦折磨着特拜人，也令爱民如子的国王俄狄浦斯忧心如焚。俄狄浦斯派妻子伊奥卡斯特的弟弟克瑞昂请来了阿波罗的神示：由于16年前一个人所犯的杀死先王拉伊奥斯的罪孽，城邦才遭此劫难，只有严惩凶手，才能拯救特拜国。这一切都发生在俄狄浦斯当国王之前：俄狄浦斯在流落到特拜国之后猜破残害特拜国已久的怪物斯芬克斯的谜语，令怪物跳崖自杀，最终拯救了特拜国，由此被特拜人拥戴为王，并娶了先王的妻子伊奥卡斯特为妻。

俄狄浦斯立下誓言，不论杀死先王的罪人是谁，都要缉拿他，为城邦、为天神报这冤仇。他请来了瞎眼先知特瑞西阿斯，特瑞西阿斯起始不肯说出真凶，但是在俄狄浦斯的再三逼问下，终于说出凶手就是俄狄浦斯本人。俄狄浦斯不肯相信，怀疑特瑞西阿斯被克瑞昂收买了，因为克瑞昂一直觊觎着王位。伊奥卡斯特也不相信神示，好意告诉俄狄浦斯没有一个凡人能精通预言术，并拿自家的遭遇举例以宽慰他的心灵：神示说拉伊奥斯将死于儿子之手，但拉伊奥斯是在外出的路途中，被一伙外邦强盗杀死在一个三岔路口；自己和拉伊奥斯曾生有一个儿子，因为太阳神阿波罗预言他长大会杀父，遂在他出生后不到三天，拉伊奥斯就叫人将其左右脚跟钉在一起抛弃在喀泰戎峡谷中。结果，伊奥卡斯特所说的一切反倒令俄狄浦斯陷入恐惧的深渊中。

原来，俄狄浦斯从小在科任托斯国长大，父亲为科任托斯国王波吕博斯，他长大后，从阿波罗的神示中得知自己会杀父娶母，为躲避命运，遂离开科任托斯，只身出走，曾在一个三岔路口遇见一伙不相识的人，他因故与对方争吵，并杀了数人，其中一个很可能就是拉伊奥斯。俄狄浦斯为此惴惴不安，但还是派人继续调查事实真相。最终，拉伊奥斯家的老牧人和科任托斯的牧人都被找到，事情终于水落石出：当初，拉伊奥斯家的老牧人出于怜悯，将拉伊奥斯和伊奥卡斯特所生的儿子俄狄浦斯送给了在山上牧羊的科任托斯的一个牧人，这个牧人又把俄狄浦斯送给了没有儿子的波吕博斯做养子。伊奥卡斯特发疯了，她哀叹自己给丈夫生丈夫、给儿子生儿女的悲惨命运，最后上吊自尽。俄狄浦斯则为自己看够了不应当看的人(指与伊奥卡斯特所生的子女)、不认识想认识的人(指自己的生身父母)而刺瞎双眼。他很为自己儿女的未来命运哀叹，并请求克瑞昂的原谅，要求他帮助料理一切后事，自己放逐自己，独自忍受所有的灾难。

【赏析】

《俄狄浦斯王》取材于希腊神话传说中关于俄狄浦斯杀父娶母的故事，展示了富有典型意义的希腊悲剧冲突——人跟命运的冲突。俄狄浦斯智慧超群，热爱邦国，大公无私。在命运面前，他不是俯首帖耳或苦苦哀求，而是奋起抗争，设法逃离“神示”的预言。继而，他猜破女妖的谜语，为民除了害。最后，为了解救人民于瘟疫灾难之中，他不顾一切地追查杀害先王的凶手，一旦真相大白，又勇于承担责任，主动请求将他放逐。对于这样一个为人民、为国家做了无数好事的英雄所遭受的厄运，作者发出对神的正义性的怀疑，控诉命运的不公和残酷，赞扬主人公在跟命运斗争中所表现出来的坚强意志和英雄行为。因此，尽管结局是悲惨的，但这种明知“神示”不可违而违之的精神，正是对个人自主精神的肯定，是雅典奴隶主民主派先进思想意识的反映。

《俄狄浦斯王》的创作背景影响着悲剧本身的形成。当时雅典开始迫害知识阶层，如苏格拉底遭迫害而死。工商业经济蓬勃发展，个体自由意志衍生，带有启蒙意义的思想主张兴起。天文学的发展，使得预言体系受到质疑，诸神的神话甚至存在也受到质疑。公元前 429 年至公元前 427 年，雅典经历了两次瘟疫的侵袭(剧中瘟疫取材于此)，促成了公民内心的怀疑与玩世不恭，同时他们也希冀出现治疗奇迹。索福克勒斯借此重新诠释俄狄浦斯的故事，树立神明的权威，挽回宗教机构的声望，维护现有的先知体系与神谕体系，反对早期启蒙思想。[1]

剧作开始，当俄狄浦斯调查杀人凶手时，先知说出真实凶手是俄狄浦斯，俄狄浦斯自然而然地会想到这可能是一个圈套，以为自己信赖的朋友克瑞昂和先知串通一气，

〔1〕 赵学文、续小强：《展翅》，486 页，太原，北岳文艺出版社，2015。

想要推翻自己的统治，由此对他们二人都表现出怀疑和不客气，声色俱厉地斥责他们。当科任托斯的报信人来告知俄狄浦斯他的父亲波吕博斯故去的消息时，伊奥卡斯特为此感到宽慰："啊，天神的预言，你成了什么东西了？奥狄浦斯多年来所害怕，所要躲避的正是这人，他害怕把他杀了；现在他已寿尽而死，不是死在奥狄浦斯手中的"。[1]俄狄浦斯同样感到欣慰，并对神示表示出嘲讽："我们为什么要重视皮托的颁布预言的庙宇，或空中啼叫的鸟儿呢？它们曾指出我命中注定要杀我父亲。但是他已经死了，埋进了泥土；我却还在这里，没有动过刀枪。除非说他是因为思念我而死的，那么倒是我害死了他。这似灵不灵的神示已被波吕博斯随身带着，和他一起躺在冥府里，不值半文钱了。"[2]这个消息一度缓解了俄狄浦斯的心理焦虑，但是他进而又害怕自己可能会玷污母亲的床榻，而不肯返回去奔丧和继承王位。当报信人说出俄狄浦斯并不是波吕博斯的亲生儿子后，故事再次起了波澜，这让俄狄浦斯再度生出苦恼来，一心一意要探悉自己的真实身份和事情的来龙去脉，这就令事件(真相)有了进一步发展的可能。此时，俄狄浦斯又表现出对命运的崇信："要发生就发生吧！即使我的出身卑贱，我也要弄清楚。"[3]拉伊奥斯家的老牧人最终被找到，在与科任托斯的牧人进行了对质后，全部真相水落石出。

戏剧故事是在很短的时间里发生的，地点也始终安置在特拜王宫前，剧作主线是俄狄浦斯追查杀害先王的凶手，故事的绝大部分情节是通过相继登场的五位剧中人陆续叙说而交代出来的，整个故事也就被抽丝剥茧般地得以展开，最终戏剧冲突是被一步步推向高潮的，悲剧气氛由此达到顶点。《俄狄浦斯王》因为艺术技巧的完美绝伦而被公认为希腊戏剧的典范之作，索福克勒斯也因此被誉为"戏剧艺术的荷马"。

《俄狄浦斯王》被人们称为"命运悲剧"。所谓"命运悲剧"，就是指主人公的自由同命运进行对抗，但结局往往是他们无法从命运的手掌中逃脱出来而不得不被命运毁灭。《俄狄浦斯王》贯穿着命运观念，命运凌驾于人、英雄乃至众神之上，甚至连宙斯也对之感到恐惧。《俄狄浦斯王》把古希腊的命运观，以最形象的方式图解了出来。人生而自由，然而枷锁却无处不在，这枷锁就是"命运"。该戏剧的基本冲突是：悲剧英雄个人的坚强意志、英勇行为和政治理想与命运的冲突，表现了在力量悬殊的神秘斗争中英雄不可避免的失败与毁灭。俄狄浦斯最后刺瞎双眼，自行放逐，用这种悲壮的斗争宣告了命运可以剥夺他们的幸福和生命，却不能贬低他们的精神，可以把他们打倒，却不能将他们征服。"命运"和俄狄浦斯既两败俱伤，"命运"因其邪恶无理招致人们的批判、厌恶，俄狄浦斯因其主动抗争招致苦难；同时，二者又获得双赢，"命运"的不可避免性让人们认识到了人生的有限性和悲剧性，俄狄浦斯的抗争让人认识到了人的命运其实就在自我书写的过程中，而不是结局。命运所代表的世界的无限性是人们永远都欲超

---

〔1〕［古希腊］索福克勒斯：《奥狄浦斯王》，见《古希腊戏剧选》，罗念生译，209页，北京，人民文学出版社，1998。

〔2〕同上书，210页。

〔3〕同上书，214页。

越的梦想，而在这种永恒的超越中，人性一次又一次得到升华。〔1〕

4. 美狄亚

［古希腊］欧里庇得斯

【作者简介】

欧里庇得斯(约前480—约前406)，雅典奴隶制民主国家危机时代的悲剧作家。他出生于萨拉弥斯岛一个贵族家庭，对各类艺术有过全面且系统的学习，醉心于诗歌和哲学，深受怀疑派哲学的影响，对神不敬。欧里庇得斯一生淡泊名利，拒绝了大部分希腊当局派给他的职务，也很少出席公众场合的社交活动。他生活的年代正值希腊内战期间，在那个动荡的时代，各种社会矛盾激化，欧里庇得斯在自己的作品中公开维护正义，同情弱者，提倡和平、民主以及平等。希腊当局害怕他作品中的一些思想会影响民众而最终将他逐出希腊。欧里庇得斯不得不于公元前408年前往马其顿生活并且最后死在那儿。在他死后，雅典曾派人去取他的遗骸，被拒绝后在雅典郊外立了一个纪念碑，上面刻着：全希腊世界是欧里庇得斯的纪念碑，诗人的遗骨在客死之地马其顿永埋。

欧里庇得斯一生创作了90多部剧作，但大部分散佚了，只有18部流传下来，主要有：《独目巨人》(前441)、《阿尔刻提斯》(前438)、《美狄亚》(前431)、《赫拉克勒斯的儿女》(前430)、《安德洛玛刻》(前430)、《希波吕托斯》(前428)、《特洛伊妇女》(前421)、《在陶洛人里的伊菲格纳亚》(前414)、《海伦》(前412)、《伊翁》(前412)、《腓尼基的妇女》(前411)、《俄瑞斯忒斯》(前408)、《醉酒的女人》(前407)等。

在欧里庇得斯的时代，悲剧在形式上已十分完善，因此诗人大多就内容方面加以革新。他的贡献主要表现在两个方面：写实手法与心理描写。欧里庇得斯的悲剧标志着“英雄悲剧”的终结，他的剧作取材于现实生活，剧中出现了平民、奴隶、农民等人物形象，而剧中采用的语言也平民化了，通俗易懂。欧里庇得斯善于描写人物的心理，如《希波吕托斯》中变态的恋爱心理，《伊翁》中的嫉妒心理，《酒神的伴侣》中的疯狂心理等，这样的心理描写在古代文学中是很少见的。

欧里庇得斯的剧作在艺术形式上也与从前的剧作有着很多的不同，如他对戏剧结构不甚注意，他的布局有许多是穿插式的，歌队在其剧作中失去了重要地位，成为戏剧的装饰等。

欧里庇得斯的悲剧风格比较华美，语言流畅，对话接近口语，只是剧中往往充满冗长的说理和辩论。

欧里庇得斯在世时，他的悲剧不大受人欢迎，他死了以后，名声反而更大。他对罗马和后世欧洲戏剧的影响，比他的两位前辈悲剧诗人要大得多。

---

〔1〕 史红华：《浅析〈俄狄浦斯王〉悲剧的精神内涵——人与命运抗争的颂扬》，载《淮北职业技术学院学报》，2014(5)。

【故事梗概】

《美狄亚》的故事取材于古希腊神话，背景是伊阿宋夺取金羊毛的故事。伊奥尔科斯城的国王埃宋，被他的同母异父的弟弟珀利阿斯篡夺了王位。篡位者假意要把王位还给埃宋的儿子伊阿宋，条件是他要到遥远的科尔喀斯城取回被蟒蛇看守的金羊毛。美狄亚是黑海东岸科尔喀斯城国王埃埃特斯的女儿，是个会法术、能预言的女巫。她因为中了爱神之箭，爱上了前来夺取金羊毛的伊阿宋，伊阿宋也信誓旦旦要与美狄亚修百年之好。美狄亚不顾父母的阻拦，帮助伊阿宋得到了金羊毛，一同起航返回伊奥尔科斯。埃埃特斯带人前来追赶，美狄亚杀掉她的兄弟，并将其尸体抛进黑海，埃埃特斯忙着收尸，使得伊阿宋一行得以逃脱。其后他们经历种种磨难回到伊奥尔科斯。此时，伊阿宋的父亲埃宋已经被珀利阿斯害死，美狄亚施计令珀利阿斯惨死，他们二人被珀利阿斯的儿子逐出伊奥尔科斯。伊阿宋夫妇遂一同来到科任托斯，在那里过了一段幸福宁静的生活，还生下两个儿子。但很快，伊阿宋贪慕富贵，决心要娶科任托斯国王克瑞翁之女格劳刻，遂抛弃美狄亚。

剧作《美狄亚》的开场是美狄亚的保姆和由十五个科任托斯妇女组成的歌队对美狄亚的遭遇表示同情，因为美狄亚的丈夫伊阿宋要遗弃她，和国王的女儿结婚。美狄亚正处在痛苦中时，国王克瑞翁来了，他担心美狄亚会陷害自己的女儿而命令美狄亚立刻带着两个儿子出外流亡。美狄亚一再恳求克瑞翁让自己在这个地方多住一天，最终得到了克瑞翁的应允。随后，美狄亚开始考虑如何动用法术实施自己的复仇计划，要在这一天里面，让她的三个仇人——克瑞翁父女和伊阿宋变作三具尸首。

雅典国王埃勾斯是美狄亚的旧相识，为求子嗣而去求神示，此时恰好路经科任托斯。美狄亚向他诉说了自己被抛弃的不幸，获得了埃勾斯的同情。美狄亚希望埃勾斯能收留自己，表示自己可以凭所精通的法术，让埃勾斯生个儿子。为保险起见，美狄亚请求埃勾斯在神明面前立下誓言，只要自己到达雅典，就一定能得到他的庇护。在安排好自己未来的避难所后，美狄亚开始实施自己的报复计划。

她首先假意答应伊阿宋的要求，同意自己被放逐，但是要求伊阿宋向国王恳请留下两个儿子。接下来她让两个儿子给公主送去两件礼物：一件精致的袍子和一顶金冠。而这些礼物都是被美狄亚施过法术的。结果，公主在穿戴衣冠后毒火烧身而死，克瑞翁闻讯跑过去抱住自己女儿的尸体，也中毒死去。美狄亚不愿意儿子死在更残忍的人手里，也是为惩罚伊阿宋，便横下心来把他们杀死。伊阿宋跑回来想要救自己的两个儿子，却为时已晚。美狄亚谴责了伊阿宋的卑劣行径，并预言了伊阿宋的不幸未来，然后带着两个儿子的尸体乘着龙车向雅典飞去。

【赏析】

《美狄亚》讲述了一个惨烈而又悲壮的复仇故事：美狄亚为了心爱的伊阿宋远离祖国、背叛父亲、杀害手足，又帮他报了父仇，但只换来短暂的幸福时光。很快，伊阿宋为了权力、财富和地位，决定迎娶科任托斯的公主，美狄亚则被科任托斯的国王驱逐。她走投无路，痛苦又决绝地决定复仇。她不仅设计杀死了丈夫的新欢，为了让丈夫绝后，还亲手杀死了自己的两个儿子。复仇完成后，她带着儿子的尸体乘坐太阳神的龙车逃往她早就谋划好的避难所——雅典。

这个悲剧具有震撼人心的力量，它虽取材于神话故事，但散发着浓厚的现实气息，它关注的是妇女问题，对那些被抛弃被损害的妇女给予了深深的关注和同情。在作家生活的时代，家庭制度逐渐巩固下来，婚姻制度已固定为一夫一妻制。但实际上这种制度只对妇女具有约束力，男子则可以随便毁约、离婚、遗弃妻子。在剧作中伊阿宋有了新欢，由科任托斯妇女组成的歌队是这样劝慰美狄亚的："即使你丈夫爱上了一个新人，——这不过是一件很平常的事，——你也不必去招惹他，宙斯会替你公断的！"〔1〕可见，当时人们对男子的见异思迁已司空见惯。地位卑微的古希腊女性完全是男性的附庸，她们的生活被局限在一个狭小的范围内，像奴隶一样没有公民权。我们在剧中看到当美狄亚痛苦万分地指责伊阿宋负心时，伊阿宋却强词夺理："你们女人只是这样想：如果你们得到了美满的姻缘，便认为万事已足；但是，如果你们的婚姻遭了什么不幸的变故，便把那一切至美至善的事情也看得十分可恨。愿人类有旁的方法生育，那么，女人就可以不存在，我们男人也就不至于受到痛苦。"〔2〕可见，在当时人们的观念里，妇女的唯一价值就是生育。正因为这种男女不平等、漠视女性的现象是普遍存在的，所以出现像伊阿宋那样抛弃妻子、另结新欢的男子和美狄亚那样被抛弃的女子，也就在所难免。

欧里庇得斯在作品中不仅能够正视两性关系的不平等，而且还热情洋溢地赞颂了妇女的反抗行为。剧作中的女主人公美狄亚，知识丰富，聪明睿智，热情果敢，有勇有谋，敢爱敢恨。一开始她对伊阿宋的爱是非常热烈的，为了爱人，她甚至甘愿成为一个"没有国家，没有故乡，没有父母、兄弟、亲戚"的人。当伊阿宋背叛她之后，她没有选择逆来顺受，不再相信伊阿宋的强词夺理，也没有惧怕科任托斯国王的权力，甚至连她的两个可爱的孩子也没能让她心软，她清醒决绝、义无反顾地完成了对抛弃她的丈夫、想赶走她的国王和抢走她丈夫的公主的复仇。这样的美狄亚，简直是英雄一般的存在，这种主动而又彻底的反抗行为，标志着女性的觉醒。美狄亚的复仇既是自我意义上的拯救，同时也带有全人类女性拯救的意味。欧里庇得斯对妇女的关注、同情、理解、尊重和赞赏，跃动在《美狄亚》的字里行间，他对女性生命的关怀和赞美是有极大的进步意义的。

欧里庇得斯被誉为"心理戏剧的鼻祖"，他的心理描写在《美狄亚》中同样精彩。比如美狄亚对两个孩子的态度就在不断游移、变化。在开场，她被仇恨冲昏了头脑，想到这是背叛自己的伊阿宋的孩子，于是就咒骂孩子："你们两个该死的东西，一个怀恨的母亲生出来的，快和你们的父亲一同死掉，一家人死得干干净净！"〔3〕这就为后面发生的杀子行为做了铺垫。但是作为母亲，面对自己辛苦生下来的孩子，美狄亚还是有舐犊之情的，"我又为我决心要作的一件可怕的事而痛哭悲伤，那就是我要杀害我自己

---

〔1〕《欧里庇得斯悲剧二种》，罗念生译，11页，北京，人民文学出版社，1959。

〔2〕同上书，23页。

〔3〕同上书，10页。

的孩儿”。[1] 所以在派遣孩子去给公主送礼物时，她为暗藏的祸患痛哭流涕；在孩子从公主那儿回来后，她甚至一度打消了杀子的念头，想带着他们一同逃离，后来又想到要彻底地向伊阿宋复仇，于是坚定了杀子的决心。正是在这反反复复中，我们看到了作家对美狄亚思想斗争的深入细致的开掘。

二、中古文学概况

中古时期是指自古罗马奴隶制帝国崩溃到17世纪中叶英国资产阶级革命前夕，这一时期是宗教时代和人的时代的交替，就文学而言，经历了从中世纪、文艺复兴到古典主义的变换，简而言之，此时的文学也是宗教文学和人的文学轮番唱主角，诗歌、小说、戏剧都得到长足的发展。此期文学具有抒情、浪漫、想象、叙事并重的特质。

在被称作信仰时期的中世纪，出现了数量浩繁的教会文学作品，它们以普及宗教知识为目的，也或多或少地影响了诸多世俗文学作品。诗歌方面，此时出现了一系列以历史人物、民间传说为基础的英雄史诗，如法国11世纪末期出现的《罗兰之歌》、西班牙12世纪出现的《熙德之歌》和德国13世纪出现的《尼伯龙根之歌》等；在11世纪初的东方波斯则出现了菲尔多西长达六万联的《王书》，其规模之宏大令人叹为观止，它对波斯文学产生了重大影响。随着中世纪骑士阶层的出现，出现了表现骑士为了宗教、爱情或荣誉而冒险游侠的骑士文学。但丁的《神曲》当是中世纪文学中成就最高者。13世纪有“诗圣”之称的波斯诗人萨迪创作的散文诗《蔷薇园》以语言优美、富于教益而著称。散文方面，7世纪出现的《古兰经》既是伊斯兰教的基本经典，也是阿拉伯文学史上第一部散文巨著，它善于运用多种修辞手法，文学意味十分浓厚。从10世纪起，随着西方城市的发展和市民阶层的出现，法国还出现了像《列那狐传奇》这样的以动物世界寓说人类社会的寓言故事集；而在此前一两个世纪里，被誉为世界民间文学史上“最壮丽的纪念碑”的《一千零一夜》已经在阿拉伯世界广为流传了。

文艺复兴时期，西方封建制度的各个主要支柱已经开始动摇，这一时期已开始高扬人文主义精神的旗帜，文学方面出现了前所未有的繁荣局面。小说方面，有意大利薄伽丘的《十日谈》(1353)、法国拉伯雷的《巨人传》(1532—1562年相继出版)、西班牙无名氏的《小癞子》(1554)和塞万提斯的《堂吉诃德》(1605年和1615年分两部分出版)、英国乔叟的《坎特伯雷故事集》(1386—1400)等。其中，《堂吉诃德》甚至决定了整个18世纪英国文学的面貌——当时几乎所有的重要英国作家如菲尔丁、斯威夫特等都深受这部来自西班牙的畅销小说的影响。这一时期的小说带有很浓厚的喜剧色彩，对现实生活中种种不合理现象尽情嘲讽，高扬人性的旗帜。诗歌方面，14世纪意大利彼特拉

[1] 《欧里庇得斯悲剧二种》，罗念生译，30页，北京，人民文学出版社，1959。

克的十四行诗《歌集》为后来的欧洲抒情诗开辟了一条新的道路；到16世纪中叶，法国出现了从希腊罗马著作中汲取营养的七星诗社诗人；17世纪初，英国的莎士比亚对十四行诗又有了新的发展，他的作品几乎篇篇都富有独立存在的审美价值，后世能与之媲美的实在不多见。戏剧方面，英国莎士比亚戏剧的情节生动性和丰富性一再为人所称道，无论是历史剧如《亨利六世》《亨利四世》，喜剧如《威尼斯商人》《皆大欢喜》，还是悲剧如《罗密欧与朱丽叶》《哈姆雷特》等，都展示了非常开阔的社会生活场景，包蕴着深刻的哲理，文采斐然。尤其是莎士比亚的《哈姆雷特》被认为代表了其戏剧创作的最高成就。散文方面，法国蒙田的《随笔集》以其自始至终对人的问题的执着思考以及对个人存在价值的充分肯定而深得人们的称赞，《随笔集》不拘一格的形式、简朴流畅的文笔、富有见地的思想时时感染着读者；英国培根讨论哲学和自然科学的随笔成功地把科普话题转换成优美的文学篇章，开阔了人的视野。

16世纪末期到17世纪，法国的古典主义成为西方文学史上的一座高峰。诗歌方面，抒情诗缺乏发展的土壤，而叙事说理诗有一定的生存空间，如法国拉封丹用诗体写作的寓言在叙事中带着浓厚的抒情意味，英国弥尔顿在《失乐园》中对古典史诗的传统的继承引人瞩目；此时的戏剧是最为辉煌的，时间一律、地点一律和情节一律的“三一律”被提到了文学法规的高度，如高乃依的《熙德》、拉辛的《安德洛玛刻》和莫里哀的《伪君子》都为古典主义的发展立下汗马功劳，英国弥尔顿取材于旧约故事写成的剧本《力士参孙》是对希腊悲剧的复活；小说方面虽然无甚可观者，但此时巴洛克文化的兴盛对小说的影响却是众所周知的，不论语言还是情节，都奇崛新特。

神曲

[意]但丁

【作者简介】

但丁·阿利格耶里(1265—1321)，意大利的民族诗人，生活在政治、社会、经济、文化与风俗习惯剧烈转变的时代，是意大利从中世纪向文艺复兴运动过渡时期最具有代表性的作家，人文主义的先驱。他创作的长诗《神曲》(原名《喜剧》)，堪称中世纪文学中的最高成就者。但丁是“文坛三杰”之一，与彼特拉克、薄伽丘被称为“文艺复兴三巨头”，在西方文学史上，享有与荷马、莎士比亚齐名的美誉。恩格斯曾把他称为“中世纪的最后一位诗人，同时又是新时代的最初一位诗人”。

但丁于1307年开始创作《神曲》，他看到当时的意大利与整个欧洲处在纷争混乱的状态中，忧虑祖国和人民的命运。他意识到自己有肩负起揭露现实、让意大利走上复兴之路的责任。

代表新兴市民阶级利益的贵尔弗党经过激烈斗争，战胜了代表封建贵族势力的吉伯林党，但贵尔弗党很快分裂成黑党和白党两派，二者又展开激烈斗争。但丁属于白党，反对教皇干涉城邦内政。但1302年教皇支持下的黑党获胜，但丁被逐出城邦，开始了近二十年的流放生活。但丁在被放逐时，曾在意大利几个城市居住，有的记载还说他去过巴黎。他以著作排遣乡愁，并将一生中的恩人仇人都写入《神曲》中。但丁于1321年在意大利东北部腊万纳去世。

【故事梗概】

《神曲》(1307—1321)是但丁在放逐期间写的一部长诗，是他呕心沥血、经历14年之久的忧愤之作，也是他的代表作。《神曲》原名《喜剧》，意思是结局令人喜悦的故事，采用了中世纪流行的梦幻文学的形式。但丁以个人灵魂的经历为范例，采用中世纪文学所特有的幻游形式，以自己为主人公，假想自己在死人王国做了一次游历，启发人们对自己的思想行动进行反省，对黑暗的社会现实予以关注。《神曲》描写了幻游地狱、炼狱、天堂三界的故事，共有14 233行，由序曲和三部分(《地狱篇》《炼狱篇》《天国篇》)组成，每部分33歌，加上序曲，共100歌。每一律都是由当时民间诗歌常用的以格律为基础创制而成的三韵句写成，三行一组。三界各层安排也以九为纲，譬如地狱分成九层，炼狱的七层平台加上山脚山顶，同样是九层，天国也分为九重，从而形成《神曲》格律严谨的特点。

诗人在诗中自叙他在人生的中途(35岁)，在一片黑暗的森林中迷了路，正想往一座秀美的山峰攀登时，忽然出现了三只野兽——豹、狮、狼拦住去路。在危急关头，古罗马诗人维吉尔出现了，他受贝阿特丽采之托前来援救但丁从另一条路走向光明。维吉尔引导但丁游历了惩罚罪孽灵魂的地狱，穿越了收容悔过灵魂的炼狱，最后由贝阿特丽采引导他游历了天堂，最后到达上帝的面前。这时但丁大彻大悟，他的思想已与上帝的意念融洽无间，整篇诗到此戛然而止。

地狱共分九层，呈漏斗形，越往下越小。有些层又分若干圈。罪人的灵魂依照生前罪孽的轻重，分别被放在不同的圈层中受苦刑惩罚，罪行越大者越居于下层。但丁按照基督教的观点，把生前贪色、贪吃、易怒和邪教徒的亡灵放在地狱中受苦，但他更把社会上各种作恶的人放在地狱的下层。如在第八层里受罪的是淫媒和诱奸者、阿谀者、贪官污吏、买卖圣职者、占卜者、高利贷者、伪君子、盗贼、诱人作恶者、挑拨离间者、诬告害人者、伪造者以及罗马教皇。在第九层受罪的则是叛国卖主的人，他们处在冰冻的冰湖里，是但丁最痛恨的人。

冰湖是地狱之底。维吉尔负着但丁，越过地球的中心，来到炼狱山下。

炼狱又译净界，实乃大海上的一座孤山。炼狱外部是山脚。由海滨经过山脚，通过山门，才能进入炼狱。炼狱的主体部分是七层，加上外部的山脚和山顶上的乐园，总共也是九层。炼狱内分别住着犯有骄、妒、怒、惰、贪、食、色七种罪恶的亡魂。他们虽然犯有罪过，但程度较轻，而且已经悔悟，得到上帝的宽恕，在这里忏悔洗过。他们在完全洗净罪恶之后，便可升入天堂。但丁游炼狱时，也像那些洗涤罪孽者一样，一层一层地上升，最后来到地上乐园。在这里，维吉尔突然消失不见，天空中祥云缭绕，花雨缤纷，贝阿特丽采出现在但丁面前。但丁喝了忘川水，忘了过去的过失，获得新生。贝阿特丽采引导但丁游历了天堂。

天堂分为九重，分别为月球天、水星天、金星天、太阳天、火星天、木星天、土星天、恒星天、水晶天。里面住的都是不食人间烟火的灵魂，生前为善、有德行的人在这里享福。这里有虔诚的教士，有为基督教信仰而殉难的人，也有圣明的君主和学界的贤哲，基督和天使们也都住在这里。这里境界庄严，光辉四射，充满欢乐和爱，是但丁理想中的天堂。

九重天之上是上帝所在的天府。到天府以后，贝阿特丽采回到自己的位置。这里比天堂更加美丽、光明，上帝之光笼罩一切。但丁见到了上帝，但只如电光一闪，迅速消失。全诗就此结束。

【赏析】

《神曲》带有中世纪基督教世界观的明显烙印，包含着不少神学和烦琐哲学的知识，带有浓厚的宗教劝世色彩，它通过大量的触目惊心的形象警诫世人要节制欲望，以免堕入万劫不复的地狱受苦。就这一点来说，《神曲》与大量宗教作品如出一辙，但《神曲》绝不是一部宣扬死后善恶报应、鼓吹来世主义和赎罪思想的宗教作品，它能成为不朽名作，在于其瑰丽新奇的想象，逼真如画的描摹，变化多端的格律……这些都使《神曲》极为现实。但丁在其中展示出各种人物、形象、情景、场面、时间、矛盾、回忆、比喻、隐喻。整部作品结构恢宏。他创造一切，改变一切，让人们相信一切都是真的。但丁的诗歌有很强的画面感，能让我们相信《神曲》不是虚构的，是真实可信的。

但丁游历三界，基本上是按照哲学、神学观点设计的，"对迷路，游地狱、炼狱和天堂的描写，象征着人类经过迷惘和错误，经过苦难和考验走向光明与至善的历程"。"黑暗的森林象征着意大利的现实，三头野兽象征着阻碍人们走向光明的邪恶势力。维吉尔象征理性，他引导但丁游历地狱和炼狱，象征人类在理性指引下认识罪恶与错误从而醒悟、获得新生的过程。贝阿特丽采象征信仰，她引导忠于信仰的人达到思想的至善境界。"〔1〕

但丁是新旧交替时期的诗人，受当时社会思想影响很大，在他的世界观中，基督教的神学观念、中世纪的思想偏见仍占很大比重，但是他在《神曲》中表现出对新的思想和生活态度的肯定，虽然以基督教的禁欲、苦修等神学世界观做基础，但表现出对现实生活斗争的强烈兴趣，主张在生活与斗争中遵循理性教导，反对蒙昧主义，强调自由意志的重要，赞美人的才能与智慧，肯定文化知识的重要性，是新的人文主义思想的萌芽。

---

〔1〕 朱维之、赵澧、崔宝衡：《外国文学史(欧美卷)》(第三版)，58～59页，天津，南开大学出版社，2004。

三、近代文学概况

一般认为，世界近代史始于17世纪40年代英国资产阶级革命，结束于1917年的俄国十月社会主义革命。这一时期是资产阶级蓬勃发展的时期，文学与资产阶级的反封建革命及其飞速发展紧密联系在一起，18世纪出现了启蒙运动，18世纪末、19世纪初出现了浪漫主义运动，19世纪30年代出现了批判现实主义运动，19世纪末则出现了象征主义浪潮。

18世纪，启蒙文学继续着过去文艺复兴时期人文主义的理想，呼吁个性的解放，把资产阶级和平民作为描写、歌颂的对象，对王室贵族、教皇教士持批判嘲讽态度，因而有着强烈的政治倾向性和民主性，现实主义创作方法成为主流。小说方面，英国笛福的《鲁滨孙漂流记》反映了资产阶级上升时期发挥个人才智、勇于冒险追求财富的进取精神；斯威夫特的《格列佛游记》对英国政体进行了深刻揭露，提出了共和政体的主张；菲尔丁的一系列小说如《约瑟夫·安德鲁斯传》《汤姆·琼斯》等将喜剧基调与幽默讽刺相结合，从人性出发，抑恶扬善。德国歌德的《少年维特之烦恼》表达了觉醒的青年一代的革命情绪，是德国文学史上第一部在国际上产生重大影响的作品，对后来的浪漫主义文学有颇多影响。法国伏尔泰的哲理小说《查第格》《老实人》等对封建社会的种种弊端颇多指摘，渴望自由自在的"黄金国"的建立；狄德罗的《拉摩的侄儿》《宿命论者雅克》激发了人们反封建、反宗教的意识，是对现实社会制度的有力控诉。戏剧方面，法国有从理论到实践都对正剧的产生做出很大贡献的博马舍，他的《塞维利亚的理发师》和《费加罗的婚礼》以戏剧方式反映社会重大问题，抨击时弊，在内容与形式上开创了现代戏剧。德国歌德的诗剧《浮士德》塑造了一个新型的资产阶级人道主义者形象浮士德，他成为资产阶级启蒙思想家的艺术概括；席勒的《强盗》《阴谋与爱情》是在狂飙突进精神影响下歌颂向社会开战的豪侠青年，抨击等级制度的力作，具有强烈的政治倾向性。

18、19世纪之交的浪漫主义运动是对启蒙运动的呼应，出现了很多偏重表现主观理想、抒发强烈个人感情和极力歌咏自然的作品，并在发展过程中出现了积极浪漫主义和消极浪漫主义两种不同甚至对立的派别。前者在批判资本主义丑恶现实的同时，往往将理想寄于未来，这方面的诗人有英国的拜伦、雪莱，法国的雨果、拉马丁、维尼等；后者却远离现实斗争，缅怀中世纪宗法制社会的生活方式，这方面的诗人有英国的华兹华斯、柯勒律治、骚塞，法国的夏多布里昂等，这也直接体现为他们诗风的不同。俄国的诗人普希金在广泛吸收前人艺术经验的基础上，以卓尔不群的诗歌创作推动了俄国浪漫主义运动的发展。小说方面，法国雨果的《巴黎圣母院》把中世纪巴黎市民生活写得鲜活生动，是浪漫主义小说的代表作。戏剧方面，雨果的《欧那尼》在1830年的成功上演意味着浪漫主义的辉煌胜利。

19 世纪的批判现实主义文学注重以开阔的视野展示社会生活的方方面面，对于现实矛盾的揭露很有深度，并一直延续到 20 世纪初。此时出现了三位极为出色的小说家：英国的狄更斯、法国的巴尔扎克和俄国的托尔斯泰。他们的作品与之前的古希腊悲剧、莎士比亚戏剧一同成为西方文学的三大高峰。狄更斯的《大卫·科波菲尔》《荒凉山庄》《我们共同的朋友》等都具有很强的批判性，巴尔扎克的巨著《人间喜剧》对贵族阶级的溃灭和资产阶级的上升都有着淋漓尽致的描写，托尔斯泰的《安娜·卡列尼娜》《复活》等深刻反映了俄国的社会变动。陀思妥耶夫斯基批判超人哲学的长篇小说《群魔》《罪与罚》等，更将观念形态放在社会现实和人性中去探讨其可能性。此外，司汤达的长篇小说《红与黑》、萨克雷的长篇小说《名利场》、普希金的诗体小说《叶甫盖尼·奥涅金》、契诃夫的短篇小说也都可圈可点，称得上是现实主义的杰作。戏剧方面，挪威易卜生的社会问题剧不仅对北欧，而且对整个世界戏剧都产生了重大影响；爱尔兰萧伯纳的《华伦夫人的职业》《巴巴拉少校》等对资本主义社会的批判显得犀利辛辣。诗歌方面，德国海涅的政治抒情长诗《德国——一个冬天的童话》攻击封建统治，呼唤新一代的成长。法国的波德莱尔则显得另类一些，他的创作上承浪漫主义的余绪，下开象征主义的先河，而且充满了现实主义的精神，其诗集《恶之花》记录了一个孤独而颓废的诗人对光明、幸福和理想生活的渴求以及追求失败的心路历程，闪耀着现实、象征和浪漫并举的奇异光华。此外，散文诗在波德莱尔手中成熟并趋于完美，其《巴黎的忧郁》可谓《恶之花》的散文诗版，玄妙的哲理和精细的刻画，深化了《恶之花》的意境和细节。19 世纪 80 年代在法国兴起的宣扬艺术至上的象征主义诗歌作为一种潮流，漫延至欧洲诸多国家。象征主义反对如实描绘客观世界，更关注作家的内心世界，代表诗人有布鲁瓦、魏尔伦、兰波、马拉美等。

(一)诗歌

1. 唐璜

[英]拜伦

【作者简介】

拜伦是英国浪漫主义文学运动的卓越代表，也是欧洲 19 世纪最伟大的诗人之一。1788 年，拜伦出生在一个破落贵族家庭。1808 年，拜伦于剑桥大学毕业后，开始出国旅行，漫游了西班牙、葡萄牙、阿尔巴尼亚、希腊和土耳其等国家，回国后完成了长诗《恰尔德·哈罗尔德游记》前两章。诗作描写孤独的漂泊者恰尔德·哈罗尔德出游欧洲的见闻，它被看作拜伦的自述。作品一发表，立刻风靡全英。1809 年 3 月，他作为世袭贵族进入了贵族院。虽然他在议院发言的次数不多，但这些发言都鲜明地表现了他自由主义的进步立场。

1811—1816 年，拜伦生活在不断的感情旋涡中。在他到处受欢迎的社交生活中，逢场作戏的爱情俯拾即是，一个年轻的贵族诗人的风流韵事自然更为人所津津乐道。

他在 1815 年和安娜·密尔班克结婚。但她是一个见解偏狭的、深为其阶级的伪善所囿的人，完全不能理解拜伦的事业和观点。婚后一年，她便带着出生一个多月的女儿回到自己家中，拒绝与拜伦同居，从而使流言纷起。以此为契机，英国统治阶级对它的叛逆者拜伦进行了疯狂的报复，以图毁灭这个胆敢在政治上与它为敌的诗人。这时期的痛苦感受，使拜伦写出像《锡隆的囚徒》(1816)那样的诗，表达与压迫者抗争到底的决心。1816 年，他愤然离开了自己的祖国，终生侨居国外。

拜伦先来到比利时，然后又去了瑞士，在日内瓦结识了另一位流亡诗人雪莱，对英国反动统治的憎恨和对诗歌的爱好使他们结成了密友。不久，拜伦移居意大利，参加了烧炭党抗击奥地利占领者的革命活动。与此同时，他步入创作高峰期，先后完成了《恰尔德·哈罗尔德游记》的第三、四章，诗剧《曼弗雷德》(1817)、长篇叙事诗《唐璜》(1818—1823)、诗剧《该隐》(1817)等，被祖国抛弃的诗人，在国外得到世界范围内的称誉，整个 19 世纪 20 年代，成了“拜伦的时代”。他在诗歌里塑造了一批“拜伦式英雄”的形象：孤傲、狂热、浪漫，却充满了反抗精神；他们内心充满了孤独与苦闷，却又蔑视群小。恰尔德·哈罗尔德是拜伦诗歌中第一个“拜伦式英雄”。这些作品及拜伦早期在《东方叙事诗》中塑造的一系列“拜伦式英雄”在欧洲青年中得到广泛传播。

1823 年，希腊反抗土耳其奴役的斗争消息传到意大利。拜伦当即放下正在写作的《唐璜》，毅然乘船去希腊参加希腊民族解放斗争。他卖掉了自己的庄园，为希腊军筹集资金。由于诗人作战英勇，表现出政治家和军事家的才能，他被选为希腊军的总司令。战争中他劳累过度，在一次冒雨巡视中病倒，于 1824 年 4 月 19 日死于希腊军中，年仅 36 岁。

【故事梗概】

在西班牙南部名城塞维尔，居住着一位名叫唐·何塞的大贵族。他十分富有，名声很好。唐·何塞的夫人也出身名门，不仅美丽贤淑，还很有学问，能说多种外国语，在上流社会妇女中受到普遍尊敬。他俩十分恩爱，可是中年才生下一子，取名唐璜。不幸唐·何塞过早病逝。他的夫人决心把儿子培养成大人物，教给他军事、艺术、自然科学等方面的知识，尤其是教育他要注重封建伦理道德。

唐璜小时候就活泼可爱，成人后更是一表人才，在贵族子弟中非常少见。他生性风流，喜欢同姑娘们胡搅蛮缠，道德规范对他一点都不起作用。16 岁时，他就同贵妇唐娜·朱丽亚发生性关系，使得上流社会舆论哗然。唐璜的母亲为了儿子的安全，只得让他外出旅行。

航船在驶往意大利的途中遭到大风暴的袭击，船只破损，逐渐下沉。一些水手觉得没有得救的希望，要求唐璜给他们大量的酒喝，以便醉昏后沉入大海中时少受痛苦。唐璜拒绝了他们的要求，痛骂他们连畜生都不如，说大家应该像男子汉一样地死掉。他强迫并且监督水手们修理船舱，排除积水，但是船最终还是沉没了。他在挤上大船带着的快艇后，还奋力救起了落水的侍从，以及他父亲遗留的小狗。

在海上漂流 12 天后，船上再也没有可吃的东西了，水手们便开始吃人，他们抽签决定吃哪个人，唐璜的老师不幸被抽中。唐璜却一直不忍心吃他的老师，靠嚼竹片缓解饥饿。

他在海水中奋力挣扎，游到了西克拉提兹(通译“基克拉迪”)群岛，被一位年轻貌美的姑娘救上了岸，她把他藏在海边的一个山洞中。这位姑娘叫海甸(或译为“海黛”)，是希腊大海盗兰布洛的女儿，她平常见着的男子都是海盗或者渔民，十分丑陋粗野，而如今眼前所救的是一个年轻美貌的男子，这使她简直像着了迷一样。很快，他俩同居了。

不久，传来了兰布洛在海上抢劫时出事身亡的消息。父亲一死，再无什么顾虑，于是，海甸决定公开同唐璜结婚。海甸同唐璜举行了隆重的婚礼，海盗和民众热烈祝贺，狂饮通宵。

正当他俩相偕进洞房的时候，兰布洛突然出现。他命令侍从把唐璜打倒，捆绑上船，押送到土耳其大城市君士坦丁堡(通译“伊斯坦布尔”，当时是首都)出售。君士坦丁堡有着世界上最大的奴隶市场，每天从早到晚拍卖来自欧、亚、非三洲的奴隶。所谓奴隶，全是海盗、殖民者、部落酋长和军士们从各地抓来的平民、战争俘虏、旅客等。

唐璜既年轻又健壮，被土耳其王宫的黑人太监看中，出高价把他买下，装扮成妇女，送进后宫供一位王后享用。土耳其那时实行一夫多妻制，苏丹(国王)有成千老婆，后妃以及公主都暗藏着一些男子。但是，唐璜一心思念天真纯洁的海甸，最后他想方设法逃出了王宫，辗转到了俄国部队。

唐璜明明知道交战双方都不是好人，他认为俄国的专制君主比野蛮人还坏得多。但是，他爱慕荣誉，非常卖力地打仗，立下了大功，得到了俄军统帅苏沃洛夫的重视。他的思想是矛盾的，他虽然凶狠地杀死了不少土耳其人，却又从凶残的沙俄哥萨克兵士的屠刀下救出了一个10岁的土耳其女孩。他对土耳其苏丹父子6人力战阵亡的行为表示出了高度的崇敬。

沙俄占领土耳其都城之后，苏沃洛夫有意派遣唐璜去彼得堡向女沙皇报捷。唐璜带着被救的土耳其孤女起程去俄国了。

俄国女沙皇卡萨琳(就是叶卡捷琳娜二世)生活很放荡，觉得唐璜比她所有的情夫都英俊健壮，于是就把他留在宫里供自己享用。唐璜在后宫不仅侍候女沙皇，而且还同不少女官、侍女同宿。时间一久，唐璜的身体极度虚弱，患了疾病，女沙皇因此不再需要他了。

根据御医的建议，他暂时离开寒冷的彼得堡，出国到天气温暖的南方(如意大利)去旅游疗养。那个时候，沙俄正同英国计划结成军事、政治同盟，以阻止拿破仑借战争推广民主思想，保护封建专制统治。这时女沙皇想到了唐璜，决定派他做外交使节前往英国进行谈判。于是，唐璜带着土耳其孤女离开了俄国。

唐璜原本对英国十分仇恨，说英国“曾经把自由奉献给全人类，现在却要他们戴上镣铐，甚至禁锢人们的心灵”，并且侵略到北美、印度等处。英国同西班牙为了争夺海上霸权和西欧地区的统治权，曾经在三四年间多次进行大战，最后西班牙大败，失去了在南、北美洲的殖民地，成为小国。作为西班牙贵族的唐璜，自然仇恨英国。

他决心到达英国后，把英国的反动真相告诉英国民众。但是，当他登上英国国土后，见到的情况却改变了他的看法。一切给他留下了很好的印象，他觉得这儿简直是自由乐土。

正当他打心眼里赞叹英国社会时，突然一伙拦路抢劫的匪徒挡住了他，强迫他留下买路钱。他从衣袋里拔出手枪，打死了一个匪徒，其他匪徒夹起尾巴逃走了。此后，他改变了看法，觉得在伦敦的街道上根本找不着一个老实人，最富丽堂皇的宾馆也只不过是外交界骗子的安乐窝。

被引见给英国国王后，他发现大臣们是“没有丝毫人气味的畜生”，议会是一个专搞捐税的机构，财阀们才是英国和欧洲各国的真正主子，而大不列颠王国不过是“一所超等动物园”。

唐璜被英国上流社会接纳，天天进出贵族、富豪居住的伦敦西区。他说这片区域是英国最罪恶的地方，这儿的人“把爱情一半当荣耀，一半当买卖”。他的行为又恰恰同他的认知相违背，他在这儿同不少的贵族妇女勾勾搭搭，打得火热。

一天晚上，英国最具权势和最风流美丽的、众所周知的国王情妇弗芝·甫尔克公爵夫人竟然化装成天主教僧侣，暗地里闯进了他的卧室……

【赏析】

《唐璜》是拜伦的浪漫主义杰作、诗体小说，共16 548行。作品表现了作者对自由的真诚追求和唤起人民的积极行动的愿望。作者常常中断叙事自由议论，充满浪漫主义的主观抒情性。拜伦在《唐璜》中让主人公唐璜经历各种离奇的事情，让唐璜跟着作者设想的路线、际遇走。跌宕起伏的情节安排，场景的迅速变换，悲喜色彩的跳跃性转化，更是体现了作者对人生无常、命运坎坷的思考，蕴含着作者深刻的主观意向。而且，浪漫主义反对古典主义的拟古倾向和理性教条的束缚，继承和发展了18世纪英国感伤主义和德国“狂飙突进”运动中重感情、要求自由和个性解放的传统。卢梭注重在创作中把大自然和人物的思想感情交融在一起所表现出的强烈感情色彩，特别是他的“返回自然”学说，对拜伦也有着很大的影响。

《唐璜》中大量运用讽刺，特别是突转式讽刺，即利用“突然性”来制造喜剧效果。这与《唐璜》的诗体有关。这部著名的长篇叙事诗采用八行体写成。这种八行体有个特点，即前六行押交叉韵，后两行押叠韵。拜伦利用这种韵式结构，常以前六行作铺垫，而大力经营最后一结，将妙语警思放在这关键位置以点化全诗的讽刺意味，首尾形成突转之势。英语修辞中有所谓“倒顶”(anticlimax，又叫“渐降”或“反高潮”)的方法，前后语意既顺势衍成又互相抵牾。拜伦的突转式讽刺可以说就是这种修辞在讽刺诗作中的应用和扩展。“……唐璜走下马车，……/一路在思索/这个伟大国家的妙不可言，/‘啊，这才是自由神选中的住所！/……如果说物价高昂，人们挥金如土，那正表明他们的薪俸很可观。/这儿法律是神圣不可侵犯的。/这儿没有路劫，旅客都很安全，/这儿’——一把刀打断了他的沉思：/‘瞎了眼的，拿钱来，不然就是死！’/这自由的声音发自四个强盗。”上面的引文假借唐璜初到英国时的所遇所思，对虚有其表、混乱不堪的英国资本主义社会现状，进行辛辣的嘲讽。这里，拜伦为使讽刺的鞭子抽下去更有力，先把它高高扬起，为使讽刺对象跌得更重，先把它推上云端。他采取反向走笔、逆势行文的写法，为唐璜构想了一大段“沉思”，畅想“自由之邦”的妙处，有意编织幻网，让假象不断演进，引着读者也背道而驰。之后，猛然回首一击，抖开真相：所谓

“自由神选中的住所”，原来有的只是索抢金钱的“强盗”的自由！这里的“强盗”看似写实，实为象征隐喻。自由之声“拿钱来”，无异于资本主义王国金钱魔怪的号叫，立刻使“这个伟大国家的妙不可言”带上了荒诞的色彩和否定性意义，令人捧腹不止。这种先褒后贬、异军突起的讽刺手法比顺水推舟更有出奇制胜的效果。

《唐璜》也大量地运用了夸张进行艺术讽刺，而且近乎写实。如讽刺苏丹的荒淫与浅陋，“他亲眼看到月亮是圆的/同样该肯定的是：大地是正方/因为他曾经旅行五十里之远/任何地方都见不到圆的迹象/他的帝国版图也是无边的/确实，这里或那里少不了动荡/不是督军叛变，就是海盗骚扰/不过他们未到达他的皇城脚”。又如讽刺苏丹的残暴时的夸张：“他愿意全人类只有一个脖颈，好使他挥一挥刀就可以全杀。”

拜伦憎恨专制而追求自由。自由是他全部诗作的一大主题。他几乎无时不在歌颂自由的可贵。在《唐璜》里，他以十分坚定的态度捍卫自由，把自由视为无价之宝，“我宁可孤立，也不愿把我的自由思想和王座交换”。可以说拜伦视自由为生命，为自我主体性的标志。正因如此，他对压迫和奴役，对违背人性的所有一切进行了强烈的讽刺和批判，并成为被压迫者的代言人。同时自由的心态和意志也使其心灵、思想绝少羁绊，嬉笑怒骂痛快淋漓，痛下针砭而几无顾忌，从而使讽刺几乎化为他的天性。作者在诗中自豪地坦言：“由于不附和任何人/我倒得罪了一切人——但随他去吧/如果说，我失于不会见风转舵/至少我的意见不是自欺欺人/凡无心名利的人就不会取巧/假如你不愿为奴，更不愿奴役/那就能像我似的自由发表意见/不必作奴隶制度的豺狼而狂喊。”

《唐璜》被认为是拜伦诗歌创作的顶峰。这是一部气势宏伟、意境开阔、见解高超、艺术卓越的叙事长诗，在英国乃至欧洲文学史上都是罕见的。这部以社会讽刺为基调的诗体小说虽未最后完成，但仍有深刻的思想内容、广阔的生活容量和独特的艺术风格，如1789年的法国大革命对欧洲大陆造成的巨大冲击。在中国，鲁迅称拜伦是浪漫主义的“宗主”，盛赞其人其诗“如狂涛如厉风，举一切伪饰陋习，悉与荡涤”(《摩罗诗力说》)。

2. 西风歌①

［英］雪莱

【作者简介】

珀西·比希·雪莱(1792—1822)，英国著名作家、浪漫主义诗人，被认为是历史上最出色的英语诗人之一，受空想社会主义思想影响颇深。

雪莱于1792年出生于英格兰萨塞克斯郡霍舍姆附近的沃恩汉，8岁时就开始尝试写作诗歌，12岁进入伊顿公学。1810年，18岁的雪莱进入牛津大学，深受英国自由思想家休谟以及葛德文等人著作的影响。雪莱将他关于上帝、政治和社会等问题的想法写成小册子散发给一些素不相识的人，并询问他们看后的意见。由于散发《无神论的必然性》，雪莱入学不足一年就被牛津大学开除，由于他坚持不肯认错而被逐出家门。1813年11月，他完成叙事长诗《麦布女王》，1818年至1819年，他完成了两部重要的长诗《解放了的普罗米修斯》和《钦契》，以及其不朽的名作《西风歌》(也被称为《西风颂》)。1822年7月8日雪莱逝世。恩格斯称他是“天才预言家”。

《西风歌》是雪莱“三大颂”诗歌中的一首，写于1819年。当时，欧洲各国的工人运动和革命运动风起云涌。英国工人阶级为了争取自身的生存权利，正同资产阶级展开英勇的斗争，捣毁机器和罢工事件接连不断。1819年8月，曼彻斯特八万工人举行了声势浩大的游行示威，反动当局竟出动军队野蛮镇压，制造了历史上著名的彼得卢大屠杀事件。雪莱满怀悲愤，写下了长诗《暴政的假面游行》，对资产阶级政府的血腥暴行提出严正抗议。法国自拿破仑帝制崩溃、波旁王朝复辟以后，阶级矛盾异常尖锐，广大人民正酝酿着反对封建复辟势力的革命斗争。拿破仑帝国的解体也大大促进了西班牙人民反对异族压迫和封建专制的革命运动，1819年1月，西班牙终于响起了武装起义的枪声。就在武装起义的前夕，海涅给西班牙人民献上了《颂歌》一首，为西班牙革命吹响了进军的号角。在意大利和希腊，民族解放运动方兴未艾，雪莱的《西风歌》发表不久，这两个国家也先后爆发了轰轰烈烈的武装起义。面对欧洲的革命形势，雪莱为之鼓舞，为之振奋，胸中沸腾着炽热的革命激情。这时，在一场暴风骤雨的触发下，这种难以抑制的革命激情立刻冲出胸膛，化作激昂慷慨的歌唱。这时诗人正旅居意大利，处于创作的高峰期。这首诗可以说是诗人“骄傲、轻捷而不驯的灵魂”的自白，是时代精神的写照。诗人凭借自己的诗才，借助自然的精灵让自己的生命与鼓荡的西风相呼相应，用气势恢宏的篇章唱出了生命的旋律。

【原文】

一

你是秋的呼吸，啊，奔放的西风；
你无形地莅临时，残叶们逃亡，
它们像回避巫师的成群鬼魂：

黑的、惨红的、铅灰的，或者蜡黄，
患瘟疫而死掉的一大群。啊，你，
送飞翔的种子到它们的冬床，……

二

你在动乱的太空中掀起激流，
那上面漂浮着落叶似的云块，
掉落自天与海的错综的枝头：

它们是传送雨和闪电的神差。
你那气流之浪涛的碧蓝海面，
从朦胧的地平线到天的顶盖，

飘荡着快来的暴风雨的发辫，
像美娜德头上金黄色的乱发
随风飘动；你为这将逝的残年

唱起挽歌；待到夜的帷幕落下，
将成为这一年的巨冢的圆顶，
你用凝聚的云雾为它做支架。……

三

……随着你的脚步而裂开；在海底，
那些枝叶没有浆汁的湿树林，
还有海花，听到你来临的声息，

便突然地变色，它们大吃一惊，
瑟瑟地发抖，纷纷凋谢。啊，听，听！

四

如果我是任你吹的落叶一片；
如果我是随着你飞翔的云块；
如果是波浪，在你威力下急湍，

享受你神力的推动，自由自在，
几乎与你一样，啊，你难制的力！……

五

……把我僵死的思想驱散在宇宙，
像一片片的枯叶，以鼓舞新生；
请听从我这个诗篇中的符咒，

把我的话传播给全世界的人，
犹如从不灭的炉中吹出火花！
请向未醒的大地，借我的嘴唇，

像号角般吹出一声声预言吧！
如果冬天来了，春天还会远吗？

【注释】

①选自[英]雪莱：《雪莱抒情诗选》，杨熙龄译，86～90页，北京，商务印书馆，2011。

【赏析】

《西风歌》是欧洲诗歌史上的艺术珍品。全诗共五节，由五首十四行诗组成。从形式上看，五个小节格律完整，可以独立成篇。从内容上看，它们又融为一体，贯穿着一个中心思想。第一节描写西风扫除林中残叶，吹送生命的种子。第二节描写西风搅动天上的浓云密雾，呼唤着暴雨雷电的到来。第三节描写西风掀起大海的汹涌波涛，摧毁海底花树。三节诗三个意境，诗人想象的翅膀飞翔在树林、天空和大海之间，飞翔在现实和理想之间，形象鲜明，想象丰富，但中心思想只有一个，就是歌唱西风扫除腐朽、鼓舞新生的强大威力。从第四节开始，诗歌由写景转向抒情，由描写西风的气势转向直抒诗人的胸臆，抒发诗人对西风的热爱和向往，主旨仍然是歌唱西风。因此，结构严谨，层次清晰，主题集中，是《西风歌》一个突出的艺术特点。在这里，西风已经成了一种象征，它是一种无处不在的宇宙精神，一种打破旧世界、追求新世界的西风精神。诗人以西风自喻，表达了自己对生活的信念和向旧世界宣战的决心。雪莱善于把主观思想情感与自然景物完美结合起来，歌唱西风，同时也是在歌唱席卷整个欧洲的革命风暴。他歌唱西风以摧枯拉朽的巨大力量扫除破败的残叶，搅动着“浓云密雾”，唤醒沉睡的浩瀚大海，把一丛丛躲藏在海底深处的海树海花，吓得“瑟瑟地发抖，纷纷凋谢”。他歌唱革命运动正以排山倒海之势、雷霆万钧之力，横扫旧世界一切黑暗反动势力。这正是当时欧洲革命形势的生动写照。诗人看到了革命一方面在扫除腐朽，无情地摧毁旧世界；另一方面又在“鼓舞新生”，积极地创建美好的新世界。他在歌唱西风的同时，也是在激励和鞭策自己。雪莱是一个热情的浪漫主义诗人，同时又是一个勇敢的革命战士，他以诗歌作武器，积极投身革命运动，虽经受过失败和挫折，但始终保持着高昂的战斗精神。

《西风歌》采用的是象征手法，诗人用优美而蓬勃的想象写出了西风的形象。那气势恢宏的诗句、强烈撼人的激情把西风的狂烈、急于扫除旧世界创造新世界的形象展现在人们面前。诗中比喻奇特，形象鲜明，枯叶的腐朽、狂女的头发、黑色的雨、夜的世界无不深深地震撼着人们的心灵。

整首诗由始至终围绕着秋天的西风展开，无论是写景还是抒情，都没有脱离这个特定的描写对象，没有使用一句政治术语和革命口号。雪莱在歌唱西风，又不完全是歌唱西风，实质上是通过歌唱西风来歌唱革命。诗中的西风、残叶、种子、流云、暴雨雷电、大海波涛、海底花树等，都不过是象征性的东西，它们包含着深刻的寓意，大自然风云激荡的动人景色，是人间蓬勃发展的革命斗争的象征性反映。从这个意义上说，《西风歌》不是风景诗，而是政治抒情诗，它虽然没有一句直接描写革命，但整首诗都是在反映革命。尤其是结尾处脍炙人口的诗句，既概括了自然现象，也深刻地揭示了人类社会的历史规律，指出了革命斗争经过艰难曲折终将走向胜利的光明前景，寓意深远，余味无穷。

3. 丁登寺

[英]华兹华斯

【作者简介】

威廉·华兹华斯(1770—1850)，英国文学史上最重要的诗人之一，也是英国浪漫主义文学运动中最伟大和最有影响的诗人之一。他和柯勒律治共同推动了英国文学的浪漫主义运动的发展。华兹华斯的代表作一般被认为是《序曲》，这首他早年的半自传体诗被修改并续写了很长时间，被称为“献给柯勒律治的诗”。在作者去世几个月后这首诗由他妻子更名为《序曲》并出版。

华兹华斯出生于英格兰西北部昆布兰郡科克茅斯著名的湖区。他的父亲是詹姆斯·劳瑟的法律代表，住在一个小镇的一座大宅邸中。自小父亲鼓励华兹华斯读书，要求他背诵大量的诗歌，包括弥尔顿、莎士比亚、斯宾塞的作品。1787 年，华兹华斯开始从事写作，在《欧洲杂志》(*The European Magazine*)上发表了一首十四行诗。同年他进入剑桥大学圣约翰学院，假期他到著名的风景区徒步旅行。1790 年，他去欧洲徒步旅行，其间他去了广阔的阿尔卑斯山以及附近的法国、瑞士以及意大利。1795 年，华兹华斯和妹妹多萝西一起迁居乡间，接近自然并探讨人生意义，他写了许多以自然与人生关系为主题的诗歌。1798 年，华兹华斯和柯勒律治的诗歌合集《抒情歌谣集》出版，宣告了浪漫主义新诗的诞生。《抒情歌谣集》第二版的序言详细阐述了浪漫主义新诗的理论，主张以平民日常使用的语言抒写平民的事物、思想与感情，被誉为浪漫主义诗歌的宣言。华兹华斯此后的诗歌在深度与广度上都得到进一步发展，在描写自然风光和处于大自然中人们的生活时寄托自我反思与人生探索的哲理。1838 年，华兹华斯被英国杜伦大学授予民法荣誉博士，同年剑桥大学授予他同样的荣誉学位，约翰·基布尔称赞他为“人类的诗人”。1843 年，华兹华斯被任命为“桂冠诗人”，直到 1850 年去世。

【原文】

五年过去了，五个夏天，还有
五个漫长的冬天！并且我重又听见
这些水声，从山泉中滚流出来，
在内陆的溪流中柔声低语。——
看到这些峻峭巍峨的山崖，
这一幕荒野的风景深深地留给
思想一个幽僻的印象：山水呀，
联结着天空的那一片宁静。
这一天到来，我重又在此休憩
在无花果树的浓荫之下，远眺
村舍密布的田野，簇生的果树园，
在这一个时令，果子呀尚未成熟，
披着一身葱绿，将自己掩没
在灌木丛和乔木林中。我又一次
看到树篱，或许那并非树篱，而是一行行
顽皮的树精在野跑：这些田园风光，
一直绿到家门；袅绕的炊烟

静静地升起在树林顶端！
它飘忽不定，仿佛是一些
漂泊者在无家的林中走动，
或许是有高人逸士的洞穴，孤独地
坐在火焰旁。
这些美好的形体
虽然已经久违，我并不曾遗忘，
不是像盲者面对眼前的美景：
然而，当我独居一室，置身于
城镇的喧嚣声，深感疲惫之时，
它们却带来了甜蜜的感觉，
渗入血液，渗入心脏，
甚至进入我最纯净的思想，
使我恢复恬静：——还有忘怀已久的
愉悦的感觉，那些个愉悦
或许对一个良善者最美好的岁月
有过远非轻微和平凡的影响，
那是一些早经遗忘的无名琐事，
却饱含着善意与友爱。不仅如此，
我凭借它们还得到另一种能力，
具有更崇高的形态，一种满足的惬意，
这整个神秘的重负，那不可理解的
世界令人厌倦的压力，顿然间
减轻；一种恬静而幸福的心绪，
听从着柔情引导我们前进，
直到我们的肉躯停止了呼吸，
甚至人类的血液也凝滞不动，
我们的身体进入安眠状态，
并且变成一个鲜活的灵魂，
这时，和谐的力量，欣悦而深沉的力量，
让我们的眼睛逐渐变得安宁，
我们能够看清事物内在的生命。
倘若这只是
一种虚妄的信念，可是，哦！如此频繁——
在黑暗中，在以各种面目出现的
乏味的白天里；当无益的烦闷
和世界的热病沉重地压迫着
心脏搏动的每一个节奏——

如此频繁，在精神上我转向你，
啊，绿叶葱茏的怀河！你在森林中漫游，
我如此频繁地在精神上转向你。
而如今，思想之幽光明灭不定地闪烁，
许多熟悉的东西黯淡而迷蒙，
还带着一丝怅惘的窘困，
心智的图像又一次重现；
我站立在此，不仅感到了
当下的愉悦，而且还欣慰地想到
未来岁月的生命与粮食正蕴藏
在眼前的片刻间。于是，我胆敢这样希望，
尽管我已不复当初，不再是新来乍到的
光景，即时我像这山上的一头小鹿，
在山峦间跳跃，在大江两岸
窜跑，在孤寂的小溪边逗留，
听凭大自然的引导：与其说像一个
在追求着所爱，倒莫如说正是
在躲避着所惧。因为那时的自然
（如今，童年时代粗鄙的乐趣，
和动物般的嬉戏已经消逝）
在我是一切的一切。——我那时的心境
难以描画。轰鸣着的瀑布
像一种激情萦绕我心；巨石，
高山，幽晦茂密的森林，
它们的颜色和形体，都曾经是
我的欲望，一种情愫，一份爱恋，
不需要用思想来赋予它们
深邃的魅力，也不需要
视觉以外的情趣。——那样的时光消逝，
一切掺和着苦痛的欢乐不复再现，
那令人晕眩的狂喜也已消失。我不再
为此沮丧，哀痛和怨诉；另一种能力
赋予了我，这一种损失呀，
已经得到了补偿，我深信不疑。
因为我已懂得如何看待大自然，再不似
少不更事的青年；而是经常听到
人生宁静而忧郁的乐曲，
优雅，悦耳，却富有净化

和克制的力量。我感觉到
有什么在以崇高的思想之喜悦
让我心动；一种升华的意念，
深深地融入某种东西，
仿佛正栖居于落日的余晖
浩瀚的海洋和清新的空气，
蔚蓝色的天空和人类的心灵：
一种动力，一种精神，推动着
思想的主体和思想的客体
穿过宇宙万物，不停地运行。所以，
我依然热爱草原，森林，和山峦；
一切这绿色大地能见的东西，
一切目睹耳闻的大千世界的
林林总总，——它们既有想象所造，
也有感觉所知。我欣喜地发现
在大自然和感觉的语言里，
隐藏着最纯洁的思想之铁锚，
心灵的护士、向导和警卫，以及
我整个精神生活的灵魂。
即便我并没有
受到过这样的教育，我也不会更多地
被这种温和的精神所腐蚀，
因为有你陪伴着我，并且站立
在美丽的河畔，你呀，我最亲爱的朋友，
亲爱的，亲爱的朋友；在你的嗓音里
我捕捉住从前心灵的语言，在你顾盼流转的
野性的眼睛里，我再一次重温了
往昔的快乐。啊！我愿再有一会儿
让我在你身上寻觅过去的那个我，
我亲爱的，亲爱的妹妹！我要为此祈祷，
我知道大自然从来没有背弃过
爱她的心灵；这是她特殊的恩典，
贯穿我们一生的岁月。从欢乐
引向欢乐；因为她能够赋予
我们深藏的心智以活力，留给
我们宁静而优美的印象，以崇高的
思想滋养我们。使得流言蜚语，
急躁的武断，自私者的冷讽热嘲，

缺乏同情的敷衍应付，以及
日常生活中全部枯燥的交往，
都不能让我们屈服，不能损害
我们欢快的信念，毫不怀疑
我们所见的一切充满幸福。因此，
让月光照耀着你进行孤独的漫游，
让迷蒙蒙的山风自由地
吹拂你；如此，在往后的岁月里
当这些狂野的惊喜转化成
冷静的惬意，当你的心智
变成一座集纳众美的大厦，
你的记忆像一个栖居的家园招引着
一切甜美而和谐的乐音；啊！那时，
即令孤独，惊悸，痛苦，或哀伤成为
你的命运，你将依然怀着柔情的喜悦
顺着这些健康的思路追忆起我，
和我这一番劝勉之言！即便我远走他方
再也听不见你可爱的声音，
再也不能在你野性的双眸中
看见我往昔生活的光亮——你也不会
忘记我俩在这妩媚的河畔
一度并肩站立；而我呀，一个
长期崇拜大自然的人，再度重临，
虔敬之心未减：莫如说怀着
一腔更热烈的爱情——啊！更淳厚的热情，
更神圣的爱慕。你更加不会忘记，
经过多年的浪迹天涯，漫长岁月的
分离，这些高耸的树林和陡峻的山崖，
这绿色的田园风光，更让我感到亲近，
这有它们自身的魅力，更有你的缘故。

（汪剑钊译）

【赏析】

这首诗的全名为《作于丁登寺上游几英里处的诗行——纪念1798年7月13日重游怀河两岸》。在这首诗的开篇作者便说明了这是时隔五年重游丁登寺，这次他和妹妹一起分享这次奇妙的经历，欣赏这里安静的乡村风景，聆听河水静静流淌的声音。通过阅读这首诗，你可以想象到作者的体验、喜爱的地方、向往的风景、颜色、气味、思想、安全感、满足感，这些是作者在《丁登寺》中描写的情景。

首先，《丁登寺》极具审美价值。这首诗是一首很美的诗，里面所描写的一切对象都浸润着华兹华斯深深的情感。华兹华斯描述了他的种种关于“美丽景物”的回忆对他所产生的影响，尤其是当他独处或者身处喧嚣城镇中的时候，这些美好的记忆让他拥有了“甜蜜的感觉”，这种感觉渗入血液、心脏、思想。关于树林以及村舍的记忆是他心灵宁静的源泉，甚至对他的潜意识产生了影响，影响了他的善行和爱。即使现在，关于那些美景的记忆依然生动，他回忆时感觉像痛苦又甜蜜的幸福。华兹华斯说他小时候认为大自然就是他的全部世界：流水、高山以及树林给了他激情、欲望以及爱。虽然小时候的时光一去不复返，但是他并不哀伤，虽然他不能像小时候那样保持和大自然的关系，但是他获得了足够多的更成熟的礼物作为补偿。其次，这首诗极具思想价值。华兹华斯不满当时物欲横流的城市文明，他认为资本主义使得人们愈发贪婪，精神活动过于局限，人与人之间的关系也变得疏远。这样的生活不能称为“真正的生活”。在这种背景下，《丁登寺》给了我们很多启发。作者对那些物质利益采取了去执的态度，因而他能够全身心地感受大自然的美以及和家人之间的亲情。我们在这首诗中读出了作者的生命情感，不仅如此，作者还把这种生命情感提升为生命境界。华兹华斯的《丁登寺》就像梭罗的《瓦尔登湖》，引发我们思考人生的真谛——如果一个人能满足于基本的生活所需，其实便可以更从容、更充实地享受人生。

4. 叶甫盖尼·奥涅金

[俄]普希金

【作者简介】

亚历山大·谢尔盖耶维奇·普希金(1799—1837)，出生于莫斯科一个世袭贵族家庭。普希金在童年时代接受了良好的贵族教育，8岁时已可以用法语写诗。1811年，普希金被送进彼得堡的皇村学校，开始了积极自觉的诗歌创作活动。从皇村学校毕业后，普希金在俄国外交部任十等文官，后因写作《自由颂》等充满强烈反专制色彩的“自由诗作”，被沙皇亚历山大一世流放到俄国南方。1824年7月，他被押往其父母所在普斯科夫省的庄园米哈伊洛夫斯科耶，由当地长官负责监视。这一时期普希金的重要作品有长诗《高加索的俘虏》《强盗兄弟》《巴赫奇萨赖的泉水》《茨冈》，历史剧《鲍里斯·戈都诺夫》，诗体长篇小说《叶甫盖尼·奥涅金》的三至七章等。1825年，十二月党人起义失败后，普希金获新沙皇尼古拉一世赦免，回到了莫斯科，在严密的监视与控制下，完成了长诗《波尔塔瓦》、长篇小说《彼得大帝的黑孩子》等历史题材作品，同时还写了《在西伯利亚矿井的深处》等对十二月党人及其事业表示同情的政治抒情诗。1830年，普希金向莫斯科的美人冈察罗娃求婚，获得同意，1830年年底，普希金回到莫斯科，两个月后与冈察罗娃结婚，定居彼得堡，不久后普希金被沙皇授予宫廷近侍的头衔。1837年1月，为了维护自己的名誉，普希金向公开追求自己妻子的流亡俄国的法国人丹特斯提出决斗，1837年2月8日下午，在彼得堡郊外黑溪别墅区的一片雪地上，普希金被他的决斗对手丹特斯用手枪击中腹部，在经历了两天痛苦折磨后，这位“俄罗斯诗歌的太阳”最终陨落，年仅38岁。普希金的代表作品还有长诗《神父和他的长工巴尔达的故事》，短篇小说集《别尔金的小说》，四部悲剧《莫扎特和萨利耶里》《石客》《吝啬的骑士》《瘟疫流行时的宴会》，童话诗《渔夫和金鱼的故事》《金公鸡的故事》，组诗《莫西斯拉夫人之歌》等。

普希金是19世纪俄国浪漫主义文学的主要代表，俄国现实主义文学的奠基人，同时也是享誉世界的诗人。他诸体皆擅，作品内容丰富，情真意切，形式、风格多样，创立了俄罗斯民族文学和文学语言，在诗歌、小说、戏剧乃至童话等多个领域给俄罗斯文学提供了典范。他被高尔基誉为“俄国文学之始祖”和“伟大的俄国人民诗人”。

【故事梗概】

青年贵族叶甫盖尼·奥涅金出身于官宦名门，气质不凡，聪慧过人，曾一度醉心花月，放浪于上层社会无聊沉闷的交际之间。正当奥涅金厌倦了这种纸醉金迷堕落腐化的上流社会生活时，远在乡下的庄园主伯父病故，于是，这位远道而来的侄子继承了伯父的全部遗产，成了庄园的新主人。巍巍的青山、清澈的溪流、成群的牛羊、幽静的环境、繁荣的景象，无不使这位厌倦了上流社会的贵族公子心旷神怡，但乡村地主生活的无聊和人们思想的苍白，不久便令他感到不堪忍受，他逃避别人的拜访，在百无聊赖中进行农村改革，试图用地租制取代沿袭久远的徭役制，这一改革遭到保守地主们的一致反对，最终以失败告终，奥涅金在别人眼中成了一个危险的怪人。于是，初来时的短暂兴奋消失了，他又像在城里一样颇感寂寞无聊。这时，一位素有教养的年轻乡绅——弗拉基米尔·连斯基来到奥涅金的庄园。连斯基是位天性浪漫、富于激情、喜欢幻想的诗人，共同的文化素养使奥涅金感到遇见了知音，他们很快成为亲密难分的朋友。当时，连斯基正与一位名叫奥丽加·拉林娜的地主小姐处在热恋之中。一次，连斯基约奥涅金到奥丽加家中做客，在那里，奥涅金结识了奥丽加的姐姐达吉雅娜。奥涅金的出现，使这位情窦初开的纯情少女坠入爱河，达吉雅娜被奥涅金风流倜傥的气质所吸引，但她不知奥涅金这位京城的贵族青年之所以留居乡下，是因为他厌倦了世俗的一切欢乐，已成了一个心灰意冷的人。很自然，达吉雅娜对奥涅金的示爱遭到了无情的拒绝。

不久，在达吉雅娜的命名日盛宴上，喧哗的场面和达吉雅娜忧郁的面容以及客人们的无聊使奥涅金难以忍受，他决定用激怒连斯基的做法来宣泄心中的烦躁。舞会开始以后，奥涅金当着连斯基的面，故意不断地找奥丽加跳舞，和她表示亲近，这激怒了连斯基。于是，连斯基向奥涅金提出了决斗。在决斗中，奥涅金打死了连斯基，年轻浪漫的诗人倒在了朋友冷漠荒唐的子弹下。连斯基死后，奥涅金怀着深深的自责和苦闷离开了庄园四处漂泊。几年之后，当奥涅金回到上流社会，在莫斯科的一个舞会上巧遇达吉雅娜时，达吉雅娜已经成了一位典雅庄重傲视群芳的将军夫人。此时，奥涅金心中燃起了对达吉雅娜强烈的爱，但遭到了达吉雅娜的拒绝，达吉雅娜虽然承认还爱着他，但出于道德的尊严和家庭的责任，她不能属于奥涅金。从此以后，奥涅金又离开了上流社会，四处飘荡，与凄凉孤寂为伴。

【赏析】

19世纪上半期，俄国处于沙皇专制统治下的封建农奴制社会，资本主义处于萌芽阶段。随着反拿破仑战争的胜利，西方资产阶级文化——自由主义，对俄国人民产生了强烈的冲击，许多贵族知识分子要求社会改革。在动荡不安的时代背景下，有这样一批知识青年，他们出身旧贵族，自身具有本阶级的劣根性，同时也意识到了本阶级的不足，但他们空有抱负，却没有实际行动和除旧布新的勇气，是典型的"思想上的巨人，行动上的矮子"。普希金在《叶甫盖尼·奥涅金》中，全面细致地展现了19世纪前期俄国社会丰富多彩的生活场景，成功塑造了"多余人"奥涅金这个不朽的文学形象。

《叶甫盖尼·奥涅金》的男主人公奥涅金出身于一个显赫却没落的官宦贵族家庭，时髦得体的打扮、优雅不凡的谈吐、纯熟流利的法语、渊博的学识注定了他是上流社会的宠儿。人们都称赞他年少而渊博，对任何话题都能应付自如。每逢重大的辩论，他都会面带一种老练的、学者的肃穆，转而又会突然俏皮地说句冷嘲之语，使小姐夫人们抿嘴而笑。毫无疑问，奥涅金拥有上流社会公认的绝对魅力，但与此同时，他又有上流社会的虚伪和彷徨。作为一个调情高手，奥涅金习惯了周旋于形形色色的应酬，深谙纸醉金迷堕落腐化的生活，虚伪和佯装已成为生活的必需品。这种生活经历是奥涅金无法逃避的，幸运的是，他受时代进步思想的冲击，意识到了这种生活的无聊与沉闷，最终跳出了这种贵族式荒淫的生活圈子。但遗憾的是，在看穿了自己的生存状态，发现自己根本无力改变现实后，他就变得玩世不恭，消极厌世，对一切漠不关心。这种消极的人生态度，在很大程度上左右了奥涅金的生活，并成为他一生不幸的根源。在复杂壮阔的俄国历史舞台上，奥涅金以其复杂的多重性格特征，代表了一代人、一个社会的迷茫，其"多余感"是俄国旧文化与欧洲新文化撞击融合的产物。

作品的女主人公达吉雅娜是普希金心目中理想女性的化身。别林斯基评价达吉雅娜是"俄国妇女的典范"。达吉雅娜虽然远不及奥尔加美丽，但她纯洁善良、精神独立、敢于追求，是一个能够逾越当时上流社会的道德规范，真正具有爱的能力的女性形象。普希金无法跳出时代的局限去给奥涅金和达吉雅娜一个完美的结局，所以面对奥涅金的表白，达吉雅娜只能理性地忍痛拒绝，最后坐在豪华的起居室里，读着奥涅金写给她的信，泪如泉涌。达吉雅娜以俄罗斯妇女所特有的牺牲和隐忍承担了个人命运的一切悲哀和无奈。

《叶甫盖尼·奥涅金》生活场景广阔，人物形象鲜明，体裁别具一格，真实地反映了19世纪上半期俄国的社会生活，表现了特定时代俄国青年的苦闷、探索和觉醒，提出了许多重要的现实问题，被别林斯基称赞为"俄罗斯生活的百科全书和最富人民性的作品"。

(二)小说

1. 堂吉诃德

[西]塞万提斯

【作者简介】

塞万提斯(1547—1616)，出生在一个贫穷的家庭。他的父亲一生都在借钱和还债中挣扎。一方面，塞万提斯拥有强烈的求知欲，酷爱文学和读书，但是他身处社会底层，能接触到的文学作品有限；另一方面，塞万提斯渴望出人头地，为了能够有机会接触社会上层人士，他在主教家里谋得一个职位——在客厅当用人。1570 年，教皇发动对土耳其的战争，渴望成名的塞万提斯毅然从军。他曾在《堂吉诃德》中借主人公之口说出了原因：有两条路可以让人成名，一是习文，一是习武。塞万提斯在海战中表现得非常勇敢并立下战功。1575 年塞万提斯登上太阳号离开了那不勒斯港口，后来因遇到风暴太阳号掉队并和其他船只失去联系。这时太阳号被北非的巴巴里海盗盯上，经过激烈的战斗船上的人全部被擒获，并被带到阿尔及尔。从此塞万提斯开始了 5 年的奴隶生涯，在这期间他接触到了阿拉伯文学作品《一千零一夜》。后来家人将塞万提斯赎回。回到西班牙后塞万提斯决定靠写作为生。在当时的西班牙骑士文学非常受欢迎，不过塞万提斯认为这种骑士文学在培养虚无自豪感，这种自欺欺人的糟粕必须摒弃。为达到警醒世人的目的，塞万提斯写了反骑士文学作品《堂吉诃德》。

【故事梗概】

在一个叫拉·曼恰的地方，有位年近五旬的绅士。他体格强健，身材瘦削，面貌清癯，每天很早起身，喜欢打猎。这就是故事的主人公堂吉诃德。整日沉溺于幻想的堂吉诃德，尤为热爱阅读骑士小说。大量阅读这类小说的结果是他时常陷于非理性状态。他常常将自己与书中的游侠骑士对应起来，不自觉地想要肩负起拯救人类的“伟大责任”。于是，他找来一匹马，给它取了名字，用纸壳做了半个头盔，并为自己寻找到一位想象中的恋人——罗任索。一切准备就绪，他开始了自己的三次冒险历程。

第一次历险堂吉诃德单枪匹马，范围不出他的家乡拉·曼恰地区。他不幸被人殴打受伤。身受重伤的堂吉诃德被邻居发现送回家乡。家人把屋子里的骑士小说全烧了。他的第一次历险以失败告终。

第二次历险堂吉诃德找到了一位又矮又胖的邻居桑丘·潘沙做随从，并承诺给他一个总督的职位。主仆两人偷偷出门，一路上做了很多荒唐可笑的事情。堂吉诃德将风车当作巨人，在和风车的战斗中连人带马被甩了出去。在接下来的行程中他的行为越来越荒谬，将羊群看作敌军，还打倒官差、释放一批囚犯，最后反被囚犯掠夺，差点丧命。他第二次行侠仗义的任务还未完成就被人用笼子放在牛车上带回家了。

第三次历险堂吉诃德又吃了很多苦，弄得疾病缠身。堂吉诃德永远爱对着臆想中的敌人猛冲过去，乱战一阵，荒诞可笑，差点丧命。当他和桑丘·潘沙吃尽苦头，辗转回到家乡后，他一病不起。弥留之际，他说出了这样的话："……我从前成天成夜读那些该死的骑士小说，读得神魂颠倒；现在，现在觉得心里豁然开朗，明白清楚了。现在知道那些书多是胡说八道，只恨悔悟已迟，不及再读这些启发心灵的书来补救。……"

【赏析】

《堂吉诃德》是一部文艺复兴时期的现实主义著作，主要描写和讽刺了当时西班牙流行的骑士小说，并揭露了教会的专横、社会的残酷以及人民生活的痛苦。作者在序言中写道："这部书只不过是对于骑士文学的一种讽刺"，目的在于"把骑士文学地盘完全摧毁"。实际上《堂吉诃德》的社会意义远远超过了作者的主观意图，这部作品深刻地反映了西班牙当时的人文主义思想和现实之间的矛盾。堂吉诃德是《堂吉诃德》中的主人公，他的性格是复杂的。第一，他耽于幻想，一切从主观出发。堂吉诃德沉迷于骑士小说，时常幻想自己是个中世纪骑士。他雇请老实的邻居桑丘作为侍从，两人一起去解救苦难，匡扶正义，建功立业。在外出游侠冒险中，他做了很多荒唐的事情，把风车当巨人，把旅店当城堡，把苦役犯当作被迫害的骑士，把皮囊当作巨人的头颅等。第二，他有着高尚的一面，代表着高度的道德原则。他试图用骑士之道还世界以公正和太平，反对人压迫人、人奴役人，并为此奋不顾身。堂吉诃德遭遇了一次又一次的失败，然而他依然选择坚持。他就在这种失败与不解中孤独地追寻着自己的理想。然而堂吉诃德生活在一个黑暗、残酷的年代，他四处碰壁，还差点丢了性命，最后被邻居连哄带骗地带回了家，不久便去世了。除了时代环境外，造成堂吉诃德悲剧命运的还有其性格缺陷。在书中我们不难发现，堂吉诃德是个固执己见、不听他人劝告的人。如果这种固执与整个社会相冲突的话，那么悲剧的出现就在所难免。这也是我们人生中的一个难题：理想和现实之间的矛盾。我们每个人的心中或多或少都存在一个堂吉诃德，都难免会经历各种挫折。希望我们能采取一种去执的态度，就像苏轼在《定风波》中写的那样："回首向来萧瑟处，归去，也无风雨也无晴"。

在塑造堂吉诃德的形象时，塞万提斯用喜剧性的手法写一个带有悲剧性的人物。首先，他把人物放在一个个不同的情境之中，用讽刺的笔调和夸张的手法，一再描写人物的荒唐行动，造成喜剧性的效果。其次，小说着重描写人物主观动机与它的客观后果的矛盾(或适得其反，或迂腐反常，或自讨苦吃)，在喜剧性的情节中揭示其悲剧性的内涵。最后，小说运用了对比的手法。在作品中，堂吉诃德与桑丘无论在外形上，还是在形象的内涵上，都形成鲜明的对比。一个高一个矮，一个重理想一个讲实际，一个耽于幻想，一个冷静理智，一个讲究献身，一个看重实利……两相对比，相得益彰。这一构思也是塞万提斯的创造，它不仅有利于塑造人物形象，而且增添了小说的情趣，突出了作品的哲理意味。

堂吉诃德作为充满人文精神的艺术典型，给后世作家带来了取之不竭的灵感资源。塞万提斯充分利用各种艺术表现手法，用喜剧性的笔法塑造了一个充满悲剧意义的人物形象。堂吉诃德的每次荒诞行为都以失败告终，这样的悲剧命运在作家略带嘲讽性的语言中朝着更加不可预测的方向发展。这个人物身上充满了非理性、近乎疯癫的戏剧性元素。他分不清理想与现实，将骑士小说中的虚拟环境移植到现实生活中，演出了一幕幕令人捧腹的闹剧。

这样看来，堂吉诃德这个人物具有双重意义。一方面，在这样一个行为癫痴、顽固不化的人身上，我们看到了充满矛盾张力的喜剧性元素。这些元素结合在一起，凝聚成了社会上潜在的一部分理想者的集体速写。另一方面，从堂吉诃德这里，我们也看到了个体英雄在与他所处的集体社会的激烈碰撞中惨遭蹂躏的悲剧结局。在作者有意的夸张性描述中，前一方面的意义很容易被读者接受。堂吉诃德怪诞不经的言行给我们带来了许多笑料。然而笑过之后，我们又陷入思考，作者借助这个人物到底要传达什么样的主题？这个主题正是堂吉诃德这个人物所暗藏的深层意义。在这里，我们首先看到的是一个思想奇特、行动荒诞的异类形象。他的敌人都是假想性的，他的行侠活动也充满了离奇色彩，与现实生活严重脱节。他的戏剧性失败又充满了令人心酸的悲剧性思考。这种小人物自发的、与整个社会意识形态相违背的反抗活动注定要以失败收场。那个特定的时代充斥着众多堂吉诃德的影子，甚至连作家本人都可能包括在内。他们深刻洞见了民众的悲惨遭遇，义无反顾地扮演起救世主的角色，妄图用自己的力量摧毁僵死的旧世界，创造一个自由平等的新世界。于是，悲剧由此衍生。他们所处的旧时代早已形成了一种根深蒂固的旧思想、旧文化、旧制度。这些固有的意识形态正是统治者所竭力维护的，也是不容易动摇的。一个行将没落的统治集团为保存最后的生命力对其内部的异己进行疯狂的绞杀，这是人类历史社会的基本规律。这样，在无形中，堂吉诃德的悲剧被悄无声息地纳入历史发展的领域中，而任何个人的反抗力量在他所处的时代环境面前又显得尤其微弱。除此之外，造成他悲剧命运的还有其性格中固有的缺陷。通过作品中一系列略带俏皮的嘲讽性话语，我们不难发现，堂吉诃德是个固执己见、不容易被他人劝服的小人物。他的执着本身并没有错误，问题的关键在于他性格中执拗的成分一旦与整个社会相冲突，那么悲剧的形成就在所难免。于是，在小说中，我们看到了一个在历史悲剧与性格悲剧双重重压下一步步走向生命尽头的悲剧人物。

《堂吉诃德》的成功在于对主人公堂吉诃德形象的完美塑造。从这个主动追求爱与美，主动承担救赎责任的小人物身上，我们看到了人文主义的光芒。然而这种光芒又是微弱的，因为它得不到焕发和闪耀的历史和社会条件。在四周皆寂寞的黑暗中，个人的孤单反抗最终要以失败告终。然而，这种对绝望的悲剧性反抗又是推动人类社会进步的不可或缺的原动力。这样看来，堂吉诃德荒诞不经的形象既带有历史悲剧性，又有值得尊重的社会进步意义。

2. 巴黎圣母院

[法]雨果

【作者简介】

维克多·雨果(1802—1885)，出生于法国东部城市贝桑松。法国著名作家，同时也是剧作家和社会活动家。他一生写过诗歌、小说、剧本、散文、文艺评论和政论文章，被夏多布里昂誉为“神童”，被人们称为“法兰西的莎士比亚”。代表作有诗集《颂诗集》《东方集》《秋叶集》，诗剧《欧那尼》，长篇小说《冰岛魔王》《巴黎圣母院》《悲惨世界》《海上劳工》《笑面人》《九三年》等。其中，《巴黎圣母院》是法国浪漫主义小说的代表作品；《悲惨世界》被认为是雨果最重要的小说，1862 年出版后，轰动整个欧洲，读者争相购买。

雨果一生的创作时期长达六十年之久，是个多产的作家，也是个多产的诗人。他前期的创作，基本上是站在资产阶级人道主义立场上，同情人民疾苦，希望通过改良社会解决矛盾。后期创作有一定的现实主义因素。创作主调为：赞颂真、善、美，鞭挞黑暗、丑恶、残暴。雨果对法国乃至世界文坛都有着深远的影响，1885 年 5 月 22 日雨果逝世，国家为其举行国葬，全国 200 万民众上街为其送葬。法国著名作家罗曼·罗兰评价雨果说：“在文学界和艺术界的所有伟人中，雨果是唯一活在法兰西人民心中的伟人。”法国将 2002 年定为“雨果年”。

《巴黎圣母院》是雨果创作的第一部大型浪漫主义长篇小说，1831 年首次出版，该小说曾多次被改编成电影、电视剧及音乐剧。作品运用丰富的想象，怪诞的情节，奇特的结构，主要讲述了一个发生在 15 世纪法国的故事：巴黎圣母院副主教克洛德道貌岸然、蛇蝎心肠，先爱后恨，迫害吉卜赛女郎埃斯梅拉达。面目丑陋、心地善良的敲钟人卡西莫多为救女郎舍身。小说揭露了宗教的虚伪，宣告禁欲主义的破产，歌颂了下层劳动人民的善良、友爱、舍己为人，反映了雨果的人道主义思想。

【故事梗概】①

卡西莫多是一个弃婴，在复活节之后的第一个星期日，在圣母院门口被人发现。由于相貌奇丑无比，当时有许多人围观，却没有人愿意收养他。正巧克洛德经过，他看见婴儿被弃置在弃婴木架上，立即想起了从小与自己相依为命的可怜的弟弟，于是怜悯之心油然而生，遂将婴儿抱走。克洛德决心将婴儿抚养长大。他为婴儿取名卡西莫多，将他收为养子，让他留在圣母院内做敲钟人。命运悲惨的卡西莫多，天生独眼、驼背、跛足，十四岁时又被钟声震破了耳膜，成了聋人。原本造化为他向外界敞开的唯一门户也被永远关闭了，这一关闭也截断了他唯一欢乐的光明，他的灵魂从此坠入无边的黑夜，他开始变得乖戾、疯狂。周围人的歧视、嘲讽、讥笑使他对一切事物充满了敌意。只有一个人被他排除在所有的恶意和仇恨之外，那就是克洛德。自幼便遭社会摈弃的卡西莫多把克洛德看作自己的恩人，十分敬重这位副主教，对他的话也是言听计从。这位道貌岸然的副主教实际上却是蛇蝎心肠，是一个不折不扣的虚伪、奸诈、好色之徒。

愚人节那天，流浪的吉卜赛艺人在广场上表演歌舞，其中有个叫埃斯梅拉达的吉卜赛姑娘更是吸引了来往行人的目光，她长得美丽动人，舞姿也非常优美，令大家赞叹不已。她的表演也引起了巴黎圣母院副主教克洛德的注意。他和其他人一样，也一下子对美丽的埃斯梅拉达着了迷，他内心燃烧着情欲之火，疯狂地爱上了她。一心想得到埃斯梅拉达的克洛德于是命令教堂敲钟人——相貌奇丑无比的卡西莫多去把埃斯梅拉达抢来。一向十分信赖他的卡西莫多听从了他的差遣，一路跟随吉卜赛姑娘准备将她劫持。

流浪诗人格兰瓜尔在街上看到埃斯梅拉达的表演，也被她的美貌吸引，不知不觉跟着她进了小巷，正巧撞见前来绑架吉卜赛女郎的卡西莫多。格兰瓜尔上前阻止，却被强壮的卡西莫多打昏过去。卡西莫多抱起女孩准备回去交给副主教，宫廷弓箭队队长菲比斯闻声赶来，将埃斯梅拉达救下，并逮捕了卡西莫多。这一举动触发了少女的爱情，美丽的姑娘被这位外貌俊朗的年轻队长打动，对他一见钟情，深深爱上了他。但其实埃斯梅拉达是被他的外表欺骗了。菲比斯事实上是个无情无义、只知道到处寻欢作乐、十分轻浮和浅薄的家伙。

被打昏的格兰瓜尔这时慢慢醒来，恍恍惚惚地闯入了光怪陆离的乞丐王国——“奇迹王朝”。那里住满了被社会歧视的无赖汉和乞丐。胆战心惊的格兰瓜尔被三个壮汉抓到了“王上”面前。长期受“正派市民”刻薄对待的乞丐坚持要以同样的方式来报复，决定吊死擅自闯入的诗人。而他唯一可以脱险的机会就是与那里的某个女人结婚，以此成为乞丐王国的一员，倒霉的格兰瓜尔恳求了好几位女孩都没有成功。正在乞丐准备行刑之际，埃斯梅拉达出现了，出于同情，为了救这个陌生人，善良的吉卜赛女孩自愿接受格兰瓜尔做自己的丈夫，使他免于一死。

与此同时，可怜的卡西莫多则因绑架而遭到惩罚，代人受过，成为牺牲品。在一番闹剧般的审判之后，敲钟人被判处到广场中央受鞭笞之刑。行刑当日，他被绑在耻辱柱上，置于烈日下忍受鞭刑。疼痛难当、口渴难耐的卡西莫多大声喊着要喝水，围观的众人对他不但没有同情，反而都像看马戏表演一般不停地嘲笑他，一副幸灾乐祸的模样，还用石块、罐子砸他。他的养父，罪魁祸首克洛德经过之后也只当没看见，掉头就走。心地善良的埃斯梅拉达在此时出现了，她没像其他人一样责怪、嘲讽绑架自己的卡西莫多，反而取来水喂他喝。埃斯梅拉达的做法令卡西莫多感动不已。敲钟人外貌丑陋，但内心纯洁高尚，他非常感激埃斯梅拉达，也深深地爱上了她。

天真的埃斯梅拉达对菲比斯一见钟情，便与他约会。二人约定见面的当天，副主教克洛德悄悄尾随。出于嫉妒、报复心理，克洛德用刀刺伤了菲比斯，受惊过度的埃斯梅拉达当即昏倒，克洛德立即逃跑，并将罪行嫁祸给可怜的女孩。于是，无辜的吉卜赛女孩因杀人罪而被逮捕，她还以为菲比斯已死，也陷入无比痛苦中。接受审判的时候，埃斯梅拉达起先当然不肯承认罪名，但后来她受不了“穿铁靴”的酷刑，只得承认了“罪行”，因此被法庭判处绞刑。当晚，案件的真凶——阴险的克洛德来到监狱，向可怜的埃斯梅拉达表达了自己的爱意，并以带她离开为条件，想逼埃斯梅拉达就范，但是被女孩断然拒绝。

第二天，埃斯梅拉达被押赴刑场时，看见曾对自己情意绵绵的菲比斯跟一个女子在路边冷眼旁观，一副事不关己的样子。沉重的打击使她几乎昏倒在地。此时，一直默默爱着她的钟楼怪人卡西莫多挺身而出，劫了法场，把埃斯梅拉达从绞刑架上救下，抱进巴黎圣母院内躲了起来，并对她照顾有加。阴险的克洛德对埃斯梅拉达仍不死心，他找到女孩房间的钥匙，半夜潜入屋子准备奸污埃斯梅拉达。紧急关头，女孩吹响了卡西莫多交给自己的哨子。敲钟人及时赶到，黑暗中将潜入者扔出屋去。月光下，他猛然发现这个企图侮辱埃斯梅拉达的男子竟是他一直敬重的副主教克洛德。恼羞成怒的克洛德气冲冲地离开，嫉妒之情在他心中越发强烈。他下定决心：如果自己得不到女孩就将她毁灭。

法官得知死刑犯被劫的消息后大为恼火，又受到教会的挑动，于是扬言一定要捉拿少女，派官兵到处搜捕。乞丐们闻讯后，都纷纷前来营救，决定冲进圣母院救出埃斯梅拉达，杀死卡西莫多。一心想要巩固王位的国王路易十一得知暴动的真正目的后，下了一道“把平民杀尽，把女巫绞死”的诏令，坚决镇压暴动，致使圣母院门前横尸遍地，周围变成了一片血海。无赖汉们围攻主教堂的时候，埃斯梅拉达正在睡觉，惊醒后看见面前站着两个黑衣人。一个是她的“丈夫”格兰瓜尔，另一个则一直默不作声，带着他们来到滩边坐船离开。靠岸之后，格兰瓜尔带着女孩的山羊离开，而埃斯梅拉达则被陌生人拉着，一路狂奔，来到了广场中央的绞刑架前。陌生人掀起风帽，女孩这时才认出他正是屡次企图侵犯她的副主教克洛德。这位副主教对埃斯梅拉达进行最后威胁：要她在自己和绞刑架之间做选择。又一次被拒绝后，他把女孩交给一位隐修女看管，自己则去找禁卫军告密。年迈的隐修女无意间发现眼前这位漂亮的姑娘竟是自己寻找了15年的女儿。军队在这时赶到，领队的正是菲比斯。百感交集的母亲奋力保护自己的女儿，在一阵混乱中，头撞石板而死。而无辜的姑娘最终也没能逃脱被绞死的厄运。

卡西莫多发现埃斯梅拉达不见了，焦急地四处寻找，他想起只有副主教克洛德有通到塔上的楼梯的钥匙，他又记起副主教那天黑夜对少女的偷袭，他记起了成千的细节详情，断定埃斯梅拉达被副主教劫持了。可是长期以来，他对于克洛德是那样崇敬，他对这人的感恩、崇拜和爱慕，已经深深印到心里。疑惑、失望、痛心，种种感情纠结在了一起。正在此时，他发现了克洛德的身影，于是尾随他来到塔顶，亲眼看见埃斯梅拉达被绞死。伤心欲绝的卡西莫多明白了一切，他无比愤怒，从背后用力将这位虚伪、邪恶的副主教从圣母院的塔顶推了下去。

大约两年之后，人们在埋葬死刑犯的地穴发现了两具骷髅。一具是一个女子的，另一具骨骼歪斜，以奇特的姿态抱着女尸骨。人们想把他从他所搂抱的那具骨骼上分开来时，他霎时化作了尘土。

【注释】

①选自钱培鑫：《法国文学名著便览》，196～199页，上海，上海外语教育出版社，2015。

【赏析】

《巴黎圣母院》是法国作家维克多·雨果第一部大型浪漫主义小说。

至于卡西莫多的神秘失踪，下面就是我们所能披露的全部情况。

大约在这段故事结尾的情节发生了两年或十八个月之后，人们到隼山的地窖里去寻找奥里维·勒丹的尸体，他是两天前才被绞死的，后来查理八世又恩赐他葬在圣洛昂，和好人葬在一起。人们在那些怕人的骸骨中发现了两具尸骨，一具把另一具抱得很紧。一具尸骨是女的，上面还残留着从前一定是白色布料的衣服的破片，她的颈骨上有一条阿德雷扎拉珠链，珠链上串着一个嵌绿玻璃片的丝绸荷包，荷包已经打开了，被掏空了。这些东西值不了几个钱，一定是刽子手不愿要才留下来的。紧抱住那具尸骨的另一具尸骨是个男人，人们只看到他有弯曲的脊梁骨，头盖骨缩在肩胛骨中间，一条腿骨比另一条腿骨短些。他的颈骨上没有一点伤痕，可见他并不是被绞死的。那个男子一定是自己去到那里，而且就死在那里了。人们想把他同他抱着的那具尸骨分开，他就倒下去化成了灰尘。

这是小说结尾对卡西莫多结局的介绍。身体畸形但是内心崇高的卡西莫多对于埃斯梅拉达无比热爱，在埃斯梅拉达活着时，他无法也不可能得到埃斯梅拉达的爱，但他与埃斯梅拉达死后同穴，在很长时间后人们试图分开他和埃斯梅拉达的尸骨时，他化成了灰尘！这是作者对最伟大爱情的歌咏，当看到这样的书写时，我们的内心不能不感到战栗。小说处处充满震撼人心的艺术力量，其原因就在于雨果在小说中运用了“美丑对照”的美学原则。大善与大恶，大美与大丑，在这里形成了尖锐的冲突、鲜明的对比，从而构成了一幅瑰丽而奇异的画面，造成了荡气回肠的艺术效果。

小说始终围绕着三个主要人物埃斯梅拉达、克洛德和卡西莫多展开。他们的外表、身份、出身和教育背景各不相同，心灵更是有着很大的差异。埃斯梅拉达是外表和内心同样美丽的吉卜赛女郎，她是寄托着作者美好理想的人物。埃斯梅拉达出身贫贱，母亲是妓女，自己后来被偷走，从此流落街头，靠卖艺为生。但是她天真、单纯、善良，富有同情心，乐于助人，因为不忍心看到无辜生命被杀，而接受格兰瓜尔为自己名义上的丈夫；在众人都奚落、折磨卡西莫多时，又是她捐弃前嫌给他送去了饮用水，她是以自己美丽的外表和崇高的心灵赢得卡西莫多对她的爱的。她始终护卫着自己和菲比斯的爱情，任何人都无法再走进她的心田。也正是经由这个善与美化身的女郎，我们看到了作者给予她的无限同情，对迫害她的封建教会和王权的无比愤恨，读者大爱大憎的感情也被作者呼唤出来。

卡西莫多是外表无比丑陋，但是内心又无比崇高的形象。畸形的身体与坚毅的内心形成了鲜明的对比。他对于埃斯梅拉达的爱中无疑夹杂着感激与同情；他的爱是无私、质朴和圣洁的，完全不同于副主教克洛德对埃斯梅拉达的邪恶占有欲，也不同于军官菲比斯的薄情寡义、玩弄异性，更不同于诗人格兰瓜尔的软弱自私。他曾经因为遭到世人的抛弃与欺凌而对收养了自己的克洛德感恩戴德、俯首帖耳，并仇恨世人，但是当他的良知被美丽的埃斯梅拉达唤醒后，他的内心世界也散发出无比耀眼的人性光辉，他甘愿为埃斯梅拉达牺牲一切，最终惩治了邪恶的代表克洛德。

副主教克洛德是个人格分裂的家伙。他道貌岸然，表面上品行高超，不近女色，内心却卑鄙无耻，朝思暮想淫乐的生活。当埃斯梅拉达的美丽勾起了他的欲望时，为了得到解脱，他开始了对埃斯梅拉达的疯狂迫害，达到了丧心病狂的地步。他指使卡西莫多劫持埃斯梅拉达，以满足自己的淫欲；他自私阴险，因为得不到埃斯梅拉达，便要将其置于死地，以获得变态的满足，并对一切可能染指埃斯梅拉达的人都无比仇恨。克洛德既是迫害埃斯梅拉达等民众的封建教会恶势力的代表，也是中世纪禁欲主义的牺牲品，因为种种清规戒律使得他的人性异化，变得无比丑恶。

在小说开篇的“原序”中，作者直接提出了“命运”的概念，并由这个单词写下了这部小说。所以从小说的情节设置上来看，作者也正是让埃斯梅拉达、克洛德、卡西莫多以及菲比斯、隐修女等人在命运的碰撞中完成了这样一出悲剧的演出。这不免让人看到作者悲观宿命的思想。在《巴黎圣母院》中，作者以整整一卷的篇幅展现巴黎圣母院这座哥特式大教堂的构造和艺术特征，对从巴黎圣母院的钟塔顶上鸟瞰的巴黎的全景进行了精彩绝伦、细致入微的描写，从而引起了法国人对巴黎圣母院的浓厚兴趣和重视。在小说中，作者还对巴黎社会底层的乞丐进行了描写，让读者看到在这样一个被人遗弃鄙视的社会群落中却充满上层社会中难以见到的正直勇敢和互助友爱精神，他们对埃斯梅拉达的尊重和保护，恰好与上层社会对埃斯梅拉达的迫害形成了鲜明的对比。作者叙述了浪人们攻打巴黎圣母院时的惊心动魄的场面，让我们领会到了作者对人民革命的礼赞和对王权的蔑视。

3. 红与黑

[法]司汤达

【作者简介】

司汤达(1783—1842)，原名亨利·贝尔，法国批判现实主义文学的奠基人之一。司汤达生于法国格朗诺布城的一个律师家庭，七岁时母亲去世，由姨祖母和具有启蒙思想的外祖父抚养成人，年轻时受外祖父的影响阅读了大量启蒙作家的作品，这些作品对他的世界观、人生观产生了很大的影响。1800 年，司汤达进入拿破仑任第一总裁的军政部任职，后随拿破仑的军队到了意大利。1801 年，他辞去职务，闲居巴黎，学习英语和希腊文，并潜心阅读孟德斯鸠、卢梭、莎士比亚等作家的作品。1806 年，他重回部队，跟随拿破仑转战欧洲各国。十余年的军旅生活体验，成了他日后创作的重要基础和源泉。波旁王朝复辟后，他侨居米兰并开始了文学创作。作品常涉及当时的政治和社会问题，表现了他对法国复辟王朝的不满。在此期间他与意大利烧炭党人来往密切。后迫于当局的压力，司汤达于 1821 年离开了米兰。1821—1830 年，司汤达居住在巴黎，其间创作了重要的美学论著《拉辛与莎士比亚》，这部作品被认为是批判现实主义的第一篇美学宣言。1827 年，司汤达发表第一部小说《阿尔芒斯》，再现了复辟时期贵族生活的图景。发表于 1830 年的《红与黑》，是司汤达所著长篇小说中最具代表性的一部，同时也是欧洲第一部杰出的批判现实主义的作品。

1842 年 3 月，司汤达于巴黎病逝，被安葬在蒙马特尔公墓，墓碑上用拉丁文刻着“亨利·贝尔，米兰人，写作过，恋爱过，生活过”。司汤达因对法国资产阶级革命暴风骤雨般的事件描写，对当时社会阶级关系的深刻分析和对典型环境下典型性格的出色塑造，被后代小说家称为“现代小说之父”。

【故事梗概】

于连是维立叶尔小城一家锯木工场小业主的儿子，年轻英俊，聪明能干。由于在家受到父兄的压制，在社会上受到统治阶级的歧视，加之从小受到启蒙思想的熏陶，于连从小就有强烈的平民意识与抗争精神。在一位老军医的影响下，于连非常崇拜拿破仑，渴望凭借自己的奋斗改变命运，青云直上。

到市长家做家庭教师，是于连踏入社会改变自己命运的第一步。相对于父亲的更为关注报酬，于连更在乎与谁一同吃饭。他宁愿放弃优厚的报酬，也不能接受与用人一道吃饭。于连的出现唤醒了市长夫人——德·瑞那内心沉睡已久的爱情，丈夫的粗鲁冷漠与眼前于连的清秀和顺形成了鲜明的对比，德·瑞那夫人情不自禁地迷上了于连，以为自己拥有了真正的爱情。而于连最初之所以会与德·瑞那夫人发生暧昧关系，是出于对市长的报复心理和试练自己胆量的冒险心理。

与德·瑞那夫人的事情败露后，于连来到省会贝尚松神学院学习。在这期间，于连意识到只有当上主教，才能实现自己的人生追求，但是当时教会内部宗派斗争十分激烈，于连虽谨言慎行，但最终还是被排挤出去。无奈离开神学院的他，经人推荐做了巴黎德·拉·木尔侯爵的私人秘书。聪明能干的于连很快得到了侯爵的赏识和重用，顺利地融入上层社会。在事业扶摇直上的同时他也赢得了清高傲慢的侯爵之女玛蒂尔德小姐的青睐。虽遭到侯爵的强烈反对，但最终二人还是结为了夫妇。侯爵无奈送给于连 20 600 法郎的田产，一个贵族头衔和一个军官职位。正当于连品味着胜利的果实，梦想着三十岁当上将军的时候，德·瑞那夫人的来信断送了他美好的前程。于连买了把手枪，激愤之下向正在做祈祷的德·瑞那夫人连开两枪，夫人颓然倒地，于连因此被判处死刑。其实德·瑞那夫人并没有死，只是肩部中弹。但是统治阶级的目的就是要杀一儆百，遏制小资产者冲破等级制度来分享他们的利益。于连在法庭上慷慨陈词，对上流社会进行了猛烈的抨击。他拒绝上诉，拒绝临终祷告。最终于连走上了断头台，成为统治阶级阴谋的牺牲品。玛蒂尔德小姐亲手埋葬了他那颗美丽的头颅，而德·瑞那夫人也于三天之后搂着自己的孩子离开了人间。

【赏析】

司汤达是 19 世纪法国批判现实主义文学的代表人物，塑造典型环境中的典型性格是其作品《红与黑》最突出的艺术特色。在他看来，艺术作品必须真实地反映现实生活。作为自觉的现实主义作家，司汤达凭借着对复辟时期法国社会的深入观察和研究，准确把握时代的本质特征，创作了《红与黑》，成功塑造了一系列栩栩如生、个性鲜明的典型形象，而且使整部作品散发出浓郁的时代气息。

主人公于连是王政复辟时代受压抑的小资产阶级青年的典型代表。在他身上，反抗性与妥协性是并存的。反抗性来自家庭和社会对他的压制。这种压制激发了他迫切想要改变自己命运的野心，虽生在平民之家，他却有一颗贵族之心。种种因素使于连不甘于平庸的生活，野心勃勃，具有强烈的反抗精神。例如，去市长家做家庭教师时，他要求与主人同桌吃饭，即便与市长夫人热恋时，内心对贵族阶级的仇恨和反抗也没有停止过。妥协性则表现在当他受到统治阶级的器重和抬举时，他的内心产生了动摇和软弱。随着王朝复辟势力卷土重来，于连看到了教士的出人头地和贵族的权势地位，于是他的性格被扭曲，变成一个野心勃勃但善于伪装的年轻人。在巨大野心的驱使下，于连开始做出妥协，他不惜烧毁了偶像拿破仑的肖像并当众辱骂他。从不信奉上帝的于连竟然能够将整部拉丁文《圣经》倒背如流。原先那个具有反抗意识的年轻人慢慢变成了一个与教会势力同流合污的野心家。为了获得更高的社会地位，于连不惜向复辟势力出卖民族利益。直到贵族阶级和反动教会勾结起来揭发他，于连才看清真正的现实：封建贵族统治者是不会容许底层青年改变其社会地位的，尤其不允许有才能的且与统治者为敌的年轻人去实现自己的理想。像于连这种能力超群且野心勃勃，并有着强烈自尊心的底层年轻人，注定要成为统治阶级阴谋的牺牲品。

于连就是在这种反抗—妥协—反抗的矛盾交替中，结束了自己的一生。苏联文艺评论家布尔索夫曾这样评价于连："将丰富的智慧和高尚的精神同无耻与伪善结合起来，这就是司汤达长篇小说《红与黑》的主人公于连·雷索尔的最主要的特点之一。"的确，于连形象的最大魅力就在于他的矛盾性，司汤达凭借着细致有力的笔触展现了于连身上的多面性、冲突性和悲剧性。

细致入微的心理分析是司汤达塑造典型环境中的典型性格的一个重要手段。作品中细腻的心理描绘和特定情境的心理分析，不仅展示了人物情绪的微妙变化，而且为后续故事情节的发展做了很好的铺垫。《红与黑》其实已经开始显现出20世纪现实主义文学"向内转"的新特点。

司汤达通过塑造于连的形象，不仅反映了法国社会资产阶级知识分子的生存状况，而且揭示了自己追求自由平等的政治理想。站在整个民族与时代的立场上，于连的形象涵盖了人类共有的对自由生命的追求和原始生命力的律动，整部作品具有深刻的历史意蕴。

此外，小说结构严谨清晰，语言精确洗练，情节精彩生动，具有戏剧式的紧凑感。司汤达擅用细节描写、心理分析探触人物灵魂，开创了后世"心理小说"的先河。

4. 高老头

[法]巴尔扎克

【作者简介】

巴尔扎克(1799—1850)，19世纪法国伟大的批判现实主义作家，欧洲批判现实主义文学的奠基人和杰出代表，被称为"现代法国小说之父"。巴尔扎克出生在法国都兰地区图尔市的一个市民家庭，父亲由农民上升为国家公务员，母亲则是富商的女儿。巴尔扎克从小博览群书，中学毕业后按照父亲的意愿在巴黎大学法学院读书，在此期间他还一面在文学院听课，一面进修自然科学课程。1819年毕业后，巴尔扎克拒绝了家庭为他安排的在公证人事务所做律师的工作，立志要当文学家。他一度为书商写作，化名参与和独立炮制了十几部流行小说，到后来他否认这些作品出自他的手笔。为了获得独立生活和创作的充分保障，他还曾先后尝试过开办印刷厂、铸字厂等，但是屡屡以负债破产告终。不过，这些经历为他认识社会提供了第一手材料。他不断追求和探索，对哲学、经济学、历史、自然科学、神学等领域进行了深入研究，积累了极为广博的知识。

1829 年，巴尔扎克完成了长篇历史小说《朱安党人》，这部取材于现实生活中朱安党人叛乱的作品为巴尔扎克带来巨大声誉。巴尔扎克将这部小说和计划要写的一百四十余部小说总命名为《人间喜剧》，并为之写下前言，阐述自己的现实主义创作方法和基本原则。在巴尔扎克看来："法国社会将成为历史家，我只应该充当他的秘书。编制恶习与美德的清单，搜集激情的主要表现，刻画性格，选取社会上的重要事件，就若干同质的性格特征博采约取，从中糅合出一些典型，做到了这些，笔者或许就能够写出一部许多历史学家所忽略了的那种历史，也就是风俗史。我将不厌其烦，不畏其难，来努力完成这套关于 19 世纪法国的著作。"1829—1849 年，巴尔扎克共创作出 96 部长、中、短篇小说和随笔，令他的《人间喜剧》大厦基本形成。《人间喜剧》被公认为世界文学史上的一座丰碑。其中代表作是《欧也妮·葛朗台》《高老头》等。在创作《人间喜剧》期间，他每天写作 14～16 小时，每三天用掉一瓶墨水，更换十几支羽毛笔。为了保持头脑清醒，咖啡成了他的生活必需品。超负荷的脑力劳动和还不完的债务最终损害了他的健康，1850 年他与世长辞，被安葬于拉雪兹神父公墓，他小说中的拉斯蒂涅就是在那里埋葬了高老头的。

恩格斯在《致玛·哈克奈斯》中这样称赞巴尔扎克："我认为他是比过去、现在和未来的一切左拉都要伟大得多的现实主义大师，他在《人间喜剧》里给我们提供了一部法国'社会'特别是巴黎'上流社会'的卓越的现实主义历史……我从这里，甚至在经济细节方面(如革命以后动产和不动产的重新分配)所学到的东西，也要比从当时所有职业的历史学家、经济学家和统计学家那里学到的全部东西还要多。"

巴尔扎克在法国文学史上的地位十分重要。在他之前，法国小说一直未能完全摆脱故事的格局，题材内容和艺术表现力都有一定局限。巴尔扎克拓展了小说的艺术空间，几乎无限度扩大了文学的题材，让社会的方方面面，包括那些仿佛与文学的诗情画意格格不入的东西都能得以描绘。他借鉴了其他文学体裁的特点，把戏剧、史诗、绘画、造型等多种艺术形式融入小说创作中，在西方文学史上第一次如此巨大地丰富了小说的艺术技巧。

【故事梗概】

在巴黎偏僻的街区，有一座外表不堪入目的伏盖公寓，里面住着七位身份不同的寄宿房客，他们分别是：自称退休商人的伏脱冷先生；被父亲遗弃的维克托莉·泰伊番小姐，她和一位寡妇库蒂尔太太同住；年老体衰、过去做粗细面条和淀粉买卖的高老头；阴险的老小姐米旭诺和影子般的波阿雷老人；从乡下来到巴黎读法律、一直在寻找机会进入上层社会的青年拉斯蒂涅。高老头在大家眼里是个古怪难解的人物，常常受到伏盖太太和其他房客的奚落。让人感到奇怪的是，总是有两个穿着华丽颇有身份的美丽女人来到这寒酸的公寓看望高老头，这让大家心生怀疑，都不肯相信她们是高老头的女儿。

拉斯蒂涅靠着亲戚的引荐终于结识上层社会的表姐鲍赛昂夫人。他在与一班贵妇人的交往中，渐渐知道了高老头的真实情形。面粉商高老头在 1789 年法国大革命时期，靠着囤积居奇贩卖粮食发了大财，他溺爱自己的两个女儿，自己只留下少许钱过活，却给了两个女儿每人 80 万法郎，让她们攀上了好亲事，大女儿阿娜斯塔齐成了雷斯托伯爵夫人，二女儿但斐纳成了银行家纽沁根的夫人，她们都过着舒舒服服的日子，高老头原以为自己能受到敬重，却不料没过两年，就被自己的两个女婿赶了出来。高老头的两个女儿彼此还互相嫉妒，貌合神离，互不相认。她们都过着奢华的生活，与情夫们周旋，在缺钱的时候，再纷纷去向父亲求助，一次又一次地搜刮他的财产直至将高老头榨得不名一文。在鲍赛昂夫人的指点下，拉斯蒂涅开始追求但斐纳。但是他因为没有钱，无法博得巴黎贵妇人的青睐。伏脱冷此时向他宣扬了一番要成功就不能怕脏手的道理，让他去追求维克托莉・泰伊番小姐，说只要她的哥哥死去，银行家泰伊番 300 万法郎的偌大财产就都是她的了，也自然会落到拉斯蒂涅的手中。拉斯蒂涅于是开始了他不择手段的追求。随后，伏脱冷设计了一次决斗，令维克托莉的哥哥在决斗中丧生。原来伏脱冷是一个因干非法的秘密勾当而被警察通缉的逃犯。为了得到 3 000 法郎的赏金，米旭诺小姐和波阿雷先生充当了官方的密探，在他们的告发下，伏脱冷被抓。鲍赛昂夫人情场失意，伤心黯然之余，离开了上层交际圈，去乡下过隐居的生活，临行前，她勉励拉斯蒂涅继续追求纽沁根夫人。

阿娜斯塔齐为了替好赌的情人还债，把雷斯托家传的钻石项链卖了，结果被丈夫抓住了把柄，把她名下的产业收为己有。但斐纳的财产则被工于算计的丈夫纽沁根霸占，自己无法过问。高老头听说女儿的不幸消息后，因为没有能力帮助她们而受到极大的打击，中风瘫倒在床上。在高老头的病榻前，唯有拉斯蒂涅照顾他，他的两个女儿一个也没有出现。高老头像被榨干的柠檬皮一样在贫病中凄惨地死去。在埋葬了高老头后，拉斯蒂涅极为伤心，他瞧着墓穴，埋葬了他青年人的最后一滴眼泪，在窥视着他不胜向往的上流社会的区域时气概非凡地说了句："现在咱俩来拼一拼吧!"然后拉斯蒂涅为了向社会挑战，到纽沁根夫人家吃饭去了。

【赏析】

《高老头》是巴尔扎克的主要代表作，在巴尔扎克所有的创作中地位独特而重要，是《人间喜剧》庞大结构的真正奠基石。从《高老头》的人物体系来说，《高老头》是《人间喜剧》的序幕。

《高老头》深刻揭示了波旁王朝复辟时期资本主义金钱关系日益主宰人的社会现实和历史趋势。涉世未深的大学生拉斯蒂涅展开了他进入上层社会之旅时的所见所闻，它们是那样触目惊心：银行家泰伊番生怕自己的女儿带走一笔陪嫁而把女儿赶出家门；在出卖伏脱冷的事情上，道貌岸然的米旭诺小姐和波阿雷先生瞻前顾后，考虑的是如何赚取更大的利益；伏盖太太则是谁有钱就愿意嫁给谁，在最初知道高老头有钱时，刻意装扮自己以求能够接近；雷斯托伯爵是世袭贵族，可是为了得到阿娜斯塔齐 80 万法郎的陪嫁，"屈尊"与这个面粉商的女儿缔结婚约，其后又抓住阿娜斯塔齐的把柄，将她的全部钱财据为己有；银行家纽沁根想方设法把但斐纳的财产转移到自己的账上……

高老头是一个资产阶级暴发户在失去了金钱后被两个女儿抛弃的悲剧人物形象，是一个具有伟大的“父爱”的典型代表，是巴尔扎克用漫画夸张的手法塑造的病态的父爱的典型。作者要“描写一种感情，这种感情如此伟大，因此不管你使这个人怎样伤心，怎样难堪，或者对他怎样不公平，也不能消灭这种感情：这个人是一个父亲，正如一个圣徒、一个殉道者、一个基督徒一样”。作者用父亲的爱反衬女儿的忘恩负义，揭露和谴责金钱的罪恶：毁灭人性，沦丧道德，破坏家庭关系。

在《高老头》中，我们看到了法国上层社会的荒淫无耻，特别是看到了贵族阶级的日益没落，与此同时却是资产阶级的日益兴起。在小说中，法国贵族阶级靠着地租和举债维持他们的奢华生活。高老头的大女儿阿娜斯塔齐能够“上”嫁给雷斯托伯爵，就在于那 80 万法郎的陪嫁的神力，而雷斯托伯爵之所以能够容忍妻子婚后的不贞，目的在于占有妻子的家私。在高老头卧病不起行将咽气时，他的两个女儿对他不闻不问，只顾自己参加舞会，与情人约会。阿瞿达侯爵抛弃鲍赛昂夫人，只是为了得到富家小姐年息 20 万法郎的陪嫁。在穷奢极侈的舞会结束之后，鲍赛昂夫人黯然退出上流社会的交际场。这一情节有意无意地道出了贵族阶级不得不退出历史舞台而被资产阶级取代的必然命运，这次五光十色的舞会充其量只是贵族社会的一次回光返照而已。

巴尔扎克很注重环境描写，因为这正是与人物性格、故事发展紧密相关的必不可少的场所。小说开篇对伏盖公寓以及中间部分对鲍赛昂夫人府邸的细致入微的描写，让人产生身临其境的感觉，为我们提供了一幅有着霄壤之别的巴黎下层社会和上层社会的风俗画。巴尔扎克对伏盖公寓由街道、建筑、阴沟、墙脚等外景到院子、客厅、地板、陈设等内景的细致描写，似乎已能让人看到这毫无诗意的贫穷，闻到伏盖公寓那股特有的闭塞的、霉烂的、酸腐的气味。而鲍赛昂夫人的府邸的豪华，铺着大红地毯的楼梯、金漆的栏杆和精致绝伦的布置，则把上层社会的奢侈和盘托出。频频穿梭在这两个场景中的拉斯蒂涅，让我们很容易地就看到了同一时间幕景下不同区域的生活内容和习俗，拉斯蒂涅穿织起三教九流各色人物。巴尔扎克结构小说的匠心令人钦佩。

5. 罪与罚

[俄]陀思妥耶夫斯基

【作者简介】

陀思妥耶夫斯基(1821—1881)，19 世纪俄国文坛少有的天才作家之一。同时，他也是那个时代最复杂、最富有争议的作家。高尔基生前曾将他与莎士比亚相提并论。陀思妥耶夫斯基出生于莫斯科一个普通的医生家庭。父亲早年当过军医，母亲是位虔诚的基督教徒。在母亲的影响下，陀思妥耶夫斯基从小就对宗教产生了浓厚的兴趣。

这对他日后的文学创作也起到了潜移默化的影响。陀思妥耶夫斯基的母亲在他16岁那年撒手人寰。亲人的离去，生活的艰辛，世人的冷眼，使陀思妥耶夫斯基幼小的心灵过早地趋于成熟。就是从那时起，他开始深入地接触并了解底层人民真实的生活状态。

17岁时，陀思妥耶夫斯基按父亲的意愿考入彼得堡军事工程学院，毕业后专事文学创作。1846年，他的处女作《穷人》发表。这部作品一经问世，即刻轰动文坛，也为他的文学大师地位奠定了坚实的基础。

1849—1859年，陀思妥耶夫斯基因参加革命活动被沙皇政府逮捕并流放西伯利亚。十年的颠沛生活给他的身心造成巨大的创伤，也在一定程度上改变了他的世界观，使他的创作走向发生了很大的转变。苦役结束后，重返文坛的陀思妥耶夫斯基思想中多了几分沮丧和消极的成分。青年时期怀揣的梦想在残酷的现实面前难以放飞，长期思考的人生终极问题也越发变得扑朔迷离。正是这种梦醒后无路可走的现实处境使陀思妥耶夫斯基将宗教理想融于自己的文学创作中，他用温顺妥协作为武器向专制制度进行个体性的抗争。

陀思妥耶夫斯基一生命运坎坷，却一直在生活的重压下建筑自己的文学"理想国"。继《穷人》后，他又发表了《死屋手记》《被侮辱与被损害的》《罪与罚》《白痴》《群魔》《少年》《卡拉马佐夫兄弟》等作品。其中，《罪与罚》的发表，是他的创作走向成熟的重要标志。这部作品的发表，不仅为他本人赢得不少赞誉，也给世界文坛带来很大的震撼。

陀思妥耶夫斯基擅长心理剖析，对人物内心矛盾与痛苦的刻画把握十分精确，有"俄国现实主义心理流派的大师"之誉。他以笔为戎，借助天才般的创作才能，用独特的艺术形式控诉了那个黑暗的资本主义社会。

【故事梗概】

故事发生在19世纪60年代的彼得堡。主人公拉斯科利尼科夫是一个生活在社会底层的大学生，生活的窘迫使他身陷迷茫之中。青春、理想以及对美好未来的无限遐想在残酷的现实面前显得异常脆弱。为了生存，他靠抵押身边的物品勉强度日。房东老太太的苛刻，使他的心灵蒙上一层挥之不去的阴影。母亲的来信使他再度陷入无边的痛苦深渊。他力图用自己的本事来帮助母亲和妹妹，使她们早日摆脱生活的困境，使自己获得人格上的平等。然而一切又都是徒劳的，一个连自己的生存问题都得不到解决的人，是没有资格争取平等的。在认清了这一现实后，他开始另谋出路，想要用其他方法改变现状。一次偶然的机会，拉斯科利尼科夫获知房东老太太很富有，于是他开始将自己的致富目标锁定在这位老妇人身上。

经过一番激烈的思想斗争，拉斯科利尼科夫头脑中的邪恶战胜了正义，他残忍地杀害了房东太太，并拿走了她的财物。而这一幕恰好被房东太太的妹妹撞见，惊恐万分的拉斯科利尼科夫为了掩盖犯罪事实，又将这位无辜者残忍地杀害了。连杀两人之后，他慌张地逃离了犯罪现场，并毁灭了作案工具。在经历了一系列惊心动魄的逃脱过程后，他本人也被恐惧和自责吓病了。正是这次突如其来的疾病使他淡出了警方的视线。

然而，成功掩盖了犯罪事实的拉斯科利尼科夫并没有过上最初预想的美好生活。相反，他深陷于来自内心最深处的灵魂审判。他从前对“平凡的人”和“不平凡的人”的理论划分在现实面前经不起推敲。依据他的表述，“不平凡的人”可以主宰“平凡的人”，同样也可以凌驾于道德、良心、法律等任何外物之上。这种牵强的“超人意志”说将他推向更加痛苦的心灵深渊。他的灵魂也因此一分为二。一方面，他将自己视为“不平凡的人”，这种一厢情愿式的自我认知为他逃避法律的制裁提供了有力依据；另一方面，他又难以逃脱强烈的自我谴责和批判。

后来，在一次偶然的人生际遇中，拉斯科利尼科夫与索尼亚结识。与拉斯科利尼科夫相比，索尼亚的身世遭遇更加不幸。她在继母的迫害、家庭生活的重压之下，不得不做起皮肉生意。为了家庭，为了父亲，也为了自己的将来，索尼亚始终坚守心中神圣的理想。她用自己的善良与坚忍同黑暗的现实社会做着悄无声息的抗争。从索尼亚的身上，拉斯科利尼科夫重新看到了生活的希望。他一直为自己寻求的精神支柱在善良的人性面前一下子轰塌了。在索尼亚的感化下，拉斯科利尼科夫终于鼓起勇气，向她诉说了那段使他身心备受煎熬的痛苦回忆。索尼亚努力劝说拉斯科利尼科夫去投案自首，并取得成功。在自首前的会面中，索尼亚送给他一个柏木制成的十字架项链。

八年的苦役生活使拉斯科利尼科夫的人生观逐渐发生转变。他认识到暴力抗争的软弱性，并开始为自己的犯罪行为背负起沉重的道德十字架。后来，他重新找回失去的人生方向，对未来充满了前所未有的希望。

【赏析】

批判现实主义是19世纪俄罗斯文学的主流，陀思妥耶夫斯基则是这一潮流的领导者。他善于洞察隐藏在世间的各种丑陋和罪恶，并通过独特的心理描写，将其重现在读者眼前。《罪与罚》作为陀思妥耶夫斯基的代表作，以其深刻的社会意义与艺术价值，成为经久不衰的文学佳作。

通过深刻的心理剖析，陀思妥耶夫斯基在《罪与罚》中成功塑造了个性鲜明的人物形象。相对于传统小说而言，《罪与罚》中的环境描写很少，它更侧重于人物之间心灵的交流以及对内心体验的描绘。拉斯科利尼科夫和索尼亚，一个代表“罪”，一个代表“罚”，是小说的核心人物。围绕房东太太被杀这一主要线索，拉斯科利尼科夫、索尼亚等人各抒己见，体现了各自的价值追求和人生信念。

拉斯科利尼科夫作为一个穷大学生，因不堪压迫剥削等原因杀死房东太太，他从不肯承认杀人到自首流放，最终皈依宗教。他最后选择自首并不是因为承认法律的威严，而是源自良心的谴责。自始至终，拉斯科利尼科夫都在思考人生的意义和价值。索尼亚是个卑微的妓女，一家人靠她做皮肉生意生活。但她心地善良，信奉上帝，虽身为妓女，灵魂却无比纯净，宁愿牺牲自己的幸福也要保障家人的生活。在得知拉斯科利尼科夫犯下的罪行后她并没有完全否定他，而是努力说服并尽力挽救他的灵魂。索尼亚实质上是引导拉斯科利尼科夫重生的批判者和道德思想的启示者。小说中的每个角色在陀思妥耶夫斯基的笔下都具有强烈的自我意识。各个角色之间的平等性对话，使得小说具有浓烈的思辨色彩。

拉斯科利尼科夫和索尼亚等人的悲剧命运是由多种因素造成的，陀思妥耶夫斯基透过他们的人生遭遇，表达了对西方资本主义思想的谴责，以及对经历农奴制改革后俄国命运的担忧。从一定意义上讲，《罪与罚》是一部体现“个人的进步历史要求与这种要求暂时不可能实现”之间矛盾的历史悲剧。

作为陀思妥耶夫斯基创作趋向成熟的转型之作，《罪与罚》为后世的创作者带来了许多值得借鉴的宝贵经验。然而陀思妥耶夫斯基作为具有独特创作才能的思维主体又是不可逾越的。他以精细的心理剖析闻名于俄国文坛，也为世界文坛增添了众多鲜活的人物形象。拉斯科利尼科夫作为陀氏的思想传声筒承载了许多独特的社会意义。通过人物情绪的巧妙变化，心理的自然跃动，以及潜意识的自觉流转，作者将一个被社会环境逼迫得无路可走的、满怀抱负的知识青年形象充分展现在我们面前。这样一个性格鲜明的“多余人”，在变态的阴暗社会中，饱受灵与肉的痛苦折磨，并最终通过宗教这一特殊手段得到灵魂的自我净化。陀思妥耶夫斯基所有的美学理想通过人物的性格(主要是人物的内心)刻画得到了完满的体现。

6. 安娜·卡列尼娜

[俄]托尔斯泰

【作者简介】

列夫·尼古拉耶维奇·托尔斯泰(1828—1910)，19世纪俄国伟大的批判现实主义作家、思想家和社会活动家，世界文学史上最杰出的作家之一。他被称为具有“最清醒的现实主义”的“天才艺术家”。

托尔斯泰出生于俄国图拉省的一座贵族庄园。他一岁半丧母，九岁丧父，靠姑母抚育，童年和少年时代接受过严格的贵族家庭教育。1844年，他考入喀山大学，先读东方语言系，后转法律系，均无甚兴趣，在此期间深受法国启蒙思想的影响，并广泛阅读文学作品。在大学时代，他已注意到平民出身的同学的优越性。1847年，他因不满学校教育，毅然辍学回到了与哥哥析产时分得的庄园——亚斯纳亚·波利亚纳。他一生的大部分时间都是在那里度过的。

回到庄园后，托尔斯泰努力改善农民生活及农民与地主的关系，但未获成功。之后，他又致力于农村教育，也收效甚微。1850年，托尔斯泰来到莫斯科，周旋于亲友和莫斯科上流社会之间，后渐渐对这种生活和环境感到厌倦。1851年，他随兄长去高加索当了一名志愿兵，后又参加了克里米亚战争。在这次战争中，平民出身的军官和士兵的英勇精神和优秀品质，加强了他对劳动人民的同情和对农奴制的批判。

托尔斯泰从19世纪50年代开始文学创作。早期作品主要有：自传体三部曲《童年》《少年》《青年》，军事小说集《塞瓦斯托波尔的故事》，中篇小说《一个地主的早晨》，以及赴西欧旅行时写下的小说《琉森》等。19世纪60年代初，他的创作进入高潮，除完成中篇小说《哥萨克》等外，还创作了史诗性的长篇巨著《战争与和平》。19世纪70年代托尔斯泰的作品主要是长篇小说《安娜·卡列尼娜》。从19世纪70年代初起，托尔斯泰开始新的思想危机和新的探索。他研读各种哲学和宗教书籍，均未能找到答案。这些思想情绪在《安娜·卡列尼娜》中得到了鲜明的反映。19世纪70年代末80年代初，他完成了世界观的激变，弃绝本阶级，转到宗法制农民的立场上来。他加强了对专制制度的批判，但又反对暴力革命，宣扬基督教的博爱和自我修身，想要从宗教、伦理中寻求解决社会矛盾的出路。19世纪80年代以后，托尔斯泰仍不断有杰作问世。1899年完成的长篇小说《复活》，可以说是作家一生思想和艺术探索的结晶。除此之外，他还有小说《伊凡·伊里奇之死》《哈泽·穆拉特》《舞会之后》，剧本《黑暗的势力》《活尸》等。

晚年的托尔斯泰一面四处奔走，为农民请命，一面笔耕不辍。他的晚年还因沙皇政府和宪兵的迫害，教会的压力及家庭、自身的矛盾而痛苦不堪。这一切使他心力交瘁，多次打算离家出走。托尔斯泰最后于1910年10月深夜出走，途中患肺炎，同年11月7日死于阿斯塔波夫车站，终年82岁。

【故事梗概】

安娜的哥哥奥布隆斯基公爵已经有5个孩子，可是仍然跟家庭女教师搞暧昧，这使得他的妻子多丽非常痛苦，夫妻二人关系紧张，矛盾不断。为了调解哥嫂之间的家庭纠纷，安娜乘火车从彼得堡来到莫斯科。在莫斯科车站，安娜邂逅了年轻英俊的近卫军军官渥伦斯基。安娜高雅的风姿和笑容中蕴含的一股被压抑的生气使渥伦斯基为之倾倒。渥伦斯基也在安娜心中激起阵阵涟漪。

庄园贵族出身的列文也来到莫斯科，他已年过三十，感到急需建立稳定的家庭，于是就向他一直深爱着的吉娣(多丽的妹妹)求婚。此时的吉娣虽然对列文有好感，但她的心为风度翩翩的渥伦斯基着迷，因而拒绝了列文的求婚。

求婚失败的列文回到乡下，埋头从事农业改革，希望以此忘却个人生活上的失意。他尝试养育优种牲畜，引进农业机器，但总不能得到应有的效益。

在薛杰巴斯大林基公爵家的舞会上，吉娣精心装扮，满心欢喜，想象着渥伦斯基会在这里向她求婚。但吉娣发现，渥伦斯基向安娜大献殷勤，这使她非常痛苦。

安娜不愿看到吉娣痛苦，劝慰了兄嫂一番，便回彼得堡去了。随后渥伦斯基也来到彼得堡，开始对安娜展开热烈的追求，他参加一切能见到安娜的舞会和宴会，从而引起上流社会的流言蜚语。

此时的安娜已是彼得堡政要卡列宁的妻子，8岁的谢廖沙的母亲。8年前，年仅17岁的安娜由姑母包办嫁给了比自己大20岁的卡列宁，然而婚姻并不幸福。她的丈夫卡列宁其貌不扬、古板、虚伪、无趣、自私，是一个完全醉心于功名的人。他不懂爱情，也不认为婚姻需要爱情，他认为自己跟安娜的结合是神的旨意。他无法满足安娜心中对爱情的渴望。渥伦斯基的出现以及他对安娜狂热的爱情唤醒了沉睡在安娜心底的对爱情的渴望。安娜做了他的情人。

有一天，安娜与丈夫卡列宁一起去看一场赛马会。在比赛中，渥伦斯基意外坠马，看台上的安娜非常焦急，大声惊呼，并在获知渥伦斯基并未受伤时喜极而泣。卡列宁认为安娜的行为有失检点，迫使她提前退场。安娜再也忍受不了丈夫的虚伪与自私，于是向丈夫坦白了她与渥伦斯基的爱情。此时，她已经怀了渥伦斯基的孩子。这一切使卡列宁既恼火又痛苦，他想决斗，但是怕死，想离婚，但害怕有损名誉，于是选择维持表面的夫妻关系，只是不许安娜在家里接待渥伦斯基。

吉娣因失恋而生了病，听从医生的意见出国疗养。在华伦加小姐的影响下，吉娣变得通达起来，病也很快好了。回国后，在奥勃朗斯基家的宴会上，列文与吉娣消除了隔阂，互相爱慕，列文又一次向吉娣求婚。婚后二人住在列文的农庄里，吉娣操持家务，列文撰写农业改革的论文，生活平静而又幸福。

安娜在生渥伦斯基的女儿时患了产褥热，几乎死去。病危时她向丈夫请求宽恕，并希望他与渥伦斯基和好。卡列宁出于基督徒的感情答应了她的请求。由于卡列宁的令人吃惊的宽厚，渥伦斯基感到自己是那么卑劣、渺小，与安娜的爱情、自己的前途又是那么渺茫，绝望、羞耻、负罪感使他举枪自杀，但没有成功。安娜在死亡的边缘挣扎，但后来奇迹般地康复了。同样康复的渥伦斯基在动身去塔什干前来与安娜话别，这次会面使两人的爱情更加炽热，他们决定到国外去旅行。

安娜与渥伦斯基在欧洲幸福地生活了三个月，他们的爱情之火也渐趋暗淡。回国后，彼得堡的上流社会向安娜关闭了大门，安娜勇敢地与之抗争，却遭到攻击与羞辱。为此，她与渥伦斯基大吵一架。渥伦斯基被重新踏入社交界的欲望和压力所压倒，渐渐感到安娜的爱情对自己是束缚，于是与安娜分居，尽量避免两个人单独见面，这使安娜非常痛苦。

在彼得堡上流社会的社交活动中遭遇失败的渥伦斯基和安娜，无奈搬到渥伦斯基在乡下的田庄去居住。渥伦斯基要安娜和卡列宁正式离婚，然后嫁给他，以使安娜和孩子都取得合法地位。安娜忍受着即将失去儿子的痛苦向卡列宁提出离婚，然而，3个月过去了，离婚仍无任何消息。

备感孤独与痛苦的安娜将生活的希望完全寄托在渥伦斯基身上，想方设法赢得他的爱。但渥伦斯基越来越不能理解安娜的敏感与多疑，甚至觉得安娜的爱已经变成了他的负担。他经常把安娜一个人留在家里，自己去参加社交活动。

有一次，渥伦斯基到他母亲那儿去处理事务，安娜怀疑渥伦斯基的母亲要为他说亲。二人大吵一架后，渥伦斯基愤然离去。安娜觉得一切都完了，准备自己坐火车去找他，她想象着渥伦斯基现在正和他母亲以及他喜欢的小姐谈心，她回想起与渥伦斯基的这段生活，明白了自己是一个被侮辱、被抛弃的人。她跑到车站，朦胧中想起他们第一次的相见以及当时一个工人被轧死的情景。这仿佛暗示了她的归宿。于是，安娜向正在驶来的火车扑倒下去……

卡列宁参加了安娜的葬礼，并把安娜生的女儿带走了。渥伦斯基受到良心的谴责，自我放逐，志愿参军去塞尔维亚和土耳其作战，但愿求得一死。

列文与吉娣的乡村生活在平静与幸福中延续。列文的精神探索也在继续，他常常为此痛苦得想要自杀，但最终从农民的话中得到启示，明白生活的意义在于行善和爱人。

【赏析】

《安娜·卡列尼娜》是托尔斯泰继《战争与和平》之后的又一鸿篇巨制，是俄国文学乃至世界文学中的一颗璀璨明珠，它将19世纪的批判现实主义推向了高峰。小说以19世纪六七十年代的俄国现实为背景，由两条主要的情节线索结构而成：一条以安娜—卡列宁—渥伦斯基为中心，讲述安娜在婚姻之外追求爱情最后失败的故事，展现彼得堡上流社会、沙皇政府官场的生活图景；另一条以列文—吉娣为中心，讲述列文的精神探索以及他与吉娣的婚恋故事，展现宗法制农村的生活图画。其中，以安娜为中心的线索表现的是封建主义家庭关系的逐步解体和沙俄上流社会的道德沦丧；以列文为中心的线索表现的是宗法制农业的艰难处境，探索的是国家的经济道路问题。两条线索依靠奥布隆斯基—多丽这条中间线联结在一起，共同展现的是从封建主义向资本主义过渡的新旧交替时期俄国社会的黑暗与混乱。

女主人公安娜是作家精心塑造的贵族妇女，她貌美、端庄、聪慧、魅力十足。她年纪轻轻就由姑母做主，嫁为人妇。她的丈夫卡列宁是政界要员，在外人眼里他是一个笃信宗教，道德高尚、纯洁，聪明的人，而且，安娜与丈夫还有一个可爱的儿子——8岁的谢廖沙。本该婚姻幸福、人生美满的安娜却常常感到痛苦，眼睛中时常有一种被压抑的生气在流动。其原因就在于，安娜眼中的丈夫古怪、刻板，像机器一样在运转着，已经不会流露真实的感情，也难以融入正常的家庭生活。他将安娜身上一切有生气的东西视为洪水猛兽，尽力压制着，不仅不懂爱情，而且认为婚姻不需要爱情。婚后的安娜曾经尽力融入丈夫的世界，尽力去爱丈夫，却发现她根本做不到。她与丈夫一起生活的时间越久，就越觉得丈夫简直不像一个活生生的人，而是如泥塑木偶一般。

渥伦斯基的出现以及他对安娜近乎狂热的追求唤醒了安娜潜藏于心底的激情，让安娜意识到自己是一个活生生的人，自己需要生活，需要爱情。于是，她不顾一切地全身心投入与渥伦斯基的恋爱当中，而把家庭、名誉、地位、舆论等抛诸脑后。由于安娜将自己与渥伦斯基的婚外恋情公开化，她遭到了整个贵族社会的排斥和非难，上流社交界向安娜关闭了大门，无数的攻击诽谤、侮辱谩骂像脏水一样泼在安娜身上。安娜死死抓住与渥伦斯基的爱情，觉得这是自己在世上生存的最后一根救命稻草。但渥伦斯基并非如安娜期待的那般，他只是将爱情作为生活的点缀，真正让其醉心的还是权势和名利。因而在权势、名利与爱情中间，他很快就选择了前者，为了回到上流社会，他最终选择抛弃安娜。

勇敢的、决绝的安娜在被整个上流社会抛弃之后，又被自己当成信仰的爱情抛弃，在这双重打击下，安娜走投无路，最终选择以自杀的方式向欺骗与虚伪的上流社会做出最后的反抗。

列文是一个精神探索者的形象，其身上带有托翁本人强烈的个人印记。列文真挚、善良、聪明，对大城市的浮华奢靡生活不屑一顾，整日埋头于个人的农庄，进行农事改革。他还阅读大量书籍，有时候也进行理论创作。但二者均未取得成功，这使得列文陷入迷茫和困惑之中，几次想要自杀。最终在老农的启示下，他明白了生活的真谛。

7. 德伯家的苔丝

[英]哈代

【作者简介】

托马斯·哈代(1840—1928),英国诗人、小说家,他出生于英国西南部的一个小村庄,毗邻多塞特郡大荒原,那里的自然环境成了哈代作品的主要背景,即威塞克斯。哈代于1862年开始进行文学创作,1878年发表小说《还乡》,1891年发表小说《德伯家的苔丝》,1895年发表小说《无名的裘德》。他的小说大体可以分为三类:性格与环境小说(也叫"威塞克斯小说")、罗曼史与幻想小说、精于结构的小说。其中以第一类最为重要。属于此类的长篇小说有《绿林荫下》《远离尘嚣》《还乡》《卡斯特桥市长》《林居人》《德伯家的苔丝》《无名的裘德》。这些作品大多通过描述男女主人公一生的奋斗、追求、幻灭,反映人对美好生活和理想的追求,以及在此过程中人与环境(包括人与人之间)的剧烈冲突,因而具有广泛深刻的社会意义和哲理。

哈代晚年的主要作品有三卷诗剧《列王》。1898—1928年,他共出版了8部近千首短诗。哈代的诗冷峻、深刻、细腻、优美,言简意赅,自成一格,较他的小说更具有现代意识。哈代晚年因在诗歌、小说创作上的突出成就而获得巨大声誉。1910年,哈代获得英国文学成就奖。哈代逝世后葬于伦敦威斯敏斯特诗人角。

哈代的作品反映了资本主义入侵英国农村城镇后所引起的社会经济、政治、道德、风俗等方面的深刻变化以及人民(尤其是妇女)的悲惨命运,揭露了资产阶级道德、法律和宗教的虚伪性。他的作品承上启下,既继承了英国批判现实主义的优秀传统,也为20世纪的英国文学开拓了道路。

【故事梗概】

《德伯家的苔丝》描述了一个纯洁女人悲剧性的毁灭过程。哈代在小说的副标题中称女主人公为"一个纯洁的女人",公开向维多利亚时代虚伪的社会道德挑战。

小说开始时苔丝还是个孩子。她只有16岁,正与同伴在假日嬉戏。哈代着重指出她外表的美丽。苔丝从小就敏感。五朔节的游行会上,一个同伴取笑她父亲喝醉了酒,她很难过;安玑在舞会上对她的忽视也让她有些许不快。她清楚地意识到自己作为长女的责任,所以她为自己在母亲操劳家务时出去玩深感愧疚。

老马被撞死,尽管真正的错在她父亲,但内在的责任感使她将差错都化为自己的罪责。她对失去老马的负罪感,她对可怜的父母、弟妹的幸福的关心,她母亲的坚持等都促使她到德伯夫人的宅第坡居去认亲。

对于亚雷的亲近,苔丝既吃惊又困惑。第二次去坡居时亚雷吻了她。她羞得满脸通红,是复兴家道的念头让她留了下来。从围场堡回去的那个决定命运的夜晚,尽管她对卡尔·道齐及其同伴的行为愤怒不满,在亚雷提出骑马带她走时,她还有内心斗争，但最终她听凭了自己的冲动，也就不得不面对后果。她和亚雷生活了一段时间，但她的自尊让她厌恶这种生活，所以她做出了道德上的选择：带着身孕回到马勒村。她绝不想让一个她不爱的男人娶她。

随着马勒村的收割，生活的精气、青春的热情代替了长时间与世隔绝的羞愧感，她有了面对生活的勇气，抱着孩子也敢抬头见人，毫不羞怯。给孩子洗礼和举行葬礼象征着她现在拥有巨大的道德力量和自主意志。由此，苔丝从一个单纯朴实的女孩子变成思想复杂的妇人。一两年后，她决定到新的环境中开始新的生活。

她在布蕾谷的生活一开始非常幸福。牛奶场、克里克夫妇、挤奶女工、撇奶油、做黄油、做奶酪，最重要的是安玑的陪伴——都有助于她内心生活的复苏。苔丝现在真正长大了，她外表的成熟之美和内心承受一场强烈、热情、持久的爱情的能力正相匹配。爱情让她满怀喜悦地接受安玑，然而负罪的良心、公平的对待和诚实的品质却迫使她拒绝他。她拼命寻找机会告诉安玑她的过去，甚至写了一封吐露一切的信给安玑。(但是，不利的条件和安玑自己轻松地拒绝听她诉说使她直至结婚也未能坦白过去。)

新婚之夜，苔丝在井桥村的农舍对过去的坦白带来了她惧怕已久的灾难。她本着对安玑的爱原谅了他年轻时的荒唐，自己却得不到对早年过失的原谅。她放弃自己作为已婚妇女的权利，默然顺从了他的分居计划，只求他别让惩罚严厉到自己无法承受。和安玑分开后，她无私地照顾双亲和可怜的弟妹，在艰苦的条件下长时间辛勤劳作以避免向安玑或他父母求助。

在这个关头，亚雷重新出现并向苔丝求婚。安玑毫无音信，母亲病重，父亲突然死亡，苔丝失去了在马勒村的住所，亚雷不断地耍花招要重新得到她。在内心经历了深深的矛盾后，她的决心动摇了。受伤的自尊让她强烈感受到安玑惩罚的冷酷性，她现在觉得已不能承受了。在极度绝望中，她向亚雷屈服了，到沙堡做了他的情妇。

当悔过的安玑重新出现，请求苔丝的原谅并表明自己对她的爱时，她又一次体会到难以言表的绝望和深切的痛苦。直接离开亚雷回到自己合法的丈夫身边对她来说似乎不可能，杀死亚雷是她唯一能做的事，至少这可以让她和安玑共度几天幸福时光，沉浸于他们自己的世界，而远离那常态下充满敌意的社会。最后在一个静谧的黎明，苔丝被捕，接着被处绞刑；安玑遵照苔丝的遗愿，带着忏悔的心情和苔丝的妹妹开始了新的生活。

【赏析】

这本小说是对苔丝生活的记录，在所有变换的风景和轮回的季节中，我们的注意力始终集中于发生在她身上的事。小说在结构上采取了一种循环模式，可分为三部分，不过哈代把它分成了七个阶段。第一部分是序曲，包括两个阶段：“处女”和“失贞”。这一部分写苔丝离家和遇上亚雷。她被亚雷诱奸，蒙羞回乡。这是第一个循环，从五月开始，到八月结束。第二部分包括三个阶段：“新生”、“后果”和“惩罚”。这是第二个循环。在这一部分里，苔丝开始了新的生活。她在布蕾谷的塔布篱牛奶场遇见安玑，两人坠入爱河。这部分从五月开始，在年底达到高潮，于次年冬天结束。最后两个阶段，“皈依”和“团圆”，属于第三部分，描写了她的死亡。迫于贫困，苔丝回到亚雷身边。安玑来找她，她出于羞愧和愤怒杀死了亚雷，最后自己也被处决。这一部分从冬天开始，到春天结束。

毫无疑问，哈代的思想观点是悲观的，这与他的经历密切相关。19世纪中后期，由于英国资本主义工业的高度发展，哈代的故乡这个英国南部残存的宗法制农村受到了猛烈冲击，农村社会走向毁灭，农民阶级逐渐解体。从农民遭受的不幸与灾难中，哈代看到了资本主义残酷与自私的本质，并陷入对资本主义社会与基督教的悲观与绝望中。他认为苔丝和裘德的悲剧都是冥冥之中由神的意志安排定当的，无论人们怎样努力和反抗，总逃不脱神的意志的主宰。他把工人、农民的悲剧归结为命运的作弄。他的小说在情节结构的安排上也反映出宿命论观点，导致主人公悲剧的每一个步骤，都被写成是不可避免的事件。有时作者还用神秘的预兆、诅咒等手法来渲染悲剧的必然性。他认为宇宙对人类的命运漠不关心，甚至含有敌意；人类无知又粗心，经常因为不理智、不谨慎却又盲目乐观而陷入本不会那么糟糕的困境。在第十五章里，苔丝病态地想到她的死期不知是日历上的哪一天，她还不止一次地感到死比生好，最好的是不要出生：对于像她这样的人来说，出生本身似乎就是一种折磨。个人在时间和空间上微不足道。同时，哈代发现了最高层次的悲剧主题：“有价值的事物受到不可逃避的环境的扼杀。”悲剧之所以不可避免，是因为环境是巨大的异己力量，非人力所能抗拒的悲剧所表现的事物之所以有价值，是因为悲剧主人公在寻求自我实现过程中表现出人的尊严和价值。不管生活多么悲惨，也不管结局多么惨烈，他们决不回避生活，而是正视残酷的生活现实。他们没有去阻止灾难性事件的发生，因为他们不放弃自己的追求。在悲剧创作中，哈代肯定人的感情、追求和人在逆境中的抗争精神。作为一位关注生活悲剧性的作家，哈代努力探索生活悲剧的成因，并试图找出摆脱生存困境的途径。〔1〕

《苔丝》作为哈代小说的代表作，具有强烈的感染力和震撼人心的魅力，问世100多年，至今仍有读者为它感动，为它深思，就是因为作者通过精湛的艺术构思，并娴熟地运用巧合、象征等艺术手法，描绘出一幅幅主题鲜明的、生动感人的社会真实图景，赋予它超时代的活力，使之在英国文学史上享有很高的声誉。小说叙事完整，结构严谨，语言优美流畅。在承袭英国小说传统结构的同时，哈代也不乏创新地运用独特的几何图形般整齐对称的小说结构。这部小说的人物塑造、心理刻画、情节构思、风物描绘都高超妙远，从而使整个作品具有强烈的艺术感染力；特别是苔丝这个女性人物形象，已经成为世界文学画廊中耀眼的一员。

---

〔1〕 颜学军：《简论托马斯·哈代的文学思想》，载《解放军外国语学院学报》，2006(5)。

8. 简·爱

[英]夏洛蒂·勃朗特

【作者简介】

夏洛蒂·勃朗特(1816—1855)，英国女作家。夏洛蒂·勃朗特出生在英国北部约克郡的一个穷牧师家庭，幼年丧母。夏洛蒂排行第三，有两个姐姐、两个妹妹和一个弟弟。她的两个妹妹，即艾米莉·勃朗特和安妮·勃朗特，也是著名作家，她们在英国文学史上有“勃朗特三姐妹”之称。

1824年，8岁的夏洛蒂与她的两个姐姐及弟弟被送进由慈善机构创办的寄宿学校。那里的环境和生活条件都很差，加上创办人苛刻的管束和严厉的处罚，冻饿和体罚便成为孩子们惯常的生活。次年，夏洛蒂的两个姐姐均染上伤寒，被送回家后没几天就都痛苦死去。这之后，父亲便不再让夏洛蒂和弟弟去那所学校，但那里的一切已在夏洛蒂的心灵深处留下可怕的印象。后来在《简·爱》中，她饱含痛切之情对此做了描绘，而小说中可爱的小姑娘海伦就是以她的姐姐玛丽亚为原型的。

1831年，15岁的夏洛蒂进了伍勒小姐在罗海德办的寄宿学校读书。这里的情况截然不同，夏洛蒂不仅学业上很有长进，而且日子过得也很愉快。几年后，她为了挣钱供弟妹们上学，又在这所学校当了教师。她一边教书，一边写作，但没有发表过任何作品。

1836年，20岁的夏洛蒂大着胆子把自己的几首短诗寄给当时的桂冠诗人骚塞，然而，得到的却是这位大诗人的一顿训斥，他在回信中说：“文学，不是妇女的事业，而且也不应该是妇女的事业。”这一盆冷水使夏洛蒂很伤心，但她并没有因此丧失信心，仍然默默地坚持写作。

1838年，夏洛蒂离开伍勒小姐的学校。第二年，她到有钱人家里担任家庭教师。这一职业在当时是受歧视的，夏洛蒂更是亲身体验了作为一名家庭女教师的辛苦与屈辱。她在当时给妹妹艾米莉的一封信中写道：“私人教师……是没有存在意义的，根本不被当作活的、有理性的人看待。”所以，她很快就讨厌甚至憎恶家庭教师这一行当。她在1839年和1841年，分别有过两次当家庭教师的经历，但每次都非常短暂。

在这两年里，有两个人分别向夏洛蒂求婚，但是她都拒绝了。因为她认为他们并不是真的爱她，只是按照传统需要娶个妻子而已。

1845年，三姐妹用假名自费合作出版了一本诗集。自此，她们的创作热情受到了激励，于是三姐妹又开始埋头写小说。1847年，三姐妹的三部作品《简·爱》、《呼啸山庄》和《艾格妮丝·格雷》同时问世。当时的英国文坛大为震惊，尤其是夏洛蒂的《简·爱》(初版时作者署名为柯勒·贝尔)，更是引起轰动。

但是不久，家里就发生了一连串不幸事件。1848年9月，夏洛蒂的弟弟死了；同年12月，艾米莉亡故；次年5月，安妮离世。夏洛蒂深受打击，她只有全身心投入写作，才能暂时遗忘内心的悲痛。1854年，38岁的夏洛蒂终于克服固执的父亲的反对，与尼古拉斯牧师结婚。可是，6个月后的一天，夏洛蒂在与丈夫外出散步时遇雨染疾，此后便一病不起。1855年，夏洛蒂故去，终年39岁。

夏洛蒂·勃朗特虽然一生仅写了四部小说(《教师》《简·爱》《谢利》《维莱特》，其中《教师》在她去世后才出版)，但她在文学史上有着相当重要的地位。在她的小说中，最突出的主题就是女性要求独立自主的强烈愿望。这一主题可以说在她所有的小说中都顽强地表现出来。将女性的呼声作为小说主题，这在她之前的英国文学史上是不曾有过的——她是表现这一主题的第一人。可以说，在以追求女性独立，追求与男性平等的社会地位为主题的19世纪女性文学中，夏洛蒂是至关重要的作家，她同时还为表现独立以后的女性所面临的种种问题的20世纪的女性文学的发展奠定了坚实的基础。此外，夏洛蒂的作品往往跟个人的生活经历密切相关，她很擅长用抒情的笔法描摹自然景物，作品具有浓厚的感情色彩。

【故事梗概】

女主人公简·爱是个孤女，当她还在幼年时，父母就染上伤寒，在一个月内相继去世。幼小的简·爱被寄养在舅父家里。舅父里德先生去世时，嘱托舅母里德太太好好照顾简·爱。但简·爱在里德太太家的地位，简直连使女都不如，受尽了表兄表姊妹的欺侮。

不久，简·爱被里德太太送进了洛伍德孤儿院。院规严厉，院长是个冷酷的伪君子，经常用种种办法从精神和肉体上摧残孤儿，孤儿院中常常有孤儿死去。简到孤儿院后，很快与孤女海伦结成好友。后来，孤儿院爆发了传染性的伤寒，海伦就在这场伤寒中死去，这对简打击很大。

简毕业后留校当了两年教师，她受不了孤儿院的氛围，于是决定另谋出路。她登广告找到了一个家庭教师的工作，桑菲尔德庄园的管家雇用了她。庄园的男主人罗切斯特经常在外旅行，偌大的庄园里只有一个不到10岁的小女孩，罗切斯特是她的保护人，她就是简的学生。

一天黄昏，简外出散步，邂逅了外出归来的罗切斯特，这是两个人的第一次见面。慢慢地，简发现她的主人罗切斯特是个性格阴郁而又喜怒无常的人，对她也时好时坏，两个人还经常为某种新思想而争论不休。

桑菲尔德庄园不断发生奇怪的事情。有一天夜里，简被一阵奇怪的笑声惊醒，发现罗切斯特的房门开着，床上着了火，她叫醒罗切斯特并扑灭了火。

罗切斯特经常参加舞会，一天他把客人请到家里来玩，人们都以为他会在这场舞会上向布兰奇小姐求婚。在舞会上罗切斯特坚持要简也到客厅里去，客人们对简的态度十分轻慢，罗切斯特却邀请简跳舞，简感到自己对罗切斯特发生了感情。

一天，罗切斯特外出，家里来了一个蒙着盖头的吉卜赛人。当轮到给简算命时，简发现这个神秘的吉卜赛人就是罗切斯特，他想借此试探简对他的感情。这时庄园里来了个陌生人，当晚他就被住在三楼的神秘女人咬伤了，简帮罗切斯特把他秘密送走。

不久，里德太太派人来找简，说她病危要见简一面。简回到舅母家中，里德太太交给她一封信，这封信是三年前简的叔叔寄来的，他向她打听侄女的消息，并把自己的遗产交给简。里德太太谎称简在孤儿院病死了，直到临终前才良心发现把真相告诉简。

简又一次回到桑菲尔德庄园，感觉就像回到家一样。罗切斯特向简求婚，简答应了，并高兴地准备婚礼。婚礼前夜，简在朦胧中看到一个身材高大、面目可憎的女人正在戴她的婚纱，然后把婚纱撕成碎片。

第二天，当婚礼在教堂中悄然进行时，突然来了一位不速之客，他指出罗切斯特先生 15 年前就已经结婚，他的妻子就是那个被关在三楼密室里的疯女人。罗切斯特承认了这一事实，并领人们看了被关在三楼的疯女人，她有遗传性精神病史，就是她在罗切斯特的房间放火，也是她撕碎简的婚纱的。

简悲痛欲绝，离开了桑菲尔德庄园。她把仅有的积蓄花光了，沿途乞讨，最后晕倒在牧师圣·约翰家门前，被圣·约翰和他的两个妹妹救了。简住了下来，圣·约翰为她谋了一个乡村教师的职位。

不久，圣·约翰接到家庭律师的通知，说他的舅舅约翰·简去世了，留给简一笔遗产，要圣·约翰帮助寻找简。圣·约翰这才发现简是他的表妹，简执意要与他们分享遗产。圣·约翰是个狂热的教徒，他打算去印度传教，临行前向简求婚，但他坦率地告诉简，他要娶她并不是因为爱她，而是需要一个有教养的助手。简拒绝了他，因为她听到了罗切斯特的呼唤，决定回到他身边。

当简回到桑菲尔德庄园时，整个庄园变成一片废墟。原来几个月前一个风雨交加的夜晚，疯女人伯莎放火烧毁了整个庄园，自己也坠楼身亡，罗切斯特为了救她，也受伤致残，孤独地生活在几英里外的一个农场里。简赶到农场，向他吐露自己的爱情，他们终于结婚了。

【赏析】

《简·爱》是夏洛蒂·勃朗特的传世之作，是作家“诗意的平生”的写照，带有浓烈的自叙传色彩。作品讲述孤儿出身的家庭女教师简·爱与桑菲尔德庄园的男主人罗切斯特的婚恋故事。小说塑造了英国文学史上第一位自尊、自爱、勇于反抗、敢于追求自由和平等的独立女性形象。可以说，对压迫的反抗、对自由与平等的追求就是简·爱成长的思想主线。

孩提时代的简由于父母双亡，跟着舅舅里德先生一家生活。舅舅去世后，简被抛掷给了冷酷无情的舅妈——里德太太。在这里她饱受欺凌。里德太太把她当使女一样呼来喝去，小魔王约翰也常常欺负他。可是，弱小无助的简并未选择逆来顺受，而是勇敢地起来反抗。她曾经怒斥约翰：“你这残酷的坏孩子！”“你简直像个杀人凶犯……你像个监工头……你就像那些罗马暴君！”[1]接着，她便和约翰扭打起来。反抗的结果是简被关进红房子里，红房子是舅舅离世的地方，又凄冷又恐怖。身处其中的简被吓得生了病，可她心中反抗的种子却埋得更深了，她暗下决心，要不计代价反抗到底。

---

〔1〕［英］夏洛蒂·勃朗特：《简·爱》，吴钧燮译，6 页，北京，人民文学出版社，2012。

接着，简被送到了洛伍德孤儿院。这是另外一个人间地狱，简和其他孤儿在这里遭受了非人的虐待，但同时，她也遇到了最好的朋友——海伦。海伦信奉“爱你的仇人”，在宗教的麻痹下，她平静地受罚，没有仇恨，只有逆来顺受。简虽然很爱海伦，却不能接受她的思想，她对海伦说：“要是她用那个鞭子揍我，我会从她手里夺过来，我会当着她的面把它折断。”[1]不久后，海伦死于孤儿院里暴发的传染病，简凭借其不甘屈辱、不向命运妥协的倔强性格活了下来，并且以优异的成绩从洛伍德毕业。

从洛伍德毕业后，简又在这里工作了两年，随后谋得了桑菲尔德庄园家庭教师的工作。在桑菲尔德，简凭借其强韧、聪慧的个性，特别是骨子里对世俗的反抗及对独立、自由、平等的勇敢追求赢得了罗切斯特的尊重和爱情。而同时，简也付出了自己真挚的爱恋。在罗切斯特假意要迎娶别人而试探简的感情时，悲伤和爱恋将简的情绪推向了高潮：“你以为我会留下来，做一个对你来说无足轻重的人吗？你以为我是个机器人？是一架没有感情的机器？能受得了别人把我仅有的一小口面包从我嘴里抢走，把仅有的一滴活命水从我的杯子里泼掉吗？你以为，就因为我贫穷，低微，不美，矮小，我就既没有灵魂，也没有心吗？你想错了！我跟你一样有灵魂，也完全一样有一颗心！要是上帝曾赋予我一点美貌、大量财富的话，我也会让你难以离开我，就像我现在难以离开你一样。我现在不是凭习俗、常规，甚至也不是凭着血肉之躯跟你讲话，这是我的心灵在跟你的心灵说话，就仿佛我们都已经离开了人世，两人一同站立在上帝的跟前，彼此平等——就像我们本来就是的那样！”[2]这段经典表白道出了简心中最诚挚、最真实的感情，极易使读者产生共鸣。它也充分体现出简的叛逆精神和她对独立人格与男女平等的追求。

简与罗切斯特的情感在互相了解、互相吸引、灵魂平等的基础上逐渐加深，但当二人快要步入婚姻殿堂的时候，简却得知罗切斯特原来早有妻室。面对即将获得的财富和地位，面对自己真诚爱着的人，简却义无反顾地离开了。可见，即便在爱情面前，简首先考虑的仍然是人的尊严。简这样做，并非过于爱惜自己，也并非畏惧社会舆论和道德约束，而恰恰是由于爱要求她那么做。爱要求她必须和自己的所爱之人保持人格上的平等，这是他们能够进行精神交流的前提。这正是简所具有的独特魅力，这种魅力使她成为独立女性的代表。

小说的结尾写到简得到了一大笔遗产，回到了妻子葬身火海、自己也处于残疾状态的罗切斯特身边，并且同他结了婚。这一情节虽然值得推敲，但它显然体现了作者的理想——女性在经济、社会以及家庭地位上的独立平等以及对真挚爱情的忠贞不渝。

总之，简的成长史可以说就是一部女性反抗不公与压迫，追求独立与自由的奋斗史。自尊、自强、自立的简给读者留下了极为深刻的印象，也给当时社会地位低下、未能实现人格独立的女性以有益的启迪和鼓励。

在写作风格上，夏洛蒂也独树一帜。小说语言简洁生动，细腻传神，加之第一人称的叙述视角，使得小说更加贴近现实，贴近读者。精湛的心理刻画和语言描写使得

---

[1] [英]夏洛蒂·勃朗特：《简·爱》，吴钧燮译，60页，北京，人民文学出版社，2012。

[2] 同上书，300页。

小说刻画的人物形象栩栩如生、熠熠生辉。同时，小说又体现了欧洲浪漫主义文学传统的特点，显示出作者丰富的想象力和诗人的气质。

(三)戏剧

1. 伪君子

[法]莫里哀

【作者简介】

莫里哀(1622—1673)，法国古典主义时期最杰出的喜剧家、演员、戏剧活动家，原名让·巴蒂斯特·波克兰，莫里哀是其艺名，法语意为常春藤。莫里哀出生在巴黎一个具有“王室侍从”身份的宫廷室内装饰商家庭，父亲希望他能够继承家业，但他从小就对戏剧艺术有浓厚的兴趣，于是放弃了世袭权利，做了一名身份低贱的“戏子”。

1643年他与贝雅儿兄妹等成立“光耀剧团”，在巴黎街头进行演出。但由于演出失败，莫里哀负债累累，被控入狱。后由父亲作保，许诺分期偿还债务，莫里哀才出狱。出狱后，莫里哀和贝雅儿兄妹等几个人又加盟了另外的剧团，离开巴黎，到法国西南一带流浪了13年。在这期间，他生活在社会底层，得以了解人民的生活，也学习了一些民间的艺术形式，锻炼成了一个杰出的戏剧活动家。这些为他日后的创作积累了丰富的生活经验。

1652年，莫里哀成为剧团的负责人，并开始创作剧本。他的剧本演出后获得民众的广泛好评，剧团也因此名闻巴黎。

1658年，莫里哀剧团受召到巴黎，在卢浮宫为路易十四演出，获得赏识。路易十四下令把卢浮宫剧场拨给他的剧团。从此以后他定居巴黎，开始了事业的高峰。

1659年，《可笑的女才子》公演，这部剧为莫里哀奠定了戏剧家的地位。1661年上演的《丈夫学堂》和1662年上演的《夫人学堂》，是莫里哀运用古典主义创作规则所写的两部喜剧，特别是《夫人学堂》的演出标志着法国古典主义喜剧的诞生。

从1664年开始，莫里哀的喜剧创作进入全盛时期，除了最著名的《伪君子》外，《唐·璜》《恨世者》《悭吝人》《乔治·唐丹》等，都是这时期的名剧。

1673年，莫里哀带病在他的最后一部喜剧《无病呻吟》中扮演主人公，表演结束三小时后便咯血而死，享年51岁。由于教会的阻挠，他的葬礼非常冷清。

莫里哀一生笔耕不辍，给后人留下了30多部喜剧。他的喜剧多取材于民间，生活气息浓厚，矛盾冲突集中，人物性格鲜明突出，且始终贯穿着反教会、反封建的战斗精神，以及同情民众的民主主义倾向。莫里哀的喜剧在种类和样式上都比较多样化，含有闹剧的成分，在风趣、粗犷之中表现出严肃的态度。他的作品开古典主义喜剧之先河，极大地影响了喜剧乃至整个戏剧界的发展。在法国，他代表着“法兰西精神”。其作品已被译成几乎所有使用较多的语言，是世界各国舞台上经常演出的剧目。

【故事梗概】

巴黎富商奥尔贡是一个虔诚的天主教徒，因在国内变乱时拥护过王室而受到人们的尊重。

每当进入教堂的时候，奥尔贡总会发现有一个信士双膝跪地，专心致志地做祷告。当他离开的时候，这个信士又会抢先赶到门口，向他献上圣水。这个信士名叫达尔图夫。据达尔图夫所言，他原本是一个富有产业的外省贵族，因信奉上帝，对世俗之事不甚留意，才被人侵占家财陷入贫困的境地。奥尔贡要出钱帮助达尔图夫，达尔图夫却执意不肯收下，推辞不过就当着奥尔贡的面把钱都散给了穷人。

奥尔贡深为达尔图夫的行为所感动，与他往来密切起来。越接触，奥尔贡就越喜爱达尔图夫，觉得他简直是世上最正直最高尚最无私的人，把他当成导师、圣人，甚至连秘密也同他分享。为了让家里人也能受到达尔图夫的熏陶，奥尔贡特地将达尔图夫请到家里做家人的心灵导师，让全家人以他为榜样。

但实际上达尔图夫只是一个宗教骗子，他好吃懒做、贪财好色、虚伪狡诈、狠毒自私。他只是为了奥尔贡的钱财才对他虚意逢迎，装出虔诚的宗教徒的样子来讨得奥尔贡的喜欢。很快，达尔图夫的真面目就暴露在奥尔贡家人面前，奥尔贡的后妻爱蜜尔、儿子达密斯、女儿玛丽雅娜、女仆多丽娜、妻兄克莱昂特等人都对达尔图夫厌恶至极。

奥尔贡打算将女儿玛丽雅娜嫁给他心目中的正人君子——达尔图夫，好让达尔图夫正式成为他们家的一员。但玛丽雅娜早已与瓦莱尔有婚约，两个人两情相悦，而且这个婚事是奥尔贡之前承认的。玛丽雅娜心向瓦莱尔，十分讨厌达尔图夫，却不敢当面忤逆父亲。倒是女仆多丽娜当面指责奥尔贡糊涂，奥尔贡听到多丽娜这么说，气得要打多丽娜。

多丽娜鼓动玛丽雅娜反对父亲，但玛丽雅娜胆小，不敢反对父亲的专制，只想一死了之。瓦莱尔知道这一切后，又着急又生气。多丽娜帮助玛丽雅娜出了个主意，她要玛丽雅娜表面上听从奥尔贡的安排，尽量拖延时间，然后家人联合起来促成其与瓦莱尔的婚事。

多丽娜一件袒胸的衣服让达尔图夫有点慌张，他拿出手帕让多丽娜盖上“引起有罪思想的胸脯”。多丽娜请夫人爱蜜尔出面，劝说达尔图夫放弃与玛丽雅娜的婚事。达尔图夫迷恋爱蜜尔的美色，早就对其心怀不轨。他趁机将手放在了爱蜜尔身上，向她求起爱来。达尔图夫花言巧语，竟把对爱蜜尔的求爱说成了高尚道义的行为。

达尔图夫与爱蜜尔的谈话被达密斯听到了，达密斯非常气愤地找到奥尔贡，怒不可遏地揭发了达尔图夫的无耻行径。但奥尔贡不相信这是真的，面对达尔图夫伪装出的“受害者”面孔，奥尔贡选择再次相信达尔图夫，反倒把儿子赶出了家门，并且取消了他的继承权。

在奥尔贡还为家人竟敢侮辱这位大圣徒而愤愤不平时，达尔图夫则痛苦地请求让他离开。奥尔贡苦苦求他留下，说自己永远不会再相信别人的话。他要当天晚上就让达尔图夫和玛丽雅娜成婚，并且要达尔图夫做他的继承人，要用正式手续把财产全部赠送给达尔图夫。

玛丽雅娜向奥尔贡苦苦哀求，而奥尔贡认定是家里人诬陷达尔图夫。为了让奥尔贡认清达尔图夫的真面目，爱蜜尔答应去与达尔图夫幽会，她让奥尔贡躲在一旁不要让别人看见，并且要他无论听到什么都别动火。爱蜜尔假意地对达尔图夫甜言蜜语，达尔图夫很快露出原形，忍不住动起手脚来，他一心要立即"索取爱情的保证"。而爱蜜尔一方面担心得罪上帝，另一方面担心得罪丈夫。达尔图夫则得意地说："奥尔贡只不过是一个被我牵着鼻子走路的人。"

奥尔贡非常生气，怒不可遏地要达尔图夫滚蛋，离开这个家。没想到达尔图夫反让奥尔贡滚蛋，说这已经是他的家了。

达尔图夫带着那份继承财产的契约以及装着奥尔贡秘密文件的首饰箱去国王面前告密。一个政府官员来到奥尔贡的家里，要奥尔贡一家在第二天早上搬出达尔图夫先生的房子。瓦莱尔又带来一个他的好朋友探听到的消息，即国王得到奥尔贡隐藏罪犯的文件，派达尔图夫带人来捉捕他。瓦莱尔要奥尔贡马上逃走。

众人纷纷指责达尔图夫忘恩负义，达尔图夫则毫不动容，催促侍卫官动手逮捕奥尔贡。出人意料的是，侍卫官竟然将达尔图夫抓了起来，人们感到很惊讶。侍卫官说，国王圣明，认清了达尔图夫的真面目。国王宽恕了奥尔贡的过错，把财产归还给他。

奥尔贡感激不尽，又宣布了瓦莱尔和玛丽雅娜的婚事。一家人又团圆了。

【赏析】

《伪君子》是莫里哀的代表作之一，完成于作家讽刺喜剧创作的成熟时期，讲述外省破产贵族达尔图夫流落巴黎后，伪装成虔诚的宗教信士，骗取富商奥尔贡的信任，趁机混进奥尔贡家中，图谋勾引奥尔贡的妻子并夺取其家财，后恶行败露，锒铛入狱的故事，揭露宗教的欺骗性和危害性。

达尔图夫是全剧的中心人物，莫里哀在这个人物身上集中体现了封建贵族和教会的虚伪本性。首先，达尔图夫贪图世俗的享受。他口头上宣扬苦行主义，却长得又粗又胖，满面红光，一顿饭能吃掉六人份的食物。他特别喜好肉食，回到卧室就躺在暖暖和和的床上安安稳稳地睡到第二天早晨。其次，达尔图夫对钱财极为贪婪。他声言已经将奥尔贡的施赠散给穷人，但当奥尔贡要他做继承人，将所有家财都赠与他时，他却一口答应，还说这一切都是上帝的旨意，应该遵从。最后，达尔图夫非常好色。他连穿露胸装的多丽娜都不敢注视，看见多丽娜就掏出手帕，并且用教训的口吻说道："遮住您这胸脯，不要让我看见：这样的肌肤，对灵魂是一种伤害，还会诱发犯罪的欲念。"〔1〕俨然一副正人君子的做派，实际上却对奥尔贡美貌的妻子爱蜜尔心怀不轨。他两次勾引爱蜜尔，一见到她就色相外露，还大言不惭地说："如果只有上天阻碍我的心愿，那么对我来说，清除这一障碍并不费事。"〔2〕作家通过漫画式地描摹达尔图夫贪图享受、好色贪财的行为，剥下了他伪善的外表，揭露了他表面虔诚实则虚伪自私、奸

〔1〕［法］莫里哀等：《法国戏剧经典·17-18世纪卷》，李玉民译，43页，杭州，浙江大学出版社，2011。

〔2〕同上书，60页。

诈狠毒的嘴脸。

奥尔贡是作家着力刻画的另一典型。他经历过几次国内动乱,为国王效力倒也英勇无畏,但自从迷上宗教之后,变成一个十足的傻瓜。他对宗教骗子达尔图夫盲目信奉,将之当成圣徒来崇拜,还将这种崇拜带回家里,要求家人也以之为榜样。他专制独断,不顾女儿已有婚约且心有所属,执意将女儿嫁与他心目中的正人君子——达尔图夫。他顽固愚昧,听不进儿子对达尔图夫的指控,反而认为儿子诬陷达尔图夫,将儿子逐出家门,还将全部财产赠予达尔图夫。可以说,奥尔贡家里之所以险些酿成悲剧,与其作为大家长的偏听偏信、盲目专横、顽固愚昧的专制作风是分不开的。

多丽娜可谓剧中最具光彩的形象。她虽身份低贱,却是剧中反封建、反宗教的核心人物。她最早识破达尔图夫的伪善面目,对他大加嘲讽。又是她鼓励和帮助玛丽雅娜反抗专横的奥尔贡,争取婚姻的自由。多丽娜言辞爽利、行为泼辣、机智勇敢,比起奥尔贡的愚昧顽固,达密斯的急躁少智,玛丽雅娜的胆小懦弱,显得光芒四射。在与虚伪的达尔图夫的斗争中,多丽娜是胜败的关键,她身上体现的是一种民主倾向以及作家对下层人民的赞美。

在艺术上,《伪君子》是一部古典主义创作原则与各种戏剧手法完美结合的杰作。莫里哀严格遵守“三一律”:故事的时间在 24 小时之内,地点为奥尔贡的家,情节围绕揭开达尔图夫的伪善面目展开,没有一点枝蔓。同时,作家又在喜剧中增添悲剧因素。我们能够看到整出戏剧的发展是伪君子达尔图夫步步紧逼,善良的人步步后退,最后退无可退,才由英明的国王出面力挽狂澜,以大团圆收场。这种悲剧色彩,加强了作品的批判力量,也使得整出戏高潮迭起,紧紧抓住观众的心。此外,作家还吸收了民间戏剧和喜剧体裁的艺术手法,增强了作品的喜剧效果。例如,打耳光、桌下藏人、家庭争吵、父亲逼婚、赶走儿子等都是民间笑剧、风俗喜剧等的惯常手法。《伪君子》实则是莫里哀在吸收各种戏剧手法的基础上创造的近代喜剧。

2. 玩偶之家

[挪]易卜生

【作者简介】

易卜生(1828—1906),挪威民族戏剧的创始人、诗人。易卜生出生于挪威东南部海滨小城一个富裕的木材商家庭。8 岁时,父亲破产,易卜生因此不能投考本地有拉丁文课程的学校。在当时,不会拉丁文,就不能考大学、谋取好的职业。这令易卜生很痛苦。1844 年,16 岁的易卜生离家去格利姆斯达一家药材店当学徒。在烦琐的药店工作中,易卜生偷空读书,学习写诗。6 年艰苦的学徒生活,磨炼了易卜生的意志,也培养了他的创作兴趣。1850 年,易卜生前往挪威首都克里斯蒂安尼亚(今奥斯陆)参加医科大学入学考试,结果未被录取。在席卷欧洲各国的资产阶级革命的洪流中,易卜生结交了文艺界的一些有进步思想倾向的朋友,参加了挪威社会主义者所领导的工人运动,并开始进行戏剧创作。1851 年秋,易卜生为卑尔根剧院创作了一首序曲,得到剧院创办人、著名小提琴手奥莱·布尔的赏识，被聘为寄宿剧作家，兼任编导，约定每年创作一部新剧本。1857年，易卜生转到首都剧院担任编导。1862年，剧院破产，他不得不靠借债度日，但仍孜孜不倦地进行创作。1864年，丹麦和普鲁士开战，引起他对整个半岛的独立前途的忧虑，于是他决定出国远行，此后在国外侨居了27年。1891年，他以名作家的身份返回挪威定居。1900年，易卜生中风，长期卧病后于1906年去世。挪威议会和各界人士为他举行了国葬。

易卜生的戏剧创作可分为三个阶段。

第一个阶段主要是1864年之前，也就是易卜生侨居国外之前的作品。他的早期创作主要取材于挪威历史和民间传说，充满爱国主义和民族主义精神，在艺术上属积极的浪漫主义。代表作有《英格夫人》《海格朗特的海盗》《觊觎王位的人》《爱的喜剧》等。

第二个阶段主要是易卜生侨居国外期间的创作。由于他充分体验了欧洲大陆各国的生活，对现实的观察、分析能力加强了，艺术上也转向现实主义。主要作品有《布朗德》《培尔·金特》《青年同盟》《社会支柱》《玩偶之家》《群鬼》《人民公敌》《野鸭》《海达·高布乐》等。其中，《玩偶之家》是一出标准的社会问题剧，无论是内容还是形式，在欧洲戏剧史上都属独创。它与《社会支柱》《群鬼》《人民公敌》并称易卜生的四大社会问题剧，代表其戏剧创作的最高成就。

第三个阶段指1890年以后的作品。由于易卜生此时找不到小资产阶级激进派思想的出路，因而作品表现出一些悲观气氛。他这个阶段的作品大都倾向于自然主义，有的带有神秘象征主义色彩。代表作有《建筑师》《小爱约夫》《博克曼》《我们死人醒来的时候》等。

易卜生的创作对19世纪末至20世纪初的欧美戏剧产生了深远影响，他被誉为“现代戏剧之父”。

【故事梗概】

圣诞节前一天，娜拉正忙于最后的准备。她非常高兴，因为这是他们家头一回过节不用打饥荒。她的丈夫海尔茂刚刚被任命为合资股份银行的经理，这样年一过，他们就不用再发愁没有钱花了。海尔茂亲热地称呼娜拉“我的小鸟儿”“小松鼠”“小宝贝”，他们还有三个可爱的孩子，是个温馨幸福的小家庭。

娜拉的小学同学林丹太太来看望娜拉，娜拉很高兴地接待了她。攀谈中，娜拉得知林丹太太的丈夫去世的时候什么都没给她留下，她这三年干过各种工作，这几年对她来说是一个奋斗的过程。而且她的母亲已经过世，两个弟弟也已长大，可以自己照顾自己了。她觉得没有什么人再靠着她了，这让她备感孤单，于是她离开从前住的小地方，想来大地方找个稳定的工作排遣烦闷。娜拉高兴地告诉林丹太太，自己的丈夫或许可以在银行里给她谋个事做。娜拉还说到自己也干过一件又高兴又得意的事儿。原来，8年前，海尔茂病重，医生建议去国外疗养。他们没有钱，而且海尔茂极力反对向别人借钱。于是，娜拉瞒着丈夫，向放债人柯洛克斯泰贷了很大一笔钱。借钱需要保证人，但那时娜拉的父亲已经奄奄一息了，娜拉不想让父亲担心，于是伪造了父亲的签名。许多人包括海尔茂都以为这钱是娜拉从父亲那里拿到的。娜拉省吃俭用，还弄到了好些绣花、抄写的工作来赚钱，这些年一直在按期还着欠款。

娜拉介绍林丹太太给海尔茂认识，托他在银行里给她找个工作，海尔茂欣然应允。

柯洛克斯泰来找海尔茂，娜拉看见他面露不悦，林丹太太也认识他，跟娜拉说到他从前干的事不太体面，娜拉很不愿意谈论他。被父亲连累、身患脊髓痨的海尔茂夫妇的朋友阮克医生也说柯洛克斯泰是个坏透了的人。一会儿，柯洛克斯泰又折返回来，请求娜拉为自己向海尔茂说情，保全自己在银行里的位置。娜拉不肯答应，他便要挟娜拉，说海尔茂害病的时候，娜拉跟他借钱时伪造了父亲的签名，如果以此借条到法院去告娜拉，娜拉将负法律责任。柯洛克斯泰走后，娜拉向海尔茂求情，但海尔茂以柯洛克斯泰名誉不好为由拒绝了，并且还说到柯洛克斯泰就是由于伪造签名才败坏了名誉。娜拉心里非常害怕。

圣诞节当天，娜拉再一次请求海尔茂能够把柯洛克斯泰留在银行里，海尔茂拒绝了，并且让信差送去了辞退柯洛克斯泰的信件。娜拉以为还清欠债，自己就可以收回借据，一切就都没有问题了，于是想向阮克医生寻求帮助。但还没来得及开口，阮克医生就向娜拉吐露爱意，使得娜拉再也无法谈起自己心中的秘密。

柯洛克斯泰又来找娜拉，他告诉娜拉他已经收到海尔茂的辞退信，并且写好了揭发娜拉伪造签名的信件，还说无论如何都不会把借据给娜拉。临走时，柯洛克斯泰将揭发信投进了海尔茂家的信箱里。

林丹太太来给娜拉整理第二天化装舞会的衣服，发现娜拉六神无主，于是问娜拉出了什么事。娜拉将真相和盘托出，并且请求林丹太太给出主意。林丹太太告诉娜拉先稳住海尔茂，让他不要去开信箱，自己则尽力去劝说柯洛克斯泰，希望他能将那封信原封不动地要回去，并且约了柯洛克斯泰第二天晚上见面。为了转移丈夫的注意力，使他想不到门外的信箱，娜拉在海尔茂和老朋友阮克医生面前假装练习舞蹈。

林丹太太约见柯洛克斯泰，原来二人曾是旧情人。林丹太太敞开心扉，向柯洛克斯泰解释了过去的误会，并且说到自己现在一个人，无牵无挂，感到生活没什么意义，愿意与柯洛克斯泰重续前缘，嫁给他，照顾他的孩子。柯洛克斯泰感动不已，为自己的生活有了动力而欢欣鼓舞，打算努力做一个好人，并放弃了勒索海尔茂夫妇的想法。但当柯洛克斯泰说要去把信拿回来的时候，林丹太太拒绝了，她表示这件害人的秘密应该全部揭出来，他们夫妻应该彻底了解。

海尔茂夫妇从舞会上回来，二人都很快活。海尔茂为舞会上娜拉的风采所迷醉，不断向娜拉示爱，称娜拉是他的亲宝贝，还说盼望有桩事情感动娜拉，好让自己能够拼着命，牺牲一切去救娜拉。海尔茂的表现，坚定了娜拉投海自尽好保全丈夫名誉的想法，于是她不断催促丈夫去看信。

海尔茂取信，发现了阮克医生报告自己将死的信件，并没有很悲伤。同时，他也看到了柯洛克斯泰的信，顿时凶相毕露，不听娜拉解释，就责骂娜拉是个伪君子，是个撒谎的人，是个犯罪的人，像她父亲那样不信宗教，不讲道德，没有责任心，把自己的前途葬送了，幸福也毁了。这时，又一封柯洛克斯泰的信被送过来，在信中柯洛克斯泰祈求娜拉的宽恕，并且把借据还给了娜拉。此时，海尔茂的态度又来了个大转弯，变回从前和蔼可亲的样子。他让娜拉别害怕，说一切事情都有他，他可以保护娜拉。

海尔茂冰火两重天的态度让娜拉彻底觉醒了，她看清了海尔茂虚伪自私的本质，意识到自己从来都只是丈夫的玩物，自己跟丈夫的地位从来没有平等过。她宣布要离开这个家，一去不复返。海尔茂恳求娜拉留下，并且用责任、宗教、法律来限制娜拉，这使得娜拉更清楚了社会的不公。于是，她毫不犹豫地走出了房子。

【赏析】

易卜生的后期剧作极为关注社会现实问题，《玩偶之家》是其中的杰出代表。它提出了妇女解放这样一个尖锐而又敏感的社会问题，是一篇妇女解放的宣言书。作家在女主人公娜拉身上融入了他对社会问题的思考。《玩偶之家》通过一件突发事件，使观众和读者看到了娜拉性格的其他层面，跟着娜拉一起，对相关社会问题进行深入思考。

娜拉出身于中产阶级家庭，她天真单纯、美丽善良，结婚前是父亲的“泥娃娃女儿”，结婚后是丈夫的“泥娃娃老婆”。丈夫海尔茂非常宠爱她，但从不与她谈论正经事，只是像逗孩子那样逗她玩儿，就像她逗自己的孩子玩儿一样。娜拉满足于这种虚幻的幸福，并且为自己曾经冒名举债救过丈夫的命而得意。但一件突然发生的事情打破了这种幸福，也狠狠教育了娜拉，让她对之前视为真理的东西开始产生怀疑，最终完成了自我转变。剧情被巧妙地安排在圣诞节前后的 3 天里，节日的欢乐气氛与家庭悲剧形成了鲜明的对比。故事以柯洛克斯泰利用一纸 8 年前冒名签订的借据要挟娜拉替他保住在银行的工作为主线，多条矛盾错综展开，呈现出两次矛盾激化的高潮，而娜拉也在这短短的 3 天内，经历了复杂的思想斗争：从平静到混乱，从幻想到决裂，最终在极度痛苦中自我觉醒，毅然决然地离开了“玩偶之家”。娜拉的出走，实际上是作者对妇女问题深入思考之后的结果，意味着女性应该重新审视自己的家庭地位，认真思考妻子、母亲等女性传统角色。女性必须维护自己的尊严和人格独立，不能满足于成为男性的附庸，满足于充当男性的玩偶。女性必须有自己独立的地位和价值，女性的解放最终还得靠女性自己。

在剧情安排上，作家采用“回溯法”，从现在的戏剧开始写起，过去的戏剧在人物对话中交代出来并让矛盾得以展开，现在的戏剧和过去的戏剧最终交汇合并成一条线，戏剧高潮也就在此时产生，并最终完成了作家对社会问题的思考。这种结构方式，可以大幅度地压缩时空，使得剧情更紧凑、更精练，主题表达也更集中、更鲜明。

四、现当代文学概况

20 世纪“十月革命”结束至今现代历史翻开了新的篇章，文学也随之发生了变化。先后发生的两次世界大战既改变了世界的格局，也令人的价值体系产生了巨大的变化和调整。由此文学也出现了大的变革，无产阶级文学得到蓬勃发展；重估传统价值甚而与传统决裂，在文学观念与形态上都追求新奇，以“超现实主义”“未来主义”“表现主义”“意象派诗歌”“意识流小说”等名目出现的先锋派，在20世纪文学的天地中格外引人注目。其实，早在19世纪后期，现代主义就已经在文学中现出端倪，只是到了20世纪特别耀眼。不过，传统的现实主义文学也还继续存在着，依然以其卓尔不群的成就引人关注。现实主义与现代主义的共同发展以及相互之间的交叉混生，丰富了20世纪文学的风景。这一时期文学的风格更加多样化，写实、抒情、议论、荒诞、滑稽、反讽、戏谑、主观、客观、哲理化、意识流、黑色幽默，等等，一同出场，竞显风流。于是，世界文学的家园更加热闹。

小说方面，出现不少描写个人或者家族历史的长篇现实主义小说，如高尔斯华绥的《福尔赛世家》、罗曼·罗兰的《约翰·克利斯朵夫》、托马斯·曼的《布登勃洛克一家》、肖洛霍夫的《静静的顿河》等。苏联高尔基对资产者精神蜕化和无产者的热情歌颂，都令他无愧于无产阶级文学杰出代表的称号，其长篇小说《母亲》对灵魂复活的尼洛夫娜的成功塑造，令一个追求真理的伟大母亲形象得以昂然屹立。法国普鲁斯特的《追忆似水年华》由于对心灵深层矿脉的成功开掘而被认为开创了意识流小说的先河。爱尔兰作家乔伊斯的《尤利西斯》以爱尔兰首都都柏林的三个人一天里的生活琐事来表现西方的现代社会生活。作家对人精神世界的探索，令这部小说成为意识流小说的代表作。以《儿子与情人》、《虹》和《查泰莱夫人的情人》等闻名于世的英国作家劳伦斯在其作品中对人性与自然的肯定、对工业化的批评以及对人物心理的深度开掘都具有前瞻意义。卡夫卡的小说在运用意识流手法的同时还有荒诞的情节结构，形成甚为独特的小说理念，他的小说以无限的阐释空间而独具魅力。法国加缪的《局外人》塑造的存在主义者的典型默尔索成为20世纪西方知识青年的自画像。纪德的《伪币制造者》放弃了传统小说逼真的效果，有意识地令小说和现实隔离开来，这对于后来的新小说派作家影响极为深远。哥伦比亚作家马尔克斯的《百年孤独》在叙述家族兴衰时，以大量的象征手法和魔幻色彩而放射出耀眼的光芒。意大利作家卡尔维诺的寓言式小说《命运交叉的城堡》《看不见的城市》等令其享有国际盛誉。

戏剧方面，变革频仍。比利时籍剧作家梅特林克的戏剧富有象征色彩，如《佩列阿斯和梅丽桑德》以象征和寓意改变了一个古老题材的主题，他的《青鸟》更是在神秘气氛笼罩下充满了诗情画意和对人生诸多问题的认真思考。德国布莱希特的叙事剧及演剧理论对世界戏剧的影响深远。荒诞剧在欧洲特别是在法国的出现，令戏剧舞台格外引人注目，其思想基础主要来自存在主义，戏剧家们不再重视戏剧的主题和情节，而是以人的各种荒诞状态和多义性的舞台形象激发观众的思考，常常表现人类生存的荒诞性和存在的无意义，这方面的著名剧作有爱尔兰贝克特的《等待戈多》、法国尤内斯库的《秃头歌女》等。瑞士剧作家迪伦马特的《老妇还乡》《物理学家》等剧作带有即兴奇想特色，对世界的认识比较靠近荒诞派戏剧，但是在表现方法上采用的是传统的戏剧化方式，从而在抓住观众注意力的同时也达到让人思考和联想的目的。

诗歌方面，爱尔兰诗人叶芝的诗歌在唯美中还有象征主义色彩，其爱情诗很为人称道。英国籍诗人艾略特充分表现想象的秩序和逻辑的《荒原》具有里程碑意义。法国后期象征主义主要代表诗人瓦雷里更注重诗歌的智性作用，突出人的思考，因而其诗歌被称为哲理诗。俄国女诗人茨维塔耶娃的诗歌贯穿了一种高亢的悲剧基调，诗风刚柔并济。苏联诗人马雅可夫斯基积极践行着艺术与生活相结合的诗歌理念，他的诗歌既有对现实的辛辣讽刺，也有对革命和领袖的激情赞美。

(一)诗歌

1. 在地铁站

[美]庞德

【作者简介】

埃兹拉·庞德(1885—1972)，美国诗人、文学评论家，意象派诗歌运动的代表人物，与W.B.叶芝和T.S.艾略特并称为“20世纪英美诗坛的三大巨擘”。

庞德出生于美国爱达荷州的海利镇。在去欧洲之前，庞德在宾夕法尼亚州立大学攻读美国历史、古典文学、罗曼斯语言文学。后转至哈密尔顿大学学习，1906年获硕士学位。庞德于1898年首次旅欧，1908年定居伦敦。1908年他发表的第一部诗集，就为他赢得名声。1912年在伦敦，以他为中心的几个英美青年诗人发起了“意象主义运动”，成为美国现代诗歌的发轫。

1925年，庞德定居意大利，注意力由文学创作逐步转向资本主义的政治经济问题。第二次世界大战期间，他在罗马电台发表了数百次广播讲话，为意大利法西斯作反美宣传。第二次世界大战后他被美军逮捕，以叛国罪受审，因被认定为精神病而停止审判。从那时起的十几年庞德是在精神病院中度过的。在被关押期间，庞德继续进行诗歌创作，并翻译了孔子的著作。1949年，博林根诗歌奖授给在押的庞德，引起舆论大哗。1958年，庞德未经审判而被取消叛国罪，返回意大利。1972年11月他病逝于威尼斯。

作为诗人，庞德留下了他用几十年时间写就的鸿篇巨制《诗章》及其他大量脍炙人口的诗篇。

【作品简介】

庞德的诗歌作品是与他的现代派诗学理论的建构相生相伴的。庞德早期诗歌创作最杰出的贡献，是推动并发展了意象主义运动。意象主义被认为是继象征主义之后首先发起并具有广泛影响力的现代主义诗歌运动。20世纪初，庞德与其他英美诗人一起在法国象征主义和中国古典诗歌意象的启示下，发起了反对抽象说教，反对陈旧题材与表现形式的诗歌运动。1912年，庞德首次采用了“意象派”这一名称。庞德主编了诗选《意象派诗人》，并提出了意象派诗歌创作的原则和戒律。他明确提出意象的概念，即意象是一瞬间呈现出来的理智和情感的复合体。他认为一首诗尽管只反映了瞬间的感受，但意象可使理智和情感得到集中表现。庞德认为，诗歌要具体、简洁、清晰，避免抽象，要表现诗人的直接印象，语言必须凝练，绝不使用无助于展现的语词，要重视视觉意象引起的联想，按照音乐性词汇的节奏而非节拍器的节奏表达一瞬间的感受和思想。庞德这一时期的代表作《在地铁站》《画》《阿尔巴》《宝石阶梯的苦情》《一个少女》等都是意象派诗歌的经典之作。

庞德发起的意象主义运动终止于1914年，因为从这一年开始意象主义运动转由另外一位诗人掌舵，脱离了庞德的早期意象主义主张，庞德于是在当年发起"漩涡主义"，帮助创办"漩涡主义"刊物《风暴》(1914—1915)。庞德从"漩涡主义"画派的作品中得到启发，注意到这些画作中的图案组合和诗歌意象之间存在着内在联系，因此发展和改进了其早期的意象主义主张。他指出，意象不仅包括静态意象，还包括动态意象。意象不仅是一个观念，而且是一个充满能量的漩涡或观念束，成群的观念不停地来自这个漩涡，穿越这个漩涡，进入这个漩涡。漩涡主义的诗学理论主张，先把各种观念如旋风般抛出，然后让它们自己在运动中变得清晰，最后聚焦于某一个中心点。漩涡派的创作重点在于表现能量而不再是展现图像。这种理论显然要比意象派所倡导的浓缩的、精简的、静态的意象更加具有发展的潜力，也为庞德进一步锤炼自己的诗学理论并进行他的史诗巨制《诗章》的创作做好了理论的准备。

1924年，庞德移居到意大利安静的海滨小镇，目的就是避开干扰，潜心进行《诗章》的创作。《诗章》的创作始于1915年，直至1970年，是庞德花了大半个世纪的心血精心结撰的鸿篇巨制。它是一部雄心勃勃、包罗万象的长诗，以诗章形式于1917—1959年分批发表，共包括109首诗章及8首未完成的草稿。1969年他又出版了未完成的草稿的一些片段。这些诗章内容庞杂，有神话、历史、回忆、抒情、教诲、对话、祈祷、讽喻等，是20世纪一部《奥德赛》式的史诗。不同于一般史诗的地方在于，它没有中心事件，也不标注事件发生的时间，这也是它艰深晦涩的原因之一。庞德在回答读者疑问时说到，自己想写的是"一部从'黑暗森林'开始，穿越人类错误的炼狱而在光明中结束的史诗"。庞德意识到自己生活的20世纪是混乱的，就如同"黑暗森林"一般，为了穿越黑暗，他试图从时间和历史中寻找答案、积累经验，最终带领人类走向光明。因此，庞德以《诗章》为导向，带领我们跨越时空，从当代到原始时代，从美洲到欧洲、亚洲乃至非洲，认识人类历史上许许多多的先驱先哲，试图用他们的嘉言善行来陶冶我们，改造社会，建立一个充满人性、崇尚艺术、多种文化交融并存的理想的国家和社会。

庞德《诗章》的独特之处不仅在于它博杂的内容，还在于它完美的艺术创造。在形式上，它大胆地切断了诗行与诗行之间以及诗节与诗节之间在逻辑上的联系，因而对传统派的语言结构作了最彻底的反叛，在新的诗歌美学的建构上起了决定性的作用。当然，破碎性只是《诗章》的一个艺术特色，其他的诸如语法结构上的省略、隐喻、并置和断续等都是《诗章》的艺术创新。庞德还根据内容的需要，灵活运用多种语言，《诗章》实际上使用的语言多达16种，既有英语、意大利语、西班牙语、普罗旺斯语等欧美语言，也有希腊语、拉丁语、希伯来语等古代语言，还有汉语、日语、阿拉伯语等东方语言。而且即便是同一种语言，也会有多种形式。除了自然语言外，《诗章》还运用了各种符号、简笔画、图表、乐谱等，给读者以极大的冲击力。

内容上的博杂、艺术上的创新，使得《诗章》成为美国现代诗歌的丰碑，在国内外都产生了巨大的影响，因而也是世界文学史上的巨著之一。

【赏析】

尽管《诗章》是庞德当之无愧的巅峰之作，但其庞杂的内容、独特而又多变的艺术形式、深奥的思想却使得大部分读者望而却步。真正为其赢得世界性声誉的、真正在读者中广为流传的则是其早期的意象派短诗。这些早期诗歌主题精练、篇幅短小、文字清丽，有极高的审美价值。《在地铁站》堪称庞德意象派诗歌的压卷之作，小诗原文如下：

In a Station of the Metro
The apparition of these faces in the crowd;
Petals on a wet, black bough.

译文如下：

在地铁站
人群中这些面孔幽灵一般显现；
湿漉漉的黑色枝条上的许多花瓣。（杜运燮译）

关于这首诗的写作，庞德 1916 年在《高狄埃-布热泽斯卡：回忆录》中说："三年前在巴黎，我在协约车站走出地铁车厢，突然间，我看到一个美丽的面孔，然后又看到一个，又看到一个，然后是一个美丽儿童的面孔，然后又是一个美丽的女人。那一天，我整天努力寻找能表达我感受的文字，我找不出我认为能与之相称的，或者像那种突发情感那么可爱的文字……那个晚上，我还在继续努力寻找的时候，忽然找到了表达方式。并不是说我找到了一些文字，而是出现了一个方程式。……不是用语言，而是用许多颜色的小斑点。……这种'一个意向的诗'，是一个叠加形式，即一个概念叠在另一个概念之上。我发现这对我为了摆脱那次在地铁里的情感所造成的困境很有用。我写了一首三十行的诗，然后销毁了；六个月后，我又写了一首比那短一半的诗；一年后我写了日本俳句式的诗句。"

从回忆录里，我们知道庞德最终是采用"叠加"的形式摆脱了"那次在地铁里的情感所造成的困境"，而这也是我们解读这首诗的一把钥匙。

我们可以想象，当庞德走出地铁车厢时，他看到一张张美丽的面孔，这些面孔在车站明灭变幻的灯光里若隐若现，美好而又神秘。这种刹那所见极大地震惊了庞德，在他头脑深处留下了极为深刻的印象，诗人的心灵也被这种美好而又神秘的视觉体验激荡着。诗人一直想将这种体验诉诸诗行，但屡屡发现其不能表现他在地铁站里受到的震颤。直到某一天诗人看到或者想到那开放在潮湿、黑暗树枝上的花瓣，才有所顿悟，觉得二者是如此相似，如此契合，他总算找到了能够准确表达其刹那强烈主观感受的“客观对应物”，于是，一首杰作产生。

这首诗非常精练，只有两句，有两个中心意象：面庞和花瓣。这两个意象是按照庞德所谓“意象叠加”的形式排列在一起的，除此之外无任何动词或是连接性的词语。但短短两句诗，却将庞德体验过的情感、情绪准确地传达给了读者。这是诗人苦思冥想又妙手偶得的结果。

2. 荒原

[英]艾略特

【作者简介】

T. S. 艾略特(1888—1965)，诗人、评论家、剧作家，现代西方开一代诗风的先驱。艾略特出生于美国密苏里州圣路易斯，祖父是牧师，父亲经商，母亲是诗人。1906—1911 年，艾略特在哈佛大学攻读哲学，并受到新人文主义者的影响。其间，去法国，在巴黎大学听柏格森讲哲学，接触到波德莱尔、马拉美等象征派诗人的作品。1911—1914 年，他在哈佛大学学习印度哲学和梵文。1914 年，他来到欧洲，遇到了埃兹拉·庞德，并与他建立了亲密的文学和私人关系。艾略特在欧洲还从事过许多职业，包括教师和银行职员等。1917—1919 年，他担任《利己主义者》刊物的助理编辑，加入费边和奎恩(后称费边和费边)出版社，最后成为它的董事长。1927 年，艾略特加入英国国籍并皈依英国国教。1932 年，艾略特重返美国，赴哈佛大学任教，完成工作之后他又回到伦敦。艾略特获得了包括诺贝尔文学奖在内的许多荣誉。1965 年 1 月 4 日，艾略特在伦敦逝世，骨灰埋在英国国教教堂。

艾略特的诗歌创作大致可以分为三个不同时期。

从 1909 年艾略特发表诗歌开始，到 1922 年《荒原》出版前，是他诗歌创作的第一个阶段。其早期作品情调低沉，常用联想、隐喻和暗示等手法，表现现代人的苦闷。成名作《普鲁弗洛克的情歌》，用内心独白的手法表达现代人既渴望爱情又害怕爱情的矛盾心态，表现的是现代人的空虚和怯懦。此诗后来收入他的第一部诗集《普鲁弗洛克及其他所见》。另一部作品《诗集》反映第一次世界大战后西方知识分子的悲观和苦闷，颇受英美文坛好评。《小老头》被认为是《荒原》的前奏曲。

1922—1929 年，是艾略特诗歌创作的第二个阶段。诗歌的表现技巧和内容趋于复杂化。代表作为《荒原》和《空心人》。这两部作品都表达了西方人在现代文明面前的迷茫、困惑及精神极为空虚的生存状态。特别是《荒原》，堪称其诗歌创作的最高峰，也是现代诗歌的里程碑，更是 20 世纪西方文学中划时代的作品。

1929 年以后，艾略特的诗歌创作进入第三个阶段。这一时期他的诗歌带有更多的宗教色彩。由于艾略特始终无法摆脱社会矛盾，他企图从宗教中寻求精神寄托。这一时期他最重要的作品是长诗《四个四重奏》。这是一组以四个地点为标题的哲学宗教冥想诗歌。长诗在艺术技巧上比《荒原》有进一步发展，文字更加自然流畅，语言节奏性更强。有些评论家认为该诗是艾略特的登峰造极之作。1948 年，诗人还因该诗荣获诺贝尔文学奖，被誉为“但丁最年轻的继承者之一”。

艾略特在20世纪20年代开始戏剧创作。他的剧作几乎都与宗教主题有关，主要剧本有《大教堂内的凶杀案》《合家重聚》《鸡尾酒会》等。

艾略特还是20世纪最重要的批评家之一，他的第一本论文集《圣林》就让读者感受到一种开创新时代的权威之声，他的《论文选1917—1932》更是英国批评史上少有的经典。

艾略特是英国20世纪影响最大的诗人。他的创作和评论对英美20世纪现代派文学和新批评派评论起了开拓作用，对整个西方文坛的影响，也很少有人能和他相提并论。

【作品简介】

艾略特的长诗《荒原》，被称为“西方诗歌的里程碑”，是西方现代诗歌开一代诗风的作品。全诗共433行，分为5章：《死者的葬礼》《弈棋》《火诫》《死于水》《雷霆的话》。

第一章《死者的葬礼》，共76行，以死亡为主题。诗人从“最残忍的四月”这一意象开始，写出战后欧洲大地上现代人的生存状况：回忆中的贵族少妇、破碎的偶像、无法沟通的爱情、泛滥的情欲、独眼的商人、伦敦桥上的行人与地狱中的幽灵……最后诗人在“尸首是否发芽”的质询中，呈现了现代人浑浑噩噩的状态：没有精神，没有灵魂，只是庸俗的存在，荒凉地生活。这令人窒息的现实中充斥着各种庸俗卑下的肮脏的欲望，死亡的阴云笼罩在西方世界的上空，人们在浑浑噩噩中走向死亡。

第二章《弈棋》，共97行，诗中编织进细密的互文性文本，用维吉尔的《伊尼特》、奥维德的《变形记》和莎士比亚的《安东尼与克里奥佩特拉》这些作品中描写的上流社会中男女的淫欲和罪恶与现实中下层社会卑鄙龌龊的肉体交易相互叠映，突出表现精神枯萎、道德堕落的现代生活。诗歌主要是以两组画面来呈现的：一边是上流社会的贵妇们，她们只是一个个庸俗、肤浅的女子而已，没有坚贞的爱情和圣洁的理想，陷入情欲之中而不能自拔；另外一边是在伦敦一家下等酒馆的女人们，她们只是在闲谈，也没有贞节的爱情和圣洁的理想，只充斥着怀孕和流产等话题。艾略特认为，现代人重复着古代人的罪恶，世界放纵兽欲，人们成了丧失人性的行尸走肉，“爱的能力”彻底失落。

第三章《火诫》，共138行，表现伦敦这个现代荒原上庸俗、肮脏、罪恶的生活：在圣洁的教堂赞歌中，世界重复着铁卢的兽行；在明亮的月光下，母女俩干着卖淫勾当；在昏黄的浓雾中，商人为金钱而奔走；精神空虚的青年男女在苟合中打发光阴；人们寻欢作乐后留下的浊物漂浮在昔日生机盎然的泰晤士河上。在诗人看来，现代社会有被情欲之火毁灭的危险，而“火诫”象征一个炼狱，只有经过火的燃烧，主要是经过信仰之火、宗教之火的净化，世界才有拯救的可能。

第四章《死于水》，只有短短10行，却充满了含义深刻的象征，是整个《荒原》中不可或缺的一部分。首章中女相士预言的腓尼基人之死在此章得到应验，他是在金钱和欲望的漩涡中丧生的现代人的象征。人在欲海中死去，死去后忘掉生前的一切，静静地在死亡的欲海中反思。艾略特笔下的海既是情欲的象征，夺去了人的生命，又是炼狱，可以让人悔悟自己生前的罪恶。

第五章《雷霆的话》，共112行。本章重新回到欧洲已成为干旱的荒原这一主题。诗的开头用耶稣被钉死在十字架上来象征崇高的精神追求在欧洲大地上消失，它从此成为一片可怖的荒原。人们渴望着活命的水，盼望着救世主的出现，盼望着世界的复苏。然而基督并未重新降临，他们却听见了惊天动地的一声巨响，这是革命的象征。最后，绝望中的荒原大地上，传来了雷霆传达的拯救之路，这就是“舍己为人、同情、克制”。现代人只有在奉献中，在与他人的沟通中，在道德秩序中，才有新生、再生的希望与力量。整首诗歌也在上帝的这一召唤之中结束。

枯萎的荒原——庸俗丑恶、虽生犹死的人们——复活的希望，作为一条主线贯穿于全诗阴冷朦胧的画面，深刻地表现了物欲横流、精神堕落、道德沦丧、生活卑劣、丑恶黑暗的西方社会的本来面貌，传达出第一次世界大战之后西方人对世界、对现实的厌恶，普遍的悲观失望情绪和幻灭之感，表现了一代人的精神危机。同时，诗歌把恢复宗教精神当作拯救西方世界的灵丹妙药，这是诗人给出的答案。

在艺术上，这首长诗风格多样、手法多变，将现代派的各种技法都一一吸收，这既使得诗篇内涵丰富，同时又极大地增加了阅读和理解的难度。

【赏析】

《荒原》原文较长，鉴于篇幅的限制，这里只选取第一章，供大家研读欣赏。

一、死者的葬礼〔1〕

四月是最残忍的月份，从死去的土地里
培育出丁香，把记忆和欲望
混合在一起，用春雨
搅动迟钝的根蒂。
冬天总使我们感到温暖，把大地
覆盖在健忘的雪里，用干燥的块茎
喂养一个短暂的生命。
夏天卷带着一场阵雨
掠过施塔恩贝格湖，突然向我们袭来；
我们滞留在拱廊下，接着我们在阳光下继续前行，
走进霍夫加登，喝咖啡闲聊了一个钟头。
我根本不是俄国人，我从立陶宛来，一个地道的德国人。
那时我们还是孩子，待在大公的府邸，
我表哥的家里，他带我出去滑雪橇，

---

〔1〕 出自[英]艾略特：《荒原：艾略特文集·诗歌》，汤永宽、裘小龙等译，79～83页，上海，上海译文出版社，2012。

我吓坏啦。他说，玛丽，
玛丽，用劲抓住了。于是我们就往下滑去。
在山里，在那儿你感到自由自在。
夜晚我多半是看书，到冬天就上南方去。

这些盘曲虬结的是什么根，从这堆坚硬如石的垃圾里
长出的是什么枝条？人之子，
你说不出，也猜不透，因为只知道
一堆破碎的形象，这里烈日曝晒，
死去的树不能给你庇护，蟋蟀不能使你宽慰，
而干燥的石头也不能给你一滴水的声音。只有
这块红岩下的阴影，
（走进红岩下的阴影下面来吧，）
我就会给你展示一样东西既不用于
早晨在你背后大步流星的影子
也不同于黄昏时分升起的迎接你的影子；
我会给你展示在一把尘土中的恐惧。
微风乍起，
吹向我的祖国，
我的爱尔兰孩子，
你在哪儿等我？
“一年前你最先给我风信子；
他们叫我风信子姑娘。”
——可是等咱们从风信子花园回家，时间已晚，
你双臂满抱，你的头发都湿了，我一句话
都说不出来，眼睛也看不清了，我既不是
活的也不是死的，我什么都不知道，
茫然谛视着那光芒的心，一片寂静。
大海荒芜而空寂。

索梭斯特里斯太太，著名的千里眼，
患了重感冒，可她仍然是
人所熟知的欧洲最聪明的女人，
她有一副邪恶的纸牌。你瞧，她说，
这张是你的牌，淹死的腓尼基水手，
（那两颗珍珠就是他的眼睛。你瞧！）
这是美丽的夫人，岩石圣母，
善于应变的夫人。

这张是拥有三根权杖的男人，这是轮子，
而这是独眼商人，这张牌，
尽管是空白的，是他背上扛着的东西，
却不准我看到那到底是什么。我没有去找
那个被吊死的人，害怕被水淹死。
我看见簇拥的人群围成一个圆圈走。
谢谢你。假若你见到亲爱的埃奎顿太太，
请告诉她我要亲自把占星图给她送去：
现如今你得非常小心。

虚幻的城市，
在冬天早晨的棕色浓雾下，
人群流过伦敦桥，那么多人，
我没有想到死神竟报销了那么多人。
偶尔发出短促的叹息，
每个人眼睛都盯着自己的脚尖。
他们拥上山冈，冲下威廉王大街，
那儿圣玛丽·沃尔诺斯教堂的大钟
沉重的钟声正敲着九点的最后一响。
我看见一个熟人，我叫住他："斯特森！
你不就是在梅利和我一起在舰队里的吗！
去年你栽在你花园里的那具尸体，
开始发芽了没有？今年会开花吗？
要不就是突然来临的霜冻惊扰了它的苗床？
啊，要让狗离那儿远远的，狗爱跟人亲近，
不然它会用爪子把尸体又刨出来！
你！伪善的读者！——我的同类——我的兄弟！"

这是《荒原》的第一章，充满浓郁的死亡意识。在本章第一节中，诗人用对比的手法表现荒原上人们对春冬两季的反常感受，春暖花开的"四月"竟然是"最残忍的月份"，冬天反倒使人温暖。接下来的诗句在节奏和体例上都发生了显著的变化，由抒情性转为叙事性，句法和遣词也由正式变得口语化，写一位败落的德国贵族玛丽回忆着破灭了的浪漫史，当然这种"记忆和欲望"是由"死去的土地"引起的，暗示着西方文明的衰落。

在第二节中，诗人借《圣经》典故描写荒原景象：破碎的形象承受着太阳的曝晒，枯死的树不能遮阴，蟋蟀的声音不能给人安慰，干燥的石间没有流水的声音，只有红岩，恐惧在一把尘土里……

在第三节中，诗人通过瓦格纳的歌剧引出对现代西方人"荒原"般的生存状态和精神状态的描写：“我既不是活的也不是死的，我什么都不知道……现如今你得非常小心。”女相士也为此感到困惑，她用纸牌给人占卜，最终得到死亡的预言，因为找不到“那个被吊死的人”。在此节中，诗歌运用了诸多的意象，也即诗人所谓情感和体验的“客观对应物”，这些客观对应物使诗人能够避免在诗歌中直抒胸臆，而是以一种旁观者的冷静，冷眼旁观这个纷乱的世界，从而实现他的“非人格化”的理念。

最后一节通过伦敦，这座西方文明之都的衰败展示当今西方世界的荒原全貌：“死神竟报销了那么多人……每个人眼睛都盯着自己的脚尖……去年你栽在你花园里的那具尸体，开始发芽了没有?”这真是令人触目惊心的荒原景象。

《荒原》创作于 1919 年至 1921 年，那是一个人类强烈地感受到死亡与虚无威胁的时代。第一次世界大战不仅从物质上给欧洲带来极大破坏，而且也从精神上彻底埋葬了人们心中的上帝。《荒原》首章就生动展示了在死亡阴云的笼罩下，西方人那种不生不死、生不如死的生活状态和空虚无聊、悲观绝望的精神状态。

3. 海滨墓园

［法］瓦雷里

【作者简介】

瓦雷里(1871—1945)，法国后期象征主义诗人的代表，公认的“20 世纪法国最伟大的抒情诗人”。他出生在地中海沿岸的小城赛特，9 岁时随父母迁居蒙彼利埃。1891 年，他结识马拉美，进入法国文艺圈。1925 年，他当选为法兰西学院院士，此后，在法国文化界担任了很多职务，经常出国讲学。1945 年，他在巴黎逝世，法国政府为他举行了国葬。瓦雷里的声誉建立在他的诗歌成就上，不过，他在文艺批评和诗歌理论领域同样卓有建树，尤其是对象征主义理论做出了重大贡献。瓦雷里一生勤奋创作，严谨治学。他的主要诗歌作品收录在《年轻的命运女神》《幻美集》《旧诗剪辑》等诗集中。他的主要论文集是《文艺杂谈》，洋洋洒洒共五卷，由诗人自己分为“文学研究”“哲学研究”“近乎政论”“诗歌和美学理论”“教学”“诗人的回忆”六部分。在“文学研究”部分，诗人对维庸、魏尔伦、歌德、雨果、波德莱尔、马拉美等诗人、作家进行了独到而令人信服的评述。在“诗歌和美学理论”部分，诗人并没有刻意建立某种新的诗学或美学体系，而是着重对“创造行为本身，而非创造出来的事物”进行分析，从中我们可以充分领略瓦雷里严谨的思维方式和对于诗歌的独特理解。

【作品简介】

《海滨墓园》这首诗选自诗人 1922 年出版的诗集《幻美集》，是该诗集中最为脍炙人口的一首。诗中所说的海滨墓园确有其地，它就坐落在诗人的家乡，是诗人出生、成长也是他最后安眠之地。这个见证了诗人一生的地方也是带给诗人无限遐想的诗歌灵感之源。墓园雄踞于一座小山的山头，俯瞰着地中海，正是引人沉思的结构。诗人在这海天相连之处，在寂寥的世界里，面临大海，面对那白色的排列整齐的墓碑——灵魂安息之所，不禁心潮起伏，从而写出了这首雄浑美妙的诗篇。该诗写于诗人由哲学的沉思向现实生活回归的转折时期，其主题表现的是关于绝对静止和人生无常的对立统一的关系，是诗人20年哲学沉思后对自己复杂的心路历程的艺术探索。

《海滨墓园》之所以成为诗人的代表作，一个很重要的原因是它全面地体现了瓦雷里的象征主义诗歌理念。瓦雷里在象征主义诗歌理论上的第一个重要贡献是提出并进一步完善了关于"纯诗"的论点。"纯诗"的理论源头是爱伦·坡，经由波德莱尔、马拉美等象征主义大师的发展，最后在瓦雷里的完善下成为象征主义诗歌的理想境界。瓦雷里明确提出，诗歌的本质在于诗是由不同寻常的语言构成的，因此，研究诗歌语言的特质及其创造性就是诗人的根本任务。瓦雷里还认为，诗的本质因素存在于诗歌语言中。纯诗的语言是一种绝对的语言，一种纯美的语言，它既不能解释，也不能翻译，它自身是一个完美的、有机的、统一的宇宙。瓦雷里还认为，一个词的声音和意义的妥协的统一就是一首诗歌独特的韵律和生命。瓦雷里对象征主义诗论的第二个贡献是提出艺术作品独立于作者和读者的观点。他认为，艺术品的价值在于其自身，与作者和读者没有必然的联系，换言之，艺术并不是作者与读者之间沟通的一个直接的中介。艺术品是一个独特的、自主的实体，绝不能从作者或读者的角度来看待艺术品，否则，人类就不会有真正的艺术。瓦雷里的这一理论的意义不容忽视，它从根本上挑战了传统的艺术价值观并为形式主义文论开辟了道路。瓦雷里对象征主义文论的第三个贡献是对诗歌的音乐性给予高度重视。他提出在诗歌创作中应该充分调动语言内在声韵的装饰性和音乐性。诗人要充分挖掘出语言的节奏、韵律等内在因素，寻求声音和意义之间的和谐之美，从而创造出神秘而唯美的意象和象征。

瓦雷里在自己的诗歌创作中忠实地实践了自己的诗学主张，始终不渝地追求着"纯诗"的高远境界。他的诗歌数量不多，但大多是象征主义诗歌中的精品。其中《年轻的命运女神》《海滨墓园》和一些十四行诗更是脍炙人口的佳作。这些诗作运用大量的象征表现对人生与世界的哲理性思考。按照诗人自己的说法，《年轻的命运女神》是"一个梦幻"，是"意识到的意识"，是关于意识的消退与出现之间的冲突和斗争。十四行诗《石榴》以石榴为"智能"的中心象征，暗示思维的过程和结果以及心灵的神秘结构。《蜜蜂》以蜂刺的蜇人象征爱情的激情和顿悟。《失去的美酒》暗示艺术创造中的得与失，以及具象与抽象、形式与思想之间的辩证关系。《水仙辞片段》以水仙的顾影自怜象征精神的自我剖析，并在心智的孤独中升腾出人性的崇高。这些诗歌从不同侧面体现了瓦雷里的诗歌追求，然而，最能代表象征主义诗歌精神实质和艺术特色，也最能够代表瓦雷里诗歌艺术成就的还是他的《海滨墓园》。

【赏析】

《海滨墓园》全诗共24节，大致可以分为4个部分，分别讲墓园的独特景色和神秘氛围，以及诗人对人生无常的感叹、对生死的沉思、对生命的赞颂。全诗突出描写了三个富有象征性的意象：象征生命永恒形式的大海，象征宇宙绝对精神的太阳，象征人生归宿死亡的墓园。诗歌的开篇就颇为不同凡响：

这片平静的房顶上有白鸽荡漾。
它透过松林和坟丛，悸动而闪亮。
公正的“中午”在那里用火焰织成
大海，大海啊永远在重新开始！
多好的酬劳啊，经过了一番深思，
终得以放眼远眺神明的宁静！

微沫形成的钻石多到无数，
消耗着精细的闪电多深的功夫，
多深的安静俨然在交融创造！
太阳休息在万丈深渊的上空，
为一种永恒事业的纯粹劳动，
“时光”在闪烁，“梦想”就是悟道。

稳定的宝库，单纯的米奈芙神殿，
安静像山积，矜持为目所能见，
目空一切的海水啊，穿水的“眼睛”
守望着多沉的安眠在火幕底下，
我的沉默啊！……灵魂深处的大厦，
却只见万瓦镶成的金顶，房顶！〔1〕

墓园，那埋藏着众多灵魂的地方，那宁静的气氛，使诗人产生了丰富的想象。诗人开始参悟宇宙的动静、大海的丰富深沉，那样的神秘让诗人的心瞬间就融入其中。诗人想到了人生，在迷蒙恍惚中，诗人觉得生命的冲动和鲜活、人生的美丽都化为骷髅，隐藏在了死亡的阴影中。诗人在那不断吹来的带有咸味的海风中感受到了生命的气息，感受到了生命的冲动在强烈地拍击白色的房顶。生命不息！

诗歌有着强烈的象征意味。大理石的死寂和埋着的灵魂、天空的静和大海的幽深、生命的艳丽和死亡的灰色、沉默和思绪的澎湃好像连成了一片意象的海洋，令人眼花缭乱，又发人深思。生命和宇宙、心灵和自然在交融渗透，互相影响，新的生命和新的世界在这个混沌寥廓的世界里孕育着，萌动着。

《海滨墓园》有着强烈的音乐感，这也是象征主义诗歌的一大特征。诗人说过，《海滨墓园》在他的心中最初只是一种节奏，是一种由十音节组成的法语诗的节奏，而作为诗人，他所做的就是把一种成熟的思想填充进这种节奏之中。读这首诗仿佛在聆听一部交响乐，时而旋律悠长、舒缓，仿佛冥想的思绪；时而高亢激越，仿佛跳动着生命动力的心绪。它流动的节奏中蕴含着一种伟大的力量。

---

〔1〕 卞之琳：《卞之琳译文集》(中卷)，228～229页，合肥，安徽教育出版社，2000。

(二)小说

1. 老人与海

[美]海明威

【作者简介】

欧内斯特·海明威(1899—1961),出生于美国伊利诺伊州芝加哥市郊区奥克帕克,美国作家、记者,被认为是第一次世界大战之后最著名的小说家之一,是"迷惘的一代"的代表性作家。他的风格和文体独具一格,作品中对人生、世界、社会都表现出了迷茫和彷徨。他一向以文坛硬汉著称。《纽约时报》评论说:"海明威本人及其笔下的人物影响了整整一代甚至几代美国人,人们争相仿效他和他作品中的人物,他就是美国精神的化身。"1954年,海明威以《老人与海》获得诺贝尔文学奖。

有人用"现代英雄神话"来概括海明威传奇的一生,从某种意义上来说并不为过。首先,他一生的经历就是一部丰富多彩、轰轰烈烈、具有冒险精神的传奇。海明威出生于一个医生家庭,他的童年是在与爱好户外运动的父亲一起钓鱼和打猎中度过的。中学毕业后,海明威当上《堪萨斯星报》的记者,受到严格的新闻记者的职业训练。第一次世界大战时,他由于眼睛在拳击中受过伤而不能参军,便志愿参加美国红十字会的医疗队,成为救护车司机。在抢救伤员中,他身负重伤,是一名名副其实的战争英雄。第二次世界大战期间,他是个勇敢的反法西斯战士,曾在古巴创立反法西斯情报中心,并用自己的游艇诱捕德国潜艇。后来他又作为随军记者去欧洲参加军事行动。然而战争却成为他一生的噩梦:他的一生都在书写战争,而他之所以重写战争是为了最终能够忘却战争。不过,他好像从来都没有能够真正忘却,潜藏在他身体中的弹片和噩梦般的记忆伴随着他的一生,并最终让他用猎枪结束了自己的生命。另外,海明威的文学创作在世界文学史上也同样创造了一个传奇。他创造的"硬汉"形象和"准则"英雄、他的"冰山理论"、他对"迷惘的一代"的文献式记录使得他成为世界文坛的英雄,而他的小说的销售记录和"海明威热"更是使他成为美国文化的一种现象。

海明威是一位多产的作家,他写过诗歌,也写过戏剧,但主要的成就还是小说。他的主要中长篇小说有《春潮》《太阳照常升起》《永别了,武器》《有的和没有的》《丧钟为谁而鸣》《过河入林》《老人与海》,他的短篇小说集有《在我们的时代里》《没有女人的男人》《胜者无所得》等。其中《太阳照常升起》《永别了,武器》《丧钟为谁而鸣》《老人与海》是他的代表作。

诺贝尔文学奖获得者、哥伦比亚作家马尔克斯为纪念海明威逝世二十周年而写了一篇名为《与海明威相见》的纪念文章,文章中说:"海明威的所有作品都洋溢着他那闪闪发光,却瞬间即逝的精神。这是人们可以理解的。像他那样的内在紧张状态是严格掌握技巧而造成的,但技巧不可能在一部长篇小说的宏大而又冒险的篇幅中经受这种紧张状态的折磨。这是他的性格特征,而他的错误则在于试图超越自己的极大限度。

这就说明，为什么一切多余的东西在他身上比在别的作家身上更引人注目。如同那质量高低不一的短篇小说，他的长篇也包罗万象。与此相比，他的短篇小说的精华在于使人得出这样的印象，即作品中省去了一些东西，确切地说来，这正是使作品富于神秘优雅之感的东西。”

【故事梗概】

故事的主人公是古巴的老渔民桑提亚哥。他年轻时非常出色，强健有力，到了晚年，他的精力和反应都不如从前，老婆死后，他一个人孤独地住在海边简陋的小茅棚里。

有一段时间，老渔夫独自乘小船打鱼，却出师不利。他接连打了 84 天鱼，但一条鱼也没有捕到。连一直陪伴他左右的小徒弟马诺林也被父母送到另外的船上捕鱼去了。不过，马诺林每次见到老头空船而归，心里都非常难受，总要帮他拿东西。桑提亚哥瘦削憔悴，后颈满是皱纹，脸上长着疙瘩，但他的双眼像海水一样湛蓝，毫无沮丧之色。他和马诺林是忘年交。村里很多打鱼的人都因为老头捕不到鱼而拿他开玩笑，但是在马诺林的眼里，老头是最好的渔夫。老人和孩子相约第二天，也就是第 85 天一早一起出海。当晚老头做了个梦，梦见自己少年当水手时远航非洲见到在海滩上嬉戏的狮子。醒后他踏着月光去叫醒孩子，两人分乘两条船，出港后各自驶向自己选择的海面。

天还没有亮，老头已经放下鱼饵。鱼饵的肚子里包着鱼钩的把子，鱼钩的突出部分都裹着新鲜的沙丁鱼。正当桑提亚哥目不转睛地望着钓丝的时候，他看见露出水面的一根绿色竿子突然探入海中。他用右手的大拇指和食指轻轻捏着钓丝。接着钓丝又动了一下，拉力不猛。老头明白，一百英寻(约合 183 米)之下的海水深处，一条马林鱼正在吃鱼钩上的沙丁鱼。他感觉到下面的轻轻扯动，非常高兴。过了一会儿他觉得有一件硬邦邦、沉甸甸的东西，这分明是马林鱼的重量，他断定这是一条大鱼。

老人先松开钓丝，然后大喝一声，用尽全身的力气收拢钓丝，但鱼并不肯轻易屈服，慢慢游开去。老头把钓丝背在脊梁上增加对抗马林鱼的拉力，可是作用不大，他眼睁睁地看着小船向西北方漂去。老头想鱼这样用力过猛很快就会死的，但四小时后，鱼依然拖着小船向浩渺无边的海面游去，老头也照旧毫不松劲地拉住背在脊梁上的钓丝。他们对抗着。破晓前天很冷，老头抵着木头取暖。他想鱼能支持多久我也能支持多久。他用温柔的语调大声说：“鱼啊，只要我不死就要同你周旋到底。”太阳升起后，老头发觉鱼还没有疲倦，只是钓丝的斜度显示鱼可能要跳起来，这正是他求之不得的事。他说：“鱼啊，我爱你，而且十分尊敬你。可是今天天黑以前我一定要把你弄死。”鱼开始不安分了，它突然把小船扯得晃荡了一下。老头用右手去摸钓丝，发现那只手正在流血。过了一会他的左手又抽起筋来，但他仍竭力坚持。他吃了几片金枪鱼肉来增加力气对付那条大鱼。

老人和大鱼一直相持到日落，又从黑夜延续到天明。大鱼跃起十几次后开始绕着小船打转。老人头昏眼花，只见眼前黑点在晃动，但他仍紧紧拉着钓丝。当鱼游到他身边时，他放下钓丝踩在脚下，然后把鱼叉高高举起扎进鱼身。大鱼跳到半空，充分展示了它的美和力量，然后轰隆一声落到水里，浪花溅了老头一身，也溅湿了整条小船。

鱼仰身朝天，银白色的肚皮翻上来，从它心脏里流出来的血染红了蓝色的海水。老头把大鱼绑在船边胜利返航。可是一个多小时后鲨鱼嗅到了大鱼的血腥味跟踪而至抢吃鱼肉。老头见到第一条游来的鲨鱼的蓝色脊背。他把鱼叉准备好，用绳子系住。待鲨鱼逼近船尾去咬大鱼的尾巴时，老头用刀杀死了两条来犯的鲨鱼，但在随后的搏斗中刀折断了，他又改用短棍。然而半夜里鲨鱼成群结队涌来时，他已无力对付它们。船驶进小港时，人们看见船旁硕大无朋的白色鱼脊骨。望着那副骨架，老人自问是什么打败了他，结论是："什么都不是，是我出海太远了。"

第二天早上，老头醒来后，马诺林给他端了一杯热气腾腾的咖啡。两人相约过几天一起去打鱼，孩子说他还有很多东西要学。孩子离去后，老头睡着了，他又梦见非洲的狮子。

【赏析】

小说生动地描写了老渔民桑提亚哥与马林鱼斗智斗勇，并不断挑战自己极限的过程，这印证了老人那句豪迈而富有哲理的宣言："一个人并不是生来就要被打败的，人尽可以被毁灭，却不能被打败。"《老人与海》是海明威沉寂十多年之后厚积薄发的力作，也是他生前发表的最后一部作品。可以说这部作品是海明威小说创作艺术的集大成之作。这部中篇小说篇幅不长，情节也并不复杂，却在问世之后的第二年获得了"普利策奖"，并因"精通现代叙事艺术"获得了诺贝尔文学奖。小说根据真人真事写就，第一次世界大战结束后，海明威移居古巴，认识了老渔民格雷戈里奥·富恩特斯。1930年，海明威乘的船在暴风雨中沉没，富恩特斯救了海明威。从此，海明威与富恩特斯结下了深厚的友谊，并经常一起出海捕鱼。1936年，富恩特斯出海很远捕到了一条大鱼，但由于这条鱼太大，在海上拖了很长时间，结果在归程中被鲨鱼袭击，回来时只剩下一副骨架。《老人与海》便是在此基础上创作的。

这是一部带有寓言性的小说，海明威巧妙地将三个截然不同的主题——基督教、大自然和"准则英雄"结合起来，从而使这部中篇小说具有了多层次的深刻含义。首先，桑提亚哥是一个耶稣式的人物，捕鱼的失利使他成为村民的笑柄，他的小徒弟马诺林也在父亲的逼迫下离开了他。众叛亲离的桑提亚哥的遭遇与殉难的耶稣形成了相互参照的关系。其次，海明威在《老人与海》中还阐释了人与自然的关系。老人终生与海相伴，他对自然中的万事万物都充满了怜惜和同情。当他捕获马林鱼后，他对他的战利品充满了同情；当他与马林鱼搏斗时，他对他的对手充满了敬意，认为这是他势均力敌的对手；当马林鱼被鲨鱼吃掉之后，他对马林鱼充满了歉意。但这一切并没有动摇他要战胜他的对手的决心，因为老人所寻求的是人在自然中的位置和自我的价值。最后，《老人与海》中的桑提亚哥是"硬汉子"形象的代表，是"准则英雄"中最优秀的一个。他是作者在20世纪30年代以来的作品中塑造的"硬汉"性格的发展与升华，是"硬汉"精神的化身。桑提亚哥是勇敢的、坚定的，尽管他一无所获，没有享受到成功的喜悦，但他战斗到最后；虽然失去了战利品，但他证实了自己的力量和决心，恢复了自信心，所以他并没有真的被击败，他取得了精神上的胜利。

《老人与海》中的老人桑提亚哥在海上经过三天精疲力竭的搏斗，最终拖到海岸上的是一副巨大的鱼骨架，事实上，老人是一无所获的胜利者。而且今后人们也无法相信这位身衰力竭的老人，能够战胜奔腾不息的大海。在海明威看来，人生是一场打不赢的战争，就像老人那张“用好多面粉袋子补过的旧帆，看上去就像一面永远失败的旗帜”。但老人始终没有停下行动的脚步，这是一种面对巨大悲哀的追求，是一种面对死亡和失败的追求，而这种追求同样是顽强的、执着的。由此我们在桑提亚哥身上看到了作者的尊严和巨大的精神力量，而且它们给我们带来强烈的审美效应：使我们深刻地认识到人的生命的有限和人的追求的无限之间的矛盾。在人生的道路上，谁能不经受挫折和失败？此时是缴械投降呢，还是顽强拼搏？桑提亚哥给我们的启示是：积极的进取和行动，是必然失败面前的不屈不挠的行动，人生的价值和意义就在于行动本身。〔1〕

2. 一个人的遭遇

[苏]肖洛霍夫

【作者简介】

肖洛霍夫(1905—1984)，20世纪苏联文学的杰出代表。肖洛霍夫出生于顿河沿岸维申斯卡亚镇的一个哥萨克村庄克鲁日林村，在中学读书时因国内战争而辍学，后来当过办事员，参加过武装征粮队，还当过小工、泥水匠和会计等，业余时间则从事文学创作。1924年，他加入俄罗斯无产阶级作家联合会(简称“拉普”)，同年发表第一篇短篇小说《胎记》。1926年，他的中短篇小说集《顿河故事》和《浅蓝色的原野》问世。后来他返回故乡，着手写作《静静的顿河》。这部规模宏大、情节曲折的长篇小说共4部8卷(自1928年至1940年分别出版)，写的是1912—1922年顿河地区的哥萨克在历史转折关头的命运。小说的中心人物是葛利高里·麦列霍夫，他曾两度参加红军，又两度离开红军投入白军，一直徘徊在人生的十字路口，最终造成自己的人生悲剧。曾经有人说《静静的顿河》并非出自肖洛霍夫之手，但是现在有足够多的证据证明肖洛霍夫确实是《静静的顿河》的作者。

20世纪20年代末至30年代初，苏联在全国范围内开展农业集体化运动，肖洛霍夫根据自己在哥萨克农村的生活感受，创作了另一部著名长篇小说《被开垦的处女地》。1941年卫国战争爆发，肖洛霍夫以《真理报》记者身份奔赴前线。在卫国战争期间，肖洛霍夫发表了不少充满爱国主义精神的短篇小说、通讯特写和政论，并创作了一部以苏联红军抗击德国法西斯侵略为题材的长篇小说《他们为祖国而战》，但直到逝世也未完成。肖洛霍夫1930年加入苏联共产党，1934年当选为苏联作家协会理事，曾连续多

---

〔1〕 刘欣：《论海明威〈老人与海〉的哲学意蕴》，载《山东省青年管理干部学院学报》，2006(3)。

年担任苏联作家协会理事会书记处书记，获得过列宁勋章和“社会主义劳动英雄”称号。1965年，他由于“在那部描写顿河流域的史诗般的杰作中，以强烈的艺术力和正直的创造性，真实地反映了俄罗斯民族生活的一个历史阶段”而获诺贝尔文学奖。1984年2月21日，肖洛霍夫逝世。

【故事梗概】

第二次世界大战结束后的第一个春天，汽车司机安德烈·索科洛夫在河边等待渡船时遇见了一个司机同行，于是向他讲述了自己平生的遭遇。索科洛夫出生于1900年，国内战争中参加过红军，给富农当过雇农，父母妹妹都在灾荒之年饿死，后来他进工厂当上钳工，还学会了开车。他的妻子是在儿童保育院里长大的温柔体贴的孤女。在共同生活的十七年里，他们的日子逐渐过得好起来，有了一个儿子和两个女儿。战争爆发后，索科洛夫应征入伍，妻子与他洒泪相别，索科洛夫见不惯妻子哭鼻子，分手时粗暴地推开了妻子，但在事后不断为此谴责自己，时常梦见泪水涟涟的妻子。

在战争中，索科洛夫负责驾驶汽车给前线输送弹药。一次冒着枪林弹雨输送弹药途中，他不慎车翻人仰，成了德国人的俘虏。在被押送途中，他亲手掐死了一个为苟全性命而要出卖指导员的叛徒，这是他有生以来第一次杀人。自在俘虏营中的第一天起，他就立意要逃回自己人这边。他差不多每一个夜晚都在梦中跟自己的妻儿谈话，鼓励妻儿也是在鼓励自己一定要活着回来。一次他伺机逃跑，却被德国警犬撕咬得血肉模糊，体无完肤。在俘虏营中，索科洛夫尝尽了虐待和辛酸，他被押送到德国各地去服苦役，体重很快从原先的86千克降为不到50千克。后来在一个采石场劳作时，他因为对繁重的体力劳动说了句牢骚话，而被警卫队长找去，警卫队长要枪毙他。在行将赴死时，警卫队长为他惊人的酒量和俄国人的骨气与骄傲所折服，而向他表示：“你是一个真正的俄国兵。你是一个勇敢的军人。我也是一个军人，我尊敬值得尊敬的敌人。我不枪毙你了。”索科洛夫不但死里逃生，还得到了敌人给他的面包和咸肉，他拿回去与同志们共同分配。

随着德国人在东线的节节败退，索科洛夫又被敌人选去在波茨坦给一个少校衔的德国工程师开小汽车。在听到苏联军队的大炮轰轰作响，看到德国人穷凶极恶的情形时，索科洛夫知道祖国行将胜利，心中充满了喜悦，并开始为逃跑做种种准备。他悄悄准备了一个两千克重的砝码，准备用它来敲击敌人，还把一位喝醉酒的德国下士的军服剥下来。在又一次出发送少校到城外时，索科洛夫伺机用砝码打晕少校，驱车向苏军阵地奔驰，腹背同时受到德国和苏联军队的双重激烈火力攻击，差点丢掉性命，但还是成功地将车开回了苏军阵地，他所俘虏的少校和相关材料对于苏军非常重要，因此他立下了战功。在医院里休养时，索科洛夫迫不及待地给家里写信报告自己的情况，可是三个星期后他收到的却是邻居的回信——他的妻子和两个女儿已经在德军飞机轰炸中丧生！索科洛夫为此痛不欲生，当回到自己的老家时，景象一片凄凉，他看到的只是一个深深的弹坑，灌满了黄浊的水，周围的野草长得齐腰高。

索科洛夫的儿子也志愿上前线与敌人作战，得过很多奖章，索科洛夫与儿子有了通信联系。索科洛夫梦想着等到战争结束，给儿子娶个媳妇，自己过着抱养孙子的颐养天年的生活。战争快要结束时，索科洛夫获悉儿子和他由两条不同的路来到德国首都附近，两人之间的距离很近。可是就在他焦急等待着与儿子相见时，在5月9日战争胜利那天，他的儿子被德国狙击兵打死了，他看到的只是儿子的遗体。战争结束后，他在德国土地上埋葬了自己的儿子，而后回到祖国在顿河边重操司机的旧业，后来在茶馆边认识了一个在战火中失去双亲的孤儿万尼亚，万尼亚靠着乞食过活，他把万尼亚视作自己的亲生儿子，带在自己身边，两个人相依为命。索科洛夫的身体一日坏过一日，他担心自己有一天会在睡着的时候死掉，吓着万尼亚；还有一件痛苦的事是，他差不多天天夜里都会梦见自己死去的亲人，梦见得最多的是：他站在带刺的铁丝网后面，他们却在外边，在另外一边……

【赏析】

索科洛夫是一个坚强的、勇于面对残酷命运、有着强烈责任感且忠诚于国家的战士形象。在战场上，索科洛夫冒着敌人的炮火，始终站在第一线，和自己的同胞一起战斗，抵抗侵略者，保卫自己的祖国，保护后方的家园。即使在战争当中两次身负重伤，他也没有放弃保护家园。在负责运送炮弹的过程中，索科洛夫被敌军俘虏。在俘虏营中，他不仅有失去生命的危险，还要忍受长时间、超负荷的劳作。很多同伴不堪忍受这种非人的折磨，相继死去，但索科洛夫顽强地忍耐到了最后。生活不仅没有打垮他，反而使他更加刚毅。他说："你既然是个男人，既然是个军人，就得忍受一切，应付一切，如果需要这么做的话。"他身世平凡，经历平常，十分珍视自己建立起来的家庭幸福，然而一旦祖国面临危难，他就能抛弃小家庭的温暖，毅然走上反法西斯的前线。他勇敢顽强，责任心强，心系祖国和家人。1945年6月29日，索科洛夫不仅自己逃回来，还带回对苏军非常重要的人质和机密文件。

虽然战争毁灭了他的家庭，给他的精神和肉体留下了巨大的创伤，但他没有被命运的打击所摧毁，没有被无边的哀痛所压垮，而是以深沉的阶级感情收养了孤儿万尼亚，组成新的家庭，去迎接新生活的严峻考验。他这样顽强、坚韧的最大原因就在于他一直挂念着自己的家人，对家与国有着深切的情感。索科洛夫始终没有忘记，他的家人还在家中等着他，等着他回去。对家人的思念，是索科洛夫生存下去的希望，也是这一人物性格的成因。

荣洁在《俄罗斯民族性格与文化》中写道："俄罗斯人在国家面临生死存亡的危急时刻会迸发出非凡的爱国主义激情，勇气、耐力和勇敢，顽强，坚韧不拔，牺牲精神。"索科洛夫的遭遇很好地诠释了这些性格特征，正是有像索科洛夫这样的人存在，反法西斯战争才取得了最后的胜利。这部短篇小说延续了卫国战争题材，从人道主义立场出发，反映人与社会、人与历史的冲突，试图捍卫人的尊严和权利。小说通过个人的遭遇表现了战争给全体人民带来的悲苦的命运，可以让读者铭记战争给人类带来的痛苦，缅怀为反法西斯战争胜利做出贡献的人们，珍惜今天来之不易的和平。

3. 约翰·克利斯朵夫

[法]罗曼·罗兰

【作者简介】

罗曼·罗兰(1866—1944)，法国著名批判现实主义作家、音乐评论家、社会活动家。罗曼·罗兰出生于法国中部克拉姆西的一个律师家庭。母亲笃信宗教，酷爱音乐，给罗兰以深刻的影响。1880年，他随全家迁至巴黎。1889年，他毕业于巴黎高等师范学校史学系。求学期间，他阅读了大量的文学作品，雨果和莎士比亚对他产生了深远的影响。罗兰在巴黎高等师范学校毕业后，前往罗马读研究生，在罗马做了两年的研究工作。随后，他从罗马回到巴黎，一方面在巴黎高等师范学校教授艺术史，一方面开始戏剧创作。在此期间，他的主要作品有《圣路易》、《阿埃特》、《理性的胜利》(收入《信仰的悲剧》)、《狼群》、《丹东》、《七月十四日》(收入《革命戏剧》)。

从1902年开始，罗兰的创作进入一个新阶段，他开始创作《名人传》(包括《贝多芬传》《米开朗琪罗传》《托尔斯泰传》)，要为具有巨大精神力量的英雄树碑立传，让世人“呼吸到英雄的气息”。1912年，罗兰完成了代表作品《约翰·克利斯朵夫》，这是一部作者用近20年时间写成的伟大作品。1914年，第一次世界大战爆发，罗兰定居于日内瓦，利用瑞士的中立国环境，翻开了自己创作和生活上新的一页，写出了一篇篇反战文章，并走出书斋，参加了日内瓦“战俘通讯处的工作”。1915年，罗兰获得诺贝尔文学奖，但由于法国政府的反对，到第二年的11月15日，瑞典文学院才正式通知这一决定。罗兰把奖金全部赠给了国际红十字会和法国难民组织。1917年，俄国十月革命爆发，罗兰与法朗士、巴比塞等著名作家一起反对欧洲帝国主义国家的干涉行动。1935年6月，罗兰应高尔基的邀请访问了苏联，并与斯大林会面。1937年9月，他在故乡克拉姆西小镇附近购买了一座房子，第二年5月底从瑞士返回故乡定居。1940年德军占领巴黎后，罗兰被法西斯严密监视起来，直到1944年8月，纳粹败退，巴黎解放，他才恢复完全自由。1944年12月30日，罗曼·罗兰去世。他的代表作品还有小说《母与子》《克莱朗波》《皮埃尔和吕丝》，日记体小说《哥拉·布勒尼翁》，传记《马哈德马·甘地》，剧本《爱和死的搏斗》《罗伯斯庇尔》，政论集《战斗十五年》《通过革命，争取和平》，回忆录《内心旅程》等。

【故事梗概】

约翰·克利斯朵夫是一位出生于德国莱茵河畔一座小城里的音乐天才，虽然出身于音乐世家，但家族在他的酒鬼父亲手里没落。约翰·克利斯朵夫成长在贫穷而备受压抑的环境中，但这个美丽的城市、红色的屋顶、芳馨的花园、静默柔和的山冈以及充满诗意的莱茵河，使这位身处逆境、长相丑陋的天才具备了良好的音乐天赋和独立的人格品质。

克利斯朵夫的父亲梅希奥是个酒鬼，当他发现自己的儿子是个音乐天才时，便决定亲自教他功课，抓住一切机会把他带到各种音乐会上演出，用老一套的教育方法和呆板的练习曲折磨他，而这违背了克利斯朵夫热爱幻想、亲近大自然、憧憬自由的天性，于是当他反抗父亲的专制与蛮横时，他常常遭到严厉的惩罚。在祖父的教育引导下，克利斯朵夫立志做一位杰出的音乐家。由于超群的音乐才能，他十一岁时，便被公爵任命为“宫廷音乐联合会”的第二提琴手。祖父去世时，他只有十四岁，便不得不承担起家庭的重担。

后来，参议官克里赫的夫人聘请他为女儿弥娜上钢琴课。日久生情，克利斯朵夫爱上了弥娜，但由于弥娜的母亲不同意这门亲事，他的初恋以失败告终。父亲死后，克利斯朵夫和母亲搬到祖父的朋友于莱家居住，老于莱有意把外孙女洛莎许配给他，他却爱上了寡妇萨皮纳，不久，萨皮纳患流感死去。从此，克利斯朵夫开始变得放纵消沉，他勾搭上了水性杨花的阿达，阿达最后把他抛弃了。克利斯朵夫感到很苦恼，在舅舅的开导下，重新振作起来，对德国的音乐做了改革尝试，但他不被人理解，公演一次次失败。在一次斗殴中，他打死一个下士，受到通缉，逃亡到法国。

在巴黎，克利斯朵夫看到的尽是黑暗和失望，但他并没有退缩，成了一位别人不敢认可的音乐天才。在一次夜会上，他与奥维德结识并成为好朋友。这期间，他爱上了雅葛丽娜，但为了奥维德和雅葛丽娜的结合，他主动退出，在孤独中以孜孜不倦的音乐创作来解除痛苦。之后，在一次晚会上，克利斯朵夫遇见了过去的学生葛拉齐亚，她已成为一个引人注目的少妇。葛拉齐亚利用丈夫的关系给他以很大的帮助，克利斯朵夫疯狂地爱上了她，但她只给他以朋友的友谊。在一次游行中，克利斯朵夫因打死一名警察而离开巴黎。奥维德因伤重而死，他闻讯后，赶回巴黎为朋友复仇，但走错了路，到了德国边境的村庄，在老朋友勃罗姆医生家中做家庭教师。他与勃罗姆的妻子阿娜发生关系，后由于良心上的自责而离开，在瑞士的一个小村庄中过着隐居的生活。

在一个明朗的夏季，新寡的葛拉齐亚来瑞士疗养。克利斯朵夫想要和她结合，但遭到拒绝。后来克利斯朵夫在做家庭音乐教师的同时，把奥维德的孩子乔治和葛拉齐亚的女儿奥洛拉送进了结婚的礼堂，但他自己的肺炎却不断恶化。在患病期间，克利斯朵夫对自己的一生做了回顾，心满意足，最后怀着对未来美好的希望平静地离开了人世。

【赏析】

《约翰·克利斯朵夫》是罗曼·罗兰以贝多芬为原型创作的一部长篇巨著。他描述了天才音乐家约翰·克利斯朵夫成长、奋斗和最终以失败告终的一生。罗曼·罗兰在作品序言中提到他要在这部小说中塑造一颗“伟大的心”，他认为：“真正的英雄之所以伟大，是由于他有一颗伟大的心。克利斯朵夫的伟大的心不仅表现在坚贞的爱情和诚挚的友谊方面，也不仅表现在希望各国人民友好相处、永远不要战争的博爱幻想方面，而且表现在对被压迫被蔑视和践踏的善良正直的劳苦大众的深刻同情上。”因此克利斯朵夫是一个具有伟大心灵的贝多芬式的人物。从他的激情、反抗、愤怒到灰心、顺从、宁静的心路历程，罗曼·罗兰向我们展示了一个性格复杂矛盾而又十分典型的人物形象。克利斯朵夫坎坷的一生反映了 19 世纪末至 20 世纪初欧洲优秀知识分子为追求人类的新社会、新生活所经历的艰难历程。他既是现实生活的真实再现，也是罗曼·罗兰价值理念和美学理想的形象外化。罗曼·罗兰赋予克利斯朵夫的锲而不舍的英雄主义品质影响了当时乃至后来的很多青年。在克利斯朵夫的一生中，重要的不在于他的奋斗能否达到目标，而在于他行动的本身，他是一个一直在为自由而战的英雄，这种不屈不挠的反抗精神、对自我理性的清醒坚守给读者以很大的触动，正如小说扉页上的题词所言："真正的英雄绝不是永远没有黑暗的时间，只是永不被黑暗所掩蔽罢了；真正的英雄绝不是永远没有卑下的情操，只是永不被卑下的情操所屈服罢了。所以，你在战胜外来的敌人之前，先得战胜你内在的敌人。你不必害怕沉沦堕落，只要你能不断地自拔与更新！"

《约翰·克利斯朵夫》是一部独树一帜的作品。在小说中，作者没有侧重对情节、环境和人物外部特征进行描写，而是大量采用了梦境、联想、内心独白、自我对话等现代性艺术手法，来凸显主人公克利斯朵夫丰富矛盾的内心世界，展示其生命的曲折历程，这典型地体现了20世纪现实主义文学创作倾向上共有的"向内转"的特点。

在创作《约翰·克利斯朵夫》时，罗曼·罗兰在给他的女友索菲亚的信中说："我要写一本音乐小说。"何为"音乐小说"，作者并没有明确说明，但整部作品通过克利斯朵夫悲欢离合的一生，的确为我们演奏了一曲人道主义赞歌。细细品来，全书时而深情凝练，沁人心脾；时而灵感飞溅，令人应接不暇；时而洞若观火，令人茅塞顿开；时而如泣如诉，婉转动人。作品以大型交响曲般的宏伟气势，不仅让我们感触到了伟大的克利斯朵夫式精神，也让我们深深触摸到罗曼·罗兰崇尚自由和光明、追求真理和正义的光辉品质。

4. 百年孤独

[哥伦比亚]马尔克斯

【作者简介】

加夫列尔·加西亚·马尔克斯(1927—2014)，哥伦比亚作家、记者和社会活动家，拉丁美洲魔幻现实主义文学代表人物，20世纪最有影响力的作家之一，被誉为"20世纪文学标杆"，1982年诺贝尔文学奖得主，代表作有《百年孤独》(1967)、《霍乱时期的爱情》(1985)。

马尔克斯出生于哥伦比亚马格达莱省的阿拉卡塔卡小镇，童年时代在外祖父家度过，外祖母博古通今，有一肚子的神话传说和鬼怪故事，对他的成长产生了很大的影响。在童年的马尔克斯的心灵世界里，他的故乡是人鬼交混、充满着幽灵的奇异世界，这成了他成年后创作的重要源泉。他1940年在锡帕基寄宿学校读书，并阅读大量世界名著；1947年入波哥大攻读法律，并开始了他的文学创作之旅；1948年因哥伦比亚内战辍学。1954年，他任《观察家报》正式记者，被派往欧洲任《观察家报》驻欧洲记者。同年，他的第一部短篇小说集《周末后的第一天》出版。1955年，他的第一部长篇小说《落叶缤纷》出版。1959年，他回国任拉丁美洲通讯社记者。1961—1967年，他侨居墨西哥，开始了他的文学创作黄金时期。同年，他耗时18年写成的代表作《百年孤独》出版，这本书被誉为“再现拉丁美洲历史社会图景的鸿篇巨制”。马尔克斯于1975年发表的长篇小说《族长的没落》被美国《时代》周刊推荐为1976年世界十大优秀作品之一；1981年，他的中篇小说《一件事先张扬的人命案》问世；1982年，他出版文学谈话录《番石榴飘香》，同年10月22日，获诺贝尔文学奖，并任法国西班牙语文化交流委员会主席。1982年，哥伦比亚地震，他回到祖国。1999年他得淋巴癌，此后文学产量遽减，2006年1月他宣布封笔。马尔克斯作品的主要特色是幻想与现实巧妙结合，他以此来反映社会现实生活，审视人生和世界。

《百年孤独》描写了布恩迪亚家族七代人的传奇故事，以及加勒比海沿岸小镇马孔多的百年兴衰，反映了拉丁美洲一个世纪以来风云变幻的历史。作品融入神话传说、民间故事、宗教典故等神秘因素，巧妙地糅合了现实与虚幻，展现出一个瑰丽的想象世界，成为20世纪重要的经典文学巨著之一。

【故事梗概】[①]

家族第一代

何塞·阿尔卡蒂奥·布恩迪亚是西班牙人的后裔，住在远离海滨的一个印第安人的村庄。乌尔苏拉与他新婚时，由于害怕像姨母与叔父结婚那样生出长尾巴的孩子，每夜都穿上特制的紧身衣，拒绝与丈夫同房，因此他遭到村民的耻笑。何塞·阿尔卡蒂奥·布恩迪亚在一次斗鸡比赛胜利后杀死了讥笑他的普鲁邓希奥·阿基拉尔。从此，死者的鬼魂经常出现在他眼前。鬼魂那痛苦而凄凉的眼神，使他日夜不得安宁。于是何塞·阿尔卡蒂奥·布恩迪亚一家带着朋友及朋友的家人离开村子，外出寻找安身之所。经过两年多的跋涉，他们来到一片滩地上，由于受到梦的启示何塞·阿尔卡蒂奥·布恩迪亚决定定居下来，建立村镇，这就是马孔多。布恩迪亚家族在马孔多的历史由此开始。何塞·阿尔卡蒂奥·布恩迪亚是个极富创造性的人。他从吉卜赛人那里看到磁铁，便想用它来开采金子；看到放大镜可以聚焦太阳光，便试图研制出一种威力无比的武器；从吉卜赛人那里得到航海用的观象仪和六分仪，通过实验认识到“地球是圆的，像橙子”。他不满于自己所过的落后的生活，向妻子抱怨说：“世界上正在发生不可思议的事情，咱们旁边，就在河流对岸，已有许多各式各样神奇的机器，可咱们仍在这儿像蠢驴一样过日子。”因为马孔多隐没在宽广的沼泽地中，与世隔绝，他决心要开辟出一条道路，把马孔多与外界的伟大发明连接起来。他带一帮人披荆斩棘干了两个多星期，却以失败告终。他痛苦地说：“咱们再也去不了任何地方啦，咱们会在这儿活活地烂掉，享受不到科学的好处了。”后来他又沉迷于炼金术，整天把自己关在实验室里。由于他的精神世界与马孔多狭隘、落后、保守的现实格格不入，他陷入孤独之中不能自拔，以至于精神失常，被家人绑在一棵大树上，几十年后才在那棵树上死去。乌尔苏拉成为家里的顶梁柱，去世时的年龄为115至122岁。

家族第二代

布恩迪亚家族的第二代有两男一女：老大何塞·阿尔卡蒂奥是在来马孔多的路上出生的，他在路上长大，像他父亲一样固执，但没有他父亲那样的想象力。他和一个叫庇拉尔·特尔内拉的女人私通，有了孩子，但在一次吉卜赛人来马孔多表演时又与一名吉卜赛女郎相爱，于是他选择了出走。后来他回来了，但是性情捉摸不定。最后他不顾家人的反对，与丽贝卡结婚，但被赶出家门，最后在家中被枪杀。

老二奥雷里亚诺生于马孔多，在娘肚里就会哭，睁着眼睛出世，从小就有预见事物的本领，少年时就像父亲一样沉默寡言，整天埋头在父亲的实验室里做小金鱼。他长大后爱上马孔多里正千金——年幼的蕾梅黛丝，在此之前，他与哥哥的情人生有一子，名叫奥雷里亚诺·何塞。他美丽的怀有双胞胎的妻子因被阿玛兰妲误杀死去。后来他参加了内战，当上上校。他一生遭遇过14次暗杀、73次埋伏和一次枪决，均幸免于难，当他认识到这场战争毫无意义的时候，便与政府签订和约，停止战争，然后对准心窝开枪自杀，却奇迹般地活了下来。他与17个外地女子姘居，生下17个男孩。这些男孩以后不约而同回马孔多寻根，却被追杀，一星期后，只有老大活了下来。奥雷里亚诺年老归家，每日炼金子做小金鱼，每天做两条，达到25条便放到坩埚里熔化，重新做。他像父亲一样过着与世隔绝、孤独的日子，一直到死。

老三阿玛兰妲爱上了意大利钢琴技师皮埃特罗，在情敌丽贝卡放弃意大利人与何塞·阿尔卡蒂奥结婚后与意大利人交往，却又拒绝与意大利人结婚，意大利人为此自杀。由于悔恨，她故意烧伤一只手，终生用黑色绷带缠起来，决心永不嫁人。但她内心感到异常孤独、苦闷，甚至和刚刚成年的侄儿厮混，想用此作为“治疗病的临时药剂”。然而她始终无法摆脱内心的孤独，她把自己终日关在房中缝制殓衣，缝了拆，拆了缝，直至生命的最后一刻。

家族第三代

第三代人只有何塞·阿尔卡蒂奥的儿子阿尔卡蒂奥和奥雷里亚诺的儿子奥雷里亚诺·何塞。前者不知生母为谁，竟狂热地爱上自己的生母，几乎酿成大错。但又因生母的引见，爱上了桑塔索菲亚·德拉·彼达，后来成为马孔多从未有过的暴君，贪赃枉法，最后被保守派军队枪毙。后者过早成熟，热恋着自己的姑母阿玛兰妲，因无法得到满足而陷入孤独之中，于是参军。进入军队之后他仍然无法排遣对姑母的恋情，便去找妓女寻求安慰，借以摆脱孤独，最终死于乱军之中。

家族第四代

第四代即阿尔卡蒂奥与妻子桑塔索菲亚·德拉·彼达生下的一女两男。女儿蕾梅黛丝楚楚动人，散发着引人不安的气味，这种气味曾将几个男人置于死地。她全身不穿衣服，套着一个布袋，只是不想把时间浪费在穿衣服上。这个独特的姑娘世事洞明，超然于外，最后神奇地抓着一个雪白的床单乘风而去，永远消失在空中。

她的两个弟弟阿尔卡蒂奥第二和奥雷里亚诺第二是孪生子。阿尔卡蒂奥第二在美国人开办的香蕉公司里当监工，鼓动工人罢工，成为劳工领袖。后来，他带领三千多工人罢工，遭到军警的镇压，三千多人只他一人幸免。他目击政府用火车把工人们的尸体运往海边丢到大海中，又通过电台宣布工人们暂时调到别处工作。阿尔卡蒂奥第二四处诉说他亲历的这场大屠杀揭露真相，反被认为神志不清。他无比恐惧失望，把自己关在房子里潜心研究吉卜赛人留下的羊皮手稿，一直到死他都待在这个房间里。

奥雷里亚诺第二没有正当的职业，终日纵情酒色，弃妻子费尔南达于不顾，在情妇佩特拉家中厮混。奇怪的是每当他与情妇同居时，他家的牲畜便迅速地繁殖，给他带来财富，一旦回到妻子身边，便家业破败。他与妻子生有二女一男，最后在病痛中与阿尔卡蒂奥第二同时死去。从生到死，人们一直没有认清他们兄弟俩谁是谁。

家族第五代

布恩迪亚家族的第五代是奥雷里亚诺第二的二女一男，长子何塞·阿尔卡蒂奥儿时便被送往罗马神学院去学习，母亲希望他日后能当主教，但他对此毫无兴趣，只是为了那假想中的遗产，才欺骗母亲说他在神学院学习。母亲死后，他回家靠变卖家业为生。后发现乌尔苏拉藏在地窖里的 7 000 多个金币，从此过着更加放荡的生活，不久被抢劫金币的歹徒杀死。

大女儿雷纳塔·蕾梅黛丝(梅梅)爱上了香蕉公司汽车库的机修工马乌里肖·巴比伦，母亲禁止他们来往，他们只好暗中在浴室相会，母亲发现后禁止女儿外出，并请了保镖守在家里。马乌里肖·巴比伦爬上梅梅家的屋顶，结果被保镖打中背部，终日卧病在床，被人当成偷鸡贼，在孤独中老死。梅梅万念俱灰。母亲认为家丑不可外扬，将怀着身孕的她送往修道院，她从此一言不发。

小女儿阿玛兰妲·乌尔苏拉早年在布鲁塞尔上学，在那里与飞行员加斯通交往，后二人回到马孔多，见马孔多一片凋敝，决心重整家园。她朝气蓬勃，充满活力，仅用了三个月就使家园焕然一新。她的到来，使马孔多出现了一个最特别的人，她的情绪比这个家族的人都好，她想把一切陈规陋习打入十八层地狱。她决定定居下来，拯救这个灾难深重的村镇。

家族第六代

布恩迪亚家的第六代是梅梅送回的私生子奥雷里亚诺·布恩迪亚。他出生后一直在孤独中长大。他唯一的嗜好是躲在吉卜赛人梅尔基亚德斯的房间里研究各种神秘的书籍和手稿。他能与死去多年的吉卜赛人梅尔基亚德斯对话，并受到指示学习梵文。他一直对周围的世界漠不关心，但对中世纪的学问了如指掌。他爱上了姨母阿玛兰妲·乌尔苏拉，二人发生了乱伦关系，尽管他们受到了孤独与爱情的折磨，但他们认为他们是人世间唯一最幸福的人。后来阿玛兰妲·乌尔苏拉生下一个男孩："他是百年里诞生的布恩迪亚当中唯一由于爱情而受胎的婴儿"，然而，他身上竟长着一条猪尾巴。阿玛兰妲·乌尔苏拉因产后大出血而死。

那个长猪尾巴的男孩就是布恩迪亚家族的第七代继承人。他刚出生就被一群蚂蚁吃掉。当奥雷里亚诺·布恩迪亚看到被蚂蚁吃的只剩下一小块皮的儿子时，他终于破译出了梅尔基亚德斯的手稿。手稿卷首的题词是："家族中的第一个人将被绑在树上，家族中的最后一个人正被蚂蚁吃掉。"原来，这手稿记载的正是布恩迪亚家族的历史。在他译完最后一章的瞬间，一场突如其来的飓风把整个马孔多镇从地球上刮走，从此这个村镇就永远地消失了。

【注释】

①选自方位津：《外国文学名著速览》(第3卷)，352～354页，北京，华夏出版社，2010。

【赏析】

《百年孤独》以虚构的马孔多镇为故事的发生地，描述了布恩迪亚家族七代根深蒂固的孤独，在时空交错、现实与神话间穿插着三教九流的不同命运，可以说是浓缩了的拉丁美洲的民族苦难史。

小说描述了一个令人迷惘困惑的现实与神话交织的离奇世界，内容庞杂，人物众多，情节曲折离奇，是一个建立在过去、现在和将来重复循环象征框架中的现代神话。在时间的轮回重复中，文本中隐含了许多大小相映、环环相扣的循环怪圈，人物的悲剧命运、事件的扑朔迷离、愚昧与堕落、荒唐与离奇……全以这些大大小小的怪圈为同心圆，而处在怪圈中的人们全在无望地挣扎，他们的挣扎与反抗注定要在绝望的徒劳中被马孔多那场最后的飓风带走。

在作品中，最让人感到头疼的就是布恩迪亚家族中一代代重复的人名，在七代人中，出现了五个阿卡迪奥，四个奥雷良诺(私生子一律算上共有21个)，两个阿玛兰妲，两个蕾梅黛丝。而这种让人头昏脑涨的人名重复，是作者精心设计的。重复的人名，也出现了重复的命运，这些名字像符咒一样不仅束缚住了这个家族中一代代新人的命运，而且束缚住了这个家族的发展。这些名字像符咒一样与这个家族人物的性格及荒唐、堕落、悲剧的命运联系在一起，无论他们如何挣扎，都逃脱不了自己可悲的宿命。他们的孤独和苦难不可避免，无论他们是否努力去抗争都摆脱不了绝望和痛苦。作者也运用这种循环往复的怪圈映射了个人、家族、民族乃至整个拉丁美洲停滞的现实，体现出作者对现实和民族命运的深刻思索。

马尔克斯在写作手法上运用了魔幻现实主义创作原则：变现实为幻想而又不失其真，将现实和神话传说等巧妙地融合在一起，给人们呈现出"似是而非，似非而是"的场景。如本书写外部文明对马孔多的入侵，是现实的，但又魔幻化了，如吉卜赛人拖着两块磁铁"挨家串户地走着……铁锅、铁盆、铁钳、小铁炉纷纷从原地落下，木板因铁钉和螺钉没命地挣脱出来而嘎嘎作响……跟在那两块魔铁的后面乱滚"充分体现了以现实为基础，但又夸张得恰到好处，让读者看到一幅幅真真假假、虚实交错的画面，从而丰富了想象力，收到强烈的艺术效果。同时作者运用了大量的神话传说、民间故事、《圣经》典故，进一步加强了本书的神秘气氛。如写普鲁邓希奥·阿基拉尔的鬼魂日夜纠缠布恩迪亚一家，便取材于印第安传说中冤鬼自己不得安宁也不让仇人安宁的说法；有关飞毯以及美人蕾梅黛丝抓住床单升天的描写是阿拉伯神话《天方夜谭》的引申；而马孔多一连下了四年十一个月零两天的大雨则是《圣经·创世记》中有关洪水浩劫及挪亚方舟等故事的移植。另外，作者还运用了倒叙手法。

1982年，瑞典文学院认为，马尔克斯在《百年孤独》中“创造了一个独特的天地，即围绕着马孔多的世界”“汇聚了不可思议的奇迹和最纯粹的现实生活”，因而授予他诺贝尔文学奖。

5. 尤利西斯

[爱尔兰]乔伊斯

【作者简介】

詹姆斯-乔伊斯(1882—1941)，爱尔兰小说家、诗人，同时也是现代主义文学最重要的代表作家之一。他出生于都柏林一个日趋没落的中产阶级家庭，父亲是个不善管理家务的税吏。他从小在耶稣会的学校中接受天主教教育，曾一度想成为神父，但在欧洲文学所表现的自由思想的影响下，对宗教产生了怀疑。他于1898年进入皇家大学都柏林学院学习哲学和语言，1902年获学士学位后进入圣塞西莉亚医学院，不久即因经济拮据而辍学。在都柏林学院时他就显示出超人的文学天赋。他一生最崇敬的作家是易卜生，18岁时便发表了一篇很有见地的关于易卜生作品的评论，易卜生对之十分赏识，这使他深受鼓舞。1902年他去巴黎学医，次年因母亲病重回国，开始写短篇小说。1904年他和妻子诺拉-乔伊斯同去瑞士以教授英语为生，1906年他赴罗马任银行职员，同时继续创作。1920年他在庞德的劝说下移居巴黎，在这个文化名城和当时现代主义文学的中心，他接触并研究了大量的古典和现代作品，这对他的文学创作产生了极大的影响。此后，他专注于小说写作，直到1941年1月13日病逝于苏黎世。乔伊斯一生著作颇丰，代表作品包括戏剧《流亡》、诗集《室内音乐》、短篇小说集《都柏林人》，以及长篇小说《一个青年艺术家的画像》《尤利西斯》《芬尼根的守灵夜》。

【故事梗概】

自问世以来，《尤利西斯》便获得了“只能被重读的小说”这一称号。小说主要围绕斯蒂芬·代达勒斯、利奥波尔德·布卢姆和莫莉三位主人公展开。小说中没有传统意义上的故事，主要讲述了1904年6月16日一昼夜18小时之内布卢姆和斯蒂芬两位主人公在爱尔兰首都都柏林的所作所为、所见所闻、所思所想。其中布卢姆又是最重要的人物。他一直怀疑妻子莫莉和他人有暧昧关系，小说就以莫莉躺在床上，在似睡非睡的状态中的长篇内心独白结束。小说以时间为顺序，每1小时1章，一共18章。

布卢姆与斯蒂芬起初并不相识，斯蒂芬是一位青年诗人，他从巴黎返回都柏林探望病危的母亲。母亲死后，斯蒂芬离开家，租住在一个圆形炮塔里，靠教书谋生。而和斯蒂芬住在一起的还有医学生勃克穆利根和英国人海恩斯，他们常在一起谈论信仰等问题。斯蒂芬来到学校上历史课，被校长叫到办公室领薪水，并奉命为校长找报社发表文章。斯蒂芬离开学校来到海滩，面对大海浮想联翩。布卢姆正在为报纸承揽广告，他的妻子莫莉是个歌手，正准备下午与情人博依兰约会。布卢姆整天为妻子的不检点而烦恼，却又无能为力。上午10点，布卢姆与女打字员交换情书，之后到教堂去做弥撒。11点，布卢姆去墓地参加迪格纳穆的葬礼。灵柩下葬后，他仍在坟丛中徘徊，回想起夭折的儿子和自杀的父亲，对死亡进行反思。中午，布卢姆到《自由报》去向主编说明自己的广告图案，随后赶到《电讯晚报》报馆。碰巧斯蒂芬正向该报推荐校长的文章，主编对文稿嗤之以鼻，斯蒂芬败兴而归，想到刚领了薪水，就请大家去喝酒。布卢姆看见斯蒂芬的妹妹正在一座拍卖行外面卖旧家具，心中感慨。下午1点，布卢姆走进一家廉价的又脏又乱的小饭馆，众人狼吞虎咽的吃相让他无法忍受，于是他换了一家比较高级的饭店。布卢姆走出饭店，恰好看到情敌博依兰迎面走来，他赶紧躲进图书馆。下午2点，斯蒂芬来到图书馆，向评论家和学者们发表关于莎士比亚的议论。布卢姆没有参与讨论，之后，他穿行在形形色色忙忙碌碌的人群之中浮想联翩。下午5点，布卢姆与朋友在酒吧见面。听到一个无赖大肆攻击犹太人，布卢姆忍无可忍加以反驳，险些遭到对方的人身攻击。晚上8点，布卢姆来到海边，被少女格蒂的美貌深深吸引，不禁神不守舍、想入非非。晚上10点，布卢姆到妇产医院探望难产的麦娜夫人，偶遇酩酊大醉的斯蒂芬和一群医学院的学生，不禁感到担心。斯蒂芬请大家到酒店喝酒，布卢姆尾随而去，一路上眼前出现许多幻象。摆脱幻象后，布卢姆到妓院找到醉酒闹事的斯蒂芬，把他带回了家。斯蒂芬从布卢姆身上找到了精神上的父亲，布卢姆则从斯蒂芬身上找到了自己夭折的儿子。天亮时，斯蒂芬离开布卢姆的家。布卢姆面对卧室内略有变动的摆设，幻想着莫莉与博依兰幽会的情景，但最终决定再做一次努力，做一个好丈夫。莫莉在半睡半醒之中梦见丈夫布卢姆、初恋情人博依兰和斯蒂芬，经过对比，莫莉决定再给丈夫一次机会。

【赏析】

“那天晚上我们在阿尔赫西拉斯没有赶上渡轮打更的提着灯笼转悠平安无事啊唷深处的潜流可怕啊唷还有海洋深红的海洋有时候真像火一样的红嘿夕阳西下太壮观了还有阿拉梅达那些花园里的无花果树真的那些别致的小街还有一幢幢桃红的蓝的黄的房子还有一座座玫瑰花园还有茉莉花天竺葵仙人掌少女时代的直布罗陀我在那儿确实是一朵山花真的我常像安达卢西亚姑娘们那样在头上插一朵玫瑰花要不我佩戴一朵红的吧好的还想到他在摩尔城墙下吻我的情形我想好吧他比别人也不差呀于是我用目光叫他再求真的于是他又一次问我愿意不愿意真的你就说愿意吧我的山花我呢先伸出两手搂住了他真的我把他搂得紧紧的让他的胸膛感到我的乳房芳香扑鼻真的他的心在狂跳然后真的我才开口答应愿意我愿意真的。”

以上所选是小说最后一章对女主人公莫莉的心理描写，乔伊斯打破传统小说正常的时空次序，让读者跟随莫莉的意识之流在过去、现在、未来之间不停地穿梭、大跨度地跳跃，感受现实情景，感觉印象以及回忆和向往的交织叠合，扑朔迷离。

《尤利西斯》是一部典型的意识流小说。和传统小说不同，意识流小说的叙述焦点已由外部彻底转向内部，即人物的意识，但是人物的意识流绝不是与外部世界隔绝的、封闭的。一方面，人物过去的全部经历，他们彼时彼地的许多感受都零乱地、时断时续地出现在"此时"的意识流中，细心的研究者不难把它们从中"清理"出来；另一方面，引发出那如缕不绝的意识之流的不是别的，而恰恰是眼前的外部世界。这种意识流又和传统小说中条理化、逻辑化、井然有序的内心历程显然有别。小说所追踪的是人物意识活动的原始状态，他们的意识流动飘忽不定，不受时间、空间和逻辑的制约；这种表面的紊乱其实非常真实地表现了人的意识活动的本来状况。意识流小说既反映了在现代心理学成就启发下人们对自身意识活动的更深入的认识，在文学上也是对传统小说心理描写的一个重要突破。

总之，在《尤利西斯》中，人物的意识流是特定情景下人物内在特征的外化，在跳跃性、随意性之中，处处显露出人物过去的经历、教养、气质。例如，布卢姆的意识流总是带着务实的色彩，具体而平凡，涉及的不外日常人生，从中看得出他懂得人情世故，有幽默感；斯蒂芬的意识流常常引经据典，既有哲理性，又有诗歌的形象性，富于玄想；莫莉的意识流则更生活化，有更多鲜艳的色彩、更多花草，她生性坦荡、少有顾忌的特点也在意识流中表露无遗。

小说的题目来源于希腊神话中的英雄奥德修斯(Odysseus，拉丁名为尤利西斯)，而《尤利西斯》每一个章节的题目和内容也表现出与荷马史诗《奥德赛》平行、对应的关系。其中，布卢姆在都柏林街头的一日游荡暗合了奥德修斯在海外的十年漂泊；布卢姆的妻子莫莉的淫荡和不忠与奥德修斯之妻佩涅洛佩的忠贞形成鲜明的对比；奥德修斯的儿子特勒马科斯寻找生身父亲的历程则暗喻了青年学生斯蒂芬寻找精神上的父亲的心路历程。在创作过程中，为了突出三部十八章的主题，乔伊斯还把《奥德赛》的人名、地名或情节分别作为各部章的题目；但是在发表这部小说时，为了使读者把注意力集中在书中人物的身上，并没有用那些章目。尽管如此，《尤利西斯》与荷马史诗《奥德赛》之间的密切关联还是引起了读者和评论界的高度关注。西方评论家至今在提到各章时，仍袭用过去的章目。

《尤利西斯》的译者之一文洁若则专门撰文阐述小说每一章的主要内容与《奥德赛》有关章节之间的一一对应关系。可以说《尤利西斯》是乔伊斯对现实生活的真实再现或者曲折表现——或多或少带有一些自传的性质。然而《尤利西斯》的写作方式绝不是现实主义的，而是反传统的，甚至是怪诞的。小说运用不同色调的语言和表现手法描写不同的人物和场景，同时大量运用细节描写和意识流手法构建了一个交错凌乱的时空。这对于读者的阅读能力和理解能力无疑是一种挑战。

1918年经庞德介绍《尤利西斯》在美国纽约的《小评论》杂志三月号上开始连载。该杂志因此于1921年被判刊载猥亵作品罪。1922年《尤利西斯》全书出版后引起了巨大的争议，被斥责为“粗俗、不堪入目”，并被禁止在英美发行。直至1933年美国法庭宣判《尤利西斯》并非猥亵作品才解禁。今天《尤利西斯》的价值已经得到了文学评论界的普遍承认，被称为“意识流小说的代表作”，一本触及哲学、历史、政治、心理等诸多社会科学领域的“现代社会的百科全书”，“20世纪世界最富影响力的名著之一”。乔伊斯本人也被称为用英文写作的现代主义作家中将国际化因素和乡土化情节结合最好的人，20世纪最重要的作家之一。都柏林则把小说中故事发生的日期6月16日定为布卢姆日来纪念乔伊斯这位令都柏林、令爱尔兰引以为荣的文学巨匠。

6. 第二十二条军规

［美］海勒

【作者简介】

约瑟夫·海勒(1923—1999)，美国著名小说家，“黑色幽默”文学的代表作家。海勒出生于纽约布鲁克林的科尼岛区，父母是俄国犹太移民。5岁时，父亲早逝，家境艰难。第二次世界大战爆发后，19岁的海勒应征入伍，并作为投弹手多次执行轰炸任务。海勒的这段经历为其代表作《第二十二条军规》提供了创作素材。1945年海勒作为空军上尉退役。战后，海勒先后进入纽约大学和哥伦比亚大学就读，分别获得文学学士和硕士学位，并曾作为富布莱特学者赴牛津大学访学。此后，他曾先后在宾夕法尼亚州立大学、耶鲁大学和纽约大学任教，并当选为美国艺术文学院成员。

海勒一生作品数量谈不上丰厚。1961年，他发表超现实主义反战实验小说《第二十二条军规》一举成名。以后陆续发表《我们轰炸纽黑文》(1968)、《克莱文杰的审判》(1973)、《出了毛病》(1974)、《像戈尔德一样好》(1979)、《上帝知道》(1984)、《不是玩笑》、《描写这个吧》、《最后时光》和《此时与彼时：从科尼岛到这里》。此外，他还创作和改编剧本以及写作短篇故事。有评论家认为，他后期发表的短篇故事堪称该文类的上乘之作。尽管作品数量相对较少，但海勒已经被公认为20世纪最重要的作家之一，《第二十二条军规》也被誉为“20世纪60年代以来享誉最盛的小说”，被译成几十种文字，发行量高达1 000万册，创造了小说发行的一个奇迹。

海勒是“黑色幽默”文学的代表作家。“黑色幽默”是20世纪60年代出现在美国的一个后现代文学流派，它是法国存在主义哲学影响下的产物，由于和荒诞派戏剧的创作理念有不少相似的地方，所以也常被称为“荒诞小说”；因为它讽刺的基调是暗色的，所以又称为“黑色喜剧”“绝望的戏剧”等。“黑色”意味着死亡，所以“黑色幽默”是“绞刑架下的幽默”或“死亡幽默”的意思。“黑色幽默”可以简练地概括为用幽默的手法再现荒诞的、病态的、恐怖的题材。《第二十二条军规》就全面体现了“黑色幽默”的这些艺术特征。

【故事梗概】

《第二十二条军规》情节很简单。小说以第二次世界大战结束前几个月的欧洲战事为背景，地点是在意大利厄尔巴岛以南 8 英里(约合 1 609 米)的地中海的一个空军基地——皮亚诺萨小岛，中心人物是约翰·约塞连。约塞连是美军飞行大队的上尉轰炸员，在一次战斗中，他目睹了同伴死亡的惨状，意识到生命的神圣，不再愿意白白送死，开始绞尽脑汁逃避飞行任务。在这个岛上，他生活的唯一目的就是逃避作战飞行，然而无处不在的“第二十二条军规”却使他的计划落空了。于是，他一次又一次地装病住进医院，因为他发现这里可能是唯一的藏身之处。最后，他终于做了逃兵，跑到了瑞典，远离了战争。

《第二十二条军规》所描写的皮亚诺萨小岛是荒谬的现代战争的缩影：一切都令人绝望、不可理喻。一件又一件荒唐的事情在这里上演：关于作战飞行的次数长官可以凭借自己的权威随意增加；一个早已死亡的人在军队的名单中却还活着，而一个还活着的人却被宣布死亡；梅杰上校规定只有当他自己不在房间里时，才允许部下进屋求见。这些情节看似荒诞却蕴含着深刻的社会现实意义。当然，其中最有代表性的黑色幽默还是那“第二十二条军规”。

【赏析】

《第二十二条军规》在美国文学史上占有重要的地位。小说通过虚构的战争时期的一个小岛，间接暴露了美国社会官僚与资本勾结的腐败本质和统治集团给普通百姓带来的无尽痛苦与死亡的罪恶。

小说中的“第二十二条军规”，与常见的规章、军规最大的区别在于：它不见诸文字记载，却无处不在、无时不有。小说中的英文 catch 是双关语，意为“圈套、陷阱”。这“第二十二条军规”就如同孙悟空头上的紧箍咒一样，束缚着人们的思想和行为。它既令人无可奈何，又不能有半点反抗。这条专制、残暴、冷酷的“第二十二条军规”制造了一个疯狂荒谬的世界。

在“第二十二条军规”的庇护下，官僚统治集团可以为了实现自己的卑鄙私利为所欲为。飞行大队指挥官卡斯卡特上校为了爬上将军宝座，不顾飞行员的死活，无休止地增加飞行次数；情报官布莱克上尉作为官僚集团的耳目，天天搜集整人的把柄，利用诬陷不实之词搞垮政治对手；食堂管理员联合军事头目，打着“爱国主义”旗号，成立了果蔬公司，大发战争财。

但是，对于普通百姓而言，“第二十二条军规”是一个任何人都无法逃脱的陷阱，它凌驾于个人之上，给下层社会的小人物带来无尽的苦难和痛苦，甚至是死亡。斯诺登因飞行次数不断增加而死于空中；亨格利·乔因惧怕飞行次数增加，每天都做噩梦，最终在噩梦中离开了世界；丹尼卡医生因名字正好列在麦克沃特所驾驶的飞机的登记人员名单上，成为一名不被承认的活人；马德刚到基地两小时，还未来得及到中队报到就在奥尔维耶托上空被炸了个粉身碎骨，成为一个不被承认的死人。

从《第二十二条军规》描绘的活生生的军营众生相中，我们清晰地看到了资本主义社会的种种病态和弊端。小说揭露了美国资本主义统治集团的腐败，呈现了他们给社会带来的“一片有组织的混乱”和“一种制度化了的疯狂”。

海勒在《第二十二条军规》中创新性地运用了后现代主义的艺术手法，有力地深化了作品主题，并以独特的创作风格引导了一个新的文学流派——“黑色幽默”流派。《第二十二条军规》是一部典型的“黑色幽默”狂想曲。

“黑色幽默”流派的作家往往用放大镜和哈哈镜把现实中的荒谬和压迫加以放大、扭曲，使其变得更加荒诞不经、滑稽可笑，更加反常无理、丑恶可憎，从而寄托他们的无可奈何和痛苦心情。在艺术手法上，“黑色幽默”流派的作家破坏、消解和颠覆传统小说和现代主义小说的叙事策略，建立了后现代主义的一种新的小说范式。《第二十二条军规》中的悖论式矛盾，非连续性、通俗化倾向等都突出地体现了后现代主义的艺术特色。

悖论式矛盾，在约塞连与丹尼卡医生的一段对话中得到了淋漓尽致的体现：

“奥尔是不是疯子？”

“他当然是疯子。”丹尼卡医生说。

“你能让他停飞吗？”

“当然可以。不过，先得由他自己来向我提这个要求。规定中有这一条。”

“那他干吗不来找你？”

“因为他是疯子，”丹尼卡医生说，“他好多次死里逃生，可还是一个劲地上天执行作战任务，他要不是疯子，那才怪呢。当然，我可以让奥尔停飞。但，他首先得自己来找我提这个要求。”

“难道他只要跟你提出要求，就可以停飞？”

“没错。让他来找我。”

“那样你就能让他停飞？”约塞连问。

“不能。这样我就不能让他停飞。”

“你是说这其中有个圈套？”

“那当然，”丹尼卡医生答道，“这就是第二十二条军规。凡是想逃脱作战任务的人，绝对不会是真正的疯子。”〔1〕

根据该军规的规定，精神错乱者不能担当飞行轰炸任务，然而当约塞连假装精神失常以逃避飞行任务时，他被告知他要求停飞这种企图本身就证明他是清醒正常的，因此，他的要求被拒绝。这段对话实质上揭示了“第二十二条军规”作为圈套和陷阱的荒谬本质。

在非连续性方面，海勒摒弃了平铺直叙、按部就班的写作手法，不再注重故事情节，打乱时间顺序，以反映资本主义社会的混乱。

在通俗化倾向方面，后现代主义追求文化的大众化，取消高雅文学和通俗文学的界限。《第二十二条军规》情节曲折、离奇，多采用幻想、虚构等非现实的艺术手法。海勒

---

〔1〕［美］海勒：《第二十二条军规》，扬恝、程爱民、邹惠玲译，53～54页，南京，译林出版社，1999。

通过怪诞的想象和浓厚的神秘色彩，对资本主义社会的弊病给予了莫大的讽刺。

另外，《第二十二条军规》的语言也非常精彩，充分显示了“黑色幽默”的特点。小说的语言深具游戏精神，在小说中表现为矛盾悖论、夸张、结构重排等。矛盾悖论用一环套一环的逻辑陷阱使小说有如迷宫一般难以捉摸；夸张把小说特有的“黑色幽默”风格表现得淋漓尽致；结构重排则使语言表达游戏式地重新排列。这些语言和结构上的特点都为美国当代小说提供了一种崭新的叙述方式。

《第二十二条军规》以“黑色幽默”为叙事策略，打破了现实主义和现代主义的传统，开创了后现代主义的先河。海勒在狂欢的喧嚣声中以“绝望的喜剧”形式鞭笞了集权政治，表达了他对社会问题和政治问题的深刻思考。

7. 橡皮

[法]罗布-格里耶

【作者简介】

罗布-格里耶(1922—2008)，出生于法国布雷斯特，是法国著名小说家，学术界公认的“新小说”派的领袖。在当时“新小说”派作家里，尽管西蒙获得了1985年诺贝尔文学奖，但无论是在理论研究还是在创作实践和宣传活动方面，学界还是一致认为对“新小说”贡献最大的要算罗布-格里耶。20世纪40年代，他进入巴黎农艺学院求学，并在毕业后进入全国统计院从事生物学研究工作；1950年至1951年，他开始在殖民地果品柑橘学院担任农艺师。并且在这段时间里，他还先后到摩洛哥、几内亚和拉丁美洲的一些国家进行过热带水果的考察和研究工作。1951年，从非洲回国途中，他在船上构思创作出了第一部“新小说”《橡皮》。这是他全面与巴尔扎克的传统小说对抗的第一部试验性作品。他于1955年发表第二部小说《窥视者》。这是他的主要代表作，也是“新小说派文学”的代表作之一。它的命运和《橡皮》一样，开始时没有引起注意，但在作者成名之后，受到高度重视。此后作者又在1957年、1959年、1962年分别发表了《嫉妒》《在迷宫中》《快照》等小说。而为了更客观地记录事物的世界，他还在电影领域进行过尝试。他的电影小说《去年在马里安巴》(又译作《去年在马里安温泉》或《去年在马里昂巴德》)曾获威尼斯电影节大奖。1963年摄制的《不朽的女人》曾获德路克电影奖。1984年他曾来北京讲学。罗布-格里耶的文学活动对“新小说”的发展起到了极大的推动作用。可以说，正是他的创作实践和理论鼓吹，使“新小说”的影响不断扩大。

【故事梗概】

《橡皮》写的只是一天里的事，情节十分简单，看起来像一部侦探小说，其实是作者在用“新小说”的方法进行创作。主人公杜邦是一个重要的经济学家，他在一家对全国经济和政治都起着重大影响的集团里任职。有个恐怖组织企图把这个集团里的重要人物全部杀死，以打击最高统治阶层的势力。杜邦是第九个被暗杀的对象，前面八人都是在晚上七点半被杀的。杜邦被暗杀后，与他关系甚密的内政部长派青年侦探瓦拉斯去调查。瓦拉斯在城市迷宫般的街道上闲逛，几次走进一家文具店买橡皮。瓦拉斯在当天晚上七点半埋伏在杜邦的书房里，等候恐怖分子来盗走杜邦保存的一些重要文件。当有人接近时，瓦拉斯开枪，走去一看，被他击毙的却是杜邦。原来杜邦第一次被刺时只受了点轻伤，并未死。此次他是担心文件被盗，亲自回家来取，然后再前往内政部长家避难，结果反而死于非命。

【赏析】

作为一部反传统的“新小说”，《橡皮》的特点在于——作家为读者提供一种不加任何主观整理的纯客观的生活原样：不是人物支配情景和故事，而是将物(这里主要指发生的种种事件)作为一种不以人的意志为转移的存在。在这部小说中，事件怎么发展，人会有什么样的遭遇，不仅故事中的人物不知道，就是读者乃至作者也不知道。这正是作者的“人是在物质的包围之中，时刻受其影响”观点的反映。他虚构了这样一个侦探式的故事，目的是揶揄传统现实主义所善于制造的“真实幻觉”。《橡皮》的出版可以说给文学界带来了新的挑战。虽然它刚刚问世时读者寥寥无几，没有引起多大的反响，但由于它的“反传统性”，后来渐渐引起了争论。直到20纪60年代，感兴趣者突然猛增，发行量也一下子超过100万，并先后在欧美各国出版发行。而到了1968年，《橡皮》甚至被改编成电影剧本，搬上了银幕。

总的来说，《橡皮》的写作实践对罗布-格里耶“新小说”理论的形成起到了极大的推动作用。《橡皮》发表后，他于1956年在《新法兰西杂志》上发表了一篇论文《未来小说之路》。在这篇论文里，他对在《橡皮》里已实践的东西进行了系统的阐述。他认为目前流行的实际上还是巴尔扎克的小说观念，而想要摆脱20世纪以来出现的小说危机就必须进行新的实验，要在小说中创造出一个更实体、直观的世界，以此来代替现有的这种充满心理的、社会的、功能的意义的世界。这种新产生出来的小说把物体原样和无逻辑姿态的存在当作先决条件，以写物来通感人的复杂的内心世界感受，通过小说重建一个纯属读者内心世界的时间和空间。

(三)戏剧

1. 禁闭

[法]萨特

【作者简介】

保罗·萨特(1905—1980)，法国思想家、哲学家、文学家、社会活动家。他出生于海军军官家庭，8岁时开始写作，1924年进入巴黎高等师范学校攻读哲学。大学毕业后，他任中学哲学老师，深受学生欢迎。1933—1934年，他在德国柏林研究现象学哲学，逐渐形成了自己的存在主义哲学思想。萨特是自海德格尔后存在主义者中最有影响力的人物，是第二次世界大战后存在主义思潮进入一个新时期后理论上最主要的代表人物，也是法国存在主义最主要的领袖之一。第二次世界大战爆发后，萨特参军服役，在前线被俘，1941 年被遣送回国，继续在中学任教。战后，他放弃教职，与友人创办《现代》杂志，专事写作、著述。

萨特积极推行存在主义，在其哲学著作《存在与虚无》中阐述了“人的存在是自由的”这一命题。无限的自由、无限的责任和虚假信念的徒劳是萨特后期著作最为重要的三个论点。他的另一著作《辩证理性批判》则以人学辩证法为结构框架，以历史学、政治学、人类学、社会学和心理学等方面的内容构建出一门新的学科——人学，在西方思想史上具有划时代的意义。萨特的存在主义哲学对整个世界有着巨大的影响，为他赢得了能够和柏拉图、亚里士多德等大师比肩的地位。

萨特不仅大力倡导“介入文学”，主张文学要干预社会现实，而且积极投身社会活动，对各种政治事件和社会问题公开表明自己的见解，是一个名副其实的社会活动家。20 世纪 50 年代中期，萨特先后访问北欧国家和苏联、美国、中国、古巴，激烈反对法国对越南的殖民统治，反对越南战争，反对苏联入侵匈牙利。20 世纪 60 年代，法国掀起五月风暴。萨特活动在学生之间，发传单，到监狱探望学生领袖，为学生请愿，表现得热心而活跃，被人们称为“一个充满年轻活力的老年人”。

萨特思想激进，一生特立独行。他不仅反对任何形式的官方压制，而且谢绝一切来自官方的荣誉，包括 1964 年的诺贝尔文学奖。

1980 年 4 月 15 日，萨特逝世。数万法国民众自发跟随灵车送葬。时任法国总统德斯坦表达了极大的哀悼之情，称“萨特的逝世，好像我们这个时代陨落了一颗明亮的智能之星”。

萨特的文学作品影响深远，主要有小说《恶心》《墙》《词语》《自由之路》，剧本《禁闭》《苍蝇》《死无葬身之地》《恭顺的妓女》《脏手》等，其中《死无葬身之地》至今仍在公演。

【作品简介】

独幕剧《禁闭》写于 1944 年，是萨特的第二部戏剧，也是表现萨特存在主义观念的名剧，被称为西方现代戏剧的经典，对存在主义文学及荒诞派戏剧影响极大。

《禁闭》最初以《他人》为剧名刊载在杂志《弩》1944 年第 8 期上，同年 5 月 27 日在巴黎老哥伦比亚剧院首演时获得极大成功。第二年，伽里玛出版社以《禁闭》为题出版了该剧作。它是萨特剧本上演次数最多的一部作品，最早的中译本是由张月楠翻译的，发表在《当代外国文学》1980 年第 1 期上。除了“禁闭”外，在我国学术期刊上经常见到的还有“间隔”“密室”“隔离审讯”等译名。

萨特通过剧中三个已亡人物形象向我们诠释了存在主义。从这部戏剧中产生了一则哲学名言——他人即地狱。激烈复杂的戏剧冲突就是围绕这一名言展现在我们面前的。加尔散是个胆小鬼，被枪毙的可耻的逃兵；艾丝黛尔是个色情狂和溺婴犯；伊内丝是个同性恋者和力图支配别人的心理变态者。在地狱里，他们只有通过折磨他人才能使自己得到解脱。每个人只有通过他人才能找到自我存在的意识，但是他人的目光又是自己的威胁。

《禁闭》集中地体现了戏剧冲突的激烈性。三个人互相折磨、互相欺诈同时又互相背叛：加尔散想要证明自己不是懦夫，总想说服伊内丝，而对懒于思考的艾丝黛尔十分厌恶。艾丝黛尔在没有镜子的情况下惶惑不安，怀疑自己是否真的还存在。作为色情狂，她只能从男人那里证明自己的魅力和存在，因此唯一的男士加尔散就成了她的救命稻草。而伊内丝一方面把艾丝黛尔视为猎物，要求后者把她当成镜子，当成自我评判的标准；另一方面又冷酷地揭露加尔散的懦夫面目，不让他获得安宁，进而要挟他不让艾丝黛尔获得安宁。结果，加尔散未能说服伊内丝信任他，反遭一顿痛骂。伊内丝想把艾丝黛尔揽入自己的怀抱，也始终不能如愿。艾丝黛尔要求加尔散帮她把伊内丝关到门外遭到拒绝，又渴望他拥抱自己来报复伊内丝也不能得逞，于是她恼羞成怒，抓起桌上的裁纸刀向伊内丝身上刺去。可惜伊内丝是已经死去的人，刀子杀不死她。于是，他们三个人只能永远待在一起，继续相互折磨下去。

【赏析】

加尔散　难道永远没有黑夜了吗？

伊内丝　永远没有。

加尔散　你永远看得见我吗？

伊内丝　永远。

［加尔散离开艾丝黛尔，在房间里走了几步，他走近青铜像。

加尔散　青铜像……(抚摸它)好吧，这正是时候。青铜像在这儿，我注视着它，我明白自己是在地狱里。我跟您讲，一切都是预先安排好了的。他们早就预料到我会站在这壁炉前，用手抚摸着青铜像，所有这些眼光都落在我身上，所有这些眼光全在吞噬我……(突然转身)哈，你们只有两个人？我还以为你们人很多呢？(笑)那么，地狱原来就是这个样。我从来都没想到……提起地狱，你们便会想到硫磺、火刑、烤架……啊，真是莫大的玩笑！何必用烤架呢，他人就是地狱。

艾丝黛尔　我心爱的！

加尔散　(推开她)放开我。她夹在我们中间。只要她看见我，我就不能爱你。

艾丝黛尔　哈！那好，她再也别想看见我们了。(从桌上拿起裁纸刀，奔向伊内丝，把她砍了几下)

伊内丝　(挣扎，笑)你干什么，你干什么，你疯了吗？你很清楚，我是个死人。

艾丝黛尔　死人？

［她的刀子落地。稍停，伊内丝拾起刀子，疯狂地用刀子戳自己。

伊内丝　死人！死人！死人！刀子，毒药，绳子，都不中用了。这是安排好了的，你明白吗？我们这几个人永远在一起。(笑)

艾丝黛尔　(大笑)永远在一起，我的上帝，这多么滑稽！永远在一起！

加尔散　（看着她俩笑）永远在一起！

［他们倒在各自的躺椅里，坐着。长时间静场。他们止住笑，面面相觑。加尔散站起来。

加尔散　好吧，让我们继续下去吧。[1]

这段对白是整个剧本戏剧冲突的高潮。他们由心理语言上的冲突最终上升到脱去优雅的外衣直达心灵。一方面彼此提防，掩盖自己生前的丑行；另一方面又设法探听、了解别人过去的罪恶，互相利用，彼此纠缠，钩心斗角。他们每个人都有自己的所求：同性恋伊内丝不断地引诱艾丝黛尔，而和男性的加尔散势不两立，但是加尔散又希望得到伊内丝的认可，让伊内丝同情他的过去；与此同时，艾丝黛尔为了肉体上的需求而不断地挑逗加尔散，从而触怒伊内丝。三个人处在无法调节的矛盾对立和彼此冲突中。经过一番徒劳的挣扎，加尔散终于明白：对人类罪恶的惩罚并不是尖头桩、烤人的炭火和紧身的铁衣，而是另外一种比这些刑具更让人无法忍受的惩罚——监视和拷问，无处不在的监视，永无休止的拷问。于是他得出结论："他人即地狱。"何谓"他人"？"他人"就是异己的存在，一个无法忘掉的、始终在干扰和阻碍个人自由意志的他人的存在，只要他人存在，个体的人就失去了绝对的自由。

《禁闭》的剧名"Huis Clos"直译为"门关上了"，是法律术语，指禁止旁听，只限当事人在场，也指犯人禁闭自省或被盘问的禁闭室。这一剧名可以从两个层面来解读：其一，禁闭在地狱中的三个人，既都是当事人，又都是审判者，在不断地审判着别人的罪恶，拷问着别人的灵魂；其二，对于人的罪过的监视并非在法庭上，而更多的是在禁闭自省中。在没有旁听者的情况下，人会陷入更严峻、更清晰、更加无法逃避的拷问中。这拷问就像地狱里永远不灭的灯，而他人永远无法逃避的目光就成为刑具和烈火。于是，在这个没有"尖桩刑具，烤刑架，皮革漏斗"，且"一切都是预先安排好了的"逃脱不了的禁闭空间里，伊内丝意识到"我们当中的每一个人，都是另外两个人的刽子手"。于是尖叫：

"啊！忘掉！多么天真！我浑身都能感到您的存在。您的沉默在我耳边嘶叫，您可以封上嘴巴，您可以割掉舌头，但您能排除自己的存在吗？您能停止自己的思想吗？我听得见您的思想，它像闹钟一样嘀嗒嘀嗒在响。我知道您也听得到我的思想。您蜷缩在椅子上有什么用，您无处不在，声音到达我的耳朵时已经污浊了，因为它传过来时，您已经先听到了它。您窃取了我的一切，甚至我的脸庞，因为您熟悉我的脸，而我自己却不熟悉。至于她呢？她呢？您把她也从我手中抢走了：如果只有我们两人，您想她敢像现在这样对待我吗？不会的，不会的。您把手从您脸上拿开吧，我不会让您安静的，这太便宜您了。您麻木不仁地坐在那

---

[1] ［法］让-保罗·萨特：《萨特戏剧集》，沈志明等译，140～141页，合肥，安徽文艺出版社，1998。

儿，像个菩萨似的在冥想。我闭着眼睛，就能感到她在向您倾吐她生命的全部款曲，甚至她裙子摩擦的窸窣声也是献给您的，她在向您频频微笑，而您却视而不见……不能这样！我要选择我的地狱，我要全神贯注地盯着您，我要撕破情面跟您斗。”〔1〕

萨特把“存在先于本质”看作其存在主义哲学的第一原理。他曾在《存在主义是一种人道主义》中将该原理解释为：“人首先是存在，与自己相遇，在这个世界上崛起，然后才规定他自己。”所谓“存在”是指“人的实在”或“自我”，即个人的主观性。所谓“本质”是指人按照自己的意志，在行动中造成的自身的规定性。

坚持无神论存在主义的萨特认为世间并没有人类本性，没有一个设定人类本性的上帝存在。人首先是出生存在于世，而后由自我选择与社会规约，构成自己的特质与规定性。换言之，社会规约会影响人的自我选择，从而构造了人的自身本质和特征。

剧中的艾丝黛拉被关进地狱后，在屋子里到处翻找镜子，她说：“要是我不照镜子，尽管摸到自己，我也不能肯定我究竟是不是真的存在。”伊内丝也回答说：“您算有福气。我从来没有从内心感觉到我自己。”此处的“镜子”可理解为对“他人目光与社会规约”的隐喻，说明习惯于生活在社会规约与群体羁绊下的人们，已经丧失了自我感知与遵循自我本真意愿生存的能力。

剧中的加尔散更是一个活在他人目光下的囚徒，一开始他竭力隐瞒生前劣迹，想让另外两人相信他是一个英雄。当他在第二次世界大战中因临阵脱逃被处死的懦弱行径被抖搂时，他却一直逃避现实，纠结痛苦于报社里同事们对他的评价，又迫切渴求伊内丝给予他正面的回应，觉得别人的肯定才能给他良心上的救赎和安宁。

这就正如萨特1965年以“他人即地狱”为题发表讲话时所说：“世界上的确有相当多一部分人生活在地狱里，因为他们太依赖别人的判断了。”

对于《禁闭》这部剧，萨特曾阐释说：“我的用意是通过这出荒诞的戏表明，我们争取自由是多么重要，也就是说，我们改变自己的行为是极其重要的。不管我们所生活的地狱是如何地禁锢着我们，我想我们有权利砸碎它。”萨特也曾说：“存在主义者认为，是懦夫把自己变成懦弱，是英雄把自己变成英雄。”一个人最终获得什么样的本质，取决于他自己的选择。关键是，人需要用行动为自己的选择承担责任。

从这个角度来看，“他人即地狱”并不只是对外界的控诉，因为人始终都有自由的选择权。这里的“地狱”其实是人给自己打造的囚笼，只因在人与人的相处中，才充分展现出人性之丑陋卑劣，“他人”只是影射自身邪恶的一面镜子。加尔散虚荣而残忍，活着时带情妇回家过夜，折磨自己的妻子，死后在地狱中却只纠结于报社里的同事如何看待他的逃兵行为。艾丝黛拉水性杨花，昏昧无知，在地狱中依旧耽溺于情欲享乐。因为伊内丝在一旁的注视与嘲讽，加尔散拒绝接受她。艾丝黛拉甚至做出用裁纸刀刺

---

〔1〕 [法]让-保罗·萨特：《萨特戏剧集》，沈志明等译，116～117页，合肥，安徽文艺出版社，1998。

向伊内丝的残忍行为，完全忘记他们早已死去成了鬼魂。伊内丝夺走表嫂，害死表兄，毫无愧意地说出“我活着就需要别人受痛苦”这样极端自私的话。这三个落入地狱中的人，极尽展示了人性中虚伪、贪婪、自私的阴暗面，但这三人对生前真正的罪孽并无太多忏悔之意，依旧活在自身虚伪或欲望的囚笼之中。

加尔散在《禁闭》接近尾声时所做的选择就是对相对自由和有限选择的最好注解。当加尔散发现禁闭之门打不开时，他拼命敲门想要逃出去：

> “开门！开开门！我一切都接受：夹腿棍、钳子、熔铅、夹子、绞具，所有的火刑，所有撕裂人体的酷刑，我真的愿意受这些苦。我宁可遍体鳞伤，宁可给鞭子抽，被硫酸浇，也不愿使脑袋受折磨。”〔1〕

可是当门突然打开时，他却选择为了伊内丝留下来，说服她相信自己。

> “一切都已经结束，我的事已经成为定局。我在人世间已化为乌有，甚至连胆小鬼也不是了。伊内丝，我们现在是孤零零的了，只有你们两人想到我，而艾丝黛尔呢，她这人等于没有。可你，你又恨我；只要你能相信我，你就救了我。”〔2〕

可惜，仅仅是伊内丝一道盯着他的目光，一个想着他的平庸无奇的思想，就紧紧抓住了他，让他再也没有选择的余地，只能无可奈何地承担这选择的后果。幕落之前，加尔散在长时间静场之后无可奈何的一句“好吧，让我们继续下去吧”赋予了《禁闭》永恒的象征意义和哲学意味。继续什么呢？继续无休止地相互折磨，无休止地钩心斗角，无休止地冲突报复，无休止地痛苦煎熬，永远得不到精神上的解脱和自由。

萨特的存在主义哲学，在第二次世界大战后盛行且持续了十多年之久，并非偶然。因二战浩劫而身心受损的人们，在当时普遍感到精神上的压抑和无所适从，他人与社会似乎都成了自己的敌对力量。萨特的存在主义既揭示了世界的荒谬性，引导人们正视现实，又呼唤人们积极行动、自由选择、反抗绝望，因而能引发法国乃至全欧洲社会普遍的共鸣。

《禁闭》荒诞的场景和荒诞的情节告诉读者：理性和主体的自由都是虚假的，生存的意义也是虚无的。人面临的是一种荒诞的处境，主体被陌生的异己力量所支配，而个体的人却不能改变这种状态，于是只能感受到荒诞。从这个意义上讲，《禁闭》与贝克特的荒诞派戏剧《等待戈多》有着异曲同工之妙。

---

〔1〕［法］让-保罗·萨特：《萨特戏剧集》，沈志明等译，136页，合肥，安徽文艺出版社，1998。

〔2〕同上书，138页。

2. 等待戈多

[爱尔兰]贝克特

【作者简介】

塞缪尔·贝克特(1906—1989)，出生于爱尔兰，长期在法国进行创作，小说家、戏剧家、诗人、文学批评家。

贝克特出生在爱尔兰都柏林市郊一个富裕的犹太家庭，父母都是新教徒。1927年，贝克特毕业于都柏林三一学院，获法语和意大利语学士学位。1928年，贝克特到巴黎高等师范学校任英语讲师，其间结识爱尔兰小说家詹姆斯·乔伊斯，协助其创作《芬尼根的守灵夜》，并将其中一部分译成法文，两人从此结成终生的友谊。1931年，贝克特回到都柏林，一边在三一学院任法语教师，一边研读法国哲学家笛卡儿的哲学著作，同年获哲学硕士学位。1932年，贝克特辞去教职，专事写作。1933—1936年，贝克特在伦敦生活，曾因精神抑郁接受心理治疗一年左右。1937年，贝克特到法国定居。1940年，巴黎沦陷，贝克特投身抵抗纳粹的运动，受到法西斯追捕，被迫隐居乡下。战后贝克特曾回爱尔兰为红十字会工作，不久返回巴黎，成为职业作家，主要用法文写作。1952年，贝克特的剧本《等待戈多》顺利出版，翌年，在巴黎首演，引起轰动，连演300多场。这部作品被誉为"第一部演出成功的荒诞派戏剧""戏剧史上真正的革新"。20世纪60年代，贝克特创作了大量的广播剧、舞台剧、电影剧本、电视剧，受到普遍的欢迎。

1969年，由于"他那具有新奇形式的小说和戏剧作品使现代人从精神贫困中得到振奋"，瑞典文学院将该年的诺贝尔文学奖授予贝克特。1989年夫人苏珊娜过世，孑然一身的贝克特搬进了养老院，依然坚持写作。1989年12月22日，贝克特因呼吸系统疾病在医院与世长辞，享年83岁。

贝克特一生著作颇丰，体裁包括诗歌(如《诗集》)、文学评论(如评论集《普鲁斯特》)、小说和戏剧。贝克特的小说包括短篇小说集《贝拉夸的一生》《第一次爱情》，中篇四部曲《初恋》《被逐者》《结局》《镇静剂》，长篇小说《莫菲》《瓦特》《如此情况》《恶语来自偏见》、三部曲《马洛伊》《马龙之死》《无名的人》等。其中三部曲《马洛伊》《马龙之死》《无名的人》以惊人的诙谐和幽默表现人生的荒诞、无意义和难以捉摸，最受评论界重视，被称为20世纪的杰作。贝克特的剧作包括《等待戈多》《最后的一局》《哑剧Ⅰ》《最后一盘磁带》《哑剧Ⅱ》《灰烬》《哦，美好的日子!》《歌词和乐谱》《卡斯康多》《喜剧》，电视剧本《迪斯·乔》。

【作品简介】

受两次世界大战的毒害，战争的挫败与生活的无望日益僵化着人心，异化着精神。加之各国将恢复经济放在首位，选择性忽视战后精神文明的重建工作，从而让本就陌生的人际关系变得愈加疏离，人们游走在可有可无的社会边缘。在此背景下，荒诞派剧作家们逐渐丧失了对于民生的关注、社会的体恤以及国家的信任，转而投向如何用荒诞、非逻辑性的戏剧形式展现人类存活于世的价值、一生等待的目的以及个人与社会之间虚无缥缈的依附关系。《等待戈多》作为贝克特的扛鼎之作，充分展示出人与人之间情感的缺失、灵魂的空虚与精神的异化，让本就充斥着非逻辑性与错乱性的荒诞主义，显得愈发怪诞、引人深思。

《等待戈多》是一部两幕悲喜剧，剧情非常简单。

第一幕，黄昏时分，在一条乡间小路上的枯树旁，两个流浪汉弗拉季米尔和爱斯特拉冈在等待戈多。后来他们遇到了波卓和幸运儿，漫长的一天过去了，一个小孩来告诉他们戈多先生今天不来了，但他明天一定来。第二幕重复了同样的情境：一条乡间小路上，两个流浪汉又在树旁等待，他们又遇到了波卓和幸运儿。第二幕结束时，又有一个小孩来说戈多先生今天不来了，但他明天一定来。于是，明天他们还将继续等待……

【赏析】

弗：咱们明天还得回来。

爱：回来干吗？

弗：等待戈多。

爱：啊！（略停）他没来？

弗：没来。

爱：现在已经太晚啦。

弗：不错，现在已经是夜里啦。

爱：咱们要是不理会他呢？（略停）咱们要是不理会他呢？

弗：他会惩罚咱们的。（沉默。他望着那棵树）一切的一切全都死啦，除了这棵树。

爱：（望着那棵树）这是什么？

弗：是树。

爱：不错，可是什么树？

弗：我不知道。一棵柳树。

［爱斯特拉冈拖着弗拉季米尔向那棵树走去。他们一动不动地站在树前。沉默。

爱：咱们干吗不上吊呢？

弗：用什么？

爱：你身上没带绳子？

弗：没有。

爱：那么咱们没法上吊了。

弗：咱们走吧。

爱：等一等，我这儿有裤带。

弗：太短啦。

爱：你可以拉住我的腿。

弗：可是谁来拉住我的腿呢？

爱：不错。

弗：拿出来我看看。(爱斯特拉冈解下那根系住他裤子的绳索，可是那条裤子过于肥大，一下子掉到了齐膝盖的地方。他们望着那根绳索)拿它应急倒也可以。可是它够不够结实？

爱：咱们马上就会知道了。攥住。

[他们每人攥住绳子的一头使劲拉。绳子断了。他们差点儿摔了一跤。

弗：连个屁都不值。

[沉默。

爱：你说咱们明天还得回到这儿来？

弗：不错。

爱：那么咱们可以带一条好一点的绳子来。

弗：不错。

[沉默。

爱：狄狄。

弗：嗯。

爱：我不能再这样下去啦。

弗：这是你的想法。

爱：咱俩要是分手呢？也许对咱俩都要好一些。

弗：咱们明天上吊吧。(略停)除非戈多来了。

爱：他要是来了呢？

弗：咱们就得救啦。

[弗拉季米尔脱下帽子(幸运儿的)，往帽内窥视，往里面摸了摸，抖了抖帽子，拍了拍帽顶，重新把帽子戴上。

爱：嗯？咱们走不走？

弗：把你的裤子拉上来。

爱：什么？

弗：把你的裤子拉上来。

爱：你要我把裤子脱下来？

弗：把你的裤子拉上来。

爱：(觉察到他的裤子已经掉下)不错。

[他拉上裤子。沉默。

弗：嗯？咱们走不走？

爱：好的，咱们走吧。

[他们站着不动[1]

---

[1] 宋兆霖：《诺贝尔文学奖全集》(下)，825～827页，北京，北京燕山出版社，2006。

以上是全剧的结尾部分，也是对第一幕的重复：爱斯特拉冈和弗拉季米尔又没能等到戈多，不来怕会遭到惩罚，上吊再次失败，明天还得回来，继续等待戈多。荒诞派戏剧是对西方现代派文学中的“荒诞文学”的发展，被认为是战后西方社会思想意识通过舞台艺术的手法最具代表性的反映。《等待戈多》表现的是一个“什么也没发生，谁也没有来，谁也没有去”的荒诞剧，通过浓墨重彩地刻画人物及其心理活动的变化，用戏剧化的手法描写了世界的荒谬丑恶、无序混乱，以及人物在这样的生存环境下的各种不幸、痛苦、挣扎。全剧曲折地反映了第二次世界大战后西方社会的精神危机，表现了人类生存境遇的困窘、无望和荒诞。

《等待戈多》是荒诞派戏剧的代表性作品，在戏剧情境和结构的设置上采取了与传统戏剧相背离的方式。在重复的情景和重复的结构形态中，情境经过一个运动过程后又出现了类似的运动过程，周而复始，循环往复。这种重复看似荒诞、滑稽、可笑、毫无理性，实则是一种更高层次的理性思考，直喻出一个让人绝望的悲剧主题：生活的毫无意义和存在的极为荒诞。让生活在盲目希望中的人们看清楚，他们遥遥无期等待的只是一个模糊的难以实现的希望。希望等于无望，绝望中又不放弃等待，时间也由此变得毫无意义，荒诞的感觉也就变得刻骨铭心。这种重复让读者不由得想到希腊神话中西西弗斯推着巨石上山那永无休止的苦役和折磨，不管他如何努力地一遍又一遍将巨石推上山顶，最终巨石都将回到山脚。这就是人类生命的荒谬，但是我们必须徒劳地去争取改变，就像两个流浪汉弗拉季米尔和爱斯特拉冈最终在无望的等待中耗尽生命。

《等待戈多》不仅采用了重复的情景和重复的结构形态，还放弃了形象塑造与戏剧冲突，呈现出鲜明的反传统特征：舞台场景支离破碎、道具奇特怪异、对话颠三倒四、思维混乱不堪，充斥着现实的丑恶与恐怖、人生的痛苦与绝望，抽象而且荒诞。因此，不能简单地用现实主义的美学原理和传统的戏剧理论来衡量。

荒诞派以剧本情节的非常规化推进、人物语言的颠三倒四、主题要义的破碎拼凑、结构的循环往复作为戏剧的具体表现形式，以此区别于众多西方戏剧流派。其中，非逻辑性的戏剧语言是荒诞派戏剧的一大特色。《等待戈多》通过剧中人物的语言对话将此种非逻辑性的概念不断传递，深化着剧作家们所强烈抨击的世界之虚无、怪诞。《等待戈多》充斥着反反复复、喋喋不休、语无伦次、不知所云、毫无意义、痴人说梦般的独白或者对白，严重毁坏和颠覆了传统戏剧语言表达人物思想、塑造人物性格、发展戏剧冲突的功能。事实上，贝克特是在刻意创造一种独特的、荒诞的言说方式，并通过这种方式摧毁意义，同时又于无意义中显示意义，从而赋予戏剧语言一种新的形式功能，更加深刻地揭示人生的荒诞和世界的荒谬：人们生活在死亡与疯狂的阴影中，受尽了痛苦与折磨，却得不到丝毫报偿。而这一悲剧主题并非通过悲剧，而是通过荒诞变形的喜剧性情节和语言凸显出来。

文学批评家、传记作家、爱尔兰文学知名学者理查·埃曼曾经由衷地慨叹：“塞缪尔·贝克特是独一无二的。他向那些衰老、伤残、不善辞令的人和走投无路的男女发出声音，他省略了惺惺作态和虚伪矫饰，绝口不谈意味深长的存在。他似乎想说，只有在那里、在那时，……新陈代谢降低，才能到达人之为人的核心……不过他的音乐的韵律、精致准确的语句，不禁驱散了空旷的虚无……如同传说中火中不死的蜥蜴，我们在贝克特的火焰中幸存。”

是的，在贝克特的火焰中幸存的人们，怀着崇敬倾听他独一无二的声音，品味他独一无二的《等待戈多》，领悟他独一无二的人生哲学。

英国作家马丁指出，荒诞派戏剧的主题是“人类在荒诞处境中所感到的抽象的心理苦闷”。纵观众多荒诞派戏剧作品，不难发现其所选择的题材类型具有高度相似性，荒诞派剧作家们借怪诞、荒谬、令人费解的戏剧内核，展现着当代下层群众的真实生存状态：大众群体与休戚相关的社会脱节，人际交往的真情实意被金钱与利益代替，以至人类逐渐丧失了原有的鲜活本质，进而麻木屈服于虚无的社会。贝克特的《等待戈多》，对于荒诞题材的表现形式可以概括为“语言的匮乏，动作的枯燥，时间的重复，等待的无尽”，其中剧中人物对“戈多”这一所谓“希望”形象的虚无等待占据戏剧的重要部分。爱斯特拉冈和弗拉基米尔在关于“戈多”的无尽等待中，不断遗忘着社会中的人际关系，忘却了已然做过的事、说过的话，在“戈多”必经的乡间小道上向大众无穷复述着轮回般荒诞的故事。《等待戈多》鲜明区别于《秃头歌女》枯燥且死板的人物对话的题材表现方式，其将荒诞性的戏剧内核通过爱斯特拉冈和弗拉基米尔两人的消遣行为、心理过程、错乱关系来展现，将“戈多”这一起决定作用的人物，描绘得朦胧且虚幻，意指第二次世界大战后广大法国人民的生活希望的迷失、对于虚无世界的无尽惶恐和对于人生的无望。至此，贝克特的创作意图也逐渐明了，其旨在通过戏剧作品中世人对于“戈多”这一希望形象的等待，揭示所处社会的虚无与世界的荒诞。一如剧中“将说未说，欲现未现”的潜台词一般——如果“戈多”永远不会到来，那么爱斯特拉冈与弗拉基米尔的重复等待便毫无意义；而即使“戈多”最终来了，它所带来的无限失望感也同样会让众人先前的等待成为“无意义”。贝克特用此种戏弄般的戏剧方式，将第二次世界大战给每一个普通人所带来的精神挫败感外化于对未来的无意义“等待”、对破碎世界的绝望主题。

3. 秃头歌女

[法]尤内斯库

【作者简介】

尤内斯库(1909—1994)，生于罗马尼亚的布加勒斯特，父亲为罗马尼亚人，母亲是法国人。他出生后第二年随父母迁居法国，1925年父母离异，他回到罗马尼亚与父亲一起生活，青年时代就读于布加勒斯特大学，获法国文学硕士学位。毕业后当中学法语教师，开始发表一些诗歌和评论。1938年公费赴法深造，最初目的是研究波德莱尔的诗歌并撰写博士论文，但两年后放弃这一研究计划，最终定居巴黎。

尤内斯库自幼喜爱文学，11岁就开始写诗，本无意于戏剧创作，但1948年自学英语时，在一本学习英语会话的小册子中发现了大量荒诞的场景与句子，灵感大发而创作出了第一部剧作《秃头歌女》(原名《简易英语》)，1950年5月11日在巴黎左岸条件简陋的梦游者剧院上演，观众寥寥无几。两年后，该剧在巴黎拉丁区于舍特剧院上演，从此成为该剧院的保留剧目。20 世纪 50 年代，尤内斯库每年都能推出新的剧作，但反响皆不佳。1960 年，他终因《犀牛》的上演而功成名就，并在 1970 年当选为法兰西学院院士。尤内斯库创作有《课》《椅子》《责任的受害者》《不拿钱的杀手》《犀牛》《国王之死》等 40 多个荒诞派戏剧剧本，成为公认的荒诞派戏剧的鼻祖之一。

【故事梗概】

全剧分为 11 场。第一场，在英国一个姓氏再平常不过的姓史密斯的中产阶级家庭里，史密斯夫人喋喋不休地说着“哟，九点钟了。我们喝了汤，吃了鱼、猪油煎土豆和英国色拉。孩子们喝了英国酒，今儿晚上吃得真好。要知道我们住在伦敦郊区，我们家又姓史密斯呀”一类让人不着边际的话，史密斯先生先是沉默不语，照样看他的报、打个响舌，继而发表宏论：“一个有良心的医生要是不能同病人共同把病治好就应该同病人一起去死。遇到海浪，船长总是同他的船一起殉职，不自个儿偷生。”他还为“为什么这民事栏里总登去世的人的年龄，却从来不登婴儿的年龄”而感到愤愤不平。然后又与史密斯夫人讨论起他们认识的名字叫作勃比·华特森的朋友来，可是讨论来讨论去，两人的认识无法达成一致，这实在是因为他们的对话前言不搭后语，毫无逻辑可言。

第二场，同样说话让人摸不着头脑的女仆玛丽上场，她告诉史密斯夫妇客人马丁夫妇到访。第三场，马丁夫妇上台。第四场，在来到史密斯夫妇家里以后，马丁夫妇互相攀谈起来，彼此似曾相识，终于一点点回忆起来，他们在曼彻斯特见过面，都是在曼彻斯特出生的，离开那里又都有五个星期了，他们是坐同一次列车来到伦敦的，坐的是同一个车厢，座位紧紧挨着，他们在伦敦住的是同一条街、同一座房子、同一层楼、同一个房间，睡的是同一张床，他们都有一个两岁的女儿，女儿都是一只眼珠子白、一只眼珠子红。谈到这里，他们终于恍然大悟：原来他们是分别名为道纳尔和伊丽莎白的夫妻。于是二人毫无表情地拥抱，然后同在一张安乐椅上坐下，紧紧抱在一起睡着了。接下来的第五场，女仆玛丽上台，悄悄告诉观众“伊丽莎白才不是伊丽莎白”“道纳尔也不是道纳尔”，因为男方的女儿的眼珠子是右白左红，女方女儿的眼珠子是右红左白，还称自己是福尔摩斯。

第六场，马丁夫妇清醒过来，马丁先生提议忘掉往事，像从前那样生活，得到马丁夫人的认可。第七场，马丁夫妇与等待他们吃饭很久的史密斯夫妇发生了争吵，这时门铃响起，使得认定“每次响铃准是有人”的史密斯先生和断定“听见门铃响，门外准没人”的史密斯夫人发生了一场争吵。第八场，门打开，闯进来一个消防队长，他总是希望别人家着火，这样可以增加他的收入。他主动给众人讲了好几个亲身经历的真事，可又都是些让人匪夷所思的寓言故事，消防队长想看钟点，可是史密斯先生告诉他自家的钟有毛病，指的时间总相反。第九场，女仆玛丽突然也要给大家讲故事，宣称她与消防队长是恋人，并和消防队长有亲昵的举动，还背起了献给消防队长的诗歌《火》，愤怒的史密斯夫妇把玛丽赶走。

第十场，消防队长说在城那头有场火灾，遂告辞。第十一场，史密斯夫妇和马丁夫妇开始一连串的让人找不着北的谈话，各说各话，甚至发生争吵，越吵越激烈，狂暴至极，彼此朝着对方耳朵大叫。在一片吼叫声中，舞台灯光熄灭了，一会儿，话声突然停止，灯光再度亮起来，马丁夫妇重新出现，他们像开始时史密斯夫妇那样坐着，一成不变地念着史密斯夫妇在第一场戏中的台词，戏重新开始，幕却徐徐落下。

【赏析】

《秃头歌女》借助荒诞不经的戏剧形态在臻于极致的夸张中展现出现代人痛苦而尴尬的处境，典型地体现了尤内斯库反传统戏剧的理念。《秃头歌女》从创作动机、戏剧情节的设置、人物形象的塑造到语言的锤炼等多个方面实现了对传统戏剧的颠覆，具有明显的荒诞色彩。

从创作动机来看，尤内斯库曾说："我之所以写作剧本，是因为我讨厌戏剧。"这里的戏剧指的就是传统戏剧，从该剧的副标题"反戏剧剧本"也能看出作家明显的意图。该剧剧名《秃头歌女》的由来也十分荒诞。在剧本排练时，表演消防队长的演员误把"金发女教师"读成"秃头歌女"，在场的人无不捧腹大笑，在旁边观看排练的尤内斯库获得启发，当即决定用作剧名。然而通观全剧根本就没有什么"秃头歌女"，剧名和剧情毫不搭界。这本身就能说明问题：全剧就是在表现荒诞，用"秃头歌女"这样一个莫名其妙的剧名也许再恰当不过了。

尤内斯库的"荒诞"精神更多地体现在戏剧情节、人物形象塑造和语言风格上。《秃头歌女》整部剧作没有连贯的情节和通常的戏剧冲突，也不注重典型人物性格的塑造，更没有个性鲜明的语言，突出体现了荒诞派戏剧的艺术特征。

情节是传统戏剧的灵魂。《秃头歌女》一共11场戏，但场与场之间没有情节上的必然联系，全剧也没有一个完整的故事情节，事件显得支离破碎。尤内斯库在《我的出发点》一文中谈创作动机时说道："它不能屈从于某种事先规定好的行动，只能是内部心灵的揭示，是内部冲突在舞台上的投影，是含蓄在内部的万象的投影。"由此可见，作者追求的是打破传统戏剧的叙事模式，另辟蹊径地揭示人类或社会的本质状态。

典型人物是传统戏剧矛盾冲突的主体，是展现戏剧张力的载体。一部戏剧创作成功与否，在很大程度上取决于是否塑造了典型人物形象。荒诞派戏剧则并不着意于传统的典型人物形象的塑造，所以，《秃头歌女》中的人物没有鲜明的个性。剧作的最后一场戏，史密斯夫妇和马丁夫妇开始一连串的让人找不着北的谈话，甚至发生争吵，越吵越激烈，狂暴至极，彼此朝着对方耳朵大叫。在一片吼叫声中，舞台灯光熄灭了，一会儿，话声突然停止，灯光再度亮起来，马丁夫妇重新出现，他们像开始时史密斯夫妇那样坐着，一成不变地念着史密斯夫妇在第一场戏中的台词，戏重新开始，幕却徐徐落下。这样结尾的用意一方面是告诉人们，如此的情景实际上是现实生活的常态，而人们对这样的生活早已习以为常、麻木不仁了；另一方面也说明剧中的人物已经丧失了自我，全然没有了鲜明的个性。

从一定意义上讲，传统戏剧是语言的艺术，剧作家尤其注重对语言的锤炼。而荒诞派戏剧中的语言却显得支离破碎、漫不经心，甚至毫无连贯性。《秃头歌女》在语言表现方面运用了极度夸张的手法，淋漓尽致地展现了日常生活中的零言碎语。剧作中的那些陈词滥调，那些平庸乏味、无聊机械的谈话不仅是要让观众看到一个个空壳式的人物，更是要在肆无忌惮的对语言实质内容的破坏中，让语言和人物一道变成没有任何意义指向的空壳。如果说像史密斯夫人说的“我等着天上掉甜饼”，马丁先生说的“社会进步再带点甜味，那就妙极了，没说的”一类话，彼此之间尽管没有任何联系，但多少还能让人捕捉到“意义”；那像后面的“打倒上蜡”“克里司拿木尔第，克里司拿木尔第”“教皇打滑！阀门里有教皇，教皇倒无阀”“水装蒜，蒜装奶”一类话就完全是不知所云的连“废话”都够不上的音节的轰炸了。尤内斯库把这种荒诞的语言表达方式看作对现实社会的一种反抗行为，因为语言从属于人，人一旦被异化，那么其语言也就随之异化了。

《秃头歌女》看似杂乱无章，实则包含了丰富的主题意蕴。它以特有的荒诞艺术形式颠覆了传统的戏剧创作主张，形象地展示了世界的无意义和世界存在本身的荒诞性，表现了人已失去个性和自我存在的价值，揭示了人与人之间的荒诞关系。因此，历来被视为荒诞派戏剧的代表作。

参考书目

余冠英选注. 诗经选译. 北京：人民文学出版社，1959.
马茂元选注. 楚辞选. 北京：人民文学出版社，1998.
余冠英选注. 汉魏六朝诗选. 2版. 北京：人民文学出版社，1978.
马茂元选注. 唐诗选. 上海：上海古籍出版社，1999.
唐圭璋. 唐宋词鉴赏辞典. 南京：江苏古籍出版社，1986.
胡云翼选注. 宋词选. 上海：上海古籍出版社，1978.
钱仲联等. 元明清诗鉴赏辞典(辽・金・元・明). 上海：上海辞书出版社，1994.
袁世硕. 中国古代文学作品选. 北京：人民文学出版社，2002.
中华书局编辑部. 名家精译古文观止. 北京：中华书局，1993.
张伯行选编，萧瑞峰校点. 唐宋八大家文钞. 杭州：浙江古籍出版社，1994.
朱东润. 中国历代文学作品选. 上海：上海古籍出版社，2002.
刘祯祥，李方晨选注. 历代辞赋选. 长沙：湖南人民出版社，1984.
何满子等选注. 古文选读. 上海：上海古籍出版社，1984.
萧涤非，程千帆等. 唐诗鉴赏辞典. 上海：上海辞书出版社，1983.
刘亚玲，田军，王洪. 中国历代诗歌鉴赏辞典. 北京：中国民间文艺出版社，1988.
何满子，李时人. 明清小说鉴赏辞典. 杭州：浙江古籍出版社，1992.
孙逊. 红楼梦鉴赏辞典. 上海：汉语大词典出版社，2005.
荷马. 伊利亚特. 罗念生，王焕生译. 北京：人民文学出版社，1994.
荷马. 奥德赛. 王焕生译. 北京：人民文学出版社，1997.
古希腊戏剧选. 罗念生等译. 北京：人民文学出版社，1998.
但丁. 神曲・地狱篇. 田德望译. 北京：人民文学出版社，1990.
但丁. 神曲・炼狱篇. 田德望译. 北京：人民文学出版社，1997.
但丁. 神曲・天国篇. 田德望译. 北京：人民文学出版社，2001.
普希金. 叶夫根尼・奥涅金. 王士燮译. 哈尔滨：黑龙江人民出版社，1981.
塞万提斯. 堂吉诃德. 杨绛译. 北京：人民文学出版社，1978.
雨果. 巴黎圣母院. 陈敬容译. 北京：人民文学出版社，1982.
司汤达. 红与黑. 罗新璋译. 北京：中国书籍出版社，2005.
巴尔扎克. 人间喜剧. 5卷. 傅雷等译. 北京：人民文学出版社，1994.
陀思妥耶夫斯基. 罪与罚. 朱海观，王汶译. 北京：人民文学出版社，1991.
列夫・托尔斯泰. 安娜・卡列尼娜. 高惠群，傅石球译. 上海：上海译文出版社，2010.

莫里哀．伪君子・吝啬鬼．李健吾译．北京：中国书籍出版社，2006.
易卜生．易卜生戏剧四种．潘家洵译．北京：人民文学出版社，1978.
肖洛霍夫．一个人的遭遇．草婴译．北京：人民文学出版社，2001.
罗曼・罗兰．约翰・克利斯朵夫．傅雷译．北京：北京燕山出版社，2019.
阿兰・罗伯-格里耶．橡皮．林秀清译．南京：译林出版社，2007.
吴岳添．世界经典戏剧全集(法国卷)．杭州：浙江文艺出版社，1999.
赵隆勷．司汤达和《红与黑》．北京：北京出版社，1983.
朱维之，赵澧．外国文学简编(欧美部分)．北京：中国人民大学出版社，1980.
杨周翰等．欧洲文学史．北京：人民文学出版社，1979.
张新颖．中国新诗：1916—2000．修订版．上海：复旦大学出版社，2011.
郭沫若．女神・星空．桂林：漓江出版社，2003.
徐志摩．徐志摩精选集．北京：北京燕山出版社，2006.
戴望舒．戴望舒诗歌经典全集．长春：时代文艺出版社，2003.
穆旦．穆旦精选集．北京：北京燕山出版社，2006.
牛汉．空旷在远方：牛汉诗文精选．长春：时代文艺出版社，2005.
洪子诚，程光炜．朦胧诗新编．武汉：长江文艺出版社，2004.
舒婷．舒婷精选集．北京：北京燕山出版社，2006.
顾城．顾城作品精选．武汉：长江文艺出版社，2007.
海子．面朝大海，春暖花开．武汉：长江文艺出版社，2008.
罗振亚．中国现代主义诗歌史论．北京：社会科学文献出版社，2002.
蓝棣之．现代诗名著名篇解读．北京：人民文学出版社，2007.
孙玉石．中国现代诗歌艺术．武汉：长江文艺出版社，2007.
钱理群．中国现当代文学名著导读．北京：北京大学出版社，2002.
洪子诚，刘登翰．中国当代新诗史．修订版．北京：北京大学出版社，2005.
周良沛．中国现代新诗序集．深圳：海天出版社，2006.
王珂．百年新诗诗体建设研究．上海：上海三联书店，2004.
程光炜．中国当代诗歌史．北京：中国人民大学出版社，2003.
马丁・艾斯林．荒诞派戏剧．刘国彬译．北京：中国戏剧出版社，1992.
戴・赫・劳伦斯．查太莱夫人的情人．饶述一译．长沙：湖南人民出版社，1986.
胡全生，林玉珍，胡开宝，等．20 世纪英美文学选读：后现代主义卷．上海：上海交通大学出版社，2003.
曾繁仁．20 世纪欧美文学热点问题．北京：高等教育出版社，2002.
莎士比亚．莎士比亚全集．朱生豪等译．北京：人民文学出版社，1994.
廖可兑．西欧戏剧史．北京：中国戏剧出版社，1994.

说　明

本教材配有教学课件PPT，请有需要的老师联系以下邮箱，获取《中外文学名家作品赏析》(第3版)及更多北师大出版社文学、艺术、影视与传媒类教材课件资源。也可添加封底“新外大街拾玖号”微信公众号，获取相关课件和数字资源。

联系人：周编辑

联系邮箱：huans2001@163.com

敬　启

为保证《中外文学名家作品赏析》(第3版)所选内容的经典性、权威性和完整性，展现古今中外文学名作的杰出成就，以便广大读者学习赏析，本教材选取了中外文学领域的一些重要作品，其中包含不少国内著译者的作品。但因条件所限，时至今日，本书所收作品尚有少数未能与著译者取得联系。

在本书面世之际，为了充分尊重、保护著译者的著作权益，烦请相关著译者及时与我们联系，以便支付相应的报酬。对这些优秀的著译者，我们再次表示诚挚的谢意。

联系人：北京师范大学出版社　周编辑

联系邮箱：huans2001@163.com